KB010542

佛·日·韓 자연주의 비교 연구 I

솔과학

佛·日·韓 자연주의 비교 연구 I

-김동인과 자연주의-

강인숙 저

솔과학
SOLGWAHAK

나는 왜 자연주의를 연구하였는가?

　자연주의 연구는 힘만 들고 생색은 안 나는 연구과제다. 에밀 졸라의 작품이 제대로 번역도 되지 않은 상태여서 사전을 찾아가며 원서를 읽어야 하는 것도 큰 부담이고, 일본에 가서 절판된 책들을 헌책방에서 찾고, 옛날 잡지를 뒤지고 다녀야 하는 것도 버거운 일이다. 게다가 범위가 너무 넓다. 그래서 철저한 연구를 하기 어려운 것도 문제다.

　그런데도 시작하지 않을 수 없었던 것은 염상섭廉想涉의 '표본실의 청개고리' 라는 소설 때문이다. 내가 대학의 강의실에서 배운 프랑스의 자연주의와 '표본실의 청개고리'는 부합되는 점이 거의 없었기 때문이다. 거기에는 졸라이즘의 주축이 되는 과학주의도 결정론도 없었다. 내성적인 인테리 청년의 내면에 초점이 주어져 있는 그 소설에는, 영원을 향하여 풀 스피드로 질주하고 싶어하는 인물이 나온다. 그는 현실이 싫어서 그 너머에서 사는 광인을 성신의 총아처럼 숭배한다. 자연주의와는 무관한 인물이다. 인물 뿐 아니다. 객관적 시점, 인간의 하층구조 그리기, 비극적 종결법, 물질주의적 인간관 같은 것이 특징인 졸라적인 자연주의와는 연결고리가 거의 없는 것이다. 그런데 작가도 평론가들도 모두 그 소설을 자연주의의 대표작으로 간주하고 있으니 납득 할 수가 없었던 것이다.

　그래서 자료를 찾다가 일본 자연주의를 만났다. 졸라의 자연주의와는 유사성이 아주 적은 일본식 자연주의를 알게 된 것이다. 염상섭과 그의 동시대의 평론가들은 모두 일본 자연주의 밖에 몰랐기 때문에 '표본실의 청개고리'에 그런 레텔을 붙인 것 같다. 일본 자연주의의 구호는 '환멸의 비애를 수소愁訴하는' 감성적인 것이다. 거기에 '배허구排虛構', '무각색,' '무해결'이라는 세 개의 규범이 붙어 있다.

일본에서는 졸라의 '진실존중' 사상이 '사실존중'으로 오해되어, 작가의 직접체험을 다루는 사소설이 자연주의의 주류가 되고 있다. 그래서 허구를 배격하고, 각색을 하지 않아야 하며, 무해결의 종결법을 쓰는 것이 자연주의 소설의 정도로 여겨지고 있었다. 일본 자연주의는 졸라이즘과는 공통성이 거의 없다. 친親낭만주의적인 내용을 사실적으로 표현하는 것이 일본의 자연주의이기 때문이다.

일본에는 졸라를 모방한 자연주의가 있었는데, 그들은 그것을 사실주의라고 부른다. 그리고 개인의 내면을 존중하는 문인들을 자연주의자로 간주한다. 낭만적 경향을 사실적으로 묘사해서 일본의 근대소설의 유형을 확립한 시마자키 토오손島崎藤村, 다야마 카타이田山花袋 같은 문인들이 자연주의를 대표하고 있는 것이다. 염상섭의 '표본실의 청개고리'는 그런 일본식 자연주의와 대정시대의 주아주의主我主義가 합쳐져서 만들어진 내면 고백의 1인칭 소설이다.

그 수수께끼를 풀기 위해서 프랑스와 일본 자연주의의 대비연구를 시작했다. 그 자료를 가지고 한국 자연주의의 양상을 찾아내려 한 것이다. 한국의 자연주의 문학은 졸라이즘과 일본 자연주의라는 두 개의 원천을 가지고 있었기 때문에 불란서, 일본 양국의 연구가 선행되어야 했던 것이다. 거기에 대정시대의 주아주의, 유미주의, 프로문학의 영향이 덧붙여져 있다. 김동인과 염상섭의 자료를 연구 하면서 필자가 알아낸 것은, 한국의 자연주의에는 일본의 자연주의 뿐 아니라 대정기의 백화파, 탐미파, 변증적 사실주의파의 영향도 섞여 있다는 사실이다.

대정시대에 일본에서 문학을 공부한 김동인과 염상섭의 자연주의는 개인존중사상과 유착되어 있었다. 1인칭 사소설이 중요한 자리를 차지하고 있기 때문이다. 봉건시대에서 벗어난지 얼마 되지 않는 일본과 한국의 새 시대의 문인들에게는 자아의 각성과 개인존중사상이 가장 중요한 과제였던 것이다. 그 다음이 예술지상적 예술관이다. 정도의 차이는 있지만 김동인과 염상섭은 개인존중과 예술지상의 경향을 공통적으로 가지고 있다. 주객합일주의도 마찬가지다. 한국의 자연주의를 대표하는 이 두 문인은 졸라와 반대되는 예술관을 가지고 있은 것이다. 하지만 그 다음 항목에 연결되는 사조명은 서로 다르다. 제가끔 다른 것을 골랐기 때문이다.

김동인은 졸라처럼 과학주의를 신봉했고, 결정론적 사고를 가지고 있었다. 그의 3인칭 소설에서는 졸라와의 유사성이 드러나는 점이 많다. 그의 소설에는 졸라처럼 '제르미니형'(공쿠르의 소설의 주인공)의 병적인 인물들이 많이 나온다. 그들은 나나나 제르미니처럼 최저 계층에 속하며, '돈과 성'의 주제에 얽혀 있다. 그리고 비극적인 종말을 맞는다. 그들은 비속하면서 비극적이니까 졸라와 문체혼합의 유형이 같다.

그런데 동인은 졸라이즘과는 맞지 않는 유미주의적 예술관을 가지고 있다. 동인에게 있어 예술가는 신이다. 종군기자나 해부가가 아닌 것이다. 그의 리얼리스틱한 수법은 예술가가 창조한 세계에 '핍진성逼眞性'을 부여하기 위해 필요한 장치일 뿐이다. 그는 무선택의 원리를 배격했고, 간결의 미학을 중시했다. 그의 과학주의는 예술가의 선택을 전제로 하는 화가의 과학주의다. 그는 확고하게 반 모사의 예술관을 내 세운다. 그가 졸라이즘과 근사치를 가지는 것은 현실재현의 방법이 아니라 결정론적 사고와 자유의지가 희박한 인물형, 그리고 배경 등이다.

작품중에서도 예술가인 작가를 모델로 한 자전적 소설의 인물들은 비속한 3인칭 소설의 인물들과는 레벨이 다르다. 그들은 신처럼 새 세계를 창조하는 창조자이며, 인형조종술사다. 환경결정론에 입각한 '태형' 같은 작품에서도 자전적 소설의 인물은 자유의지를 완전히 잃지는 않는다. 서로 상극하는 과학주의와 예술지상주의는 동인의 세계에서 '인공적인 것'이라는 공통성으로 인해 융합이 가능해진다. 그는 무위자연無爲自然의 세계를 혐오하는 반 낭만주의자여서 인공적인 것을 높이 평가하고 있었던 것이다.

염상섭은 예술을 존중하는 면에서는 김동인과 같지만, 그가 자연주의와 공유한 것은 유미주의가 아니라 사실주의였다. 프로문학과의 논쟁과정에서, 그는 자연주의와 병렬할 사조가 개인주의가 아니라 사실주의임을 늦게나마 알게 된 것이다. 극단주의자인 동인과는 달리 상섭은 중용을 선호하는 타입이어서, 그의 개인존중사상이나 예술존중은 극단화 되지 않았다. 일본 자연주의의 '배허구', '무각색,' '무해결'의 원리 안에서 개인존중 사상과 예술지상의 예술관을 공유한 채 염상섭은 2기부터 마지막까지 수십년 동안 일관되게 사실적인 소설을 써 나갔다. 직접경험이 아니면 모델이 있는 일본 자연주의적인 제재를 택하여, 되도록 각색을 하지 않고, 해결도 하지 않는 소설들을 쓴 것이다.

필자는 1987년에 "불·일·한佛.日.韓 자연주의 대비연구對比硏究-1"을 출판했다. 불란서와 일본의 자연주의를 상세히 비교하고, 그것을 김동인과 연결시켜, 한국 자연주의의 한 패턴을 탐색하는 논문집을 낸 것이다.

그후 4년이 지난 1991년에 속편에 해당하는 "염상섭과 자연주의"를 출판했다.

이번에 필자는 절판된 이 책들을 다시 손 보아서 개정판을 내려 한다. 늙어서 눈도 좋지 않은데 이 어려운 작업에 손을 댄 것은, 아직도 우리 학생들이 염상섭의 "표본실의 청개고리"를 자연주의 작품으로 배우고 있는 현실을 시정하기 위해서다. 1권에서는 '김동인과 자연주의'를 2권에서는 '염상섭과 자연주의'를 다루어 한국적 자연주의의 양상을 올바르게 바로 잡으려는 것이 필자의 소원이다.

20년 전에 나온 책이어서 이번에는 한자어를 많이 줄여 읽기 쉽게 만드는 데 역점을 두었다. 주註도 많이 줄였다. 졸라의 원본이 구하기 어렵고, 일본 자료들도 절판된 것이 많아서 일본에서도 구하기 어렵기 때문에 연구자들을 도우려고 원문 주를 많이 넣은 것이다. 그런데 전공하지 않은 분들께는 번거로울 것 같아서 중복되는 주를 줄인 것이다. 프랑스와 일본 자연주의의 상세한 대비연구가 필요하신 분들은 전에 나온 "佛.日.韓 자연주의 문학론 I"을 참조하시기 바란다. 곧 이어 2권의 개정판도 출판될 예정임을 알려드린다. 힘이 딸려서 보완하지 못한 곳도 많고, 잘못된 곳도 많으리라 생각된다. 기본 의도만 받아들이고 세부적인 것은 너그럽게 봐 주십사고 독자들에게 빌고싶다. 어려운 시절에 상업성이 없는 논문집을 내 주신 솔과 학 출판사의 김재광 사장님과 편집부 분들께 진심으로 감사를 드린다. 이 책을 내는 것을 도와 준 조혜원, 이혜경, 이승화에게 감사를 드린다.

2015년 1월

小汀 강인숙

차례

II장 김동인과 자연주의

결론

부록

서론

서론

1. 한국 자연주의 연구의 문제점

1) 원천의 이중성

김동인(1900~1951), 염상섭(1897~1963) 등 한국 자연주의 작가들이 본격적으로 작품활동을 시작한 1920년대 초의 한국문학은, 전통보다는 외래문화에 더 많이 집착하고 있었다. 이런 현상은 1920년대의 문학에만 국한되는 것이 아니다. 한국의 근대문학은, 시발점에서부터 전통보다는 외래문화의 영향을 더 많이 흡수하면서 형성되었다.

이조말까지의 우리 문학이 중국문학의 영향권 안에 있었던 것을 감안할 때, 전통과의 단절은 발신국의 전환을 의미한다. 한국의 근대화는 봉건적, 유교적 전통에서의 탈피를 의미했으며, 그것은 중국의 영향에 대한 거부와 연결되었다. 우리나라의 근대화의 모델은 중국이 아니라 서구였던 것이다. 일본의 경우와 마찬가지로 한국의 근대화는 구화주의적 歐化主義的 성격을 지니고 있었다.

하지만 한국의 구화주의는 일본을 모델로 하지 않을 수 없는 한계를 지니고 있었다. 일본에 국권을 빼앗긴 상황이어서, 서구의 나라들과 직접적으로 문화적 접촉을 하는 것이 불가능했기 때문에, 그 무렵의 우리는 일본을 통해서 서구문명을 받아들일 수밖에 없었던 것이다. 그래서 개화기 이후의 한국 청소년들은 너도 나도 일본유학을 꿈꾸었다. 우리보다 한 걸음 먼저 서구를 받아들인 일본에 가서 서구의 근대를 배우려는 갈망 때문이다.

① 그때 시절 동경이라 하면 조선청년의 귀엔 꿈의 동산인 독일 '하이델벨히'에나 가는듯시 모다 그립어 하는 곳이다.[1]

이 글을 통하여 우리는 이 무렵의 유학생들이 동경에서 무엇을 얻으려 했는지 확인할 수 있다. 그들의 '꿈의 동산'은 동경이 아니라 '하이델벨히'였던 것이다. 그런데 '하이델벨히'에 가는 일이 불가능하기 때문에, 그곳과 가장 근사치를 지니면서 유학이 가능한 동경을 대용품으로 삼은 것이다. 이 경우의 '하이델벨히'는 특정한 나라의 특정한 지명을 의미하기보다는 서양의 근대문명이나 문학을 만날 수 있는 상징적 장소였다고 할 수 있다. 김윤식金允植의 표현을 빌자면 "국제도시 동경이란 근대의 출장소였을 것"[2]이기 때문이다.

1920년대 초의 한국 문단의 주역인 김동인, 염상섭, 현진건玄鎭健, 전영택田榮澤, 주요한朱耀翰, 오상순吳相淳, 김억金億 등은 모두 일본유학생 출신이다. 그들의 목적지도 동경이나 경도가 아니라 '하이델벨히'였다는 사

---

1)　'세번 실연한 流轉의 여류시인 金明淳'(靑노새) "한국근대작가론", p.92.

2)　김윤식, "염상섭연구", p.26.

실은 전공과목을 보면 알 수 있다. 일본의 역사나 문학을 전공한 문인은 하나도 없다. 김동인은 미술을, 염상섭은 사학을, 오상순은 종교철학을, 전영택은 신학을, 주요한은 불법과佛法科를 선택했기 때문이다. 그 이전까지 소급해 올라가도 사정은 비슷하다. 이인직李人稙은 정치, 최남선崔南善은 지리·역사, 이광수李光洙는 철학을 지망하고 있었던 것이다.

뿐 아니다. 문학을 전공한 문인도 거의 없다.[3] 이광수의 세대와 김동인의 세대는 문학관이 서로 다르다. 전자는 민중을 계몽하는 수단으로 문학을 보았지만, 후자는 순수문학을 지향하고 있었다. 그런데 후자의 그룹에도 문학을 공부하기 위해 일본에 간 사람은 거의 없다. 김동인은 의사나 변호사가 될 희망을 안고 현해탄을 건넜고, 염상섭도 "한국 사람의 살 길은 첫째가 과학의 연구와 기술의 습득에 있다고 주장"('문학소년 시대의 회상')하였고, 귀국 후에도 법리학 쪽으로 방향을 전환하려 한 시기가 있었다.[4] 이광수도 마찬가지다.

그런데도 그들은 모두 문학으로 방향을 바꾸었다. 그런 현상은 당시의 정치적 상황과 밀착된 것이었음을 염상섭의 다음 말들이 입증해 준다.

　　② 당시의 우리나라 사정으로 청소년으로 하여금 소위 청운의 志를 펼 만한 야심과 희망을 갖게 할 여지가 있었더라면, 아마 십중팔구는 문학으

---

3)　창조파 중에서 주요한, 전영택은 고교과정에서는 문과를 택했지만, 주요한은 3·1운동으로 인해 1년도 못 다니고 상해로 가서 호강대학 화학과로 전공을 바꾸고, 전영택은 대학과정에서는 신학을 전공했다.

4)　직장을 '쉬고 있을 때 염상섭은 방향전환을 모색하고 있었는데 그 관심처는 법리학의 연구였다'고 김종균은 그의 "염상섭의 생애와 문학"(p.24)에서 증언하고 있는데 이 시기는 1922년 9월 이전에 해당된다. 염상섭이 초기 3작과 '개성과 예술' 등을 발표하던 기간이다.

로 달려들지 않고 이것을 한 취미로, 여기餘技로, 여겼을지 모른다. 그러나 문학적 분위기와는 담을 싼 소조蕭條·삭막索莫하고 살벌한 사회 환경이나 국내 정세와 쇄국적· 봉건적 유풍에서 자라난 소년이 문학의 인간적인 따뜻한 맛과 넓은 세계를 바라볼제 조국의 현실상이 암담할수록 여기에서밖에 광명과 희망을 찾을 데가 없었던 것이다.[5]

암담한 식민지의 상황이 그들을 문학으로 몰고 간 원인이었다는 염상섭의 말은 "문학을 하면야 일본놈과 아랑곳이 무어랴 하는 생각으로"("전집" 12. p.213) 문인이 되었다는 그의 말에서도 확인할 수 있다.

이런 상황은 이 시기의 문인들이 학업을 중단하지 않을 수 없었던 여건과도 직결된다. 국권을 상실했기 때문에 관비유학이 불가능해서 가난한 학생은 공부를 계속 할 수 없었다. 김동인 같은 예외적인 사람도 있기는 하였지만, 대부분의 학생이 학비 때문에 학교를 중퇴하거나 염상섭처럼 중학교를 몇군데나 옮겨 다니지 않을 수 없었던 것이 그들의 현실이었다.

거기에 2·8 독립선언, 3·1 운동 등의 정치적 사건이 겹쳐진다. 3·1 운동 후에는 대부분의 유학생이 학업을 중단하고 귀국[6]한다. 그래서 1920년대초의 문인 중에는 학업을 제대로 끝낸 사람이 거의 없다. "현금現今 우리 문사 중에 이동원李東圓, 현소성玄小星 양군을 제한 외에는 내가 아는

---

5) '문학소년 시대의 회상', "염상섭전집" 12, p.213.

6) 이광수, 염상섭, 현진건 등은 학비 관계로 학업을 중단한 경우이고, 나도향은 일본까지 갔는데 학비가 없어서 학교에 들어가지도 못하고 귀국한다.
    검거되지 않은 학생은 거의 전원이 일단 귀국하였으며, 전영택 같은 이도 일단 귀국하였다가 1921년 봄에 다시 도일, 복학해서 1923년에 졸업했다.
                                     白川豊, '韓國近代文學 草創期의 日本的 影響, pp.28~51 참조

한에서는 계통적으로 학업을 필한 이가 없으며 …… 대학 과정까지 밟아 본 이조차 드뭅니다."[7]라는 이광수의 말이 그것을 뒷받침해 주고 있다. 이 시기의 일본유학은 경제적인 면에서나 정치적인 면에서 엄청난 위험부담을 안고 있었다. 그런데도 당시의 한국 청소년들은 근대를 만나기 위해 고난을 무릅쓰고 현해탄을 건너갔다.

하지만 그들이 일본에서 만날 수 있었던 것은 '하이델벨히'가 아니라 그 그림자에 불과 했다. 일본의 문화적, 사회적 여건에 의해 일본화되어 버린 '하이델벨히'는 이미 '하이델벨히'가 아니었다. 그것은 '하이델벨히'를 모방한 동경이요, 경도였던 것이다. 대부분이 10대인데다가 체재 기간이 짧았던 그 무렵의 유학생들은, 제대로 일본문학이나 서구문학을 구별할 성숙한 안목을 갖추기가 어려웠다.

③ 우리의 신문학 발판이 된 서구의 근대문학과 그 문학사조가 흘러들어 온다는 일이, 당시의 형편 ― 즉 언어·교통·유학·문물교환등의 문화교류 상태로 보든지, 더구나 일제가 가로 막고 저해하던 식민지정책으로 보아, 직수입은 극히 어려웠고 드물었던 터라, 대개가 일본을 거쳐서 간접으로 구미의 신사상·신사조에 얼마쯤 접촉하고 섭취할 기회를 얻기 시작하였던 것인데 그나마 이조말엽부터의 일이었고, 그것이 문학인 경우는, 거의가 신문소설류를 통하여 일부에 알려졌을 뿐이다.[8]

---

7)　물론 이 시기의 문인 중에서도 전영택(청산학원 신학부를 1923년에 졸업)과 오상순 (동지사대학 종교철학과를 1923년 졸업)은 대학을 졸업하였지만, 춘원이 이 글을 쓴 것은 1921년임. 그 때에는 춘원의 말대로 대학 졸업생 문인이 없었음.
　　　　　　　　　　　　이광수, '문사와 수양', "이광수 전집" 16, 삼중당, p.23참조
8)　'횡보橫步문단회상기' "염상섭전집" 12, p.225.

그래서 그들은 근대의 원형과 매개형의 차이를 판별하지 못하고, 일본화한 서구문학의 변형된 모습을 서구문학의 본질로 착각하는 잘못을 범하는 일이 많았다. 그런데서 생겨난 혼란은 자연주의의 경우에서 가장 두드러지게 나타난다. 일본문학의 영향을 의식적으로 거부하려한 김동인 같은 문인도 실질적으로는 일본에서 왜곡되어 원형과는 달라진 서구문학의 개념과 창작방법을 그대로 답습하는 일이 많았던 것이다.

염상섭의 경우에는 이런 경향이 더 심하게 나타난다. 그는 김동인 보다 오래 일본에서 공부했다. 16세에서 23세까지의 7년간 일본에서 학교에 다녔으며, 그것도 중·고등학교 과정이 대부분이었기 때문에, 일본문단의 영향을 동인보다 훨씬 더 많이, 훨씬 더 철저하게 받아들였다. 그래서 그는 '삼대' 같은 한국 최초의 본격적인 장편소설을 쓰는 일이 가능했던 것이다.

원형과 매개형의 차이를 감별하지 못하고, 원형과는 거리가 먼 매개형만 수용한 데서 생겨난 혼란은 한국근대문학 연구가 안고 있는 부담을 배가시키고 있다. 1920년대 초에 수입된 자연주의 문학에 대한 연구는 그런 어려운 작업의 대표적 케이스에 속한다. 자연주의의 원형이 되는 프랑스의 'naturalisme'은 '졸라이즘'이 주축이 된다. 그런데 일본의 자연주의는 졸라이즘과의 유사성이 아주 적다. 졸라이즘보다는 낭만주의와 더 많은 근사치를 지니고 있는 것이다. 일본인들은 그것을 'Japanese naturalism'이라 부르고 있다. 그러면서 졸라와 보다 많은 유사성을 지니는 고스기 덴가이小杉天外 등의 전기前期 자연주의를 사실주의로 치부한다.

일본의 자연주의는 졸라이즘과는 너무나 유사성이 적기 때문에 같은 명칭으로 부르기가 어렵다. 한국에서 자연주의라는 용어에 혼선이 생기는 이유가 여기에 있다. 일본 자연주의는 불란서 자연주의의 매개형이면서 그 자체가 또 하나의 원형의 성격을 지닐 만큼 이질적이다, 그래서 필자는 여러 항목을 통하여 김동인과 염상섭의 자연주의의 성격을 규명한 후 한국자연주의의 양상을 정립해 보기로 했다.

2) 연구의 대상과 범위

한국에서는 우리의 자연주의가 프랑스의 것과 일본의 것 중에서 어느 것을 수용했는가를 규명하는 작업이 선행되어야 한다. 그러려면 프랑스와 일본 자연주의를 비교하는 연구를 해야 하고, 그 다음에 한국 자연주의 연구를 시작해야 하는만큼 범위와 대상이 지나치게 방대해진다. 한국에서 자연주의에 대한 전문서적이 나오기 어려운 이유가 여기에 있다. 그래서 필자는 프랑스와 일본의 자연주의의 성격을 규명하고, 그것과 김동인의 작품세계를 대비하는 "佛·日·韓 자연주의 대비연구"를 기획했다. 불란서와 일본의 자연주의를 조목조목 비교 한 후, 김동인의 자연주의와 그것들을 다시 대비하는 논문을 쓰려 한 것이다.

세 나라의 대비연구임으로 대상의 범위를 최소화 하였다. 프랑스의 자연주의는 에밀 졸라를 주축으로 하였다. 졸라의 "루공-마카르"(1971~1893) 중에서도 마카르계가 주동인물이 되는 전성기 (1977~1987)의 작품을 중심으로 하였으며, "테레즈 라캥"(1868년판)의 서문과 자연주의 이론서인 "실험소설론"(1871), "연극에 나타난 자연주의"(1880), "자연주의 작가들"(1881)로 대상을 좁힌 것이다.

일본에서는 후기 자연주의만 대상으로 하였으며, 작가 중에서는 시마자키 토오손島崎藤村과 다야마 카타이田山花袋의 자연주의 전성기

(1906~1911)의 작품으로 대상을 한정했고, 평론에서는 시마무라 호게츠島村抱月와 하세가와 덴케이長谷川天溪의 자연주의론 등을 중심으로 했다. 김동인에게서는 '감자', '태형', '명문明文', '김연실전金姸實傳', '포풀라', 'K박사의 연구' 등 자연주의적 색채가 드러나는 작품들을 택했고, 자연주의론과 관계되는 평론으로 대상으로 한정한 것이다.

　그런데도 양이 많아져서 두권으로 나누었다. 1권에서는 원형과 매개형인 불란서와 일본의 자연주의를 비교 한 후 김동인의 자연주의까지만 다루고, 염상섭의 자연주의는 2권에서 다루기로 한 것이다.

I장

불·일 자연주의 비교연구

1. 원형 – 불란서의 자연주의

1. 졸라와 자연주의

다른 문예사조와 비교해 볼 때 자연주의naturalism는 이론적인 면이 지나치게 두드러지는 문예사조다. '실험소설론Le Roman Expérimental'(1880)과 같은 논문을 통하여 문학운동이 전개된 것은 전례가 없는 일이기 때문이다. '실험소설론' 외에도 졸라는 '연극에 나타난 자연주의Le Naturalisme au théâtre'(1880) '자연주의 작가들Les Romanciers Naturalistes'(1881) 등의 평론과 '떼레즈 라캥Thérès Raquin'(1968)의 서문, "루공-마카르Les Rougon-Macquart" (1871~1893)의 서문, '스크린論Theories des Écrans'(1864) 등을 통해 자연주의의 이론적인 측면을 다각적으로 제시했다. 자연주의 이론의 담당자는 에밀 졸라Émile-Edouard-Charles-Antoïne Zola1840-1902 한 사람이다. 그는 6권의 평론집을 가진 평론가인 만큼 그의 예술론의 이론화 작업은 낭만주의나 사실주의보다 철저하다.

자연주의가 이론주도형의 사조이기 때문에 성격이 선명하다는 사실은 그 명칭의 단출함에서도 나타난다. 리얼리즘은 30개도 넘는 종류를 가지고 있는데(Demian Grant: *"Realism"* pp.1~2 참조) 자연주의는 종류가 많지 않다. 배비트L. Babit의 'emotional naturalism'과 'scientific naturalism', 릴리W. S. Lilly의 'old naturalism'과 'new naturalism' 외에 'poetic naturalism', 'æsthetic naturalism' 등이 나오는 정도인데 이 두가지는 배비트의 'emotional naturalism'의 동류여서 졸라이즘과는 반대의 것이고, 'old naturalism'은 호머Homer의 사실주의를 의미하니까 졸라가 지향한 '과학적 사실주의scientific naturalism'에는 동류가 없다.

그런 선명성은 자연주의의 장점인 동시에 단점도 된다. 그려야 하는 현실은 복잡하고 모호한데 이론만 선명하고 확실하니까 자칫하면 그 이론에 부합되도록 현실을 조종해야 하는 비자연주의적인 왜곡이 일어날 가능성이 있기 때문이다. 그것은 '실험소설론'의 작자인 졸라 자신이 "루공-마카르"를 쓰면서 부딪쳤을 현실적인 난관이기도 했을 것이다.[1]

자연주의 이론의 타당성 여부는 후에 논하기로 하고 이 책에서는 자연주의라는 용어의 성격을 규명함에 목적이 있기 때문에 졸라이즘과 자연주의의 관계를 밝히는 것이 필요하다. 자연주의는 이론주도형 사조이고, 그 이론이 졸라 한 사람에 의존하고 있기 때문에 사실상 프랑스의 자연주의는 졸라이즘과 동의어나 유사어로 취급되고 있다. 그래서 이 책에서도 프랑스의 자연주의를 졸라 한 사람을 주로해서 규명하려 하고 있음을 밝혀 둔다.

하지만 졸라이즘을 개괄적으로 검토하는 대신에 항목마다 첫머리에

---

1) "그의 출발점을 이룬 것은 미지의 제1원리에 대한 탐구가 아니라, 이미 요지부동하게 세워진 가설의 확인을 위한 노력이었기 때문이다"라고 정명환 교수는 말하였다. ("졸라와 자연주의" pp.60~61) 그 요지부동한 가설은 그 자신에게도 속박이었고 부담이었다. 20년 동안이나 같은 이름으로 소설을 써야 했기 때문이다.

서 졸라의 이론을 밝히고 그것을 일본과 비교한 후 김동인, 염상섭과 비교할 예정이어서, 졸라의 이론은 항목마다 첫머리에 나올 것이며, 그 총계가 졸라이즘이 될 것이다.

2. 졸라이즘과 리얼리즘

리얼리즘과 내추럴리즘은 대체로 동의어나 유사어로 생각하는 일이 많다. 영국 같은 나라에서는 구별하지 않고 리얼리즘이라 통칭하고 있으며, 본거지인 프랑스에서도 비슷한 경우가 많다. 일반적으로 프랑스에서는 뒤랑티Duranty, 샹플뢰리Champfleury, 플로베르Flaubert, 공쿠르Goncourt형제 등을 리얼리스트로 보고, 메당Médan그룹의 소속인원인 졸라, 유이스망Huysmans, 모파상Maupassant, 알렉시스Alexis, 에니크Hennique, 세아르Céard 등을 자연주의자로 보고 있다. 그런데 졸라는 발자크, 플로베르, 공쿠르를 자연주의자로 보고 있으며,[2] 도레빌리Barbey d'Aurevilly는 졸라를 리얼리스트로 보고 있어,(P. Cogny: "Le Naturaalisme" p.7) 이 두 사조가 뒤섞이고 있는 경우가 많음을 알 수 있다. 실지로 에밀 졸라는 그의 선배 리얼리스트들과 많은 것을 공유하고 있다. 반 낭만주의적 경

---

2)　① 'Le naturalisme triomphait avec Balzac',
　　　　　　　"*Le Roman Expérimental*" p.144. 이하 "R. -E."로 약칭.

　　② M. Gustave Flaubert l'air voulu ou non, il venait d'apporter au naturalisme la dernièr force qui lui manquait, celle de la forme parfaite et impérissable.
　　　　　　　'Le naturalism au théâtre' *R.E.* p.184.

　　③ 졸라는 공쿠르도 자연주의자로 간주한다.

향, 현실을 정확하고 완벽하게 재현하려는 과학적 태도, 고증과 개연성 probability의 존중, 가치의 중립성과 객관주의, 낮은 제재의 수용등이다.

하지만 졸리는 거기에서 한 걸음 더 나간다. 결정론을 내세워 과학주의를 극단화시킨 것이다. 낭만주의자들에게 있어서 자연nature이라는 말은 비인공적인 것을 의미했다. 그들은 원시성을 동경하고 인적이 드문 시골의 산과 들을 사랑하며, 어린이와 동물들을 예찬한다. 그것들은 모두 인공성을 지니지 않기 때문이다. 낭만주의에서 사용하는 '자연'이라는 말은 노자의 '무위자연無爲自然'과 통하는 성격을 지닌다. 신이 만든 그대로의 상태를 선호하고 있기 때문이다.

자연주의의 '자연'은 이와는 성격이 다르다. 그것은 자연과학natural science을 의미하며, 물질주의적으로 해석한 人性human nature을 의미한다. 테느의 제자라고 자칭하는 졸라는 그 스승에게서 실증주의적 사고와, 과학이론을 문학에 적용하는 것을 배웠다. 과학을 문학에 적용한 것이 졸라의 자연주의이다.

　　① 자연주의는 리얼리즘을 계승하여 그 성격을 확정짓고 그것을 과장한 것.

　　② 자연주의는 시대와의 밀착성, 과학적 규범의 도입과 체계화를 통하여 그 성격이 경직된 것.[3]

이런 평가의 진상을 확인 하기 위해서 두 사조를 비교해 보기로 한다.

---

3)　Naturalism hardened itself by compact with the age and systematized itself by submitting to the discipline of science.　　　　　*Realism*, pp.33~34

1) 동질성

(1) 반 낭만주의

이 두 사조가 낭만주의와 다른 측면을 고찰하는데 적절한 예를 아우에르바하Auerbach의 '오뎃세이의 상처Odyssey's Scar'("*Mimesis*" 1장)에서 찾을 수 있다. 그는 두 사조의 원형인 헬레니즘과 헤브라이즘의 차이를 제시하기 위해서 '창세기'와 '오뎃세이'를 대비하여 다음과 같은 대비표를 만들었다.

	오뎃세이	창세기
1	외형화 현상 – 비밀이 없음(명징성)	암시적 표현 (모호성)
2	form의 중시 – 신들도 형체를 가짐	form의 경시 – 신에게는 목소리만 있음
3	시공간의 명시	시공간의 경시 예 : 아브라함의 여행
4	수평적 신인神人 관계 : 평등사상	수직적 신·인 관계 : 상하관계
5	고정적 인물형	발전하는 인물형
6	개연성probability 존중 – 합리주의	모호성 – obscurity 선호, 비합리적
7	문체의 분류 – separation of style	문체의 혼합 – mixing of style

이런 대조적 성격은 그대로 리얼리즘과 낭만주의에 부합된다. 이 글에서 리얼리즘의 특성이 명시되는 부분은 오뎃세이의 상처가 노출되는 장면이다.

손님의 상처에 손이 닿자마자 늙은 하녀는 너무나 기뻐서 얼떨결에 그의 발을 대야에 떨구어 버린다. 물이 대야에서 넘쳐 흐른다. …… 이 극적인 만남의 장면에서조차 호머는 독자에게 오딧세이가 노파의 입을 오른손으로 막으면서 동시에 그녀를 왼손으로 당겨다 안았다는 이야기를 생략하지 않고 말해준다. ("*Mimesis*" p.3)

아우에르바하는 이 한 장면에 리얼리즘의 두 측면이 나타나 있다고 말하고 있다.

(2) 외면화 현상externalization

상처에 닿는 하녀의 손과 주인의 상처, 대야에 떨어지는 발, 넘쳐나는 물, 하녀의 입을 가리는 주인의 오른 손, 그녀를 끌어다 안는 주인의 왼 손의 움직임 등이 모두 눈에 보이게 그려져 있다. 심지어 하녀의 기쁨(내면성)의 크기까지 튀어 오르는 물로 가시화可視化 되고 있다.

내면의 외면화 경향은 발자크에게서도 나타난다. 스탕달과 발자크의 차이를 코그니는 '외면의 내면화'와 '내면의 외면화'로 구별하고 있다. 스탕달은 우선 '내면'부터 생각하는데 발자크는 '외면'을 선행시킨다. 스탕달보다 발자크가 리얼리스틱한 것이다. 그가 졸라에게서 '자연주의의 아버지'라 불리우는 요인이 바로 외면화extérioriser 경향에 있다는 것이다.

세상에는 외계에 더 관심을 가지는 사람과 내면에 집착하는 사람의 두 종류가 있다. …… 발자크는 외향파에 속하며, 네르발Nerval은 내향파다. 발자크의 관심은 사회, 시대, 문명, 관습moeurs, 인물의 유형 등에 있다. 그러나 네르발의 최대 관심사는 자기 안의 인간에 있다. 자기의 내면에서 움직이고 있는 미지의 인간의 꿈과 사고의 뉘앙스이다. …… 문학이 전적으로 내면성에만 집착하는 경우는 사회가 불안정하고 암담하다는 징조다. 극단적으로 외면성에만 집착하는 문학은 야만적인 기술어技術語의 범람 속에서 고갈되고 말 것이다. 모든 예술의 문제는 결국 외향성과 내향성의 문제로 귀착된다.[4]

라누A. Lanoux도 코그니와 의견이 같다. 그것은 발자크와 호머와 졸라가 공유하는 특징이다. 와트I. Watt는 18세기 영국의 사실적 작가들이 이룩해 놓은 formal realism도 호머의 문학과 동질성을 지님을 지적하고 있다. "호머도 18세기 작가들처럼 세밀하고 자상하며, 정확한 묘사를 지향하여 '시선의 탁월한 명석성'을 명시하고 있다"[5]는 말은 그것이 리얼리스트들의 공통 특징임을 확인시켜 준다. 가시적 표현visible expression을 위한 외면화 현상은 리얼리즘계 문학의 기본 특징이다.

---

4) Et, comme tous les hommes, certains d'entre eux sont plutôt sensibilisés au monde extérieur, alors que les autre s'épanouissent dans leur monde intérieure…. Balzac est un extraverti, Nerval un introverti, Balzac mettait au premier plan de ses préoccupations une société, une époque, une civilization, des moeurs, des types, des personnages; le second attachait la plus grande importance à l'homme en lui, cet inconnu que bougeait dans toutes les nuances du songe et du rêve éveillé…. Une littérature entièrement introvertie serait le signe d'une société névrosée, condamnée, une littérature entièrement extravertie se dessécherait dans une barbare nomenclature. L'art tout entier est fait de ce dialogue.　　　　　　　　　　　"R. -M." I, p.ix Préface de A. Lanoux.

5) Homer, ……shared with them that outstanding clearness of sight which is manifested in the 'detailed, ample, and lovingly exact descriptions that abound in their works.
　　　　　　I. Watt, "The Rise of the Novel"-이하 I. Watt, "같은 책"으로 약칭, p.34.

(3) 개연성 존중

씻고 있던 발을 대야에 떨어뜨리면 물이 넘쳐나며, 오른손은 노파의 입에 가 있으니 그녀를 끌어 당길 또 하나의 손은 당연하게도 왼손일 수밖에 없다. 20년만에 주인과 하녀가 만나는 극적인 순간에도 개연성을 잊지 않은 호머의 철저함은, 현실의 모사를 목표로하는 문학의 생명이 현실과의 유사성vrai-semblance 확보에 있음을 상기시켜 준다. 현실과의 유사성을 확보하려면 작가는 현실의 구석구석을 정밀하게 묘사하는데서 끝나는 것이 아니라, 개개의 디테일에 호머처럼 합리성을 부여해야 한다. 그러려면 증거가 필요하다. 왜 왼손이며 왜 오른손이어야 하는가 하는 물음에 대답할 수 있는 물증이 있어야 하는 것이다.

창세기는 그렇지 않다. 그것은 무시간無時間atemporal 지대인 허공에서 일어나는 사건이며, 모든 것이 암시적이어서 모호하다. 거기에서는 개연성 같은 것은 문제가 되지 않는다. 목소리로만 존재하는 보이지 않는 신이 아브라함에게 이삭을 희생으로 바칠 것을 요구하며, 아브라함은 이유도 묻지 않고 아들을 데리고 진공지대 같은 공간을 지나 제단 앞에 다다른다. 그것은 신과 아브라함 사이에만 통하는 절대적인 믿음의 세계여서 증거나 합리성 같은 것은 문제가 되지 않는다.

호머의 합리주의는 19세기에 오면 실증주의가 된다. "자연주의자들처럼 리얼리스트들도 실증철학에 집착했다"는 코그니의 말은, 실증정신이 이 두 유파의 공통특징이었음을 재확인시켜 준다. 졸라는 그것을 더 극단화 시켜서 문학자와 과학자를 동일시 하려 했던 것이다.

(4) 배경의 당대성

오뎃세이 장군은 트로이 전쟁이 일어난지 20년이 지난 해에 이다카로

돌아가 자기집에서 하녀에게 발을 씻기고 있다. 시간과 공간이 명시되고 있는 것이다. '창세기'는 그렇지 않다. 거기에서는 현실적인 배경이 분명하게 드러나지 않는다. 종교는 초현실적 세계에 속하기 때문이다. 낭만주의자들도 '창세기'처럼 배경에 대한 관심이 희박하다. 그리고 '지금-여기'의 현실적인 시공간을 소중하게 생각하지 않는다. 현실에서 도망가고 싶었던 그들은 현실과 거리가 있는 '과거'를 선호한다. 낭만주의에 역사소설이 많은 이유가 거기에 있다. 플로베르 같은 리얼리스트의 작품도 과거에서 취재한 '살람보'나 '성 앙토와느의 유혹'은 낭만주의에 가까운 것으로 간주되는 이유가 거기에 있다. 과거는 입증하는 일이 어려운 지대이기 때문이다. 낭만주의의 중세취미는 현실에 대한 혐오에서 나오는 것이다.

공간적 배경도 역시 현실에서의 도피escape from reality 경향을 나타낸다. 이국취미가 그것이다. 몽환의 나라에 대한 동경, "현실이 아닌 것에 대한 갈망pine for what is not"[6] 같은 것이 낭만주의의 특징이다. 그래서 동양이나 이국은 서양 낭만파들이 애용하는 배경이 되었다. 낭만파가 '지금-여기'의 시공간chronotopos을 거부한데 대한 반동은 리얼리즘계의 문학의 당대성과 근접성에 대한 집착으로 나타난다. 미메시스계의 문학은 현실을 모사模寫해야 하기 때문에 모방할 대상이 눈앞에 있어야 한다. 이 계열의 문학이 모든 나라에서 모델 시비를 일으키는 이유가 거기에 있다. '지금-여기의 크로노토포스'는 리얼리즘과 낭만주의를 구분짓는 중요한 특성 중의 하나다.

그 밖에 인간평등사상, 인물의 유형성, 시대적 배경의 안정성 등도 리

---

6)   P. B. Shelley, 'To a Skylark'의 일절.

얼리즘계 문학의 특징이다. '창세기'는 이점에서도 호머와 대척된다. 창세기의 인간관계나 신과 인간의 관계는 수평적인 것이 아니라 수직적이다. 신이 명령하면 아브라함은 조건 없이 따르고 있으며, 아버지가 데리고 가면 아들은 소리 없이 따라간다. 신과 인간, 아버지와 아들의 관계가 수직적이어서 평등관계가 생겨나지 않는 것이다.

인물형의 경우도 마찬가지다. '창세기'의 인물들은 신에 대한 믿음을 통해 새 사람으로 거듭나는 형이어서 성격이 변한다. 시대적 배경은 덜 안정되어 있는 것이 상례다. 리얼리즘은 거울의 문학이어서 현실의 안정이 필요한데 낭만주의는 변화를 꿈꾸기 때문에 유동성이 있는 시대가 적성에 맞는다.

'오뎃세이'가 현실을 모사하는 문학의 원형인 것처럼 '창세기'는 현실이탈형 문학의 원형이다. 이 두 사조는 격세유전으로 엇갈리며 반복되면서 서구문예사조의 계보를 형성한다. 그래서 고전주의, 사실주의, 자연주의등 리얼리즘계의 문학은 모두 반 낭만주의적 자세를 가지게 된다. 문학이 사조의 규범에 따라 확연하게 양분되는 것은 물론 아니지만, 적어도 지향점은 동일한 것이다. 위고와 플로베르나 졸라와의 거리를 낭만주의와 사실주의의 거리를 기준으로 측정하는 일은 어려운 작업이다. 사람들이 위고를 낭만주의자라 부를 때 그것은 낭만적 경향이 우세하다는 의미이기 때문이다. 졸라의 경우도 마찬가지다. 작가들은 누구나 양면성을 가지고 있기 때문에 그런 분류는 어디까지나 상대적이다.

졸라와 플로베르는 반 낭만주의를 지향한 작가로 분류된다. 하지만 그것은 그들이 자기 안에 있는 낭만적 요소를 억제해야 할 그 무엇으로 간주한다는 의미에 불과하다. "우리 안에 있는 낭만적인 성향은 결국은 말살되어질 것이다"[7]라는 졸라의 희망은, 자기 안에도 의식적인 노력 없이는 억제될 수 없는 낭만적 성향이 있다는 고백이다. 그러니까 그들은 반 낭만주의적인 자세를 취한 문인에 지나지 않는다. 졸라의 문제점은 그런 현실을 무시하고 지나치게 이론에 집착한데 있다고 할 수 있다.

(5) 재현론

i) 리얼리즘과 자연주의의 동질성

리얼리즘과 자연주의는 현실을 재현하는 방법에서는 많은 공통점을 가지고 있다. 졸라는 그의 '실험소설론'에서 "리얼리즘은 현실의 정확하고 완벽하고 진지한 재현"이라는 말을 하고 있는데, 그것은 리얼리스트인 뒤랑티가 한 말이다. 이 점에서는 졸라와 뒤랑티의 지향점이 같은 것이다. 플로베르도 이점에서는 그들과 의견이 같다. 플로베르는 자신이 자연주의자라 불리우는 것을 거부하고 있지만, "방법 면에서는 자연주의자인 것이다."[8] '진실' 존중 사상, 고증자료의 중시, 현실의 정확한 재현 등에서 이 세 문인은 공통된다.

그런 공통점은 고증자료를 중시하는 데서부터 나타난다. 에밀 졸라는 한 시대의 벽화를 그리기 위해서 철도, 광산, 백화점, 중앙시장, 경마장, 증권거래소, 탄광, 세탁소 등을 노트를 들고 찾아 다니면서 자료를 직접 수집한 문인이다. 그는 '짐승인간'을 쓰기 위해 철도국에 직접 문의

---

7)   It is romanticism which will finally be destroyed in us…….
                            G. Renard에게 보낸 편지 *"Documents"* p.244에서 재인용.
8)   Flaubert est naturaliste par la méthode…….   *"Naturalisme"* p.47.

하는 편지를 쓰기도 했다. 발자크도 테느에게서 '자료 백화점'이라는 말을 들을 정도로 자료수집에 열심이었으며(1장 5 주19 참조), 플로베르는 '살람보'를 쓰기 위해 57권의 책을 읽고 여러번 현장을 답습했고,(同上 주20 참조) 공쿠르도 '자료만이 좋은 책을 만든다'(동상 주93 참조)는 신념을 가지고 있었다. 관찰과 고증을 중시한 것은 졸라나 리얼리스트나 마찬가지였던 것이다.

다음은 객관주의다. 객관주의는 리얼리즘 문학의 초석이다.[9] 발자크, 플로베르, 공쿠르, 졸라, 모파상 등은 모두 객관주의를 선택한 작가들이다. 낭만주의의 '고백문학'을 극복한 것은 발자크의 공적이라 할 수 있다. 플로베르는 졸라보다 더 철저하게 객관주의를 관철시켰다. 객관적 시점의 채택은 이들과 낭만주의자들을 구분짓는 중요한 항목이다.

하지만 발자크나 스탕달의 경우 리얼리즘은 자연발생적 단계에 있었기 때문에 작가 개입의 빈도가 1850년대 작가들보다 훨씬 잦다. 낭만주의기에 문학을 시작했기 때문이다. 프랑스의 리얼리즘은 1850년대의 산물이다. "레알리즘Réalisme"이라는 잡지가 뒤랑티의 주재로 발간된 것이 1856년 7월부터 1857년 5월까지이다. 그가 리얼리즘의 종말을 선언하고 잡지를 폐간하자, 석달 후에 '보바리 부인'이 나와 리얼리즘 시대를 본격화 시켰으니, 발자크보다 플로베르가 더 리얼리스틱한 것은 당연한 일이라 할 수 있다. 리얼리즘은 그후 20년간 지속되다가 1977년부터 자연주의에게 바톤을 넘긴다. 하지만 객관적 묘사의 완벽성을 기하기 위해 '보바리 부인'의 비유어를 지우는 작업을 계속한 플로베르 쪽이 졸라보다는 더 철저한 객관주의자였다.

---

9)   The foundation stone is tenet of objectivity……. "Documents" P. 28.

세번째가 가치의 중립성에 대한 태도이다. 가치중립의 자세가 되면 작가의 선택권이 배제되니까 제재의 높낮이가 의미를 잃는다. 플로베르를 보고 뒤랑티가 "그는 모든 것을 취급한다."[10]고 평한 것은 그 때문이다. 이 말은 "우리는 모든 것을 이야기 한다"("R. -E." p.152)는 졸라의 말과 호응한다. 가치의 중립성은 낮은 제재까지 수용하는 것을 의미한다. 낮은 계층의 이야기를 다룬 점에서 리얼리스트와 자연주의자들은 공통되는 것이다. 자연주의에서는 그면이 더 극단화 되는 것 뿐이다.

그런 현상은 인물의 계층에서 먼저 나타난다. 발자크의 작품에는 노동자 계급이 나오지 않는다.[11] 플로베르도 마찬가지다. 최하층까지 내려간 최초의 작가는 공쿠르다. '제르미니 라세르투'는 불문학에 등장한 최초의 하녀 주인공이다. 인물의 저속화 현상은 '서민의 비극도 상류계급의 그것처럼 취급되어야 한다'고 작가가 생각한데서 생겨난다. 그래서 자연주의에서는 아예 제르미니의 계층이 주류를 이루게 된다. 루공과 마카르는 둘 다 천민계급에 속하는 남자다. 2대와 3대에 가서 루공계는 계층상승을 이루지만, 마카르계는 여전히 사회의 최하층에서 헤매고 있다. 졸라의 자연주의의 대표적 인물들은 대부분이 마카르계다.

작중인물의 계층 문제는 작가의 계층과 호응한다. 졸라는 프랑스의

---

10) Madame Bovary is a book above all, a composed and meditated book in which everything holds together, in which nothing is left. 　　　　같은 책, p.99.
플로베르 뿐 아니라 보들레르 같은 상징파 시인도 "모든 것을 이야기 한" 죄로 재판을 받았다. ("フランス·レアリスム" 山川篤(駿河臺出版社, 1977) p.6. 제재의 하향화는 1950년대의 공통특징이라고 할 수 있다.

11) Dans les quatre-vingt-dix-sept romans de Balzac, l'ouvrier n'apparait pas... Cela aussi, Zola l'a noté. Il n'y a pas de ouvrier chez Balzac. C'est par la peinture des milieux ouvriers encore inexplorés que Zola s'imposera, contre toutes les résistances d'une bourgeoisie révoltée par l'accession du(prolétaire) à la noble condition de personnage de roman. 　　　　"R. -M." I, p.14.

리얼리즘계의 작가 중에서 출신계급이 가장 낮다. 마르티노P. Marrino는 7월혁명 후에 작가의 계층이 전보다 낮아져서 하층계급과 지방출신이 많아졌는데 졸라도 그 중의 하나라고 말하고 있다.[12] 졸라는 시골 출신이고 가난했으며, 고등학교 밖에 다니지 않았다.

네 번째 공통점은 스타일 혼합의 양상에서 나타난다. '저속한 제재를 진지하게 취급하는' 것이 두 사조의 공통되는 특성이기 때문이다. 이 점은 '레미제라블'(위고)과 '으제니 그랑데'(발자크) 를 나누는 분수령이 되기도 한다. 발자크의 인물들은 쟝발쟝처럼 도둑에서 성자로 비약하지 않는다. 호머의 경우처럼 발자크의 인물들은 발전하지 않는 유형이다. 과장되는 경우가 많기는 하지만, 그들은 독특한 개성을 지속적으로 지니고 있으며, 그들의 속성은 성화聖化되지 않고 범속성에 머문다. 그 대신 작가는 그 범속한 인물의 문제를 '진지'하게 다룬다. 다음 세대는 이런 '범속성과 진지성의 혼합'을 진일보시켰다.

낭만파의 내면존중, 비합리주의, 현실도피 경향 등에 대한 반발, 진실존중 사상과 고증 중시 경향, 객관적 시점과 분석적 해부적 방법의 채택, 가치중립성과 제재의 비속화, 범속성과 진지성을 공유하는 스타일 혼합의 패턴 등은 리얼리즘과 내추럴리즘이 공유하는 특성들이다. 다른 것이 있다면 같은 경향의 과장 내지 극단화가 있는 것 뿐이다.

2) 이질성

하지만 사상적인 면에서는 이질성이 나타난다. Naturalism은 "과학

---

12) "ゾラとフランス・レアリスム" 河內淸 p.149 참조.

적 자연주의를 구현하기 위해 리얼리스틱한 방법과 제재를 사용한 것"(J. Shipley)이다. 쉬풀리가 '과학적 자연주의'라 부른 것은 '물질주의적, 비관주의적 결정론'에 의거한 사상경향을 의미한다. 자연주의와 사실주의의 가장 두드러진 차이점을 '과학주의'라 보는 사람들이 많다. 그런데 사실주의자로 분류되는 발자크와 프로베르 등도 과학주의를 채택하고 있는 데서 혼란이 생긴다.

① 우리는 인간을 마스토돈이나 악어와 똑 같이 취급해야 한다.[13]

② 유명한 의사의 아들이며 동생인 프로베르씨는 펜을 해부도解剖刀처럼 사용한다. 나는 그의 작품 도처에서 생리학자와 해부의解剖醫를 만난다.[14]

③ 발자크는 천부의 실험소설가다. 그는 외과의의 방법을 택했다.[15]

이 인용문들은 1830년대의 작가인 발자크에게 이미 과학주의가 있었음을 증언한다. 테느는 그를 자연과학자라 불렀고, 졸라도 '외과의'로 볼 만큼 그는 과학에 관심이 많았다. 졸라가 클로드 베르나르에게서 과학이론을 받아 온 것처럼 발자크는 생리학자인 쌍티레르G. Saint-Hilaire에게

---

13)　"Documents", p.92에서 재인용.

14)　Sainte-Beuve écrit..... à propos de Madame Bovary: Fils et frère de médecins distingués, M. Gustave Flaubert tient la plume comme d'autres le scalpel. Anatomistes et physiologistes, je vous retrouve partout.　　R. E., p.8에서 재인용.

15)　La littérature est devenue toute expérimentale. dans le roman surtout, Balzac est né, apportant une méthode chirugicale, s'appuyant sur la science, aidant la scence.　　　　　　　　　É. Zola, L'Avenir national' 25 février 1873 "R. -E." p.41.

서 과학지식을 전수 받는다. ("Naturalisme" P. 37) 과학자 집안에서 태어난 플로베르는 더 말할 필요가 없다.

과학에 대한 관심이 자료중시, 객관적 시점, 가치의 중립성과 선택권의 배제 등으로 나타날 때까지는 졸라와 이들과의 사이에 구별이 없었다. 그것이 생리적 측면의 중시, 형이하학적 인간관, 병리적 측면의 노출 등으로 나타날 때까지도 그들은 같은 길을 걸어간다. 하지만 거기에서 한 걸음 더 나아가 과학만능의 사고가 나타나면 졸라의 선배들은 동행을 거부한다. 인간을 마스토돈이나 악어와 같이 취급하는 것은 참을 수 있는데, 인간을 무기물인 돌과 동질시 하는 것은 참을 수 없었던 것이다.

(1) 결정론

졸라가 선배들과 다른 첫 항목은 결정론이다. 심리학 대신에 생리학과 병리학을 들고 나온 발자크나 공쿠르도 결정론까지는 받아들이지 않았으며, 플로베르는 졸라의 물질주의적 인간관에 정면으로 항의한다.[16] 졸라는 결정론에 입각해서 "루공-마카르" 20권을 기획했다. 유전과 환경이 인간을 망가뜨리는 것을 추적한 방대한 서사시다. 물질주의적 인간관의 철저함과 인간의 자유의지를 인정하지 않는 결정론적 사고는 자연주의와 사실주의가 갈라지는 중요한 계기가 된다.

---

16) Matérialisme m'indigne, et presque tous les lundis, j'ai un accès d'irritation en lisant les feuilletons de ce brave Zola. Après les réalistes, nous avons les naturalistes, et les impressionistes. Quel Progrès! Tas de farceurs.

　　　　　'투르게네프에게 보낸 편지'. *"Realism"*, p.45에서 재인용.

(2) 眞 존중의 예술관

졸라의 과학주의의 두 번째 문제점은 '진실' 존중의 예술관에 있다. 졸라는 '진眞'을 존중하고 '미美'를 격하시킴으로써 예술을 과학에 종속시킨다. 수사학을 거부하는 점에서 그는 문학을 과학보다 열등한 것으로 보고 있었다고 할 수도 있다. 플로베르나 공쿠르는 그렇지 않았다. 그들은 과학자가 아니라 예술가이다. 졸라도 이 점을 인정하여 "플로베르와 함께 자연주의는 완벽한 예술가의 손에 들어갔다."[17]고 말하고 있다. 플로베르의 예술성을 자연주의에 포함시킬 자세를 취한 것이다.

하지만 플로베르는 졸라의 반 형식주의를 용납하지 않았다.[18] 그에게 있어서 예술은 종교와 같은 것이다. 그는 고행을 하는 승려처럼 모든 욕망을 억제하고 오로지 작품의 미적 완벽성을 위해 심혼을 다 바쳤다. 그는 '무無의 책livre sur rien', 주제가 없는 책까지 꿈꾼 예술지상주의자다. 플로베르는 제재의 측면에서만 선택권의 배제를 찬성했다. "예술은 현실이 아니다"라고 주장한("Documents" p.96) 그에게 있어 예술의 목적은 '진'이 아니라 어디까지나 '미'였기 때문이다.

공쿠르형제도 플로베르처럼 작품의 미적 완성에 전력투구한 문인이다. 그래서 졸라는 그들을 'stylistes' 혹은 'artistes'라 평가했다. 그리고 그들이 "루이 15세의 애첩들을 그릴 때와 같은 문체를 사회의 상처 자국

---

17) Avec M. Gustave Flaubert, la formule naturaliste passe aux mains d'un artiste parfait. Elle se solidifie, prend la dureté le brillant du marbre.
   'Le Naturalisme au théâtre' 이하 'R. E.'로 약칭 p.148.

18) Lisez ses feuilletons du lundi vous verrez comme il croit avoir découvert le Naturalisme. Quant à la poésie et au style, qui sont les deux éléments éternels, jamais n'en parle. '투르게네프에게 보낸 편지'. "Documents" p.94에서 재인용

을 묘사할 때에도 쓰고 있다"(河內淸, "ゾラとフランス·レアリスム" 73 참조)고 비난했다. 모파상도 이들과 같은 예술관을 가지고 있었다.

졸라의 예술관은 전 세대와 후 세대의 '미학적 리얼리스들'과 모두 맞지 않았기 때문에 그들은 자연주의자가 되기를 거부해서, 자연주의는 졸라의 독무대가 되고 만다. 졸라가 자연주의 미학의 완성자로 본 플로베르, 병리적 측면과 계층의 하향성을 통해 졸라에게 표본을 제시한 공쿠르 형제, 믿음직한 후계자로 생각한 모파상 등이 모두 예술관 때문에 자연주의를 거부해서 자연주의는 그룹을 형성하지 못하고 마는 것이다.

(3) 작가의 계층

작중인물의 계층, 예술관의 차이 등은 졸라와 다른 리얼리스트들의 계층의 차이와 연관관계를 가진다. 에밀 졸라는 하층계급 출신이다. 다른 작가들과는 계층의 차이가 엄청나다. 공쿠르 형제는 귀족출신이다. ("Naturalisme" p.53) 계층면에서 자연주의와 궁합이 맞지 않는 문인인 것이다. 졸라는 그의 귀족취미를 비난하는 말을 하고 있다.

① '제르미니 라세르투'는 하얀 장갑을 끼고 행한 사랑의 임상실험이다. 그들은 이론적으로는 악취를 두려워 하지 않는 듯하나, 본능적으로는 방향芳香을 사랑하는 사람으로서 현실을 향하고 있는 느낌이 든다.[19]

---

19) 河內淸 "ゾラとフランス·レアリスム" p.73에서 재인용.

② 골동품상에서 산 진기한 꽃병이라도 보는 것처럼 그들은 호기심에 차서 그 상처를 연구하고 있는 것 같다. (위와 같음)

공쿠르 자신도 자신의 귀족성을 인정하고 있다. 그들은 글에서는 서민을 그렸지만 현실에서는 그들을 경멸하고 있었다. 그들은 자기들이 "우아한 세계를 그리는 리얼리스틱한 소설을 쓸 야심을 지닌 작가"[20] 라는 것을 자백하고 있다. 그러니까 '제르미니 라세르투'는 공쿠르 형제에게는 일종의 외도인 셈이다. 모파상도 귀족이다. 프로베르는 귀족은 아니지만 부유한 상류층 출신이다. 그는 평생 일하지 않아도 의식에 걱정이 없는 이자생활자rentier 계층에 속하는 것이다.

이런 출신계층의 높이는 그들의 귀족적인 예술관과 밀착되어 있으며, 동시에 반 민주적인 자세의 원인이 되기도 한다. 플로베르는 인간평등 문제에 대하여 절대로 찬성표를 던질 수 없는 인물이다. 그에게 있어 평등은 '자연 그 자체에 대한 부정'으로 보였다. '보봐르와 페키쉐'에 나오는 작중인물은 "진보란 터무니 없는 거짓말에 불과하다"고 외친다.[21] 그는 반 민주적 인물이다. 공화주의자인 졸라와는 정치적 견해가 다른 것이다.

발자크도 마찬가지다. 그는 왕당파다. 플로베르나 공쿠르보다는 계층이 낮지만 그는 부르조아 계급에 속한다. 자연주의계 작자 중에서 서민 출신은 졸라 밖에 없다. 따라서 그에게는 하층민과의 공감대가 있음을

---

20) It was my brother's and my ambition to write the realistic novel of the elegante world. 'Préface de 'Les Frères Zemganno' 1879. *"Documents"*, p.245에서 재인용.

21) Hein, le Profgrès, quelle blague! Et la Politique, une belle saleté!
　　　　　　　　　　　　　　　　　　　　　　　　 "L'oeuvre" Ⅱ, p.869

다음 인용문에서 확인할 수 있다.

　① 그는 붓끝 하나로 최하층에서부터 부르조아로 상승한 인물이다. 그는 현실적으로 가난의 비참함을 뼈에 사무치게 겪었기 때문에 거의 본능적으로 하층민에게 끌린다.　　　　　　　　　　　　　　　*"Naturalisme"* p.53

　② 졸라에게 있어서 하층민은 사회의 불가결한 구성원이다. (같은 책, p.15)

　코그니의 말대로 졸라는 글쓰기를 통하여 계층이 상승된 문인이다. 그는 출세주의자arriviste였으며, 그의 출세주의는 성공을 거두어 만년에는 '레지옹 돈뇌르Légion d'honneur훈장'을 받는다. 드디어 귀족인 공쿠르와 같은 훈장을 받는 신분으로 상승한 것이다. "숱한 물의를 일으켰지만 '루공-마카르'는 그에게 부富와 축제와 명예와 훈장을 가져다 주면서 막을 내렸다."22) 계층상승 면에서 보면 졸라는 그가 창조한 으제느 루공 Eugene Rougon이나 파스칼 루공Pascal Rougon ("R.-M." 6권과 20권의 주인공)과 유사하다.

　하지만 서민출신이라는 사실은 졸라에게는 유리한 여건이었다. 다른 작가들이 알지 못하는 새로운 계층과 친해질 기회가 그에게만 주어졌기 때문이다. 졸라의 출신계급은 인물들의 그것과 호응한다. 노동자 계급이 주동인물로 등장하는 자연주의기의 대표작들은 그가 잘 아는 세계의

---

22)　14 juillet, Zola reçut la croix d'offcier de la Légion d'honneur. Après bien des tapages, 'les Rougon-Marquart' avaient fini par faire de lui un auteur riche, fête,honore, decoré...　　　　　　　　　　　　　　　*"R.-M."* II, p.1623.

인물들의 이야기다. 서민출신이라는 것은 그의 자연주의 작품들의 성공과 함수관계를 지닌다.

졸라의 시대는 부르조아의 전성기인 동시에 대기업의 시대였다. 대기업의 발흥 속에서 '인간의 왜소화'가 진행되던 시대, 프롤레타리아 계층의 형성기였던 것이다. (河內淸, "ゾラとフランス・レアリスム" p.106) 말라르메 S. Mallarme의 말을 빌자면 졸라는 "진실이 미의 서민적 형식이 된 시대에 적합한 작품인 '목로주점l'Assommoir'의 저자인 것이다.[23] 졸라의 작품 중에서 '목로주점', '나나Nana', '제르미날Germinal' 등이 대중의 호응을 얻은 것은 작가가 시대적 분위기와 밀착되어 있었던 데 기인한다. 이는 '보바리 부인'을 제외한 플로베르의 작품들과 공쿠르의 작품들이 독서대중의 호응을 얻지 못한 점에서도 입증된다.

발자크는 형식면에서 완벽주의를 지향하지 않은 점에서 졸라와 공통된다. 계층 면에서도 졸라와 가장 가까운 것이 발자크다. 졸라는 발자크의 "인간희극La Comédie humaine"을 본받아 한 시대의 전모를 그리는 방대한 "루공-마카르"를 기획했다. 하지만 졸라와 발자크는 정치적 종교적 견해가 달랐다. 발자크는 왕당파였고 천주교신자였는데 졸라는 공화주의자였고 무신론자였기 때문이다.

플로베르는 무신론자인 점에서는 졸라와 같지만 철저하게 비관주의자인 점이 졸라와 달랐다. 졸라의 "루공-마카르"는 '삶을 부르는 깃발 같은'[24] 아기의 손놀림을 클로틸드Clothilde가 자애롭게 들여다 보는 장면에

---

23) Voilà une bien grande oeuvre; et digne d'une époque où la vérité devient la forme populaire de la beauté.　　　　　　　　"R. -M." II, p.1567.

24) Clothilde souriait à l'enfant, qui était toujours, son petit bras en l'air, tout droit, dressé comme un drapeau d'appel à la vie.　　　　　　　"R.-M." V, p.1220.

서 끝이 난다. 졸라는 비관적 결정론을 거쳐 마지막에는 삶의 밝은 면에 도달하는 것이다. 플로베르는 반대다. 그는 진보를 믿지 않으며 반 민주 적인데다가 철두철미한 비관주의자였다. 공쿠르형제는 '제르미니'를 통해서 졸라에게 기여한 바가 많지만, 두 사람은 출신계급의 차이에서 생겨난 취향의 격차와 예술관 때문에 결국 우호적인 관계가 끝나고 만다. 결국 졸라 혼자 남게 되는 것이다.

결정론과 예술관, 작가의 계층만 빼면 졸라가 자연주의자로 보고싶어 한 전 세대의 네 작가와 졸라의 사이에는 부분적인 공통점이 많다. 하지만 이질성도 많고, 작가마다 항목이 다르다. 그런 현상은 알렉시스Alexis 의 표현을 빌면 자연주의의 다양성을 형성하는 요인이고, 세아르Céard의 의견에 따르면 자연주의의 부재를 의미하는 것이다. (*"Documents"* p.401 참조)

2. 일본의 자연주의—용어의 원형적 의미와 굴절—

1) 수용과정에서의 의미 굴절

앞에서 살펴 본 것처럼 낭만주의자에게 있어 자연nature은 비 인공적인 것, 비 문명적인 것을 의미했다. 자연주의에서 말하는 '자연'은 이와는 성격이 다르다. 그것은 '자연과학'과 물질주의적으로 해석한 '人性nature humaine'을 의미하기 때문이다. 졸라는 테느에게서 실증주의적 사고와 더불어 과학이론을 문학에 적용하는 것을 배웠다. 실증주의는 졸라에 와서 '과학이론의 문학적 적용의 확립'으로 결실된다. 졸라의 naturalisme은 과학주의scientisme이다.

"다시 한번 강조하거니와 우리는 오직 과학자일 뿐이며, 분석하고 해부하는 사람일 뿐이다"[1]라고 졸라는 말한다. 자연주의 작가는 예술가가 아니라 과학자라는 뜻이다. 졸라의 이 말은 그의 '실험소설론'의 골자

---

1) Nous ne sommes que des savants,des analystes,des anatomists,je le dis une fois
    encore.   'Le Naturalisme au théâtre' "R. -E." p.152.

다. 그의 '실험소설론'은 클로드 베르나르Claude Bernard의 "실험의학서설 Introduction à l'etude de la médecine expérimentale"(1865)의 이론을 그대로 문학에 적용한 것이다.

나는 내 사고에 명증성과 과학적 진리의 준엄성을 부여하기 위하여 그저 의사médecin라는 말을 소설가romancier라는 말로 바꿔 놓기만 하면 되는 경우가 많았다.[2]

졸라는 '실험소설론'에서 베르나르의 책이 실험소설의 개념형성에 결정적 역할을 하고 있음을 고백하고 있는 것이다. 이와 같은 일이 뤼카스Prosper Lucas의 "자연유전론Traite de l'hérédite naturelle"(1850)에서도 일어난다. 뤼카스의 유전론에 입각해서 졸라의 루공Rougon가와 마카르Macquart가의 가계도가 만들어지는 것이다. 거기에 유전과 환경의 결정성에 관한 테느의 영향이 합세한다. 그래서 '돌과 인간의 두뇌를 같은 것으로 보는'[3] 철저한 물질주의적 인간관이 생겨나는 것이다.

그런 과학주의를 바탕으로 하여 졸라는 루공가와 마카르가의 5대의 인물들을 분석하고 해부한다. 외과의 같은 냉철한 시선으로 그들의 하층구조를 추적하여 '돈과 성의 서사시'("R-M" 서문)를 만들어 내는 것이다. 굿트 도르 거리 같은 빈민굴에서 자유의지가 없는 그의 인물들은 '짐승

---

2) Le plus souvent, il me souffira de remplacer le mot 'médecin' par le mot 'romancier', pour rendre ma pensée clair et lui apporter la rigueur d'une vérité scientifique. 같은 책 p.59.

3) Un même determisme doit regir la pierre des chemins et le cerveau de l' homme. 같은 책 p.70.

인간'(졸라의 작품명)이 되어 간다. 그러다가 '목로주점'의 제르베즈처럼 층계참에 구겨져서 아무도 모르게 굶어 죽거나, 나나처럼 부스럼에 뒤덮혀 참담하게 죽어간다. 그런 비극적 종말과 인물들의 비속성이 합쳐져서 진지성과 비속성이 결합하는 자연주의적인 스타일 혼합의 패턴이 이루어지는 것이다.

낮은 제재의 채택 등으로 나타나는 데까지는 졸라의 선배 리얼리스트들도 같이 왔다. 하지만 그것이 극단화 되어 돌과 인간의 두뇌를 돌같이 취급하려 하거나 인간의 병리적 측면에 집착하는 결정론에 이르면 졸라와 그들은 갈라진다. 심리학 대신에 생리학과 병리학을 들고 나온 발자크나 공쿠르도 결정론까지는 받아들이지 않았으며, 프로베르는 졸라의 물질주의적 인간관을 반대했다. (앞의 장 주17 참조) 자유의지가 없는 짐승인간의 제시는 다른 리얼리스들이 자연주의자가 되게 하는 것을 방해하는 요인이 된 것이다.

거기에 과학주의적 '진실존중'의 예술관이 첨가 된다. 졸라는 '진'을 존중하고 '미'를 격하시켜 예술을 과학에 종속시켰다. 프로베르나 공쿠르 같은 심미적 리얼리스트들은 그의 진실 우위의 예술관, 배기교의 예술관을 절대로 용서하지 않았다. 후배 예술가들도 마찬가지다. 프랑스의 자연주의가 유파 형성에 실패하는 이유가 거기에 있다. 과학주의의 극단화와 '진실존중'의 예술관은 졸라를 고립시킨다, 그래서 프랑스의 자연주의는 졸라의 독무대가 되고 마는 것이다.

그런데 일본에서 사용된 자연주의라는 용어의 '자연'의 의미는 프랑스의 것과는 성격이 다르다. 그것은 루소적인 의미에서의 낭만적 자연이기 때문에 과학주의와는 인연이 없다. 멀다. 일본 자연주의가 프랑스의 자연주의와 맥이 닿는 부분은 자연과학이 아니라 '인성'으로서의 '자연'

의 측면이다. 일본에서 사용된 자연주의라는 용어 속에도 졸라적인 인
성관을 긍정하는 성격이 들어 있음은 다음 인용문들을 통해 알 수 있다.

　　①이 일편은 肉의 사람, 적나라한 인간의 대담한 참회록이다.[4]

　　②'구주인舊主人'에서 '수채화가'에 이르고, 다시 '가축'을 합친 것의 공통의
주제는 '질투'를 한층 더 넓혀 애욕 혹은 성적본능이라고 하는 인간의 자연
성이라고 할 수 있다.[5]

　　③인간은 완전히 자연을 발전시키면 반드시 그 최후는 비극으로 끝난
다.[6]

　①은 시마무라島村抱月가 다야마 카타이田山花袋의 '이불蒲團'을 평한 글이
다. 여기에서는 '육의 인'의 참회가 그 작품의 자연주의적인 성격으로 간
주되고 있다. ②는 요시다 세이이치吉田精一가 토오손島崎藤村을 평한 글인
데, 인간의 자연성=본능의 등식이 적용되고 있다. ③은 花袋의 '쥬우에
몽의 최후'의 일절이다. 이 경우의 '자연'이라는 말을 소오마 요오로相馬庸
郎는 '에고이즘이나 성욕, 본능'으로 보고 있다. ("田山花袋集", p.432).

---

4)　抱月がこの一編は肉の人, 赤裸裸の人間の大膽なる懺悔錄であると言ったのをはじめ
　　として, '蒲團'における性の直截な敍述に注目した批評は多い.
　　　　　　　　　　　　　　　　　　　　　　吉田精一, "自然主義硏究"上, P. 358
5)　'舊主人'から'水彩畵家'に至り, 更に'家畜'を加へての共通の主題は, '嫉妬'を更に広めて愛
　　慾もしくは, 性的本能といふ人間の自然性といふこともできる.　　　吉田精一, 同上
6)　人間は完全に自然を發展すれば, '必ず その最後は悲劇に終る.
　　　　　　　　　'重右衛門の最後', "田山花袋集"日本近代文學大系19, (角川書店), p.114.

인성을 '인·의·예·지'로 본 유교적 정신주의적인 인성관과는 인연이 먼 이들의 인성관은 형이상학을 거부하고 인간의 본능을 인성으로 본 졸라의 물질주의적 인간관과 통하는 면을 가지고 있기는 하다. 그러나 결정론의 절대성을 믿는 경지는 절대로 아니다. 카타이의 '이불'에 나타난 에로티시즘은 여제자가 떠난 후 그녀가 덮던 이불에 얼굴을 묻는 수준에 지나지 않는다. 본능면에 대한 관심의 표명에서 그치고 있는 레벨인데, 그것이 당시의 일본에서는 충격이었던 것이다. 그래서 '자연과학'의 측면은 일본 자연주의에는 거의 나타나지 않는다.

④ 일본의 소설가는 naturalisme이라는 말을 잘못 번역하였다. 불어에서 'naturalisme'이라 할 때의 'nature'는 자연과학의 대상으로서의 자연이어서, 일본어로 번역해서 '자연주의'라고 할 때의 '자연'처럼 '있는 그대로', '무작위無作爲', '무기교'의 의미가 아니며, 또한 돗보獨步 등이 그 말에서 의미하려고 한 ....범신론적인 '山水', …… '전원적인 것'은 아니다. 카타이의 '자연주의'는 쇼오요逍遙의 '있는 그대로'를 좀 대담하게 한 것이며, 獨步의 '자연주의'는 무사시노의 사계四季다. 일본어의 '자연주의'라는 말은 그런 것들을 의미하여 불어의 'naturalisme'과는 아무 상관이 없다.[7]

---

7) しかし日本の小説家は, 誤って 'naturalisme'という言葉を飜譯した. フランス語でいう'naturalisme'のnatureは, 自然科學の對象としての自然であって, 日本語に譯して'自然主義'というときの '自然'のように, 'あるがまま', '無作爲', '無技巧'ではないし, また獨步らがその言葉で意味したような'天地自然, 汎神論的 '山水', ... '田園なもの' ではない. 花袋の'自然主義'は逍遙の'あるがまま'を大膽にし, 獨步の'自然主義'は武藏野の四季である. 日本語の'自然主義'という言葉は, そういうことを示唆し, フランス語の 'naturalisme'とは何の關係もない.   加藤周一, "日本文學史序說"上, p.384.

⑤ 양자가 의미하고 있는 '자연'이란 말은 과학의 대상으로서 냉철하게 분석되어야 할 '자연'이 아니다. …… 인공의 세계와는 대립하는 자연인 것이다.[8]

⑥ 자연주의의 개념은 일본에서는 일찍이 오가이鷗外, 우에타 빈上田敏 등이 비교적 정확하게 포착하여 소개했는데도 불구하고, 1830년대에는 오히려 혼란이 노출된다. 그 이유 중의 하나는 '자연주의'의 '자연'이라는 말에 사로잡혀 있는 데 있다. 불어의 '나뜌랄리스뜨'가 함유하고 있는 '박물학자'의 의미를 일본어는 가지고 있지 않은 데서 온 오해라 할 수 있다.[9]

④는 가토오 슈이치加藤周一의 말이다. 그는 일본 자연주가 '자연'의 개념을 오역한 것을 지적하고 있다. 프랑스 자연주의에서 의미하는 '자연과학'과 일본자연주의는 무관한 것임을 그는 명시하고 있는 것이다. 씨는 일본의 자연주의에서 '과학주의'가 제거된 원인을 19세기 말, 20세기 초의 일본사회에 과학주의가 부재했던 사실과 관련시킨다. (日本文學史序說, p.384)

相馬의 글 ⑤는 나츠메 소세키夏目漱石의 '그때부터それから'와 藤村의 '파계破戒'를 비교한 것이다. 여기에서 씨는 반자연주의와 자연주의의 대표

---

8)　兩者に言われている'自然'とは, 科學の對象として冷徹に分析されてゆくべき'自然'ではない。人工の世界とは對立する'自然'の世界の意である。

相馬庸郎, "日本自然主義再考", p.273.

9)　さてこの'自然主義概念は日本に於ては, 早く鷗外, 上田敏等が比較的正しくとらへたものだったにかかわらず, 三十年代に於ては却って混亂を見る。これは一つには自然主義の自然といふことばに囚はれたのである。フランス語のナチュラリストの含む'博物學者'の意味を日本語が缺いているための誤解ともいへる。

吉田精一, "自然主義研究"上, P. 236.

적인 두 문인의 자연관의 공통분모를 '루소가 주장하려 한 자연과 보다 가까운 성격"이라고 말하고 있다. 이 무렵에 테느 보다는 루소에 가까운 사상 경향에 치우쳐져 있었던 것은, 자연주의만이 아니었다. 메이지 40 년을 전후한 일본문단 전체의 분위기가 그러했던 것이다.

일본 자연주의의 성격을 좀 더 구체적으로 알기 위해서는 花袋와 藤村의 작품을 살펴보는 작업이 요구된다. 가타이의 전기 작품인 '쥬우에몽의 최후'(1902 명치 35)에 나타난 자연관을 相馬는 다음과 같이 정리했다.

    ⅰ) 에고이즘, 성욕, 본능으로서의 자연
    ⅱ) 인공에 대한 천연의 의미로서의 자연
    ⅲ) 형이상학적·초월적 존재로서의 자연

이 중에서 프랑스의 'naturalisme'과 관련되는 것은 가)밖에 없는데, 그 나마도 후기에 가서는 "자연과학적 인간관의 방향으로 발전하지 않고, 오히려 자아해방의 방향에 결부되어 간다"(주 3 참조)고 相馬는 말한다. 마지막 하나까지 루소 쪽으로 방향을 바꾸어 버려서, 프랑스 'naturalsime'과의 공통성은 사라지고 마는 것이다. 藤村도 이와 유사하다. 그의 '자연'의 개념도 인성을 본능으로 보는 점에서는 졸라와 비슷하나, 물질주의적 인간관 대신에 자아해방과 결부되는 점에서는 그도 花袋와 같다.

    藤村에게 있어서 '자연'은 예술적 영감의 원천이며,… 감성을 통해서는 미를, 양심을 통해서는 선을 가르치는 교사이다. 이것은 루소의 '자연'인 동시에 노리나가宣長의 '자연'이며, 나아가서는 노장老莊과 연결되는 자연이기도

하다.[10]

　일본의 자연주의는 과학주의로서의 '자연'을 소외시킨 채, 본능으로
서의 '인성'에만 관심을 표명하고 있으며, 그나마도 자아해방과 연결되
어 있다. 이들 뿐 아니라, "호메이泡鳴·슈세이秋聲 그리고 돗보獨步나 하쿠
죠白鳥가 쓴 소설은, 서양의 19세기 후반에 자연주의를 주장한, 예를 들
면 졸라의 작품과는 완전히 다르며 그 이론도 거의 관계가 없다" (앞의 책
p.384)고 가토슈이치는 결론을 내린다.
　⑥도 일본의 '자연주의'가 '인성'의 의미와 루소적인 '자연'의 의미만 지
니고, 'naturalisme'의 '자연과학'을 제거해 버린 데 대한 요시다의 확인
이다. 그래서 자연주의의 의미가 오해될 수 밖에 없었다는 그의 의견은,
과학부재의 일본적 풍토가 자연주의의 왜곡의 원인이 되고 있음을 명확
하게 해 준다.

2) 의미 굴절의 원인 분석

　명치유신을 기점으로 한 일본의 근대화는 유럽의 근대를 모델로 한
구화주의歐化主義였다. 그것은 유교적 인간관에서 개인중심의 서구적 인
간관으로 건너뛰는 것을 의미했으며, 농업국가에서 공업국가로의 도약
을 의미했다. 이질적인 문명을 향한 이런 급격한 변화는 물심양면에서

---

10)　藤村にとって自然は自然科學の對象である以上に藝術的靈感の源泉であり, ……感性を
　　通じて美を, 良心を通じて善を語りかける. これはルソの自然であると同時に宣長のそ
　　れであり更には老莊につらなる形而上學的自然でもあった. "島崎藤村研究課題", p.127

혼란을 몰고 왔다. 후토다 사브로太田三郎의 말대로 명치 이후의 역사는 "일본의 민족적 특질과 서구적인 사고나 정감과의 융합과 반발의 역사" (吉田精一편 "現代日本文學 世界" p.37)라고 할 수 있다.

문학도 마찬가지다. 근대 일본의 공업화가 구미의 기술자들을 초빙해서 이루어진 것처럼 근대 일본의 문학은 사상적인 면에서나, 기법 면에서 서양문학의 영향 아래에서 전개됐다. 명치초년에서 10년대까지는 영국의 정치소설의 영향을 받았으며, 20년대는 서구의 낭만주의 영향을 받았고, 30년대에는 프랑스의 자연주의와 상징주의·인상주의 등의 영향하에서 근대문학이 형성되고 정착되어 갔던 것이다.(吉田 같은 책 "pp.39~40) 가장 일본적인 작품의 하나로 간주되는 다니자키 쥰이치로谷崎潤一郎의 '슌킨쇼春琴抄'(1933)가 토마스 하디Thomas Hardy의 '그리브가의 바바라'의 영향 하에서 쓰여졌다는 것이 후토다太田의 증언(같은 책 p.29)에 의해 밝혀지고 있는 만큼 서구문학의 영향은 명치시대 뿐 아니라 쇼와시대에까지 미치고 있음을 알 수 있다. 이런 현상은 일본의 자연주의 연구가 서구와의 관련 하에서 행해지지 않을 수 없는 이유를 제시해 준다.

명치시대의 문학이 서구의 영향을 중심으로 하여 전개되지 않을 수 없는 것은 그 시대의 근대화 과정 자체가 서구의 근대를 모델로 한 데 기인한다. 명치 10년대의 자유민권운동, 기독교의 영향 등이 명치시대의 젊은이들에게 사상적인 측면에서의 근대의 지향점을 지시해 주었고, 그런 사상적인 풍토에서 자라난 청년층이 자신의 내부를 표현할 형식을 모색하는 단계에서, 서구의 문학작품이 거기에 합당한 양식을 제공하였던 것(같은 책 p.37)이다. 명치시대의 문학이 20년대에 가서야 정착하기 시작한 이유는 표현형식의 모색과 유기적인 관계가 있다고 할 수 있다.

유럽의 자연주의문학의 원산지는 프랑스다. 다른 나라들은 모두 졸라의 자연주의를 수입해서 발전시킨 수신국들이다. 그렇다고 해서 다른 나라의 자연주의가 졸라의 그것과 모든 면에서 부합되는 것은 물론 아니다. 나라마다 국민성이 다르고, 시대적 여건에 차이가 있는 만큼 어느 한 사조가 다른 나라에 이식되었을 때, 그 수용과정에서 변화가 일어나는 것은 불가피한 현상이라 할 수 있다. 그러나 같은 명칭을 지니기 위한 기본적인 공통점은 가지고 있어야 한다. 그것은 자연주의라는 명칭을 지니기 위한 필수조건이라고 할 수 있다. 일본 자연주의에서 졸라가 모델이 되어야 하는 이유가 거기에 있다.

일본의 자연주의의 발전과정을 고찰하기 위하여 그 생성시기와 발전과정을 시기별로 나누면 대체로 다음의 3단계가 된다.

준비기 : 1885년(명치 18)~1899년(명치 32)

전기 자연주의시대 : 1990년(명치 33)~1905(명치 38)

후기 자연주의시대 : 1906년(명치 39)~1911(명치 44)

(1) 일본 자연주의의 전개과정

ⅰ) 준비기

자연주의 문학의 준비기가 시작되는 1885년(명치 18)은 일본의 근대문학 전체의 기점이 되는 해다. 이 해에 츠보우치 쇼요坪內逍遙가 일본 근대문학 최초의 이론서인 "소설신수小說神髓"를 썼고 동시에 '당세 서생기질當世書生氣質'이라는 소설을 발표했다. "소설신수"의 주장을 요약하면 다음과 같은 소박한 사실주의 이론이 된다.

(1) 권선징악을 목적으로 하는 소설은 진짜 소설이 아니다. 소설은 세태
　　인정의 묘사 자체를 목적으로 하는 것이다.

(2) 묘사는 심리학의 도리에 의거해야 한다.

(3) 인물과 환경의 관계를 정세精細하게 고찰해야 한다.[11]

　(1)은 정치소설과 권선징악적인 재래의 소설의 공리적 경향을 배격한
것이다. (2)는 소박한 대로 과학주의의 형태를 취하고 있다. '심리학의
理'를 규범으로 하라는 그의 주장을 나카무라 미츠오中村光夫는 과학주
의와 객관주의로 보고 있다. ("明治文學史" p.93) (3)은 환경과 인간의 유기
적 관련성에 대한 인식으로 일종의 초보적인 환경결정론에 대한 관심이
라 할 수 있다. 요시다 세이이치는 츠보우치 주장을 '풍속세상적風俗世相的
사실주의' ("앞의 책"上 p.296)라 보고 있으며, 나카무라 미츠오는 소설의 예
술로서의 존재이유에 대한 선언의 성격도 함유하고 있다고 보고 있다.
("明治文學史" p.21) 요시다의 말은 "그의 주장에 의해서 출현한 것이 연우사
硯友社의 양장洋裝된 희작문학戲作(구소설-필자)文學" ("같은 책", p.23)이라는 사
실에 의해서 뒷받침된다. 세태묘사의 사실성과 함께 문학의 비공리성의
측면을 연우사는 그에게서 받아들인 것이다. 나카무라의 주장은 츠보
우치 자신의 소설 창작행위와 연결하여 볼 때 정당화 된다. 츠보우치 쇼
요는 명문대학 출신이다. 그는 당대의 최상층의 엘리트에 속한다. 에도
江戸시대까지만 해도 소설은 희작에 불과했다. 그런데 최고층의 엘리트

---

11) 坪內逍遙は小說神髓を著し, 西洋の文學論の上に立って, 新文學の方向を指示しようと
　　した 政治的な意圖をもつ小說や勸善懲惡を目的とする小說は本當の小說ではない。小
　　說は世態人情の描寫それ自體を目的にするものである. 而もその描寫は心理學の道理
　　に從って, 人情の奧秘に徹しなければならず, 人物と環境との關係を精細に考察しなけ
　　ればならないと主張した。　　　　　　　　　　　　麻生磯次, '日本文學史' p.175.

인 쇼오가 소설을 씀으로 소설의 품격이 높아졌다. 그 결과로 그는 정치 지망의 젊은이들을 작가 지망생으로 전환시켰으며 사실적인 근대소설 novel의 길을 텄고, 문학을 공리주의에서 구제하는 데 기여했다.

그의 뒤를 이어 최초의 사실적인 소설을 쓴 작가는 후타바테이 시메이二葉亭四迷이다. 그의 '뜬 구름浮雲'(1887, 명치 20)은 逍遙의 이론에 준하여 쓰여진 최초의 근대소설이다. 二葉亭는 또 문장면에서도 야마다 비묘山田美妙 등과 함께 언문일치를 시도한 선구적 작가다. '뜬구름'은 언문일치 문장으로 쓰여진 최초의 소설이기도 하다. 뿐만 아니라 그는 이론적인 면에서도 "소설신수"의 사실적 경향을 진일보시킨 "소설총론小說總論"(1886, 명치 19)을 써서 逍遙와 함께 사실주의 문학의 초석을 놓았다. 명치 30년대에 자연주의 문학이 개화할 기반을 만든 것이다.

이 두 문인이 이론과 창작을 겸한, 소설가인 동시에 평론가라는 사실, 그들의 지적 계층의 높이 등은 일본 근대문학의 방향 결정에 중요한 역할을 한다. 소설가의 지위격상, 평론의 활성화, 지적 엘리트의 소설문학의 참여 등의 여건을 일본의 근대문학은 초창기부터 갖추게 된 것이다.

ii) 전기 자연주의

일본의 자연주의를 전기와 후기로 나눈 것은 시마무라 호게츠島村抱月다. 그 이전에도 오가이鷗外의 "심미신설審美新說"이 역시 자연주의 운동을 '전'과 '후'로 나누어 정리한 일이 있으나 호게츠의 분류가 문학용어로서 정착되고 있다. 1900년(명치 33)에 시작되는 전기 자연주의와 "소설신수" 사이에 낭만주의 시대가 삽입된다. 낭만주의의 개화기가 명치 20년대 말에서 30년대의 전반기로 간주(片岡良一, "日本浪漫主義硏究", p.351)되는 만큼 명치 33년~35년에 출현한 전기 자연주의와 낭만주의는 같은 시기에 겹쳐서 일어난 문학운동이라 할 수 있다.

전기 자연주의는 졸라이즘을 모방했지만 그 모방은 결실없이 유산된다. 후기 자연주의가 전기 자연주의를 계승할 것을 거부한 것이다. 그 대신 그들은 낭만주의의 내면존중, 자아주의 쪽을 계승했다. 낭만주의의 시조라고 할 수 있는 기타무라 토코쿠北村透谷의 후계자인 시마자키 토오손島崎藤村이 일본 자연주의의 대표적 작가이며, 다야마 카타이田山花袋 역시 토코쿠北村透谷의 영향권 안에 있기 때문에 요시다 세이이치는 透谷를 낭만주의의 시조인 동시에 자연주의의 시조로도 볼 수 있다는 발언까지 하고 있다.[12]

낭만주의를 계승한 후기 자연주의와는 달리, 전기 자연주의는 졸라이즘을 도입했다는 점에서, 후기보다는 프랑스 자연주의의 본질과 근접해 있다고 할 수 있다. 전기 자연주의의 최초의 소설인 고스기 덴가이小杉天外의 '첫모습はつ姿'은 졸라의 '나나Nana'(1880)를 모방한 소설이다. '첫모습'은 독립된 작품이지만 같은 주인공의 7년 후의 이야기를 쓴 '사랑과 사랑戀と戀'(1901, 명치. 34), '가짜 보라색にせ紫'(1905, 명치38) 등과 연작형태를 취하고 있으며, '유행가はやり唄'(1902, 명치 35)에 나오는 인물이 '가짜 보라색'에 등장하는 등 "루공-마카르"의 수법을 모방한 흔적이 나타난다. 뿐 아니라 '유행가'에 나타난 유전과 환경의 영향에 대한 의식적인 강조 등에서도 졸라의 결정론의 영향이 노출된다.

---

12) 浪漫主義の成長が自然主義であるといふ点からいへば, 浪漫主義の始祖でもあり中心でもあった北村透谷は, 同時に自然主義の始祖でもあったといへる. 透谷のもつ混合と矛盾とを思想の幅をせばめることでのがれ, ほどよい所で藝術的調和をはかったのが島崎藤村であり, 直接的影響は別として, 透谷の一面を保有し, ロマンチックとしての場所から出發したのが, 國木田獨歩, 田山花袋, 岩野泡鳴等であった.
　　　　　　　　　　　　吉田精一, "自然主義研究"上, P. 269.

텐가이씨天外氏의 작품이 현저하게 과학적이 된 것을 이 소설에서 느낄 수 있다. 즉 유전과 환경이 개성에 미치는 변화를 가장 과학적으로 그려내고 있는 점을 느낄 수 있는 것이다.[13]

이것은 "와세다학보早稻田學報"에 나온 抱月의 평이다. 결정론이나 과학주의 외에 부분적인 장면설정등에서 이 소설은 졸라의 '작품L'Oeuvre' (1886), '쟁탈爭奪 La Curée(1871) 등과의 유사성이 지적되고 있어(吉田, 앞의 책 上, p.159) 天外가 졸라의 작품을 섭렵하였음을 입증해 준다. 天外와 졸라와의 공통성은 (1) 환경 묘사의 정밀함, (2) 본능면의 강조, (3) 유전과 환경의 영향에 대한 인식, (4) 장면의 부분적 유사성, (5) 플롯의 하향성, (6) 객관주의 등으로 나타나 표면적으로는 상당한 유사성을 보여준다. 하지만 (1) 플롯에 필연성이 없다는 평을 듣고 있으며, (2) 실증정신의 결여로 인한 결정론의 피상성, (3) 사회인식의 부재(같은 책, pp.153~167 참조) 등 본질적인 면에 대한 인식의 결핍으로 인해 피상적, 표면적인 모방으로 끝나고, 독자의 호응도 얻지 못해 유산된다. 다른 작가의 경우도 비슷하다. "30년대 일본문학의 졸라이즘을 추구한 작품을 통해 졸라를 찾는 것은 모험이라기보다는 거의 모독에 속한다"는 요시다의 말(앞의 책 上, p.20)이 그것을 입증한다.

문제는 전기 자연주의의 피상적 모방에 있는 것이 아니라 후기 자연주의가 전기 자연주의에 나타난 졸라이즘을 자연주의로 보지 않는데서 생겨난다. 일본에서는 전기 자연주의를 사실주의라 부른다. 그리고 후

---

13) "早稻田學報'は吾人の此の作によりて感じたるは, 天外氏の作が著しく科學的となれる一事也…。卽ち遺傳と環境とが個性に及變化を最も科學に寫し出したる一事地。
吉田精一, 앞의 책, P. 159.

기 자연주의는 전기 자연주의를 계승하는 대신에 토코쿠透谷 등의 낭만
주의와 유착된다. 그런 현상의 단적인 발현이 객관주의의 거부다.

① 새로운 사실적 객관주의 묘법描法의 견지에서 보더라도, 프랑스 등지
의 그것과는 취향이 아주 다르다. 결국 그런 폐단은 묘법이 지나치게 객관
으로 기울어 있는데 있기 때문에 좀 더 주관적 묘법을 썼더라면 인생을 깊
이 해부할 수도 있었을 것이고, 독자들에게도 훨씬 재미있게 읽혔을텐데
애석하다.14)

② 자연주의는 이 종류의 것을 부정하고, 天外에 가장 결핍되어 있던 자
기에 즉卽하여, 자기의 문제만을 중심으로 하는 태도에 있어서의 진실성을
추구하는 '내면예술'이기를 기했던 것이다.15)

이 두 인용문은 天外 등에게서 나타나는 객관주의를 자연주의의 결격
사유로 단정짓는 점에서 의견이 일치한다. 그 결과로 '자연주의 = 내면
묘사'라는 세계에 유례가 없는 자연주의의 공식이 생겨나는 것이다.

---

14) "新しい寫實的描法から云つても, 大いにフランスあたりのものとは趣きをことにして
ゐる. つまりその弊は描法があまり客觀に傾き過ぎてゐるからで, 今少し主觀的描法を
用ゐたなら, 深く人性を解剖する事も出來たであらうし, 一層面白く讀ませたであらう
に, 惜しむべき限りである"と評した.　　　　　吉田精一, "自然主義研究"上, P. 160.

15) 自然主義はこの種のものを否定し, 天外にもっとも缺けてゐた自己に卽し, 自己の問題
のみを中心とする, 態度に於ける事實性を追求する'內面藝術たらんことを期したので
ある.　　　　　吉田精一, 앞의 책. pp.167~68.

iii) 후기 자연주의

고스기 텐가이 등의 자연주의는 피상적인 것이기는 하지만 졸라이즘 과의 유사성을 가지고 있었다. 그러나 후기 자연주의는 그것마저 거부 해 버린 채 명칭만 물려 받았다. 그러니 자연주의라고 불려져야 할 이유 가 없어진다. 그런데도 일본에서 자연주의는 후기 자연주의만을 의미한 다. 전기 자연주의를 사실주의로 보기 때문이다. 하세카와 텐케이長谷川 天溪 같은 문인은 졸라의 문학까지 사실주의라고 단정하고 있다. 자연주 의를 사실주의로 규정하는 것은 그들의 보편적 현상이다.

따라서 이 논문에서도 연구 대상을 후기 자연주의로 한정할 수 밖에 없었다. 그래서 대표적인 작가인 시마자키 토오손島崎藤村과 다야마 카 타이田山花袋만 다루기로 했다. 구니키타 돗보國木田獨步는 그들의 전위前衛 이며 도쿠다 슈세이德田秋聲는 후위여서 전성기를 대표하는 작가로 범위 를 좁힌 것이다. 시기는 '파계'가 나온 1906년(명치 39)부터 '집'와 '곰팡이 黴'가 완성된 1911년까지다. 지면 관계상 대정기의 자연주의는 제외하기 로 해서, 이 작가들의 경우에도 대정기의 작품은 대상에서 제외하였음 을 밝혀 둔다.

(2) 명칭의 다양성과 개념의 애매성

일본 자연주의의 또 하나의 특징은 명칭의 다양성과 개념의 애매성에 있다. 유럽에서는 리얼리즘 계열의 문학 중에서 종류가 많은 쪽은 리얼 리즘으로 되어 있다. 데미안 그란트의 집계에 의하면 리얼리즘의 종류 는 30개도 넘는다("Realism" pp.1~2). 이런 현상은 졸라와 프루스트를 함께 포용할 수 있는 리얼리즘의 광범성과 다양성에서 생겨난다. 자연주의는 이와 반대다. 성격이 단일하고 이론이 경직되어, 편협하다는 비난을 받는 프랑스의 자연주의는 '과학적 자연주의'로 성격이 거의 단일화 되어 있다.

그런데 일본에서는 반대현상이 일어난다. '자각적 현실주의'(長谷川天溪) 등의 특이한 명칭이 있기는 하지만 사실주의의 종류는 많지 않고 자연주의만 종류가 많다. "일본자연주의再考"(pp.1~2)에서 소오마 요오로相馬庸郎가 모아 놓은 것만 해도 10개가 넘는다.

島村抱月 : 사실적 자연주의, 철학적 자연주의, 純자연주의, 인상적 자연주의, 보고적 자연주의, 본래 자연주의

'今の文壇自然主義', "早稻田文學" 1907. 6 - 명치 40년

長谷川天溪: 과학적 자연주의, 주지적 자연주의, 감정적 자연주의

'文藝上의 自然主義 같은 잡지, 1908. 1 - 명치 41년

岩野泡鳴 : 신자연주의 또는 자연주의적 표상表象주의

'自然主義思潮'("大思想 엔사이클로페디아 1928. 3 - 소화 3년

片岡良一(가타오카 료이치) : 관념적 자연주의

'自然主義 系譜' "解釋과 鑑賞" 1940. 4 - 소화 15년

石川啄木(이시가와 다쿠보쿠) : 순수 자연주의

'時代閉塞의 現狀' 1910 - 명치 43년

이 중에서 일본의 자연주의를 정리하는데 도움이 되는 분류법을 찾아보면 호게츠의 '본래 자연주의'와 '인상파 자연주의' 그리고, 天外의 '과학적 자연주의'와 '감정적 자연주의'를 들 수 있다.

묘사의 방법태도	순객관적―사실적―본래자연주의	적극적 태도	통일목적
	주관삽입적―설명적―인상파 자연주의	소극적 태도	―眞

(吉田, 앞의 책, 下, p.366)

吉田가 정리한 것을 보면 抱月의 본래 자연주의는 졸라이즘이고, 주관삽입적, 인상적 자연주의는 일본 자연주의라 할 수 있다. 天溪의 '과학적 자연주의'와 '감정적 자연주의'(소화 3년, 1928에 분류된 것)는 배비트I. Babitt의 'scientific naturalism', 'emotional naturalism'과 비슷한데, 일본 자연주의는 후자에 가깝다. 나머지는 의미가 겹치거나 개념이 모호하다. 相馬의 말을 빌면 "미로 같은, 이소泥沼 같은 다의성多義性"("일본 자연주의再考", p.2)이다. 자연주의의 이론가인 天溪가 "소위 자연주의라는 것은 전적으로 불명不明의 문학이다."(相馬, 같은 책, p.66)라고 말한 이유가 거기에 있다. 泡鳴의 표상주의表象主義에 대한 이시카와 쥰石川淳의 다음 지적은 외래사조의 수용과정에서 생긴 일본적 왜곡에 대한 비판이어서 다른 문인에게도 적용될 수 있다.

① 박래舶來의 상징주의는 泡鳴과 만나자 영육일치라는 사상으로 번역되어 세상에 전해졌다. 근대 프랑스 생볼리즘이 이 소리를 듣는다면 기겁을 할 것이다.[16]

② 獨步가 만일 '실험소설론'을 읽고 프랑스 자연주의의 정체를 알았다면,

---

16)   舶來の象徵主義は泡鳴に遭遇することに依って, 靈肉一致といふ思想として飜譯されて, 世間に傳へられてゐる. 近代フランスのサンボリズムがこれを聞いたらば, 寝耳に水のおどろきだらう.   相馬庸郎, "日本自然主義再考", p.89.

자신을 자연주의자라고 부르면 펄펄 뛰며 화를 냈을 것이다.[17]

③ 주아주의, 개인주의라는 것은 반드시 자연주의의 독단물만은 아니다. 자연주의와 대립하는 나츠메 소세키夏目漱石도 일찍부터 자기본위의 방침을 파지把持한 독특한 '나의 개인주의'의 주장자이며, 모리 오가이森鷗外도 역시 '이타적利地的 개인주의'의 소유자였다.[18](점 : 필자)

톨스토이와 니체를 자연주의의 고취자라고 말하는 견해까지 나타난 (吉田, 앞의 책 上, p.239~40) 일본 자연주의의 성격적 애매성은 후일의 평론가들에게서 다음과 같은 신랄한 비판을 받는다.

④ 일본에서는 아직 자연주의의 정의가 내려져 있지 않다. 따라서 우리는 누구나 원하는 때 원하는 자리에서 멋대로 그 용어를 사용해도 아무런 제재를 받을 염려가 없다. "이제 자연주의라는 말은 각일각체刻一刻 몸도 얼굴도 변하여 한 개의 스핑크스가 되어 있다"고 啄木가 비꼬아서 말해버린것이 당시의 실태다.[19]

---

17) もし獨步が, ゾラの"實驗小說論"を讀み, フランスの 自然主義の理論をくわしく知つたなれば机をたたいていきどおつたであろう。　　　　"自然主義文學", 有精堂, p.98.

18) 主我主義, 個人主義といふことは, 必ずしも自然主義の獨壇物ではない。自然主義と對立する 夏目漱石も早く'自己本位の方針を把持した '私の個人主義' の主張者であり, 同じく森鷗外も'利他的個人主義'のもち主であった。　　吉田精一, '自然主義研究'下 p.46.

19) '自然主義の定義は, 少くとも日本に於ては, 未だ定まつてゐない。從つて我我は各各基欲する時, 欲する處に勝手に此名を使用しても, 何處からも咎められる心配は無い' '今や自然主義という言葉は, 刻一刻に身體も顔も變って來て, 全く一個のスフィンクスに成つてゐる'と, 啄木が皮肉に言い放つたようなのが, 當時の實態であった。
　　　　　　　　　　相馬庸郎, '日本自然主義再考', p.2.

⑤ 시마무라 호게츠島村抱月를 위시하여 가타오카 텐겐片上天弦이건 소오마 교후相馬御風이건 이와노 호메이岩野泡鳴이건 간에 이들 자연주의의 대표적 이론가들의 주장은 절대로 자연주의가 아니며, 다만 낭만주의의 내용을 자연주의 수법으로 건져내려고 하는 기괴한 노력과 모색에 불과했다. 자아를 살리려하는 낭만주의의 내용과 자아를 부정하려고 하는 자연주의의 수법과의 기괴한 결합이 우리나라의 자연주의의 특징이었던 것이다.[20]

그러나 당시에는 이런 성격적 애매성을 긍정적으로 보아 그것을 'Japanese naturalism'이라 부르면서, 외래사조의 주체화 현상으로 환영을 하는 사람도 있었다. 후기 자연주의가 시작되는 명치 39년은 일본적 자연주의의 정착기로 간주되고 있는 것이다. 카타이의 다음 말은 그들의 의도를 잘 반영하고 있다.

하지만 나는 태서의 사조를 전적으로 답습하여 일본의 생활상태 같은 것을 무시해 버리는 방법에는 반대다. …… 자연주의가 일본의 사조 속에 들어와서 잘 반죽되어 일본의 자연주의의 작품이 만들어지지 않으면 안 된다.[21]

---

20) それは, 島村抱月をはじめ, 片上天弦にしても, 相馬御風にしても, さては岩野泡鳴にても, これら自然主義の代表的理論家たちの主張は, 決して自然主義ではなく, 浪漫主義の内容を 自然主義の手法ですくいあげようという, 奇異な努力と摸索だったからにほかならない. 自我を生かそうとする浪漫主義の内容と, 自我を否定する自然主義の手法との奇妙な結合, ここに我が國の自然主義の特色かあったのである.
臼井吉見, "近代文學論爭"上, p.87.

21) けれど自分は泰西の思想を鵜呑にして, 日本の生活の狀態などを眼中に置かぬ遣り方は反對だ. …自然主義が日本の思潮に入って, それがうまくこなれて, 日本の自然主義の作品が出來上らなければ駄目だ. 吉田精一, 앞의 책. p.399.

외래사조의 정착과 주체화의 필요성에 대한 카타이의 의견에 야마모토 쇼이치山本昌—도 찬성표를 던진다. "공산품이 아닌 이상 문화는 수정된다. …… 더구나 극동의 한 나라에서의 그 해석은 원형과 다른 것이 될 수 있음을 주장하고 싶었던 것 뿐"("自然主義論爭" p.297)이라는 것이 그의 주장이다.

이들의 말대로 자연주의 문학은 유럽의 여러 나라에서도 굴절현상을 일으켰다. 문제는 수정의 정도다. 일본처럼 사소설이 자연주의의 대표적 장르로 공인될 정도로 변질된 나라는 찾아 보기 어렵다. 일본의 자연주의는 졸라보다는 루소와 가깝다. 루소이즘은 낭만주의다. 그래서 아베 요시시게安倍能成는 "만약 낭만적 측면이 자연주의의 본영이라면 자연주의는 낭만주의라 개명하는게 좋다"(白井, "近代文學論爭", p.388)고 말한다. 그 말이 맞다. 일본에서는 자연주의적이 아닌 것에 굳이 자연주의라는 명칭을 붙이려 한데 문제가 있다.

일본 자연주의의 용어에서 간과 할 수 없는 또 하나의 문제는 사실주의와 자연주의의 명칭의 전도다. 전기 자연주의는 피상적이기는 하지만 졸라적인 과학주의를 모방한 것인데, 일본에서는 그것을 사실주의로 규정하고, 친낭만주의적인 자연주의를 자연주의라고 부르고 있다. 그나마 덴가이 등의 전기 자연주의를 자연주의의 범주에 넣은 사람은 당대에는 호게츠와 카타이 밖에 없었던 것이다.

(3) 외래 사조와 수신국의 적성

일본의 근대문학이 시작되는 명치 18년(1885)과 자연주의가 시작되는 명치 39년(1906) 사이는 불과 20여년이 세월 밖에 없다. 그 동안에 일본은 서구의 여러사조를 한꺼번에 받아들였다. 호머에서 보들레르C. Baudelaire, 부르제P. Bourget 등을 동시에 받아들인 것이다. 이 시기에 일본이 받아들인 문예사조는 낭만주의, 사실주의, 자연주의, 퇴폐주의, 상징주의, 예술지상주의, 인상주의 등으로 그 수가 아주 많다.

① 낭만주의는 고사하고, 그 후에 일어난 자연주의마저, 서구제국에서는 이미 그 역사가 끝나서, 세칭, 세기말문학의 시대였던 19세기 말엽의 일인데, 우리나라에서는 그리스, 로마의 고전부터 시작해서, 그런 다단多端한 것을 모두 한꺼번에 받아들여, 어떻게든지 소화시키지 않으면 안 될 시대가 되어 있었다. 여간 강한 개성이 아닌 한, 독자의 경향을 찾아내어 철저하게 파헤친다는 것은, 도저히 불가능한 형편이었다.[22)]

② 티보테의 19세기 불란서 문학에서는 …… 한 세대를 거의 30년씩 나누고 있다. 그런 것이 우리나라에 들어오면 세대라는 생각은 거의 10년을 한 묶음으로 하여 구분되게 되고, 심한 경우에는 …… 5, 6년마다 구분을 두려고 하는 움직임도 나타났다.[23)]

---

22)　浪漫主義どころか, それに繼起した自然主義さえ, 西歐諸國では既にその歷史を終って, いわゆる世紀末文學の時代に入っていた十九世紀末葉のことだったのに, わが國では浪漫主義よりもっと前のギリシア, ローマの古典からはじめて, そういう多端なものをすべて一度にとり入れて, これを何とか消化しなければならない時代になっていたのである。よほど強い個性でない限り, 獨自の傾向を探り當てて, それを徹底的に掘り下げるなどということは, とうてい出來ないわけだった。
　　　　　　　　太田三郎,「欧美文學と日本近代文學」『現代日本文學の世界』p.40.

23)　一世代というのは, ヨーロッパでは三十年のことで, チボオデが十九世紀のフランス文學を 世代別に論述したときも, これを一七八九年の世代から一九一四年の世代まで, つまり大革 命の發端から第一次世界大戰の勃發まで百二十五年間を, ほぼ三十年ずつにわけています。それが我國に這入ると, 世代という考えはほぼ十年をひと區切りにするようになり, 甚だしいのは, 戰前派, 戰中派, 戰後派などという風に, 五六年ごとに區切りを設けようという動きもあらわれました。 中村光夫,「明治文學史」p.9.

일본의 명치시대는 호머부터 부르제에 이르는 수천년 간의 서구문학이 한꺼번에 밀어닥친 혼란의 시대였다. 그런 여건은 세대의 간격을 3분의 1로 단축시켰으며, 극단적인 경우에는 2, 3년으로까지 단축되는 수가 있었다. "경국미담經國美談"과 "소설신수"의 간격은 불과 2년이며, 카타이에 나타난 졸라이즘의 영향기는 불과 3,4년에 지나지 않는다. (相馬, 앞의 책, pp.4~5)

이 시기에 와서야 일본은 서구의 문학을 추적하여 동시대의 대열에 끼게 된다. 상징주의·퇴폐주의가 그것이다. 그러나 전시대의 적체가 남아있는 상태에서 동시대도 받아들이는 것은 혼란만 가중시킨다. 소화할 능력이 없는 상태에서 받아들인 새 사조는 묵은 것과 멋대로 혼합하여 자연주의와 인상주의가 한데 뭉개진 것을 자연주의라 부르는 기현상이 생겨나는 것이다.

일본의 자연주의가 이렇게 변한 이유 중의 하나는 객관주의와의 불화에 있다. 객관주의는 과학주의와 민주주의의 산물이다. 과학주의의 보편성 존중, 민주주의의 다수 존중의 경향이 객관성 존중의 배경에 깔려있다. 과학주의와 민주주의적 사고가 없던 명치시대의 일본에서는 자연주의가 변형되지 않을 수 없었다. 그것이 주관삽입적 자연주의다.

그런 현상은 외래사조를 받아들이는 쪽의 적성의 문제와도 관련이 된다. 어느 나라나 자기네 입맛에 맞는 것만 받아들이기 때문이다. 인상주의나 상징주의는 일본인의 적성에 맞는 사조다. "하이쿠俳句에는 표상標象의 극의極意가 있다"(吉田, 앞의 책 上, p.256)고 말하는 抱月는 인상주의와 상징주의가 일본의 전통과 통하는 면이 있어 쉽게 받아들여졌다고 지적한다. 그의 의견에 요시다 세이이치吉田精一도 동의를 表한다.(吉田, 앞의 책 下, p.70)

그런데 자연주의는 그렇지 않다. 과학주의는 일본인의 적성에 맞지 않았다. 일본의 자연주의가 비 자연주의적 요소와의 결합으로 변화가 생기는 이유는 그것이 국민들의 기호에 맞지 않는데 기인한다. 명치말의 자연주의기는 일본의 근대문학이 겨우 서구문학의 번안적 색채를 탈피하고 자립하는 시기에 해당된다. 그러니까 자연주의에는 근대소설의 형식을 확립하는 과제가 주어져 있다.

자연주의는 일본에 와서 그들의 민족성에 맞는 인상주의와 융합해서 주관삽입적 자연주의가 되었다. 그리고 졸라에게서는 자기들에게 필요한 사실주의적 방법만 받아들였다. 그것은 근대소설이 필요로 하는 방법론이었다. 언문일치의 문장부터 시작해서, 자료와 고증의 중시, 가치의 중립성같은 사실주의적 기법을 그들은 졸라에게서 받아들여 formal realism의 기틀을 정립한다. 그래서 자연주의 소설은 일본에서 노벨의 커텐 레이서로서의 지위를 확보한다. 그러니까 '파계'는 최초의 자연주의 소설인 동시에 최초의 근대소설이라는 두 개의 과제를 짊어지고 있다. 리차드슨과 졸라의 과제를 함께 짊어지고 있는 것이다.

자연주의가 일본문학사에서 차지하는 비중이 유럽의 나라들과는 비교도 안될 만큼 무거운 것은 노벨의 시작과 밀착되어 있는데 기인한다. 근대문학의 장르가 확립된 공도 역시 자연주의의 것임을 다음 인용문들에서 확인할 수 있다.

① 일본에서의 자연주의의 비중은 아주 크다. 자연주의는 곧 근대문학의 기본이며, 자연주의에 의해 처음으로 근대라는 리얼리즘의 문학, 특히 소설·희곡·평론 등의 기초가 세워졌다고 해도 과언이 아니다.[24]

---

24) だが日本に於ては, 自然主義のもつ比重は甚だ大きい。自然主義は卽ち近代文学の基

② 명치의 일본인이 40년간의 생활에서 만들어진 최초의 철학적 맹아萌芽
…… 자연주의 운동 - 오늘날까지의 일본문학의 최대운동 …… 25)

③ 자연주의는 명치문학의 하나의 귀결이며, 대정 이후의 문학의 토대가
되는 것이고, 우리나라의 근대소설의 역사의 가장 소중한 축이라 할 수 있
다.26)

자연주의는 일본 근대문학에서 주체성의 확립, 'novel form'의 형성,
장르의 정비 등의 과제를 짊어진 특수한 문학이다. 그래서 자연주의라
는 사조는 자칫하면 모든 새로운 경향의 대명사로 간주될 가능성도 있
었다. '國民新聞'파의 돗보獨步, '文學界'파의 토오손藤村, 硯友社파의 카타
이花袋 등이 함께 어울릴 수 있었던 계기를 다음 인용문이 시사해 준다.

무엇을 향하여 서로 섞여 갔느냐 하면, 그것은 '새로움', '진지함' 27)

本であり, 自然主義によってはじめて近代レアリスム文学, ことに小說, 戲曲, 評論など
の基礎が置かれたといってよいのである.　　　　　吉田精一, '自然主義研究'上 p.1.

25)　-1) 自然主義の運動-日本文学に於ける今日迄の最大運動 …
　　　　　　　　　　　　　　　　　　　　　　'文學と政治', 相馬 같은 책. p.230.
　　　-2) 自然主義の運動を明治の日本人が四十年間の生活から編み出した最初の哲學の萌
　　　　芽であ ると思ふ.　　　　　　　　　石川啄木, 相馬 같은 책. p.230.

26)　自然主義は, 明治文学のひとつの歸結であり, 大正以後の文学の土臺となるもので, 我
　　國の 近代小說の歷史の一番大切な軸といってよいものです.
　　　　　　　　　　　　　　　　　　　　　　中村光夫, '明治文學史' p.184.

27)　国木田君は "国民新聞"派から, 島崎君は"文學界"派から, 私は何方かといへば"硯友社"派
　　から出て來て, そして次第に一緖に雜り合つて行つた何を目當に雜り合つて行つたか
　　といふのに, それは'新しさ'といふことと, '眞面目さ'といふこととを以て.
　　　　　　　　　　　　　　　　　　　　　　吉田精一, '自然主義研究'下, p.8.

자연주의를 향해 모인 이 세 사람의 동기 속에는 '자연주의'라는 항목이 들어 있지 않다. '외국문학에 대한 동경', '새로움과 진지함'을 향한 열의가 있을 뿐이다.

　사소설이라는 장르도 주객합일주의처럼 그들의 적성에 맞았다. 당시에 그들에게 가장 중요한 과제는 자아의 확립과 개인의 내면에 대한 탐색이었기 때문에 작가의 내면을 고백하는 새 장르가 필요했던 것이다. 그들은 졸라에게서 과학주의나 결정론을 받아들인 것이 아니라 사실주의적인 수법만 받아들였으며, 그의 '진실존중' 사상을 '사실존중'으로 오해해서 '배허구·무각색'의 구호를 만들고, 자연주의를 대표하는 장르를 '사소설'로 만들어 버린 것이다. 새것을 향한 갈망이 자연주의 성립의 중요한 계기를 제공했기 때문에 원형과의 유사성은 중요시 되지 않았던 것이다. 藤村의 '파계'나 '궁사窮死'는 타인에 의해 자연주의라는 레텔이 붙여졌을 뿐 작가 자신의 자각적 자세에서 창작된 자연주의 작품은 아니다. 자연주의의 자연주의스러움은 작가들에게는 중요하지 않았던 것이다.[28]

　사조의 혼류가 일본 자연주의에 끼친 영향은 다른 사조와의 혼용이었기 때문에 자연주의와는 대척되는 낭만주의와 합쳐져도 신경을 쓰는 사람이 별로 없었다. 일본의 자연주의는 낭만주의와 혼합되어 있다. 그러

---

28)　しかし, '新自然主義'を標榜した日本の 自然派が,,一見ただちに矛盾するようなさまざまの近代的な思想傾向や藝術的傾向を, その中にはじめから抱えこんでいた点についてはまさに述べた通りである. すなわちスバルや'三田文學'のニヒリズムやデカダニズムも, 嘆美主義, '白樺'のいわゆる人道主義的要素も, '新思潮'のニヒリズムや主知主義, あるいは新現實主義と後に呼ばれるようになる要素も, 原理的には, いわゆる '新自然主義'が出發の時點で內包していたのだ. だとすれば, これら新世代は自然派の第一世代の中から生い育って來た第二世代と言っても, 必ずしも過言ではいわけだ.
　　　　　　　　　　　　　　　　　　　　　　　　相馬 같은 책. p.24.

면서 동시에 자연주의 이후의 사조들과도 공존하고 있다. 낭만주의와 자연주의의 관계가 계승의 관계였기 때문에 그와 유사한 상징주의나 인상주의적 경향과 섞여도 문제시 될 것이 없는 것이다. 그렇기 때문에 太田三郎은 어떤 시대를 하나의 주의나 흐름으로 재단해 버리는 것은 일본에서는 위험한 일이라고 경고하고 있다. ("現代日本文學 世界" p.40)

> 그들은 졸라에게서 'naturalisme'을 읽은 것이 아니고 19세기 서양소설의 일반을 읽었다. 졸라의 소설 속에서 졸라 고유의 성질을 본 것이 아니라 톨스토이나, 도스토예프스키에까지 공통되는 ⋯⋯ 인생의 '진상'의 '노골한 묘사'를 발견한 것이다.[29]

그들이 졸라와 톨스토이 사이에 큰 구별을 두지 않았다는 것, 거기에서 바킹馬琴이나 고오요紅葉과 다른 새로운 소설의 세계만을 발견해 냈다는 것은 옳은 말이다. 모리 오가이森鷗外, 우에타 빈上田敏 등이 '실험 소설론'에 대해 틀리지 않게 소개했고, 자연주의 작가들은 영문판을 통해서라도 '루공 마카르'를 읽을 만한 어학실력이 있었는데도 졸라와 거의 무관한 자연주의가 일본에 형성된 것은 가토加藤의 말대로 졸라에게서 과학주의를 보려 하지 않았기 때문이다.

---

29) 彼らはゾラの裡に"naturalism"を讀んだのではなく, 一九世紀の西洋の小說一般を讀んだ, ゾラの小說のなかに, ゾラに固有の性質をではなく, トルストイやドストエフスキーにさえも共通し, しかしたとえば馬琴の勸善懲惡小說や紅葉–露伴の美文からは遠く隔っていたところの, 人生の'眞相'の露骨な描寫を見つけたのである。 …要するに彼らは一九世紀の西洋の小說家を誤解したのではなく, そのなかに彼ら自身が必要としていたものだけを讀みとつたのである。
加藤周一, "日本文學史序說"上

(4) 수용태도의 자의성恣意性과 무체계성

공교롭게도 졸라를 최초로 소개한 鷗外가 자연주의를 좋아하지 않는 문인이었다. 그는 졸라를 소개하는 글에서 자주 졸라를 격하하는 말을 하면서, 도데A. Daudet를 칭찬했다. 上田敏도 마찬가지다. 그도 졸라를 싫어한다는 말을 공공연히 하면서 플로베르를 칭찬하고, 도데와 모파상을 높이 평가했다.

졸라에 대한 소개가 우연히 졸라를 싫어하는 문인에 의해 이루어졌다는 사실은, 그 후의 프랑스 자연주의 작가들에 대한 선호도에 영향을 준 바가 컸다. "20년대 말에서 30년대 초에 걸쳐 …… 졸라에게서 단순히 구상構想의 일부를 비는 것이 아니라, 보다 넓고 깊게 그 영향을 살리려는 경향이 나타난"[30] 사실은 전기 자연주의를 논하는 항에서 이미 살펴보았다. 텐가이, 후요風葉 등은 "루공-마카르"를 섭렵했고, 30년대초에 이미 20권 중의 10여권의 소설이 부분적인 영향을 노출시키는 모방작들을 산출한다. (전기자연주의 참조) 그런데 30년대 후반에 가면 天外 등의

---

30) 1) 졸라에 관한 소개는 森鷗外의 「醫學の說より出でたる小說(明. 22. 1,3 "讀賣新聞",) エミィル・ゾラの沒理想論(明. 25. 1) 등이 있었고, 上田敏의 "文藝論集"(明. 34. 2), "佛蘭西文學 硏究등이 있다."
   2) 작품에 반영된 영향관계는 대략 다음과 같다.
      小杉天外 : 'はつ姿 '-Nana'
      'はやり唄-l'Oeuvre', 'La Curée....부분적
      'コブシ' 三卷, "Les Rougon-Macquart"
      '長者屋(明. 42) 'L'Argent'
      '闇を行く人'(明. 44) 'La Bête humaine'... 부분적
      長井荷風 : '地獄の花'(明-. 35)-'Nana'
      田山花袋 : 'うき秋-Les Rougon-Macquart
   3) 졸라의 번역도 자연주의 이후의 작품 쪽이 많이 번역되어 일본에서는 졸라의 자연주의가 인기가 없었음을 알게 한다. 　　　　　吉田精一, "自然主義硏究" 참조

객관적 경향은 부정되고, 자연주의는 주관주의를 옹호하는 쪽으로 선회하면서 일본문단은 鷗外나 上田의 취향대로 졸라에게서 모파상으로 방향을 바꾼다. (같은 책, p.144)

일본에서 졸라보다 모파상이 환영을 받은 이유를 吉田는 장르와 문체 등에서도 찾고 있다. 졸라는 장편작가여서 번역이 어려운데, 모파상은 단편작가니까 번역이 쉬웠고, 졸라의 문체보다 모파상의 문체가 독자의 기호에 맞았다는 것이다.

자연주의 작가 중에서 졸라에서 모파상으로 가는 방향전환을 가장 선명하게 노출시킨 작가는 田山花袋다. 30년대 초에 그는 졸라의 영향을 드러내는 몇 편의 소설을 발표했다. 'うき秋-쾌청한 가을'(1899, 명치 32), '斷流-단류'(1896, 명치 29) 등이 그것이다. 그런데 그는 '루공 마카르의 축소판 같은'(相馬, 앞의 책, p.5), '쾌청한 가을'을 발표한 지 불과 2년만에 '서화여향西花餘香'에서 졸라이즘은 이미 시대에 뒤떨어진 것이라는 말을 하고 있다. 그래서 相馬는 "자연주의 사조의 20여 년의 경과를 花袋는 3, 4년 사이에 통과해 버렸다고 할 수 있다"(같은 책, P. 5)고 평하고 있다.

졸라를 가볍게 스쳐 지나간 데 비하면, 모파상과의 관계는 훨씬 지속적이며 적극적이다. 적성에 맞았던 것이다. 花袋가 모파상의 작품을 처음 읽은 것은 영역 단편집인 'The Odd Number'였다. 그는 이 책에서 '두 병졸二兵卒 Little Soldier', '코르시카 섬 Happiness'의 두 단편을 1898년에 번역했다.("自然主義文學", pp.129~40). 1901년(명치 34)에 花袋는 모파상의 '벨아미Bel Ami'를 읽고 결정적인 충격을 받았으며,("田山花袋集", p.434) 같은 해에 모파상의 단편집 11권을 입수하여 읽고 자연주의 문학에 눈을 뜨게 된다. "자연 그대로다. 적나라하다. 대담하다. …… 제재의 비루卑陋, 음외淫猥함은 예술상에서는 문제시될 이유가 없다."("藤村·花袋" 三星堂 p.226)

고 그는 말한다. 그의 '노골한 묘사'의 출처를 여기에서 찾을 수 있다. 모파상은 카타이의 자연주의에 가장 많은 영향을 끼친 작가다.

프랑스 자연주의계의 작가 중에서 그 다음으로 그가 영향을 받은 이는 공쿠르 형제다. 그는 공쿠르 형제를 '젊은 자연파, 순수 자연파'라고 부르면서, 그의 인상파적 수법을 졸라의 과학적 방법보다 높이 평가했다.[31] 다음 차례는 유이스망이다. 카타이는 그에게서 자연주의에서 신비주의로 옮아간 것을 본받아, 대정시대에 자기가 종교적 경지로 전환할 때 모델로 삼았다.

그의 외국문학 수용의 태도는 언제나 성급하고 피상적이다. 그에 의하면 졸라는 주관성을 지닌 작가이며, 모파상은 도데풍의 작가이고, 공쿠르의 인상주의는 생략을 많이 하는 것이 특징이며, 유이스망은 자연주의에서 신비주의로 걸어 간 작가일 뿐이다. (吉田, 앞의 책 下, p.141~81 참조) 카타이는 이 중의 어느 한 작가도 제대로 이해하지 못했다. 졸라의 '실험소설론'의 주장, 공쿠르의 심미감과 섬세함, 플로베르의 예술지상의 경향, 유이스망의 카톨리시즘 등을 깊이 있게 탐색하는 대신에 그들의 일

---

31) ① ゴンクールは飽くまで人生派であると共に藝術派であつた. 矢張フロォベルのやうにロマンチック・リアリストであつたが, フロォベルがロマンチックの方面を内容まで持って行った のと違って, かれは手法描寫にそれを持って行って, 内容はつとめてさういふ傾向を避けようとした形迹がある.
② 話は思はず横道へそれたが, 要するに私が '生' に於て試みた所は, 矢張りゴンクールやモウパッサンの作に見るやうな, 平氣に材料を材料のままに書くと云ふ, あの態度です.　　　　　　　　　　　　　　　　　　　　　藤村-花袋 (三省堂) p.226.
③ 花袋は英譯を通じてのみゴンクールわ窺ったせるもあるが, 又生來の短氣と無頓着と語彙の貧しさと鈍感とから, 凡そゴンクールと反對に, 日常語の平板きはまるくりかへしによって平氣で描寫し敍述したのである, 從って好んで頹廢とか病的とかを口にはしたが, 病的な神經や 感覺は殆ど見出されぬ. 同じく個人主義に立脚しも. ゴンクールの表現のもつ主觀的な, 個性 の強烈な特徴は, 花袋の作品に絶えて見ない所である.
　　　　　　　　　　　　　　　　　吉田精一, "自然主義研究" 下, p.182.

면을 자기류로 받아들인 것이다.

吉田精―는 명치 2, 30년대의 외래사조의 수용 태도를 (1) 자의성恣意性
과 우연성, (2) 체계성의 결여, (3) 대상국의 생활의 실태에 대한 무지로
인한 피상적 이해로 요약하고 있다. (吉田, 앞의 책 上, p.142) 우연히 '마루센丸
善' (서점 이름)에 도착한 양서洋書를 자기류로 흡수하는 것은 당대의 문인들
의 공통된 경향이었다는 것이다. 오가이鷗外, 쇼오요逍遙, 소세키漱石 등과
달리 사립대 출신이며, 외국의 번역책만을 통해서 프랑스의 자연주의를
받아들였기 때문에 오해가 생길 소지가 많았던 것이다.

자의성과 우연성의 결과는 체계의 결여로 나타난다. 花袋의 경우가
그 좋은 예다. 그는 프랑스 자연주의 작가 네 사람에게서 영향을 받은
편인데, 거기에 발자크는 들어 있지도 않고, 플로베르에게서도 큰 영향
을 받지 않았다. 졸라를 소홀하게 취급한 것까지 감안하면 자연주의계
의 주류를 이루는 작가들이 모두 소외되어 있는 것이다. 유이스망이 발
자크나 플로베르보다 중요시되는 것은 본말의 전도다. '실험소설론' 대
신 "심미신설審美新說"이 카타이의 자연주의의 이론을 형성시킨 사실이
이런 결과를 낳은 것이다.

이런 현상은 다른 문인에게서도 나타난다. 抱月도 졸라를 대수롭지
않게 다루고 있으며, '실험소설론'의 소개자인 鷗外도 모파상과 도데의
팬이다. 上田敏만 플로베르를 칭찬하고 있는데(吉田, 앞의 책, p.135) 이 경우
에도 대상작품이 대표작인 '보바리 부인'이 아니라 '살람보'다. 花袋가 플
로베르를 칭찬한 작품도 '보바리 부인'이 아니라 '감정교육'이다. 졸라의
경우에도 자연주의를 떠난 후의 작품인 '세 도시Trois Villes', '네 복음Quatre
Evangiles' 등이 환영을 받고 있으며(吉田 앞의 책 p.135 참조), 모파상의 작품에
서도 'The Odd Number'가 주가 된다. 프랑스 자연주의에서 일본이 받

아들인 것은 대표작가도 아니며, 대표작이 아니었음을 증명한다. 일본 자연주의가 졸라의 과학주의를 기피하고 있는 경향이 여기에서도 확인된다.

藤村은 다른 작가들과는 좀 다르다. 그는 '파계' 이전에 쓴 '구주인舊主人'(1902, 명치 35)에서 플로베르의 여향을 보여주고 있으며, '짚신藁草履'(1903, 명치 36)에서는 졸라, '할배爺'(1903, 明. 36)에서는 모파상의 영향의 흔적이 나타나고 있다. 그러나 이 시기에 그가 가장 많은 영향을 받은 작가는 플로베르로 되어 있다. 뿐 아니라 그는 젊은 시절에 테느의 "영문학사"의 영역 축소판을 애독하여 그의 환경결정론에서 감명을 받았다는 기록도 있다.

그러나, 藤村이 가장 많이 영향을 받은 문인은 쟝 쟈크 루소다.[32] 23세 때 루소의 '참회록'을 읽은 그는 "그의 생애에서 몇 번이나 루소로 되돌아가고 있다'고 吉田는 지적한다. (앞의 책 上, p.337) 그 밖에도 젊은 날에 D. G. 로제티 역으로 "프랑소와 비용François Villon"을 읽었고, 대정 2년(1913) 프랑스에 갔을 때는 보들레르의 상징시와, 모리스 바레스Maurice Barés의 애국주의의 영향 등을 받았지만 그때는 이미 그의 자연주의기가 끝난 후였다.

이상의 여러 가지 점을 통해서 일본 자연주의가 프랑스 자연주의를 받아들인 태도를 정리해 보면, 전기와 달리 후기에서는 졸라가 소외되는 현상이 나타난다. 졸라보다 전세대인 발자크나 플로베르보다 메당 그룹 성립 후(1877년)의 세대인 모파상, 도데 등이 우대를 받고 있는데 두 사람이 모두 단편작가다. 장편보다는 단편이 대우를 받은 것을 재확인

---

32)　藤村はその生涯で何度かルソーに立ち戻っている. その最初の重要な發言が'ルソォの懺悔の中に 見出したる自己。("秀才文壇"明治42年 3月)　　　'藤村-花袋', p.32.

할 수 있다. 그 중에서도 두드러지는 것은 공쿠르의 인상주의의 영향의 비대현상이다. 인상주의가 일본의 적성에 맞는다는 말에 일리가 있는 것 같다. 일본의 자연주의는 졸라가 소외된 자연주의였다.

(5) 발신국의 다원성

일본 자연주의의 또 하나의 특징은 많은 나라에서 영향을 받은 점이다. 자연주의 시대의 일본에는 그 나라들에 대한 전문적인 연구가가 없었기 때문에 우발적으로 손에 들어오는 책에서 자신이 원하는 것만 읽어 버리는 자의적인 수용태도가 생겨서 의외의 작가의 의외의 작품이 클로즈업 되는 일이 많다.

자연주의 작가들에게 영향을 많이 끼친 서구의 작가 중에서 제일 먼저 눈에 띄는 것이 입센H. Ibsen이다. 명치 40년 전후의 일본의 문단에서는 입센의 유행현상(相馬, 앞의 책, p.40)이 나타난다. 자연주의를 논할 때마다 입센의 이름은 졸라와 같이 나오며, 때로는 졸라보다 더 높이 평가되는 경우도 있다.

이런 경향을 주도한 인물이 자연주의의 이론가인 島村抱月이다. 그는 영국과 독일에서 '인형의 집', '민중의 적' 같은 작품을 가지고 귀국하여 '囚はれたる文藝 – 사로잡힌 문예' 등의 글을 통해 소개했고, 입센이 죽었을 때는 자신이 관여하는 "와세다문학早稻田文學" 명치 39년 7월호에 특집을 내서 입센열을 고취시켰다. 명치 26년에 처음으로 번역이 시작된 입센의 문학은 40년경에는 "일본 자연주의론의 한 중심제목이 되었다." (吉田, 앞의 책 上, pp.527~28) 입센의 문학이 졸라의 과학주의보다 호게츠의 구미에 맞았던 점은 도덕에 대한 관심이었다.

입센이 취급한 문제는, 졸라가 음주 문제, 돈 문제, 교권문제 같은 것을 취급한 연고로 사회문제에 관심을 가졌다고 일컬어지는 것과는 종류가 다르다. 입센의 문제는 보다 깊다. 그것은 도덕문제다. 더구나 제 2의 도덕이 아니라 제1의 도덕의 문제다. …… 철학적, 인생관적인 것이다.[33]

이 인용문을 통해 알 수 있는 것은 졸라가 거부해 버린 형이상학이 입센의 매력이 되고 있다는 사실이다. 입센 선호는 일본인들이 자연주의의 과학주의에 흥미를 느끼지 못하고 있다는 것을 입증한다. 그들이 자연주의에서 얻고 싶었던 것은 '휘진문학揮眞文學(漱石)의 성격에 불과했고, 그것은 졸라까지 갈 것 없이 입센으로 충족되었던 것이다.

졸라이즘은 결국 일본에서는 일시의 유행으로 끝나고 결실을 얻지 못했다. …… 졸라가 표방한 '과학'보다 좀더 단적으로 개성의 표출에 적합한 형식이 일본에서는 필요했던 것이다.[34]

이 말은 일본에 필요한 또 하나의 문제를 입센이 충족하여 주었음을 알려준다. 그것은 여성문제와 사회문제다. '노라' 쪽이 '나나'보다 일본이

---

33) されどもイブセンが取り扱ひたる問題は, ゾラが飮酒問題, 金力問題, 敎權問題といふが 如きものを取り扱ひたるの故を以て社會問題に携れりと稱せれるとは類を異にする. イブセンの問題は更に深し, 道德問題なり. 道德の根本に關する 人生觀的. 哲學的, 人生觀的なり。　　　　　　　　　　　　　　　吉田精一, '自然主義硏究' 上, p.527.

34) ゾライズムは結局日本では一時の流行に止つて, 實を結びませんでした. / これはゾラの場合にはすでに前代のロマン派の詩人たちによつてなしとげられていた, 近代的個人の自覺と表現という仕事が, 我國では, 自然主義を通じて確立されねばならなかつあ ためて, ゾラの標榜した '科學' より, もつと端的に個性の表出に適した形式がここでは必要であつたのです。　　　　　　　　　　　　　中村光夫, '明治文學史' p.187.

당면한 문제에 접근해 있었던 것이다. '입센은 사회문제와 더불어 여성문제에 충격을 주고 문제를 제시했다'는 요시다의 말(앞의 책 上, p.529)은 소세키의 '우미인초虞美人草' 등과 風葉의 'さめたる女-깨어난 여자', '속續깨어난 여자' 등에 나타난 노라나 헷다형의 여성의 출현, 로앙魯庵, 유로柳浪, 風葉 등의 사회문제에 대한 관심(같은 책, p.529, pp.183~84)을 가리키는 것이다. 당대의 일본에서는 형이상학에 대한 관심(抱月), 개인의 해방에 대한 관심이 과학주의보다 절박한 것이었음을 입센열이 확인시켜 준다. 입센은 극작가였는데 일본에서는 주로 사상적인 면만 수입되어, 자연주의 소설과 연결되었다는 사실은 역시 '보고 싶은 것만 보고 마는' 자의적 태도라고 할 수 있다. 입센이 일본에서 환영을 받은 또 하나의 이유를 요시다씨는 "뒤떨어진 문명국으로서의 북구의 형편이 일본의 그것과 공통되는 점이 있으며, 따라서 공감할 수 있는 것이 강한 점"(같은 책, p.530)에서 찾고 있다.

　현실적 여건의 유사성에서 오는 이런 공감대는 러시아 문학과의 관계에서도 나타난다. 러시아의 리얼리즘 소설들은 프랑스에서는 자연주의를 쇠퇴시키는 원인이 되지만, 일본에서는 '자연주의 성립을 위한 한 인자'가 되고 있다. (吉田, 앞의 책 上, p.516) 러시아문학이 일본 자연주의에 결정적 영향을 미치게 된 이유는 (1) 후타바데이二葉亭 같은 우수한 번역가가 있어 20년대초 부터 '獵人日記-사냥꾼 일기', '아샤', '루진' 등을 번역한 것, (2) 노일전쟁으로 인해 러시아에 대한 관심이 고조된 점 등에서 찾을 수 있지만, 그 보다는 (3) '명치말의 일본 사회와 러시아와의 사회적 여건의 유사성'에 있다고 할 수 있다.

　이런 외부적인 여건 외에 일본의 명치문학이 러시아문학을 받아들인 내부적 사정을 吉田 씨는 다음과 같이 요약하고 있다.

(1) 러시아 문학의 현실성과 진지성

(2) 유럽적인 미적 전통의 결여와 일본 자연주의의 反 전통미성과의 유
사성

(3) '잉여인간'이나 생활의 패배자에 대한 일본의 소시민 지식계급의 공감

　러시아 작가들 중에서 일본 자연주의에 영향을 많이 끼친 작가는 투르게네프, 고리키, 체홉의 순서로 되어 있다. 톨스토이와 도스토예프스키의 영향은 자연주의 이후에 확대된다. 藤村의 경우만 예외적이어서 '파계'에는 '죄와 벌'의 영향이 나타난다. 그러나 그보다 더 많이 나타나는 것은 투르게네프의 영향이다. '봄春'의 권두 묘사와 '처녀지', '파계'와 '아버지와 아들'의 부분적 유사성 등이 지적되고 있으며, 나카자와 린센中澤臨川은 藤村과 투르게네프의 작풍의 유사성도 지적한 바 있다. (같은 책, p.122 참조)

　花袋의 경우에도 투르게네프의 영향이 노출된다. 그는 톨스토이도 애독해서 그의 소설 '코사크', '세바스토포리' 두 편을 번역한 일이 있다. 그의 눈으로 보면 톨스토이나 도스토예프스키는 졸라나 입센과 마찬가지로 '묘사가 노골적이며 대담한 작가'(加藤周一, 앞의 책, p.83)에 해당되나, 영향을 받은 흔적은 구체적으로 나타난 바가 없다. (吉田, 앞의 책 上, pp.301~302) 입센의 영향이 평론가인 抱月에게 주로 나타나고 있는 데 반해, 러시아 소설의 영향은 藤村, 花袋, 하쿠죠白鳥 등의 소설 속에 구체적·집단적으로 나타난다. 사상면 뿐 아니라 형식면에서도 영향력이 행사되어 그 규모가 북구의 경우와는 비교되지 않을 만큼 컸다.

　장르상에서 볼 때 일본 자연주의에 영향을 준 나라는 주로 프랑스와 러시아였다. 그 중에서 모파상, 도데, 체홉 등의 단편작가가 인기가 많다

는 것도 주의해 볼 만한 점이다. 러시아 장편소설의 소개가 후다바데이 시메이二葉亭四迷라는 우수한 번역가의 확보에서 이루어진 것에 비하면, 불문학 쪽에는 이 시기에 그에 비교할 만한 번역가가 없었다. 그 결과로 영역본을 통한 이중번역이 행해졌고, 그나마도 카타이나 돗보 같은 아마추어 번역가에게 의존하는 경우가 많았던 관계로 장편보다는 단편 쪽에 치우쳐지게 된 것이다. 일본 자연주의의 왜곡의 한 원인은 '실험소설론'의 온전한 번역이 없었던 데도 기인하며, 졸라의 자연주의를 대표하는 장편들의 번역이 늦어진 데도 그 원인이 있다고 할 수 있다.

(6) 전통문학과의 관계

명치유신 이전의 사회는 계급사회였기 때문에 문학도 계층에 따라 장르가 달랐다. '武士'의 문학과 '쵸닌町人(도시의 商人層)'에의 문학이 달랐던 것이다. 무사의 문학은 한학과 한시였으며, '쵸닌'의 문학은 하이카이俳諧, 죠루리淨琉璃, 가부키歌舞伎, 게사쿠戲作(에도 후기의 통속소설) 등이었다. 명치시대의 대표적인 문인의 출신계급은 대체로 '사士'에 속한다. 坪內逍遙, 二葉亭四迷, 夏目漱石, 森鷗('外典醫의 아들) 고다 로한幸田露伴('승려의 아들) 등은 모두 '사' 계급 출신이다. 그래서 한학에 대한 조예가 깊었다. 하지만 대부분이 몰락무사 계급이어서 죠닌문학의 영향도 많이 받고 있었다. 전통문학의 두 종류에 모두 숙달되어 있었던 것이다. 죠닌계급 출신의 오자키 고오요尾崎紅葉와 이즈미 교오카泉鏡花도 이들처럼 두가지 문학에 모두 밀착되어 있었다. 죠닌문학 쪽에 조예가 더 깊어서 에도의 죠닌문화의 전통을 그대로 계승하고 있는 점만 다를 뿐이다. (加藤, 앞의 책, p.326 참조)

이런 전통문화의 기반 위에서 그들은 신문화를 받아들였다. 逍遙, 漱石, 紅葉 등은 모두 명문인 동경대를 다녔다. 따라서 그들의 공통과제는 전통과 서양문화의 융합이었다. (吉田, 앞의 책 下 p.773) 전통과의 대립과 융합이 가장 전형적으로 나타나는 것은 坪內逍遙의 "소설신수"와 '당세서생기질'이다. "소설신수"에 나타나는 문학의 공리성 거부는 명치 10년대에 유행하던 정치소설과, 권선징악적인 구문학을 동시에 거부하는 것이다. 그래서 자동적으로 반 공리주의문학인 게사쿠戲作의 옹호자가 된다. (中村, 앞의 책, p.96)

다음은 소설(게사쿠)의 지위 격상이다. 천민들의 문학인 소설을 사족의 본업으로 인상시킨 것은 逍遙의 공로다. 그것은 문학에 나타난 4민평등 사상의 본보기라고 할 수 있다. 반 공리적 문학관, 소설의 지위 격상 등을 통해 그는 사족의 문학 전통을 거부하고 있다. 그것은 그의 근대화된 측면이다. 그러나 한편에서는 서민적 전통과의 유착이 나타난다. 소설의 격상은 서민문학의 격상이기도 했기 때문이다. 이런 측면은 그의 '당세서생기질'이 지니는 희작소설과의 유사성에서도 드러난다. 그런 과거로의 회귀는 연우사계의 작가들에게서도 나타난다.

자연주의 작가들은 그렇지 않다. 獨步, 秋聲, 白鳥, 泡鳴 등은 고전문학에 대해 관심이 없다. 연우사 출신인 秋聲, 花袋 등은 의식적으로 고전취미를 감추려 하고 있다. 자연주의 작가들의 고전과의 절연은 의식적인 것임을 알 수 있다. 이들도 전시대의 문인들처럼 몰락사족의 후예들이다. 藤村과 白鳥는 사족은 아니지만 지방의 유서깊은 구가 출신 (吉田, 앞의 책 下, p.35)이어서 한문학에 대한 조예도 깊다. 문제는 죠닌문학과의 거리에 있다. 그들을 연우사, 탐미파, 백화파와 구별시키는 요인은 시골에서 올라 온 '상경조上京組'라는 점에 있다. 그들이 시골에서 자랐다는 사실은 죠닌문학를 누릴 기회가 없었다는 것을 의미한다. 죠루리淨琉璃나 가부키歌舞伎의 공연장소가 시골에는 없으며, 금서가 된 사이카쿠西鶴의 소설도 입수하기 어려우니 죠닌문학을 알 기회가 없은 것이다. 자연주의 작가 중에는 죠닌계급 출신이 하나도 없었다.[35] 자연주의 작가들이 소설가로 출세 할 수 있었던 것은 언문일치 덕분이라 할 수 있다.

> 에도의 죠신문학에 친자親炙한 일이 없는 지방의 영학숙英學塾에서 나온 청년이 교카鏡花 같은 문장을 곳바로 쓴다는 것은 불가능할 것이다. 하지만 언문일치 문장이야 누구나 쓸 수 있다. …… 그렇게 하여 성립된 것이 1870년대의 시골 구립번사舊林藩士의 집에서 태어나, 동경에서 영문학을 배운 田山花袋에서 마사무네 하쿠쵸正宗白鳥에 이르는 일군의 소설가의 '자연주의 사소설'이다.[36]

하지만 자연주의 작가들이 언문일치문장을 쓴 것은 鏡花나 紅葉식의 미문체를 쓸 능력이 없어서만은 아니다. 진정한 이유는 에도취미에 대

---

35) 花袋, 泡鳴, 藤村, 獨步, 秋聲, 白鳥, 星湖。靑果 紅錄作次郎等はいつれも地方の出身で, 抱月, 天溪, 御風, 天弦等も亦田舍者であった. 地味でタフで, 執拗で, 骨の太い骨骼と, 強靭な腰の据よりとは, 自然主義の特色であったといへる. 彼等は都市出身の眈美派や 理想主義の作家に比べて, 感覺に於て鈍く, 感情のキメも粗い. 荷風や潤一郎に見るや うな肌の美しい, 細工の細かい, 神經の行きわたった銳角的なスタイルは彼等に望めな いものであった。　　　　　　　　　　　　吉田精一, '自然主義硏究', p.581.

36) 鏡花の文章を江戶町人文學に親炙することなく, 地方の英學塾から出てきた靑年が, い きなり書くことは不可能だろう。しかし'言文一致ならば, 誰でも書くことができる。他 方必 要な文學理論も, あらかじめ坪內逍遙の'小說神髓(1885-86)が, 準備していた。そ こに ヨーロッパ大陸の寫實的な小說の理論をつけ加えることは, あまり困難なことでは ない。し たがって成立したのが, 1870年代に地方の舊館林藩士の家に生れ, 東京で英 文學を學んだ田 山花袋から 正宗白鳥(1879-19620)に到る一群の小說家の'自然主義私 小說である。　　　　　　　　　　　加勝周一, '日本文學史序說', p.332.

한 거부에 있다. 토오고쿠透谷 등의 낭만주의시대부터 시작된 반 연우사 운동의 계승인 것이다. 연우사가 계승한 에도의 멋인 '이키粹'나 '쯔우通'는 바쿠후와의 부조화를 피하면서 삶을 즐기기 위해 고안해 낸 죠닌들의 요령의 산물이다. (加藤 앞의 책, p.246) 그래서 그것은 '취미요 놀이'에 불과하다고 반 연우사파는 생각했다. (關良一, "現代日本文學의 世界" p.14)

자연주의도 마찬가지다. 연우사 출신의 秋聲와 花袋는 하이카이俳諧에 조예가 깊었고, 秋聲는 와카和歌와 한시를 지었으며, 이하라 사이카쿠井原西鶴를 좋아해서 후에 '西鶴小論'을 쓴 일(吉田, 앞의 책 하, p.128)까지 있다. 하지만, 창작에서는 그 문학을 계승하지 않았다. 토오손藤村과 바쇼芭蕉의 관계도 이와 비슷하다. (關良一, 위의 책, p.13)

자연주의가 고전을 거부한 세 번째 이유는 당대 중시사상에 있다. 눈 앞의 현실을 중시한 그들은 현실의 정확한 재현을 원하였기 때문에. 현실의 언어인 언문일치에 역점을 두었던 것이다.(같은 책, p.14) 물론 전통거부 현상이 이 시대에만 강조된 것은 그들이 전통미학을 잘 모른데도 이유가 있었을 것이다. "도쿠가와 시대 이래의 문화적 전통에서 얻는 것이 가장 적은 환경에서 그들은 자란 것이다. (加藤, 앞의 책 上, p.378) 자연주의 작가들은 전후의 어느 시대 작가들보다 국가의식이 희박한 그룹이다.[37] 그들은 nationalism 일색이던 명치시대에 거의 유일한 cosmopolitan

---

37)   -1) 島崎藤村(1872-1943)と正宗白鳥(1879-1962)は、それぞれ長野縣と岡山縣の舊家の出である。國木田獨步(1871-1908), 田山花袋(1871-1930), 德田秋聲(1871-1943), 岩野泡鳴 (1873-1920)は、地方の沒落貴族の家に生まれた。大阪の町家の出身者は一人もないし、また德川時代の武士知識人-儒家または醫家-の系統を引く者も一人もない。すなわち德川時代以來の文化的傳統に負うところが最も薄い環境のなかで彼らは育ったのである。   加藤周一, '日本文學史序說' p.378.
-2) たしかに'自然主義'の作家たちの側には、明治國家と自己を同定する意識はなかった。   加藤周一, 앞의 책, p.332.

들이었다.[38] 에도취미와 천황제에서 가장 멀리 떨어져 나온 최초의 근
대인들이었다고 할 수 있다.

---

38) 自然主義の代表的作家たちは，いつても強熱な個性であつて，大正期に入つても輕輕し
く 自己の立場を動かさず，といつても時勢の影響はうけないではなく，ことに自と他，
個人と 環境との調和を求めつつ，自己の文學を自分なりに深化して行くことに努力し
た。彼等の藝 術を通じての特色は，根本的には以前とかはらぬコスモポリットで，偏
狭な國粹主義者には ならなかからなかつたにしても（泡鳴をのぞけば）西歐的な次第に
弱くして，日本的な方向へと 傾斜して行つだことである。
                                            吉田精一，「自然主義研究」下，p.568.

3. 현실의 재현과 그 방법

1) 진실 존중 사상

'모든 것은 결국은 방법의 문제로 귀착된다'[1]고 에밀 졸라는 말한 일이 있다. 이 말은 '실험소설론'에서 되풀이되며 강조되는 다음 주장과 상응한다.

    ① 실험과학은 사물의 '왜pourquoi'라는 문제에는 신경을 쓰지 않는다. 다만 '어떻게comment'라는 방법의 문제에만 관심이 있다. [2]

    ② 설사 우리가 아편이나 알카로이드가 '왜' 사람을 잠자게 하는지를 모른다 하더라도 우리는 아편이나 그 성분들이 '어떻게' 수면을 유발시키는가를

---

1)   'Tout se réduit ‥‥‥ a une question de méthode' says Zola to conclude his arguments....   *Realism*, p.40.

2)   La science expérimentale ne doit pas s'inquiéter du *pourquoi* des choses; elle explique le *comment*, pas davantage.   *R. E.*, p.61.

알 수 있다. [3]

클로드 베르나르의 의견을 본받은 졸라의 주장들은 자연주의 문학이
방법에 대한 지대한 관심을 가지고 있음을 입증해 주고 있다.

(1) 불란서 - 진실존중의 예술관

전술한 바와 같이 과학주의는 졸라의 세계에 들어와서 문학가 = 과
학자의 등식等式을 낳았다. [4] 그의 '실험소설론'에 의하면 문학가는 '오
직 과학자일 뿐이며, 분석하고 해부하는 사람일 뿐'(제1장의 Ⅱ. 주1 참조)
이다. 따라서 그의 목적도 과학자와 마찬가지로 진실truth의 탐구가 된
다.[5] 그래서 그란트D. Grant는 졸라의 자연주의를 '양심의 리얼리즘

---

3) Si nous ne pouvons savoir *pourquoi* l'opium et ses alcaloïdes font dormir, nous
    pourrons connaître le mécanisme de ce sommeil et savoir *comment* l'opium ou
    ses principes front dormir.   같은 책, p.74.

4) A. Guedj는 졸라가 문학가를 과학자와 동일시한 것이 아니라 사실은 문학을 과학에
    종속되는 것으로 보았다고 다음과 같은 졸라의 말을 인용하면서 주장하고 있다.
    (1) Le romancier naturaliste n'est pas l'égal des savants, mais leur disciple.
                                                                    같은 책, p.21.
    (2) Nous ne sommes ni des chimistes, ni des physiciens, ni des physiologistes;
    nous sommes simplement des romanciers qui nous appuyons sur les sciences.
                                                                    같은 책, p.21.

5) (1) Mais je crois plutôt à une marche/constante vers la *vérité*. C'est de la
    connaîssance seule de la vérité que pourra naître un état social meilleur.
                                                                    R. -M. V. p.1740.
    (2) Les seules oeuvres grandes et morales sont les oeuvres de vérité
                                                                    R. E., p.85.
    (3) What he produced then, was not primarily oriented toward 'realism...' it was
    oriented toward truth.   *Mimesis*, p.14.

conscientious realism' 이라 부르고 있으며,[6] 갈란드Hamlin Garland는 리얼리즘이라는 어휘 대신에 '眞實主義veritism'라는 용어를 사용하자고 주장하고 있다. ("Documents", pp.137~46)

에밀 졸라는 '연극에 나타난 자연주의'에서 진실을 추구하는 것을 목적으로 하는 모든 문학은 자연주의라고 규정하고 있다. 그런 안목으로 보면 호머도 자연주의라고 주장하고 있고,[7] 같은 이유로 디드로D. Diderot를 자연주의자의 조상으로 간주하고 있다.[8]

예술의 목적을 '미'에 두지 않고 '眞'에 두는 문학은 미학적인 배려나 윤리적인 배려보다 '事實性matter of factness'을 우위에 놓는다. 현실의 충실한 재현을 위하여 '거울'이 가지는 기능을 작가가 지녀야 한다고 생각하는 것이 그들의 생각이기 때문이다. 자연주의는 그러한 경향을 극단화시킨 문예사조다.

모든 전통적 권위를 부정하는 자연주의는 유일한 권위를 사실성에 부여한다.[9] "서정성과 과장된 어휘가 차지하고 있던 자리에 사실과 자료

---

6) Grant는 realism을 '양심의 리얼리즘'과 '의식의 리얼리즘'으로 양분하고 있는, 전자에 realism과 naturalism을 함께 포함시키고 있다.   *Realism* 참조.

7) Homère est un poète naturaliste, je l'admets un instant; mais nos romanciers ne sont pas naturalistes à sa manière.   Le Naturalisme au théâtre, *R. E.*, p.140.

8) ① Le siècle appartenait aux naturalistes, aux fils directs de Diderot...,
                                                              같은 책, p.144.
    ② Dierot reste surtout la grande figure du siècle; il entrevoit toutes les vérités, il va en avant de son âge, faisant une continuelle guerre à l'édifice vermoulu des conventions et des règles.   같은 책, p.142.

9) ... et ne reconnaîssant d'autre autorité que celle des faits prouver par l'expérience.
                                                              같은 책, p.90.

를 대치해야 한다"[10]고 졸라는 주장한다. 사실의 사실성은 법정에서의 증언처럼 입증되어야 하는 것이기 때문에 고증의 자료들이 필요해진다.[11] 가능한 한 많은 자료가 필요하다. 그 자료들은 사실에 대한 작가의 성실성과 정확성을 입증해 줄 것이기 때문이다.[12]

졸라는 이 주장을 실천에 옮긴 사람이다. 그는 "루공-마카르"를 집필하기에 앞서 '나는 이 책의 자료를 3년간 수집했다'고 첫권의 서문에서 말하고 있다. ("R. -M." I, p.3) 그 3년 동안의 그는 뤼카스 뿐 아니라 르투르노Letourneau, 브라세Brachet, 뒤랑Durant, 모로Moreau 등의 생리학에 관한 전문서적들을 섭렵하여[13] 생리학에 입각한 한 가족의 역사를 쓰기 위한 준비에 몰두하였다. 뿐 아니라 졸라는 "루공-마카르" 20권의 하나 하나의 소설을 위하여 그 방면의 전문서적을 탐독하고 자료를 수집하였으며, 일일이 현장을 답사했다.

연필을 손에 들고 졸라는 수시로 중앙시장에 드나들었다. 비올 때, 개일 때, 눈 올 때, 안개가 낄 때의 시장의 모습을 일일이 답사했으며, 하루 중에

---

10) plus de lyrisme, plus de grands mots vides, mais des faits, des documents.
                                                               같은 책, pp.85~86.

11) et les écrvains n'avaient désormais qu' à reprendre l'édifice par la base, en apportant le plus possible de documents humains, présentés dans leur ordre logique.   Le naturalisme au théâtre, 같은 책, p.142.

12) The truth it proposes is the truth that corresponds, approximates to predicated reality, renders it with fidelity and accuracy; the truth of the positivist, the determinist, whose aim is to document.   *Realism* p.9.

13) 1868~1869: pendant tout l'hiver, Zola réunit des documents, etré fléchit à la construction de sa 'grande machine', le cycle des "*Rougon-Macquart.*" Il consulte à la Bibliothéque impériale un grand nombre de traites de physiologie. Outre les oeuvres des docteur Lucas et Latourneau: Claude Bernard....J. L. Bbrachet....L.. Durand... Dr. Moreau etc.   *R. E.* pp.11~12.

서도 아침과 낮과 저녁 때의 각기 다른 시장의 모습을 기록하기 위해 모든 시간대에 따라 따로 따로 찾아갔고, 한번은 파리의 식료품들이 몰려드는 상황을 확인하기 위해 시장에서 밤을 새우기도 했다.[14]

'파리의 내장Ventre de Paris'(1873)을 쓰기 위한 현장 답사에 동행했던 알레시스Paul Alexis의 증언이다. 그는 '테레즈 라캥'의 시체안치소 장면을 쓰기 위해 시체안치소를 답사했으며[15] '제르미날 Germinal'(1885) 때는 사건현장인 안쟁Anjin 광산에서 일주일을 보냈고,[16] '토지La Terre'(1887)를 쓸 때는 보우스Beauce에 가서 6일을 지내면서 농부들의 생활을 기록하였다.[17] 사창굴, 빈민굴, 농촌, 탄광, 주식시장 등 사회의 다각적인 장소들

---

14) Il visita longuement les Halles: Paul Alexis a raconté qu'à leur sortie des bureaux de la Cloche, les deux amis s'en allaient flâner au milieu des pavillons déserts: 'Un crayon à la main, Zola venait par tous les temps, par la pluie, le soleil, le brouilard, la neige, et à toutes les heures, le matin, l'après-midi, le soir, afin de noter les différents aspects. Puis, une fois, il y passa la nuit entière, pour assister au grand arrivage de la nourriture de Paris... Il s'aboucha même avec un gardien chef, qui le fit descendre dans les caves et qui le promena sur les toitures élancées des pavillons.'　　　　　　　　　　　R.-M. I, pp.1617~18.

15)　Simultanément aux visites, les lectures: Zola, qui s'était déjà servi, pour décrire la Morgue, dans Thérèse Raquin, des études de Maxime du Camp sur Paris, lui emprunta également quantité de renseignements sur l'organisation des Halles.
　　　　　　　　　　　　　　　　　　　　　　　　　　　같은 책, p.1618.

16)　① Zola a pu observer de ses propres yeux lors de son voyage dans la région d'Anzin, en 1884: l'évocation de la misère et des luttes incertaines des mineurs,
　　　　　　　　　　　　　　　　　　　　　　　같은 책 Ⅲ, p.1809.
　　　② C'est ainsi que le voyage à Anzin, pour 'Germinal' dure moins d'une semaine.
　　　　　　　　　　　　　　　　　　　　　　　　Naturalisme, p.62.

17)　En février 1886, il commence 'la Terre'. Il passe six jours en Beauce, dans le canton de Cloyes. Paul Valéry se moquera, non tout à fait sans raison, de ce romancier expérimental qui, pour décrire les moeurs des paysans.
　　　　　　　　　　　　　　　　　　　　　　　같은 책, pp.46~47.

을 모두 배경으로 채택한 졸라는 그 모든 곳을 현장 검증을 하고 다녔기 때문에, 아우에르바하는 '그는 자기 자신을 모든 방면의 전문가로 만들었다'[18]는 말을 하고 있다.

자료존중 경향은 졸라만의 것이 아니라 그가 자연주의자로 간주한 발자크, 플로베르, 공쿠르 형제 등에게서도 나타난다. 발자크는 테느에게서 '인성人性에 관한 자료 백화점'[19]이라 불릴 정도로 자료조사에 많은 시간을 소비했다. 플로베르도 역사소설인 '살람보Salammbô'를 쓰기 위해 카르타고의 옛 유적지들을 직접 답사했고, 50여 권의 문헌과 역사서를 탐독했으며,[20] 공쿠르 형제도 작품을 쓰기 위해서 파리의 하급구역bas quartier de Paris에 가서 자료를 수집했다.[21] '자료만이 좋은 책을 만들 수 있다'고[22] 그는 믿었던 것이다.

이들의 자료수집에 대한 열의는 오히려 졸라를 능가한다는 말을 들을 정도로 치열하다. (〈졸라와 리얼리즘〉 항 참조) 졸라의 자료조사 태도는 성실성이 부족한 부분이 있다는 지적을 받은 일이 있다. 그는 '나나'(1880)를 쓸 때 세아르Céard에게 천연두에 관한 자료를 부탁해 놓고는, 자료가 미처

---

18) he made himself an expert in all field... *Mimesis*, p.515.

19) Le plus grand magasin de documents que nous ayons sur la nature humain.
       Taine, "Nouveau Essais" 1865, p.118, *Réalisme* p.37.에서 재인용.

20) 플로베르의 전기를 살펴보면, 그는 '살람보'에 착수하기 전, 1857년에 쉰 일곱 권의 문헌과 史書를 살폈다는 기록이 있다.
       '살람보' 해설. 을유문화사"세계문학전집" 양원달역 p.2.

21) through an immense storing up of observation, by innumerable notes taken through a lorgnette, by the amassing of a collection of human documents.
       Documents, p.245.

22) Human documents alone make good books 같은 책, p.246.

오기도 전에 그냥 쓰겠다는 편지를 냈으며[23], 최초의 가계도에는 없던 쟈크Jaques가 후에 추가되는 것도 같은 경우에 해당된다. [24]

하지만, 여기에서 생각해야 할 것은 그가 20권의 소설을 한 제목으로 써나간 그 기획의 방대함과 새로움이다. 졸라는 소설에 착수하기 전에 20권의 소설에 등장하는 두 집안의 인물들의 족보와 나이, 생사 연대가 명시된 가계도를 완성시키고 있다.

이제야말로 밝혀둘 것이 있으니, 그것은 여기 제시한 가계도가 소설을 시작하기 전인 1868년에 만들어졌다는 사실이다. 그것은 첫째권인 '루콩家의 행운'을 읽어 보면 확실하게 알 수 있다. 그 소설에서 나는 무엇보다도 먼저 족보와 연령을 결정하지 않고는 인물들의 내력을 제시할 수 없었다.[25]

그는 가계도를 만들 때, 뤼카스의 유전론에 입각해서 각 인물들이 받

---

23) 졸라의 작품이 관찰보다는 상상력의 산물이라는 것을 잘 알려주는 일화로서 다음과 같은 것이 있다. 그는 '나나'를 구상하는 과정에서 여주인공의 조형을 위하여, 천연두로 사망한 여인의 모습을 정확히 조사해 줄 것을 친구인 Céard에게 부탁한 일이 있다. 그러나 그는 곧 이어 Céard에게 그 조사가 필요없다고 이렇게 써보냈다. "천연두 화자의 데드 마스크에 대해서는 신경 쓸 필요가 없소. 나는 그 모습을 그리고 싶은 대로 그렸고 그 결과에 대단히 만족하고 있소. 그래서 정확한 자료가 있다고 해도 그것과 부합시키려고 그 묘사를 바꿀 생각은 하지 않겠소"
정명환, 앞의 책, p.339에서 재인용.

24) Fils, Jacques Lantier, qui sera un frère d'Etienne et de Claude: elle aura eu trois fils, voila tout, et je compléterai l'arbre généalogique à la fin... Si je n'ai pas pris Etienne Lantier, c'est que ses précédents, dans 'Germinal' me gênaient pas trop. J'ai donc préféré créer un nouveau fils...　　　　　　　　　　　R. -M. Ⅲ, p.1828.

25) Il est grand temps de s'établir qu'il à été dressé tel qu'il est en 1868, avant que j'eusse écrit une seule ligne; et cela ressort clairement du la lecteur du première épisode, 'La Fortune des Rougon' où je ne pouvais poser les origines de la famille sans arrêter avant tout la filiation et les âges.　　　　R-M. II, p.799.

는 유전의 다양한 유형도 함께 제시("R-M." V 부록 참조) 했으며, 체질적인 특성, 병의 종류, 외모, 직업 등도 상세하게 메모를 해놓았다. 몇 차례 수 정이 가해지기는 했지만 "루공-마카르"의 가계도는 앞으로 쓰여질 소설 의 마스터 플랜으로서는 별 하자가 없다. 이 플랜에 의거해서 유전과 환 경의 추적 행위가 행해지고 있다. 그 규모나 기획에 있어 전대미문의 방 대한 소설이 쓰여진 것이다.

> 그의 목적은 발자크가 한 것과 같은 일을 하는 것이었다. 그런데 그는 훨 씬 더 조직적이고, 훨씬 더 공을 들여 한 시대의 전체적인 모습을 작품 속에 담았다. 그는 자기 자신을 모든 분야의 전문가로 만들었다. 26)

아우에르바하는 발자크의 "인간희극La Comédie humaine1842과 "루공- 마카르"를 비교하면서 이와 같은 말을 하고 있다. 다방면의 자료에 대한 졸라의 열의와 자료를 논리적으로 배치한 조직적 측면은 졸라의 "루공- 마카르"가 가지는 하나의 장점이다.

자료조사와 고증은 '事實'의 진실성을 입증하기 위해 필요하다. 그들은 현실을 가능한 한 있는 그대로 재현해야 하기 때문에, 그 재현 작업의 성과를 위한 기초적인 준비과정으로 자료수집이 요구된 것이다. 그것은 '진실성'을 존중하는 리얼리즘계 문학의 필수적인 요건이다.

---

26) His purpose was to comprise -as Balzac had done, but much more methodically and painstakingly-the whole life of the period... He made himself an expert in all field.   *Mimesis*, p.515.

(2) 일본 - 진실과 사실의 동일시 현상 : 체험주의와 사소설

일본도 언뜻 보면 프랑스와 비슷하다. 자연주의 작가들의 공통되는 특성은 진실성의 존중에 있었기 때문이다.

① 자연주의는 진실을 은폐하려는 풍조를 문단에서 물리치려고 하는 일종의 파괴운동으로서 우선 나타났다. [27]

② 모순 되더라도 할 수 없다. 그 모순, 그 무절조無節操, 그것이 사실이니 어쩔 수 없다. 사실! 사실! [28]

③ 실제로 있었던 일은 부자연스럽게 생각되더라도 실제로 있었기 때문에 써라. 실제로 없었던 일은 자연스럽게 보이더라도 실제가 아니면 쓰지 말라. [29]

위의 인용문들을 통하여 자연주의의 이론가인 호게츠抱月, 카타이花袋 등이 진실성 존중과 사실 존중의 측면에서는 완전히 의견의 일치를 보임을 알 수 있다. 花袋에게서는 사실에 대한 절대적인 신앙이 명치 35, 6

---

[27] 自然主義は眞實を蔽ひ隱さんとする風潮を文壇から斥けようとする一種の破壞運動として 先づ現はれた。　　　　　　　　吉田精一, "自然主義硏究"下, p.13

[28] 矛盾でもなんでも仕方がない, 基の矛盾, 基の無節操, これが事實だから仕方がい, 事實! 事實!　　　　田山花袋, "蒲団"의 一節. "自然主義文學"(有精堂), p.153

[29] 今では吾吾は基の紅葉山人の言葉をかう改めたいと思ふ. '實際にあったことは不自然に思はれても實際であったが爲めに書け. 實際にないことはいかに自然に思はれても, 實際でない 故に書くな.　　　　相馬庸郎, "日本自然主義再考", p.281에서 재인용

년경부터 자라서 40년경에는 확고해진다. (相馬, 앞의 책, p.280) 이런 '사실
존중'의 사고는 사실상 명치인들의 공통 특성이라 할 수 있다. (中村, "明治
明學史", pp.135~36)

그런데, 여기서 주목해야 할 점은 ②와 ③에 나타나 있는 '사실'의 의미
가 졸라의 경우처럼 실증적인 것을 의미하는 대신에 체험주의적인 성격
을 띠고 있다는 점이다. '사실과 진실의 혼동'에서 체험주의가 생겨난다.
(吉田精一編, "現代日本文學の世界", p.83) 불란서 자연주의에 나타난 '진실=사실'
의 등식은 일본에 오면 '진실=사실=체험된 일, 혹은 실제로 일어난 일'
의 의미를 추가해 간다. ②와 ③의 경우가 그것이다. 이 두 인용문은 모
두 花袋의 것이라는 사실도 주목을 끈다.

> 쇼요오逍遙의 영향에서 출발한 소설가들은 있는 그대로 그리라는 逍遙의
> 표어를 작자의 경험한 사실을 그대로 그리라는 의미로 해석하여, 그렇게
> 하는 것으로 – 적어도 그들의 일부분은 '자연주의의 문학'을 만든다고 자칭
> 했다. 30)

여기에서 지적한 일부의 문인은 花袋일 가능성이 많다. 일본의 자연
주의의 사실존중 경향이 체험존중으로 왜곡된 데에는 그의 책임이 크다
고 할 수 있기 때문이다. 藤村과 달리 花袋는 졸라처럼 자연주의의 이론
을 선창한 자연파의 나팔수이며, 동시에 창작도 겸한 작가다. 앞의 인용

---

30) 逍遙の影響から出發した小説家たちは人情をそのあるがままに描け, という逍遙の標
    語を, 作者の經驗した事實を描け, という意味に解釋し, そうすることで一少くとも彼
    らの一部分は'自然主義の文學を作るとみずから稱した.
                                    加藤周一, "日本文學史序說" p.383.

문 ②는 '이불'의 일절이며 ③은 그의 평론의 일절이다. 그가 이론과 실작實作 양면에서 '사실'의 중요성을 역설하고 있음을 그것들이 입증한다. 抱月에 의하면 花袋의 자연주의 속에, '이불'이 삽화로서 삽입된 것 같은 형태(中村, "明治文學史", p.202)다. 그는 '이불'을 통하여 '실제로 일어난 일 = 진실'의 공식을 제시했고, 그것이 하나의 전범典範이 되어 자연주의의 사소설 편중 성향이 생겨난 것이다.

'실제로 일어난 일 = 진실'의 공식에 의거하면, 작가는 창조자가 아니라 보고자reporter가 된다. 花袋가 자신을 인생의 '종군기자'로 간주한 사실, ("田山花袋集" p.408) 抱月가 졸라의 자연주의를 '보고적報告的 자연주의'라고 부른 것(相馬, 앞의 책, p.48) 등이, 진실을 '실재한 일'과 동일시하고 작가를 '보고자'로 보는 경향이 있음을 입증하고 있다. 이런 경향은 한 발 더 나가서 작가가 직접 체험하지 않은 일의 '진실성'을 의심하는 또 하나의 공식으로 전환되어 간다. 그러면서 "작자가 자기의 경험을 그대로 기록하는 것이 인생의 진상을 가장 충실하게 표현하는 것"(加藤, 앞의 책, p.383)이라는 생각이 고착화되는 것이다.

　① 하지만 작자 藤村은 확신을 가지고 쓰고 있다. 사실에 기반을 둔 강점이 있기 때문이다. …… 작자 藤村이 몸을 가지고 검증한 사실에 입각한 점을 신뢰하기 때문이다.[31]

　② 소설은 인생의 '진상'과 '무기교'의 산문으로 이루어지며 '진상'이란 당

---

31)　さて, しかし, 作者藤村は確信を持って書いている. 事實に基く強さがあるからである.
　… 藤村と岸木との一致面のプラスは, マイナスをおぎなって余りありとされる. 作者
　藤村が, 身を持って檢證した事實に基くものであることを, 信賴するからである。
　　　　　　　　　　　　　　　　　　　　　　　　　"自然主義文學"(有精堂) p.163.

인當人의 일상생활의 경험 그대로의 기록을 의미한다는 식의 사고가 사상 처음으로 젊은 작가들 사이에 성립되었다.[32]

인생의 진실을 작가의 경험내용과 직결시키는 사고방식은 자연주의 소설을 사소설로 변화시키는 중요한 요인이 된다. 자연주의의 대표작으로 간주되는 花袋의 '이불', '생(生)', '아내(妻)', 藤村의 '봄(春)', '집(家)' 등은 모두 작가가 '몸을 가지고 검증한 사실'에 입각한 자전적 소설들이다.

자전적 소설이 아닌 경우에도 경험주의적 사고는 그대로 적용된다. 그 경우에는 '작자가 직접 목격한 일', 혹은 '실제로 있었던 사실' 등의 이서가 필요해지는 것 뿐이다. 따라서, 반드시 실존한 모델이 있어야 한다. 이 시대의 작가들은 모델이 없는 소설을 써서는 안 되는 것 같은 착각을 가지고 있었다. 그래서 자연주의 작가들은 실존한 모델이 있는 소설을 많이 썼다. 花袋의 '시골교사(田舍教師)', '쥬우에몽(重右衛門)의 최후', 藤村의 '가로수(並木)', '집', 슈세이秋聲의 '축도縮圖' 등은 모두 모델이 실존해 있는 소설들이다. '모델이 없는 작품처럼 가련한 것은 없다'("藤村·花袋" p.238) 花袋는 심지어 이런 말까지 하고 있다. 따라서 모델 문제가 물의를 일으키는 작품이 많다.[33]

---

32) 小說は人生の'眞相'と'無技巧'の散文から成り, '眞相'とは當人の日常生活の經驗そのままの 記錄である, という風な考えが若い小說家の間に史上初めて, 成立した. かくして誰でも小說を 書くことのできる時代がはじまったのである.
加藤周一, "日本文學史序說" p.38.

33) この期における花袋の問題作蒲團' '生' '妻'などすべて女弟子, 肉親, 友人などをめぐるモデル問題に花袋を苦しめたし, 親友である島崎藤村も當時 '並木'のモデル馬場孤蝶や水彩畫家のモデル丸山晩霞なとの批難に頭をなやませていた. '弟子'の主人公の'冷酷な'心と行動に自分たち自然主義作家の必然的な苦衷と同質のものを感じたわけなのである.
'田山花袋' pp.417~18

작가 자신의 체험적 사실을 직접 모사模寫하는 자전적 소설의 경우도 예외는 아니지만, 타인을 모델로 한 작품의 경우에는 사실성을 검증하기 위한 자료조사의 필요성이 보다 증대된다. 일본의 자연주의 작가들은 고증과 자료조사의 중요성을 인식하고 있었다. 자료와 고증을 중요시한 점에서 花袋와 藤村은 불란서의 자연주의자들과 공통된다. 그들은 자료조사에 많은 시간을 할애했다. 花袋는 '시골선생'을 쓰기 위해서 5년이라는 세월을 소비했다. 모델인 코바야시小林가 남긴 일기를 토대로 하여 소설을 쓰면서도, 그가 걷던 길, 근무하던 학교, 집, 친구 등을 일일이 찾아다니면서 "사실의 극명한 조사에 의한 조사된 예술을 만들었다." (같은 책, pp.190~91) 5년이라는 세월은 타인의 세계에 "완전히 감정이입 될 지경까지, 친자親炙한 시간"("新潮日本文學", 7 p.441) 이다. '쥬우에몽의 최후' 역시 현지답사를 거쳐 나온 소설이다. ("自然主義文學", pp.145~46)

　藤村도 花袋처럼 현지답사를 열심히 한 작가다. 자전적인 소설이라 할 수 있는 '봄'을 쓰는 데도 그는 예전에 갔던 장소들을 다시 수없이 답사하여 1년 가까운 세월을 '사생 여행'에 소비했다. [34]

　藤村과 透谷의 세계를 나누는 제3의 문제를 소마 요오로相馬庸郎는 "Ruskin적 과제"라고 부르고 있는데 그것은 그의 사생寫生의 방법을 가리키는 것이다. '파계'의 경우도 마찬가지이다. 그가 '치쿠마가와千曲川'에서 시험해 본 스터디가 많은 도움을 주었다. [35]

---

34)　藤村은 치구마가와千曲川변의 풍경을 사생하여 "치구마가와千曲川 스케치"라는 작품을 쓰기도 했다.

35)　吉田, "같은 책" p.416.

"일상생활의 자잘한 기록의 퇴적을 중시하고 생활의 단편을 중시"(吉田, 앞의 책 下, p.54)한 점에서 불란서와 일본 양국의 자연주의는 공통된다. 그러나 경험주의적 사고로 인해 소설의 허구성이 무시된 것은 일본 자연주의만의 특징이다. 그들의 '배허구'의 구호는 소설의 장르 자체의 본질을 부정하는 행위라고 할 수 있다. 불란서의 경우에 사실존중 경향은 경험주의를 넘어선다. 그것은 실증주의적인 검증정신을 의미한다. 따라서 일본의 자연주의가 작가의 경험 안으로 진실성의 범위를 압축하고, 실재한 일이기만 하면 부자연스러워도 무방하다고 생각(相馬, 앞의 책, p.281)하는 경향은 소설의 개연성probability의 문제에도 저촉된다. 허구적인 이야기에 리얼리티를 부여하기 위해 자료들이 필요하며, 개연성을 확보하기 위해서도 자료가 요구되는 것이다. 고오요 산닌紅葉山人이 '사실이 아니더라도 사실같이 보이면 취하여 재로 하라, 사실이라 하더라도 사실답지 않으면 버려라"(제1장의 V, 주 28 참조)라고 말한 것은 개연성의 중요성을 의미한 것이다. 그런데 花袋는 그의 의견을 '선택론', '도금론鍍金論'이라 하여 배격하면서, 실제로 일어난 일이기만 하면 "어떤 편벽偏僻, 기괴奇怪한 인물이나 사건이라도 무방하다"고 주장하고 있다. 졸라의 경우 예외적 인물의 채택은 결정론의 효과적 증명을 위한 것이지 허구 부정이 목적이 아니다. 그것은 花袋의 주장과는 차원이 다른 별개의 문제다.

허구의 부정과 개연성의 무시는, 소설이라는 장르 자체의 특질의 부정이며, 합리주의를 기반으로 하는 근대소설novel의 성격에 대한 부정이기도 하다. 일본의 근대소설이 사소설에서 심경소설心境小說로 발전하여 에세이적인 성격을 다분히 지니는 이유가 거기에 있다.

2) 미메시스의 대상

(1) 불란서 - '스크린論théories des écrans' - 可視的 현실 묘사

리얼리즘계열의 문학은 현실을 모델로 하여 가능한 한 그 원형에 근사近似하게 현실을 재현하는 것을 목적으로 하는 모방mimesis론에 입각한 문학이다. 이 계열의 문학에서 작가의 눈은 흔히 '거울'에 비유된다. 19세기 불란서의 리얼리스트 중에서 '경설鏡說'을 주장한 작가는 스탕달이다. 그는 "赤과 黑 Le Rouge et le Noir"(1830)에서 소설과 거울의 관계에 대하여 다음과 같이 언급하고 있다.

① 소설이란 길을 쫓아 들고 다니면 비추는 거울이다.36)

② 소설이란 한길을 달리며 주변의 경치를 비치는 거울과도 같은 것이다. … 여러분은 그 거울 속에서 푸른 하늘을 혹은 흙탕물 웅덩이를 볼 수 있는 것이다. 그리고 그런 거울을 들고 다니는 사람을 비도덕적이라 비난할 것이다. 그의 거울은 흙탕물 웅덩이를 비친다. 그래 여러분은 거울을 비난하게 된다. 허나 차라리 여러분은 물웅덩이가 패인 한길을 비난해야 할 것이다. 아니 그것보다도 차라리 물웅덩이가 패이는 대로 내 버려둔 도로 감독을 비난해야 할 것이다.37)

---

36) 정음사, "세계문학전집" 5. 김붕구 역, p.78.

37) 같은 책, p.33.

그의 말에 의하면 작가는 그 작품의 내용이나 배경의 명암에 대한 아무런 책임이 없다. 그는 현실을 있는 그대로 반영한 것 뿐이니까, 거기에 흙탕물 웅덩이가 비쳤다면 그것은 현실의 책임이지 작가의 책임은 아니라는 것이다. 이런 주장은 리얼리스트들의 공통되는 견해라고 할 수 있다. 플로베르에게도 역시 소설의 '鏡說'에 관한 언급이 있다.[38]

에밀 졸라는 '거울'이라는 말 대신에 스크린écran이라는 용어를 쓴다. 1864년에 친구 발라브레그Valabrégue에게 보낸 편지에 쓴 '스크린론'에서 그는 리얼리즘과 스크린의 관계에 대하여 언급하고 있다. 그는 여기에서 세 개의 스크린을 제시한다. 고전주의와 낭만주의, 그리고 리얼리즘의 스크린이다. 졸라에 의하면 고전주의의 스크린은 확대경이고, 낭만주의의 스크린은 프리즘이다. 둘 다 현실을 있는 그대로 반영하는 일이 불가능하다. 하지만 리얼리스트의 스크린은 그것들과는 다르다.

> 리얼리스트의 스크린은 유리로 된 창문이다. 유리는 아주 얇고, 완벽한 투명도를 지니기 때문에 현실의 영상들은 그것을 거쳐도 있는 그대로 재현된다.[39]

졸라 자신의 그것은 물론 리얼리스트의 스크린이다. 현실을 완벽하게 재현시키는 투명한 스크린인 것이다. 그런데 이 글에서 문제가 되

---

38) Let us be magnifying mirrors of external truth.
    1853년 6월 26일에 루이즈 꼴레에게 보낸 편지, *Documents*, p.94.에서 재인용

39) L'Ecran romantique est ..... un prisme...L'Ecran classique est... un verre grandissant....Ecran realiste est un simple verre à vitre, très mince, très claire,et qui a la prétention d'être si parfaitement transparent que les images le traversent et se reproduisent ensuite dans leur réalité.   *Realism*, p.28.에서 재인용

는 것은 현실의 재현 가능성에 대하여 그가 사용한 '완벽하게 투명한 parfaitment transparent'이라는 표현이다. 아무리 얇은 유리라 하더라도 일단 하나의 막이 중간에 개재하는 한 현실을 어느 정도 왜곡되지 않을 수 없는 점을 감안하여 좀더 강도가 낮은 표현을 쓰는 편이 타당할 것이기 때문이다. 졸라 자신도 이 표현의 부적당함을 인식하여 완벽한 스크린의 존재 불가능성을 시사하고 있으며, 모든 스크린이 어느 정도의 왜곡성을 지니지 않을 수 없음을 시인하고 있다.[40]

따라서 이 문제는 어디까지나 다른 사조와의 비교를 통하여 고찰되어야 한다. '확대경'이나 '프리즘'의 성격을 지닌 스크린에 비하면 리얼리즘의 스크린이 비교적 정확하고 완벽하게 대상을 재현시키는 편이라는 뜻으로 융통성이 있게 해석하는 수밖에 없는 것이다.(점 : 필자)

졸라의 주장의 이런 극단성은 그만의 특징이 아니라는 사실을 졸라가 '실험소설론'에서 인용한 뒤랑티의 다음 말들이 입증하고 있다.

리얼리즘은 자기가 살고 있는 시대와 사회적 환경을 정확하고 완벽하고 진지하게 재현하는 것이다.[41]

주장의 극단성은 어느 정도 에누리할 것을 전제로 한 것이라 볼 수 있다.

---

40) Il est certes,difficile de caracteriser un Écran qui a pour qualité principale celle de n'être presque pas.   같은 책, p.28

41) Le Réalisme conclu à la reproduction exacte, complète, sincère, du milieu social, de l'epoque ou on vit.... "Realisme" 잡지 1856년 11월호에 Duranty가 한 말을 졸라가 인용한 것임.   Naturalisme p.3에서 재인용

(2) 일본 – 내시경을 통한 내면 묘사

리얼리즘 계열의 문학은 현실을 모델로 하여, 가능한 한 원형과 근사하게 현실을 재현하는 것을 목적으로 하는 현실 모방의 문학이다. 이 계열의 문학에서 작가의 기능은 '거울'에 비유된다. 졸라의 경우에는 '거울' 대신에 스크린이라는 어휘가 사용되고 있는 것 뿐이다. 거울이나 유리나 인간의 내면까지 투시할 수 없다는 점에서는 성격이 공통된다. 따라서 리얼리즘의 첫째 요건은 외면화externalization현상에 있다. ("Mimesis" 1장 'Odyssey's Scar' 참조) 리얼리스트들의 '현실'이라는 말은 외부적 현실을 의미한다.

거기에서 작가는 일단 '현상現象의 사진사photographer of phenomena' ("Documents" p.93)여야 한다. 가시적可視的인 것 밖에는 대상으로 할 수 없는 제한을 받고 있는 것이다. 따라서 호머의 경우처럼 인간의 내면의 움직임까지도 시각화해야만 한다. 외면화 경향은 자연주의 뿐만 아니라 모사이론을 채택한 모든 사실주의 문학의 가장 기본적인 여건이다. 따라서 시점은 객관적 시점으로 한정되는 것이 상례다.

일본의 자연주의도 일단 외부적 시점external point of view을 택하고 있는 점에서는 불란서와 유사하다. 같은 사소설인 데도 시라카바파白樺派의 사소설은 주관적 사소설인데 반하여 자연주의의 사소설은 객관적 사소설이라 불리운다.[42] 전자가 1인칭으로 된 '지분쇼세츠自分小說'인데, 후

---

42)　この意味では客觀的私小說(自然主義系統)と主觀的私小說(白樺系統)とが區別されるわけである。もっとも前者にも花袋のある作品のやうに主觀的なものがあり, 後者にも志賀直哉 のある 短篇のやうに客觀的なものがあって, 必ずしも絕對的な區分とはいひ得ないが, 大體 からいへばさうなる。

자는 3인칭의 시점을 쓰고 있기 때문이다.

하지만 그것은 외견상의 차이에 불과하다. '주관주의' 혹은 '주객합일주의'를 선호하는 일본 자연주의의 객관성은 시점의 객관성으로 한정되어 있다. 실질적으로는 '주인공의 1인칭 관찰, 사색의 기술(吉田, 앞의 책 下, p.455)을 담고 있는 '내면묘사'의 예술이기 때문이다. 주인공이 작가와 동일시 되는 인물인 경우가 많은 만큼 외부적 시점은 일종의 위장에 불과하다. 사소설이 작가의 심경을 그리는 심경소설과 유사한 성격[43]으로 간주되는 만큼 구메 마사오久米正雄의 말대로 사소설에서의 인칭의 구별은 별 의미를 지니지 못한다. '작가가 자신을 가장 직재直截하게 노출시킨 소설'(吉田, 앞의 책 下, p.590)이 사소설이라는 점은 변함이 없는 사실인만큼 '주관적 감개의 토로로 끝나고 마는'(吉田, 앞의 책 下, p.584에서 재인용) 경우가 대부분이기 때문이다.

만약 일본 자연주의를 굳이 거울에 비유한다면 그것은 내시경이다. 옹색한 장기의 틈바구니에 억지로 끼워 넣은 내시경처럼 시야가 협소해

번역—이런 의미에서는 객관적 사소설(자연주의 계통)과 주관적 사소설(시라카바 계통)이 구별되고 있지만 전자에도 花袋의 어떤 작품에는 주관적인 것이 드러나 있고, 후자에도 시가 나오야志賀直哉의 어떤 단편들에는 객관적인 것이 있어서 …… 대체로 그렇다는 것 뿐이다.　　　　　　　　　　　　吉田 "自然主義研究 下, p.585.

[43]　久米正雄の, 最初の全面的私小說論私小說と心境小說(大 14. 1~2 "文藝講座")は, 兩者をならべて標題とし, 眞の意味の私小說は, 同時に心境小說でなければならない.'と述べている. 私小說ということばは, 一應心境小說よりも廣い意味で使われているわけだが, 私小說の純なるもの卽ち心境小說という圖式である.

번역—구메 마사오久米正雄는 최초의 전면적 사소설론 '私小說과 心境小說(대정 14. 1-2, "文藝講座")에서 진정한 의미의 사소설은 동시에 심경소설이 아니면 안 된다'고 말하고 있다. 사소설이라는 말은 일단 심경소설보다 넓은 의미로 사용되고 있는 편이지만 사소설의 純한 것은 심경소설이라는 圖式이다.
　　　　　　　　　　　　　磯貝英夫, '私小說の成立と變質' "國文學" 12권 9호, p.79.

질 수밖에 없는 거울이라고 할 수 있다. 한 인물의 내면을 가능한 한 객관적으로 관찰(점 : 필자)하여 있는 그대로 노골적인 묘사를 하여 가차없이 재현하는 것이 일본 자연주의의 모사문학模寫文學으로서의 특이성이다. 일본 자연주의가 주관삽입적 자연주의(抱月), 혹은 주관적 자연파("早稻田文學", 명치. 40. 3) 등의 명칭을 지니게 하는 이유가 거기에 있다.

발자크가 스탕달을 제쳐놓고 자연주의의 아버지라는 칭호를 받게 된 이유가 내면묘사의 지양止揚에 있음("Documents", p.437)을 상기할 때, 일본 자연주의의 내시경적 성격은 비자연주의적인 성격임을 분명히 알 수 있다. 뿐만 아니라 그것은 비 사실주의적인 성격이기도 하다. 따라서 자연주의 소설의 사소설화, 주관화 경향은 사실주의 소설로서의 발전 자체를 '저해한 인자'(吉田, 앞의 책 下, p.583)임을 부정하기 어렵다.

3) 선택권의 배제

(1) 불란서 – 형식과 제재의 금기 깨기

현실을 '정확하고, 완벽하고, 진지하게 재현'해야 하는 문학은 그 원형이 되는 현실을 있는 그대로 모두 반영하는 문학이기 때문에 현실의 전모를 재현할 책임이 있다. 졸라와 발자크가 한 시대를 가능한 한 전적인 측면에서 재현하기 위해 수십 권의 소설을 같은 제목으로 묶고 있는 것도, 가능한 한 선택하지 않고 있는 그대로의 현실을 그리려는 의도라고 할 수 있다.

'현실을 있는 그대로 받아들이는 자세가 필요하다'("R. -E.", p.149)는 견해는 선택권의 배제를 의미한다. 병들거나 추하거나 비속한 부분까지도 감추거나 외면해서는 안 되는 것이다.[44]

우리는 모든 것을 이야기한다. 우리는 더 이상 선택하지 않는다. 우리는 또한 이상화하지도 않는다. 사람들이 우리를 보고 추잡한 것을 그리는 일을 즐긴다고 비난하는 이유가 거기에 있다. …… 진실을 외면하면서 거짓으로 도덕적이 될 수는 없다.[45]

졸라의 이 말은 선택권의 포기를 정당화한 것이다. 선택권을 배제하면 있는 것을 다 그려야 하니까 불가피하게 문학적인 금기를 깨게 된다. 과거의 문학이 그 서술범위에서 빼거나 피했던 부분을 문학 속에 포용시키는 것을 의미하기 때문이다. 비속한 주제와 상스러운 어휘 등에 걸려있던 금기의 올가미를 풀어 버리는 것이 자연주의의 과제였으며,[46] 그런 면에서 자연주의는 근본적으로 반 관습, 반 전통의 성격을 지니고 있다. 자연주의가 혹독하게 비난을 받는 요인 중의 하나가 금기구역의

---

44) Il faut remarquer que tout se tien, que si le terrain du médecin expérimentateur, est le corps de l'homme dans les phénomènes de ses organs, a l'état normal et à l'état patholpgique, notre terrain à nous est egalement le corps de l'homme dans ses phénomènes cerebraux et sensuels, à l'état sain et à l'état morbide.

R. -E., p.81.

45) Nous disons tout, nous ne faisons plus un choix, nous n'idéalisons pas; et c'est pourquoi on nous accuse de nous plaire dans l'ordure... les naturalistes affirment qu'on ne saurait être moral en dehors du vrai,   같은 책, p.152 .

46) The effort at accuracy in the description of human behavior and human motives, including transcription of vulgar speech, undoubtedly was of primary importance to many in an ancillary effort to free literature once and for all of taboos having to do with four-letter words and sexuality.

Introduction, *Documents*, p.27.

침범에 있다.

모든 것을 반영할 '거울'의 권리가 형식면에 적용되어 만들어내는 첫 번째 문제는 비속한 어휘의 사용과 조잡한 문장에 있다. 일단은 '현상의 사진사'여야 하는 자연주의자들은 현실에서 선택권을 행사하지 않는다는 이유로 비속한 어휘와 세련되지 않는 문장을 옹호했으며, 내용을 중요시한 나머지 형식을 가볍게 여기는 경향을 낳았던 것이다.

① 생리학자이고 심리학자인 발자크와 스탕달은 낭만주의의 수사학에서 문장을 해방시켰다. 그것은 수사학 상의 반란이라 할 수 있다. 플로베르와 공쿠르형제는 스타일의 과학la science de style을 고안하여 새로운 수사학의 법칙을 확립하였다.[47]

② 연극에서의 최상의 문체는 일상의 회화를 그대로 재현하는 것이다.[48]

③ 그는 발자크의 '사촌동생 벳트La Cousine Bette를 경찰의 조서가 대중 앞에서 반복된 것에 불과하다'고 단언했다.[49]

---

47) Un haut,Balzac et Stendhal,un physiologue et un psychologue, dégagés de la rhétorique du romantisme, qui a été surtout une emeute de rhéteure. Puis entre nous et ces deux ancêtres, M. Gustave Flaubert d'une part,et de l'autre MM. Edmond et Jules de Goncourt, apportant la science du style, fixant la formule dans une rhetorique nouvelle.　　　　　Naturalisme au théâtre R. E p.149.

48) Un jour on s'apercevara que le meilleur style, au théâtre, est celui qui résume le mieux la conversation parlée, qui met le mot juste en sa place, avec la valeur qu'il doit avoir. Les romanciers naturalistes ont déjà écrit d'excellents modèles de dialogues ainsi réduits aux paroles strictement utiles.　　　　같은 책, p.172.

49) La Cousine Bette par exemple, est, simplement le procès-verbal del'expérience, que le romancier répéte sous les yeux du public.　　　　같은 책, p.64.

④ 형식의 열등성과 사상의 위력[50]

①은 발자크와 스탕달의 反수사학적 태도에 대한 예찬과 아울러, 낭만파의 수사학을 초극하여 건조하고 정확한 새로운 문체를 확립한 문인으로 플로베르와 공쿠르가 열거되고 있다. "낭만주의와 서정주의는 모든 것을 언어에 건다. …… 그것은 無 위에 세워진 언어의 누각이다"라고 생각하는 졸라는 낭만주의 운동 전체를 '수사학자들의 반란'[51]이라 부른다. 그가 수사학의 탈피를 자신의 공적으로 평가하는 이유가 거기에 있다.

②는 그가 수사학 대신 내세운 것이 있는 그대로의 현실의 언어를 모사하는 것임을 나타내며, ③에서는 자연주의의 이상적 문체가 '경찰조서' 같은 문체임을 밝히고 있다. '경찰조서'가 소설문체의 표본으로 등장한 것은 스탕달 때부터다. 스탕달은 수사적 − 서정적 문체의 과장성을 싫어하며 법전을 탐독한 작가다. 그가 좋아한 것은 '명석하고, 객관적이며, 건조한 문체'[52]였다. 경찰조서나 법전이 거기에 해당된다.

---

50) Question of form are obliterated in the more pressing concern of content, Champfleury uses the argument from translation to prove to his own satisfaction 'l'infériorité de la forme et la puissance de l'idée.' *Realism*, p.26.

51) Romanticism and lyricism, he says invest everything in words. Words swell to fill the whole picture, and finally give way under the baroque exaggeration of the idea... it is verbal construct built on nothing. There you have romanticism (*R. E.*, p.65). He describes the romantic movement feelingly as 'une pure émeute de rhétoriciens'. 같은 책, p.39.

52) His loathing for all rhetoric and emotionalism, for big words and phrases... his fondness for the clear, objective, dry style of the civil code... Hauser,

같은 책 4, p.34.

졸라에게 있어서도 '언어는 논리일 뿐'53)이며 "훌륭한 문체는 논리와 명석성을 지닌 것(le grand style est fait de logique et clarté)"("R-E" p.93)이다. 따라서 '경찰조서' 같다는 말은 최상의 찬사가 되는 것이다. 그래서 그의 문장에도 같은 레텔이 붙여진다. 아우에르바하가 그의 '제르미날'의 문체를 '경찰조서' 같다고 평한 것이다.54)

자연주의가 낭만주의의 문체미학을 혐오하는 이유는 그들의 수사적 정련精練이 선택과 이상화의 원리 위에서 행해지는 것이기 때문이며, 그 결과로 생기는 현실의 왜곡 때문이다. 그것은 현실이 아니라 허위이며 날조라고 자연주의자들은 생각한다.

실험소설의 작가는 문체나 형식과는 거리가 멀다. 그들은 다른 학문에 속해 있는 학자들과 마찬가지로 관찰과 분석에 의거하는 단순한 전문가이며 학자이다. 그의 영역은 생리학이다. 다만 그 영역이 좀더 넓을 뿐이다.55)

그 결과로 발자크가 부러워했던 위고의 휘황한 문체56)가 평가절하되

---

53) Au fond, j'estime que la méthode atteint la forme elle-même, qu'un langage n'est qu'une logique,une construction naturelle et scientifique. *R. E.*, pp 92~93.

54) It is almost like a procès-verbal despite the sensory immadiatcy it achives......;
Mimesis p.510.
졸라도 자신의 책을 경찰조서처럼 쓰려고 했다는 것을 다음 말을 통하여 확인 할 수 있다. " Mes livres seront de simples procès-verbaux." *R. -M.* V, p.1744.

55) The artist in experimental fiction is, apart from questions of style and form, merely a specialist, a savant who employs the same instruments as other savants, observation and analysis. His domain is that of the physiologist. Only it is more vast. W. S Lilly, The New naturalism, *Documents*, p.277.

56) Une des amertumes de Balzac était de n'avoir pas la forme éclatante de Victor Hugo. On l'accusait de mal écrire, ce qui le rendait très malheureux. *R. E.*, p148.

고 발자크의 조잡한 문체가 옹호를 받는 기현상이 벌어진다.

졸라 씨는 아마도 단조롭고 지루한 문장을 자연주의의 특권으로 생각했
거나 의무로 생각하는 모양이다. 57)

제임스Henry James의 이 말에는 타당성이 있다. 졸라에게는 그런 측면
이 있었던 것이다. 플로베르도 제임스와 의견을 같이한다. 그는 졸라가
시정詩情poésie과 문체style에 무관심한 데 대해 분격하는 글을 투르게네
프Trugenev에게 써 보냈다. (제1장의 I, 주43 참조) "나는 문체를 첫째로 치고
있으며, 최상의 것으로 간주한다. 진실truth은 그 다음이다."58)라고 플로
베르는 주장한다. 그에게 있어서 예술의 형식성은 최고의 가치를 의미
했던 것이다.

따라서 문학의 형식에 관한 견해에 있어서 플로베르는 졸라와 전적으
로 반대되는 입장에 선다. 그가 자연주의자로 간주되는 것을 단호하게
거부한 이유도 같은 곳에 있다. 공쿠르와 모파상도 플로베르와 의견을
같이한다. 문체미의 경시는 자연주의가 유파를 형성하지 못한 중요한
계기가 되고 있다.

자연주의가 기교나 형식미를 경시한 이유를 그란트는 '진실성에 대한
지나친 편집偏執의 결과'로 보고 있다. 59) 현실의 정확한 재현, 현실과의

---

57)　M. Zola (if we again understand him) will probably say that it is a privilege, or
　　even a duty naturalism to be dull.　　　H. James, Documents, p.238에서 재인용

58)　I value style first and above all, and then Truth.
　　　　　　　　　　　　　　　　To Louis Bonenfant, Dec. 12, 1856. 같은 책, p.94.

59)　The obsession with truth does not leave room for an obsession with anything

유사성vrai-semblance에 대한 집착 때문에 졸라는 자연주의의 작가에게 사건의 기복에 관한 관심도 배제할 것을 요구하고 있어[60] 결과적으로 자연주의는 (1) 범속한 일상사의 지루한 반복, (2) 디테일의 과다묘사, (3) 문체미학의 경시, (4) 언어의 비속성 등으로 인한 비난을 받지 않을 수 없게 된 것이다.

(2) 일본 – 형식면의 금기 깨기 – 무각색, 배기교

일본의 자연주의에서 선택권의 배제가 몰고 온 최초의 반응은 天溪의 '무각색소설'(吉田, 앞의 책 下, p.350)과 花袋, 抱月, 泡鳴 등이 합창하는 '무해결'의 미학(같은 책, p.395)이다. 무각색소설은 'ought too be'의 세계가 아니라 'as it is'의 세계를 그리는 것을 의미한다. 있는 그대로의 현실을 묘사하는 자연파의 소설은 줄거리를 각색하지 않기 때문에 '자연의 줄거리'에 의거한다. 현실에 실재하는 줄거리를 그대로 따르는 것이다. 藤村의 '봄'에 대한 花袋와 天溪의 다음 말들은 각색하지 않은 소설에 대한 그들의 견해를 보여준다.

사랑도 죽음도, 인생의 대사건도 평범한 일상생활을 그릴 때와 똑같은

---

else; questions of technique are ignored, proscribed, as part of the 'literary' paraphernalia of the past. *Realism*, p.26.

60) L'imagination n'a plus d'emploi, l'intrigue importe peu au romancier, qui ne s' inquiète ni de l'exposition, ni du noeud, ni du dénouement, j'entends qu'il n'intervient pas pour retrancher ou ajouter à la réalité, qu'il ne fabrique pas une charpente de toutes pièces selon les besoins d'une idée concue à l'avance.
Le Naturalisme au théâtre, *R. E.*, p.149.

tone으로 그린 점에 비상한 가치가 있다.[61]

덴케이天溪가 자연파의 특징을 '가치판단을 초월'(吉田, 앞의 책 하, p.351)한 점에서 찾는 것과 비슷하다. 이것은 주관성과 이상화를 배제한 결과에서 얻어진 것이다. 그들의 지향점이 '있는 그대로'의 현실의 재현으로 통일되어 있듯이, 각색하지 않는 자연스러운 줄거리는 자연파의 플롯의 공통되는 특징이 되고 있다. 그 결과로 나타난 것이 범속한 일상사의 '평면묘사'로 일관된 '생'이나 '아내' 같은 소설들이다.

'무각색'의 원리가 사소설과 결부되면 '배허구'의 현상이 일어난다.

> 왜 이 시점에서 자학적이라고도 노악적露惡的이라고도 해석될 정도로, 성급하게 일거에 자기 심정의 적나라 한 고백으로 하강下降하여 버렸을까? 가장 기본적인 문제는, 그때까지의 抱月의 문예론에 명확한 허구론이 없었던 데서 찾을 수 있다. … 逍遙의 "소설신수"에도, 二葉亭의 "소설총론"에도 명확하게 존재해 있던 허구론이 抱月의 리얼리즘론에는 결여되어 있다.[62]

相馬庸郎는 이론에 나타난 '배허구'의 현상을 사소설화 경향의 기본적인 원인으로 보고 있다. 사소설의 시작이 花袋의 '이불'로 간주되는 만큼 자연주의 시대에는 이론과 창작의 양면에서 허구부정의 현상이 일고 있었다고 할 수 있다. 허구 무시는 자동적으로 '무해결'의 종결법과 이어진다. 살아 있는 작가의 삶의 한 부분을 재현한 소설에 극적인 종말이 오

---

61) 吉田, 앞의 책 하, pp.108~10.
62) 相馬, 앞의 책, pp.47~8.

는 것은 있기 어려운 일이기 때문이다.

허구성의 무시는 상상력의 배제와 관련된다. 모든 나라의 자연주의 문학은 상상력의 배제를 특징으로 하기 때문이다. 그러나 상상력의 배제가 허구의 부정으로 발전한 나라는 많지 않다. 자연주의가 자전적 소설로 대표되는 나라도 흔하지 않다. 그것은 일본만의 특이한 현상이다.

일본 자연주의는 '파계' 계열을 밀어내고 '이불'계가 주도력을 잡은 문학운동이다. 일본에서 자연주의에 포함시키고 있는 작가 중에서 '실생활의 직사直寫'로 볼 수 있는 작품을 안 쓴 문인은 獨步밖에 없다. '가구假構에 의한 자기표현'은 獨步 혼자의 일이었기 때문에 中村光夫는 그가 좀 더 살았더라면 일본의 자연주의의 허구부재 현상에 어떤 변수가 되지 않았을까 아쉬워하고 있다. (中村, 앞의 책 pp.191~2)

선택권의 배제는 플롯에서 범속한 사건이 끝없이 나열되는 것을 의미하며, 묘사의 측면에서는 디테일이 묘사의 중첩을 의미한다. 사건에서 선택이 배제되는 것처럼 장면 선택의 권한도 유보되기 때문에 평범한 장면, 옷차림, 배경 같은 것의 사소한 부분도 마음대로 버릴 수 없게 되는 것이다. 자연주의 소설이 단조하고 지루하다는 비난을 받는 이유가 거기에 있다. 하지만 일본에서는 선택권의 배제가 선택권의 긍정과 병행하는 현상이 나타나기도 한다. 花袋가 그 좋은 예다. 그는 평면묘사를 주장하면서 동시에 공쿠르의 인상주의적 방법을 높이 평가한다.[63] 藤村도 마찬가지다.[64] 그런데 인상파적 수법은 花袋가 주장하는 '평면묘사'

---

63) 戀をも死をも, 人生の大事件をも, 平氣で平凡な日常生活を書いて居ると同じ調子で書いて 行つたところに非常な價値がある.   吉田精一, "自然主義研究"下, pp.108~10.

64) 何故この時點で, 自虐的とも露惡的ともとられてしまうほど, 性急に一擧に自己の心情のなまな告白に下降してしまつたのか. それはもつとも基本的には, それまでの抱月の

와는 좀 성격이 달라야 한다. 抱月은 자연주의를 '본래 자연주의'와 '인상
파 자연주의'로 나누고 있는데 '평면묘사는 전자에 속하고 인상파적 수
법은 후자에 속하기 때문이다. 그런데도 이 두 가지가 공존하는 것은 일
본인들의 국민적 취향과 관련이 있다고 보는 견해가 있다.

森鷗外[65]와 島村抱月[66]는 인상주의와 상징주의가 일본인의 성격과
전통에 가장 적성이 맞는 것이라는 발언을 한 일이 있다. 일본은 세계에
서 가장 짧은 시를 산출한 나라이다. 생략의 미학의 요체를 터득한 나라
인 것이다. 따라서 평면묘사는 일본의 국민성 및 전통과 화합 할 수 없
다. 평면묘사보다는 인상주의가 주도권을 쥐게 된 이유가 거기에 있다.

문장면에 나타난 선택권의 배제는 불란서의 경우와 마찬가지로 수사
학의 거부로 나타난다. 자연주의는 에도취미로 응결된 옛 시대의 '이키粹
와 쯔우通'의 미학을 거부한다. 그리고 '연우사' 풍의 미문체도 거부한다.
자연주의자들에 의하면 그것은 '놀이遊び'의 산물이며 호상好尙취미에 불
과하다. 花袋의 '멧키론渡金論'은 문장의 경우에도 적용시킬 수 있다.

文藝論に虛構論が明確にはなかつたことに求められる. 逍遙の'小說神髓'にも, 二葉亭の
'小說總論'にも明確に存在していた虛構論が抱月のレアリズム論には欠けていた.

相馬庸郎 앞의 책, pp.47~48.

65) 獨步は後の花袋などとちがつて, 彼の實生活の直寫と見られるような作品はほとんど
なく, … この假構による自己表現は, 彼と同時代に仕事をした眉山, 風葉, 天外などの
作家が持たなかつた特色であり, 彼が今少し長命であつたら, 我國の自然主義文學は,
もつと想像力を自在に 驅使した小說を數多くのこし得たのではないかと思われます.

中村光夫, "明治文學史" pp.191~92.

66) '蒲團'の方法が更に大きく展開されたのが '生'なのである. '聊かの主觀を交へず, 結構
を 加へず, ただ客觀の材料を材料として書き表はすとうふ遣り方' ('生'に於ける試み)と
花袋自らが言つている'平面描寫を試み, 例え未消化な捉え方ではあつたにしても(吉田
精一), とにかくゴンクールの印象主義的方法を取り入れようとしたのである.

"自然主義文學"(有精堂), p.164.

하지만 실제상, 도덕상, 심미상審美上 개인의 호상취미好尙趣味 같은 것에 지배되어서, 작은 주관이나 선택을 해서 '도금'을 한다. 따라서 자연이 아니고 자연의 일부분의 '美의 표현'만을 목적으로 한다. … 선택을 하거나 '도금'을 하거나 하면 예전의 문학으로 후퇴하는 것이다.[67]

일본 자연주의가 과장과 수식이 많은 아문체雅文體를 거부한 대신 선택한 것은 '조작造作'이 없고 수식이 없는,(吉田, 앞의 책 下, p.131) 언문일치 문장이다. '뜬구름浮雲'에서 시작된 언문일치 문장은 명치 30년대의 '사생문寫生文'운동[68]을 거쳐, 40년대에 와서 시에도 영향을 미치는 등[69] 본격적인 발전을 보게 된다. 후타바데이二葉亭가 시작한 언문일치 운동은 '연우사'계의 복고조로의 회귀를 거쳐 40년대 초의 자연주의에 와서 문체를 확립하는 것이다. 언문일치 문장의 확립은 자연주의의 공적 중의 하나이다. 쉬운 문체는 에도시대의 아문체에 친숙하지 않은 지방 출신 문인들이 소설을 쓰게 된 하나의 요인도 되었다.

선택권의 배제로 인한 어휘의 비속화는 일본에서는 정도가 심각하지 않았다. 자전적 소설이 주축이 되기 때문이다. 노동자 계급의 최하층 인

---

67) "田山花袋集" p.412

68) 從って彼等の外貌も服裝も, とりわけてめいめいが從事している職業や生産的な面は, 例外をのぞいてはほとんどタッチされない. 部屋や調度の流まで綿密に書したバルザックの人間描寫の片鱗すらもここにはうかがへないし, 帽子や着物の好みで, その人柄や性格を示唆したといふフロオベエル流の用意はかけても見られぬ. 恐るべき單純化された技法の支配であり, 藤村流の 印象主義による强靭な統一である.

吉田精一, '自然主義研究 下, p.120.

69) 吾が國の作家の多くはその素質に於いてアンプレッショニストであるといふことが出來よう. そこに吾濟日本人の最所もあり, 短所もある.

鷗外, 같은 책, p.179.에서 재인용

물들이 주인공인 불란서의 자연주의와는 달리 일본의 자연주의는 작가와 동일시될 수 있는 인물이 주인공이다. 작가의 출신계층이 사족士族이고, 전문교육을 받은 인물들이기 때문에 파리의 굿뜨 도르(Goutte d'Or) 거리('나나'-'목로주점'의 배경)에서 쓰이던 상스러운 말씨 같은 것은 나올 이유가 없다.

> 島崎씨의 어휘들은, 결코 선호選好된 진기한 어휘가 아니었기 때문에, 하나하나를 주시하면 오히려 그 심상尋常함에 경탄하게 된다.[70]

간바라 아리아케蒲原有明의 이 지적은 藤村의 신중하고 중용적인 인품을 생각하게 한다. 그는 노골적인 표현을 되도록 피하여 완곡한 표현을 즐겨 쓴 작가다. (吉田, 같은 책 下, p.780) 花袋는 슈세이秋聲와 더불어 저속한 측면을 더러 지니고 있는 편이다. [71] 그러나 불란서의 자연주의와 비교하여 볼 때 이들 역시 '그 심상함에 경탄'을 하게 하는 藤村과 같은 부류에 속한다. 그것은 일본 자연주의의 대표 작가들의 공통 특징이다.

예외적인 작가는 호메이泡鳴다. 어휘와 제재의 비속성, 표현의 혼잡성 등에 있어 그는 타의 추종을 불허한다. 그의 '아사마의 영淺間靈'에는 대변의 품평까지 나온다. 졸라처럼 대변학scatology이라는 비난을 받을만

---

70) 吉田, 같은 책, 上 p.344.

71) 日本文壇の一部の傾向は西洋的風格より日本的風格に歸りつつある。ここでいふ日本的風格はむしろ西洋から入っている。いわゆるシムボリズムといふものがこれである。これが西洋に起ったのは，日本的=東洋的な理由がある。ヘーゲルがシムボーリッシュ即東洋的といったのは，貶下の意味があるが，これが何故東洋的かといふと，相對界を消して行く形の思想に応じるからである。相對界色彩を貧にして絶對に跡歸りせんとする思想である。この結果を推して行くと，貧枯，寂寞，孤獨，悲哀の喜びに到達する。
　　　　　　　　　　　　　　吉田精一，"自然主義研究" 上，pp 254~55.

한 수준인 것이다. 그런데 그는 졸라처럼 독자에게서 갈채를 받지 못했다. 그와 비슷한 작가에 사토오 고로쿠佐藤紅綠가 있다. 그는 '이상한 환경에 있어서의 성적인 주제'를 대담하게 다룬 작가인데, '자연파를 망치는 적자賊子'라는 규탄을 자연파에게서까지 받아 지속되지 못했다. (吉田, 앞의 책, 上, pp.10~11)

泡鳴와 佐藤의 경우는 전기 자연주의의 실패를 연상시킨다. 졸라이즘과 많은 근사치를 가진 작가들이 일본에서 인기가 없는 사실은, 그들의 작가적 역량에도 문제가 있겠지만, 일본의 사회적 여건이 졸라이즘과는 궁합이 맞지 않았다는 것을 입증한다. 졸라처럼 서민생활의 저변을 폭로하는 일을 받아들이기에는 일본에는 아직도 계급사회의 잔재가 많이 남아 있었다. 사족계급에 속하는 사람들이 소설의 창작을 담당했고, 독자층도 신흥지식인 계층이 주축이 되는 일본의 특수성을 생각할 때, 졸라이즘의 유산은 과학적인 측면 뿐 아니라 윤리적인 저항감에도 기인한다고 할 수 있다. 일본의 자연주의가 '심상한' 언어들을 통해 표현된 연유도 같은 곳에서 찾을 수 있을 것이다.

4) 객관주의

(1) 불란서 : 현상現象의 사진사

자연주의의 객관성 존중은 1964년에 발표된 졸라의 '스크린론'에서 이미 명시되고 있다. "현실에 있는 것을 그대로 반영해야 하는 리얼리스트의 스크린은 주관의 개입부터 배제해야 자연주의 소설의 또 하나의 특성에 대하여 논의해야겠다. 그것은 몰개성沒個性性impersonalité이다. 내 말은 "소설가는 판단하거나 결론을 내리는 일은 금지 당한 속기사에 불과하다"는 뜻이다.[72]

② 작자는 자연에 귀를 기울이고 자연이 부르는 말을 그대로 받아 쓰면 된다.[73]

졸라는 그의 '실험소설론'에서 주관성의 배제에 대하여 이렇게 거듭 강조하고 있다. '주관성이 개입되면 자료document가 망쳐진다'고 생각했기 때문이다. [74] 그에게 있어 소설가는 속기사나 서기에 불과하다. 그에게는 판단하거나 결론을 내릴 권리가 없다. 이는 소설가를 '비서'에 비유한 발자크[75]의 말과 대응한다. 객관주의는 자연주의 작가의 공동 과제였고, 그 정점에는 플로베르가 서 있다.

객관주의 측면에서는 졸라가 플로베르를 따라가지 못한다. 졸라의 작품에서는 작가가 이따금 얼굴을 내미는데[76] '보바리 부인Mme Bovary' 에

---

72) Je passe à un autre caractère du roman naturaliste. Il est impersonel, je veux dire que la romancier n'est plus que greffier,qui se défend de juger et de conclure.

'Le Naturalism au théâtre. *R-E* p.150.

73) Il écoute la nature,et il écrit sous sa dictée.　　　　　　　*R-E* p.63.

74) Un romancier qui éprouve le besoin de s'indigner contre le vice et d'applaudir a la vertu, gâte également les documents.　　　　　*R-E* p.51.

75) La Société française allait être l'historien, je ne devais être que le sécretaire...
"*Realism*" p.38에서 재인용.

76) 그러나 이 분위기가 나나 또는 뮈파Muffat의 체험과의 관련하에서 제시되는 것은 아니다. 작가 자신이 설명자로서 그 전체를 굽어보면서 그것들을 등가치적인 장면으로 다루어 나갈 따름이다. "나나가 관계를 맺게 될 상류사회의 가정은 어떠한 것인지 그

서는 그런 것을 찾아 보기 어렵다. 플로베르는 졸라가 작품의 서문을 통하여 자신의 주장을 내세우는 것조차 옳지 않다고 생각했다. '당신은 자신의 견해를 거기에서 피력하고 있는데 내 문학론에 의하면 작가는 그럴 권리가 없소'[77]라고 그는 졸라에게 충고했다. 그는 "신이 그 피조물 뒤에 숨어 보이지 않듯이 작가는 작품 속에 모습을 나타내서는 안 된다."[78]고 생각했다. "작가의 인품이나 작가의 이름과 관련되는 어떤 운동도 이 책에는 들어 있지 않을 것이오. 나는 그것들을 완벽하게 거세했소"[79]라고 플로베르는 루이즈 콜레에게 보내는 편지에서 말하고 있다. 완벽한 객관성의 획득은 그의 꿈이요 이상이었다. '객관성objectivité', '무감동성無感動性, impassibilité' 등에 대하여 플로베르처럼 집착한 작가는 다시 찾아 보기 어렵다. '객관성', '무감동성'과 함께 그가 집착한 또 하나의 단어는 '불편부당성不偏不黨性, impartialité'이다. 공평성은 작가가 모든 가치에 대하여 중립성을 지킬 때 비로소 생겨난다.

생태를 살펴 보자"는 질문을 스스로 내걸고 이에 대한 대답으로서 제3장이 전개되는 따위이다.   정명환, "졸라와 자연주의" p.79.

77)   Je viens de finir votre atroce et beau livre! J'en suis encore étroudi., C'est fort! Tres fort!
Ge'n'en blame que la préface, Selon moi, elle gâte votre oeuvre qui est si impartiale et si haute. Vous y dites votre secret, se qui est trop candide, chose que dans ma poétique(à moi) un romancier n'a pas le droit de faire   *R-M* 1. p.1541.

78)   Subjects are seen as God seen them,in their true essence....there are no high and low subjects: the universe is a work of art produced without taking a sides.   *Mimesis* p.487.

79)   ....There is not in this book one movement in my name,and the personality of the author is completely absent.
           루이스 꼴레에게 보낸 편지(1954년 3월 19일) *"Documents"* p.92에서 재인용

모든 제재는 신이 사물을 볼 때처럼 그 참된 본질을 통하여 바라보아져
야 한다. 우주는 공정하게 만들어진 작품이기 때문에 제재에 높낮이가 있
을 수 없다.[80]

제재의 대등성, 작가의 눈의 불편부당성에 대한 인식은 '모든 것을 다
이야기 할' 의무를 가진 자연주의 문학이 가치에 대하여 중립적인 태도
를 가질 것을 요구한다. 자연주의가 선택권을 보류하는 이유도 가치의
중립성을 지키려는데서 온다.

(2) 일본 – 주체主體의 객관화

일본 자연주의의 특성도 언뜻 보면 객관주의의 확립으로 보인다. 吉
田精一는 '양자의 기저基底 방향의 일치점'을 '비개성적 방법', '객관적 인
생 관찰' 등에서 찾고 있다. (앞의 책 下, p.62) "객관적으로 인간상을 그리는
일에서는 자연주의만한 것이 전에도 후에도 없었다."(같은 책, p.579)고 그
는 말한다. 이소카이 히데오磯貝見英夫도 '생'이나 '아내'의 소재와, '시골 교
사'나 '일병졸의 총살(一兵卒の 銃殺)'의 소재는 어디까지나 등가等價한 것이
었다."[81]는 말을 통해 제재의 불편부당성이 사소설의 경우에도 해당되
는 점을 강조하고 있다. 일본에서도 객관주의, 불편부당성, 몰개성성 등

---

80) *Mimesis*, p.487.

81) '妻'の素材と, '田舍敎師'や'一兵卒の銃殺'の素材とは, どこまでも 等價であった。このこ
     とは, 他の自然主義の作家にもだいたい通じるので, かれらは, 身邊に小說的話題を見
     いだしたときにはそれをとりあげたが, かならずしもそれに執しなかった。そして, そ
     のえがきかたも, 概して, 第3者を對象とした場合とちがわなかった。
     　　　　　　　　　　　　　　　　　　　　　'私小說の成立と變質' "國文學" 12卷 9號, p.194.

은 자연주의를 특징으로 부각되고 있다.

기쯔야먀 코우勝山功는 일본 자연주의가 서구 자연주의의 사상적 측면이 아니라 '방법,수법의 모방에서 생겨났다'[82]는 주장을 하고 있다. 일본 자연주의가 '노골한 묘사', '평면묘사', '일원묘사' 등의 캐치 프레이즈를 내걸고 있는 사실이 그의 의견의 타당성을 입증한다. '일원묘사'는 주관성을 강조하는 것인데[83] 반해 '평면묘사'는 객관묘사를 의미한다는데 문제가 있다.

묘사의 객관성 지향의 측면만 보면 일본의 자연주의는 '리얼리즘의 착근작업'을 완수하고 있는 셈이라고 吉田精一는 말하고 있다. [84] 하지만 그것은 어디까지나 착근작업에 불과하다는 사실을 吉田의 다음 말이 입증하고 있다.

우선 첫째로 객관적, 非 개성적이라고 말해지는 성격에서라면, 일본의 경우는 반드시 불란서처럼 철저하지 는 못했다.[85]

---

82) たとえば私小説を育て上げるに至って自然主義文學の運動を見てもわかるように、わが國の 自然主義は西歐のそれが19世紀の實證主義精神·近代市民社會發展の下に生まれた異なり、西歐自然主義文學の方法手法の模倣から生まれたものであること、花袋や藤村を見ても…勝山功,　　　　　　　　　　　　　　"大正私小説研究" p.194.

83) 一元描寫論は、主觀的な解釋力の强調や、私小説的要求の稀薄さに於て、自然主義の客觀的態度と隔たることはいふまでもない。　　　　吉田精一, "自然主義研究" 下, p.459.

84) 自然主義はわが近代文學にしっかりとレアリズムの根を下した。自然主義以後、それを超 えるほどの確固たるレアリズムの成熟があつたであらうか。'プロレタリア·リアリズムは設計圖のままで、落成を見ない。その他、なんとかリアリズム、かんとかリアリズムなど、そのこ呼名も忘れてしまつたが実状でなかつたか。自然主義文学の代表作を越えるほどの名作を、我我はその前にも、後にも、容易に指摘し得るであらうか。
　　　　　　　　　　　　　　　　　　　吉田精一, 같은 책 下, p.583.

85) 客觀的·非個性的といはれる性格についていふならば、日本の場合は必ずしもフランスのやうに徹底しなかつた。　　　　　　吉田精一, 같은 책 下, p.62.

그 이유를 吉田은 '주정성主情性'의 잔재에서 찾고 있다.

花袋의 경우는 이따금 영탄詠嘆이, 藤村에서는 온정이, 秋聲에서는 감상 感傷이 하쿠죠白鳥의 경우는 아이로닉한 시선이, 泡鳴에서는 독단이, 얼굴을 내밀어 명증한 경면鏡面에 비치는 사회, 역사의 모습이라고는 말할 수 없는 것이 있어서 로만티즘의 연장으로서의 主情性이 다 없어지지 않은 것이 공 통의 성격이라 할 수 있다.[86]

자연주의 작가들이 공통적으로 지적되고 있는 주관성, 주정성의 잔재 는 이론면에 나타난 주관성, 혹은 주객합일성과 궤를 같이 한다.

① 泡鳴君의 영육일치, 무이상, 무해결, 특히 찰나주의에는 나도 대찬성 이다. 나도 주관과 객관을 분리하여 말하고 싶지 않다.[87]

② 작자의 주관에서 오는 색채는 되도록 제거하고 싶다는 것이 내 소원 이다. …… 주관을 몰한 주관, 나는 그것을 향하여 나가고 싶다.[88]

---

86) 花袋にあつてはしばしば詠嘆が, 藤村にあつては溫情が, 秋聲には感傷が, 白鳥にあつ ては 皮肉な見方が, 泡鳴では獨斷が, いつても顔を出し, 明證な鏡面にうつる社會, 歷 史の姿とはいひ兼ねるものがあつて. ロマンチスムの延長としての主情性が, まだ十分 ふつ切れていないのが 共通の性格といつてよかつたのである.
吉田精一, 같은 책 下, p.62.

87) 泡鳴君の靈肉一致, 無理想無解決ごとに刹那主義は甚だ贊成である. 私も主觀と客觀と を 分けて論じたくはない.　　　　　　　　　　　　"田山花袋集" (角川書店) p.395.

88) 作者の主觀からくる色彩は成たけ沒し去りたいといふのが私の願ひである. …主觀を 沒せる主觀, 私はそれに向つて, 進みたい.　　　　　　　'田山花袋集' pp.403~404.

③ 자연주의 문예의 최대의 문제는 '아我'란 무어냐 하는 것이다. …… 주관의 동요는, 일개의 我가 일체의 현실의 타에 대하는 태도이다. 현실의 결함, 허위, 추악 등은 자극을 준다. 그 자극은 곧 통고痛苦, 우憂, 애상哀傷이다. 이런 색채에 물들어, 그 감상感傷의 습기를 지닌 채 표현되는 객관의 사상이 즉 자연주의의 문예의 세계다. 89)

①과 ②는 동일인의 말이다. '영육일치', '주객합일'의 견지에서 泡鳴과 花袋는 일치한다. 따라서 그의 '평면묘사'론에 나타난 객관묘사는 주관의 객관화를 의미한다는 것을 알 수 있다. '주관을 몰한 주관', 즉 '자가객관自家客觀'이 그것이다. ("田山花袋集" p.426) 抱月의 신자연주의도 '물아합체物我合體'적 성격을 가진(相馬, 앞의 책, p.74) 점에서 泡鳴, 花袋와 통한다. 泡鳴의 '일원묘사론'(대정 7년 10월)은 '작자와 작중의 주요인물과의 불즉불리不卽不離의 관계를 중심으로 한 것이다.'(吉田, 앞의 책 下, p.453) 여기에서는 순객관적 – 전지적 시점이 부정되고 있는 점이 주목을 끈다. 90)

③의 경우는 '주관을 몰한 주관'조차 아니다. '감상感傷의 습기를 함유하고 있는 것이 자연주의'라는 극단적인 주장이 자연주의로 둔갑해 있다. 텐케이天溪만은 텐겐天弦과 대척적 성격을 나타내고 있다. 91) 그러나 花袋

---

89) 自然主義の文藝に於ける最も重大な問題は, '我'とは何ぞだ. …主觀の動搖は, 一個の我が 一切の現實の他に對する態度である. 現實の缺陷, 虛僞, 醜惡等は强熱な刺戟を與へる. この 刺戟は直ちに痛苦, 憂悶, 哀傷である. かかる色にそめられ, その感傷のしめりを帶びて表現されたる客觀の事象が, 即ち自然主義の文藝の世界である.
　　　　　　　　　　　　　　　　　　　吉田精一, '自然主義研究' 下, p.394.

90) 作者が基實際をあまり離れすぎて觀察すると, 基結果としてやはり不自然に陷る.
　　　　　　　　　　　　　　　　　　　吉田精一, 같은 책 下, p.155.

91) 彼は主として自然主義に於ける主觀的要求を强調するのである. この点でも天溪と彼は對蹠する.
　　　　　　　　　　　　　　　　　　　吉田精一, 같은 책 下, p.394.

의 경우와 마찬가지로 그의 이론에는 일관성이 없다.

花袋, 天溪, 抱月, 天弦 등은 주장하는 내용이 제각기 다르지만, 공통성은 순객관주의에서 벗어나 주관성에도 비중을 두고 있는 점에 있다. 이런 현상은 작품의 경우에도 나타난다. 가장 객관적으로 쓰여졌다는 '시골 교사'에도 주인공의 내면이 노출되고 있는 현상이 나타나기 때문이다.[92]

이상에서 본 것 같이 일본 자연주의파는 주관을 함유하고 있는 것이 공통성으로 나타난다. 그런데도 일본문학사에서 자연주의가 가장 객관적인 문학으로 간주되는 것은 전 − 후 문학과의 비교에서 생긴 결론이다. 사상 가장 객관적인 문학으로 규정지어지는 일본 자연주의는 대상을 보는 눈의 객관성, 제재에 대한 중립성의 측면에서만 리얼리즘적인 성격을 지니고 있다. 그러나 묘사의 대상은 자아의 내면이다. 따라서 객관성의 철저함은 기대할 수 없다.

사소설에 나오는 명목상의 3인칭 시점과 자아를 객관화하려는 노력이 일본 자연주의의 객관성의 범위이다. 따라서 거기에는 '속기사'나 '비서' 같은 것은 없다. 일본 자연주의에서 작가는 한 인물의 모습을 통하여 그 내면을 노출시키는 것이 상례이기 때문에, 플로베르처럼 '피조물 뒤에 숨은 조물주'가 아니다. 피조물중의 하나를 통해 모습을 노출시키는 보고자인 것이다.

일본 자연주의자들의 주정성의 노출은 白鳥가 藤村을 보고 '이 작자는

---

[92] '田舍教師'の場合の成功もまた, 花袋平素の議論', をむしろ裏切って主人公の'内部精神に 必要に應じて自由に立入っている点をぬきにしては考えられぬのである。
相馬庸郎, "日本自然主義再考" pp.131~32.

묘사하는 것이 아니라 노래하고 있다'고 한 말에서 단적으로 드러난다. 93)
花袋의 경우에도 같은 말이 되풀이되고 있다. '나는 천성의 시인이다'라
는 花袋의 말이 이를 뒷받침한다. ("田山花袋集" p.427)가장 객관적인 소설인
'시골 교사'와 藤村의 최고작으로 간주되는 '집'에서도 시가 눈에 띤다는
(吉田, 같은 책, 하 p.121) 말은 예외없이 모든 작품에 주관성이 노출되는 것이
일본 자연주의의 공통적 특징임을 입증한다. 94)

여기에서 상기되는 것은 그란트D. Grant의 민주주의와 객관주의의 밀
착성에 대한 지적이다.("Realism" p.9) 객관주의는 현실묘사에 있어서 다수
의 합의를 신뢰하는 것이기 때문에 민주적이라는 것이 그란트의 의견이
다. 그의 의견에 따르면 일본 자연주의의 주관화 경향은 민주정치의 미
숙성과 관련시킬 수 있다. 신뢰할 수 있는 것은 자아 밖에 없다는 생각
이 주관주의를 낳는 것이다. 가치의 보편화가 이루어지지 않는 변동기
에 주관주의가 성행하는 이유가 거기에 있다. 객관주의에는 다수의 눈
에 공통으로 보이는 현실의 상像이 전제가 된다. 사실주의가 안정기에
유행하는 이유도 거기에 있다. 일본 자연주의의 주관화 경향은 민주화
의 미숙성, 보편적 가치의 부재 등에도 기인한다.

---

93) 作者は描いているのでなくって唄っているのだ。自己の苦惱を唄っているのだ。…新
生は冷靜なる人生鑑賞ではなくって, 主觀の發露である。
吉田精一, '自然主義研究下, p.744.

94) '家全篇としてはほぼ時を同じくした'徽'と比較評論されたが, ことに'徽'との比較の場
合, 作者の嚴肅なレアリスムにかかはらず, 特有の詩が, もしくはややもすればセンチ
メンタルな詠嘆が目につく。　　　　　　吉田精一, 같은 책 下, p.121.

5) 방법면에 나타난 과학주의

(1) 불란서 – 관찰과 분석

실험소설의 작가가 현실을 정확하게 재현하는 절차는 우선 관찰 observation에서 시작된다. 플로베르의 말대로 작가는 '사려 깊은 눈길을 대상 위에 고착'시키고 사상事象을 세심하게 관찰해야 하는 것이다. [95) '실험소설론'에서 졸라는 관찰에 대하여 다음과 같이 말하고 있다.

> ① 그는 현상의 사진사여야 한다. 그의 관찰은 자연을 정확하게 재현하기 위하여 필요하다.[96)

> ③ 결론적으로 실험은 도발된 관찰일 뿐이다 라고 그는 말하였다.[97)

①은 관찰이 현실재현의 필요불가결한 요인이며, 작가는 현상의 사진 사처럼 그의 '스크린'에 현상을 있는 그대로 담아야 한다는 주장이다. 그런데 '현상의 사진사'라는 비유가 오해를 낳았다. 자연주의=사진, 혹은 복사copy라는 공식이 그것이다. 이 오해는 다음 구절을 읽어 보면 해소된다.

---

95) Pas de cri, pas de convulsion, rien que la fixité d'un regard pensif...
Mimesis p.409

96) Il doit être le photographes des phénomènes:son observation doit représenter exactement la nature....Il écoute la nature, et il écrit sous sa dictée   *R-E* p.63.

97) *R-E* p.60.

② 그러나 일단 사실이 확정되고 현상이 면밀하게 관찰되고 나면 사고력이 작동하고 이성이 개입한다. 그리고는 현상을 설명interpréter하기 위하여 시험관expérimentateur이 나타난다. 98)

② 사람들이 우리에게 하는 어리석은 비난의 하나는 우리가 오직 사진사가 되기만을 바란다는 것이다. …… 물론 우리는 참된 사실을 기반으로 하여 출발한다. 사실은 우리의 불가침의 기반이다. 그러나 사실의 메카니즘을 현시顯示하려면 현상을 조종해야 한다. 작품 속의 작가의 재능이 개입되는 부분이 여기 있다. 99)

작가의 주관 개입을 부정하고 객관성을 주장한 졸라는 여기에서 실험자의 천분天分과 originality의 개입을 인정한다. 현상에 대한 연구는 그것을 조절하는 데 목적이 있다는 견해100)다. 졸라는 베르나르의 선입관념에 관한 설명을 바탕으로 제한된 범위이기는 하지만 작자의 천재성과 주관성을 인정하는 것이다. 그러니까 사진사로서의 작자의 역할은 관찰하는 단계에서 끝난다.

---

98) Mais une fois le fait constaté et le phenomene bien observé, l'idée arrive, le raisonnement intervient, et l'expérimentateur apparait pour interpréter le phénomène. *R-E* p.63.

99) Un reproche bête qu'on nous fait, a nous autre écrivains naturalistes, c'est de vouloir être uniquement des photographs....Nous partons bien des fait vrais,qui sont notre base indestructible, mais, pour montrer le mécanisme des faits, il faut que nous produisions et que nous dirigions les phénomènes,c'est notre part d' invention. *R-E* pp.55-6.

100) Le but de la méthode expérimentale,en physiologie et en médecine,est d'étudier les phénomènes pour s'en rendre maître. *R-E* p.75.

베르나르가 주장한 '관찰 → 선입관 → 추리'의 과정은 실험을 통해서
만 존재이유가 생긴다. 실험소설의 경우도 마찬가지다.[101] 졸라는 그의
'연극에 있어서의 자연주의'에서 자기가 스탕달과 발자크를 현대소설의
시조로 보는 이유를 그들이 탐구하고 검증하는 정신에 두면서, 그들이
자연주의 소설가가 되는 요인을 다음과 같이 설명하고 있다.

> 그들의 취향은 인간을 정신과 육체의 양면에서 해부하고 분석하는 방법
> 으로 형성되어 있다. 스탕달은 무엇보다도 심리학자적 측면이 두드러진다.
> 발자크는 기질연구, 환경의 재구성, 자료의 수집 등에서 더 특출한 솜씨를
> 보인다. 그는 자신의 말대로 사회과학 박사다.[102]

'관찰 → 추리'의 과정 다음에 오는 것은 실험이다. 실험을 통한 증명
을 위해서 실험소설가가 해야 할 일은 자료의 수집이며, 그 다음 단계는
자료를 논리적으로 질서화하는 일이다. 그리고는 분석과 해부의 과정
이 있어야 한다. 이 경우에 대상은 스탕달처럼 인간의 내면인 심리보다
는 발자크처럼 생리(기질)인 편이 실험소설에 더 적합하다. 졸라가 발자
크를 스탕달보다 높이 평가하여 자연주의의 아버지로 간주하는 이유는,

---

101) 베르나르는 이토록 중요한 역할을 하는 선입관에 관해서 두가지 단서를 붙인다. 첫째
　　 로는 '관찰 - 선입관념 - 추리'의 과정은....실험을 통한 확인을 위해서만 이유가 있다
　　 는 것이다. 둘째로 그가 강조하는 것은 실험이 시작되는 순간부터 실험자의 주체성,
　　 즉 선입관념은 엄격히 배제되어야 한다는 것이다. 　　　　　　　정명환, 앞의 책 p.72.

102) Ils n'imaginaient plus,ils ne constataient plus. Leur besogne consistait a prendre
　　 l'homme, a le desséquer à l'analyser dans sa chair et dans son cerveau.
　　 Stendhal restait surtout un psychologue. Balzac étudiait plus particulièrment les
　　 tempéraments, reconstituait les milieux, amassait les documents humains, en
　　 prenant lui-même le titre de docteur ès sciences sociales.
　　　　　　　　　　　　　　　　　　　　　'Le Naturalisme au theatre', *R-E* p.147.

스탕달의 내면화, 심리분석의 방법보다는 발자크의 외면묘사, 체질분석의 방법이 실험소설의 개념에 더 적합하기 때문이다. 발자크처럼 자료를 수집하고, 현실을 재구성하고, 인간의 생리를 분석 – 해부하는 방법은 과학자의 방법이다. 테느가 그를 박물학자naturaliste로 부른 이유가 거기에 있다.

졸라는 관찰, 실험, 조정 그리고 작가 개입의 비중에 관한 자신의 주장의 실례로 발자크의 '사촌동생 벳트'를 들고 있다. 발자크는 거기에서 위로 남작의 정념의 병폐를 그리고 있는데 (1) 사실의 관찰, (2)실험, (3) 조정의 3단계를 밟고 있고, 이 점이 그 소설을 실험소설로 만드는 요인이 된다고 말하고 있다. [103] 졸라에 의하면 소설은 '기질氣質을 통해 본 자연의 일각'("R-E", p.140)이다. 그에게 있어 인간은 이미 형이상학과 관계되는 존재는 아니다.

형이상학적 인간은 죽었다. 우리의 모든 영역은 생리적 인간의 도래로 전이되었다. 아킬레스의 분노와 디도의 사랑은 영원의 아름다운 초상으로 남아 있으리라. 그러나 우리에게 지금 필요한 것은 분노와 사랑의 분석이며, 이러한 열정이 어떻게 인간에게 작용하는가를 정확하게 구명하는 작업이다. 이것은 새로운 관점이다. 그것은 철학적이 되는 대신에 실험적이 된 것

---

103) Je prendrai comme exemple la figure du baron Hulot,dans 'La Cousine Bette' de Balzac. Le fait général observé par Balzac est le ravage que le tempérament amoureux d'un homme amène chez lui,dans sa famille et dans la société, Des qu'il a eu choisi son sujet, il est parti des faits observés, puis il a institué son expérience en soumettant Hulot à une série d'epreuves, en faisant passer par certains milieux,pour montrer le fonctionnement du mécanisme de sa passion.
R. -E p.64.

을 의미한다.[104]

　사실의 관찰과 아울러 기질의 분석, 정념과 분노의 분석과 해부 등이 졸라가 말하는 실험의 진상이다. "실험적인 방법만이 소설을 그것이 끌고 다니던 허위와 오류에서 구할 수 있다."[105]고 졸라는 말한다. 실험에 의해서 증명된 사실 -그것은 자연주의의 유일한 권위이다.

　그리하여 직관, 상상의 세계는 관찰, 실험의 세계와 대치되었다. 우리는 소설가가 기술자가 되고, 그의 작품이 제품이 되는 상황에 다다랐다.[106]

라고 그란트는 말한다. 소설의 물질주의 시대가 온 것이다.

(2) 일본 – 관조觀照와 방관傍觀의 과학주의

일본의 자연주의도 관찰, 분석, 해부 등의 용어에 관심을 가지고 있다.

---

104) L'homme métaphysique est mort,tout notre terrain se transforme avec l'homme physiologique. Sans doute la colère d'Achille, l'amour de Didon,restront des peintures éternelles belles; mais voila que le besoin nous prend d' analyser la colère et l'amour,et de voir au juste comment fonctionnent ces passion dans l'être humain. Le point de vue est nouveau,il devient expérimental au lieu d'être philosophique.　　　　　　　　　　　　　　　　*R-E* p.97.

105) La méthode expérimentale peut seule faire sortir le roman des mensonges et des erreures ou il se traine.　　　　　　　　　*Realism* p.88에서 재인용

106) And so intuition/imagination is replaced by observation/experiment; we arrive at the situation, where the novelist becomes a technician and his novel a product.　　　　　　　　　　　　　　　　　　　같은 책 p.43.

① 분석에 분석을 포개고, 관조에 관조를 거듭하여, 一행위, 一동작에도 그 냉철한 분석이 가해지지 않은 것은 없다.[107]

② 과학자는 인간을 아무렇지도 않게 동물로 취급하여 연구했다. … 소설은 이 과학에서 명시된 설명을 더욱 기계적으로 행하려 한다. 이것은 花袋의 말이다. …… 藤村도 '의학사의 말'이라는 담화에서 외과의의 환자에 대하는 일견 냉혹해 보이는 자세야말로 '관조의 눈'을 흐리게 함이 없는, 참된, '생물에 대한 광대한 동정'이 있는 것이다라고 말하여, 근대소설가의 배워야 할 태도라고 말하고 있다.[108]

①에서 문제가 되는 것은 졸라처럼 '관찰' 다음에 '분석'이 오는 것이 아니라 '분석' 다음에 '관조'가 온다는 점에 있다. '관찰'이 차지할 자리를 '관조'가 차지하고 있으면서 분석 다음에 올 실험 자리도 '관조'가 차지하고 있는 것이다. 그러면서 때로는 'pure observation' '관찰' 등의 용어도 사용하고 있다.[109] 관찰은 'observation'이고 관조는 'contemplation'이다. '관찰'은 주관을 배제하는 과학적 태도다. '관조'는 주체를 인정한다. 거기에 내면성과 정적인 것이 가미되는 것임을 抱月의 다음 말을 통하여 확인 할 수 있다.

---

107) 分析に分析を重ね, 觀照に觀照を重ねて, 一行爲一動作に基の冷かな分析が加はらぬことはない。　　　　　　　　　　　　　　　　　　　"田山花袋集" p.419.

108) "科學者は人間を平氣で動物として取扱つて研究した ……小說は科學で明かに說明を更に機能的に行かうとする"　　　　　　　相馬庸郞, '日本自然主義再考' pp.14~15.

109) その Pure Observation はどうして獲得し得るか. 私達は世間に向つて, ひらいた窓を成 たけ多く持つていなければなりません. しかしその窓は, 靜かで, 寂寥で, 些の曇影もその前を 掠めないものでなければなりません. 吉田精一, '自然主義硏究' 下, p.604.

참된 종교적 기분은 실은 관조라는 것에 있다고 생각한다. …… 관조란
살아 있는 절실한 현現생명의 경험을 전적으로 볼 때, 우선 가슴의 한덩어
리의 불가지물不可知物을 부여받고, 그것을 온갖 방면에서 정에 녹여 맛 보
고, 지知에 용해시켜 생각하는 기분이다. …… 종교도 여기에 뿌리박고 있
다.[110]

抱月이 의미한 '관조'에는 정적인 것 뿐 아니라 종교적 기분까지 함유
되어 있음을 알 수 있다. 관찰이 주관을 배제하려한 태도라면, 관조는 주
객이 융합되는 태도다. 抱月의 경우처럼 지知와 정情이 총동원된 종합적
인 태도라고 할 수 있다. 따라서 이 두 용어는 동의어가 될 수 없다. 일본
의 자연주의에서는 이 두 용어가 융합하고 있는 것이 특징이며, 나아가
서는 '관찰'보다 '관조' 쪽에 비중이 기울어져 있는 경향이 나타난다.

藤村의 경우에도 외과의의 냉철해 보이는 태도가 "관조의 눈을 흐리
게 하지 않는 참된 생물에 대한 동정"으로 받아들여지고 있다. 과학 속
에 관조가 함께 포함되어 있는 점에서 분석 다음에 관조를 놓은 花袋의
것과 공통성이 생긴다. 과학 다음에 관조가 오는 것이 이상적 상태이기
때문에 객관주의보다 주객합일주의가 우세해 지는 것이다. 일본 자연주
의자들은 과학자를 흉내낼 마음이 전혀 없다. 그들의 과학성의 정도에
대하여 吉田精一가 내린 결론은 다음과 같다.

---

110) 眞の宗教的氣分は實は觀照といふことにあると思ふ。（中略）觀照とは、活きた痛切な現
生命の經驗を全的に觀る先づ胸に一傀の不可知物を与えられて，それを種種の方面か
ら情に溶して味ひ知に溶して想ふ氣分である。　相馬庸郞, "日本自然主義再考", p.54.

花袋가 과학적이라고 하는 것은 …… 보고 느끼고, 생각하는 것을 꺾지 않는다는 정도의, 그리고 또 비합리적 공상을 보태지 않겠다는 정도의 과학성이다. 사실에 즉하여, 그것이 가지는 심의深意를 상실하지 않겠다는 정도의 것이어서 …… 말하자면 작가의 심정을 기초로 하여 그 구체적 경험에 즉하여, 그 범위 안에서 합리성이나 실증성을 구하는 성질의 것이다.…… 상상력이 빈약한 花袋는 자기의 이론에 충실하려면 자연히 자기의 '진실'을 폭로하는 수 밖에 없다. 혹은 그것이 제일 손쉬운 방법이었는지도 모른다.[111]

나츠메 소세키夏目漱石는 일본의 자연주의가 과학적인 관찰에 도달하지 못한 이유를 과학 정신의 결핍과 관련하여 지적하고 있다.

일본인에게는 예술적 정신은 넘쳐나도록 풍부하게 가지고 있었던 것 같은데, 과학적 정신은 이와 반비례하여 크게 결핍되어 있었습니다. 그래서 문학에서도, 비아非我의 사상事相을 무아무심無我無心하게 관찰하는 능력은 전혀 발달하지 않았던 것 같다고 생각합니다. …… 그래서 우리처럼 관찰력이 둔한 자는 되도록 수양의 공을 쌓은 후, 대담한 용맹심을 일으켜, 적나라 한 곳을 두려움 없이 쓰는 일에 힘을 쓸 필요를 느낀 것입니다.[112]

---

111) だが, 花袋は科學的といふが, : この 科學的とは…… 見且つ感じ, 思ふところを枉げないといふほどの, そして 又非合理な空想を加へないといふほどの意味での科學性であった. 事實に卽し, そのもつ深意を 失ふまいとする程度のものであり, そして作者の心理を基礎とし, その具體的經驗に卽して, その範圍に於ける合理性や實證性を求めるのである. ……想像力の貧弱な花袋にして, 自己の理 論に忠実であらうとすれば, 自然自己の眞實を暴露するより任方がない. 或は一番手近である.

吉田精一, '自然主義研究'下, p.57

112) 日本人には藝術的精神はありあまり程あった様ですが, 科學的精神は之と反比例して

일본 자연주의가 관찰에 철저해지는 대신에, 노출증을 지닌 사소설에 몰두하게 된 원인에 대한 해답도 이 글들에 나타나 있다. 자신의 내면이라면 냉철한 관찰안이 없는 사람도 쉽사리 재현할 수 있고, 자신의 추한 면의 폭로는 전례가 없는 일이기 때문에 신선감이 생긴다. 자연주의자들의 자기폭로는 그것을 노린 것이라는 의미도 함축되어 있다. 관찰의 철저함을 기하기 어려우니까 폭로소설로 치닫게 되었다고 보는 점에서 두 문인의 의견이 일치한다.

일본 자연주의의 또 하나의 특수한 용어는 '방관적 태도'라는 것이다.

① 이 태도는 방법으로서의 '객관주의'를 넘어서서, 인생태도에 있어서의 비판정신의 보류, 정지, 소위 말하는 '방관주의'를 필연적으로 잉태하는 것이다.[113]

② 방관적 태도라는 말은 실행을 감행하지 않는 인내와 지식 사이에 생긴 태도여야 한다. …… 이 태도는 다시 말하자면 분석, 즉 아날라이즈라는 것으로 되어가는 것이다.[114]

大いに 缺乏して居りました. それだから, 文學に於ても, 非我の事相を無我無心に觀察する能力は全く 發達して居らなかったらしいと思ひます. そこで我々の樣な觀察力の鈍いものは, なるべく修養の功を積んで, それから, 大膽な勇猛心を起して, 赤裸裸な所を恐れずに書く事を力める必要が 出て參ります.

相馬庸郎, '日本自然主義再考', pp.266~67.

113) この態度は, 方法としての'客觀主義をこえて, 人生態度における批評精神の保留·停止, いいわゆる'傍觀主義を必然的にはらむものであった.

相馬庸郎, '日本自然主義再考', p.236 .

114) 傍觀的態度といふ言葉は, いろいろに誤解されたり, 惡用されたりしたが, 私はさういふ意味に於ての傍觀的態度でなけばならめと思っている. つまり實行を敢てしない忍耐と知識との間 生れた態度でなげなければならめと思っている. つまり失行を敢てし

①의 의미로 보면 방관은 비판보류 정신이다. ②의 경우는 좀 애매하다. 방관과 분석의 결부의 거점이 모호한데 花袋는 이런 연관법을 딴 데서도 자주 쓰고 있다. 뿐만 아니라 분석과 관조를 연결시켜 혼란은 더욱 고조된다. 과학적 방법이 소설가의 지향점이 되어야 한다는 점에서는 ①과 ②가 모두 공통되지만, '객관적 태도'와 '방관자적 태도'가 동일시되고 있어 개념파악에 혼란이 생긴다. '방관자적 태도'의 반대가 '참여'를 의미한다면 일본 자연주의가 사회를 보지 않고 '옥내'만 보려한 태도가 방관적 태도라는 결론이 나온다.

일본의 자연주의는 '관조'와 '방관'을 '관찰'과 '분석'에 대치시킨채로 花袋에게서는 '평면묘사'의 주장을 산출시켰고, 藤村에게서는 '자기 주변의 모든 것에서 배우는' study의 자세를 확립시켰으며, '자연 관찰'에서 '인간 관찰'로 이행하는 변화를 가져오게 했다.[115] 그런 다음에는 "개인의 행동을 그 생리나 심리에서 관찰하고, 분석하고, 통찰하려는 태도"가 작가의 개인의 세계로 방향이 돌려져서 "그 범위 안에서의 합리성이나 실증성의 추구"로 전이되어, 자기 폭로적인 사소설을 만들게 되는 것이다. (吉田, 같은 책 下, p.57 참조)

그러나 거기에서 끝나고 말았다. 인간의 체질을 분석하고, 정념을 해

ない忍耐と知識との間に生れた態度でなければはらいと思ふ。　藤村·花袋 pp.248~9.

115) ① 何物をもゆるがせにせず, 周圍のすべてから學ぶといふ態度で, 高原からも, 草木からも, 千曲川の流域に住む人人からも物を學んだ. 彼はもはや歌ふ人ではなく, 觀る人になった. 詩から小說に移らうとしていたのだ。　吉田精一, '自然主義硏究' 上, p.351.

② 傍觀的態度に徹底し, その表現上に手法としては平面描寫を主張するとともに, '藝術の目的を'現象の再現に置いた........そうして平面描寫に必ずしも賛成でなかった他の自然主義 作家 (秋声·泡鳴·白鳥), 評論家も, その '人生の眞實の發見といふ藝術至極の大目的には, ほぼ贊意を表したのであった。　吉田精一, 같은 책 下, p.54.

부하는 과학적 측면과는 관계가 없는 것이 되고 만 것이다. 일본 자연주의는 현상의 사진사, 시험관, 자료의 조정자의 3단계 중에서 현상의 사진사의 측면만 강조되어, 사물의 외형모사의 박진성迫眞性을 추구하는 쪽으로 기울어졌다. 일본의 자연주의가 사생문寫生文의 영향권을 못 벗어나는 이유도, 그들의 사실寫實이 사진사적인 모사模寫에 기울어져 있는 데 기인한다. 花袋나 藤村의 자료조사와 'study'가 배경의 사생寫生에 치중되어 있는 사실이 그것을 입증한다.

중앙시장이나 광산 등에 대한 졸라의 '스터디'는 외형의 정확한 재현을 위한 자료의 스케치에서 끝나고 있지 않다. 상품의 유통 구조와 거기에서 파생하는 모순, 광산의 스트라이크가 일어나게 되는 사회적 배경 등에 대한 검증도 함께 병행되고 있기 때문이다. 옥내로 한정되다시피한 일본의 자연주의는 사소설 중심이기 때문에 작자가 잘 아는 제재나 장소로 대상이 한정되어 있는 만큼 관찰 – 분석의 범위도 거기 대응해서 좁혀질 수밖에 없다.

뿐만 아니라 일본 자연주의에는 분석적 –해부적 방법 자체에 대한 절대적인 믿음이 없다. 따라서 피상적으로 유행이 지나가면 방법에 대한 회의가 뒤따른다. "분석을 즐기는 자의 폐단은 무신앙에 빠지고, 회의에 빠지며 불안정한 상태에 빠지며, 공허와 패덕에 빠진다"는 말은 과학적 방법 전체에 대한 부정이다. 멀지 않아 두 작가가 모두 종교적 경지로 도피해 갈 예후가 이미 나타나고 있는 것이다. 그것은 동시에 방관적 태도와의 결별이기도 하다.

4. 스타일 혼합mixing of style의 차이

1. 인물의 계층

유럽의 문학은 고전시대의 그리스에서부터 스타일 분리separation of style의 원칙을 가지고 있었다. 모든 스타일은 숭고하고 높은sublime, high 것과 저속하고 낮은humble, low것으로 분리되어 있으며, 각 장르는 그 중 어느 하나에 소속되어, 서로 섞이지 못하게 되어 있었다. 숭고하고 고양高揚된elevated 스타일에는 서사시와 비극이 속한다. 문제성이 제시되는 진지한serious 양식만 속하는 것이다. 보통사람ordinary man과 일상성everyday life, 性, 굶주림 등의 저속한 주제low subject는 고양된 양식에서는 다루어질 수 없다.

저속한 양식에는 희극이 속한다. 그것은 낮은 양식이기 때문에 거기에서는 보통 사람의 일상사가 가볍게 다루어진다. 프라이Northrop Frye는 앞의 것을 고차모방高次模倣의 양식high mimetic mode, 뒤의 것은 저차모방低次模倣의 양식low mimetic mode이라고 불렀다. 여기에는 희극 이외에 소설novel도 포함된다.("Anatomy of Criticism" pp.33~70)

스타일 분리의 원칙은 프랑스의 고전주의classicism에 와서 다시 부활된다. '장르의 준별峻別의 법칙'이 그것이다. 고전주의에 반발하고 나온 낭만주의는 이 구분법을 무시하고 스타일의 혼합Mixing of style을 자행했다. 위고 그룹Hugo group은 숭고sublime한 것과 기괴한 것grotesque을 뒤섞은 것이다.("Mimesis" P. 461). 사실주의와 자연주의는 낭만주의에서 스타일 혼합의 원리를 계승했다. 그러나 품목까지 계승한 것은 아니다. 발자크와 스탕달 때부터 이들은 '일상적 현실을 진지하게 다루는' 스타일의 혼합의 양식을 택했다.(같은 책, p.481)

아우에르바하E. Auerbach는 위고의 스타일 혼합과 발자크, 스탕달의 그 것을 비교하면서 후자의 것이 '훨씬 더 중요하고 진짜'[1]라고 말하고 있다. 일상성과 진지성의 혼합은 플로베르에게서도 나타난다. 그는 이 밖에도 희극적인 것과 진지한 것, 위엄과 비속성을 혼합하였다.(같은 책, p.487) 그는 일상적인 것을 다루는 진지성의 레벨을 호머가 영웅들을 대하는 태도에 비견될 만큼 높여 준 것이다.

그는 시골의 중하층민 사회에서 일어나는 일도 호머가 희랍의 영웅들에 대하여 이야기하듯이 힘차고 폭 넓게 이야기할 수 있다는 것을 증명했다.[2]

---

1) And I consider Stendhal's and Balzac's form of it, the mixture of seriousness and everyday reality, for more important and genuine than the form it took in the Hugo group, which set out to unite the sublime and the grotesque.

    Mimesis, p.481.

2) Quand il lanca Madame Bovary, c'était comme un défi jeté au réalisme d'alors, qui se piquait de mal écrire. Il entendait prouver qu'on pouvait parler de la petite bourgeoisie de province avec l'ampleur et la puissance qu'Homère a mises à parler des héros grecs.　　　Le Naturalisme au théâtre. *R.E.*, p.148.

이것은 '보바리 부인'에 대한 졸라의 평이다. 일상적인 것과 진지성의 혼합에 대한 최고의 예찬이 거기에 나타나 있다.

공쿠르 형제도 같은 일을 감행했다. 공쿠르와 졸라는 발자크나 플로베르보다 제재를 좀더 낮추어서 "아무리 낮고 저속한 제재라도 진지하게 다룰 수 있다는 것을 증명한"[3] 것이다.

'저급한 것과 진지성의 혼합'은 졸라가 자연주의자로 간주한 모든 소설가의 공통 특징이다.[4] 졸라는 이 경향을 극단화 시킴으로써, 낮은 제재를 진지하게 다루는 것을 금지한 고전주의 미학의 계율을 완전히 깨트려 버렸다. 소설 속에 진지성을 도입한 결과로 '리얼리스틱한 소설은 고전적 비극의 계승자가 된'[5] 것이다. 저급한 것과 진지성을 혼합한 스타일 혼합의 극단화는 졸라의 자연주의의 특징 중의 하나다.

원칙적인 면에서 볼 때, 자연주의의 스타일의 혼합은 제재의 높낮이를 없애는 데 목적이 있었다. 플로베르는 '제재에는 높낮이가 없다'고 말했으며,(전의 주 참조) 발자크에게서는 "두꺼비와 나비가 같고, 박쥐나 꾀꼬리나 모두 대등하다'[6]고 테느는 평했다. 작가의 선택권을 부정하는 자연주의는 제재에 대한 편애를 가져서는 안 된다. 그렇게 할 권리가 작가에게는 없다는 것이 그들의 주장이다. 따라서 모든 제재를 공평하게 다

---

3)   Here, then, the right to treat any subject, even the lowest, seriously, that is to say, the extream in mixture of styles...   *Mimesis*, p.496.

4)   ···in general this taste for humble and the ordinary has been one of the hallmarks of the movement.   Introduction, *Documents*, p.24.

5)   Zola by no means put forth his art as 'of the low style', still less as comic. Almost every line he wrote showed that all this was meant in the highest degree seriously and morally.   같은 책, p.510.

6)   To his eyes a toad is as important as a butterfly; a bat interests him as much as a nightingale.   Taine 'The World of Balzac', *Documents*, p.107에서 재인용.

루어야 한다. 그래야만 불편부당성不偏不黨性impartiality의 원리에 합당하
다. 일상적 사건, 낮은 계층의 인물, 성이나 굶주림 같은 것들이 소설에
서 금기시될 이유가 없는 것과 마찬가지로 초현실의 세계나 높은 계층
의 인물, 사랑과 종교 같은 것들이 기피되어야 할 이유도 역시 없다.

그런데 실제는 그렇지 못했다. 나머지 것들은 이미 존재해 왔으니까
자연주의는 선인들이 다루지 못하던 낮은 제재에 대한 노골적인 편애
를 나타내는 것으로 존재이유를 삼으려 한 것이다. 그것은 그때까지의
문학에서는 소외되었던 분야여서 새로운 쟁점으로 부각되게 된다. 이런
현상이 일어난데 대해서 메당 그룹의 멤버인 모파상은 '전시대에 대한
반발의 극단화'라는 해답을 내고 있다.

> 모든 행동이나 모든 사물은 예술가에게서 대등한 관심을 받아야 마땅하
> 다. 그런데 불편부당성의 원리가 일단 발견되자, 작가들은 반작용의 생리
> 에 따라 고집스럽게 전시대와 반대되는 것만 그리기 시작했다.[7]

모파상의 이 지적은 자연주의가 냉정한 객관성에 의거해서 대상을 선
택한 것이 아니라 낭만주의의 환상성과 고전주의의 이상적 경향에 대
한 반발로 지나치게 지상에 유착되었던 사실을 증언한다. 그래서 '저열
한 요소'의 과잉노출 현상을 만들어낸 것이다. 이런 현상의 출처에 대한

---

7)   all actions and all things are of equal interest to art; but once this truth was
     discovered, writers, in a spirit of reaction, stubbornly depicted only what was
     the opposite of what had been depicted before that time.
                          'The Lower Elements', *Documents*, p.250.

해답도 같은 곳에서 나온다. 역시 '전시대에 대한 반발의 극단화'다. [8] 모파상은, 암흑면만 묘사한다는 비난에 대해 "추악한 것은 사실이지만, 그런 것이 존재하니 우리 책임이 아니지 않는가"[9]라고 대답하는 알라스 Leopold Alas나 "자기내부에 수성獸性이 없다고 확신하는 사람만 자연주의에 돌을 던져라"라는 루미스R. S. Loomis의 다음과 같은 감정적인 반응에 비하면 이성적이다.

인간의 수성獸性의 노출에 역점을 둔 '목로주점'이나 '박명薄命의 쥬드Jude, the Obscure', '스푼 리버 Spoon River' 같은 작품들이 전통적인 비평가들에게 충격을 준 이유는, 그들이 이런 종류의 이야기를 식후의 잡담거리로 생각하는 데 익숙해져 있었기 때문이다. …… 그들은 수성 자체는 인정할 용의가 있다. 다만 농담으로서 인정하려 하는 것 뿐이다.[10]

루미스의 이 지적은 자연주의에 대한 비난의 핵심이 낮은 제재 자체에 있는 것이 아니라, 저속한 제재를 숭고한 장르인 비극과 같은 진지성을 가지고 다루는 데 있음을 입증한다. 자연주의의 스타일 혼합은 결과적으로 저속한 것의 편애로 귀착되지만, 문제는 제재의 편중성에 있는

---

8) The mania for the lower elements, which is decidedly the vogue, is only an excessively violent reaction against the exaggerated idealism that preceded it.
Documents, p.248 .

9) It is ugly but by reason of the fact that it exists.
'What Naturalism Is Not' *Documents*, p.268.

10) The emphasis on the beast in L'Assommoir, Jude the Obscure and Spoon River shocks the conventional critic, who is accustomed to hear such things mentioned only his after-dinner cigar... He is ready enough to recognize the beast, but only as a joke.   A Defense of Naturalism, "*Documents*" p.537.

것이 아니라, 제재의 취급방법에도 있는 것이다. 전통적인 비평가들에게 더 큰 충격을 준 것은 그 점이다.

제재보다도 스타일 혼합에 문제가 있는 것이다. 성의 문란성이 극단화되어 노출된 '제르미날' 같은 작품이 '위대한 역사적 비극'(Mimesis, p.515. 점 : 필자)의 수준에 오르는 것을 그들은 용납할 수 없었다. 그것은 어디까지나 희극의 제재여야 한다고 생각하기 때문이다.

(1) 불란서 - 서민과 군중 중심

모파상이 지적한 것처럼 자연주의에는 저급한 것에 대한 기호가 나타난다. 인물의 경우도 예외가 아니다. 계층의 저급화 현상은 사실상 스탕달에서부터 시작된다. 줄리앙 소렐은 막벌이 노동자의 아들이다. 사회의 최저계급 출신인 것이다. 그러나 그는 교육을 받았다. 계층상승의 가능성이 이미 주어져 있는 것이다.[11] "20년 만 일찍 태어났으면…그는 25세에 대령이 되었을 것이다."(Hauser, 앞의 책 4, p.29)라고 하우저는 줄리앙 소렐에 대해 말하고 있다. 하지만 20년 늦게 태어났어도 그의 지식은 계급상승의 무기로서의 기능을 충분히 발휘하고 있다.

귀족과 부르조아를 주로 그린 발자크(제 1장의 I. 2 참조)를 지나 플로베르에 오면, 인물의 계층은 좀더 낮아져서 시골의 중하층의 부르조아에 속하는 보바리 부부가 전면에 나선다. 공쿠르 형제의 제르미니 라세르투는 보바리 부인보다 더 낮은 계층에 속한다. 제르미니는 하녀다. 그녀

---

11) The social problem consists for him in the fate of those ambitious young people, rising from the lower classes and uprooted by their education.

"Documents," p.29.

는 나나나 제르베즈와 같은 계층에 속하는 것이다.

'제르미니 라세르투'에서 그들은 처음으로 파리의 凡人들을 다루었다.[12]

이것은 졸라의 말이다. 졸라는 인물의 계층의 저급성을 이 소설의 장점으로 간주하고 있음을 알 수 있다. 공쿠르 자신도 제르미니의 계층을 의식적으로 낮추고 있음을 그 소설의 서문에 나오는 다음 말들이 입증한다.

돈도 많고 계층도 높은 상류층의 사람들의 괴로움을 이야기할 때와 마찬가지로 가난하고 힘도 없는 무산층에 대해서도 그들의 욕망과 감정과 연민에 관하여 대등한 크기로 이야기해야 한다고 생각한다.[13]

졸라의 "루공-마카르"의 인물들 역시 서민출신이다. 원조인 아델라이드 푸크는 부농富農 출신이지만, 그녀의 남편은 외지에서 온 농장의 막일꾼(un garcon jardinier…venu des Basses-Alpes)("R. -M." I. p.41)이다. 정부인 마카르는 계층이 더 낮다. 그는 마을에서 '거렁뱅이 마카르gueux de Macquart' (같은 책, p.42)라고 불리는 주거부정의 밀렵꾼이다.

---

12)   Les premiers, dans *Germinie Lacerteux*, ils ont étudié le peuple de Paris, peignant les faubourgs, les paysages désolés de la banlieue...
      Le Naturalisme au théâtre, *R.E.*, pp.148~49.

13)   Les misères des petits et des pauvres parleraient à l'intérêt, à l'émotion, à la pitié, aussi haut que les misères des grand et riches.
      Germinie Lacerteux의 서문, Realism, p.38.에서 재인용

역사적으로 볼 때, 그들은 하층 계급에서 나와 현대 사회의 구석구석에 퍼져 살면서 계층 상승의 꿈을 꾸는 사람들이다. 사회의 모든 분야에 하층민이 비집고 들어가는 일이 가능해진 현대사회의 충동적 분위기에 적합한 인물들 ……14)

이 글은 루공과 마카르 두 집안의 인물들에 대한 작가의 설명이다. 따라서 하층민의 계층상승욕과 그 좌절의 드라마가 "루공-마카르"의 주축을 이룬다. 하층민이 교육과 돈을 통해 계층상승을 꿈꿀 수 있었던 것이 제 2제정시대의 시대적 특징이었던 것이다.

"루공-마카르"에 나오는 아델라이드의 후손들은 루공계와 마카르계로 나누어진다. 제 2 제정기의 시대적 분위기에 편승해서 계층상승을 기도하는 것은 루공계다. 그들은 수단을 가리지 않고 벼락부자가 되려고 안달을 하는 탐욕적인 인물들이다. 막일꾼의 아들인 피에르 루공은 어머니의 재산을 빼앗아서 장사를 해 부르조아 계급으로 상승한다. 그는 세 아들에게 전문교육을 시킨다. 따라서 3대에 가면 루공 집안의 아이들은 장관, 의사, 사업가가 되어 상류층으로 다시 상승한다. 루공 집안은 '사회의 모든 분야에 하층민이 비집고 들어가는 일이 가능해진' 시대적 분위기를 잘 이용해서 계속적인 상승노선을 밟는, 탐욕스럽고 몰염치한 인간들이다.

마카르계는 이와 반대다. 그들에게는 계층상승의 세 가지 요인이 모

---

14) Historiquement, ils partent du peuple, ils s'irradient dans toute la société contemporaine, ils montent à toutes les situations, par cette impulsion essentiellement moderne que recoivent les basses classes en marche à travers le corps social.　　　　　　　　　　　　　　　Préface. *R.-M.* I. p.3.

두 결여되어 있다. 첫째요인은 돈이다. 피에르가 재산을 독점했기 때문에 마카르의 아들 앙토와느는 무일푼의 가난뱅이가 된다. 그 다음은 교육이다. 피에르의 아이들은 파리에 가서 고등교육을 받는데 사생아인 앙토와느의 후손은 교육을 받지 못한다. 세 번째 요인은 의지 박약이다. 알콜중독자의 자손인 마카르계는 의지력이 약하다. 따라서 그들은 시대의 부정적 측면에 시달리는 불운한 계층이 되어, 정신적으로나 육체적으로 하락의 과정을 밟아간다.

졸라는 사회를 네 계층으로 분류하였는데[15] 마카르계는 이 중에서 서민peuple 계급과 기타 계급un monde part에 속한다. 서민계급은 막노동자와 하급 군인 등이며, 기타 계급에는 창녀·살인자·사제司祭·예술가 등이 속한다.

"루공-마카르" 20권은 대체로 3기로 분류되어 고찰된다. 1기는 1권부터 6권까지이다. 여기에서는 루공계의 계층상승의 몰염치한 양상이 주로 다루어져 있다. 2기는 '목로주점'에서 '대지'까지의 10년간이다. 위의 두 작품 외에도 '나나', '제르미날' 등이 여기에 속한다. 마카르계의 3대와 4대가 다루어지는 이 소설들은 그의 자연주의를 대표하고 있는 작품들이다. 2기의 소설들에서는 인물들이 최하층인 서민, 혹은 노동자의 계층에 속해 있다. 제르미니와 계층이 갈라지는 것이다.

---

15)   Il y a quatre mondes:
      Peuple: ouvrier, militaire.
      Commercants : spéculateur sur les démolitions; industrie et haut commerce.
      Bourgeoisie : fils de parvenus.
      Grand monde: fonctionnaires officiels avec personnage du grand monde: politique.
      Et un monde à part: putains, meurtriers, prêtres (religion), artiste(art)
      R.-M. I, p.20.

마카르계는 서민과 기타계층이 주류인데 비해 루공계는 상인,부르죠아지, 상류층에 속하는 인물이 많다. 그러니까 사실상 졸라는 사회의 전 계층을 상대로 하여 "루공 마카르"를 쓰고 있는 것이다. 졸라는 3기에 가서 다시 루공계를 주동인물로 하는 소설들을 쓴다. 그러니까 1기와 3기의 작품에는 노동자 집안에서 상승한 계층의 인물들이 등장하는 것이다.

그런데도 불구하고 졸라의 "루공-마카르"가 인물의 계층의 낮음을 특성으로 하여 논의되는 이유는 그런 인물들이 나오는 2기의 작품들이 졸라의 자연주의를 대표하는 소설인데 기인한다. 판매부수면에서 보아도 2기가 압도적으로 우세하다. 판매순위로 보자면 (1) 패주敗走(1892), (2) '나나', (3)'대지', (4)'목로주점', (5) '제르미날'의 순서가 되며, 루공계가 주동인물이 된 소설들은 거의가 독자층을 획득하는 데 실패하고 있다.("R. -M." l , pp.30~31). 따라서 발자크나 스탕달, 플로베르 등과 비교하여 졸라의 인물들이 계층이 더 낮은 것으로 평가되는 것은 대표작 위주로 판단한 데 기인함을 알 수 있다. "루공-마카르" 20권 중에서 인물의 계층이 최저층에 속하는 작품들이 자연주의를 대표하는 것으로 간주되기 때문에 인물의 계층의 저급성은 자연주의의 중요한 특징을 이룬다.

플로베르에게서는 '보바리 부인'이, 공쿠르에게서는 '제르미니 라세르투'가 인물의 계층이 가장 낮은 소설이다. 그 작품들이 플로베르와 공쿠르의 자연주의, 사실주의계의 대표작으로 간주되는 것도 같은 이유로 볼 수 있다. 라누Armand Lanoux는 노동자의 생활 발견, 공화국에 대한 사랑의 두 가지 조건이 졸라가 발자크의 리얼리즘을 초극하여 자연주의를 확립한 기본 여건으로 보고 있는데,[16] 이 사실은 인물의 계층의 낮음이

---

16) l'ombre de Balzac, la decouverte de la condition ouvrier, l'amour de la

자연주의의 중요한 특징의 하나임을 확인시켜 준다.

(2) 일본 - 중산층의 지식인

일본의 낭만주의도 숭고성과 괴기성의 혼합현상을 일으킨 점에서는 프랑스와 비슷하다. 돗보獨步의 '봄새春の鳥', 이즈미 교카泉鏡花의 '황혼의 세계たそがれの 世界' 등에서 그런 예를 찾을 수 있다.(片岡, 앞의 책, p.345). 자연주의의 경우도 프랑스와 유사하다. 보통사람의 일상성을 그리는 것, 인간의 하층구조 등을 진지하게 다루는 저급한 제재와 진지성의 혼합 같은 것이 일본 자연주의에서도 일어나고 있기 때문이다. 낮은 제재에 대한 편애도 비슷하다. 사소설이 주축이 되는 특수한 상황 때문에 덜 저급해 진 것 뿐이다. 일본의 경우를, 花袋와 藤村을 중심으로 하여, 자연주의의 전성기인 1906년(명치 39)~1911년(명치 44)에 나온 작품들을 통하여 고찰해 보면 다음과 같다.

(1) 자전적 소설
花袋 : '이불'(1907), '생'(1908), '아내'(1909), '緣-연(1910)'
藤村 : '봄'(1908), '집'(1910~11)
秋聲 : '곰팡이黴'(1911)

(2) 비 자전적 소설
花袋 : '시골 교사'(1909)

Republique.... le naturalisme transcendant le realisme.   Préface de *R.-M.* 1 p.21.

藤村 : '파계'(1906)

獨步 : '대나무 쪽문'(1909)

　(1)의 경우에는 주동인물의 계층이 작가와 같은 계층이 되고, 그의 가족들도 작가의 가족과 동일시하는 일이 가능하기 때문에 작가의 계층에 대한 고찰이 필요하다. 출신계층으로 볼 때 위의 네 작가 중 3명은 지방의 몰락사족 출신이다. 이들에게는 자신의 출신계급에 대한 긍지가 있다. 그들에게는 '상商'을 무시하던 봉건적 가치관이 남아 있기 때문에 자신을 부르조아라고 생각하는 사람은 없다. 그들은 가난했지만 정신적으로는 귀족이었던 것이다. 지방의 구가舊家 출신인 藤村만은 '사'와 '농'의 중간에 속하는 계층이나, 부친이 지식인이어서 다른 작가들보다 별로 떨어지지 않는다. 자신을 부르조아라고 생각하지 않는 점도 그들과 같다.

　이들은 모두 몰락한 집안출신이어서 경제적인 면에서는 가난하다. 그러나 고등교육을 받았고, 직장이 있거나 원고료 수입이 있는 30대 중반의 유명 문인들인 만큼, 졸라의 분류법에 의하면 클로드 랑티에Claude Lantier('작품'의 주인공)와 같은 계층인 '기타 계층'에 속한다. 그러나 사족 출신이고 유명한 문인이라는 점에서 '보바리' 일가보다는 계층이 높다고 할 수 있다. 예외적인 것은 '곰팡이'의 여주인공이다. 하녀 출신인 그녀는 최하층 출신이다. 다른 소설의 여주인공보다 계층이 월등하게 낮다. 계층면에서 그녀가 최하에 속한다면 '봄'의 인물들은 최고에 속한다. '봄'은 키다무라 토고쿠北村透谷를 위시하여 당대의 지적 엘리트들을 집단적으로 다룬 소설이기 때문이다.

　자전적 소설이 아닌 경우 전반적으로 자전소설보다 계층이 낮게 나타난다. 비자전적 두 소설은 같은 직업을 가진 젊은이들이 주인공이다. 소마相馬는 '시골 교사'의 주인공의 계층을 '반半지식인적 존재지만 결국은 소민적小民的'(같은 책, P.122)이라고 규정하고 있다. 그가 쓴 '소민'이라는 말은 뜻이 좀 애매하지만, 세이조淸三의 계층이 졸라의 용어인 'peuple'에 해당되는 것만은 틀림이 없다. 삯바느질 하는 어머니와 일정한 직업이 없는 아버지가 그의 부모이고, 그는 시골의 임시직 교사에 불과하다. 우시마츠도 '반半지식인적'이기는 마찬가지다. 하지만 그는 천민출신이다. 출신계층으로는 최저층에 속한다. '대나무 쪽문'의 정원사 부부는 물론 프롤레타리아다. 非자전적 소설의 인물들은 중류계급 출신이 하나도 없다. 제르베즈나 쟈크('짐승인간')와 같은 계층이 되는 것이다.

그러나 제르베즈나 쟈크와 일본의 시골교사들을 같은 계층이 될 수 없게 만드는 요인이 하나 있다. 그것은 그들의 정신적인 건전성이다. 이 중에서 가장 부도덕한 인물은 '대나무 쪽문'의 주인공이다. 그녀는 옆집의 숯을 훔치는 도둑질을 한다. 일본 자연주의의 주동인물 중에는 이런 종류의 행동을 하는 사람이 거의 없다. '에다穢多(백정)출신인 우시마츠도 그런 행동은 꿈도 꿀 수 없는 고결한 인격을 가지고 있다. 하지만 '대나무 쪽문'의 오겡お源도 도둑질의 결과는 양심의 가책에 의한 자살로 나타난다. 그녀는 수치심 때문에 죽을 수 있는 여인이다. 따라서 그녀는 환경에 의해 '결정'된 인물이 아니라 자유의지free will를 가진 인간이다.

일본 자연주의의 인물들이 자유의지에 위협을 받는 유일한 항목은 성이다. 그러나 거기에서의 성적 방종은 대체로 일반형의 인물 속에 들어 있는 보편적인 본능의 힘으로 그려져 있다.(다음 항 참조) 봉건 사회에서 남자들에게 허용되었던 외도의 수준을 넘지 않기 때문이다. 성적인 면을 제외하면 일본 자연주의의 인물들은 자전적 소설이나 비자전적소설이나 도덕적으로 규탄받을 짓을 하지 않는다. 쟈크나 나나, 랑티에 (목로주점) 같은, 윤리감 결핍증 환자는 찾아 보기 어렵다. 이 점은 일본 자연주의와 불란서 자연주의의 가장 대척적인 면이다. 도덕적인 면에서 최저층에 속하는 인물은 일본 자연주의에는 거의 없다.

2. 배경의 당대성과 넓이

(1) 불란서 - 사회 전체의 벽화

자연주의가 저급한 스타일에 속하게 되는 제 2의 요인은 배경의 당대성과 근접성에 있다. Here and now의 배경은 스탕달과 발자크의 소설에서부터 나타난다. '1830년대의 연대기 Chronique de 1830'라는 부제가 붙은 스탕달의 "적赤과 흑黑 Le Rouge et Le Noir"이나 발자크의 당대의 풍속도는 '우리들 자신의 문제와 밀착된 최초의 소설'[17]이라고 하우저는 지적하고 있으며, 아우에르바하는 발자크의 배경을 '역사적 - 사회적 배경'[18]으로 성격지어, 낭만주의의 비현실적인 배경과 구별하고 있다. 배경의 당대성과 근접성에 대한 졸라의 의견은 다음의 두 인용문에서 명시된다.

---

17) The novels of Stendhal and Balzac are the first books concerned with our own life, our own vital problems, with moral difficulties and conflicts unknowen to earlier generations.   Hauser 앞의 책 p.2.

18) "*Mimesis*" p.473 참조

（1）리얼리즘은 자기가 살고 있는 시대Le temps où on vit와 사회적 환경 milieu social을 정확하고, 완벽하고, 진지하게 재현하는 것이다.

（2）구스타브 플로베르, 소설의 당대성의 법칙을 완성시킬 작가는 바로 그다.[19]

배경을 당대의 사회로 한정시키는 작업은 "루공-마카르"의 서문에도 명시되어 있고, '제르미니 라세르투'의 서문에도 밝혀져 있다. 배경의 당대성과 근접성은 앞에서 열거한 불란서 자연주의계의 작가의 공통된 특성이다. 동시에 그것은 현실을 묘사하는 모든 리얼리즘 문학의 특성이기도 하며, 나아가서는 근대소설인 novel의 기본 여건이기도 하다.

현실을 모델로 하여 그것을 가능한 한 비슷하게 재현하는 것을 목적으로 삼는 문학은, 모델의 시간과 공간에 구속당하지 않을 수 없는 숙명을 지닌다. 18세기 영국소설에 관한 연구서인 "The Rise of the Novel" 에서 와트I. Watt는 소설의 배경의 특성을 '특정한 시간과 장소particular time and particular place'로 요약하여 배경의 구체성을 지적하면서.(p.32) 그 특정한 장소가 작가와 동시대에 위치하여야 하며[20] 그 장소가 커뮤니티 안이어야 하는 것도 소설의 요건임을 아울러 지적하고 있다. 그는 "로빈슨 크루소Robinson Crusoe" 대신 '파멜라Pamela'가 근대소설의 시조로 간주되

---

19) Je trouve d'abord M. Gustav Fleaubert,et c'est lui qui completera la formule actuelle.   Le Naturalisme au theatre' *R-E* p.148.

20) Defoe's plot,then,express of the most important tendencies of the life of his time.   I. Watt, "앞의 책 p.69.

는 이유를, 전자의 무대가 외딴 섬이라는 데서 찾고 있다. 21) 현대소설에
서의 배경의 구체성은 시간의 경우 분-초까지 명시되는 세밀성을 의미
하며, 공간의 경우도 마찬가지여서 번지는 물론이고, 벽지의 색깔, 가구
의 스타일 등 세부까지 명시되는 철저한 구체성을 의미하는 것이다.

졸라도 와트와 의견이 같다. '사람은 혼자 사는 것이 아니다. 그는 사회
안에서 살고 있다.'22)고 그는 말하고 있다. 뿐 아니라 사회의 유기적 성
격을 생물의 그것과 비교하여, 한 부분의 부패가 다른 부분에 미치는 영
향에 대한 투철한 인식을 가지고 있었다. 그가 현실이라고 생각한 것은,
외부적 현실external reality이었고, 그 현실 안에서의 인간의 상호관계가
그의 관심의 초점을 이룬다. 그는 환경결정론의 신자다.

그가 "루공-마카르"를 위해 선택한 특정한 시간은 제 2제정기다. 그의
예상과는 달리 제2제정이 빨리 끝나 버리기는 했지만, 그의 소설의 배경
에는 변동이 없었다. 제 2제정기는 그가 12세부터 30세까지 직접 살아
온 시간이다. 그의 당대에 해당되는 것이다.

공간적인 배경으로 나오는 특정한 장소는 주로 플라쌍Plassans과 파리,
그리고 마르세이유 등이다. 플라쌍은 졸라가 1842년부터 1858년까지
살았던 액상프로방스Aix-en-Provence의 소설 속의 이름이다.23) 그가 구석

---

21) '로빈슨 크루소'가 최초의 노벨로 간주되지 않고 '패밀라'가 노벨의 시조로 간주되는 것
    은 전자가 외딴섬을 배경으로 하여 'epic of solitude'라고 불리우는데 원인이 있다. 노
    벨의 배경은 사람들이 모여 사는 커뮤니티 안이어야 한다.
    I. Watt. 앞의 책 p.92 참조

22) 1) L'homme n'est pas seul, il vit dans la société...   R-E p.72
    2) ...la mouche envolée de l'ordure des faubourg, apportant le ferment des
    pourritures sociales, avait empoisonné ces hommes.   "Nana" Folio 판 p.457

23) Aix en Provence-the 'Plassans' of his son's novels...and the family moved there
    in 1842, five years later he died suddenly in Marseilles

구석까지 정확하게 알고 있는, 인구 만 명 정도의 소도시인 것이다.("R-. M." I. p.36). "루공-마카르"는 플라쌍에서 시작하여 플라쌍에서 끝난다. 첫 권과 마지막 권의 무대가 모두 플라쌍이다. 그 다음이 파리다. '나나', '목 로주점', '테레즈 라캉', '짐승인간' 등 중요한 작품의 무대가 모두 파리다. 파리는 졸라가 1858년부터 죽을 때까지 산 고장이다. 두 도시가 모두 그 가 직접 살았던 친근한 장소인 것이다.[24] 위르쉴르 마카르Ursule Macquart 가 결혼하여 살림을 차린 마르세이유는 엑상프로방스 근방이며 졸라의 아버지가 사망한 곳이다.

　'제르미날'처럼 자기가 모르는 지역을 배경으로 택할 때, 졸라는 반드 시 현장답사를 한다. 그러니까 "루공-마카르"의 공간적 배경은 그가 살 았던 고장이 아니면, 그가 가본 곳들이다. 자기가 직접 살았던 제 2제정 기의, 자기가 잘 아는 불란서의 도시들이 그의 소설의 배경으로 등장하 고 있는 것이다. 그의 소설의 배경에 대해 베커G. Becker는 다음과 같은 말을 하고 있다.

　　졸라는 제 2제정기의 불란서의 생활상을 질서정연하게 도표화하고 있다. 도시의 빈민굴, 광산, 백화점, 중앙 시장, 증권거래소, 그리고 마지막에는 병영兵營까지 소재의 목록에 포함시키고 있는데, 이런 장소들은 전인 미답 未踏의 새로운 배경들이다.[25]

Encyclopedia Britanica 23권, p.987.

24)　Il connaît bien sa Provence et, au travers d'elle, la provence. Il connaît bien P aris et il y a eu un bon guide, la misère. Il aime le peuple.　　　R.-M. 1. p.17.

25)　Zola methodically charted the life of France under the Second Empire. Urban slam, mine, department store, central market, the stock exchange, and finally

낭만주의자들의 배경은 졸라의 그것과는 대척적이다. 바이론Byron의 바다, 샤토브리앙Chateaubriand의 알바니Albany의 원시림, 세낭쿠르Sénancour의 알프스 등은 모두가 다 문명을 등진 곳이며, 인적이 없는 곳, 역사와 무관한 장소들이다. 거기에서 낭만주의의 반 문명성이 노출된다.

졸라의 배경은 산업사회다. 과학주의를 받아들인 실험소설의 무대는 대부분이 도시이며, 도시가 아닌 경우라도 최소한 인간이 밀집하여 사는 커뮤니티 안이다. 거기에는 증권거래소, 백화점, 시장 등이 있다. 과학주의자인 졸라는 근대문명을 상징하는 이런 장소들을 소설의 배경으로 편입시켰다. 졸라 뿐 아니라 발자크도 도시적 배경을 애호했다. 그를 '도시를 사랑한 최초의 작가'[26]라고 말한 하우저의 견해는 자연주의 문학의 기계문명과의 밀착도를 입증해 주고 있다. 도시의 모든 면을 통해 발자크와 졸라는 사회 전체의 벽화를 그리려고 시도했다. 관심의 범위가 사회의 모든 분야로 확산되고, 사회 전체가 하나의 유기체로서 파악되어진 것은 불란서 자연주의의 특징을 이룬다. (1) 작가가 직접 살았던 당대의 사회를 그린 것. (2) 산업사회를 배경으로 한 것. (3) 사회를 전체적인 면에서 그리려 한 것은 불란서 자연주의의 배경상의 특성이다.

---

the army were instances of materials which had not before been touched.
"Documents," p.27.

26)　He admires the modern metropolis....Paris enchants him,he loves it, despite its viciousness...
Hauser 앞의 책 p.46.

(2) 일본 – '옥내屋內'에 갇힌 풍경

일본 자연주의는 사소설이 주축이 되는 만큼 배경의 당대성의 원칙에는 문제가 없다. 작가 자신의 체험을 거의 각색하지 않고 그대로 쓰는 것을 미덕으로 여긴 소설들이기 때문에, 당연하게도 공간적 배경은 작가가 있던 장소와 일치하고, 시간적 배경은 작가가 살던 시대와 일치한다. '집' 같이 스케일이 큰 작품의 경우도 예외가 아니어서, 집필도중에 일어난 사건들이 그대로 작품 속에 삽입되고 있다. 그래서 相馬는 '자연적 시간만 있고, 소설적 시간이라고 할 만한 것이 없다'(같은 책, p.156)고 비평한다. 이런 지적은 花袋의 '포단'에도 해당된다. 소설 속의 시간이 일상의 시간에 따르고 있는 것이다.

배경의 당대성과 근접성은 사소설이 아닌 '시골 교사'나 '파계'에도 해당된다. 전자의 배경은 작가가 잘 알고 있는 관동關東평야, 특히 도네가와利根川 근처나 죠슈上州평야(吉田, 앞의 책 下, p.634)를 무대로 하고 있다. 시대는 청일전쟁 전후다. 작품이 발표되던 시기보다 10여년 전에 불과하다. '파계'도 비슷하다. 렌타로連太郎 의 모델인 오에 이소기찌大江磯吉가 정적에게 암살당한 것이 명치 35년(1902년)의 일이다.(吉田, 앞의 책, p.79). 소설이 쓰여지기 4년 전의 사건을 모델로 한 것이다. 공간적 배경은 신슈信州의 치구마가와千曲川 언저리다. 藤村이 애용한 '치구마 하반의 이야기千曲河畔の物語' 중의 하나인 것이다.

배경의 당대성과 근접성의 측면은 일본의 자연주의가 서구의 자연주의와 가장 접근되어 있는 면이라 할 수 있다. 그러나 졸라의 경우와 비교하면 공통되는 것이 너무 적다. 졸라의 특징을 이루는 사회적 환경의 중시, 산업사회적 배경, 배경의 다양성과 광역성 등을 일본 자연주의에

서는 찾아 보기 어렵기 때문이다. 사회성의 결여는 일본의 자연주의가
불란서의 그것과 다른 중요한 항목 중의 하나이다.

> 일본 자연주의는 졸라의 인간을 사회적 – 역사적인 존재로 보는 입장을
> 결락缺落시키고 있다.[27]

스기야마杉山의 이 지적은 하나의 통설이 되어 있다. 일본 자연주의의
사회성의 결여를 단적으로 드러내는 것이 藤村의 '집'이다. 이 소설은 자
연주의계의 소설 중에서 가장 스케일이 큰 소설이며, 한 집안의 3족(처
가 – 누나 집 – 자기 집)의 인물들이 망라되어 있고, 유전과 본능의 문제를 축
으로 하고 있어 "루공-마카르"와 구성의 유사성이 논의되는 작품이기도
하다.(같은 책, 下, pp.133~34) 그런데 작가는 이 소설에서 의도적으로 사회성
을 배제시키고 있음을 다음 말에서 알 수 있다.

> 옥외에서 일어난 일은 일절 빼버리고 모든 것을 옥내의 광경으로만 한정
> 시키려 했다.[28]

범위를 옥내로 한정한 결과 이 소설은 시대의 움직임이 배제되어 있
다는 비난을 받고 있다.(相馬, 앞의 책, p.24) 심지어 일로전쟁의 그림자조차
드리워져 있지 않다는 사실은 이 장편의 편협성으로 지적되고 있다. 이

---

27) 日本の自然主義は, ゾラの'人間を社會的歷史的な存在として見る立場'を缺落させてい
     た.   相馬庸郎, "日本自然主義再考" p.19.
28) "屋外で起ったことを一切抜きにして, すべてを屋內の光景にのみ限らうとした(市井に
     あつて)といふ有名な文章によって語られている."   相馬, 앞의 책. p.50.

런 편협성은 花袋의 자전적인 소설에도 그대로 적용된다. '이불', '생', '아내'의 세계도 거의 옥내로 한정된 것처럼 가정 안의 일에 역점이 주어져 있어 옥외는 역시 배제되어 있다.

남자가 주동인물이 된 소설에서 옥외를 배제시킨 것은, 명치말년의 일본사회가 사회소설을 산출할 만한 여건을 가지고 있지 못했다는 사실과 관계된다. 유교문화권에서의 '집'은 사회를 이루는 소사회의 성격을 지닌다. 그리고 '국가'는 '집'의 연장 선상에 놓여 있다. 시민사회를 지탱해 주는 시민윤리 대신에 유교문화권을 지탱해 주는 것은 가족윤리다. 명치시대에 와서 시민사회로서 변혁이 시도되었을 때, 개개인이 부딪히는 가장 큰 문제는 서구의 개인중심 사상의 영향을 받아 각성된 '자아의식'과 '집'으로 대표되는 봉건적 가족윤리와의 갈등이다. 따라서 윤리적 규범의 교체기였던 명치시대의 지식인들의 공통된 문제가 '집'과의 싸움에서 '자아'를 지키는 일이었던 것이다.

가족이라는 오소리티가 2천년말의 국가와 역사의 권위와 결합하여 개인의 독립과 발전을 방해하고 있다.[29]

우오즈미 세츠로魚住折蘆의 이 지적은 일본의 자연주의가 사회적 안목을 지닐 수 없이 '집'와 '옥내'의 문제에 교착될 수밖에 없었던 이유를 명시해 준다. 봉건적인 가족윤리의 불합리성을 지적하는 일은 일본 자연주의의 중요한 과제였다. 자아의 확립이 일본 자연주의의 과제였던 것

---

29)　'家族といふオーソリティが、二千年來の國家の歷史の權威と結合して、個人の孤立と
　　發展と妨害してゐる。(魚住折蘆 '自己主張の思想としての自然主義) 日本固有の社會條
　　件。
　　　　　　　　　　　　　　　　　　　　　吉田精一、'自然主義硏究' 下, p.50.

과 같은 여건이 그런 결과로 귀결된 것이다. 그런 견지에서 히라노 켕平野謙은 藤村의 '집'이 옥내로 배경을 한정시킨 태도를 "봉건적인 일본의 '집'을 그리기에는 적합한 방법"(相馬 앞의 책. p.120)이라고 지적하고 있다.

집의 문제의 중요성은 '파계'에도 나타난다. 藤村의 작품 중에서, 나아가서는 모든 자연주의의 작품 중에서, 가장 사회성이 강한 작품으로 간주되는 '파계'에서도 '계戒'자가 의미하는 것이 종교적인 것이나 사회적인 것이 아니라 아버지의 유훈이라는 사실이 그것을 입증한다. 부락민部落民이 받는 부당한 차별에 대한 분노나 부락민을 위해 투쟁하는 만민평등의 사상보다 아버지의 가르침이 우선하는 것, 그것이 명치 30년대의 일본이었다.

"루공-마카르"의 세계에는 그런 가부장적 권위와 위엄을 지닌 아버지가 없다. 어린 자녀들의 품팔이에서 생긴 돈을 빼앗아서 혼자 즐기는 아버지, 어머니의 재산을 강탈하는 아들, 정부와 남편이 한데 어울려 절음발이 여자를 착취하는 남녀관계, "루공-마카르"는 이미 가정이 와해된 사회의 이야기다. 혈연에 모든 것을 거는 사람들 때문에 평생을 형제에게 착취당하면서도 불평조차 못하는 신키찌三吉의 세계나, 아버지의 유언을 계戒로 생각하는 우시마츠의 세계와는 근본적으로 다른 힘에 의해 움직이는 사회인 것이다. 따라서 명치시대의 경우 'milieu'라는 말은 'milieu social'이 아니라 'milieu familial'이다. '個'와 '집단'의 문제는 곧 '個'와 '家'의 문제였기 때문이다.

일본의 자연주의가 졸라의 그것과 구별되는 또 하나의 특징은 도시가 없다는데 있다. 그것은 두 나라의 산업화의 격차와는 무관하다. 자연주의 이전의 에도시대의 문학이나 연우사의 문학에 오히려 도시성이 나타나기 때문이다. 자연주의 이후의 "시라카바"파나 "스바루"파의 경우도 비숫하다. 그런데 유독 자연주의에는 도시가 없다. 도시인의 세련미, 에고이즘, 지성미, 밀집성에서 생겨나는 익명성 같은 것이 자연주의 문학에는 나타나 있지 않다.

일본의 자연주의는 '일종의 향토문학, 지방문학'이다. ". 로칼 칼라의 부각이 자연주의의 공적으로 치부되는 (같은 책, pp.77~8 "田山花袋集", p.435)것도 자연주의의 일본적 특징의 하나다. 그 경우의 로컬 컬러는 자연의 묘사를 통하여 생겨난다. '시골 교사'나 '파계'에서 풍경묘사가 중요한 몫을 차지하는 이유가 거기에 있다. '시골 교사'와 '집'에서는 철도가 진기한 문명의 이기로서 이목을 끌고 있고, '생'과 '집'에는 사진을 찍는 장면이 특기되고 있다. 기차나 사진기가 신기하게 보일 정도로 서구문명과 격리된 세계가 그들의 배경이 되고 있는 것이다.

성급하게 받아들인 근대문명은 도시를 거점으로 하여 발전했고, 藤村이나 花袋가 자란 세계는 그런 근대화의 소외지구였다. 동경에서는 파티에서 폴카를 추고 있는데, 시골에서는 양복장이만 봐도 개가 짖을 정도30)로 도시와 농촌간의 격차가 심하던 명치시대의 불균형한 근대화가 지방출신 문인들을 로컬 컬러의 묘사에 열중시켰을 것이다. 그러나 그것만이 전부라고 할 수는 없다. 자연미의 부각, 비인공적인 세계에의 몰입은 낭만주의의 특징이기 때문이다. 일본의 자연주의는 배경의 측면에서도 낭만주의와 밀착되어 있다.

---

30) その状態は多く封建時代から脱しない。東京では "天長節の夜會にポルカやワルツに秋の 夜の長き忘れるものがあるが, 一方には洋服を見る犬の吠える村がある. 中央にはザロメや'ファウスト'が人氣を集中してゐるが市を離るる僅僅数町の近郊には(出雲の)お國時代のむしろ 張りのお芝居がヤンヤと喝采されてゐる.(內田魯庵, '大正時代の使命'(大正3年2月) "中央公論') ほどに, 文明と未開の思想風俗上の差はいちじるしかった。　　　　　　　　吉田精一, "自然主義研究" 下, p.24.

그렇다고 해서 도시를 배경으로 한 작품이 없는 것은 아니다. 藤村의 '봄'은 작가 자신이 도시 컬러를 그리려 한 작품이라고 말하고 있기 때문이다.[31] '봄' 뿐 아니라 '집'에도 도시와 농촌이 함께 그려져 있다. 花袋의 '이불', '생', '아내' 등은 모두 동경을 배경으로 한 소설들이다. 그런데도 자연주의 문학이 향토문학으로 간주되는 이유는, 거기에 도시적인 특징이 나타나 있지 않은 데 있다.

도시의 도시적인 특성urbanity을 레비Diane Wolfe Levy는 (1) 인구의 밀집성, (2) 주민들의 이질성, (3) 행동의 동시성, (4) 익명성anonymity, (5) 소외 – 격리, (6) 비정성, (7) 공포와 불안정성[32] 등으로 보고 있다. 그런데 藤村과 花袋의 위의 작품에는 '봄'을 제외하면, 그 중의 어느 것도 나타나 있지 않다. 옥외의 생활이 거세되어 있기 때문이다. 동경의 한복판에서도 그들은 시골에 있을 때와 마찬가지로 가족, 친지 등의 동질의 그룹끼리만 교섭을 가지기 때문에, 익명성 – 이질성 – 소외 – 비정성 등과 무관한 세계에 살고 있다. 전통적인 가족관계는 그대로 유지되고 있기 때문이다. 그것은 도시에 옮겨 놓은 시골의 '옥내' 풍경에 불과하다.

이런 전통적인 옥내에 산업사회의 다양한 장소들이 수용될 수 없음은 자명한 일이다. '옥외'가 제거된 일본의 자연주의는 '옥내'의 일상생활로

---

31) '破戒'には信州のローカル・カラアが現はれているといふ世間からの批評を蒙りましたが、今度の'春'には都カラアとでもいったやうな都會の人間を書いて見るつもりです。

吉田精一, 앞의 책 下, p.102.

32) 1) The phenomena of urban life, concentrated and heterogeneous population,simultaneity of action,anonymity,aleanation,and exhausting exhililation...

'Toward a Definition of Urban Literature' *Modern Fiction Studies* 1978 봄 p.66 .

2) ...the mass man, anonymous and rootless, cut off from his past and from the nexus of human relations in which he formerly existed.

Monroe Spears *"Dionysus and the City"* p.74.

배경이 한정되어, 졸라와 같은 배경의 다양성과 광역성을 기대하기 어렵다. 옥내인 만큼 배경의 구체성만 부각될 뿐이다.

일본의 자연주의는 (1) 배경의 당대성과 근접성, (2) 배경의 일상성, (3) 인물과 배경의 밀착성 등에서 근대적 성격을 드러내고 있다. 그러나 그것은 자연주의의 독자성이라기 보다는 소설의 보편적 특성에 불과하다. '파계'가 최초의 자연주의 소설이면서 동시에 근대소설curtain raiser('장르' 항 참조)로 간주되는 이유가 거기에 있다.

반면에 자연주의의 특징들은 모두 배제되어 있다. 산업사회적인 새로운 배경의 채택, 공동체로서의 사회의 유기적 성격의 부각, 조직사회의 맹점의 고발 등은 모두 거세되어 있다. 산업사회의 미숙성, 봉건적인 가족 윤리의 잔재, 작가들의 출신지역의 벽지성, 옥내로 한정된 배경의 협착성 등이 그 원인이 되고 있다고 할 수 있다.

3. 인간의 하층구조의 부각

(1) 불란서 – 수성獸性의 서사시

자연주의 문학의 '저급한 요소' 중의 두 번째는 인간의 하층구조의 노출에 있다.

> 루공 마카르가의 사람들, 내가 연구하려고 하는 이 한 가족의 집단은 욕망의 범람을 그 특징으로 하는 탐욕한 무리이다.   "R. -M." I, p.3.

졸라는 "루공-마카르"의 서문에서 그 집안의 특징을 이렇게 단정짓고 있다. 이 소설에서는 작가의 말대로 때로는 돈 욕심이, 때로는 권세욕이, 때로는 성욕이 인물들의 주된 특징으로 부각되고 있다. Super-ego의 조절능력이 고장난 것 같은 이 한 무리의 원색적인 인물들은 인간의 어두운 면, 비도덕적인 면, 짐승스런 면, 그리고 병적인 면을 노출시키고 있다.

그 중에서도 병적인 면과 성의 노출은 자연주의의 중요한 특징으로 부각되고 있다. 물욕이나 권력욕은 전시대의 작품에는 이미 그려져 있기 때문에, 병적인 면과 성처럼 그때까지 금기시되던 부분만이 이목을 끄는 것이다.

병적인 면의 노출은 발자크에게서도 나타나고 있다. '사회의 병리학pathologie de la vie soiale'(하우저, 앞의 책 4권, p.42)의 탐색은 발자크의 과제였으며, 그 중의 하나로 성이나 물욕의 문제가 등장했다. 발자크의 사회의 병리학은 공쿠르에 오면 '사랑의 임상학clinique de l'amour'이 된다. 정염情炎의 병리에 대한 과학적인 검증이 행해지며, 사회학은 생리학으로 그 자리가 바뀌는 것이다.

인간에 대한 '사회적 – 자연적 연구'를 시도한 졸라의 "루공-마카르"는 한 가족의 유전에 초점을 맞춤으로써 생리학의 영역에 발을 더 깊이 들여놓게 된다. 피와 신경nerveux et sanguine의 체계에 의해 인간이 설명되며, 인간의 내면에 잠재하는 수성과 병리가 탐색되는 것이다.

1923년에 집계해 본 결과에 의하면 가장 많이 팔린 책은 전쟁과 매음, 폭력과 에로티시즘을 다룬 '패주敗走'와 '나나'라는 것은 흥미있는 일이다. 호전성과 성은 '짐승인간'의 가장 본질적인 요인임을 학자들은 증언하고 있

다.[33]

라누A. Lanoux의 위의 말대로 폭력과 성은 인간의 수성의 기본적인 양
상이다. 졸라는 이 두 가지를 인성의 본질로 보았다. 그 중에서도 성적인
타부의 파기는 자연주의의 특징을 형성한다.[34] 이 사실은 졸라가 어떤
작가를 자연주의자라고 부른 기준이 성적 금기의 파기에 있음을 입증하
는 다음과 같은 말을 통하여 확인될 수 있다.

그는 자연주의의 가장 활기있는 공헌자 중의 한 사람이다. …… 처녀의
性과 남자 속의 수성獸性을 과감하게 드러내 보인 작가는 그 한 사람밖에 없
다.[35]

뒤마 피스Dumas Fils를 평한 졸라의 이 말은 자연주의가 성의 탐색
과 얼마나 긴밀하게 밀착되어 있는가를 명시하고 있다. 르메트르Jules
Lemaitre가 졸라의 '제르미날'을 '인간의 수성에 관한 비관주의자의 서사
시'라고 평한("R. -M." Ⅲ, p.1866) 말은 자연주의를 대표하는 다른 소설에도
그대로 해당된다.

---

33) Il est curieux de constater qu'en 1923,les livres les plus vendus etaient la
     Debacle et Nana, la guerre et l'amour venal, la violence et l'erotisme. La loi
     des grands nombres rejoignait la psychoanalyse qui voit dsns l'agressivite et l'
     erotisme les forces essentielles de l'animal humain.   Préface, *R. -M.* 1, p.31.

34) Sexuality was fully explored and reporteds.   Introduction, Documents p.26.

35) Le Naturalisme au théâtre,   *R.-E.* p.157.

(2) 일본 - 본능면 노출의 미온성

일본의 경우 인간의 수성獸性의 한 요소로서 나타나는 폭력은 花袋의 '쥬우에몽의 최후'에 나올 뿐 자연주의 전성기의 소설에는 나오지 않는다. 역시 작가의 자전적 요인이 반영되는 소설들이 주류를 이룬 데 원인이 있다고 볼 수 있다. 그러나 성적인 금기 파기의 측면은 獨步, 藤村, 花袋, 秋聲의 공통의 특성이 되고 있다. "내용면에서 일본의 자연과 사람들이 가장 영향을 많이 받는 것은 인간에 있어서의 '성'의 위치 부여賦與에 관한 것이리라는 소마 요오로相馬庸郎의 말36)은 타당성을 지닌다.' 성욕은 근본이다. 생멸불이生滅不二다. 불가설不可說이다 (吉田 앞의 책, 하, p.612)라는 花袋의 말이 그것을 입증한다. 불란서 자연주의와 일본 자연주의가 상통하는 가장 큰 요인은 성에 대한 관심에 있다.

성에 대한 관심은 逍遙에서부터 시작된다. '인간은 정욕의 동물'이라는 명제는 그를 거쳐 二葉亭에 가서 되풀이되고 있는 만큼 인간의 육체와 본능에 대한 긍정은 일본 근대문학 전체의 명제라고 할 수 있다. 그것은 유교의 정신주의적 사고에 대한 반발을 의미한다. 자연주의는 逍遙에게서 시작된 과제를 계승하고 심화시킨 것 뿐이다.

> 일본 자연주의에서의 '성'의 기본적인 취급 태도는 '성'을 과학적으로 응시하여, 그 실태를 작품 속에서 파헤치는 성격보다는, 봉건도덕 이래의 인습적 속박에서 '성'을 해방시켜, 그것에 의해서 인간성을 완전한 해방으로 이끌어 가려는 낭만적 성격이 강한 것이다.37)

---

36)　相馬 앞의 책, p.15.

일본 자연주의에서 성은 자아해방의 문제와 결부된다. 자연주의가 낭만주의의 과제를 계승한 것은 '성'의 경우에도 마찬가지다. 하지만 일본 자연주의에서 생각하는 성과 졸라의 그것과의 격차가 엄청나다. 그 좋은 예가 '이불'이다. 일본 자연주의 작가 중에서 '성'에 관한 관심을 평생의 과제로서 지속해 간 작가가 田山花袋다. 그리고 그의 성에 관한 관심이 자연주의와 결부되어 논의되는 대표적인 작품이 '이불'이다.

① 肉의 人, 적나라한 인간의 대담한 참회록이다.[38]

② 외면의 아름다운 일들과는 동떨어진 중년남자의 추악한 에고이즘이나 후덥지근한 성적 관심이 소용돌이 치는 세계이며, 작자 花袋는 그것을 거의 노악적露惡的이라고 해도 좋을 만한 강인함을 가지고 파헤쳐 간다.[39]

위의 평문만 읽고 '이불'의 남녀관계를 상상하면, 나나와 뮈파의 성희性戲장면이나, 잠자는 남편의 침대가에서 제르베즈를 희롱하는 랑티에의 모습 같은 것을 상상하기 쉽다. 그런데 이 소설에 나오는 사제관계에

---

37) ただ日本自然主義における'性'の基本的なおつかわれ方は, '性'のありようを科學的にみつめ, その實態を作品の中に發き出すといった性格よりも, 封建道德以來の因習的束縛から'性'を解放させ, そのことによって人間性を十全な解放に道びこうという浪漫的な性格が强いものだった。　　　　　　　　　相馬庸郎, '日本自然主義再考' p.15.

38) 島村抱月は, '蒲團'はよい意味でも惡い意味でも藝術品らしくないが, 中に存する新趣は, それが爲に沒却せられぬ. この一篇は肉の人, 赤裸裸の人間の大膽なる懺悔錄である。　　　　　　　　　　　　　　　　　　　吉田精一, '自然主義研究'下, p.163.

39) 外面のきれいごととはおよそかけなれた中年男の醜惡なエゴイズムや暑苦しい性的關心が渦をざく世界なのであり, 作者花袋はそれをほとんど露惡的と言ってもよいような力わざであばき出してゆく。　　　　　　相馬庸郎, '日本自然主義再考' p.113.

는 육체적 접촉이 거의 없다. 그들은 두 차례나 같은 지붕 밑에서 상당 기간을 함께 살지만, 토시오時雄 쪽에서 여자의 손을 잡거나, 이마에 입 맞춤하는 정도의 육체적 교섭을 한 일조차 없고, 그런 일을 시도한 일도 없다. 그가 제자에 대한 육체적 집착을 행동화한 것은, 그녀가 가버린 후에 두고 간 이불에 얼굴을 파묻고 우는 것이 전부다.

이에 비하면 藤村의 '신생新生'(1916, 大正 5)은 그 고백의 내용에 격차가 엄청나다. 숙질간에 근친상간하여 임신까지 하기 때문이다. 더구나 어린 조카와 중년의 삼촌 간의 육체관계가 본인의 손으로 파혜쳐져 있는 사소설이다. 아오노 스에기치靑野季吉의 말대로 그런 행위를 그런 식으로 고백할 용기를 가진 것은 경탄할 만한 일이다.[40]

그런데도 불구하고 일본 자연주의의 고백문학의 대표작은 여전히 '이불'로 되어 있다. 中村光夫의 말을 빌면 '이불'에 나타난 주인공의 음욕은 '되다만 외도'이며, 그나마 마음 속에 숨겨진 '일방적 게임'에 불과하다.('藤村, 花袋', p.344) 그런데도 앞의 인용문에 나타난 것처럼 어마어마한 반응을 불러일으킨 이유는 (1) 유교적인 스승관, (2) 성에 대한 금기 파기, (3) 모델이 일으킨 반향 등의 세 가지 측면에서 찾을 수 있을 것 같다.

이 소설이 준 첫 번째 충격은, 스승은 완벽한 도학자여야 한다는 유교적 이상론과 관계가 있다고 할 수 있다. 남자 선생과 여제자라는 관계 자체가 이 시대에 처음 생긴 현상인 만큼, '임금'과 '아버지'의 위치와 대등한 유교의 '스승'의 개념이 작가와 수용자 양측에 확고하게 남아 있는 데서 그런 요란스러운 반응이 나타난 것이다.

---

40) あのやうな良識的にみて明らかに背德的な行爲を, **ああいふ形で告白し懺悔しようと 決意した藤村に頭が下るのである。** 相馬庸郎, '日本自然主義再考' p.748.

두 번째 충격은 작가가 자신의 내면을 폭로한 사실에서 찾을 수 있다. 유교적 전통에서는 자신의 감정을 노출시키는 것 자체가 일종의 금기이기 때문이다. 사족의 경우에는 그런 금제의 벽이 더 높아진다. 내용이 '성'에 관한 것일 때는 도수가 더 강화되는 것이 유교권의 상식이다. 거기에 제자라는 조건이 첨가된다. 화류계 여자가 아닌 여자, 여염집 여자에 대한 기혼남자의 욕정은 겉으로 드러낼 수 없는 금기중의 금기인 만큼 여제자에 대한 토시오의 에로틱한 욕정의 고백은 명치 40년대의 사람들에게 과장되게 받아들여졌을 가능성이 크다.

'신생'과 '이불' 사이에는 10년의 세월이 흘러갔다. 그 동안에 사람들은 무수한 고백소설을 읽었고, 그것들은 거의가 남녀관계에 얽힌 내용이었던 만큼, 독자층에 면역력이 생긴 사실이 '신생'의 충격완화에 도움이 되었으리라는 가정이 가능하다. 후자의 고백이 자칫하면 위선으로 간주될 소지가 있다면, 전자의 고백은 다분히 희극적인 요소를 지니고 있다.[41]

花袋는 죽는 날까지 남녀관계에 관심을 가지고 있던 작가다. 만년의 대상은 신여성도 제자도 아닌 게이샤였다. 그녀를 대상으로 해서 연애지상주의적인 작품을 쓰는 것이 그의 만년의 과업이었다. 그에게 있어서 연애는 '인생에 있어서의 개인의 최대의 사업이다.' 그러나 결국 그의 성에 대한 고백은 '그는 성에 감상感傷한 것 뿐'[42]이라는 히나츠日夏의 한 마디로 처리될 성질의 것에 불과하다.

---

41) ただ不幸にして彼等はかうした喜劇の作者であるよりむしろその主演者であった。
　　　　　　　　　　　　　　　　　　　　　　　　　　　　　藤村·花袋, p.344.
42) 近代科學が新しく提示した內容の問題に關して言えば, 日本の自然派の人人が一番影響を受けたんは, 人間における性の位置づけに關してあらう。
　　　　　　　　　　　　　　　　　　　　　　相馬庸郎, '日本自然主義再考' p.15.

1912년(명치 45) 이전의 藤村의 경우도 이와 비슷하다. '집'에는 남자들의 성적 방종과 그 결과가 중요한 테마로 등장한다. 그러나 그것은 언제나 '바람 피우기'에 불과하다. 봉건시대의 남자들에게 공공연히 허용되었던 창녀와의 관계의 범위를 넘어서지 않는 것이어서 연애라고 부를만한 남녀관계는 찾아보기 어렵다. '파계'의 丑松과 오시호ぉ志保의 미온적인 사랑이 그것을 입증한다. 그래서 "性을 다루는 태도에 관한 한 일본 자연주의는 아직 낭만주의의 단계에서 그다지 멀지 않고, 리얼리즘에는 도달하여 있지 않다"고 相馬는 결론을 내린다.(앞의 책, p.16)

일본의 자연주의와 낭만주의의 차이, 透谷과 藤村의 차이는 '성에 대한 관심'의 유무, 혹은 성에 대한 고백의 유무로써 판가름될 수밖에 없다.("島崎藤村", 學生社, p.11) "일본의 사회적인 제약에도 기인하는 것이겠지만, "루공-마카르"의 여러 곳에서 전개되는 야성적인, 혹은 퇴폐적인 어둡고 폭력적인 '性'의 묘사 같은 것은 끝내 일본에서는 전개되지 못하였다"는 相馬의 말[43]은, 일본 자연주의가 졸라적인 '저급성의 극단화'는 고사하고 발자크나 플로베르의 경지에도 못 미쳐서, 낭만주의의 단계에 머무르고 있다는 말을 다시 상기시킨다. 인간의 하층구조의 노출경향으로 보면 일본의 자연주의는 하층구조에 대한 관심의 표명 단계에서 끝나고 있음을 알 수 있다. 인－의－예－지를 인성으로 보는 유교적인 이

---

43) 'ルーゴンマッカール' の各所に展開する野性的な, あるいは頹廢的な暗く暴力的な'性'の描寫のようなものは, 日本の社會的な種々の制約のせいももちろんあったにしても, 日本では遂に展開するにはいたらない. … 花袋はたしかに終生 '性にこだわりつづけた. しかし前掲日夏の言を真似て言えば, 所詮かれは'性に感傷しただけだと言われても仕方のないところだろう. '性のあつかい方に關する限り, 日本自然主義はまだロマンチンズムの段階をあまり出ていず, リアリズムには達してはいなかった.

相馬庸郎, 앞의 책, p.16.

상주의에서 탈피하여 성을 인성의 한 요소로서 긍정하는 것, 그것이 일본의 자연주의가 인습과 싸워 획득한 전리품의 전부다.

4. 플롯의 하향성下向性

(1) 불란서 – 비극적 종결법

불란서의 자연주의 소설이 지니는 스타일 혼합의 마지막 특징은 플롯의 하향성이다. "루공–마카르" 중에서 자연주의의 전성기에 쓰여진 작품들은 거의가 다 살인 – 자살 – 자연사 등 죽음으로 끝나는 비극적 종결법을 택하고 있다. 자연주의가 비관주의로 간주되는 것은 종결부위의 비극적 처리법 때문이다. 비극적 종결법의 대표적인 예가 '짐승인간'(1890), '나나'(1880), '목로주점' 그리고 "루공–마카르"에는 들어 있지 않은 '테레즈 라캉'(1867) 등이다.

> ① 사람들이 그들을 발견했을 때 시체에는 목도 없고 발도 없었다. 피투성이가 된 두 개의 동체만이 아직도 서로의 목을 조이려고 하는 것 같은 자세로 뒤엉켜 있었다.[44]

> ② 피고름으로 썩은 살덩이가 자리 위에 늘어져 있는 것이다. 작은 고름집이 얼굴 전체를 덮고 있었다. …… 형체도 없는 그 살덩이에 벌써 곰팡이

---

44) *R-M* IV. p.330.

가 난듯했다. 왼쪽 눈은 완전히 곪아 터졌다. 가늘게 뜬 오른쪽 눈은 시커먼 구멍처럼 패여 있었다. …… 비너스가 해체된 것이다. 그녀는 수체구멍에 내버려둔 시체에서 병균을 묻혀 온 것 같았고 숱한 사람을 망쳐놓은 그 병균이 채 얼굴로 올라와 썩은 것 같았다. 45)

③ 어느날 아침 복도 속에 심상치 않은 악취가 풍기었고, 그리고 보니 그녀를 못 본 지가 이틀이 넘었었다. 사람들이 그녀를 계단 밑 구석에서 발견했을 때는 이미 저승으로 떠난 뒤였다.46)

④ 두 시체는 뒤틀리고, 엎치락뒤치락 되어 등피를 씌운 램프의 노란빛을 받은 채 밤새도록 식당의 포석 위에 남아 있었다.47)

비극적 종말의 극단적 양상이 이 네 편의 소설에 나타나 있다. 플롯의 비극 지향성은 졸라의 소설의 진지성眞摯性seriousness의 요인이 되면서 동시에 자연주의의 물질적 인간관에 비관주의적 측면을 첨가한다. '리얼리스틱한 소설이 고전비극의 계승자가 되었다'는 아우에르바하의 말은 이런 비극적 종결법을 지적하는 것이다. 보통 사람의 일상사가 비극적으로 종결되는 것은 자연주의 소설의 스타일 혼합의 전형적 양상이다. 인물의 평범성, 배경의 일상성, 제재의 비속성의 세 요소는 모두 저급한 스타일의 특성이다. 그러나 종말의 비극성은 고양된 양식elevated style에 속

---

45) 김치수역, '나나', "세계의 문학대전집" 26, 동화출판공사 , p.698.

46) 김현 역, '목로주점', 같은 책, p.363.

47) 박이문 역, '테레즈의 비극', "세계문학전집 후기 13", 정음사, p.507.

한다. 따라서 이 두 양식의 혼합은 자연주의의 스타일 혼합의 패턴을 제시한다.

(2) 일본 – 무해결의 종결법

일본의 근대소설은 '뜬구름'에서부터 주인공의 좌절을 그리면서 비극적 종결법을 드러내고 있다(相馬, 앞의 책, pp.26~27.) 명치 27, 8년의 심각소설深刻小說 – 관념소설(吉田, 앞의 책 상, p.57)을 거쳐 명치 30년대 중반의 전기 자연주의 시대에 가서 그런 비극적 종결법은 절정을 이룬다. 후기 자연주의 시대에도 역시 비극적 종결법을 채택하고 있는 것은 다름이 없지만, 전기에 비하면 그 정도가 많이 완화되어 있는 것이 눈에 띈다. 구체적으로 점검하기 위해서 자연주의의 대표작의 끝부분들을 살펴보면 다음과 같다.

> (1) '파계'‥‥‥‥‥ 주인공이 미국으로 떠나는 장면.
> (2) '이불'‥‥‥‥ 여제자를 떠나 보내고 토시오가 빈 방에서 이불을 끌어 안고 우는 장면.
> (3) '시골 교사'‥‥‥ 세이상의 무덤.
> (4) '생'‥‥‥‥‥‥ 어머니의 장례식 후에 남은 가족들이 사진을 보는 장면.
> (5) '집'‥‥‥‥‥‥ 조카의 화장날.

5편 중에 3편이 죽음으로 끝이 나며 나머지 2편이 이별이다. 그러나 (1)의 이별은 반드시 비극적이라고 보기 어렵다. 우시마츠가 천민 출신이라는 신분을 고백했는데도 불구하고, 친구와 애인과 제자들이 그를 버리지 않고 전송을 나와 있고, 그는 텍사스를 향해 떠나고 있다. 관점을 바꾸어 보면 오히려 해피 엔딩에 가까운 것이 된다. 그래서 고가와 미메이小川未明는 이 소설의 종말이 예기치 않게 '광명이 전도에 번득인다'고 말하고 있다. 주인공이 사랑도 지위도 얻고, 보호자도 얻었기 때문이다.

(3)과 (5)의 죽음은, 모두 좌절당한 청년의 죽음이라는 점에서 비극의 농도가 짙어진다. (4)는 구시대를 대표하는 할머니의 죽음이다. 사후에 남은 자들끼리 모여 가족사진을 찍으면서 화기애애한 분위기를 만들고 있어 오히려 축제 같은 느낌을 준다. 그리고 보면 (3)과 (5)가 가장 비극적인데 (3)의 경우, 세이상의 무덤에는 늘 꽃이 꽂혀 있다. 그 꽃은 비극성을 완화시키는 중화제다. '옥외는 아직 어두웠다'로 끝나는 (5)의 경우도 죽은 자가 주동인물이나 그 직계가 아니기 때문에 비극성은 역시 완화된다. 어둠은 언젠가는 밝아 올 성질의 것이고, 세이타의 죽음을 생각하는 산키치에게도 그런 기대감이 있음을 '아직'이라는 어휘를 통해 알 수 있다.

N. 프라이의 분류법에 의하면 희극의 플롯은 시작보다 끝의 상황이 좋아지는 것이다.("The Anatomy of Criticism" First Essay참조). 따라서 앞의 소설들은 확실히 희극의 플롯에는 해당되지 않는다. 이별, 죽음 등으로 끝나고 있어 시작의 상황보다 끝의 상황이 악화되어 있기 때문이다. 다만 비극성의 정도가 약화되어 있는 것 뿐이다. (3)과 (5)는 둘 다 병사라는 점에서 쟈크('수인')나 샤발('제르미날')의 죽음보다는 훨씬 덜 비극적이다. (4)와 (5)는 둘 다 자전적 소설이다. 따라서 그 죽음들은 허구적 사건이 아니라 실재한 사건이다. 현실에 있는 사건의 보도적인 성격을 띠므로 역시 허구속의 죽음보다 비극성이 희석된다.

대표적인 작가들이 자연주의의 전성기에 쓴, 앞의 소설들의 종결법이 비극성이 희석된 것인 데 반하여, 다음 소설들은 그보다 한층 더 비극성이 강한 종결법을 택하고 있는 것이 눈에 띈다.

    (1) '궁사窮死' …… 노인은 피살되고 청년은 자살

    (2) '대나무 쪽문' …… 도둑질이 탄로나자 오겡이 부끄러워서 자살

    (3) '쥬우에몽의 최후' …… 술 취한 주인공이 전지田池에 개처럼 엎드려서 익사

    (4) '한 병졸의 총살' …… 주인공의 총살장면

  위의 네 소설은 모두 사소설이 아니다. (1)과 (2)는 獨步의 것이고 (3)과 (4)는 자연주의 전성기를 벗어난 시기의 花袋의 소설이다. 이 소설들의 종말이 앞의 것들보다 비극성이 강화되어 있는 사실은, 자칫하면 앞의 소설들의 비극성의 약화가 자전소설인 데 기인하는 것 같은 느낌을 주기 쉬우나, '시골 교사'와 '파계'가 그런 추측을 막아준다.

  일본의 자연주의 소설은, 그 전과 후의 시기의 소설들과 비교해 보면 오히려 비극성이 현저하게 약화되는 현상을 나타낸다. 따라서 비극성이 극단화되는 졸라의 소설들과 비교할 때는 그 이질성이 더욱 노출된다. '나나', '짐승인간', '목로주점' 등의 종결부와 비교할 때 '이불'이나 '파계'의 그것은 너무나 평화로운 결말이다. 플롯의 하향성의 측면에서도 일본의 자연주의는 불란서의 자연주의와 공통성을 지니지 않는다. 명치문학의 다른 시기보다 오히려 그 이질성의 강도가 더 심화되는 것이다.

5. 자연주의와 장르

(1) 불란서 -대하소설

마지막으로 언급해야 할 것은 자연주의와 장르의 관계다. 자연주의는 시를 싫어한다. 자연주의뿐 아니라 그에 앞선 리얼리즘 시대부터 시는 이미 적대시 되는 대상이었다.

① 콜리지가 '시는 산문과 대척되는 것이 아니라 과학과 대척된다'고 말했을 때, 리얼 리스트들의 '극렬한 반시성反詩性'(Chamfleury) 즉 시에 대한 증오는 예상된 것이다.[48]

② 詩는 쿠르베Courbet의 민주적 본능에 저촉됐다. '자신을 타인들과 다르게 표현하려 하는 시를 쓴다는 것은 정직하지 못한 일이다'라고 그는 말했고, 또한 시는 뒤랑티의 분노의 대상이기도 했다. 그는 시를 '부패한 두뇌에서 주워 모아진 불완전행不完全行이 적든 많든 간에 고통스럽게 스며나온 병든 분비물이며 불구적인 것이다'라고 말하고 있다.[49]

---

48) This explains the realists haine vigoreuse of poetry(Champfleury), a hatred anticipated by Coleridge when he wrote 'poetry is not the proper antithesis to prose, but to science.' *Realism*, p.26에서 재인용

49) Poetry offended Courbet's democratic instincts; "it's dishonest to write poetry, pretentious to express yourself differently from other people"; and aroused the wrath of Duranty, who saw it as 'an informity, a sickly secretion of hemistiches which gather in rotten brain and leak out more or less painfully" *Realism*, pp.26~27에서 재인용

이 두 인용문을 통하여 쿠르베, 뒤랑티, 샹플뢰리 등 1850년대의 리얼리스트들의 반시적反詩的 태도의 극단성을 확인 할 수 있다. 샹플뢰리의 경우는 시의 반 과학성이 문제되었고, 쿠르베의 경우는 반 민주적 측면이 문제가 되었으며, 뒤랑티의 경우는 불구성이 반시의 원인을 형성한다.

한편, '거짓말과 시는 예술이다'50)라는 오스카 와일드Oscar Wilde의 말을 통해 우리는 시가 자연주의의 진실성 존중과 진지성에 저촉되는 것임을 알 수 있다. 따라서 시에 대한 반감은 이미 졸라 이전에 형성된 리얼리즘의 공통적 특성이었음을 알 수 있다.

플로베르가 지적한 것처럼 졸라에게는 시에 대한 언급조차 없다(제1장의 I. 주 46 참조). 졸라는 시를 한 마디로 '무無 위에 세워진 수사학의 누각'(제1장의 V. 주 59 참조)이라고 단언하고 있다. 자연주의와 시는 앙숙임을 이 말들이 입증한다.

희곡과의 관계도 이와 유사하다. 연극은 시와 소설의 경계에 있는 장르다. 아우에르바하는 이 장르를 경계장르mariginal genre라 부르고 있다. 서사시적 요소와 서정시적 요소가 함께 들어있는 극시는 그 이원적인 성격 때문에 서사시 시대가 끝났는데 서정시 시대에도 살아 남을 수 있었으며, 소설의 시대인 현대에도 여전히 그 존재가치를 지속하고 있다.

그런데 자연주의는 연극과도 잘 융합되지 못했다. 거기에 대해서 졸라는 극장이 '관습의 마지막 성채城砦'51)여서 반 관습의 문학인 자연주의

---

50) Lying and Poetry are arts.　　　　O. Wilde, *The Decay of Lying*. 研究社 對譯本, p.12.

51) Le théâtre a toujours été la dernière citadelle de la convention, pour des raisons multiples, sur lesquelles j'aurai à ceci; la formule naturaliste, désormais complète et fixée dans le roman, est très loin de l'être au théâtre.
　　　　　　　　　　　　　　　　　　Le Naturalisme au théâtre, *R. E.*, p.162.

와 성격이 맞지 않는다고 생각하고 있다. 그는 '연극에서는 자연주의가 불가능하다. …… 극장에서 우리는 늘 거짓말을 한다'[52]고 말하고 있다. 그것은 연극이 가진 막, 상연시간, 무대의 넓이 등의 형식적인 관습과 제한에서 오는 것이다. 그런 형식적 제약은 현실의 재현을 왜곡시키는 요소여서 현실을 있는 그대로 재현해야 하는 자연주의의 실현을 불가능하게 하고 있다고 생각한 것이다.

이 점에서는 스트린드베르그Strindberg도 졸라에게 동의한다. 그래서 그는 연극의 형식적 관습 타파를 위하여 막간의 폐지, 마임mime - 발레 - 독백 등의 도입, 단일 세트의 사용, 푸트 라이트의 폐지(Documents, pp.402~406) 등의 기법을 통해 현실과의 접근을 시도하고 있으나, 현실을 전적으로 재현하기에는 연극의 무대는 너무 좁고 제한된 여건에 놓여 있다고 생각한 것이다. 입센, 하우프트만, 스트린드베르그 등 자연주의 계를 대표하는 극작가가 있기는 하지만, 자연주의에 가장 적합한 장르는 역시 소설이라는 결론이 나온다.

① 더 이상 제한선을 가지지 않는 신축자재한 소설은 다른 장르들을 침범하여 그것들을 모조리 내쫓아 버렸다. 과학과 마찬가지로 소설은 이 세계의 주역이 되었다. [53]

---

52) ... le mensonge est nécessaire sur la scène; il faut qu'une pièce ait des coins de romanesque, sur elle tourne en équilibre autour de certaines esituations, qu'elle soit dénouée à l'heure dite. 같은 책, p.164.

53) Le roman n'a donc plus de ca dre, il a envahi et depossédé les autre genres. Comme la science, il est maitre du monde. Il aborde tous les sujets, écrit l'histoire, traite de physiologie et de psychologie, monte jusqu'a la poésie la plus haute, étudie les questions les plus diverses. 같은 책, p.150.

②소설, 그 자유로운 형식에 감사를 드렸다. 소설은 아마도 이 시대의 주무기로 남을 것이다.[54]

③우리 선인들이 소설을 생각했던 것과 우리의 그것과는 상당히 격차가 있다. 옛날의 수사학에서는 소설을 그 평가의 최저점에 놓아 두었다. 소설은 우화와 가벼운 운문의 중간에 끼어 있었던 것이다.[55]

이 세 인용문에 나타난 소설의 특징은 우선 형식의 자유로움으로 나타난다. 이 문제에 대하여는 E. M. 포스터도 졸라의 의견에 동의하고 있다. 소설은 형식적 관습formal convention에 얽매이지 않는 신축자재한 양식이다. 소설에는 거의 전범典範이 없기 때문이다. 따라서 그것은 리베랄리즘의 시대에 가장 적합한 양식이다. 양적인 면에서나 질적인 면에서 제한을 받지 않는 양식이 소설이기 때문이다. 그것은 장편掌篇소설conte에서 대하소설roman-fleuve까지 모두 포용하며, 정치 – 경제 – 性 – 종교 등을 무제한으로 받아들인다. 소설이 과학처럼 19세기의 주인이었던 이유가 거기에 있다. 정치에 나타난 자유방임주의laisser-faire의 문학적 반영이 소설이다.

소설의 자유로운 형식적 특징은 졸라의 작품에서 그 예를 보여 준다. 그는 처음에는 꽁트를 썼고("Contes à Ninon' 1864), 그 다음에는 20권의 소설을 한 제목 밑에 묶은 방대한 "루공-마카르"를 썼으며, 그 후 '세 도시

---

54) Le roman, grâce à son cadre libre, restera peut-être l'outil par excellence du siècle.... 같은 책, p.150.

55) Dans les anciennnes rhéthoriques, le roman était placé tout au bout. entre la fables et la poésies légerès. 위와 같음

Trois villes 이야기'를, 마지막에는 '4복음Quatre Evangiles'(1899~1903)을 썼다. 형식적으로나 내용적인 면에서 작가가 원하는 대로 자유롭게 소설의 신축자재한 양식을 이용했던 것이다.

소설의 자유분방함은 스타일 혼합의 측면에서도 나타난다. 문학의 장르 중에서 가장 늦게 발달한 소설은 전통이 없었기 때문에 문학의 다른 양식의 수용에 제한을 받지 않았다. 서사시, 서정시, 극시 외에도 에세이 등의 기존양식을 마음대로 받아들여 임의대로 혼합할 수 있는 가능성을 소설은 보유한다. 장르의 혼합 뿐 아니라 스타일의 혼합도 가능한 곳에 소설의 특징이 있기 때문에, 장르를 엄격하게 구별하던 고전주의는 소설을 아주 싫어했다.

스타일의 혼합은 소설의 한계를 모호하게 하는 대신에 소설에 버라이어티를 부여하고, 그 넓이를 확대시켜, 현대사회의 다양성과 복잡성을 모두 수용할 수 있는 거대한 장르로 성장하게 된 것이다. 졸라는 소설의 특성을 십분 이용한 작가다. 그는 낮은 제재와 진지성을, 저속함과 숭고함을 혼합하여 스타일 혼합을 극단까지 밀고 갔다.

그 다음으로 지적되어 있는 것은 당대의 주도적 문학으로서의 소설의 특징이다.

> 소설에 나타난 리얼리티는 역사적으로 부르조아의 생활과 집착되어 있으며, 따라서 상업과 도시와도 밀착되어 있다.56)

뿐 아니라 그것은 범세계적으로 번져 나간 신문소설과도 유기적 관계

---

56)   Philip Stevick ed, *The Theory of the Novel*, p.14.

로 맺어져[57] 자연주의에 가장 적합한 장르가 된다. 소설은 민주주의 – 실증주의 – 자유주의와 제휴한 19세기를 가장 잘 대표하는 당대의 주도적 문학이다. 소설은 가장 서민적인 예술이라는 점에서 부르조아 계급과 밀착되어 있으며, 개인존중의 측면에서 보면 가장 민주적인 양식이고, 가장 합리적인 장르이기도 하다.

반 전통성, 형식에 나타난 리베랄리즘, 구성에 필요한 합리정신, 개인존중, 스타일의 혼합, 현실성, 산문성 등의 특징을 통해 소설은 가장 19세기에 적합한 문학양식이며, 동시에 무선택의 원리에 수반되는 디테일의 정밀묘사를 감당할 수 있다는 점[58]에서 자연주의와 적성이 잘 맞는 장르다.

다음에 고찰해야 할 과제는 졸라의 집단취향에 수반되는 서사시적인 경향이다.

① 졸라는 군중foule을 사랑했다. 이것은 그의 중요한 특징이라 할 수 있다. 그에게는 군중이 등장하지 않는 작품이 없다. …그의 유일한 작중인물이 군중인 경우가 많으며, 이는 그가 애용하는 인물의 설정법이기도 하다.[59]

---

57) *R.-M.* 1. p56 참조.

58) Romancier a le temps et l'espace devant lui; toutes les écoles bussonnières lui sont permises, il emploiera cent pages, si cela lui plait, pour analyser à son aise un personnage; il décrira les milieux aussi longuement qu'il voudra, coupera son récit, reviendra sur pasm changera vingt fois les lieux, sera en un mot le maître absolu de sa miatière.　　　　LeNaturalisme au théâtre, *R. E.*, p.164.

59) Le dimanche 5 février 1902, cimetière Montmartre, à l'enterrement d'Emile Zola, Abel Hermant devait dire: 〈Il a aimé la foule, pareille à un élément. La foule n'est jamais absente de son oeuvre;... La foule fut souvent son personnage

② 그에게는 군중에 대한 광적인 헌신이 있다. 있는 그대로의, 응집된, 무진장한 事實的 현실의 양상을 그는 다수에게서 찾고 있다.[60]

위의 두 인용문은 졸라의 특징이 군중을 집단적으로 그리는 데 있다는 점에 대하여 의견의 일치를 보이고 있다. 졸라의 작품에 나타난 군중취미는 (1) 등장인물의 집단성, (2) 주동인물과 부차적 인물을 묘사하는 비중의 균등성 등으로 나타난다.

졸라의 작품의 서사시적 성격은 그의 집단취미와 밀착되어 있다. 그의 소설의 서사시적 성격은 '군중소설roman de la foule'[61]이라 불리는 '제르미날'에서 절정을 이룬다. 그러나 그 밖의 소설도 서사시라 불리는 경우가 많아서 칸Gustave Kahn은 '敗走'를 '일리아드'라 불렀으며('R. -M.'' I. p.11) 코그니P. Cogny는 한 걸음 더 나아가 "루공-마카르" 전체를 '제 2제정기의 武勳詩la Geste du Second Empire'("Le Naturlisme", p.66)로 보고 있어 졸라의 군중취미와 서사시적 성격은 비평가들 사이에 이견이 없다.[62] 졸라는 자신

---

unique, toujours son personnage préféré.　　　　　　　　　　　　　R. -M. I, pp.56~57.

60)　He is fanatical devotee of the masses, of numbers, of raw, compact, in exhaustible factual reality.　　　　　　　　　　　　　Hauser, 앞의 책, 4, p.82.

61)　1) Après le roman le plus collectif, ce roman de la foule, Germinal, Zola va écrire le roman le plus individuel, celui de l'artiste en proie à son insuffisance.
　　　　　　　　　　　　　　　　　　　　　　　　　　　　　　　같은 책, p.45.
　　2) Germinal의 서사시적 성격은 Lemaître의 (une épopée pessimiste de l'animalité humaine)(R. -M. Ⅲ, p.1867)를 위시하여 Auerbach (Mimesis, p.515), Wilde (Decay of Lying) 등 많은 문인들이 똑같이 인정하고 있는 점이다.

62)　De lyrique qu'il se croyait à ses débuts, l'auteur de Germinal, en passant par le naturalisme est devenu épique.　　　　　　　　　　　Le Naturalisme, p.66.
　　Congny는 졸라가 자연주의 시대로 접어들면서 서정시에서 서사시로 옮겨 갔다고 보아 졸라의 자연주의 소설 전체에 팽배해 있는 서사시적 특징을 지적하고 있으며, R. -M. Ⅲ. p.1652에 나오는 비평가들의 합평에도 같은 점이 지적되어 있다.

에게 퍼부어지는 군중취미, 집단취향 등의 비난에 대하여 다음과 같은 반대의견을 제시한다.

　내가 군중만 그리고 개인을 그리지 않는 것을 유감스럽게 생각하는 자네의 의견은 이해할 수가 없네. 내 주제는 개인과 집단의 상호관련성, 개인과 집단의 행동과 반작용의 유기적 관련성에 관한 것이라네. 만약 개인이 존재하지 않는다면 어떻게 개인과 군중의 관련성을 그릴 수 있겠는가?[63](점 : 필자)

　이 말을 통해 알 수 있는 것처럼 졸라의 소설에 집단만 그려져 있는 것은 아니다. 그의 소설의 집단은 언제나 개인의 모임이다. 다만 그가 다른 작가와 다른 점은 인물들 사이에 경중의 차이를 두지 않는 수법을 쓰고 있는 점이다. '제르미날' 뿐 아니라 '나나'나 '목로주점'도 마찬가지다. 그는 소설에 많은 인물을 등장시킨다. '나나'의 경우는 첫머리에 나오는 바리에테 극장의 장면, 그리고 경마장의 장면 등이 그 예다. 군중 묘사는 졸라의 특기다. 그러면서 그는 개개의 인간의 개인적 특징을 살리고 있으며, 등장인물들의 중요성에 차이를 두지 않고 거의 공평하게 다루고 있기 때문에 그의 소설에는 주동인물이 없거나, 반대로 지나치게 많은 현상이 나타난다. 한 인물의 삶을 중점적으로 다루는 대신에 주동인

---

63)　Et, à ce propos, laissez-moi ajouter que je n'ai pas bien compris votre regret, l'idée que j'aurais dû ne pas prendre de personnages distincts et ne peindre, n'employer qu'une foule. La réalisation de cela m'échappe. Mon sujet était l'action et la réaction réciproques de l'individu et de la foule, l'un sur l'autre. Comment y serais-je arrivé, si je n'avais pas eu l'individu?
　　　　　　　H. Céard에게 보낼 편지, *R. -M.* Ⅲ, p.1867.

물과 주변인물을 대등하게 다루며, 인간의 상호관계 – 개인과 군중의 상호관련성을 통해 한 사회를 전체적으로 묘사하려는 데서 그의 서사시적 성향이 나타나는 것이다.

하지만 그것은 어디까지나 소설의 테두리를 벗어나지 않는다. 거기에서는 개인이 전체의 대표로서가 아니라 어디까지나 개인으로서 존립하기 때문이다. 그리고 그 개개의 인간은 모두 대등한 중요성을 부여받고 있다는 점에 졸라의 민주적인 사고방식이 반영되어 있다.

졸라의 소설에 나타나 있는 집단취향은 졸라와 발자크를 가르는 하나의 요인이 된다. 라누는 "루공-마카르"의 서문에서 이 두 작가의 차이점을 다음과 같이 지적하고 있다.

> "인간 희극"의 경우에도 졸라의 경우와 마찬가지로 금전의 횡포는 인물들을 해치는 근본적인 요인으로 등장한다. 그러나 발자크의 경우에 금전은 계층과 계층간의 알력의 요소나, 해결없는 근원적인 충돌 요인으로서 부각되지는 않는다. 금전의 집단적인 성격이 그에게는 없다.[64]

이런 차이는 발자크와 졸라의 개인적 취향의 격차라기보다는 시대의 성격 자체의 변이에 기인한다고 할 수 있다. 발자크의 시대는 부르조아의 상승기였다. 그래서 그 시대의 "인간의 투쟁은 야수의 그것처럼 개인과 개인 간의 싸움이었다. 그런데 졸라의 시대에는 인간은 왜소화되고

---

[64] Les ravages de l'argent, essentiels aussi dans La Comédie humaine, sont des ravages dans le comportement individuel des personnages. Mais Balzac n'a guère vu l'argent maniant les collectivités, dressant les classes les unes contre les autres, signe et instrument des antagonismes radicaux et des contradictions non résolues, *R.-M.* I, pp.51~52.

그 투쟁은 거대한 경제적 조직체 간의 싸움으로 변했다"고 라파르그는 말하고 있으며, G. 베카는 "산업화와 전쟁으로 인한 인간의 비인간화 경향이 군중취미의 모체"(Documents, p.30)라고 평하고 있다.

자본주의의 전성기와 함께 시작된 인간의 소외, 왜소화 현상은 이미 대커리Thackery의 '허영의 저자Vanity Fair'에서 주인공이 없는 소설a novel without a hero의 출현을 예시하고 있다. 발자크와 졸라의 시대적 배경의 차이가 거기에 있다. 발자크의 시대가 개인이 거대화 되던 시대였다면 졸라의 시대는 이미 조직사회 속에서 인간의 왜소화와 비인간화가 병행하던 시대이다. 그런 점에서 졸라의 군중취미는 당대적 특징의 첨예한 양식화라 할 수 있다.

'소설은 한 시대의 서사시'라고 루카치는 말했다("The Theory of the Novel", p.56) 서사문학으로서의 소설이라는 장르가 서사시와 동질성을 지니는 것은 당연한 일이라 할 수 있다. 그 중에서도 졸라의 "루공-마카르"는 사회의 총체성totality을 포착하려는 기도企圖, 군중취미 등의 측면에 있어 특히 서사시에 가깝다는 것이 정평이 되어 있다. '랑송'의 불문학사에서 졸라는 '서사시적 사실주의réalisme épique'로 분류되어(p.190) 있는 사실이 그것을 증명한다. 그러나 그것은 서사시적 특징일 뿐 서사시는 아니다. 개인이 개인으로서 그려져 있으며, 집단이 개개의 인간의 모임으로 간주되는 민주적인 사고가 그의 서사시를 소설로 만드는 요인이 되고 있다.

(2) 일본 – 중·장편의 사소설

일본 자연주의도 장편소설을 주축으로 하여 발전해 나간 점은 불란서와 같다. 花袋는 자신이 연극에 흥미가 없는 이유를 effect를 강조하기

위해 대사나 의미를 과장시키는 것에 두고 있다("자연주의문학", p.413)는 말
을 하고 있는데, 그 점은 졸라의 발언(제1장의 Ⅵ, 주 61, 62 참조)과 흡사하다.
자연주의에서 소설이 주가 되지 않을 수 없는 이유가 거기에 있다는 것
에 花袋도 동의한 셈이다. 일본 자연주의의 대표작 중에서 앞에서 열거
한 소설들은 대부분이 장편소설이며, 단편인 경우에도 '포단'처럼 분량
이 많다. 이 소설은 78페이지나 되어 이따금 중편으로 간주될("藤村·花袋',
p.185) 정도이기 때문이다. 장편소설 중심이라는 점에서 불란서와 유사
해 보이는 측면이 있다.

① 좁은 의미에서의 스타일에 대해 말한다면, 말의 차이는 있겠지만 양식
으로서 彼我의 자연주의에는 공통되는 것이 있음을 부정할 수 없다.[65]

② 시마무라 호게츠島村抱月는 친구에게 보내는 편지에서, 일본 자연주의
를 소설로 국한시키고 있는 이 한정限定은 어떤 의미에서는 옳다고 생각한
다고 말했다.[66]

위에서 인용한 吉田精一의 두 지적은 일본에서도 자연주의가 소설
중심의 문학운동이었음을 증언한다. 다른 것이 있다면 졸라의 그것이
총괄체總括體 소설Roman brut인데 반해 일본의 소설은 수동체受動體 소설

---

65) 狭い意味でのスタイルについていへば、ことばの違ひがあるにしても、様式として彼我
の自然主義に共通のものがあることは否定できない。
　　　　　　　　　　　　　　　　　　　　　吉田精一, '自然主義研究'下, p.72.
66) 島村抱月はその友人への書簡の中で、日本の自然主義を小説にかぎつてゐるがこの限
定はある意味では正しいと思ふ。　　　　　　　吉田精一, 앞의 책 下, p.2.

Roman passif인 점이라고[67] 吉田은 말하고 있다. '무각색'을 이상으로 생각한 일본의 자연주의 소설은 작가의 일상을 그대로 묘사하다시피 한 사소설이 많아서 장편으로서의 결구가 결여되어 있다. 그런데도 주류는 장편소설이니까 결국은 '단편을 잡아 늘리거나, 단편을 모아 놓은 것 같은 장편'이 되고 마는 것이다. 따라서 '사회소설의 리듬을 느끼게 하려 하는 총괄체 소설은 바랄 수 없었다.'(吉田, 앞의 책, p.71) 그는 일본의 장편소설이 수동체 소설이 될 수밖에 없는 이유를 이렇게 설명하고 있다. 그러나 결구의 결여만이 이유의 전부는 아니다. 개인의 내면성 추구의 측면에만 집중하고 있는 점 역시 일본 자연주의 소설이 총괄체 소설이 될 수 없는 이유가 되고 있다.

자연주의 시대에 나타난 또 하나의 현상은 '단편이 환영되는 기운機運' (吉田, 앞의 책 상, p.72. p.448)이다. 자연주의계로 간주되는 獨步는 단편작가이며, 秋聲 – 白鳥 등도 단편을 주로 쓴 작가들이다. 이런 현상은 저널리즘의 발달에도 기인하는 바가 많겠지만, 자연주의가 채택한 무각색의 원리가 본격적인 장편을 불가능하게 하는 데도 원인이 있다고 吉田는 말하고 있다.(같은 책, pp.70~72)

한 가지 특기할 일은 일본 자연주의 작가들 중에서 시인 출신이 많다는 사실이다. 花袋, 藤村, 獨步는 모두 시에서 소설로 전향한 문인이다. 시와 무관한 작가는 秋聲 밖에 없다. 그 중에서도 '若菜集'의 작가인 藤村은 근대시에 끼친 그의 공적이 상당히 높이 평가되고 있는 시인이다. '그

---

67) ティボオデに從って小說の構成樣式を, 一つの時代を描く總括体小說(Roman brut), 生活が展開される受動体小說(Roman passif), 危機を離して描く劇的小說(Roman actif)に分けるならば, 日本の自然主義文學の大多數が第二の受動体小說に屬する.
吉田精一, '自然主義研究' 下, pp.70~71.

의 시는 소설에의 스프링 보드가 되고 있다'[68]는 Morida의 의견은 다른 작가에게도 적응될 수 있다. 인간의 정서와 내면에 대한 관심이 '사소설을 창작하는 중요한 양식'(위와 같음)이 되고 있기 때문이다. 사소설과 거의 동의어로 쓰이고 있는 '심경소설心境小說'이라는 용어의 '심경'은 하이쿠와 관련이 된다는 사실을 생각할 때 서정시에서 사소설로의 이행은 동일한 선의 연장에 불과함을 알 수 있다. 따라서 일본의 자연주의는 불란서의 경우와는 반대로 친시親詩적이다. 자연주의의 친시성은 다른 나라에서는 찾아 보기 어려운 현상이다. 일본의 자연주의가 낭만주의를 계승하고 있는 점은 여기에서도 확인할 수 있다.

자연주의와 사소설의 연계관계 역시 다른 나라에는 유례가 없는 일이다. 자연파의 사소설이 지니는 장르적 특성을 규명하는 일은 일본 자연주의의 성격 규명과 직결된다. 일본의 자연주의는 사소설에 의거하고 있기 때문이다. 일본의 사소설이 지니는 독자적인 성격은 다음 인용문들에 나타나 있다.

① 소설의 일종으로, 작가자신이 자기의 생활체험을 서술하면서, 그간의 심경을 피력해 가는 작품, 대정기에 전성. 심경소설이라고도 불리며 다분히 일본적 요소를 지님.[69]

② 사소설을 페시미스틱한 자연파와 옵티미스틱한 시라카바파를 양친으로 하여 탄생한 한 개의 사생아(平野謙 前引文)로 보는 것은 옳은 일이다.[70]

---

(68) 飜譯者でもあるモリタ氏は一連, さらに一行一行を深く讀み込み, 詩が小說へのスプリング·ボ-ドとなったことを實證したのである。 　　　　　　　　『藤村·花袋』, p.50.

(69) 廣辭苑 2, 사소설항 참조.

③ 그것은 우리나라의 사소설이 寫實을 존중하면서 한편에서는 다분히 낭만파적 성격을 가지고 있다는 사실이다.[71]

④ 이런 의미에서의 사소설은 참된 의미에서의 산문예술의 근본이며, 本道이며, 神髓이다. 왜냐하면, 예술의 본질은 인생의 창조가 아니라 재현이며, 예술의 기초는 '나私'이기 때문에 그 나를 他의 假託없이 솔직하게 표현한 것. '사소설'이 산문예술의 본도이며 소설의 본향이다.[72]

①은 "広辭苑"에 나오는 사소설의 정의다. 거기에서 알 수 있는 사소설의 특징은 1) 자전적 성격과, 2) 내면묘사의 문학이라는 두 가지이다.

②는 사소설에 두 흐름이 있음을 알려 준다. 자연파 사소설과 백화파 사소설이 그것이다. 이 두 가지를 가르는 기준은 첫째로 시점에 있다. 전자는 객관적 시점을 택하는 게 상례인 데, 후자는 주관적 시점을 주로 쓰고 있다. 후자를 '지분쇼세츠自分小說'[73]라 부르는 이유가 거기에 있다.

---

70) 私小説を'ペシミスティックな自然派とオプテイミスティックな白樺派とを兩親として生誕した一個の私生兒'(平野謙前引文)と見ることは正しいのであった.
　　　　　　　　　　　　　　　吉田精一, '自然主義研究' 下, p.588.

71) わが國の私小説が寫實を尊重しながら, 一方では多分にロマン派的な性格を持っているということである.　　　　　　　勝山功, '大正私小說研究', p.199.

72) この意味の私小說は散文藝術の眞の意味での根本であり, 本道であり, 神髓である'. その理由は, 藝術の本質が人生の創造でなく再現であり, 藝術の基礎は'私'にあるのだから, その'私' を他の假託なしに, 素直に表現したもの, 卽ち'私小說'が散文藝術の本道であり, 小說のふるさとである. ただし前記に, 心境の加はらない私小說は, 紙屑小說糠味噌小說でしかない, といふのが大体の論であった.　　吉田精一, '自然主義研究' 下, p.591.

73) 1) 武者小路お目出たき人'にはじまる '自分小說は, 自然主義小說の持っていた客觀小說志向の未練を持たず, きわめておおらかに'自分は…'と書きはじめられている.
　　　　　　　　　　　平岡敏夫 "日本近代文學史研究"(有精堂. 昭和44) p.229.
　　2) 白樺と自然主義と同じ一人稱小說を書いても後者は一人稱の人物と作者と離れてい

사소설이 객관적 사소설과 주관적 사소설로 분류되는 기준도 같은 곳에 있다. 시기적으로는 전자가 앞선다. 후자는 대정시대의 사소설이며 전자는 명치 말기의 것을 의미한다. 그 다음은 위의 인용문에 나와 있는 것처럼 페시미즘과 옵티미즘의 차이다.

③은 사소설이 사실적이면서도 동시에 낭만적이라는 성격적 복합성에 대한 지적이다. "사소설이 사소설이 되는 이유는 자전적 고백 소설적 성격에 의한다고 생각해야 한다"는 가찌야마 고우勝山功("대정사소설연구", p.176)의 말은 일본 자연주의가 '루소'적인 고백소설의 성격을 함유하고 있음을 말해 준다. 실지로 자연파의 사소설은 '이불'에서부터 '적나라한 참회'(抱月)라는 지적을 받아 왔으며, 이쿠다 죠우고우生田長江는 '봄'을 '루소의 참회를 연상시키는 藤村氏의 참회'라고 평하고 있다.(吉田, 앞의 책 下, p.109). '신생'은 더 말할 필요도 없다.

> 사소설이라는 것은 인간에게 있어서 개인이라는 것이 중대한 의미를 가질 때까지 문학사상에서 나타나지 않았다.[74]

고바야시 히데오小林秀雄의 이 말은 타당성을 지닌다. '자전적 회고록

たし, 又離れようとしていたのて, その態度からいえばそれは '三人稱の小説を書くのと同じ態度'であるのに對し, 前者はその全部とはいえないが '一人稱の人物が作者その人らしく書いてある.'　　　　　　　　　　　"大正私小説研究" p.183

[74] 私小説といふものは, 人間にとって個人といふものが重大な意味を持つに至るまで, 文學史上に現れなかった. ルッソオは十八世紀の人である. ではわが國では私小説はいついかなる叫びによって生れたか. 西洋の浪漫主義文學運動の先端を切るものとして生れた私小説といふものは, わが國の文學には見られなかったので, 自然主義小説の運動が成熟した時, 私小説について人人は語りはじめた.
　　　　　　　　　　　"私小說論", 小林秀雄 全集 3.(新潮社, 昭. 43), p.120.

autobiographical memory'의 출현이 '데카르트'의 철학과 시기를 같이 한다는 와트I. Watt의 말[75]이 그것을 뒷받침한다. 그렇다면 일본의 자연주의 시대는 개인의 내면의 이야기가 대중의 호응을 얻는 최초의 시기라 할 수 있다. 개인존중사상, 자아중심주의 등의 낭만적인 과제가 낭만주의 시대에 해결되지 못한 상태에서 자연주의 시대가 온 관계로, 자연주의가 낭만적인 과제를 계승하게 되었고, 그 결과로 자연주의가 루소적인 고백소설과 교착된 곳에 자연주의의 일본적 특수성이 있다. 그러면서 시점은 또 3인칭을 쓰고 있는 사실이 주목을 끈다.

일본 자연주의가 루소적인 고백문학의 성격을 지니고 있다는 가쯔야마勝山의 주장의 진부를 검증하기 위해서 자전문학의 모태가 되는 루소의 "참회록Les Confessions"과 '이불'의 자전성의 측면을 비교하여 보기로 한다.

(1) 언어의 형태

　(a) 소설　(b) 산문

(2) 주제 : 한 개인의 생활, 한 인물의 역사

(3) 작자의 상황 : 작자와 話者는 동일인 (작자의 이름은 실재의 한 인물에 관련함)

(4) 화자의 위치

　(a) 화자와 주요인물은 동일인　(b) 이야기의 회고적 전망

---

75) 　In so doing Defoe initiated an important new tendency in fiction: his total surbordination of the plot to the pattern of the autobiographical memoir is as defiant an assertion of the primacy of individual experience in the novel as Descartes's cogito ergo sum was in philosophy. 　I. Watt. 같은 책 p.15.

르쥰느Philippe Lejeune는 자전自傳autobiographie을 정의하는 위와 같은 참고 자료를 제시한 일이 있는데76), 나카가와 히사사다中川久定가 그 표에 의거해서 루소의 "참회록"을 점검해 보니 모든 점에서 부합되었다.

(1) 언어 : 소설이며 산문이다.(O)

(2) 주제 : 1712년(생년)부터 1765년까지의 루소의 역사 (O)

(3) 작자의 상황 : 작자와 화자는 동일인이며 작자는 실명으로 나오고 있다.(O)

(4) 화자의 위치

　(a) 표제의 'J. J. Rousseau의 고백'이라고 나와 있으므로 화자와 Je라고 말하는 작중인물은 동일인

　(b) 회고적 전망임. (같은 책, pp.11~14)

루소의 "참회록"은 르쥰느가 제시한 모든 조건에 맞는 전형적인 '자전'임을 알 수 있다.

'이불'의 경우는 다음과 같다.

(1) (O)

(2) (O)

---

76)　フィリップ・ルジュンヌ(philippe Lejeune)というフランス人がおります. そのひとが ……一九七五年に自傳に關する研究で'自傳契約'という題の本を出しました. この本のなかにある自傳の定義が, 私が今まで知っている限り一番精密な定義ですので, それから紹介していきたいと思います.　　　中川久定 "自傳の文學" 岩波新書 71, pp.10~11.

(3) 작자와 화자가 동일인인 것은 추정되나 설명은 아님.

(4) (a) 화자와 주요인물은 동일인임.

(b) 회고적 전망이지만 기간은 3년간에 불과함.[77]

花袋의 경우에는 (3)의 조건에 문제가 있다. 르쥰느의 정의에 의하면 (3)의 조건만 결여되는 경우는 '자전'이 아니라 '자전소설'이 된다. 루소의 것보다 허구적이 되는 것이다.

자전적 이야기에 3인칭을 썼다는 점에서 '이불'은 스탕달의 '앙리 부뤼라르의 생애Vie de Henri Brulard'와 같다. 자신의 이야기를 스탕달이 3인칭으로 쓴 이유를 나카가와中川는 파리의 상층 부르조아 사회의 관습에서 찾고 있다. 스탕달 시대의 상류사회에서는 자기 자신의 이야기를 하는 것이 금기가 되어 있었던 것이다.[78] 명치시대의 일본의 사족가문도 이와 유사했으리라는 것을 미루어 짐작할 수 있다. 더구나 性에 관한 것은 말할 필요도 없다. 따라서 花袋 뿐 아니라 자연파의 사소설이 모두 3인칭을 채택한 이유도 같은 곳에서 찾을 수 있을 것 같다.

---

77) 時雄の年齡, 生活環境, 職業の設定などは, 明治三七年から三九年にかけての花袋のそれと 全く重なるといってよい。 　　　　　　　　　　　"日本近代文學全集" 19, p.433.

78) 'もし私が社交界で成功したいと思うなら, そこで行われていることをすべて分析せねばならない。そうすれば, 巧みな話術と決して自分のことを語らぬという習慣とが, 愛想のいい男を 作りあげているという事實に氣付くだらう。

스탕달은 젊을 때부터 파리의 사교계에 드나들었는데, 그의 청년 시절의 일기에 위와 같은 말이 있다. 그의 시대의 파리에서도 모임에서 자기 이야기를 하는 것은 금기였던 것이다.

스탕달이 왜 1인칭으로 자기 이야기를 쓰지 못했는지를 밝히기 위해 中川은 그의 1803년 4월 27일의 일기의 구절을 들고 있다. / "만약 내가 사교계에서 성공을 걸우고 싶다면 거기서 행해지는 모든 일을 분석하지 않으면 안된다. 그러면, 교묘한 화술과 절대로 자기 일을 이야기하지 않는 습관이, 평판 좋은 인물을 만드는 요체임을 깨닫게 될 것이다." 　　　　　　　　　　　　　　　　　中川, "自傳の文學", p.111.

탈봉건의 측면에서 보면 대정시대는 명치시대에 비기면 훨씬 앞섰던 시대라 할 수 있다. 백화파가 1인칭으로 자전적 소설을 쓰게 된 이유 중의 하나는 자아의식의 성숙도 및 개인존중 사상의 심화 등에 있을 가능성이 많다. 이 사실은 '포단'이 3인칭으로 쓰여졌는데도 그 대수롭지 않은 남녀관계가 명치문단 최대의 사건으로 간주되는 것에서 확인할 수 있다.

이유가 무엇이든지 간에 실명을 쓰지 않았다는 점은 자연파의 사소설이 그나마 확보하고 있는 객관성과 허구성의 분량이다. 백화파의 사소설에 비할 때 자연파의 사소설이 사실적인 이유도 같은 곳에 있다. 내면고백의 측면이 지니는 낭만적 요소를 시점이 보완하여 사실적이 되게한 것이다. 사소설이 낭만성과 사실성을 공유하는 복합적 성격을 지니게 되는 이유는 내면의 고백성과 표현의 사실성에 있다.

④는 사소설에 대한 가장 일본적인 평가 방법이다 구메 마사오久米正雄가 시작한 이 주장은 '대정문단의 공통의 양식良識이 되고 있는 만큼'[79] 이것은 순수문학에 대한 일본식 굴절양상으로 볼 수 있다.

이런 주장의 근거는 허구 = 허위의 사고에서 발생한다. 사실존중의 사상이 와전되어 허구멸시의 풍조를 낳은 것이다. 사실 = 진실의 통념이 허구부정의 경향으로 이어질 때, 소설의 본질과의 괴리가 생겨난다. 허구성을 제거한 사실의 재현은 소설이 아니라 실화가 되고 마는 것이다. 더구나 '순수소설 = 사소설 = 反 허구 = 진실'의 공식에서 '허구적 소설=허위=통속소설'의 공식이 도출되어 톨스토이, 도스토예프스키, 플로베

---

79) 私小說を文藝最上のものとして考へており，これは單にこの二人の作家のとどまらず，
    大正文壇の共通の良識となっていた。　　　　　勝山功，'大正私小說研究，p.185.

르가 모두 통속소설로 처리된 久米正雄의 설[80]은 사소설이라는 이유로 '이불'이나 '생'이 '전쟁과 평화'나 '보바리 부인'보다 격이 높은 작품이라고 주장하는 일을 가능하게 하여, 소설이라는 장르의 본질에 대한 왜곡의 농도를 짐작하게 한다.

다음에 고찰해야 할 것은 자연주의 시대에 사소설이 발생한 여건에 대한 것이다. 고바야시 히데오小林秀雄의 설대로 사소설의 첫작품을 '이불'로 볼 때 사소설의 유행은 (1) '이불'의 성공과 관계가 있다는 것이 相馬庸郎의 의견이다. 자신의 내면의 추한 면을 폭로한 花袋의 '이불'이 예상 외의 반응을 얻자 다른 작가들이 너도 나도 花袋의 뒤를 따라 자신의 치부를 폭로하는 소설들을 쓰기 시작한 것이 사소설의 붐을 일으켰다는 견해다.(앞의 책, p.280)

(2) 사소설의 일본적 전통과의 적합성에서 찾는 견해가 있다. 우노 고우지宇野浩二, 토쿠다 슈세이德田秋聲 등이 여기에 속한다. 秋聲에 의하면 심경적 예술의 견본은 사이교西行, 바쇼芭蕉의 예술이다.(제 1장의 Ⅵ, 주 84 참조). 그렇다면 심경소설에 대한 선호는 일본인의 피 속에 용해되어 있는 전통과의 집합 가능성과 이어진다. '이불'이 던진 파문이 급속도로 확산

---

80) 「戰爭と平和」もドストエフスキイの「罪と罰」も, フローベルの「ボウアリイ夫人」も高級だが, 結局, 偉大な通俗小說に過ぎない. 結局, 作り物であり, 讀み物である」と言う「暴言」が位置することになる.　　　　　　　相馬庸郎, 「日本自然主義再考」, p.280.

久米正雄가 '사소설과 심경소설'(대정 14년 1-2 "문예강좌")에서 "톨스토이의 '전쟁과 평화'도 도스토에프스키의 '죄와 벌'도 플로베르의 '보바리 부인'도 고급하지만, 결국 위대한 통속 소설에 불과하다. 결국 만든 이야기이며, 읽을거리다"라는 '폭언'이 위치하게 된다.
허구소설=통속소설의 공식이 생길 정도로 일본에서는 사소설이 높이 평가되고 있었다. 서구의 명작들을 통속소설로 간주하는 久米의 견해는 김동인에게서도 그대로 답습되고 있다.

되어 간 이유는, 그것이 일본인의 적성에 맞는 예술 양식임을 확인한 데 있다고 보고 있는 것이다.

(3) 저널리즘과 문학가의 생태에서 그 이유를 찾는 입장이다. 사토오 하루오佐藤春夫는 저널리즘의 발달로 인한 수요의 증가, 작가의 안이성, 체험범위의 협소성 등이 쉽게 쓸 수 있는 신변잡기적인 장르를 흥성하게 한 원인으로 보고 있다. 가타오카 노보루片上伸는 거기에 작가의 특권의식을 첨가한다.

이상의 요인들을 다시 점검해 보면, (2)의 경우가 가장 본질적인 것으로 부상된다. 일본에서의 사소설의 장수성 때문이다. 사소설은 명치시대에 시작되어 대정기에 본격화 되었으며, 소화시대에도 여전히 산출되고 있다. 사소설의 이런 장수성은 일본의 민족적 적성에 사소설이 잘 맞는다는 것을 입증한다고 볼 수 있다.

그 다음에 생각할 수 있는 것은 새롭게 부상한 지식층 문인의 내면풍경에 대한 독자들의 호기심과 공감이 사소설 흥성의 한 요인을 형성하였으리라는 추정이다. 자연파 소설의 자기폭로의 풍조는 규범이 붕괴된 사회, 자신의 내면을 피력하는 일이 금기시되는 사회에서, 독자들이 가지고 있는 내면적 갈등의 해소제 역할을 했을 공산이 크다. 사소설은 지적 엘리트인 작가가 실지로 겪는 현실적인 이야기라, 자신의 어둠을 파헤친 소설이라는 점에서 독자에게 친근감을 주어 공감대를 형성시켜 주는 것이다.

그러나 사소설은 신변적인 데로 제재를 국한시킨 결과, (1) 작품세계의 협소성, (2) 사회성 및 시대의식의 결여, (3) 풍속성 내지 작가정신의 희박성 등의 결함을 지닌 장르가 되었다.[81] 이런 결함들은 한 인물의 내면의 모사에만 전념한 사소설의 자전적 성격에서 생겨난 불가피한 결과다. 작가의 자아편집의 성향은 객관주의의 성숙을 방해했고, 허구 부정의 경향은 소설을 수필적인 경지로 몰고 갔으며 성과 본능에 대한 과장된 폭로벽은 인성을 직시하는 작업을 방해했다. 자연주의와 사소설의 교착은 일본의 근대소설의 정상적인 발전을 저해는 요인이 되고 있음을 吉田精一는 "역시 근대문학의 건강한 발전을 저해한 二因子라 하지 않을 수 없다"고 말하고 있다.[82] 자연주의의 최대의 공적이 자아의 확립이 되는 일본의 특수한 여건이 사소설을 자연주의의 대표적 장르로 고정시켰고, 그 결과로 일본의 자연주의는 비자연주의적인 성격을 지니게 된 것이다.

마지막으로 고찰해야 할 것은 졸라의 세계에 나타나 있는 군중취미와 인물의 왜소화 현상과의 관계이다. 일본의 경우는 부르조아의 상승기였으면서 인권이 제한되는 2중의 구조를 가진 시대적 배경 때문에 인물은 왜소화되어 있으나, ("현대일본문학의 세계", p.144) 사소설에의 치중은 일본 자연주의의 단명성의 원인을 형성한다. 작가의 직접체험의 저축량이 바닥이 나자 자연주의의 숙명도 막다른 골목에 다다르게 된 것이다.[83]

---

81) ジャーナリズムの要請から多作を余議なくされ, 勉強するだけの氣力, 餘裕もないままに 一種の早老的偸安に耽る, ここに私小說の發生, 流行の原因があると斷言している。すなわち佐藤によれば私小說ば止む得ざる多作と生活的狹隘とまた無意識の偸安からくる早老と, しかしまだ磨減しつくさずに殘つている才能との混血兒(壯年者の文學)ということになる。　　　　　　　　　　　　　　　勝山功, '大正私小說研究' p.182.

82) 사소설에 대한 비난을 吉田精一은 다음과 같이 요약하고 있다.(勝山功, '大正私小說研究' 下 p.583).
   1) 개인적, 신변적 세계에 시종한 결과 작품세계가 좁아진다.(佐藤)
   2) 시대의식, 사회성, 비평정신의 결여(谷崎精二)
   3) 비예술성, 풍속 내지 작가정신의 희박함(生田長江) (大正13년 '新潮' 7월호)

83) 四十三年にはそうした面からの不滿, つまりおもしろくないという非難がかなり聞かれるようになり, うした一般の空氣が, 自然主義を小路へ追いこんでいったのである。　　　　　　　　　　　　　　　'自然主義文學' p.266.

5. 물질주의와 결정론

1. 물질주의적 인간관

(1) 불란서 - 친親 형이하학

과학주의가 방법 면에 적용되면, 자료와 고증 중시, 객관주의, 가치의 중립성, 선택권의 배제, 제재의 비속화 등으로 나타난다. 하지만 사상적 측면에서는 물질주의적 인간관과 결정론determinism에 다다른다. 에머슨R. W. Emerson의 시에 보면 "세상에는 융합될 수 없는 두 개의 법칙이 있다. 하나는 인간을 위한 법칙이고 다른 하나는 물질thing을 위한 법칙이다" 라는 구절이 나온다. 베비트L. Babitt는 "룻소와 낭만주의Rousseau and Romanticism"에서 이 구절을 인용하면서 졸라의 자연주의는 '물질의 법칙을 존중하는 것'이라고 규정짓고 있다.(p.4) 그는 디드로D. Dedrot를 졸라이즘의 원조로 보고 있으며, 졸라이즘의 결점은 인간을 경시하는 사상이라고 말하고 있다.

리얼리즘의 어원인 'res'는 라틴어로 사물thing을 의미한다. 그래서 해리 레빈H. Lavin은 리얼리즘을 사물주의chosisme=thingism라고 부르고 있다.('Realism', p.43) 물질존중사상이 리얼리즘에도 해당됨을 어원을 통하여 확인 할 수 있다. 자연주의는 리얼리즘의 물질존중 경향을 극단화시킨 것이다. ("Documents", p.430) 에밀 졸라는 자신이 물질주의자임을 다음과 같이 자랑스럽게 공언한다.

나는 주의(왕당파, 천주교) 대신 법칙(유전, 선천성)을 택한 사람이다. …… 발자크는 남자와 여자와 사물을 그리고 싶다고 말하고 있다. 나는 남자와 여자를 사물에 종속시킨다.[1]

"발자크와 나의 차이Differences entre Balzac et Moi"에 나오는 이 글을 보면, 졸라는 주의 대신 법칙을 선택했고, 인간을 사물에 종속시킨 문인이다. 그나마 발자크의 세계에 남아 있던 형이상학이 말소되고, 그 자리에 졸라의 물질주의적 인간관이 들어서는 것이다. 그의 이런 인간관은 최초의 소설인 '테레즈 라캥'(1968)의 서문에서부터 드러난다. 그는 여기에서 테느가 그의 "영문학사" 서문에서 말한 다음 구절을 인용하고 있다.

미덕이니 악덕이니 하는 것들은 황산이나 설탕과 마찬가지로 하나의 생산물에 불과하다.[2]

---

1) Au lieu(a) d'avoir des principes(la royauté, le catholicisme) j'aurai des lois (b) l'hérédité, l'enéité (sic))... Balzac dit qu'il veut peindre les hommes, les femmes et les choses, Moi,... je soumets les hommes et les femmes aux choses.
     Différence entre Balzac et moi, *R. M. 5*. p.1736.

2) Le vice, le vertu sont des produits, comme le vitriol et le sucre...
     Realism, p.38.

인간의 정신과 물질을 동질의 것으로 취급한 대담한 발언이다. 그런 경향은 다음 구절에서도 나타난다.

인간의 두뇌와 길가의 돌멩이가 똑 같이 결정론의 지배하에 놓여 있다.[3]

졸라는 인간의 형이상학 전반에 대해 선전포고를 하고 있다. 그는 돌과 인간의 두뇌, 도덕과 황산의 대등성을 주장하고 있는 것이다. 비슷한 주장이 발자크나 플로베르에게서도 나온 일이 있다. "우리는 인간을 악어나 마스토돈과 똑 같이 다루어야 한다"[4]고 플로베르가 말했다. 발자크도 사회와 자연의 유사성을 역설하면서, 인간의 유형을 동물에서 유추하려 했다.[5] 하지만 그들은 인간을 동물과 비교하고 있다. 동물과 인간은 똑 같은 유기체다. 그들은 인간이 짐승보다 고등동물이라는 것을 인정하지 않는 것 뿐이다. 졸라는 다르다. 그는 인간을 무기물과 동질시하려 한다.

소설가가 부도덕한 행위를 보고 분개하거나 도덕에 매혹 당하는 것은, 화학자가 인간에게 해롭다는 이유로 질소를 미워하고, 반대의 이유로 산소를

---

3) Un même déterminisme doit régir la pierre des chemins et le cerveau de l'homme. *R. E.*, p.70.

4) We must treat men like mastodons and crocodiles. *Documents*, p.92.

5) Balzac dit que l'idée de sa Comédie lui est venue d'une comparaison entre l'humanité et l'anmimalité. (Un type unique transformé par les milieux (G. St. Hilaire) : comme il y a des lions, des chiens, des loups, il y a des artistes, des administrateurs, des avocats, etc.) Mais Balzac fait remarquer que sa zoologie humaine devait être plus compliquée, devait avoir une triple forme: les hommes, les femmes et les choses. *Différence entre Balzac et moi*, *R. -M.* V, p.1736.

예찬하는 것과 같은 가소로운 짓이다.[6]

졸라의 비유에서는 인간의 윤리성은 계속해서 황산이나 돌과 등가等
價로 취급된다. 이는 인간의 정신이나 형이상학에 대한 전면적인 부정을
의미한다.[7] 그는 종교에 대해서도 부정적인 태도를 취한다. 졸라는 어
려서부터 무신론자였다.[8] "루공-마카르"의 인물 중에는 독실한 기독교
인도 더러 있다. 마르테Marthe("무레신부의 과오La Faute de l'abbe Mouret", 1875)와
앙젤리크Angelique("꿈La Reve"1888) 같은 인물이다. 하지만 졸라는 그들을
예외 없이 광신자로 만들고 있으며, 그런 광신을 집안의 유전병인 신경
증의 변종으로 처리하고 있다.[9]

서정성에 대한 태도도 비슷하다. 졸라는 발자크의 서정성을 비난하는
글을 썼으며,[10] 당대의 서정주의를 '낭만적 질병'[218]이라고 규탄했다. 그
는 형이상학적 인간이 있던 자리에 생리인간을 대치시켰고, 직관과 상
상력이 있던 자리에 관찰과 해부를 대치시키면서, 형이상학적 인간의

---

6)   On ne s'imagine pas un chimiste se courroucant contre l'azote, parce que ce
     corps est impropre à la vie, ou sympathisant tendrement avec l'oxygene pour
     la raison contraire. Un romancier,qui epreuve le besoin de s'indigner contre le
     vice et d'applaudir à la vertu, gâte également les documents.   *R. E.*, p.51.

7)   Il n'a pas le goût de la métaphysique. Elle dépasse l'intelligence. Il est
     pragmatique. Il écrit, un peu plus tard: La meilleure philosophie serait peut-
     être le materialisme.   *R. -M.* I, p.16.

8)   Il a été élevé chrétiennement. Enfant retardé dans ses études, sauvage, il a
     fréquenté le catéchisme à Aix. Mais il a cessé de croire très tôt.   같은 책, p.15.

9)   ... et le mysticisme d'Angélique n'est qu'une forme accidentelle de la névrose
     Macquart.   *R. -M.* IV, p.1656.

10) ... l'imagination de Balzac, cette imagination déréglée qui se jetait dans toutes
     les exagérations et qui voulait créer le monde à nouveau, sur des plans
     extraorinaires, cette imagination m'irrite plus qu'elle ne m'attire.   *Realism*, p.30.

죽음을 선언한다. 실험소설의 세계에서는 철학을 생리학이 대신하고, 예술을 과학이 대행한다. 거기에서는 인간들이 돌이나 설탕처럼 다루어지고 있는 것이다.

(2) 일본 - 친親 형이상학

일본의 경우에는 인간이 무기물과 동질시되고, 도덕이 황산과 등가물로 취급되는 졸라식 물질주의는 기대하기 어렵다. 유교의 정신주의, 윤리지상주의와의 거리가 너무나 가깝기 때문이다. 명치시대는 표면적으로는 산업사회의 형태를 가지고 있었지만, 사상적인 면에서는 유교의 영향권에서 벗어나지 못했다. '충忠'을 국민의 첫째 의무로 생각하던 에도시대의 국가지상주의적 사고 방식은 명치시대에도 그대로 계승되어, 문인들까지도 '충'의 절대성을 강조하는 발언을 하고 있기 때문이다.

자연주의파는 반 전통의 깃발을 내 걸고 있던 만큼, 호메이泡鳴를 제외하면 국가지상의 사고를 가진 문인은 없었다. 그러나 유교적 가족윤리에서 벗어나지 못한 점은 그들도 마찬가지였다. 유교적인 대가족제도의 수직적 인간관계는 토오손藤村이나 카타이花袋의 자아의 각성을 위협하는 최대의 적이었다. 문제는 그들이 그런 유교적인 윤리에서 탈피하지 못한데 있다. 반 윤리적이 될 용기가 그들에게는 없었던 것이다.

자전적 소설에 나타나는 그들의 가족관계는 에도시대의 그것과 별 차

---

11)　... notre âge de lyrisme, notre maladie romantique, pour qu'on ait mesuré le génie d'un homme à la quantité de sottises et de folies qu'il a mises en circulation.　　　　　　　　　　　　　　　　　　　*R. E.*, p.84.

이가 없다. '생生'에 나오는 어머니는 며느리를 몇씩 갈아 치우면서 여전히 시어머니의 권위를 누리고 있고, '집家'의 산키치三吉는 형들이 요구할 때마다 소리 없이 돈을 붙여 준다. 그는 조카들의 교육비와 혼례비용까지 부담하는 일을 당연하게 여긴다. 여자들도 마찬가지다. 도시오時雄 (포단)의 아내는 남편이 여자 제자를 집에 끌어들여 시중을 들게 해도 항의하지 못하며, 산키치의 아내는 친정에서 가져온 지참금을 자진해서 시형에게 보내준다. "효孝는 실질이 없다. 가족은 이해가 있는 부부 본위가 되어야 한다"는 말을 한 사람은 호메이 밖에 없다. 부모의 허락 없이 결혼하고 이혼한 사람도 그 하나 뿐이다. (吉田, 앞의 책, 하 p.316) 그는 여러모로 토오손이나 카타이와 다르다. 그가 자연주의를 대표하는 문인이 되지 못하는 이유가 거기에 있는지도 모른다.

> 자연주의가 생기고 나서 허식허위를 배척하고 小윤리, 小도덕을 배격하는 풍조가 왕성해졌다.[12]

花袋는 이런 말을 하면서 자신의 '쥬우에몽重右衛門의 최후', '이불蒲團', '생' 등이 그런 것을 추구한 작품이라고 주장하나[13] 막상 그런 부정적 측

---

12)　自然主義が起ってから, 虛飾虛僞を排し, 僞善を排し, 小倫理小道德を排する風が盛に起った.　　　　　　　　　　　　　相馬庸郞, '日本自然主義再考', p.130.

13)　'虛飾虛僞を排し, 僞善を排し, 小倫理小道德を排する' 態度を直接題材の持つ性格まで反映させているのが, '重右衛門の最後'である. またその態度を作者の意圖的姿勢としてあらわに 追求していったのが, '蒲團'や'生'である. '田舍敎師は, これらの作品に見られる'試み'を一應つきぬけたところで書き出された.　　　　相馬庸郞, 앞의 책, p.131.

'허위허식을 배배하고,위선을 배하고, 小윤리 小도덕을 배한다'는 태도를 직접 제재가 가지는 성격까지 반영시키고 있는 것이, '쥬우에몽의 최후'이다. 그리고 그 태도를 작가의 의도적 자세로 내세우고 추구하여 간 것이 '이불'이나 '생'이다. '시골교사'는 이들 작품에서 볼 수 있는 '시도試圖'를 일단 돌파한 곳에서 써졌다."

면이 나타나는 작품은 '쥬우에몽의 최후' 밖에 없다. 그런데 이 작품은 전기 자연주의기에 쓰여진 것이다. '파계'에 나타난 우시마츠의 부락민에 대한 자세에도 봉건사상의 잔재가 남아 있다. 마지막으로 자신이 부락민部落民 출신임을 고백하는 장면에서 그는 죄인처럼 머리를 마룻바닥에 조아리면서, 제자들에게 신분을 속이고 교사가 된 것을 사과한다. 봉건적인 계층차별을 스스로 긍정하고 있는 것이다. 유교적인 윤리주의나 계급차별의식은 자연주의 시대에도 그대로 남아 있었음을 미루어 알 수 있다. 자연주의 작가들이 졸라를 피하고 입센을 환영한 이유도 후자의 도덕에 대한 관심에 있었다고 소바相馬는 지적한다. ("앞의 책" p.40)

결국 자연주의 작가들의 '소도덕의 배격'은 권선징악적인 교훈성을 배격하는 것에 불과하여, 인습을 타파하려는 노력 정도의 의미 밖에 지니지 못한다. 반 도덕적인 주장이 작품에까지 젖어들기 위해서는 다음 세대를 기다려야 했다. 도덕을 물질과 동질시 하고 싶어한 졸라에게 그들이 흥미를 느끼지 못한 것은, 자기 폭로 소설의 밑바닥에 있는 것이 윤리의식이었기 때문이다. 제자에 대한 짝사랑을 엄청난 죄로 여겨졌던 곳에 카타이의 '이불'의 존재이유가 있다. 명치 41년을 '자연주의와 도덕과의 충돌의 해'라고 하기는 하지만, 그것은 '도덕의 불합리를 지적' 하는 수준을 넘지 못하는 것이다.

종교의 경우도 마찬가지다. 유교문화권에는 애초부터 절대신은 존재하지 않았다. 후쿠자와 유키찌福澤諭吉나 나카에 죠민中江兆民 때부터 명치인들이 받아들인 서양에는 '신이 없었다.'[14] 명치시대의 문인들은 대부

---

14) 世界觀における兆民と福澤との共通點は, 兩者が超自然を認めず, 全く世俗的な立場をとったことであり, その意味で, 日本の傳統的土着世界觀から出發していたということである. 彼らの西洋には, 神がなかった.　　　加藤周一, '日本文學史序說', p.316.

분이 일단 기독교에 입교한 경력을 가지고 있다. 자연주의파도 예외가
아니다. 하지만 그 경우의 기독교는 종교가 아니라 서양의 개화된 문물
을 의미했다. 종교적 차원이 아니라 문명적 차원의 교섭에서 끝나고 있
는 것이다.

> ① 영어 우치무라內村, 교회는 서양문명에의 창이었다. 거기까지는 '자연
> 주의'소설가들의 공통의 현상이다. 그러나 '어떤 신이나 부처님에게라도 매
> 달리는 마음'은 그것과는 다르다. 그 '매달리는 마음' - 내면적 요구와 기독
> 교의 신과의 관계는 우연적인 것이었다.[15]

> ② 명치의 문학자의 대부분은 이 기독교에서의 이교자離敎者에 의하여 형
> 성되는 것으로 "문학계文學界"의 운동도, 자연주의도, "시라카바白樺"의 일부
> 도 이교자의 손에서 이루어진 문학이라고 해도 좋을 것이다.[16]

기독교의 신은 급변하는 세상에서 의지할 곳이 필요했던 사람들 앞
에 우연히 나타난 의지할 어떤 존재에 불과했다. 그리고 기독교는 서양
문명으로 통하는 창이었다. 따라서 창구역할이 끝나자 미련없이 버려

---

15) 英語·內村·教會は, 西洋文藝への窓であつた. そこまでは自然主義の小說家たちの靑春
    に 共通の現象である. しかしどんな神にでも佛にでもすがる氣持は, それとはちがう.
    そのすがる氣持…一面的な要求と, キリスト敎の神との關係は, 偶然であつた.
                                                    加勝周一, 앞의 책, p.386.

16) 明治の文學者の大きな部分は, このキリスト敎からの離敎者によって形づくられるの
    で, 文學界の運動も, 自然主義, 白樺の一部, 離敎者の手になった文學といってもよいの
    です. / 文學界はその成立の事情から見ても, キリスト敎の色彩の濃い雜誌でした. 明
    治女學校というキリスト敎の女學校を背景にして, その關係者たちが出した雜誌で, 北
    村透谷, 島崎藤村, 馬場孤蝶, 上田柳村(敏), 戶川秋骨などがこれに參加しました.
                                                    中村光夫, 明治文學史, p.120.

졌다. 5년 이상 교회에 머문 문인이 없는 사실이 그것을 뒷받침해 준다. ("앞의 책", p.379) 그리고 작가들은 자신들이 우연히 그곳에 소속되었던 국가라는 것이 별 것이 아님을 알게 되어 코스모폴리탄이 되어 갔다. 개인 존중 사상, 코스모폴리타니즘등의 영양소를 기독교에서 섭취한 문인들은 정해진 코스처럼 교회에서 멀어졌다.

일신교의 전통이 없는 사회여서 그 배교背敎 행위는 양심의 가책도 수반하지 않았다. 기독교에서 떠난다고 해서 졸라나 플로베르처럼 무신론자가 되는 것도 아니다. 야웨신이 떠나도 그들에게는 너무나 많은 신이 남아 있었다. 야웨신도 애초부터 그 많은 신 중의 하나에 불과했다. 그런 다신교적 풍토여서 그 배교 행위에는 신을 잃은데서 오는 절망 같은 것도 뒤따르지 않았다. 기독교를 버리는 것은 제자리로 돌아오는 것을 의미하기 때문이다. 토오손도 그런 문인 중의 하나였다.

"자연주의 문예는 우리를 종교의 문으로까지 인도 한다"고 호게츠抱月는 말한 일이 있다.17) 졸라가 들으면 기절할 말이다. 하지만 호게츠抱月의 신은 야웨가 아니라 범신론적인 재래의 신이다. 카타이가 만년에 찾아낸 신도 그와 성질이 비슷하다. 야웨신은 일본의 자연주의자들과 궁합이 맞지 않았다. 하지만 그들은 전통적인 신들까지 거부할 필요는 느끼지 않았다. 일본의 자연주의는 그런 신들을 거부하지 않았다는 점에서 친 형이상학적이다. 서정주의의 경우도 마찬가지다. 일본의 자연주의는 주정성主情性을 포용한 자연주의였기 때문에 시와도 친했고, 서정

---

17)　自然主義の文藝は我等を宗教の門みまで導く. 宗教的といふ所にまで接續させる. といふ風に論が進められてゆくわけだ. 自然主義文學を中心とする當代の文學の果てに, 宗教的なるものを見ようとする傾向が, 抱月歸朝直後の'如是文藝(明. 39. 11-2,6,7"東京日日新聞")以來, かれの論にほとんど一貫して存在する.

相馬庸郎, '日本自然主義再考', pp.51-52.

주의와도 친숙했으며, 범신론과도 가까웠다.

반 형이상학을 철저화 시키는 일은 일본 뿐 아니라 동양 전체에서 뿌리 내리기가 어렵다. 동양정신은 지·정·의知·情·意를 합일하려는 융합정신이기 때문이다. 그래서 동양은 일면성을 극단화시키는 프랑스식 문예사조의 교체법은 적성이 맞지 않는다. 일본 자연주의가 '영육일치', '주객합일'의 세계에 귀착한 이유가 거기에 있다. 졸라의 물질주의적 세계관은 일본의 자연주의와는 거리가 먼데 있다. 일본의 자연주의는 모든 면에서 친 형이상학적 경향을 나타내고 있기 때문이다.

일본의 자연주의는 물질주의의 측면에서만 보면 '곤지키야샤金色夜叉'(오자키 고요 尾崎紅葉의 소설)보다 오히려 후퇴한 느낌을 준다. '포단'이 잘 팔려서 카타이가 집을 새로 짓자 문단의 거부반응이 거셋던 사실이 그것을 입증한다. 청빈이 선비의 미덕이라는 생각은 자연주의 시대에도 마찬가지여서 문인의 부富는 무조건 거부반응을 일으켰던 것이다. '이불을 새로 사고 싶어서 글을 썼다'거나 '원고료를 받고싶어서 글을 썼다'는 정도의 말이나마 처음으로 한 사람은 하크쵸白鳥 하나였다.

카타이나 토오손에게는 예술은 종교였고 구원이었다. 요시다 세이이치吉田精一가 하쿠쵸의 이 말을 '삭막하다'고 평하고 나서, 카타이나 토오손의 출발점을 '예술지상주의적'이라고 말한 이유가 거기에 있다.[18] 동

---

18) これらの作品, ことに處女作について, 彼は決して文學上の功名心からではなくて, 夜具を新調したかったためですとか原稿料欲しさに書いたにですとか云っている, ('處女作の回顧', '上京當時の回想'など). これが本心かどうかは別として, このやうに索莫たる表白を敢へてする点で花袋や藤村の藝術至上主義的な出發とは違う点がある.
　　　　　　　　　　　　　　　　　吉田精一, '自然主義研究' 下, p.241.
　이들 작품, 특히 처녀작에 대하여, 그는 '결코 문학상의 공명심에서가 아니고 침구를 새로 장만하고 싶었기 때문이다'라든가 '원고료가 탐나서 쓴 겁니다'라고 말하고 있다. ('처녀작의 회고', '상경上京 당시의 회고' 등) 그것이 본심인가 아닌가는 젖혀 놓고라

양적 가치관에 의하면 돌과 비중이 같아야 하는 것은 인간의 두뇌가 아니라 황금이다. '황금을 보기를 돌같이 하라'는 최영 장군의 노래가 1960년대까지 한국에서 불리워진 것은 그것이 선비들의 이상이었고, 1960년대까지도 그 잔재가 남아 있었기 때문이다. 일본도 마찬가지다. 1910년대의 일본의 자연주의는 하쿠쵸의 발언 정도만 가지고도 경기를 일으키는 황금멸시의 풍토 속에서 별 수 없이 물질주의와 무관한 것으로 변질되어 가게 된 것이다.

2. 인물의 예외성과 비 정상성

(1) 불란서 – 제르미니형

'작품이란 체질을 통해 본 자연의 일각에 불과하다'[19]고 졸라는 말한다. 생리연구가로 자처하는 문인다운 발언이다. 체질을 통한 졸라의 인간연구는 그의 최초의 소설인 '테레즈 라캥'에서부터 시작된다. 이 소설은 "다혈질적인 성질이 신경적인 성질과 마주쳤을 때 생기는 깊은 혼란"(정명한, "졸라와 자연주의" p.55에서 재인용)의 분석이며, 그 보고서라 할 수 있다. "나는 살아있는 두 생명체를 마치 외과의가 시체를 해부하는 것처럼 분

도, 그런 삭막한 표 백을 감행한 점에서 花袋나 藤村의 예술지상주의적인 출발과는 다른 점이 있다.

19)   Il est certain qu'une oeuvre ne sera jamais, qu'un coin de la nature vu à travers un tempérament.   Le Naturalisme au théâtre, *R. E.*, P. 140.

석 한 것 뿐이다."[20]라고 졸라는 말한다. 졸라의 이 말은 "루공-마카르"에서도 되풀이 된다.

한마디로 말하자면 우리는 화학자나 물리학자가 무기물을 분석하고 생리학자가 생명체들을 수술하는 것처럼, 우리는 인간의 정렬과 성격, 인간적 사회적 행동 등에 대하여 분석하고 해부해야 한다. 결정론은 모든 것을 지배한다.[21]

이런 사상적인 배경 속에서 "루공-마카르"의 인물들이 설정된다. '기질'과 '환경'에 의해 결정된 인물들이다. 자신이 선택한 인물들에 대해 졸라는 다음과 같이 설명하고 있다.

생리학적인 면에서 볼 때, 이 집안은 최초의 인물이 지닌 생리적 장애의 요인이 피와 신경의 체계를 통해 서서히 작용하며 영향을 끼치고, 거기에 환경의 결정요인이 첨가되어, 인물들의 감정, 욕망, 정열 등 모든 자연적이고 본능적인 인간다운 표시 위에 작용하고 있 는 것이다.[22]

---

20) I have simply done on two living bodies the work of analysis which surgeons perform on corpses.　　　　*Thérése Raquin*: Livre de Poche, 1868, p.39.

21) En un mot, nous devons opérer sur les caractéres, sur les passions, sur les faits humains et sociaux, comme le chimiste et le physicien opèrent sur les corps bruts, comme le pysiologiste opère sur les corps vivants. Le déterminisme domine tout..　　　　*R. E.* p.71.

22) Physiologiquement, ils ont la lente succession des accidents nerveux et sanguins qui se déterminent, selon les milieux, chez chacun des individus de cette race, les sentiments, les désirs, le passions, toutes les manifestations humaines, naturelles et instinctives.　　　　*R. -M.* I, p.3.

작자의 이 말은 이미 "테레즈 라캥"에서 언명한 다음 말들과 유사성을 지니고 있기 때문에 "루공-마카르"가 이 소설과 같은 선상에서 집필되고 있음을 알 수 있게 한다.

나는 인간으로서의 자유의지를 완전히 박탈 당하고, 순전히 신경과 피에 의해 지배를 당하는 유형의 인물들을 선택했다. '육체의 숙명적 욕구에 쫓기여 모든 행동을 저질러 가는 그 런 인물들을 택한 것이다.[23]

여기에서 문제가 되는 것은 그가 '자유의지를 박탈당한 인물형', '육체의 숙명적 욕구에 쫓기는 인물형'을 택한 이유다. 이 집안의 원조元祖인 아델라이드 푸크Adelaïde Fouque는 선천적으로 정신질환을 가진 여인이며, 그녀와 같이 산 두 남자 중의 하나인 위스타슈 마카르Eustache Macquart는 알콜 중독자다. "루콩-마카르"의 구상시에 쓴 노트에서 졸라는 자신의 인물형에 대해 다음과 같이 설명하고 있다.

소설의 인물에는 '엠마'형과 '제르미니' 형의 두 종류가 있다. 플로베르가 관찰한 '진眞'의 인물과 공쿠르 형제가 창조한 과장된 인물이 그것이다. 전자에서는 냉정한 분석이 행해지고 있으며, 인물형은 일반형이 되고 있다. 후자에서는 작가가 진실을 왜곡하여 인물이 예외적이 된다. 나의 테레즈와 마들레느는 예외형이다 …… 내가 하려고 하는 연구에서는 예외 형도 받

---

23) Those characters completely dominated by their nerves and their blood, deprived of free will, pushed to each action of their lives the fatality of flesh.

Thérès Raquin의 서문, *Documents*, p.159.

아들이지 않을 수 없다.[24]

　졸라는 "루공-마카르"의 인물들이 예외형인 것을 알고 있었다. 예외형
이 진실을 왜곡하는 유형이라는 것도 모르지 않았다. 그러면서 예외형
을 택한 것이다. 자신이 하려고 하는 연구에 필요하다고 생각했기 때문
이다. 그가 "루공 마카르"를 통해 하려고 한 실험은 돌과 인간의 두뇌의
동질성을 증명하는 것이며, 유전과 환경의 결정성을 검증하는 것이다.
그것을 증명하기 위해서 그는 과학주의에 배치되는 선택을 감행했다.
테느, 플로베르의 노선에서 이탈한 것이다.

　이 문제는 그의 이론의 기반을 흔들고 있다. 왜곡된 것을 알면서 제르
미니형을 택한 것은 진실 존중, 객관주의, 가치의 중립성과 무선택 등 자
연주의의 모든 조항에 저촉되기 때문이다. 그래서 그는 자신의 스승인
테느에게서 비난을 받는다. 다섯 권째인 '무레신부의 과오'가 나왔을 때
테느는 "광인이나 반半광인에 관해 다섯권이나 쓴 것은 너무 많다. 결함
이 대를 물리면서 각양각색으로 재현되는 가족은 인류의 전형이 아니
다"라고 말하고, 앞으로는 건강한 사람들의 이야기를 쓰도록 충고[25]했
다. 그런데 졸라는 그 충고를 받아들이지 않았다. 인물의 예외성이 가지
는 또 하나의 문제는 그가 언급한 '육체의 숙명성'에 수반되는 본능면의

---

24)　Il y a deux genres de personnages Emma et Germinie, la créature vraie observée
　　par Flaubert, et la créature grandie crée par les Gonocurt, Dans l'une l'analyse est
　　faite à froid, le type se généralise. Dans l'autre, il semble que les auteurs aient
　　torture la verite, le type devien exceptionnel, Ma Thérèse et ma Madelaine sont
　　exceptionnelles. Dans les études que je veux guère sortir de l'exception.... J'accept
　　meme l'exception.　　　　　　　Différence entre Balzac et moi, *R. -M.* V, p.1737.

25)　앞의 책, pp.14~15.

강조와 병적인 측면의 과장이다. 릴리w. s. Lilly는 병적인 면의 노출을 디드로 때부터 시작된 자연주의의 중요한 특징으로 간주하고 있다.[26]

졸라의 예외적 인물형의 원형이 되는 제르미니 때부터 이 두 요소가 강조된다. "제르미니 라세르투"는 작가가 서문에서 명시한 것처럼 '사랑의 임상학臨床學연구'다. 이 소설은 한 비천한 여자의 정념情念에 대한 과학적 검증을 한다. "루공-마카르"도 이와 같다. 정신에 이상이 있는 여자와 그 후손들을 주인공으로 한 소설에서 졸라는 정신장애자와 알콜중독자 집안에 대한 과학적인 검증을 하고 있다. 거기에서는 필연적으로 본능면과 병적인 면이 노출되게 되어 있다. 자유의지를 지니지 못한 인간들, id적 측면이 우세한 인간들에 대한 병리학적 보고서이기 때문이다.

> 세상에는 완벽하게 건강한 사람이 없는 것처럼 완벽하게 정직한 사람이 있을 수 없다. 인간은 누구나 그 육체 속에 병적인 요소와 수성獸性의 잔재를 가지고 있다.[27]

졸라는 그의 인물들이 병적인 이유를 이렇게 설명한다. 맞는 말이다. 하지만 누구나 아델라이드 푸크처럼 뚜렷한 정신장애를 가지고 있는 것

---

26) "What M. Zola inherits from Diderot is the dogma that there is nothing sacred in man or in the universe, and nauseous bestiality which is the outcome of that persuasion." Or the new naturalism is chracterized as the most popular literary outcome of the doctrine which denies the personality, liberty, and spirituality of man and the objective foundation on which these rest, which empties him of the moral sense, the feeling of the infinity, the aspiration towards the Absolute,
The New Naturalism, *Documents*, p.274.

27) L'honnêteté absolue n'éxiste pas plus que la santé parfaité, Il y a un fonds de bête humaine chez tous, comme il y a un fonds de maladie.
Le Naturalisme au théâtre, *R. -E.*, p.152.

은 아니다. 문제는 거기에 있다. 졸라가 병적인 면의 노출에 특별한 애착을 가지고 있다고 비난 받는 이유도 그의 인물의 예외성에 있다.

(2) 일본 – 보바리형

일본에서는 예외형 인물이 전기 자연주의에서만 나타난다. 카타이花袋의 경우에도 전기에 속하는 '쾌청한 가을', '쥬우에몽의 최후'에서 그런 인물들이 나온다. 그러다가 자연주의기를 건너 뛰어 대정시대에 가면 다시 예외형 인물이 나타난다. '한 병졸의 최후'의 주인공은 쥬우에몽의 동류다.

카타이花袋 '자연과 부자연'("文章世界" 명치 40년 9월)이라는 글에서 자연파가 '편기괴벽偏奇乖僻'한 인물을 쓰는 것을 긍정하고 있다. 그는 '우존偶存특징'이라는 특수한 용어로 이를 설명하고 있다. [28] 그런 인물은 실지로 있기 때문에 그리지 않을 수 없다는 것이 그의 변이다. 자연주의는 자연속의 부자연을 대담하게 피력한 것 뿐이며, 그 결과로 '편기괴벽'한 인물이 등장하게 된다는 것이 그의 논지다. 그는 같은 해 10월에 쓴 '문단근사文壇近事(같은 잡지 10월호)에서도 하고 있다. 그것을 이상하게 보는 것은 평자

---

28) されど偏奇乖僻なる人物, 少くとも偏奇乖僻と見える人物を書くやうに赴いて行った自然派の自然の傾向は研究する充分の價値がある。自然主義を奉ずる作者は自然の傾向として偶存特徴を書いた。個性を活躍させる爲めた自然の中の不自然を聽するところなく披瀝した。

하지만 편기괴벽偏奇乖僻한 인물, 적어도 편기괴벽해 보이는 인물을 그리는 쪽으로 간 자연파의 자연의 경향은 연구할 만한 충분한 가치가 있다. 자연주의를 신봉하는 작가는 자연의 경향으로서 우존특징偶存特徴을 썼다. 개성을 활약시키기 위하여 자연속의 부자연을 두려워 하지 않고 피력했다.　　　　　　　　"田山花袋集", p.398.

들이 '구도덕에 얽매인 눈으로 보는데 기인한다.²⁹⁾는 것이 그의 주장이다.' 편기괴벽한 인물'이란 예외형 중에서도 극단적인 유형을 의미한다. 카타이의 쥬우에몽이나 호메이泡鳴의 인물들이 거기에 속한다.³⁰⁾ 슈세이秋聲의 '난爛'의 경우와 돗보獨步의 '대나무 쪽문竹의 木戶'의 주인공도 같은 부류이다.

그러나 막상 자연주의 시대에는 일반형 인물들만 나온다. 그러니까 카타이의 말은 전기 자연주의에만 해당된다. 후기 자연주의기에 나온 그 자신의 '이불', '생', '아내妻', '시골교사'등에는 그런 인물이 나오지 않는다. 토오손의 경우도 마찬가지다. '집'에는 병적 인물이 더러 나온다. 고

---

29) 此頃偏奇乖僻の人物ばかりを書くといふ批難が隨分批評壇に喧しいやうだ。これは面白いことだと思ふ。日本の自然派も當然受くべき批難を受け始めたと思ふと喜ばしくたる。西洋でも 自然派の作者は批難を到る處で受けた。平凡だとか, 偏奇乖僻だとか, 極端な描寫だとか, さういふ攻擊が雨霰と自然派の頭上に落ちたのは, 道理な話で, 在來の道德思想や習俗慣例に拘泥した人からは左樣見られたのは當然のことである。自然主義を奉ずる作者は, 少くともそんなことを眼中に置いて居るものは一人もあるまい。渠等は在來の空想文藝に慊らないで起って群である。

요즘 偏奇乖僻한 인물만 그린다는 비난이 꽤 평단을 시끄럽게 하고 있다....... 서양에서도 자연파의 작가는 사방에서 비난을 받았다. 평범하다든가,편기괴벽하다든가,묘사가 극단 적이라든가 하는 비난이 우박처럼 자연파의 머리 위에 퍼부어진 것은 당연한 이야기로, 재래의 도덕사상이나 습속習俗관례에 구애 받고 있는 사람에게는 그렇게 보이는 것이 당연하다.   같은 책, p.397.

30) '偏奇乖僻の人物とは性格も思想もかたより變わった特別な人間という意味。たとえば花袋 "重右衛門の最後"の主人公重右衛門などその典型の一つといえるだろう。
                                                            "田山花袋集", p.398.
① 카타이의 '쥬우에몽'은 고환비대증과 조부모의 지나친 사랑이 합쳐져서 편기괴벽해진 인물형을 이루며 '한 병졸의 총살'의 인물도 편기괴벽한 유형이다.

② 호메이泡鳴의 인물형: '淺間의 靈'의 발명광은 변소에서 변이 튀는 것을 방지할 도구만 고안考案하고, 법학사인 오구라大藏는 남이야 뭐라 하건 자기 아이는 소금기가 부족하다고 믿어 의심치 않으며, 오타케(お竹)할매는 어떤 무리를 해서라도 술을 마시지 않으면 안 되고, 山의 소베에總兵衛는 아이를 낳고싶어 환장한다......일종의 맹진저돌형猛進猪突型의 인간…….
                                                            吉田, 앞의 책 하, p.667.

이즈미小泉 가문의 소오조宗藏하시모토橋本 집안의의 오셍仙 등이 그것이다. 그러나 이들은 작가의 자전적 소설에 나오는 실재한 인물이다. 이들은 작가의 집안의 '자연 속의 부자연'이며, 작가는 그것은 '대담하게 피력'한 것 뿐이다.

사소설의 인물들은 주제에 맞게 선택된 허구 속의 인물들과는 성격이 다르다. 선택이 불가능하기 때문이다. '제르미니'나 '아델라이드 푸크'처럼 허구적 구도에 따라 선정된 인물이 아니라 작가의 주변에 실재하는 인물인 것이다. 그런데다가 그들은 주동인물이 아니다. 그리고 수적으로도 일반형보다 아주 적다.

이런 현상은 일본 자연주의가 사소설과 밀착된 것과 관련된다. 카타이와 토오손은 예술가 중에서도 비교적 건전한 생활을 한 문인들이다.[31] 따라서 그들의 인물이 예외적이 될 수가 없는 것이다. 非자전적 소설에서도 역시 일반형이 주도한다. '시골 교사'와 '파계'의 주인공들도 정상적인 인물들이다. 일본 자연주의는 그 전前과 후後의 어느 문학보다

---

31) ① '文學界時代の彼に感傷の過多はあれ, 病的な影はない。肉を離れた過度の精神性も亦病的であるとするならば, 藤村の場合は健康だといへよう。彼の作品には禿木などに見る唯美的な 趣味ぶりが弱く, 人生に高踏するよりも密着し, 誰よりも現世的, 肉情的な匂ひが強い。

"문학계"시대의 그에겐 감상과다感傷過多의 경향은 있었지만 병적인 그림자는 없다. 육肉을 떠난 과도의 정신성도 병이라고 한다면, 도손의 경우는 건강하다고 할 수 있다. 그의 작품에는 ..... 유미적唯美的 취미도 미약하고, 인생에 고답高踏하기보다 밀착하고, 누구보다도 현세적, 육정적인 냄새가 강하다.　　吉田精一, '自然主義研究' 下, p.337.

② これに反して花袋が'生'で行つた'皮剝は, もし彼の言葉を文字通りにとれば, 健康な感覺をわざわざ傷けて病的にすることであつた。

이에 반하여 카타이가 '생'에서 행한 '허물 벗기기'는, 만약 그의 말을 액면대로 받아 들인다면, 건강한 감각을 일부러 상처를 내서 병적으로 만드는 것이다.
　　　　　　　　　　　　　　　　　　　　　　　"藤村·花袋", p.352.

도 건강하고 상식적인 인물들이 주도한다. 그것은 역설적인 특징이다. 인물의 평범성은 일본 자연주의가 지닌 자연주의적 특징이라 할 수 있다.

3. 결정론

(1) 불란서

가) "루공-마카르"와 유전

졸라의 '루공-마카르'는 결정론에 대한 믿음을 주축으로 삼은 대하소설이다. "인간의 모든 현상 위에 결정론이 절대적으로 군림한다"[32]는 생각은 그의 '루공-마카르'를 관통하는 사상이다. 결정론에는 두가지 면이 있다. 유전과 환경이다. 2) 유전은 선천적이며 내적 요인이고, 환경은 후천적이며 외적 요인이다. 전자가 생리적 요인인데 반해 후자는 사회적 성격을 지니고 있다. 유전은 종적인 축을 형성하며 이며 환경은 투 이다. 이 두 축의 교차점이 개개의 인간이 있다. 자유의지가 간여할 여지가 없이 인간은 이 두 축에 갇혀 있다는 것이 졸라의 견해다.

이 이론이 '루공-마카르'에 어떤 양상으로 투영되어 있는가 살펴 보기 위해서 우선 유전의 측면을 고찰해 보기로 한다. 졸라의 유전론에는 가

---

32) "Chez les êtres vivants aussi bien que dans les corps bruts, les conditions d' existence de tout phéonmène sont déterminées d'une facon absolue. *R. E.*, p.69.

있다. 뤼카스 박사Dr. Prosper Lucas의 "자연유전론Traite de l'heredite naturelle 1850"이다. 졸라는 한 가족을 선정한 후 뤼카스의 유전론에 의거해서[33] 그가 나눈 다섯가지 유형을 자신의 인물들에게 적용시킨다.

원조元祖는 여자다. 아델라이드 푸크라는 신경질환을 가진 여자. 그녀가 루공과 마카르라는 두 남자와 관계하여 낳은 5대에 걸친 자손들이 작품에 등장하는 주동인물들이다. 졸라가 만든 家에 의하면 아델라이드는 의 외딸이다. 그녀는 18세에 고아가 되면서 부모의 채소농장을 물려받는다. 그리고 아버지에게서 정신병도 물려 받는다. ("R-M", p.41)

고아가 된 아델라이드는 2년 후에 자기 농장의 막일꾼인 마리우스 루공Marius Rougon과 결혼하여 아들 피에르Pierre를 낳는다. 마리우스는 뚱뚱하고 하고 평범하며, 불어도 잘 못하는 타관 사람이다. 그나마도 명이 짧아 결혼하고 14개월만에 그가 죽자, 그녀는 1년도 못되어 새 애인을 만든다. 그가 마카르집안의 원조인 위스타슈 마카르Eustache Macquart다. 그는 알콜중독에 걸려 있는 게으른 밀렵꾼이다. 이웃 사람들은 그를 거렁뱅이 마카르라 부른다.

두 번이나 신분에 맞지 않는 남자를 고른 아델라이드를 이웃 사람들은 괴물처럼 생각한다. 비정상적인 인물로 본 것이다. 실지로 아델라이드는 정상적이 아니다. '피와 신경의 균형이 결여된'(같은 책, p.44) 인물이어서 주기적으로 신경성 발작을 일으켰다. 그녀는 결혼을 하지 않은 채 마카르에게서 딸 위르실르Ursule와 아들 앙토와느Antoine를 낳는다. 마카르가 밀수를 하다 총에 맞아 죽자, 아델라이드는 두 남자에게서 낳은

---

33) Je tâcherai de trouver et de suivre, en resolvant la double question des tempéraments et des milieux, le fil qui conduit mathématicquement d'un homme à un autre homme.　　　'La Fortune des Rougon'의 Préface. *R-M* 1, p.3.

2남 1녀와 같이 살아간다. 그런데 아이들이 장성하자 장남 피에르 루공이 어머니의 재산을 모두 가로채 버린다. 세 아이 중에서 가장 머리가 좋은 피에르는, 나머지 아이들이 사생아여서 자기가 유일한 합법적인 상속자라고 주장하며 어머니에게서 재산을 모두 빼앗고 그 가족을 내쫓는다.

그때부터 어머니와 그의 동생들은 전락의 과정을 밟는다. 마카르계의 아이들은 종처럼 학대를 받아가며 힘들게 살아간다. 형제 사이에 유산자와 무산자의 계층이 생긴 것이다. 자본주의 사회에서 재산의 유, 무는 계층을 나누는 기준이 된다. 가난은 마카르계를 최하층의 천민으로 전락시키는 요인이 되고, 재산은 루공계를 부르조아로 상승시키는 기반이 되는 것이다.

불법적으로 독점한 재산을 밑천으로 하여 피에르는 부를 축적하고, 세 아들을 파리에 보내 고등교육을 받게 한다. 장남 으제느Eugene는 정계에 투신하여 장관까지 되며, 둘째인 파스칼Pascal은 의학박사가 되고, 막내인 아리스티드Aristide는 사업을 해서 부자가 된다.

이들의 계층상승 요인은 재산만이 아니다. 마리우스 루공이 조상에게서 물려 받은 근면성, 의지력, 탐욕 등의 유적질의 힘이 크다.

피에르 때부터 루공계는 아델라이드의 과민성과 신경증의 영향을 별로 받지 않았다. 3대도 마찬가지다. 막내인 마르테Marthe를 제외하면 아델라이드를 닮은 아이는 없다. 그들은 농장의 평범한 일꾼이었던 조부의 끈기를 닮아서 자제력이 강하고 탐욕스럽다. 거기에 재산과 합법적 결혼에서 낳은 아이라는 유리한 조건이 덧붙어 있어 세속적으로 성공할 여건이 만들어지는 것이다.

마카르계는 반대다. 그들은 가난하고 교육을 받지 못한데다가 1대인 위스타슈 마카르의 알콜중독의 피를 물려 받았다. 그리고 게으름, 방랑벽, 몰염치함도 물려 받았다. 거기에 어머니의 신경증이 가산된다. 모계와 부계에서 받은 마이너스 요인들이 상승작용을 일으키는 것이다. 거기에 후천적 마이너스 요인인 가난과 무교육, 사생아라는 여건이 첨가되어 사회에 대한 적응력이 약한 의지박약형의 병적 인물들이 만들어져서 몰락의 과정을 밟게 된다. 마카르계는 결국 군인이나 노동자가 되어 최하층 계급으로 전락한다.

루공계와 마카르계는 (1) 부자 대 가난뱅이, (2)인텔리 대 무식층, (3) 의지력의 강함과 약함, (4)적자 대 서자 등으로 모든 면에서 격차를 나타낸다. 루공계는 상류층으로 상승하고 마카르계 인생의 암담한 면과 이어지는 conte noir[34]의 주인공이 될 수 밖에 없는 것이다. "루공 마카르" 20권 중에서 대표작으로 꼽히는 '나나', '목로주점', '짐승인간', '대지', '제르미날' 등은 모두 밀렵꾼의 후예들을 다룬 소설이다. 3대와 4대에 가면 마카르계는 서민 (군인과 노동자)과 기타 계층 (창녀, 살인자, 예술가)에 소속되는데, 이들이 주인공이 된 소설들이 자연주의의 전성기(1877~1887)에 많이 쓰인 대표작들이어서, 마카르계의 가계도를 좀더 살펴 볼 필요가 있다. 그의 대표작들은 거의 모두 제르베즈와 관계된 인물들을 주인공으로 하고 있음을 가계도에서 확인 할 수 있다.

---

34) 'un roman ouvrier. L'ouvrier, comme le militaire, la lorette et le meurtrier, doit appartenir à la descendance du 'braconnier' (c'est-à-dire de celui qui sera Macquart, l'amant d'Adélaïde Fouque, et le père d'Antoine et Ursule.
R. -M. II, p.1541.

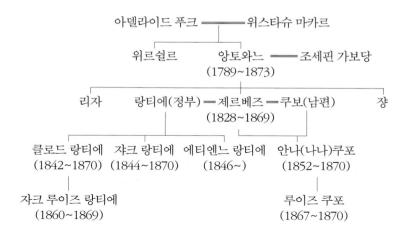

제르베즈의 자녀들과 동생이 주인공인 소설은 다음과 같다.

    1. '목로주점'(1877) … 본인

    2. '나나' (1880) … 안나 쿠포(제르베즈의 딸)

    3. '패주敗走'(1882) … 쟝 마카르(제르베즈의 남동생)

    4. '大地'(1887) … 같은 인물

    5. '제르미날'(1885) … 에티엔느 랑티에 (제르베즈의 3남)

    6. '작품'(1886) … 클로드 랑테에(제르베즈의 장남)

    7. '짐승인간'(1890) … 쟈크 랑티에(제르베즈의 2남)

    이중에서 '목로주점', '나나', '대지', '제르미날'의 네 편은 자연주의 전성기에 쓰여진, 졸라이즘의 대표작들이다. 제르베즈가 주동인물인 '목로주점'은 "루공-마카르" 중에서 성공을 걷운 최초의 소설이다. 그것은 또 졸라가 쓴 최초의 노동자 소설이기도 하다. 이 소설의 성공으로 자연주의는 지반을 다졌으며, 졸라가 메당Médan에 별장을 사서 자연주의 유파인 '메당 그룹'을 형성하게 만든[35] 소설이기도 하다. 따라서 제르베즈는 "졸라의 자연주의에서 가장 중요한 여인heroine majeure de Zola"(R-M. 1, p23)이다.

그녀의 일가가 주동인물이 된 위의 소설들은 모두 비극적으로 끝난다.

1. '목로주점' — 제르베즈는 매음과 구걸로 연명하다가 알콜중독이 되어 계단 참의 좁은 공간에 서 굶어서 죽음.
2. '나나' — 천연두에 걸려서 썩어 가면서 혼자 죽음.
3. '작품' — 자살.
4. '짐승인간' — 동료의 멱살을 잡은 채 기차에서 떨어져서 토막이 나서 죽음.
5. '제르미날' — 탄광에서 동료를 죽이고 행방불명이 됨.[36]

비극적 종말은 손자 대에까지 파급된다. 제르베즈의 자녀들은 거의다가 1870년까지 사망하여 대가 완전히 끊어진다. 제2제정의 종말과 함께

---

35) C'est plutôt que le succès de l'Assommoir a déterminé l'écrivain 'déclarer le naturalisme,' A Médan, il réunit ses disciples, Léon Hennique, Paul Alexis; Huysmans, Céard, Guy de Maupassant...   R. -M. I, p.36.

36) Et, après thant de Rougon terribles, après tant de Macquart abominables, il en naissait encore un. La vie ne craignait pas d'en créer un de plus, dans le defi brave de son éternité... Au risque de faire des monstres il fallait bien qu'elle crée, puisque, malgré les malades et les fous qu'elle crée, elle ne se lasse pas de créer avec l'espoir sans doute que les bien portants, et les sages viendront un jour.   'Docteur Pascal' R. -M V, 1219.

아델라이드의 마카르계의 자손들은 사라져 버리고 마는 것이다. 루공계
는 좀 낫다. "루공-마카르"의 마지막 소설인 '파스칼 박사'1893는 신생아
의 탄생으로 막을 내리기 때문이다.

> 그토록 끔찍한 루공가의 사람들에 뒤이어, 그토록 많은 마카르가의 흉측
> 한 사람들에 뒤이어 또 하나의 생명이 탄생하였다. 과감하게 영원히 이어
> 가는 삶은 또 하나의 생을 창조하는 일을 두려워하지 않은 것이다. …… 설
> 사 괴물 같은 아이가 태어날지라도 삶의 창조는 계속되지 않을 수 없다. 설
> 사 병자와 광인이 태어날지라도 언젠가는 착하고 현명한 인간이 태어나리
> 라는 희망을 가지고 삶은 꾸준히 그 창조의 작업을 계속할 것이다.[37]

아기의 탄생에 대한 기대와 축복과 더불어, 유전의 긍정적 측면에 대
한 기대도 나타나는 '파스칼 박사'는 자연주의에 속하지 않는 소설이다,
자연주의에서 벗어나는 증상이 표면화된 소설이라 할 수 있다. 이 밖에
도 '꿈Le Reve'(1888), '여인들의 행복 백화점Au Bonheur des Dames'(1883) 같은
상향적 플롯으로 된 소설들은 모두 루공계를 다룬 소설들이다. 마카르
계의 소설은 거의가 다 비극적으로 끝난다. 그들의 이야기가 암담한 것
이 되는 여건 속에서 유전과 관련되는 것만 추려서 비극성과 유전의 함
수관계를 점검하여 보기로 한다.

---

37) 1) Souffreteuse, presque mutilée, 'Représentation de sa mère au moment de la
conception', Conçues dans l' ivresse.
'Premier Arbre Generlogique des Rougon-Macquart', R. -M, V, 부록 1869.
2) une veuve dévouée, dure au travil... En somme, très sympathique.
R. -M. I, p.33.

i) 제르베즈의 경우

① 전 바람기가 없었어요. 사내애들이라면 질색이었죠. 랑티에가 열네살 때 저를 해치웠을 때 그이가 남편 행세를 하고 저도 부부생활을 하게 되리라 생각했기 때문에 관계 없다고 생각했죠. 저의 유일한 결점은 …… 정이 너무 많아 누구나 사랑하고, 정신없이 빠져버려 뒤에는 당하기만 하는 거예요.[38]

② 전 또 제 어머니를 닮았어요, 어머니는 대단한 일군이었어요. 20년도 넘게 아버지 마카르 에게 바보 같이 돈을 갖다 주느라고 과로해서 죽었어요, 저는 이렇게 말랐지만 어머니는 살이 어떻게나 쪘는지 문이 부서질 지경이었어요. 그래도 사람들에게 맹렬하게 몰두하는 것은 닮았어요.[39]

③ 그는 경찰서장 나리같이 심술궂은 얼굴로 이것 저것 캐묻기 시작했다.
'이 사람의 부친도 술을 마셨댔소?'
'네 선생님, 조금은요. 뭐 남들이 마시는 그 정도죠. ……
하긴 그날 너무 마셔서 지붕에서 떨어져서 돌아가셨어요.'
'그럼 모친은 어땠었소?'
'글쎄요, 남들 마시는 마큼이죠 뭐. 여기저기서 찔끔찔끔 말입니다. 아주 좋은 가정이었 습니다. 참 동생 하나가 어릴 때 경련이 일어나 죽었대죠 아마!'[40]

---

38) '목로주점'("세계문학대전집", 동화출판공사 26, 김현 역) p.49.
39) 같은 책, p.50.
40) 같은 책, pp.355~56.

④ 제가 다리를 약간 저는 것도 마카르가 엄마를 몹시 때려서 그래요……곤 드레만드레가 되 어 가지고 돌아와서는 갑자기 그짓을 해댄대요. 어머니 다리가 비틀어질 정도로 격렬하게 말이에요. 어느날 밤 제가 생겼던 모양 이에요. 다리 하나가 늦게 생겼지만요.[41]

①과 ②는 성격적 측면이다. 졸라의 계획서에서 제르베즈는 어머니를 닮은 허약한 아이로 설정되어 있으며, 초고에서도 심성이 곱고 정열적 이며 마치 말처럼 몸을 아끼지 않고 일하는 부지런한 인물로 설정되어 있다. 따라서 다리를 저는 것만 빼면 특별한 유전적 결함은 없는 것처럼 보인다.

그런데 역경에 대한 저항력이 없고 자제력도 약하다. ((3) 참조) 역경이 다가오면 "그녀의 모든 자질은 자신에게 거역한다. 근면성은 그녀를 탕 진시키고, 다정한 성격은 걷잡을 수 없는 나약함으로 바뀐다."[42] 구제의 눈으로 보면 천사 같은 이 여인은 절망적인 환경 때문에 술을 마시게 되 고, 술이 일단 입으로 들어가기 시작하자 의지력이 약한 그녀는 자기 속 에 잠재되어 있던 알콜중독자의 피에 휘둘려 벗어나지 못한다. 아버지 의 피 속에 녹아있던 알콜이, 어머니의 의지박약과 결합되어 착하고 부 지런한 한 여자를 나락에 떨어뜨리는 것이다.

제르베즈의 유전적 결함은 다리의 불구성, 의지의 박약함, 알콜중독

---

41) 같은 책, p.11.

42) L'ébauche continue par un protrait psychologique de Gervaise. *Elle 'doit être une figure sympathique'* 'Elle est de tempérament tendre et passionné... D'abord je l'ai dit, une bête de somme au travail, puis une nature tendre... chacune de ses qualités tourne contre elle. Le travail l'abrutit, sa tendresse la conduit à des faiblesses extraordinaires.*
'R. -M. II, p.1545.

의 세가지로 요약된다. 남에게 해를 끼치는 것은 아니기 때문에 루공계의 탐욕과 비교하면 그다지 큰 결함으로 보기는 어렵다. 그 결함을 보완하고도 남을 만큼 긍정적인 요인이 많기 때문에 그녀는 여전히 동정적인 인물로 남는 것이다. 제르베즈의 불행은 유전 보다는 환경에서 생겨난다.

ii) 나나의 경우

어머니의 미모와 아버지의 피를 물려 받은 나나는 주정뱅이의 피가 히스테리와 악덕으로 전위轉位된("R-M" 5, 가계도 참조) 인물로 설정되어 있다. 그녀의 유전에 관한 기록은 작품 속에서 포슈리가 쓴 기사를 통해 자세하게 드러난다. '황금색 파리'라는 제목이 붙은 포슈리의 기사는 4, 5대에 걸친 주정뱅이 집안에 태어난 젊은 창녀의 이야기다.

> 오랜 세월을 두고 빈곤과 주벽을 이어받은 그녀의 몸에는 썩은 피가 흐르고 마침내는 여성 특유의 신경적 이상성이 나타났다. 그녀는 파리의 변두리에서 자라나고 거리를 헤매며 살았다. 거름이 좋은 초목처럼 아름답고 늘씬한 육체를 지니게 되어 이제는 자기를 낳아준 걸인과 폐인을 위하여 복수를 하려는 것이다. …… 그 여자는 저도 모르게 일종의 자연력이 되고 부패의 효모가 되었다. …… 빠리 전체가 눈처럼 흰 그 여자의 두 다리 사이에서 썩고 타락해 가는 것이다, ……그녀는 쓰레기에서 태어난 금빛의 파리이며, 길거리에 내버려둔 시체에서 죽음을 날라온다. 그리고는 번쩍거리는 보석과 같은 몸으로 윙윙대며 춤을 추면서 창문으로 궁전에 날아들어 오는데, 그 파리에 몸이 닿으면 당장에 썩어문드러지는 것이다.[43]

---

43) '나나'(정명환 역) 정음사, 세계문학전집 후기 13, p.167.

"피가로"에 발표된 이 기사에 의하면 나나의 결함은 '여성 특유의 신경적 이상성'이다. 따라서 그것은 그녀의 개인적 특징이 아니다. 그래서 부패의 효모가 되는 것은 그녀의 잘못이라고 하기 어렵다. 그녀의 성이 파괴력을 지닌 상품으로 엄청난 위력을 가지게 된 것은[44] 남자들의 성에 대한 집착에 기인한다. 나나 자신은 어머니의 경우처럼 성에 대한 욕망이 희박한 편이다. 따라서 그녀의 성이 지니는 파괴력은 구매자들의 광기어린 색정에서 유발된다.

① 모든 것을 파괴하려는 욕망에 끌려 그녀는 갑자기 자신의 힘이 팽창하고 정복과 향락의 욕구가 터져 나오는 것을 느꼈다. 일찍이 자신의 성의 힘을 그토록 강력하게 느낀 일이 없었다.[45]

② 그녀의 일은 끝났다. 변두리의 쓰레기 통에서 태어난 파리가 사회를 썩히는 병균을 날라와서 앉기가 무섭게 이 모든 남자들에게 독을 뿌린 것이다. …… 그녀는 여전히 아름다운 짐승이었다. 자기가 무슨 짓을 했는지도 모르는 천진한 소녀였다. 쾌활한 성품도, 건강하 고 오동통한 육체도 예나 다름 없었다.[46]

③ 나나는 털이 많아서 갈색 솜털이 마치 부드러운 비로우드처럼 온몸에 덮여 있었다. 암소와 같은 엉덩이와 허벅다리, 그리고 깊은 주름이 잡혀서

---

44) Pour Zola, l'obscène, c'était la gandriole, le polisson, le joli dix-huitiéme aimé des Goncourt. Pour la bourgeoisie, l'obscène, c'était la réalité.　　R. -M. I, p.26.

45) "같은 책", p.123.

46) "같은 책", p.342.

뇌쇄적惱殺的인 그늘이 져 있는 볼록한 살에는 무슨 짐승이 숨어 있는 것 같았다. 그것은 저도 모르는 엄청난 힘을 가지고 있고, 냄새만으로도 온 세상을 썩히는 금빛의 짐승이었다. 백작은 악몽에 사로잡힌 사람처럼 쳐다보고만 있었다.[47]

①은 나나가 거울 앞에서 벗은 자신의 육체를 스스로 애무하고 있는 것을 뮈파 백작이 보고 있는 장면이다. 금빛의 짐승은 존엄한 왕의 시종侍從을 산산조각을 내는 힘을 가졌다. 그러나 나나의 육체가 파괴의 무기가 될 수 있는 것은 뮈파 백작의 맹목적으로 에스카레이트 되는 성욕 때문이다. 구매자의 욕구로 인해 나나의 성의 힘이 점점 강화되고 있다.

②와 ③도 나나의 육체를 부패와 파괴의 무기로만 보고싶은 작자의 의도를 보여준다. '황금파리mouche d'or', '금발의 괴물monstre blond' 등으로 비유되는 나나의 육체는 부패의 효모로 규정되어 있지만, 인간 나나는 건강하고 쾌활한 여자이며, '평범한 주부 역할을 하는 것이 소원인 소박한 배우'("같은 책", p.225)이고, 아이를 사랑하는 착한 어머니.

그녀의 결정적인 결함은 도덕에 대한 불감증과 낭비벽, 그리고 아둔함이다. 하지만 머리가 나쁘고 낭비벽을 가진 것을 병적인 징후라고 할 수는 없다. 남는 것은 도덕에 대한 불감증인데 그것은 환경이 짊어져야 할 책임이다. 한 집에서 두 남자와 사는 어머니, 주정뱅이 아버지, 어버지가 끌고 들어온 파렴치한 엄마의 전 남편 등이 나나의 주변인물들이다. 그런 인물들과 나나는 빈민굴에서 살고 있었다.

성적인 타락도 마찬가지다. 파괴 당하는 쪽은 주로 돈이 많은 부르조

---

47) "같은 책", p.168.

아와 귀족들이다. '음란성은 부르조아들에게는 현실이었다.'(R-M1, p.26) 그러면서 그것은 금기사항이기도 한 점에 부르조아의 이중성이 있다. 그 이중의 위선을 폭로하려는 것이 자연주의의 특성이다. "나는 이 소설에서 사랑과 종교의 싸움을 그릴 것이다. 性과 하늘의 싸움 말이다"라고 졸라는 말한다. 그리고 그는 성의 승리로 판정을 내린다. 물질주의자인 졸라는 생식기관이 인간에게 있어 "개인적이고 근본적인 요소"[48]라는 신념을 가지고 있다. 사회적인 금기에도 물구하고 "루공-마카르"는 성의 서사시가 될 것이다("R-M", 서문)는 말은 맞는 말이다. 졸라는 성을 사회적인 힘으로 긍정하고 있는 것이다.

그런데 그는 성을 로렌스D. H. Laurence처럼 긍정적인 힘으로 보지 않았다. '파괴의 효모'로만 생각한 것이다. '목로주점'이나 '나나'뿐 아니라 '제르미날'이나 '살림'Pot Bouille'1882에서도 성적 문란성이 노출되고 있다. 서민에게 있어서 성은 돈이 안 드는 오락이거나, 돈을 벌 수 있는 수단이다. 부르조아에게 있어서도 성은 부정적 요인으로 간주되고 있다. 심지어 '성적인 열정도 없는 간통'이 자행되는 난맥상이 '살림' 같은 작품에 나오고 있다. ("R-M" 3, p, 1619)

"루공-마카르"에도 목가적인 사랑이 그려진 것이 있기는 하다. '루공가의 운명'에 나오는 미에트Miette와 실베르Silvere의 사랑이 그것이다. 그

---

48)　　... Si l'allusion à Darwin n' est que le fait d'un jeune homme au courant des idées qui l'environnent, la remarque sur les organes genitaux est neuve, personnelle, essentielle. *Les Rougon-Macquart* seront done une épopée du sexe, jusqu' alors ignore au nom des tabous sociaux, considéré certes comme une force romanesque sur le plan individuel(voir Balzac et les Goncourt eux-mêmes) mais jamais encore evnisage comme force sociale. L'auteur de *Thérèse Raquin* s'affirme déjà en démiurge.　　　　　　　　　　　*R. -M.* I, p.11.

런데 졸라는 이런 사랑에서는 성을 배제해 버린다. 그 청순한 남녀는 성을 알기 전에 죽어버리기 때문이다. 양성관계가 축복으로 그려진 것을 "루공-마카르"에서는 '파스칼 박사' 정도라고 할 수 있다. 늙은 숙부 파스칼 박사와 젊은 조카 클로틸드Clothilde와의 사랑이 그것이다. 예외적으로 원만한 이 양성관계는 실상은 근친상간이다. 졸라는 근친상간을 아기의 출생에 의해 정당화하려고 한다. "사랑의 끝에 아이가 태어나면 그 작업은 좋은 것이다."[49]라고 그는 말하는 것이다. 하지만 아이가 태어남으로서 모든 성관계가 정당화될 수 있는 것이라면, 아델라이드와 마카르, 제르베즈와 랑티에, 나나와 루이즈의 아바와의 관계도 모두 정당한 것이 되어야 한다. 아이는 클로틸드만 낳는 것이 아니기 때문이다.

그러니까 파스칼 박사와 클로틸드의 관계가 긍정적으로 취급되는 이유는 다른 곳에서 찾아야 한다. 그것은 1888년 말에 발생한 졸라의 연애사건에 기인하기 때문이다. 48세의 졸라는 그 해에 27세나 손아래인 어린 하녀 쟌느 로즈로Jeanne Rozerot (1867년생)와 사랑을 하여 처음으로 딸 데니즈Denise(1887년생)와 아들 쟈크Jacques(1891년생)를 낳았다. 이 사랑이 파스칼 박사의 로맨스를 낳았고, 아기의 출생에 대한 졸라의 견해에 변혁을 일으킨 것은, 1893년에 나온 '파크칼 박사'의 헌사를 보면 알 수 있다.

사랑하는 쟌느 - 내게 청춘의 향연을 베풀어 주고, 내가 허송한 30년의 세월을 되돌려 주고, 내게 데니즈와 쟈크 두 사랑스런 아이를 선물한 나의

---

49) L'oeuvre était bonne, quand il y avait l'enfant, au bout de l'amour. Dés lors, l'espoir se rouvrait, malgré les plaies étalées, le noir tableau des hontes humaines. *R. -M.* V, p.1218.

클로틸드에게 이 책을 바친다.[50]

    그렇다면 "루공-마카르"의 나머지 작품들에 나타난 성에 대한 부정적 견해, 비극적 종결법에 나타난 비관적 인생관은, 그 자신의 삶의 불모성을 입증하는 것이 된다. 이 사실은 '작가의 하반신의 질병과 은둔한 중 같은 광증'[51]을 그의 작품의 부도덕성과 연관시킨 '5인선언'의 구절들을 상기시킨다. 쟌느에게서 마돈나를 발견해 낼 때까지 그 자신의 양성관계가 성=파괴와 부패의 공식 속에서 유지되어 왔으리라는 추정을 가능하게 한다.

    쟌느의 출현이 "루공-마카르"에 끼친 영향은 제2제정의 몰락과 맞먹는 큰 사건이다.[52]라고 라누Lanoux는 "루공-마카르"의 서문에 쓰고 있다. "성의 과잉노출이 그녀의 출현과 더불어 소멸됐다. …… 그의 인생에 육체적인 사랑의 기쁨이 충만해지자 작품 속에서 에로틱한 폭력이 사라진 것"이다. 쟌느의 출현은 에로티시즘의 소멸뿐 아니라 비관주의의 소멸

---

50) "A ma bien-aimée Jeanne, - à ma Clotilde, qui m'a donné le royal festin de sa jeunesse et qui m'a rendu mes trente ans, en me faisant le cadeau de ma Denise et de mon Jacques, les deux chers enfants pour qui j'ai écrit ce livre, afin qu'ils sachent, en le lisant un jour, combien j'ai adoré leur mère et de quelle respectueuse tendress ils devront lui payer plus tard le bonheur don't elle m'a consolé, dans mes grands chagrins."   *R. -M.* V, p.1572.

51) ... devant telle page des Rougon, non plus d'une brutalité de document, mais d'un violent parti pris d'obscénité. Alors, tandis que les uns attribuaient la chose à une maladie des bas organes de l'écrivain, à des manies de moine solitaire.
    R. -M. 1V, p.1528.

52) Jeanne Rozerot apporte aux *Rougon-Macquart* une conclusion humaine aussi providentielle que la chute de l'Empire. ···Cependant, les excès de sexualité vont simultanément disparaître. On en trouvera encore, notamment dans 'La Bête humaine', mais de moins en moins. Tandis que sa vie s'emplit de joie charnelle, l'oeuvre perd en violence èrotique.   *R. -M.* I, préface (A. Lanoux)

도 가져왔다. 그녀와 만난 후 작가는 '어두운 세계와 결별'하여 낙관주의
가 되어 간 것이다.

그러나 이런 변화가 전적으로 쟌느와의 관계에서만 생겼다고 할 수
는 없다. [53] 졸라의 성에 대한 부정적 견해는 작가 자신의 사적인 생활
에서만 온 것이 아니기 때문이다. 그에게는 "부르조아의 성에 대한 금기
와 그 위선의 파기"(정명환, 앞의 책, p.201)라는 또 하나의 목적이 있었다. 졸
라 뿐 아니라 플로베르도 부르조아의 가면을 박탈하는 것을 평생의 사
업으로 삼고 있는 점을 감안할 때, 나나의 다음과 같은 분노는 부르조아
의 위선에 대한 작자 자신의 것이라고 볼 수 있다.

　　나나는 협박하듯이 앞으로 다가갔다. 그리고 그 넌더리나는 상류사회의
　　신사들보다는 오히려 자기가 떳떳하고 훌륭하다고 스스로 생각하면서 악
　　이 바칠대로 바쳐 있을 때, 별안간 문이 열리고 스타이네르가 나타났다. 그
　　녀는 무섭게 소리 질렀다. "또 한 작자가 나타났군 그래!"[54]

나나가 조상에게서 물려받은 것은 (1)아름다운 육체, (2)선량한 성격,
(3)도덕에 대한 불감증, (4)낭비벽으로 나타나는 자기 통제력의 결여이
다. (1)과 (2)는 어머니와 할머니에게서 받은 것이다. 나머지는 아버지
의 유산이다. 부정적인 것은 아버지의 유전뿐이다. 모성애까지 합하면

---

53)　Cependant, La Bête humaine, en partie conçue avant que Zola ne rencontre
　　　Jeanne Rozerot, est bien l'adieu du romancier à un monde noir. La conversion
　　　du réaliste vers un messianisme, un tolstoïsme rationaliste...

　　　　　　　　　　　　　　　　　　　　　같은 책, p.51. Préface (A. Lanoux).

54)　"같은 책", p.180.

긍정적인 면이 오히려 우세하다. 앞에서도 언급했지만 나나는 음란한 것을 좋아해서 창녀가 된 것은 아니다.

> 정말 이런 법이 어디 있어! …… 그따위 짓을 하려고 덤벼드는 것은 남자들인데, 욕은 여자가 먹는단 말이에요. …… 그 사람들과 같이 자도 난 통 재미가 없었어요. 재미 있기는커녕 성가셔서 죽을 지경이었죠.[55]

이 말은 '전 전연 바람기가 없었어요' 하던 그의 어머니처럼 그녀도 불감증이었다는 것을 의미한다. 아버지의 매를 피하기 위해 그녀는 거리에 나갔고, 거리에서 예쁘고 자제력이 없는 여자가 호구할 방도가 매음밖에 없었기 때문에 창녀가 된 것 뿐이다. 문제는 유전에 있는 것이 아니라 환경에 있다. 제르베즈처럼 그녀는 아버지의 학대와 가난 때문에 몸을 팔게 된 것이다. 나나의 경우에도 아델라이드의 신경증은 결정적인 효과를 나타내지 못하고 있다. 위스타슈와 쿠포의 알콜중독도 마찬가지다. 그녀를 파괴의 효모로 만든 것은 남자들의 호색성好色性이다. 천연두에 걸리는 것도 역시 유전과는 무관하다. 제르베즈와 나나의 비극은 유전과 밀착되어 있지 않다.

iii) '짐승인간'의 경우

이 소설은 "루공-마카르" 중에서 유전의 영향이 가장 부정적으로 나타나는 작품이다. 똑같은 부모에게서 물려받은 육체가 형제 사이에서 정반대의 형상으로 나타나며, 쟈크는 어두운 면을 대표하는 불운의 괴물

---

55) 같은 책, p.341.

로 설정 되어 있다.

　①에티엔느 랑티에 Etienne Lantier는 유전으로 인해 범죄자가 되는 특이한 경우에 해당된다. 그는 미치는 것은 아니지만 짐승스런 본능에 휘말려 병적인 위기가 오자 어느날 살인을 하고 만다. 가난으로 인해 몰염치해진 부모에게서 똑 같이 태어난 형제인데 형인 크로드는 천재성을 물려받고, 동생은 살인의 본능만 물려 받는다.[56]

　②주정뱅이의 유전이 살인의 광기로 변한 예.[57]

　작가가 설정한 그의 유전적 자질은 동생 에티엔느와 마찬가지로 살인자로 되어 있다. 이 사실을 증명하기 위해 작자는 반복적으로 그의 살인 본능이 유전에 기인함을 강조하고 있다. 그런 유전자에 저항할 만한 자기통제 능력이 그에게는 없다. 그는 의지가 박약한 제르베즈의 아들이며, 자제력이 없고 충동적인 나나의 오빠다. 그는 유전에 저항하는 것이 아니라 미쳐 날뛰는 자기 안의 짐승에 끌려 갈 따름[58] 그의 살인 욕망은 한번으로 끝나는 것이 아니다. 한 사람을 죽이면 또 다른 사람을 죽이고 싶은 치명적인 욕망이 그를 사로잡는다. 유전의 병해가 가장 극단적인

---

56)　Etienne est un de ces cas étranges de criminels par hérédité qui, sans être fous, tuent un jour dans une crise morbide, pousses par un instinct de bête. De même que ses parents, misérables et devenus vicieux, lèguent le génie à son frère Claude ils lui lèguent le meurtre.　같은 책, p.1710.

57)　Hérédité de l'ivrognerie se tournant en folie homicide.　R. -M. IV, p.1728.

58)　Il ne s'appartenait plus, il obéissait à ses muscles, à la bête enragée.
같은 책, p.1043 .

양상으로 나타나는 것이 쟈크의 경우다. 제르베즈의 또 하나의 아들인 이티엔느에게서도 쟈크와 비슷한 살인 욕망이 나타난다.

> 이 순간에 에티엔느는 이성을 잃었다. 눈에는 핏발이 서고 목줄기는 피의 격동으로 부풀어 올랐다. 살인의 욕망이 불가항력적으로 그를 사로잡았다. 그것은 그의 의지를 넘어선 광기였다.[59]

쟈크와 마찬가지로 에티엔느 역시 알콜에 오염된 피가 살인을 부르는 케이스다. 다른 것이 있다면 에티엔느는 쟈크보다 자제력이 있는 인물이어서 자신의 핏속에 저항하고 있는 것 뿐이다.[60] 그런데도 불구하고 결국 에티엔느는 무너진 갱 속에서 샤발을 죽이고 만다.

이 두 사람은 형제이고 그들의 살인충동은 유전에 기인하는 것으로 작가가 계획서에 명시해 놓은 만큼 작가가 유전을 의도적으로 강조하고 있음을 알 수 있다. 졸라가 마카르계에서 강조하는 유전은 모계의 정신병보다는 부계의 알콜 중독이다. 나나의 지능부족, 제르베즈의 절름발이와 음주벽, 쟈크와 에티엔느의 살인충동은 모두 알콜중독과 관련되어 있다.

모계보다 부계의 영향을 더 많이 받은 점에서는 루공계도 마카르계

---

59) Etienne, à ce moment, devint fou. Ses yeux se noyèrent d'une vapeur rouge, sa gorge s'était congestionnée d'un flot de sang. Le besoin de tuer le prenait, irrésistible, un besoin physique. Cela monta, éclta en dehors de sa volonté, sous la poussée de la lésion héréditaire,   R. -M, Ⅲ, p.1571.

60) Pourtant, il n'était ivre que de faim, l'ivresse lointaine des parents avait suffi....et malgré la révolte de son éducation, une allégresse faisait battre son coeur...
같은 책 III, p.1572.

와 비슷하다. 2대인 피에르는 아버지를 닮았고, 3대의 세 아이도 할머니의 영향은 별로 받지 않았다. 마지막 작품에 나오는 파스칼 박사는 자기 집안의 유전에 관한 연구를 하는 인물로 설정되어 있다. 그도 자기 속에 흐르는 피에 대한 두려움 때문에 한때는 신경쇠약에 걸린다. [61] 하지만 그는 젊은 조카에 대한 사랑과 아기의 임신을 통해 유전의 공포에서 해방된다. "루공-마카르" 20권은 파스칼의 유전연구 자료가 들어있던 서랍에 아기의 옷이 채워지는 것으로 끝난다.[62] 루공가의 사람들이 졸라와 함께 유전의 주술적인 공포에서 드디어 해방되는 것이다.

유전의 악영향이 가장 치명적으로 나타나는 것이 쟈크의 경우인데, 유전의 영향을 가장 많이 받은 그보다 덜 받은 제르베즈가 오히려 더 중요한 인물로 부각되는 것은 주목할 만한 현상이다. 이 사실은 "루공-마카르"에서 피의 결정론이 그다지 중요한 역할을 하고 있지 않다는 것을 증명한다. 이것은 작품의 성공도에서도 증명된다. 가계도와의 관계가 덜 중요한 책, 따로 읽어도 별 지장이 없는 소설이 독자의 호응을 얻었다. '목로주점', '나나', '제르미날', '대지'는 모두 그런 작품들이다.[63]

20여년의 긴 세월을 유전론에 얽매이며 작품을 써나간다는 것은 작가에게도 적지 않은 부담이 되었을 것이다. 그것이 일종의 자기책무(정명

---

61) Et il est frappé de neurasthénie. Peur de son hérédité, peur de la folie.
                                                                    R. -M. V, p.1605.

62) C'était dans cette armoire, si pleine autrefois des manuscrits du docteur, et vide aujourd'hui, qu'elle avait rangé la layette de l'enfant.　　　같은 책, p.1214.

63) ⋯les romans autonomes sont mieux acceptés par le public. Les meilleurs seront, en effet, les romans 'clos', Assommoir, Nana, Germinal, la Tetre, la Bête humaine, la Débâcle, ceux qui peuvent être détachés sans peine de l'ensembles et ceux où l'hérédité apparaît le moins.　　　R. -M. I, p.30.

환)였으리라는 것은 2권을 계획하는 도중에 '유전을 잊어버리지 말 것(앞의 책, p.72)이라는 메모를 남긴 것, 쟈크, 앙젤리크 등 애초에는 가계도에 없던 인물들을 등장시키는 것 등을 통해서 짐작 할 수 있다.

"루공-마카르"에는 '목로주점', '나나' 등과는 경향을 달리하는 여인들이 나오는 소설들이 있다. '꿈'의 앙젤리크나 '여인들의 행복'의 드니스 같은 인물이다. 졸라는 경향이 다른 이 두 계열의 인물들을 하나의 끈으로 묶는 기능을 유전에 맡기고 있다. 나나와는 정반대인 앙젤리크 같은 천상적인 여인까지도 악성유전의 영향 하에 집어 넣음으로써 (R-M4, p.1656) 20권의 장편소설군을 하나로 묶는 종적인 축을 형성시킨 것이다. 통일감 속에서 다양성을 연출하는 내적 유대로 유전론을 이용한 셈이다.

루공계의 원조인 마리우스 루공과 마카르계의 원조인 위스타슈 마카르의 상반되는 성격이 아델라이드를 통해 연결되며, 'Origin'이라는 부제가 붙은 '루공가의 운명'에서 시작해서 같은 루공계의 인물이 나오는 '파스칼 박사'로 끝나는 것은 수미일관함을 보여 주어, 유전이 20편을 하나로 잇는 끈으로서의 역할을 완성시키려 함이었을 것이다.

졸라는 르 메트르 J. Lemaitre에게 보내는 편지에 "나는 약속을 지켰소. 내 방법에 큰 변동이 없이 이 작품을 써왔다고 생각하오."[64]라고 쓰고 있다. 20권의 소설이 피의 결정론에서 이탈함이 없이 완성되었음을 자축한 것이다. 그러면서 루공계보다는 마카르계가 자연주의의 대표적 인물형으로 등장하게 하고 있다. 유전의 마이너스 요인이 자연주의의 적성에 잘 맞음을 보여 주려는 것이다. 자연주의가 비관주의와 연결되는 이

---

64) Il avoue aussi à Jules Lemaître: Certes oui, je commence à être las de ma série, ceci entre nous. Mais il faut bien que je la finisse. Sans trop changer mes procédés.   같은 책 Ⅲ, p.1751.

유도 같은 곳에 있다.

유전의 역할은 사실상 '테레즈 라캉'이나 '마들레느 페라'의 시기부터 시작("R-M. 1, p.14)되어 자연주의의 전성기로 간주되는 1877년에서 1887년의 10년간을 정점으로 하고, 후기에 갈수록 약화된다. 그러다가 유전의 영향을 받지 않는 인물로 설정된[65] 파스칼이 등장하는 마지막 소설에 가서 유전의 결정력이 약화되어 극복할 수 있는 요인으로 변하게 되는 것이다

나) "루공-마카르"와 환경결정론

에밀 졸라의 환경 결정론은 테느의 영향 하에서 형성되었다. 테느는 인간을 결정하는 요인을 (1) 종족la race, (2) 환경le milieu, (3) 시대le moment로 나누었는데, 졸라는 그것을 유전과 환경으로 압축시켰다. 그는 직접적 환경과 간접적 환경을 통합하여 '환경'으로 단일화시켜서 인간을 결정하는 결정론의 가로축으로 삼았고, 그것을 "루공-마카르"에 적용하였다. "루공-마카르"는 '제2제정 시대의 한 가족의 자연적, 사회적 역사'를 그린 것이다. 자연적 역사는 유전에 해당되고, 사회적 역사는 환경에 해당된다.

20권의 소설을 한 제목으로 묶은 이 방대한 총서를 계획하면서 졸라는 출판인 라크로와Lacroix에게 다음과 같은 메모를 적어 보냈다.

---

65) Pas de resemblance morale avec des parents. ……Homme doux, sain en dehors complètement de la famille.

Premier Arbre Généralogique des Rougon-Macquart. 1969.
같은 책의 부록, p.XII-XIV 참조

이 소설은 두 가지 생각에 기초를 두고 있다.

　(1) 한 가족의 혈통과 환경의 문제를 고찰 하는 것.
　(2) 쿠데타로부터 현재까지의 제2제정기 전체를 연구하는 것.
　　악당이나 영웅 같은 인물의 유형을 통해서 현대 사회를 형상화하는
　　것.
　　가지가지의 풍습과 사건을 통해서 이 시대를 묘사하는 것.[66]

　이 글을 살펴보면 혈통이라는 말은 한번만 쓰였는데, 환경은 '제2제정
전체', '현대사회를 형상화', '시대를 묘사' 등으로 여러번 나온다. 시대와
사회에 대한 관심이 몇 배나 강한 것이다. 졸라가 유전보다 환경을 중시
했다는 것은 정설처럼 되어 있다.

　졸라의 경우에는 인물들이 비록 유전적 특질을 지니고 있을망정 그것은
극히 막연한 가능성에 불과하며, 그들은 무엇보다도 사회적 결정론의 테두
리 내에서 작용을 가하고 겪는 동가적同價的이며 본질없는 요소로서 제시되
어 있는 것이다. …… 발자크의 소설에 있어서는 사회의 움직임이 인물에
대해서 종속적이며 그 의미 역시 인물을 통해서 헌시되는 반면에, 졸라의
경우에는 그 주종관계가 뒤집혀진다는 것을 말해 준다.[67]

---

66)　Le roman sera basé sur deux idees.
　　(1) Etudier dans une famille les questions de sang et de milieux.
　　(2) Etudier tout le second Empire depuis le coup d'Etât jusqu'à no jours.
　　Incarner dans des types la société contemporaine, les scélérats et les héros. …
　　Peindre ainsi tout an âge social.　　　　　　　　같은 책 V, pp.1755~56.
67)　정명환, "앞의 책", p.227.

유전보다는 환경이 더 중요시되고 있으며, 사회에 대한 관심의 우위성이 졸라가 발자크와 다른 점이라고 정명화 교수는 지적하고 있다. 졸라는 인간을 개별적인 존재로 생각하지 않았다. '사람은 혼자 사는 존재가 아니다. 그는 사회 속에서 산다.'(Documents, p.174)고 그는 생각했다. 따라서 인산의 상호관련성을 중시했다. 인간과 인간이 모여서 만드는 사회 전체를 하나의 유기체로 보고[68] 그 유기체 전체의 생태를 작품의 대상으로 삼은 것이다. 그의 소설이 '제 2제정기의 벽화'라 불리우는 이유가 거기 있다.

시대 전체의 모습을 형상화하는데 있어서 그가 구체적인 대상으로 택한 것이 아델라이드 일가다. 두 남자를 통해 낳은 5대에 걸친 그녀의 자손들을 졸라는 사회 구석구석 배치해 놓았고, 그들을 통해서 시대와 사회의 모습을 구체화시켰다. 그 중에는 장관도 있고 의사도 있으며, 광부도 있고, 창녀도 있다. 졸라는 이런 다양한 인물들을 통해서 '환경에 의해 변경되는 유전의 장난'[69]을 그리려 했으며, 나아가서는 한 시대 전체를 그리려 한 것이다.

그가 대상으로 택한 시대는 과학만능사상이 팽배한 시대였다. "경제적인 이성주의가 발달되어 가는 산업화, 전반적인 승리를 거둔 자본주

---

[68] Le circulus social est identique au circulus vital: Dans la société comme dans le corps humain, il existe une solidarité qui lie les différents membres, les différents organes entre eux, de telle sorte que, si un organe se pourrit, beaucoup d'autres sont atteints, et qu'une maldie très complexe se déclare.
R. E., p.78.

[69] Je ne veux pas peindre la société contemporaine, mais une seule famille, en montrant le jeu de la race modifiée par les milieux.   R. -M. V, p.1737.

의 등과 손에 손을 잡고 나아가던 시대였던 것이다. 부르조아의 전성기였던 제2제정기는 '우매함과 수치가 지배하는 기이한 시대'(R-M. 1, p.4) 이기도 했다.

이런 시대에 루공 일가는 "눈 앞에 다가선 이익을 위하여 약진해 가다가 욕심이 지나쳐서 그 도약에서 전락"(1장 4 주8 참조)하는 대표적인 부르조아다. 그들은 탐욕과 권력욕의 화신이다. 그들의 도약과 전락은 시대의 혼란의 결과여서 상징적인 의미를 지닌다. 루공가의 계층상승과 그 전락은 "새로운 시대의 탄생에 수반되는 숙명적인 경련"과 직결되어 있다. 루공가의 비극은 그 시대 사람들 전체가 지녔던 "신경증과 조급함"의 당연한 결과였던 것이다.

계급사회의 붕괴와 함께 교육의 기회가 보급된 시대적 상황은 아델라이드의 장남 피에르에게 교육을 받을 기회를 제공한다. "별 볼일 없는 초라한 가문"(R-M 1, p.41)출신의 농부의 아들에게 계층상승의 문이 열린 것이다. 농사꾼이 교육의 필요성을 느끼면 대부분의 경우 가혹한 계산가가 되는[70] 관례대로, 교육을 받은 농부의 자손들은 수치심도 명예도 버리고 몰염치한 에고이스트로 변한 경우가 많다. 어머니의 재산을 가로채서 그 돈으로 장사를 시작하여 계층 상승을 이룬 아버지를 닮은 것이다.

(1) 교육을 통한 계층상승, (2) 농업에서 상공업으로 전환, (3) 양심의 마비, (4) 재산 축적욕의 조급성 등은 피에르의 개인적 특징인 동시에

---

70) Des trois enfants, lui seul avait suivi l'école avec une certaine assiduité. Un paysan qui commence à sentir la nécessité de l'instruction, devient le plus souvent un calculateur féroce... L' enfant tapageur (a) se transforma, du jour au lendemain, en un garçon économe et égoïste, mûri hâtivement.

같은 책 I, pp.48~49.

제2제정기의 시대적 특징이기도 하다. 이런 특징을 제2제정기를 '우매함과 수치의 시기'로 만드는 것이다. 수단을 가리지 않고 축적한 재산을 기반으로 해서 다음 세대를 정치가, 의사, 사업가 등으로 업그레이드시키는 피에르의 행태는 산업사회에서의 부르조아의 전형적인 패턴이라 할 수 있다.

루공가의 인물들은 발자크의 인물들과 별 차이가 없다. 돈을 얻기 위해 수단과 방법을 가리지 않는 점에서 그랑데 영감('사촌 베드')은 피에르 루공이나 아리스티드 루공의 동류이다. 테느는 발자크의 "인간희극La Comedie humaine"을 '사업과 金의 서사시'[71]라고 불렀는데, "루공-마카르의 1기(1권-6권)의 작품에도 같은 타이틀을 붙일 수 있다.

발자크 뿐 아니라 데포D. Defoe의 "로빈손 쿠루소Robinsom Crusoe"에도 이들과 비슷한 인물이 나온다. '쿠루소의 유일한 생업은 이윤 추구'[72]이다. 와트I. Watt는 이 소설을 '장사꾼의 오딧세이'(위와 같음)라 부르고 있는데, 이런 팻말은 피에르 부자에게도 붙일 수 있다.

어머니의 재산은 루공가에게는 행운의 열쇠가 된 반면에 분배를 받지 못한 마카르에게는 불운의 원인이 된다. 상승하는 자 옆에서 하락하는 자의 울분이 폭발한다. 상승의 열쇠가 되는 교육과 금전을 모두 빼앗긴 앙토와느 마카르는, 상승에서 소외 된 자의 가장 바람직하지 못한 증상을 나타낸다. 음주와 나태와 잔학성의 노출이다. 원한과 좌절은 앙토와느를 악마로 만들어 버린다. 가난이라는 후천적 재앙과 게으름과 잔학

---

71)　˝The world of Balzac˝　　　　　　　　　M. Taine, Documents, p.108.

72)　(1) Profit is Crusoe's only vocation.
　　　(2) Crusoe set on another lucrative Odyssey.　　　I. Watt, 앞의 책, pp.68~69.

함이라는 선천적 요인이 합세하여 마카르가의 불운이 형성된다. 포악하고 게으른 주정뱅이 앙토와느의 존재는 그의 가족을 지옥으로 몰고 간다. 부지런하고 착하고 인내심이 강한 천사 같은 아내73)와 어린 세 아이는 앙토와느 때문에 나락에 떨어진다.

사회와 직접적인 연관을 갖지 않은 아녀자들에게 있어 가장은 환경 결정의 전권을 가진 존재다. 의지력이 약하고 선량한 여자와 포악한 남자의 결합은 그 권한을 배가시킨다. 가정은 그 자체가 하나의 작은 사회이고, 가장은 결정권자이기 때문에 앙토와느는 아내와 아이들의 숙명이 된다. 어둡고 음산한 숙명이다.

(가) 여자의 경우

i) '목로주점'의 제르베즈

어머니를 닮아 어질고 착한 성품을 타고난 제르베즈는 주정뱅이 아버지의 술값을 벌기 위해 여덟살 때부터 막노동을 시작한다. 돈은 몽땅 빼앗기고 매를 맞으며 굶주림과 헐벗음 속에서 산 참담한 유년기74)는 그

---

73) A partir de ce moment, les Macquart prirent le genre de vie qu'ils devaient continuer à mener. Il fut comme entendu tacitement entre eux que la femme suerait sang et eau pour entretenir le mari, Fine, qui aimait le travail par instinct, ne protesta pas. Elle était d'une patience angélique, tant qu'elle n'avait pas bu, trouvant tout naturel que son homme fût paresseux, et tâchant de lui éviter même les plus petites besognes.　　　　　　　　　　　R. -M. I, p.123.

74) The old egocentric formula 'Man's fate is his character' has been altered by the novelists of naturalist to read 'Man's fate is his environment.
　　　　　　　　　Notes on The Decline of naturalism, Documents, p.583.

녀가 아무 남자나 붙잡고 훌쩍 집을 떠나는 계기를 제공한다. 아버지 다음의 가해자는 남자다. 제르베즈의 전락은 랑티에라는 남자에 의해 그 도가 깊어진다. 열네 살의 불구의 소녀를 임신시킨 랑티에는 여자를 등쳐먹는 것을 업으로 삼는 극악한 몰염치한이 있기 때문이다.

세 번째 가해자도 남자다. 지붕일을 하다가 떨어져 허리를 다친 두 번째 남자 쿠포는 나아졌는데도 일을 하지 않으면서 술만 마셔서 그녀를 힘들게 한다. 그것으로는 성이 안찼는지 그는 어느날 거리에서 부랑하는 랑티에를 집안으로 끌어들인다. 이 두 남자는 제르베즈의 세탁소를 말아먹는다. 뿐 만 아니다. 제르베즈는 성적으로도 두 남자와 같이 사는 패덕까지 저질러야 하는 곤경에 처한다. 아버지까지 합하여 이 세 남자의 몰염치함이 서량하고 부지런한 한 여자의 삶을 완전히 망가뜨리는 것이다.

졸라는 사회의 순환을 인체와 비교하여 고찰하기를 즐기는 작가다. 인체의 한 기관이 감염되면 다른 부위에 전염되든지, 가정의 한 인원이 병이 들면 다른 식구들도 연쇄반응을 일으켜 함께 병이 든다는 것이 그의 지론이다. 수동적인 착한 여자가 주인공이 될 때, 더구나 제르베즈처럼 의지박약형의 착한 여자가 주인공이 될 때 그녀의 운명은 그들에 의해 좌우된다.

겨우 아버지의 마수를 벗어난 제르베즈는 아버지와 동류인 랑티에라는 몰염치한을 만나 다시 좌절하며, 부상을 당하자 그들을 닮아가는 쿠포에 의해 막다른 골목까지 끌려간다. '개구장이 남편'과 '개 같은 사내'[75] 때문에 착하고 부지런한 제르베즈는 결국 거지가 되고 창녀가 되

---

75) ① A chaque bouchée, Nana dévorait un arpent. Les feuillages frissonnant sous

며 알콜중독자가 되는 것이다.

피립 랍Phillip Rahv은 "자연주의 작가들이 '성격은 숙명'이라는 말을 '환경은 숙명'이라고 바꾸어 버렸다."고 말한 일이 있다. 제르베즈에게 있어 그 세 남자는 환경의 총체다. 흡혈귀 같은 세 남자가 그녀를 갈기갈기 찢어 나락으로 떨어뜨리는 것이다.

ii) 나나

아버지의 착취와 매질에 못 이겨 어린 나이에 아무 남자나 따라 나서는 점에서는 나나도 어머니 제르베즈와 같다. 하지만 나나와 제르베즈 사이에는 성장환경의 차이가 있다. 나나에게는 어머니에게 없는 두 가지 마이너스 요인이 더 있다. 하나는 어머니의 불륜이다. 한 집안에서 두 남자에게 끌려 다니는 어머니를 보면서 그녀는 자라는 것이다.

랑티에가 그녀를 자기 방으로 밀고 가는 동안 나나의 얼굴이 작은 방의 유리창문 뒤에 나타났다. 그 꼬마는 방금 깨어나 …… 천천히 일어났고 거

---

le soleil, les grands blés mûrs, les vignes dorées en septembre,…

Nana, folio 版, p.440

② Et lui aimait sa bassesse, goûtait la jouissance d'être une brute. Il aspirait encore à descendre, il criait: 'Tape plus fort... Hou! Hou! je suis enragé, tape donc!' Elle fut prise d'un capricce, elle exigea qu'il vînt un soir vêtu de son grand costume de chambellan....Riant toujours, emportée par l'irrespect des grandeurs, par la joie de l'avilir sous la pompe officielle de ce costume, elle le secoua, le pinca, en lui jetant des; 'Eh! va donc, Chambellan!' qu'elle accompagna en fin de longs coups de pied dans le derrière; et, ces coups de pied, elle les allongeait de si bon coeur dans les Tuileries, dans la majesté de la cour impériale ....C'était sa revanche, une rancune inconsciente de famille, léguée avec le sang.

같은 책, pp.446~47.

기 서서 어머니의 속치마가 앞에 있는 그 다른 사내의 방으로 사라지는 것을 지켜 보았다. 그애는 아주 엄숙한 표정이었다. 그애의 어린아이 답지 않은 부도덕한 커다란 눈만이 관능적인 호기심으로 번쩍거리고 있었다.[76]

나나가 어머니의 불륜을 목격하는 장면이다. 이 일은 어린 나나에게 성도덕에 대한 불감증을 심는 요인이 된다. 그 다음은 그녀가 자란 파리의 뒷골목의 부패한 상태다.

꾸뜨 도르 거리인들 뭐 그리 깨끗했던가? 땅딸보 비구르 부인은 밤낮으로 사내들에게 꼬리를 쳤고, 식료품점의 르옹그르 부인은 삽으로도 안 퍼갈 커다란 침흘리개 시동생하고 붙었다. 그 맞은편의 시계포 주인은 ……세상에 바로 제 딸하고 어쩌구저쩌구 하는 바람에 중죄 재판소에서 하마터면 가중처벌을 받을 뻔 하지 않았던가? …… 오물딱지 속에서 애비, 에미, 새끼들이 다 같이 딩구는 이곳 주민들, 무더기로 잠자는 짐승같은 인간들! 이 돼지 같은 것들은 장소를 가리지 않고 오줌 똥을 내갈겨서 이 근처 집들이 썩어가고 있다.[77]

이것이 나나가 자란 파리의 뒷골목의 실상이다. 그래서 작자는 "이 파리의 한 구석, 가난에 쪼들리고 서로 덮쳐 사는 이 구석에서 깨끗한 걸 바라다니!" (위와 같음)이라고 한탄한다. 정신적으로나 육체적으로 깨끗하기를 바랄 수 없는 환경이기 때문이다. 어머니가 일해야 하기 때문에 나나

---

76) '목로주점' "앞의 책", p.225.

77) '목로주점' "앞의 책", p.229.

는 여섯 살부터 탁아소에 맡겨졌다. 파리의 빈민굴이 그녀를 키운 것이다.

상류사회라고 다를 것이 없다. 나나의 육체를 탐해 재산과 가족, 종교, 지위, 명예를 모두 내버리는 미친 남자들의 퇴폐적인 모습, 왕의 시종의 부인의 간통사건 등이 그것을 증명한다. 포슈리의 말대로 나나가 파리라면 그들은 쉬파리가 쉬를 쓸 수 있는 쓰레기통이다. 졸라가 이 시대를 '우매함과 수치의 시대'라고 한 이유가 거기에 있다.

제르베즈가 자란 곳은 인구 만명 정도의 지방의 소도시 풀라쌍Plassans 이다. 그리고 그녀의 어머니에게는 랑테에 같은 기생충은 붙어 있지 않았다. 선천적 자질이 비슷한데도 "조용히 일하고, 계속 빵을 먹고, 잠 잘 수 있는 좀 깨끗한 굴을 갖는 것"(정명환, 앞의 책, p.51)이 유일한 소원인 제르베즈의 딸을, 한 입에 2정보의 땅을 삼켜고도 눈 하나 깜짝하지 않고, 왕의 시종을 개처럼 두들겨 패는 해괴한 性를 즐기는[78] 여인으로 만든 것은 파리라는 도시라고 할 수 있다.

나나는 모계에서 '사람들에게 맹렬히 몰두하는' 성격을 물려 받았다. 그래서 두 번이나 가난한 남자를 사랑하여 부자들을 버리는 과감한 결단을 내린다. (같은 책, p.181) 나나는 가난한 희극배우를 사랑한 일도 있다. 그녀는 그를 사랑하여 얻어맞을수록 비단처럼 고와지지만 '악덕의 상징' 같은 그 남자는 그녀를 다시 거리의 여인으로 만들어 버린다. 나나의 경우, 타락의 원인은 가난과 무지와 환경에 있다. 성이 가난과 무지와 문란

---

[78]　La race des Rougon devait s'épurer par les femmes. Adélaïde avait fait de Pierre un esprit moyen, apte aux ambitions basses; Félicité venait de donner à ses fils des intelligeneces plus hautes, capables de grands vices et de grandes vertus.

R. -M. I, pp.61~62.

한 주변으로 인해 난맥상을 이루는 것은 '제르미날'도 마찬가지다. 가난과 무지와 무절제는 성적 타락의 온상이다.

나나의 타락이 하층사회에서 시작되어 궁정까지 부패시키듯이 한 인간의 병폐는 타인에게 전염되고 다시 그와 접촉하는 모든 사회 전반에 독을 뿌려 거대한 악의 순화관계가 성립되는 것이다. 발자크의 소설에서는 환경의 작용이 개별성을 띠는데 "루공-마카르"에서는 순환성을 띤다. 졸라가 한 가족을 통하여 시대의 모습을 전체적으로 그리려 한 이유가 거기에 있다. 개체와 집단, 부분과 전체의 상호관련성에 대한 인식은 졸라의 자연주의의 중요한 공적이다.

어머니와 비교 할 때 환경에 대한 나나의 반응은 보다 적극적인 성격을 띠고 있다. 어머니가 수동적인데 반해 나나는 능동적이며, 어머니가 환경에 지배되어 자신을 파괴해 가는데 반해 나나는 자기가 아니라 타인을 파괴한다. 역경에 대처하는 자세가 다른 것이다. 그 원인은 여러 곳에 있겠지만 그 중의 하나가 성장환경의 차이에 있다고 할 수 있다.

(나) 남자의 경우

쿠포의 좌절의 원인은 여자들처럼 가정에 있는 것이 아니라 사회에 있었다. 지붕 수리공의 직업병이야 할 수 있는 고소공포증에서 시작되기 때문이다. 성실한 노동자였던 쿠포는 지붕에서 실족해 떨어져서 부상을 당한 것이다.

아버지는 폭음을 해서 목이 부러졌어. 그랬어야 한다곳사지는 말을 못하겠어. 하지만 이해는 되잖아? …… 그런데 술도 안 먹고, 맹추처럼 조용히 지내는 내가, 술 한 방울도 입에 안대는 내가 말이야, 나나에게 웃어 보이려고 몸을 돌리자 굴러떨어졌단 말이야! …… 너무 한 것 같지 않아? 하나님이 있다면 개판으로 일을 처리하고 있는 거야. 난 이걸 받아들일 수 없어.[79]

부상 당한 쿠포의 넋두리다. 그는 자신의 부상이 억울하다는 생각 속에 매몰되어 재생할 기회를 놓쳐버린다. 수난을 감당할 의지력이 없는 것이다. 그러나 정작 억울한 사람은 쿠포가 아니고 제르베즈다. 그녀는 뼈가 가루가 되도록 중노동을 하면서 병든 남편을 간호한다. 그런데 그는 회복 후에도 일을 하지 않고 술독에 빠져 있다.

쿠포에게 제르베즈는 아주 잘 대해 주었다. …… 아연공은 이제 일터에 나가고 있었다. 그의 일터가 빠리 저편 끝이었으므로 그녀는 그에게 아침나마다, 점심, 포도주 한 잔, 담배값으로 40수우를 주었다. 그는 일주일에 이틀은 일터에 가지 않고 친구와 함께 40수우를 다 마셔 버리고 얘깃거리를 가지고 점심때 되돌아왔다.[80]

쿠포는 술을 마시기 시작하자 몰염치한 인간으로 표변한다. 날이 갈수록 그는 가난의 밑바닥으로 더 깊이 가라앉지만, 그것이 자기 잘못인 걸 모르고 재수 없다는 생각만 한다. 여자들과는 달리 쿠포의 경우에는 작자는 본인의 책임이 크다고 생각한다. 그보다 더 나쁜 여건에서 자라난 구제Gouget는 역경을 극복하고 있기 때문이다.

---

79) '목로주점' "앞의 책", p.109.

80) '목로주점' "앞의 책", pp.120~21.

구제 가족은 북부지방 사람들이었다. 어머니는 레이스를 수선했고 아들의 직업은 대장장이 었는데, 볼트 공장에서 일을 하고 있었다. 그들은 그 옆방에 5년 전부터 세들어 있었다. 그들의 말없이 조용한 생활 뒤에는 아주 오랜 슬픈 이야기가 숨어 있었다. 아버지 구제가 어느날 고주망태가 되어 가지고 릴르에서 쇠막대기로 친구를 때려 죽였던 것이다. 그는 감옥에서 손수건으로 목매달아 죽었다. 과부와 어린 것들은 그 불행한 사건 후에 파리에 와서 그 사건을 머리에 간직하고, 그것 때문에 아주 정직하고, 부드러움과 용기를 잃지 않고 살았다.[81]

환경을 극복하는 또 하나의 인물은 여덟살 난 꼬마 라리다. (목로주점 "앞의 책" p.120~21 참조) 하지만 라리는 아버지의 매에 못이겨 죽고 만다. 아녀자의 경우에는 가장의 역할이 불가항력적인 숙명이 됨을 여기에서도 보여 준다. 졸라의 "루공-마카르"에는 바람직한 아버지상이 거의 없다. 그런데 어머니들은 반대다. '루공가의 남자들은 여자에 의해 정화된다'[82]는 작자의 말대로 원조인 아델라이드는 좋은 엄마다. 그녀는 죽은 딸의 아이를 돌보아 주는 좋은 할머니기도 하다. 피에르의 아내도 자식들에

---

81) '목로주점' "앞의 책", p.98.

82) しかしゾラの影響はうき秋(明治32,12 "文藝俱樂部")にすでに本格的に現われている。發狂した父親の遺傳質をうけた娘がやぼな自然人の男を先夫に盜賊作という仇名をもった無賴漢を後夫にもち、それぞれに子供ができる。彼らの三代にわたる遺傳關係と運命の變轉とを、やや大規模に 描き、その惡性遺傳を動物の本能から解釋している点において、きわめて異例である。これは小杉天外や永井荷風と並ぶゾライスムを應用した小說と考えている. わが國の本格的自然主義を 形づくる少數の作品に屬している。わが國の近代文學史では、この本格的自然主義の出現を、普通に島村抱月のくだした規定に從って前期自然主義と呼んでいる。　　　　　　"新潮文學全集" 7. p.434.

게 충실한 엄마다. 마카르계의 여자들도 마찬가지다. 조세핀은 천사 같은 여인이며, 제르베즈와 나나도 좋은 엄마다. 나나는 천연두에 걸린 아이를 간호하다가 병이 옮아서 죽는다. 아버지=악인, 어머니=선인의 공식이 생기는 것이다.

이성관계도 마찬가지다. '목로주점'과 '나나'는 남자들이 여자를 전락시키는 이야기다. 유일하게 긍정적인 남자인 구제는 누구의 남편도 아버지도 아닌 총각이다. 제르베즈의 경우 가난은 오히려 풀기 쉬운 과제다. 그녀는 부지런하기 때문이다. 문제는 남자들의 게으름과 몰염치함이다. 꼬마 라리와 제르베즈는 남자라는 환경에 희생 당하는 죄없는 욥들이다.

피의 결정론이 관념적인 색채를 지녀서 겉돌고 있는데 비하면 환경결정론은 훨씬 구체화되어 있으며, 환경의 결정성이 유전보다 강력하게 나타나 있다. 그 한 예가 '꿈'의 앙젤리크다. 그녀는 오래된 교회 옆에서 착한 양부모와 사는 동안에 루공가의 유전자의 악영향을 극복한다. 유전이 환경에 의해 교정되는 표본이다. 유전보다 환경의 결정성이 더 큰 것은 모든 나라의 자연주의의 공통되는 현상이다.

(2) 일본 : '이불'과 '집'에 나타난 결정론

일본에서는 결정론이 주로 전기 자연주의에서 나타난다. 그래서 카타이花袋가 전기 자연주의기에 쓴 작품들에 결정론이 나타난다. 그 중에서 유전에 중점이 주어져 있는 것은 '쾌청한 가을'이다. 미친 아버지를 가진 여자가 "루공-마카르"에 나오는 것 같은 남자와 결혼해서 낳은 한 가족의 3대에 걸친 유전을 추적한 작품이다. "루공-마카르"의 축소판 같다고 할 정도로 인물 설정이 유사하다. 열성유전에 초점이 맞추어져 있는 점도 비슷하다.

'쥬우에몽의 최후'에는 유전과 함께 환경의 영향도 나타난다. 고환 비대증이라는 선천적인 결함과, 조부모의 지나친 사랑이라는 후천적 조건이 상승하여, 한 인간을 짐승처럼 만들어 가는 이야기다. 그밖에도 카타이花袋에게는 환경의 영향으로 인해 타락해 가는 한 여자의 일생을 그린 '단류斷流'(명치 29년)가 있다.

그런데 막상 후기 자연주의 기에는 그것이 많이 희석된다. '생'에 나오는 어머니의 성격과 환경의 함수관계, 세이조淸三의 죽음과 가난 등을 제외하면 결정론과 결부시킬 조항이 거의 없다. 대정기에 가면 '쥬우에몽 최후'와 비슷한 '한 병종兵卒의 총살'(대정 6년)이 나오지만, 막상 그들이 자연주의라고 부르는 시기에는 결정론과 결부시킬 작품이 없는 것이다.

토오손藤村은 유전에 관한 이론적인 면을 노출시키는 대신에 그것을 작품 속에 용해시키고 있다. '집'의 경우가 그것이다. 이 작품에 나타난 유전에는 (1) 성적으로 방종한 피, (2) 광기의 유전의 두가지 패턴이 있다. 고이즈미小泉 가문의 경우 성적인 방종은 소오조宗藏가 대표한다. 그는 형수를 범하려고 한 파렴치한이며, 살아 있는 짐승 같은 존재여서 집안의 우환덩어리다.

하시모토橋本 집안에서는 그런 방종이 가장에서부터 시작된다. 가장인 다츠오達雄가 아내에게 성병을 옮겨 평생 환자처럼 살게 만들고, 딸 오셍お仙은 백치로 태어난다. 그리고 그 자신도 방종으로 인해 몰락한다. 거기에서 끝나지 않고 나쁜 피는 아들 세이타正太에게 유전되어 결국에는 그도 요절함으로 절손이 된다.

미쳐서 집안에 갇혀 있다 죽은 고이즈미 집안의 아버지의 광기는 '집'에서는 암시적으로만 처리 되지만, 현실에서는 작가의 누나에게 유전되어 누나가 만년에 정신병을 앓는다. '어떤 여자의 생애'와, '동트기 전'의 두 소설에는 아버지와 누나의 광기가 숨김없이 그려져 있다. 부모의 유전 때문에 백치 아이가 태어나는 이야기는 돗보獨步의 '봄새春鳥'에도 있다. 유전에 관한 관심은 직접적이거나 간접적으로 자연주의파 문인들의 공통특징이라고 할 수 있다. 그러나 아델라이드의 것 같은 열성유전은 자연주의기에는 거의 나타나지 않는다. 전기에 노출되던 카다아의 결정론은 이 시기를 건너 뛰어 대정기에 잠깐 다시 나타날 뿐이다. 일본의 자연주의 소설들은 작가 자신을 그린 사소설이기 때문이다.

토오손의 '집'에 나타난 성적 방종도 대를 물린 것이 아니라 그들 자신의 개인적 타락이며, 대가도 자신이 더 많이 치른다. 세이타 경우도 마찬가지다. 그리고 대상은 언제나 직업적인 유녀遊女들이다. 따라서 이것은 남자들의 외도가 허용되던 봉건시대의 잔재라고 보는 편이 타당하다. 유전적인 것이라면 여자들에게서도 나타나야 하는데, 그 집안 여자들은 모두 정상적이기 때문이다.

소오조와 형수, 토오손과 질녀와의 관계는 근친상간적 성격을 띄지만, 전자는 미수에 그쳤고, 후자는 상처한 남자가 오래 혼자 살다가 우발적으로 저지른 사고여서, 유전보다는 환경과 관련이 있어 보인다. 따라서 이 두 작가가 경결정론에 대한 명확한 인식을 가지고 글을 썼다고 보기 어렵다. 토오손의 광기에 관한 것도 대정시대의 작품에 나타나 있어, 카타이의 경우처럼 자연주의 시대에는 상대적으로 유전과 환경에 관한 것이 거의 나타나지 않는다. 사소설이 주축이 되기 때문이다. 따라서 후기 자연주의는 결정론과 결부되기 어렵다. 일본 자연주의는 프랑스의 자연주의와 공통성이 거의 없다는 것이 이 항목에서도 검증된다. 일본 자연주의가 방법면만 프랑스에서 수입했다고 보는 이유가 거기에 있다.

II 장

김동인과 자연주의

1. 시대적 배경 — 국권의 상실과 근대화의 갈등

한국의 자연주의 문학은 3·1운동 후에 일본이 무단정치에서 문화정책으로 방침을 전환한 시기에 발생한 문학이다. 일제의 대한정책對韓政策의 회유조정기懷柔調整期(1919~1931)[1]에 해당되는 시기이다. 하지만 그들의 '문화정책'의 실상이 하나의 기만에 불과했음은 재론한 필요조차 없는 일이다.

> ① 1920年代의 일본은 국내적으로는 군부 관료 및 재벌과의 제휴를 강화하고 대륙침략을 위한 군비확장과 독점적 금융자본의 증식에 몰두하는 동시에 국제적으로는 식민지 한국에 대한 지배정책을 심화하고, 나아가서는 대륙 만주침략의 적극정책을 추구하기 시작했다. 특히 한국 민족의 3·1독립운동에 위협을 느낀 일제는 종래의 '무단정치'로부터 허위적인 '문화정치'를 표방하고 회유와 갈취를 보다 강화시켜 간 것이다.[2]

---

1) 　김운태金雲泰, "일제식민지통치사" "한국현대문화대계" 6의 분류법에 의거함.

2) 　김운태, 같은 책, p.93.

② 사이토齊藤의 '문화정치'도 그 본질은 무단정치였음은 그가 중앙정부에 제출한 한국 내에 2개 사단을 증강하라는 의견서에서 가장 잘 드러나고 있다. 거기서 그는 3·1운동이 그와 같이 확대된 것은 한국주류의 군대가 2개 사단에 불과하며 그것도 그것이 용산과 나남羅南에 집중하여 있었기 때문이므로, 이 군대배치를 한국전토에 분산 배치할 필요가 있으며, 이를 위해서 현재의 2개 사단은 병력이 부족하므로 다시 2개 사단을 더 증강하되, 이는 일본 내지로부터 이주시키는 것이 국제문제를 야기시키지 않는다는 의견을 진술하고 있다. 경찰비는 1918년에 800만원에서 1920년에 2,394만원으로 약 3배 증가했으며 ……[3]

김동인의 증언에 의하면 잡지 "창조創造"와 3·1운동은 같은 날 잉태되어, 같은 날 세상에 발표된 것으로 되어 있다. "창조" 창간의 발표일이 '2·8독립선언서' 발표일과 같았던 것이다.("전집" 6, p.10) 3·1운동의 준비가 진행되고 있는 상황에서 "창조"의 동인들은 잡지 발행을 준비하고 있었던 것이다. 이 사실은 그들의 탈정치적 성향을 입증한다. '정치운동을 그 방면 사람에게 맡기고 우리는 문학으로……'[4]라는 것이 그들의 방침이었다.

그렇게 확고한 방향이 설정되어 있었는데도 3·1운동은 그들과 무관한 것일 수 없었다. 3·1운동 때문에 동인은 학업을 영원히 중단했고, 3개월간의 감옥생활을 하지 않을 수 없었다. 동인 뿐 아니다. 3·1운동은 "창조"의 동인들을 사방으로 흩어 놓았고,[5] "창조"의 발행을 중단시킬 위

---

3)   김운태, 같은 책, p.99.

4)   '문단30년사', "김동인 전집" 6, p.9.

5)   내가 감옥살이를 끝내고 나와 보니 김환金煥과 최승만崔承萬은 동경에 있고 전영택田榮澤은 그새 귀국해서 결혼했고 주요한朱耀翰은 상해로 망명해 있었다.

력을 지녔던 것이다. 뿐 아니라, 정치적으로 국권을 상실한 식민지의 상황은 동인의 파산의 직접적인 원인도 되고 있다. 일본인 관리의 심술에 그 결정적 원인이 있었기 때문이다. 정치에 대하여 무관심한 사람들까지 정치력의 직접적인 제재의 대상이 된 상황—그것이 1920년대 초에 한국의 신문학이 출발점에서 맞이했던 현실이다. '시대폐색時代閉塞'의 극단적 양상이라고 할 수 있다. 그러면서 그 시기는 동시에 한국에서 근대화가 급속하게 진행되는 시기이기도 했다. '근대적 질서 제도화'[6]가 이룩된 시기였던 것이다.

경제적인 면에서는 자본주의로의 경제로의 이행이 행해졌다. 농업의 현대화를 위한 수리사업이 진행되었고,[7] '토지 사유제'를 구축하여 식민지자본주의 경제체제의 토대를 마련했으며, 회사령會社令이 실시[8]되었다. 공장이 세워지고 철도가 놓여 졌으며 학교가 세워졌다. 표면적으로 볼 때에는 근대화의 작업이 착착 진행되고 있었던 것이다.

한국의 근대화가 일본의 국익을 기반으로 하여 행해진 식민지의 근대

같은 글, "전집" 6, p.20.

6) 다른 한편으로 일제시대는 주체성이나 정통성과 같은 민족적 규범을 사상捨象한다면 그것은 여하튼 외관상 전통적 질서에서 근대적 질서에로의 이행이라는 시간적 성격을 띠고 있는 것이다. 따라서 우리는 일제시대에서 비록 간접적이긴 하더라도 거기에서 나타난 근대국가적 체험을 전혀 배제할 수 없는 것이다.　　　　김운태, 같은 책, p.57.

7) 그리고 산미증식계획産米增殖計劃의 중심을 이룬 '토지개량사업'의 내용은, ① 수리관개설비水利灌漑設備를 개선하는 수리사업, ② 밭은 논으로 변경하는 지목변경, ③ 국유 미간지未墾地의 개척 또는 수변水邊간척지를 개척하는 것 등 삼종이었다. 이 토지개량사업은 개인에 의한 경우도 있었지만 대부분 수리조합을 조직해서 수행한 것이며 이 수리조합은 '동양척식주식회사東洋拓殖株式會社'와 더불어 한국농민이나 한국인 중소지주에 대하여 원한의 대상이 되었다.　　　　김운태, 같은 책, p.119.

8) 1920년대 일본제국주의의 한국에 대한 식민지산업정책은 우선 소위 '산업개발'이란 미명하에 이식移殖자본주의 기반을 구축하는 데 역점을 두었다. 김운태, 같은 책, p.117.

화였다는 데서 근대화를 향한 한국인의 갈등이 생긴다. 토지개량사업은 한국을 일본의 식량기지로 만들기 위해 진행되었고, 공장의 설립은 공업원료의 탈취와 상품 판매시장의 확보를 위한 것에 불과했다. 모든 면에서의 근대화작업이 한국의 예속화를 가중시키는 수탈과 유착되어 있었던 것이다.[9] 졸라에게 있어서 제2제정기각 혼란과 수치의 시대였다면, 우리에게 있어서 일제시대는 착취와 굴욕의 시대였다.

한국인은 모두 무산계급화해 갔고,[10] 일본 자본의 침투로 공장 노동자층이 형성되던 시기가 1920년경이었기 때문에 프롤레타리아 문학이 자연주의와 공존하게 되는 것이다. 불란서나 일본의 경우에는 자연주의가 끝난 후에 프로문학의 시대가 되는 데, 한국에서 그것이 겹치게 된 것은 자연주의 문학이나 프로문학의 개화기가 늦은데도 원인이 있지만, 자연주의 문학과 같은 시기에 일본 자본주의가 한국의 노동자들을 착취하게 되는 현상도 그 원인의 하나를 형성한다.[11] 그들을 억압하기 위해

---

9)   '합병' 이후 일제의 한국에 대한 산업경제정책의 기조는 한국의 산업경제를 일본의 그
     것에 예속화시키는 기반을 조성하는 것이었으며, 이를 위해서 우선 식량과 공업원료
     를 탈취하고 상품판매시장으로서의 식민지 경제체제로 재편성하는 작업에 착수했다.
                                                      김운태, 같은 책, p.78).

10) '빈곤한 것은 무산계급이라고 한다면, 조선인은 모두 무산계급인 것이다.'
                                        김윤식, "한국현대문학사", p.141.

11) 사회주의 세력이 한국에 뿌리박게 된 것은 1920년경부터이다. 그때는 이미 러시아혁
     명·헝가리혁명 등이 성공한 후이며, 국내적으로는 일본 자본의 침투로 공장 노동자가
     형성되기 시작한 때이다. 그래서 1920년에 들어서면서 사회주의 운동의 기간이 되는
     노동운동과 청년운동이 점차 성숙해진다. 1920년 2월에는 김광제金光濟·이병의李丙
     儀 등을 중심으로 '무산대중의 복리 증진'을 목적으로 하는 로동대회가 조직되며, 6월
     에는 안확安廓·장기욱張基郁·이병조李秉祚 등을 중심으로 '조선청년련합회'가 형성된
     다. 1922년에는 "전선全鮮 노동자제위에게 고함"이라는 공산주의 사상을 고취하는 최
     초의 글이 발표되고, 1924년에는 공산당이 조직된다. 그리고 19~22년경의 낭만주의
     적 문화적 경향을 청산하기를 요구하는 김기진金基鎭의 활동이 23, 4년경부터 시작되
     고, 25년에는 프롤레타리아 예술동맹 KAPF가 형성된다. 그때의 사회주의 세력은 백
     남운白南雲으로 대표되는 경제사학經濟史學, 임화林和의 문학사연구, 그리고 무정부

시국은 더욱 경색된다. 이런 상황에서 자연주의파의 문인들은 反프로문학의 기치를 선명하게 하지만, 그들의 차이는 그다지 큰 것이 아니었음을 동인의 다음 말을 통해 파악할 수 있다.

> "민족문학과 무산문학無産文學은 모두 다 변변치 않은 문제로 이렇다 저렇다 다투는 점에서 합치점을 발견할 뿐," 그 차이점은 마치 까마귀의 자웅 雌雄과 같아서 알 수가 없다.[12]

일제는 프로문학에 대한 탄압을 끝내고는 그 단속의 손길을 그대로 민족문학파 쪽으로 연장시켰던 것이다.

이것이 한국의 자연주의의 시대적 배경이다. 표면적으로는 근대화, 산업화, 자본주의화가 급속하게 진행되면서 인권과 민주화의 측면에서는 역행현상이 벌어졌다는 점에서 그것은 일본과 유사하다. 격차가 극단화된 것뿐이다. 불란서의 자연주의가 부르주아의 난숙기의 산물이라면, 일본의 그것은 부르주아의 상승기의 산물이며, 한국의 경우는 일본을 통한 자본주의화로 인한 한국인 전체의 무산계급화 시대의 산물이다.

그러면서 그 시기는 표면적으로는 가장 안정된 시기였다는 사실이다. 잡지들이 우후죽순처럼 쏟아져 나왔고[13] 민간신문도 생겨나서 언론의

주의자, 테러리스트들로 대표된다.　　　　　　　　　　　김윤식, 같은 책, p.143.

12)　'민족문학과 무산문학의 박약한 차이점과 兩文學의 합치성' "전집" 6, p.675.

13)　그 무렵의 신간 잡지를 소개하면 다음과 같다.
　　　"曙光" 제 2호, 1월 15일 발행
　　　"新靑年" 제 2호, 12월 5일 발행
　　　"서울" 창간호, 11월 5일 발행
　　　"現代" 창간호, 1월 31일 발행

자유가 얼마간 보장되던 시기가 자연주의 문학의 시기였다. 그 점에서
는 불·일·한 3국의 자연주의가 공통된다.

<hr>

"三光" 제 2호, 12월 28일 발행.
"女子詩論" 창간호, 1월 24일 발행
1919년 말에서 1920년 초에 걸쳐서는 진실로 많은 잡지가 생겼다가 없어졌다.
'문단30년사' "전집" 6, p.23.

2. 용어의 의미 굴절

　김동인은 문예사조에 흥미가 없는 문인이다.[14] 그는 되도록이면 '주의'라는 말을 쓰지 않는다. 그가 자기 문학이나 창조파의 문학과 관련시켜서 사용하는 용어는 '리얼리즘'이나 '사실주의'보다는 그냥 '레알', 혹은 '리알'이나 '사실寫實'인 경우가 많다.[15] '자연주의'라는 용어는 '리얼리즘', '레알', '사실'보다 사용빈도가 더 적다.[16] 거의 사용되지 않았다고 해도 과언이 아니다. 그래서 보기 드물게 '자연주의'라는 용어를 쓴 다음 인용문은 동인이 파악한 자연주의의 용어의 개념을 파악하는 데 큰 도움을 준다.

---

14)　'나믄 말' "창조" 창간호.

15)　(1) 그리고 또 '리알'이라는 것이 소설구성의 최대 요소로 여기었다.
　　　　　　　　'문단30년사' "金東仁全集" 6, 삼중당, p.29. - 이하 전집으로 약칭함
　　　(2) 이 작가만은 사실이라 하는데 뿌리를 두고…….　　　　　　　　같은 책, p.147.

16)　그가 "약한 자의 슬픔"의 독자성을 주장하기 위하여 문예사조의 이름을 있는 대로 나열하는 다음 대목에도 자연주의는 포함되지 않았다. / 여러분은 이 "약한 자의 슬픔"이 아직까지 세계상에 이슨 모든투 니야기(작품) - 리얼리즘, 로-만티씨즘, 심볼리즘들의 니야기 - 와는 묘사법과 작법에 다른 점이 있는 거슬알니이다.
　　　　　　　　　　　　　　　　　　　　　　　　'나믄 말' "창조" 창간호, p.83.

루소의 참회록 같은 것도 루소 본인은 연방 붓대가 차마 돌아가지 않으니 눈 꼭 감고 쓰느니 운운하였지만 사실에 있어서는 자연주의라는 긍지를 가지고 자연주의적 양심으로는 떳떳한 일을 했노라는 뱃심이 지배紙背에 너무도 명료하게 보인다고 보는 나다.

그런 눈으로 보자니 '나'는 첫머리부터 끝줄까지가 전부 허위다, '事實'이 허위라는 것이 아니라, 붓이 허위인 것이다.[17)

이 글에서 밝혀진 것은 동인에게 있어서 '자연주의'는 루소이즘 Rousseauism이었다는 사실이다. 따라서, 불란서의 자연주의와는 아무 상관도 없음이 밝혀졌다. 그는 졸라에 대해 언급할 때에도 '졸라와 그의 일파'라고만 할 뿐, '자연주의자'나 '자연주의파'라고 하지 않는다. 졸라이즘은 동인에게 있어 자연주의와 무관한 것이었기 때문이다. 뿐 아니라, 그것은 동인 자신의 문학과도 상관이 없다. 동인은 루소의 제자가 아니기 때문이다.

① 자연은 숭엄崇嚴하다. 위대偉大는 숭엄 그 물건이니까 ⋯ 그러나 어떤 자연의 위대가, 어떤 자연의 숭엄이 사람이 만든 그중(모양이나 실질로나) 작은 자의 위대에 미칠 수가 있을까? 자연의 위대라 하는 것은 '생명 없는 위대'다. ⋯ 거기에 비하여서 사람이 만드는 물건은 ⋯ 훌륭한 생명이 있다. ⋯ 더군다나 예술(과학과 예술의 구별이 있다하면)에 이르러서는 더 말할 필요가 없다.[18)

---

17) '춘원春園과 나' "전집" 6, 삼중당, pp.262~3. 점 : 필자.

18) 사람의 사는 참모양 "전집" 6, p.404. 점 : 필자.

②모든 과학품(이라 하는 것)도 그 실로는 예술이다. 어떤 작은 과학품이든 그것은 사람의 휘연輝然한 살아있는 모양의 상징이다. 예술의 목적이 이것-사람의 살아 있는 모양의 표현이면 어떤 과학품이라도 부지불각不知不覺 중에 예술이 되어 버린 것은 정한 일이다.[19]

③아아 위대할진저 - 사람의 힘이여! 사람은 과연 아직까지 헛길을 들지 않고 곧추 나왔다. 그리하여 유토피아 건설은 우리 눈앞에 이르렀다. / 과학(이라 하는 것)과 예술의 악 수, 이것만 되면 여기는 아름다운 유토피아가 건설되리라.

지금이 말세라는 사람의 말이 참말이다. 과연 지금은 과도기의 말세다. 이제 장차 올 파라다이스 - 이것은 우리의 바라는 바 참 세상이다.[20]

이 글에는 김동인의 자연관이 명시되어 있다. 그는 물론 자연의 아름다움과 숭엄함을 사랑한다. 그는 대동강을 사랑하고, 기자묘와 금강산을 사랑하고, 현해탄을 사랑한다. 그러나 동인의 세계에서 자연의 위대함은 인간의 위대함과 비교할 때 빛이 죽는다. 어떤 위대한 자연도 사람이 만든 물건에 비기면 가치가 없다. 자연의 위대함은 '생명이 없는 위대'인 데 비하여 사람이 만드는 물건에는 '생명이 있다'고 그는 생각하기 때문이다. 따라서 동인에게는 저절로 생긴 그대로 그냥 존재하는 물건은 아무런 의미가 없다. 인공이 가미될 때 비로소 사물에는 생명이 생기는 것이다.

---

19) 같은 글, "전집" 6, p.405.
20) 같은 글, "전집" 6, p.406.

이 점에서 동인은 노자의 '무위자연無爲自然' 사상과 정반대의 입장에 선다. 루소의 반 인공주의도 역시 그와는 대척된다. 동인은 인간이 만든 어떤 보잘 것 없는 물건도 자연의 최고의 아름다움보다 월등한 가치를 지닌다고 생각하는 문명 예찬론자이기 때문이다. 그에게 있어 인공미의 극치는 예술이다.

그런 점에서 그의 자연관은 루소가 아니라 와일드와 유사하다. "자연은 너무나 불완전하다. 자연이 완전하다면 예술은 필요 없을 것이다"[21] 라는 와일드의 주장에 동인이 동의를 표하는 것은 자연을 불완전성으로 보는데 기인한다. 동인에게 있어서 인공 = 생명의 등식은 생명 = 예술이라는 또 하나의 등식을 수반한다. 예술이 '인생의 성서요 사랑의 생명이 되는'[22] 이유가 거기에 있다. 김동인의 예술관은 루소와는 대척적이다. 그가 낭만주의자로 분류되지 않고 예술지상주의자로 간주되는 이유가 거기에 있다.

②에서는 예술과 과학과의 관련성에 관한 견해가 제시되고 있다. 동인은 예술과 과학의 관계를 구분하는 것은, "산호가 동물이랄지 식물이랄지 구분키 힘드는 그 이상 힘든다고 생각한다"("전집" 6 p.405)고 말하고 있다. 예술과 과학은 사람의 힘의 위대함을 증명하는 물증과 같은 성격을 지닌다는 점에서 동질성을 띤다고 보는 것이 동인의 견해이다.

③은 과학에 대한 예찬이다. 인간은 "처음 옷을 만들고 집을 지었다.

---

21) Nature is so imperfect, as otherwise we should have had no art at all.
O. Wilde The Decay of Lying p.2.

22) 이렇게 자기의 통절한 요구로 말미암은 '예술'은 이것, 즉 인생의 그림자요, 인생의 무일無一의 무이 無二한 성서요 인생에게는 없지 모할 사랑의 생명이다.
'자기의 창조한 세계' "전집" 6, p.267.

이렇게 하나씩 자연을 거꾸러 쳐서 지금에 이르렀다"고 동인은 말한다. 그것이 발달하여 '흑화黑靴', '무성총無聲銃'까지 만드는 단계에 이르렀다(위와 같음)는 것이다. 인간이 만든 그 하나하나는 동인의 견해에 의하면 모두 예술이다. 심지어 "과학과 예술의 악수, 이것만 되면 여기에는 아름다운 유토피아가 건설되리라"는 말까지 그는 하고 있다.

이 글의 1921년에 쓰여진 것이다. 한국의 자연주의 문학의 시기에 해당된다. 김동인의 이 말들은, 졸라의 '과학주의'사상과 혹사하다. 과학의 발달과 진보에 대한 믿음, 과학과 예술의 악수가 졸라의 자연주의의 본질적인 측면이다. 따라서 동인은 이번에는 졸라와 유사하다. '과학과 예술의 악수'를 가장 철저하게 실행한 사람이 졸라기 때문이다.

이 글은 동인 문학의 수수께끼를 풀 수 있는 또 하나의 열쇠를 제공한다. 그것은 유미주의와 자연주의와의 공존이 가능한 연유(점 : 필자)를 해명해 주기 때문이다. 그의 反자연적인 사고, 인공미의 예찬 속에서 예술지상주의와 과학주의가 함께 태어나고 있다. 동인에게 있어서는 인공적인 것의 위대함의 극치가 예술이고, 예술과 과학의 악수가 유토피아에 이르는 길이다. 따라서 김동인의 세계에서는 와일드와 졸라의 악수가 이루어지고 있는 것이다. 그러나 거기에는 루소가 끼어들 자리는 없다. 동인은 문명과 과학의 철저한 예찬자이기 때문이다.

김동인은 또한 인간의 본능적 측면과 관련시킨 의미에서의 인성의 긍정자(점 : 필자)이기도 하다. 동인만큼 대담하게 인간의 본능을 인성이라고 긍정한 사람은 1920년대의 한국 문단에서 찾아보기 어렵다. 그는 인간의 생리의 중요성을 극단화시켰다.(졸고, '춘원과 동인의 거리 Ⅱ' 참조) 그 점에서 그는 의식했건 아니건 간에 결정론적 사고를 가진 인물이다.('결정론' 항 참조)

그리고 보면 김동인은 'science naturelle'의 측면이나 'nature humaine'를 생리적 측면에서 바라본 물질주의적 인간관에 있어서 졸라와 공통된다. 그것은 일본의 자연주의가 가지고 있던 생리의 긍정이나 과학에 대한 신뢰보다는 훨씬 철저한 양상을 지니고 있다. 뿐 아니라 일본의 자연주의와 루소가 지니고 있던 밀착된 유대는 동인의 경우에는 나타나지 않는다. 김동인은 "민약론民約論"의 저자로서의 루소와도 관계가 없고, '자연으로 돌아가라'고 외치는 루소와는 상관이 없으며, "참회록"의 저자로서의 루소와도 인연이 멀다. 김동인의 문학은 자아의 모든 것을 미로 간주하는 자아긍정을 바탕으로 하고 있기 때문에, 그에게는 죄의식이 거의 없다. 따라서 그의 경우에는 자신의 내면을 파헤치는 행위가 참회가 되지 않는다. 그는 문명예찬자이며, 철저한 자기중심주의의 사도이다. 일본의 자연주의는 개성의 중시, 내면의 고백중시 등에서 루소와 이어져 있지만, 동인과 루소의 거리는 아주 멀다.

문제는 그가 자연주의를 루소주의로 확신한 데서 생긴다. 그는 졸라이즘을 자연주의와 결부시키지 않고 루소주의를 자연주의라고 생각했기 때문에 자신의 문학을 자연주의와 연결시키려 하지 않은 것이다. 그가 일본을 통해서 자연주의를 받아들였다는 것, 일본의 자연주의가 루소주의적 색채가 농후했다는 것이 그의 자연주의에 대한 오해의 원인이며, 그의 자연주의라는 용어에 대한 기피현상의 원인이라고 할 수 있다.

3. 의미굴절의 원인분석

1) 명칭의 단일성과 개념의 애매성

일본의 근대화가 구화주의歐化主義였던 것처럼 한국의 근대화도 유럽의 근대를 모델로 한 구화주의였다. 일본을 통한 간접수입이기는 하지만, 유럽을 모방한 것이라는 점에서는 일본과 다를 것이 없다. 개화기 한국의 유학생들이 일본을 주로 유학지로 택했고, 한국의 근대문학의 주역들이 대부분 일본 유학생들이기는 하지만, 그들의 유학 목적은 일본의 문화를 배우는 데 있지 않았다. 그들이 일본에서 배우려고 한 것은 유럽의 근대문명이었다. 서론에서 이미 말한 것처럼 그들에게 있어서 동경은 '하이델벨히'의 대용물이었던 것이다.23)

그런데도 일본에 가지 않을 수 없었던 것은 국권을 상실한 당시의 상황 때문이었다. 거기에 지리적으로 가깝다는 것, 같은 한자 문화권이어서 말 배우기가 쉽다는 것, 경비가 적게 든다는 것 같은 조건들이 덧붙

---

23)　"한국근대작가론", 삼문사, p.92, 참조.

여겼다. 일본의 히라가와平川祐弘 교수도 한국이나 중국의 유학생들이 동경으로 모여든 것은 일본의 문화나 학문을 배우기 위한 것이 아니라 서양을 배우기 위함이었다는 사실을 지적하고 있다.[24] 행선지는 서로 달랐지만 유학의 목적은 명치초기의 일본 학생들이 유럽에 유학 가던 경우와 별로 다를 것이 없었다. 그들은 유럽의 근대문명을 배우기 위해 유럽에 갔고, 우리나라의 유학생들도 한발 먼저 유럽에 다가선 일본에서 '하이델벨히'를 찾고 있었던 것이다.

그 밖에도 개화기의 일본과 한국은 그 근대화 과정에서 유사성을 띠는 점이 많이 있었다. 우선 쇄국에서 개국에 이르는 경로가 비슷하다. 유럽의 제국주의가 쳐들어 온 결과로 한·일 양국은 외세의 압력으로 인해서 마지못해 개항을 단행하게 되었기 때문이다.

두 번째는 양국의 근대화가 유교문화에서 서양문명으로의 급격한 전환을 의미한 점이다. 이질적인 문명으로의 전환이 크나 큰 문화적 충격으로 받아들여진 점도 비슷하다. 중국과 유럽의 문명은 정치, 경제, 문화, 풍토, 관습의 어느 한 면에서도 공통되는 점이 없었다. 따라서 문화적 충격의 폭도 그만큼 컸던 것이다. 그것은 전제군주제에서 민주적인 의회정치로의 선회를 의미했고, 농경사회에서 산업사회로, 한자 문화권에서 인도·유럽어 문화권으로 건너뛰는 것을 의미했으며, 범신론적 세계에서 유일신을 믿는 기독교적인 세계로, 삶을 총체적 종합적인 것으로 파악하는 태도에서 분석적 해부적으로 보는 태도로, 가족 중심주의에서 개인 존중 사상으로 전환하는 것을 의미했기 때문에, 정신적으로

---

24) 김은전, '한 일 양국의 서구문학 수용에 관한 비교문학적 연구'
"김형규 교수정년퇴임기념논문집", p.13.

나 물질적으로 하나의 커다란 소용돌이를 형성했다. 그 소용돌이 속에서 전통과 외래문화가 마찰하고 있었던 것이다.

세 번째는 여러 사조의 동시수입에서 오는 혼류현상을 들 수 있다. 호머의 시대에서 졸라나 와일드O. Wilde의 시대까지 동시에 받아들여야 했던 19세기말 20세기 초의 동양의 나라들은 갈피를 잡을 수 없는 혼란 속에 던져져 있었던 것이다.

네 번째로 지적해야 할 것은 변화의 속도다. 나카무라 미츠오中村光夫는 "명치문학사"에서 명치시대의 일본의 변화의 속도를 서구의 3배로 보고 있다. '변화가 그런 식으로 초속으로 행해지는 것은 …… 사실은 변화가 없는 것과 같다'[25]고 그는 말하고 있다. 일본의 근대화 과정이 수박 겉핥기식의 피상적 성격을 띠지 않을 수 없었고, 관념적인 것이 될 수밖에 없었던 이유가 거기에 있다. 명치시대의 외래사조에 대한 피상적 관념적 수용태도의 후유증이 대정大正년대를 거쳐 소화昭和시대까지 영향을 미치고 있다는 中村의 지적은 한국의 경우에도 그대로 적용될 성질을 지니고 있다. 사실상 근대문학의 출현시기와 개항과의 시간적 거리에 있어 일본과 한국은 거의 비슷한 양상을 나타내고 있기 때문이다.

일본의 경우 개항(1854)에서 명치유신(1868)까지가 14년, 명치유신에서 "소설신수小說神髓"(1887)까지가 19년의 세월을 필요로 했고, 한국에서는 개항(1876)에서 갑오경장(1894)까지가 18년, 갑오경장에서 "무정無情"(1917)까지가 23년이 걸렸다. 실질적으로는 몇 년씩 처져 있기는 하지만, 개항과 근대문학의 시발점과의 거리는 거의 비슷하다. 근대의 기점起點에서

---

25) "明治文學史", p.10.

근대문학의 출현시기로 가는 과정의 변이도 비슷하다.

다섯 번째 공통성은 다른 나라의 번역본을 통해서 서구의 근대문학을 받아들인 점이다. 일본 자연주의자들은 주로 영문판을 통해서 불란서의 자연주의 문학을 받아들였고 우리는 일역판을 통해서 불란서의 자연주의를 받아들였다. 원문을 통한 직접수용이 아니라는 점, 다른 나라의 번역본을 통해서 받아들인 점이 유사한 것이다.

여섯 번째는 두 나라가 다 발신국에서는 이미 유행이 지난 시대의 사조와 당대에 유행하고 있는 사조를 뒤섞어 받아들여 혼잡한 양상을 띠고 있다는 점이다. 자연주의와 反자연주의의 동시적 수용은 일본과 한국의 공통된 현상이다. 이 사실은 중요한 의미를 지닌다. 영국은 자연주의에 대하여 가혹한 거부반응을 보인 나라다. 그 사실이 일본 자연주의를 왜곡시킬 소지를 제공했고, 이미 변형된 일본의 자연주의를 통해서 한국은 자연주의를 수용했기 때문에 원형과의 거리가 더 멀어진 것이다.

이런 유사성이 있는데도 불구하고 한국의 근대화를 일본의 근대화와 대등하게 취급하는 일을 불가능하게 만드는 기본적인 여건은, 근대화와 기점의 시간적 후진성에 있다. 명치유신은 갑오경장보다 불과 26년 밖에 앞서 있지 않다. 하지만 30년도 못 되는 그 짧은 기간이 한국을 일본의 식민지로 만드는 비극의 원천이 되고 있다. 中村의 말대로 일본의 개화기의 시간은 서구의 시간의 3배의 속도를 지니고 있다. 한국은 그 보다 몇 배가 더 빨라야 한다. 서구를 따라잡을 시간적 거리가 그만큼 더 멀기 때문이다. 따라서 그것은 30년의 차이가 아니라 그 두 배가 넘는 문화적 기술적 후진성을 의미하게 된다. 거기에 일본과 한국의 국력의 차이가 첨가되며, 일본의 지정학적 여건의 유리함이 덧붙여진다. 똑같이 쇄국 정책을 쓴 봉건국가였지만, 일본에는 에도시대에 이미 나가사키 같은, 대외무역의 치외법권 지대가 존재하고 있었을 뿐 아니라 성하촌을 중심으로 죠닌町人문화가 지속적인 성장을 거듭하고 있었기 때문에, 자본주의 경제체제로의 이행이 한국보다는 훨씬 순탄하고 유리했던 것이다.

국제정세 역시 마찬가지다. 유교문화와 과학문명과의 거리 역시 일본이 한국보다는 좁았다고 할 수 있다. 일본에서는 유교의 영향이 한국보다 약세를 보이고 있었고, 일본인의 국민성이 명분보다는 실리를 쫓는 현실적인 측면을 지니고 있기 때문에, 한국의 수구파가 보인 것 같은 완강한 저항은 받지 않았다. 거기에 일본인들의 외래문화에 대한 영합적인 자세가 합세하여 일본의 근대화의 속도를 촉진시켰다.

세 번째의 경우에도 한국은 일본보다 불리한 조건에 놓여 있다. 그 30년의 시간적인 후진성이 그 기간에 일어난 서구의 새로운 사조들까지 첨가하였다. 자연주의와 프로문학과의 공존이 그것이다. 한국에서는 근대화를 향한 변화의 템포가 일본보다 더 가속화 되었으며, 따라서 더 피상성을 띠지 않을 수 없게 된 것이다. 거기에 열강의 각축장으로서의 정치적 혼란상이 첨가되어, 1910년에는 드디어 식민지로 전락하게 된 민족적 비극이 합쳐진다. 그래서 한국의 근대화 자체를 일본에 종속되게 만들어 버린 것이다.

일본과 한국의 근대화가 똑같이 서구문화를 향한 향일성向日性을 지녔는데도 불구하고 한국의 근대화는 일본의 근대화를 통한 간접수용의 양상을 띠지 않을 수 없었다. 식민지였기 때문이다. 그래서 한국의 근대화는 일본화 된 서구문화를 수용할 수밖에 없어 간접적인 구화주의가 되어버린 것이다.

문학도 정치의 경우와 유사하다. 일본의 근대문학이 사상적인 면에서 뿐 아니라 기법技法, 제재, 장르 등 모든 면에서 서양문학의 영향을 받아 형성되었는데,[26] 한국의 근대문학은 일본화 된 서구문학의 영향 하에서 형성된 것이다. 서문에서도 지적한 것처럼 한국의 근대문학의 주역들은 거의 예외 없이 일본 유학생이었다. 소설의 경우만 보더라도 이인직李人植에서 시작해서 이광수李光洙, 김동인金東仁, 염상섭廉想涉, 현진건玄鎭健 등이 모두 일본 유학생 출신이다. 그 중에서도 Ⅲ기(1911~1919년)에 속하는[27] 문인들은 중학교부터 일본에서 다닌 사람들이다. 그래서 김동인은 일본말로 글을 쓰는 일이 한국말로 글을 쓰는 것보다 오히려 쉽다는 말까지 하고 있다.[28] 그러면서도 그는 일본문학 자체는 존중하지 않는 이중성을 나타낸다. 작품은 서양소설을 읽는 것은 당연하게 여기면서 번역서는 일역판을 읽을 것을 주장하는 복합적인 정신상태가 되는 것이다. 그래서 그는 한국어판 번역서가 나올 필요가 없다는 말까지 하고 있다.

① 일문日文을 모르는 사람이 없을뿐더러, 조선문은 도리어 일문마치 이해하지 못하는 현상이다. 이 덕택(?)에 우리는 외국문학을 우리 손으로 조선문으로 이식할 번거로운 의무를 면할 수가 있었다.[29]

---

26)　中村, 앞의 책, p.7.

27)　白川豊 : '한국근대문학 초창기의 일본적 영향'에 나오는 분류법에 의거함.
　　　1기 : 1881-1903(친일) 개화문물의 시찰 연수 - 유길준, 이인직
　　　2기 : 1904-1910(반일) 구국, 실학연수, 계몽 - 최남선, 이광수
　　　3기 : 1911-1919(친일, 반일 갈등) 일반 중학교육-염상섭, 이광수(2차)

28)　"과거에 혼자 머리 속으로 구상하던 소설들은 모두 일본말로 상상하던 것이다. 조선말 글을 쓰려고 막상 책상에 대하니 앞이 꽉 막힌다."　　　'문단30년사' "전집" 6, p.19.

29)　'번역문학' "전집" 6, p.577.

② 무론 오인吾人은 외국문화의 수업의 필요를 느끼지 않는 바는 아니다. 자가문화탑自家文化塔을 건설하기 위하여서 선진 민족의 문화를 수입하여 연구하는 것이 절대로 필요하다는 점을 부인하는 바가 아니다. 그러나 여기서 특별히 생각해야 할 것은 '조선이라는 땅에서도 그것이 최급선무겠느냐'하는 점이다. 이것은 조선사람은 외국문화를 알 필요가 없다는 뜻은 아니다. 조선 사람인지라 더욱 필요한 점도 잘 안다. 단지 문제는 여력餘力에 달렸다. 우리는 우리의 노력을 들이지 않고도 동경 방면에서 발행되는 온갖 번역문화를 수입할 수 있다.[30]

③ 앙리 발뷰스의 "총살당하고 산 사람들"이란 단편집을 읽고 통절히 느낀 바가 있다. 고마키 오우미小牧近江의 일역으로 읽었다. / 나의 아버지가 나를 기르실 적에 유아독존의 사상을 나의 어린 머리에 깊이 처박았으니만치 일본문학 따위는 미리부터 깔보고 들었으며 '빅토르 위고'까지도 통속작가라 경멸할 유아독존의 시절이었다 … 너의 섬나라 인종에게서 무슨 큰 문학이 나랴.[31]

④ 명치유신 이후에 신문학 발발 흥기기興起期에 있어서 '오자키尾崎', '도쿠도미德富', '야나가와柳川' 등의 흥미치중의 작가들이 지도권을 잡았기 때문에 일본문학은 대정 초엽까지도 '답보로' 상태에 있다하여 조선신문학 발아의 초기에 가장 피할 것이 '대중적 흥미 치중'이라 하여 이것을 몹시 꺼리었다.[32]

---

30) '대두된 번역운동' "전집" 6, p.208.

31) '문단30년사' "전집" 6, p.18.

32) '문단30년사' "전집" 6, p.20.

①과 ②는 원서를 한국어로 번역하는 일이 필요 없다는 주장이다. 그 이유를 동인은 '조선문은 도리어 일문만치 이해하지 못하는 현상'에서 찾고 있다. 그 자신처럼 일본어로 중학과정을 시작한 세대는 일문日文에 더 친숙했기 때문이다. 동인은 자기가 일역본을 사서 읽은 사실과 아울러 역자의 이름까지도 명시하면서 한국어 번역서를 서둘러 낼 필요가 없다는 주장을 하고 있다. 이런 예는 그 밖에도 많이 있다.

서구문학의 번역에서는 일본의 실력을 인정하면서 동인은 막상 일본 문학은 존중하지 않았다. 일본에는 대중소설 밖에 없어서 읽을 만한 책이 없다는 것이 ④, ⑤에 나타난 그의 견해다. 그렇다면 읽어야 할 소설은 서양소설 밖에 없다는 결론이 나온다. 그러면서 서양소설을 읽는 방법에서 가장 타당한 것은 일역본을 통하는 것이라는 이야기를 하고 있다. 따라서 김동인 연구의 비교문학적 과제에서 번역서 추적은 일본 것만 하면 된다. 동인은 일본문학을 경멸하면서 일본 문체는 경멸하지 않는 이중구조를 나타내고 있으며,('문체' 항 참조) 동시에 자신이 일역본을 통해 간접적으로 서구문학을 수용한 사실을 분명하게 고백하고 있다. 일본문학과 일본문체에 대한 김동인의 감정은 그 좋고 싫은 경계가 분명하다. 시라가와 유다카白川豊가 동인을 포함한 Ⅲ기 문인들의 대일감정을 친일·반일의 갈등으로 파악한 것은 동인의 경우에는 좀 문제가 있다. 번역에 대한 견해로만 한정시켜 생각할 때, 그것은 갈등이 아니라 예찬이기 때문이다.

동인은 자신이 창작을 하거나 평론을 쓸 때, 다시 말하자면 자신이 글을 쓸 때에는 한국어 사용의 원칙을 철저하게 지킨 작가다. 그는 일제말의 조선어 말살정책의 강압 밑에서 마지막까지 조선어를 지키려는 노력을 버리지 않는 작가 중의 하나였다.[33] "창조" 창간 당시에도 그의 한글 문체를 향한 관심은 치열했다.[34] 그런데도 불구하고 번역서는 일어판 사용에 찬의를 표하고 있는 이유는 한국 번역가의 어학실력에 대한 불신에서 온다. 그 다음은 문장의 '생삽성生澁性'임을 다음 인용문을 통해 확인 할 수 있다.

> 둘째로 생각할 것은 어학문제다. 물론 외국물을 번역하려고 계획하는 분들이니만치 외국어를 이해하는 데 있어서는 상당한 자신을 가졌다 본다. 그러나 번역이라는 것은 외국어를 안다고 되는 것이 아니다. 외국어를 아느니만치 자국어에 능해야 한다. …… 이 생삽生澁의 조선문을 능히 이해할 자 누구누구뇨.[35]

동인 자신이 던톤W.Danton의 '에일윈', 몰나르 F.Molnar의 '객마차客馬車', '마지막 오후', 아리시마 다케오有島武郎의 '죽음과 그 전후' 등을 번역한 것은 한국어 번역의 질을 높이려는 그의 시범행위라고 할 수도 있다. 그 다음에는 동인의 독서습관과의 관련을 생각할 수 있다. 독서속도나 효과 면에서 볼 때 그는 14세부터 읽어 온 일어책이 14세 이전 초등교육 과정에서 배우다 만 '조선어'보다 능률적이었다고 말하고 있다. 그러나 그는 자신의 자녀들에게는 조선어를 가르치고 있다.[36]

---

33) '문단30년사' "전집" 6, p.74 참조.
34) '문학출발' "전집" 6, pp.19~20.
35) '대두된 번역운동' "전집" 6, pp.208~9.
36) "조선어'가 없으면 장차 우리는 무엇으로 이민족에게 우리가 조선사람임을 증명할 수 있으랴" 하는 마음에서 그는 딸에게 조선어를 가르쳤다.   '문단30년사' "전집" 6, p.74.

한국어에 대한 그의 자세는 이렇게 이중성을 띠고 있고 모순에 차 있다. 그의 주장대로라면 일어를 모르는 계층은 어떻게 서양 문학을 받아들이느냐 하는 문제도 남는다. 동인은 자신이 끝까지 글을 써야 하는 이유를 '조선어' 밖에 모르는 사람들에게 읽히기 위함이라고 주장하고 있다. '조선어'만 아는 독자층을 무시하고 있지 않은 것이다. 그렇다면 그 독자들은 어떻게 서양문학을 수용해야 하는가 하는 문제에도 해답을 내야 한다.

이런 모순성은 1기(1881~1903년)나 2기(1904~1910년)의 유학생들에게서는 나타나지 않는다. 1기에 속하는 이인직은 일본문화의 예찬자였다. 문학 분야에서 뿐 아니라 현실생활에서도 이인직은 러일전쟁에 종군하는 등 명확한 친일노선을 걷고 있다. 일본을 대하는 태도가 친화적인 선명성을 나타내는 것이다. 그의 개화의 모델은 서구인 동시에 일본이라고 할 수 있다.

2기에 속하는 춘원이나 육당은 국초와는 정반대의 반일태도를 나타내고 있다. 그 두 사람은 모두 독립선언문의 기초자이다. 김윤식 교수의 분류에 의하면 그들은 '민족적 계몽주의'의 유형에 속한다. 따라서 그들의 유학 목적은 개화를 통한 구국에 있다. 그들이 일본에서 배우려고 한 것이, 일본이 아니라 서양문화였을 것이라는 것은 그들의 반일 자세로 보아 확신할 수 있다.

3기의 염상섭이나 김동인은 대일감정이 시라가와의 말대로 갈등으로 나타나는 세대다. 하지만 김동인의 경우 외래 사조나 서구문학에 대한 태도는 진술한 바와 같이 확고하다. 그는 의식적으로 서구문학을 선택했으며, 서구문학을 받아들이는 방편으로 일본어를 빌었을 뿐이다. 따라서 그의 서구문학의 지식은 일본을 통한 간접수용이라는 사실이 확실해진다.

그렇다고 해서 그가 일본문학의 영향을 받지 않았다고 생각할 수는
없다. 원하건 원하지 않았건 그는 자신이 유학했던 당시의 일본문단의
영향권 밖에서 존재할 수는 없었을 것이다.(외국문학과의 영향관계' 항 참조) 동
인은 오만한 인물이었기 때문에 '빅토르 위고까지도 통속작가라 경멸할
이만치' 유아독존적인 면을 지니고 있었다. 따라서 일본문단을 대수롭게
여기지 않았다. 비단 일본 뿐 아니라 서구문학의 경우에도 어떤 작가나
유파의 영향을 무조건 추종하는 유형의 문인이 아니었다는 사실은 다음
인용문을 통해서 짐작할 수 있다.

> 시대사상에 너무 물든 풍을 작품상에 나타내지 않는 것이 매우 필요하다.
> 소설은 영원성을 띤 자라 시대풍이 과히 들면 그 시대만 지난 뒤에는 시대
> 지時代遲의 작품이 되어 버린다.[37]

자기만의 독자적인 예술세계를 구축하기 위한 그의 남다른 열정은 다
른 예술가에 대한 모방의 거부로 나타날 수밖에 없다. 이런 성향은 일본
작가 뿐 아니라 그가 가장 경모한 톨스토이L.Tolstoy와 가장 감동을 느꼈
다는 '에일윈'(윗츠 던톤 작)에 대한 다음과 같은 말에서도 나타난다.

> ① 레오 톨스토이야 말로 나의 경모하여 마지 않는 작가다. …… 나의 작
> 품이 톨스토이를 모방하든가 톨스토이의 영향을 받은 점은 없지만 ……

---

37) '소설가 지망생에게 주는 당부' "전집" 6, p.271.

톨스토이라는 인격은 내게 큰 영향을 주었다.[38]

② 그러나 왜 그런지 두옹杜翁에게 뿐은 머리를 숙이기를 아끼지 않는다. 그 사상과 수법이 여余와 전혀 다른 두옹이지만 그래도 그냥 여余로 하여금 머리를 숙이게 하는 것은 옹이 너무도 놀라운 문학적 감화의 힘일까 한다.[39]

③ 물론 나는 던톤의 작품이며 필치는 본받을 수도 없거니와 본받고자 하지도 않습니다. 던톤에게는 던톤의 길이 있고 내게는 내길이 있습니다. 그러나 길은 서로 다르다 하나 그것이 한 개의 예술인 이상에는 받을 감명이야 갑을이 있겠습니까? '에일윈'은 좋은 소설입니다.[40]

톨스토이와 던톤은 김동인이 외국작가 중에서 가장 좋아한 작가다. 이 두 작가에 관한 애정을 동인은 여러 곳에서 표명하고 있다. 이런 일은 다른 작가에게서는 찾아보기 어렵다. 그런데도 동인은 자기가 톨스토이를 모방한다거나 영향을 받은 일이 없고, 사상과 수법이 전혀 다르다는 것을 거듭 밝히고 있다. 던톤의 경우도 마찬가지다. "던톤에게는 던톤의 길이 있고 내게는 내길이 있습니다."라는 그의 말은 그의 지향점이 '강렬한 동인미東仁味의 표출'에 있음을 거듭 확인시켜 준다. 독자성을 향한 동인의 집념은 그만큼 치열하고 철저하여 때로는 독선적인 경향까지 나타내며, 영향관계에 대한 무조건적 부정의 현상까지 낳게 만든다. 그

---

38) '문단30년사' "전집" 6, p.18.

39) '머리를 숙일 뿐' "전집" 6, p.588.

40) '던톤의 에일윈' "전집" 6, p.431.

가 어떤 작가나 유파에 추종하기를 거부하는 것을 원칙으로 삼고 있는 것은 문예사조에 대한 자세에서도 나타난다.

> 여러분은 이 '약한 자의 슬픔'이 아직까지 세계상에 모든 두 이야기(작품)
> — 리얼리즘, 로맨티시즘, 심볼리즘 등의 이야기 — 하는 묘사법과 작법에
> 다른 점이 있는 것을 알니이다. 여러분이 이 점을 바로만 발견하여 주시면
> 작자는 만족의 웃음을 웃겠습니다.[41]

이 대목은 동인의 과대망상적인 자기평가의 예로 종종 인용되는 글이다. 시라가와白川는 동인이 '약한 자의 슬픔'에 대하여 작가는 "기왕의 리얼리즘, 로맨티시즘, 심볼리즘 등과는 묘사법과 작법이 다르다고 자랑하였지만 사실은 그것들이 뒤섞인 것에 지나지 않았다"(앞의 글, p.76)고 말하여 동인의 자기 평가의 오류를 지적하고 있다. 결과는 그의 말대로지만 동인은 당시에 우리 문단에 가득 차 있던 어떤 문예사조에도 추종하고 싶지 않았던 것이다. 그것은 동인의 창작의도의 지향점이다. 결과적으로는 그 모든 사조가 뒤섞여 두루뭉수리가 되고 말았지만, 외래사조에 맹목적으로 따라다니기를 거부하고 자신의 독자적인 세계를 구축하고 싶었던 동인의 지향점은 중요한 의미를 지닌다. 자기만의 독자성을 그는 이룩했기 때문이다.

① 전작全作의 임의의 일행을 읽고라도 '이는 동인의 작이며 동인만의 작'이라고 인식할 수 있을 만한 강렬한 동인미東仁味가 있는 독특한 문체와 표

---

41) '약한 자의 슬픔' "창조" 창간호 후기, p.83.

현방식을 발명치 않고는 만족할 수가 없었다. 그러나 어떤 방식으로? 어떤 것을? 어디서? 어떻게? 이 많은 '?'을 어떻게 하나?[42]

②지금 보기 싫은 작품이다. 그러나 오랫동안 계획하던 일이 무의식중에 발아 생장한 의미로 '유서'는 결코 내게는 잊지 못할 작품이다. 나는 마침내 동인만의 문체, 표현방식을 발명하였다. 그리고 거기 대한 충분한 긍지를 의식하여 '明文'과 '감자'를 발표하였다. 그 뒤에 '정희'를 썼다.[43]

③소재는 어디까지 소재며, 소재를 문예로 化케 하는 유일한 방도는 기교이라는 점과 그 기교에 의해서만 문예는 박진력을 가진 한 개의 진정한 작품으로 화할 수 있다는 점을 늦게나마 겨우 깨달은 것이다. 문예에 있어서의 작품 개인의 주의경향은 문제 삼을 것이 없다.[44]

①에 나타나 있는 것은 우선 동인의 독자적 세계의 구축을 향한 정열과 갈망이다. 그 뒤를 많은 의문부호가 따르고 있다. 그곳에 이르는 방법은 몰랐지만, 근대문학의 전통이 없는 변동기에 20대초의 젊은 김동인은 자신의 고유한 세계의 구축을 위해 혼신의 힘을 모아 안간힘을 쓰고 있은 것이다.

②는 그러다가 드디어 자신만의 유니크한 표현방법을 발견한 사실을 알려 준다. 동인의 견해에 의하면, '감자'와 '명문'은 자신의 고유한 방법

---

42) '근대소설의 승리' "전집" 6, p.169.
43) '나의 소설' "전집" 6, p.159.
44) '근대소설의 승리' "전집" 6, p.169.

이 확립된 후에 쓰여진 작품이다. 그것은 ③에 나타나 있는 것처럼 어떤 주의나 경향에 대한 배려와는 무관한 세계라는 것이 그의 주장이다.

여기에서 확인할 수 있는 것은 동인의 지향점이 사조나 주의에 있는 것이 아니라 자신의 오리지날리티의 획득에 있으며, 그가 말하는 '동인미'는 주로 표현방법의 독자성, 문체의 고유성 등 기법 면에 있다는 사실이다. 그는 20년대 초부터 비평 활동을 시작했고, '조선근대소설고', '춘원연구' 등에서 다른 작가의 작품에 대하여 평가를 내리고 있지만, 문예사조와의 관련 하에서 작품이나 작가를 평한 일은 거의 없다. 이런 경향은 자신의 작품을 평가하는 경우에도 그대로 적용된다. 그는 자신의 작품을 낭만주의나 자연주의와 관련시켜 논평한 일이 없다. 그가 즐겨 쓰는 용어는 전술한 바와 같이 '레알' 혹은 '사실'이라는 단어뿐이다. 그의 '사실'은 묘사의 여실성如實性 vrai-semblance을 의미하는 데서 끝나고 있어, 문예사조와는 관련이 없다. 그렇다고 그가 문예사조에 대해 모르고 있었다고 할 수는 없다.

　　현금 서양에 유행하는 모든 사상 ─ 초인생주의超人生主義, 인도주의, 허무주의, 자연주의, 로맨스주의, 데카당주의, 향락주의, 개인주의, 사회주의, 낙관주의, 염세주의 기타 해아릴 수 없는 많은 모든 사상 ─ 들을 지배하는 자들은 누구냐 하면 문학자 ─ 넓은 의미의 ─ 들이오. 창조한 자 역시 문학자들이오. 이제 박멸하고 개정하고 개조할 자도 다 문학자들이오. 문학자들의 사용한 무기는 논문과 소설이오 ─ 소설의 힘은 어떠하오? 소설을 가히 불필요품이라 칭하겠소? 서양의 문명의 사조를 지배하고 창조한 이 소설![45]

---

45)　'자기가 창조한 세계' "전집" 6, pp.265~66.

알고 있으면서 무시했다면 동인의 문예사조에 대한 태도는 의식적인 기피였거나 묵살이라고 할 수 있다. 정한모鄭漢模가 김동인의 문학을 '어느 특정한 사상으로 볼 수 없다'("현대한국작가연구" p.213)고 한 견해는 그런 점에서 타당성을 지닌다.

인용문 ②에 나타나 있는 것처럼 김동인은 사조보다는 기법에 관심을 가진 작가다. 그가 우리나라에서 최초로 형식주의적인 접근방법으로 "춘원연구"를 쓴 비평가라는 사실도 그런 추정을 가능하게 한다. 비평가들이 사조적 견지에서 그의 작품을 논평할 때 한결같이 혼란에 빠지게 되는 이유도, 그가 어느 특정한 사조에 의거해서 작품을 쓰지 않는 작가라는 사실과 관련이 있다.

그런데도 불구하고 김동인만큼 문예사조와의 관련 하에서 논의된 작가도 드물다. 그것은 과거의 비평방법이 문예사조에 치중되어 있었던 데도 기인하지만, 그의 작품에 사조적인 특징이 분명히 나타나 있는 데도 원인이 있다고 할 수 있다. 만약 작가의 사조 기피현상에도 불구하고 그의 작품에 외래사조의 경향이 잠재해 있다면, 그것은 시대적 분위기 속에서 자연발생적으로 생겨난 것이거나, 간접적으로 영향을 받은 것이라 할 수 있다.

이런 예는 불란서나 일본에서도 찾아 볼 수 있다. 졸라에게서 자연주의의 성전으로 추앙받는 '보바리 부인'의 작가는, 자신이 자연주의자라고 불리는 것을 질색하고 있으며, 일본의 경우에도 反 자연주의의 대표적인 문인인 나츠메 소세키夏目漱石와 모리 오가이森鷗外 등이 자연주의 작가들보다 더 자연주의적인 작품인 '길에서 한눈팔기(道草)'와 '비타 섹슈알리스' 등을 쓴 것이 그 좋은 예이다.[46] 일본에서는 자연주의의 전성기에 자연주의적 색채를 띠지 않는 문인은 이즈미 교오카泉鏡花 하나 밖에 없다고 말해질 정도로 일본의 자연주의는 반 자연주의 문인에게도 침투하여 있어, 상기한 경우처럼 반대파 무인이 자연주의자들보다 더 자연주의적인 작품을 산출하는 현상이 일어났다. 플로베르가 객관주의의 철저성에 있어 졸라를 능가하고 있는 것도 이와 유사한 예이다.

동인의 경우도 이들과 비슷하다. 그는 문예사조에 개의하지 않았고, 자신이 자연주의 작가라는 의식이 없었는데도 불구하고 자연주의의 대표적인 작가로 규정되어지고 있기 때문이다. 김동인과 문예사조와의 관계에 대한 비평가들의 견해는 '사조의 혼류' 항에서 상론하기로 하고, 여기에서는 그가 서구문학을 일역판을 통해서만 간접적으로 수용한 수신자라는 사실만 명기하여 두기로 한다. 김동인 연구에 서구문학의 번역관계 자료가 필요 없는 이유가 거기에 있다. 이것은 비단 김동인 뿐 아니라 1920년대 작가 전반에 해당되는 사항이다.

자연주의의 종류가 다양한 측면에서 보면 한국의 자연주의는 일본의 그것과 다르다. 한국에는 일본처럼 자연주의에 열개도 넘는 다양한 종류가 존재하지 않았다. 명칭 면에서는 단일화되어 있는 것이다. 한국의 자연주의기가 일본보다 10여년이나 늦게 나타났기 때문에, 그 동안에 일본 자체에서 자연주의의 개념에 대한 정리가 이루어졌으리라는 가정이 가능하다.

---

46) 鷗外は, 'ギタ・セクスアリス'を書くことによって, 世の自然主義者を自稱する作家たち以上に自然主義的な作品を公表してみせたのだった. まだ家を描くことは, 日本自然主義文學の代表作として島崎藤村の'家'があげられることからも察せられるように, 自然主義作家がとくにしばしば取扱つた主題であった. しかし家庭生活をナチュラリスティックに描寫してもっとも徹底した作品は, アメリカの日本研究者も指摘するように, 夏目漱石の'道草'だろう. これらは第一の鷗外の場合も, 第二の漱石の場合も, 反自然主義作家によって對抗意識をもって書かれた自然主義文學と呼べるにちがしない.
　　　　　平川祐弘, "比較文學の理論', 東大出版會, pp.104~5.

한국의 자연주의가 명칭 면에서는 비교적 통일된 양상을 나타내지만 개념이 정리되지 않은데서 오는 혼란은 일본과 유사하다. 일본처럼 우리도 자연주의를 루소주의와 연결하여 생각하는 경향이 많았기 때문에 혼선이 생긴 것이다. 그런 경향을 대표하는 것이 김동인의 자연주의관이다. 동인 뿐 아니라 다른 문인들도 동인과 같은 경향을 지녔다는 사실을 다음 인용문들을 통해 확인 할 수 있다.

① 세인은 자연주의를 지칭하여 성욕지상의 관능주의라 하며 개인주의를 박駁하여 천박한 이기주의라고 오상誤想하는 자가 있는 모양이나 이것은 큰 오해다. 자연주의의 사상은 자아각성에 의한 권위의 부정, 우상의 타파로 인하여 유기誘起된 환멸의 비애를 수소愁訴함에 대부분의 의의가 있다. …… 자아의 각성은 일반적 인간성의 발견인 동시에 특이적 개성의 발견이다. 개성의 표현은 생명의 유로流露이며 개성이 없는 곳에 생명은 없는 것이다.[47]

② 그 중에서 자연주의적 경향이 중심조류를 이루어 문단의 주조로 치하여온 것은 물질적 근거가 1919년 이후 사회인의 일반 사상 경향이 자아의 발견 자기비판, 내성으로 향하여서 개인주의 현실주의적 사상의 경향을 짓도록 운운 …[48]

③ 우주 사이에 삼라森羅한 만상萬象에는 자연의 미가 가득하였고 진리는 미안에 숨어 있습니다. 우리 인생의 눈을 즐겁게 하는 새들의 노래를 들어

---

47) 염상섭, '개성과 예술' "개벽" 22호, 1922, p.40.
48) 김기진, '10년간 조선문예 변천과정' "조선일보" 1926.1.1.~30.

보시오.[49]

①과 ②에서는 자연주의와 개인주의가 유착되어 있고, ③에서는 자연미에 대한 예찬이 자연주의로 간주되고 있으며, 앞에서 인용한 동인의 글에서는 고백의 성실성이 문제가 되고 있다. 세 경우가 모두 일본 자연주의의 특성과 관련된다. '자아의 각성', '환멸의 비애', '현실폭로의 비애' 등은 하세가와 덴케이長谷川天溪의 용어들이다. 염상섭의 '개성과 예술'은 그 주장과 논리상의 모순점까지 모두 덴케이의 평론들과 공통된다.(2권의 "염상섭과 자연주의" 참조). 개인주의와 자연주의의 유착현상은 일본 자연주의의 대표적 특징이다. 김동인 역시 사소설이 자연주의를 대표하던 일본 자연주의에서 영향 받았을 가능성이 크며, 김환의 경우는 花袋와 藤村의 자연관과 관련이 깊다.

성격적 방면을 대표하는 리얼리즘의 골자와 사건적 방면을 대표하는 로맨티시즘의 가미가 잘 조화되어 여기서 비로소 근대인의 기호에 꼭 맞는 근대소설이 대성을 하게 되었다. …… 근대소설의 특징은 이 양자를 조화하여 근대인의 비위에 맞게 한 데 있다.[50]

이 인용문에 나타나 있는 것은 리얼리즘과 로맨티시즘의 조화를 이상으로 생각하는 김동인의 의견이다. 사조의 일면적 특성 자체에 대한 무관심이 거기에 노출되어 있다. 이 말은 자연주의를 '과학적 자연주의'와

---

49) 김환金煥, '미술론과 작품' "조선심문예사조사"(백철), p.136에서 재인용.

50) '근대소설의 승리' "전집" 6, p.63.

'감정적 자연주의'로 분류하여 놓고 나서 "자연주의적 문예사조는 양자가 혼합되고 서로 호응하는 것"이라고 말한(相馬, 앞의 책, p.13 참조) 덴케이의 글과 유사하다. 여러 사조의 공존상태가 동양인에게는 불합리한 것으로 보이지 않았다는 것을 이 두 글에서 짐작 할 수 있다. '자연주의'라는 용어의 성격에 애매성이 생기는 원인 중의 하나가 거기에 있다.

그러나 애매성의 정도는 일본 쪽이 훨씬 심각하다. 한국의 경우에는 앞에서 본 것 같은 루소주의적 요소와의 혼동이 있기는 했지만, 최승만崔承萬, 김한규金漢奎, 김억金億, YA생 등의 자연주의에 대한 소개는 비교적 정확함을 다음 인용문들을 통해 확인 할 수 있다.

① 자연주의경향은 사회문제에 접촉되었다. 쏠나의 소설중 남녀가 음주, 색욕 등에 빠져서 여하히 타락해 가고 사망해 가는 것을 말한 것이 만히 있스니, 이것이 사회문제가 안이고 무엇일까. 그이의 냉정한 과학적 태도도 그 내면에는 열렬한 사회개량가의 성의가 있지 안이한가.[51]

② 피彼는 철저적이요, 허위를 가장 실혀 하얏슴으로 진실한 것을 극히 사랑하고 인간의 가면을 실혀 하엿스며, 또한 어디까지던지 과학적으로 자연현상을 존중히 사思하야 인간생활상에서도 이 현상을 분명히 보고저 하얏스나니, 인간생활상의 순전한 자연현상을 보고저 할진대 인간의 가면을 박탈剝脫(奪)치 아니하면 불능한지라 그러나 인간의 가면을 벗기어 버린바, 곳 순전한 자연현상은 오인吾人이 칭하되, 인간의 추醜이라 하고 또는 인간의 암흑면이라 하는도다. 그리고 또 모든 인생은 가면을 쓰고 안저서 인간

---

51)　최승만, '문예에 대한 잡감' "창조" 4호, p.50.

생활의 순결한 자연현상을 모다 추악이라 하야 아니 보고저 하는지라, 그
러나 오죽 자연파문학의 창시자인 쏠라는 오등의 추악이라 하는바, 허위업
는 자연현상을 분명히 정확히 보고저 노력하얏섯나니 … 고로 피의 문학은
일반인의 안眼으로 보면 불륜한 일과 음미淫靡한 일도 가끔 보이는도다. 그
러나 쏠라문학에 표현된 불륜이나 음미가 결決코 향락적으로 묘사된 것이
아니라 … 일종 불가침의 엄격한 사상이 잠재하여 잇더라.[52]

③ 프랑쓰문단에 자연주의의 경향이 생기기는 프로베르의 명작 '마담 보
바리'의 출세되든 때, 즉 지금부터 한 50년쯤이엇다. 유럽문단의 자연주의
는 프랑쓰가 선구된 만큼 또한 그 중심이 아니될 수 없다. 한데 그 뒤에
프랑쓰의 자연주의에도 적지 아니한 변천은 잇섯스나, 프로베르로 말하
면 그 당시의 프랑쓰 자연주의자의 시조임은 말할 것도 없다. …前期 자
연주의자의 시조인, 프랑쓰 자연주의를 말하랴고 함에는 누구보다도 먼
저 프로베르를 손곱지 아니할 수 없다.[53]

④ 자연주의의 작가 프로펠Flaubert.의 미상謎想은 전연히 냉정한 이지理智
의 안목으로서 사실을 분석하고 해부한 끗혜, 이세상은 넘우도 거짓이 가
득한 더러운 것으로 보이는 동시에, 현실생활을 슬허하고, 모든 주위의 사
물에 대하야 가지록 냉담하게 된 것이로다. 그 작물중에 필을 극하야 인생
의 추악을 묘사한 것도 질겨하야 그리한 것은 아니라, 필경 이것을 넘우도

---

52) 김한규金漢奎, '자연파의 강자 졸라' "신천지", 1922.
　　　　　　　　　　김학동, '한국문학의 비교문학적 연구' p.88에서 재인용.
53) 김억, "今日이 탄생백년인 프로베르".　　　　　　　　　같은 책, p.88에서 재인용.

슬허한 까닭이로다.[54]

위의 인용문에 나타나 있는 것은 객관성·진실존중·외부적 현상에 대한 관심, 사회에 대한 관심, 가치의 중립성 등으로, 자연주의의 성격을 이루는 핵심적 요소에 대한 이해가 비교적 정확함을 알 수 있다. 김학동 교수의 지적대로 "무명의 문학 이론가들이 리얼리즘 및 자연주의 이론을 더 잘 이해"(앞의 책, p.117)한 현상이 눈에 띈다.

이론의 측면 뿐 아니라 작품에 나타난 경향으로 미루어 보아도 1920년대의 한국의 자연주의는 객관적 시점에 관한 한 일본의 자연주의 보다 주정主情성이 억제되고 있다.

2) 사조의 혼류

사조의 혼류의 측면에서 보면 한국은 일본보다 몇 배나 복잡하다. 서구의 문예사조와 그것이 일본화된 유형을 함께 받아들이는 데서 오는 이중의 부담이 있기 때문이다. 거기에 일본 자연주의와의 시간적 거리가 첨가된다. 명칭의 경우에는 그 10여년의 세월이 플러스 요인으로 작용했다. 그러나 '사조의 혼류' 측면에서는 그것이 마이너스 요인이 된다. 서구와 일본에서 그 10여 년 동안에 새로 생긴 사조까지 덧붙여져서 혼란을 가중시키기 때문이다.

1919년 이후로 신문예계는 정히 장관이었으니, 신시류新詩類·소설류의 다

---

54) YA생, '근대사상과 문예' "我聲", 1921.7.　　　　　　　같은 책, p.187에서 재인용.

수한 발표는 각지에 청년단체가 족출族出한 사회현상과 동일한 현상이며, 문예현상주의·자연주의·낭만주의·예술지상주의·악마주의·상징주의 등의 조류가 잡연히 횡일橫溢하여 각인각색이나, 그 각색의 경향은 또한 불선명하던 현상, 1919년 이래로 사회운동(소브르조아 운동)의 지도 정신이 박약하여, 사조의 혼란, 운동의 혼란을 보이던 사회현상의 반영이라고 봄이 가可할 것이다. … 이 수입전성의 현상은 '세계의 지식을 관구廣求하자'는 청년회연합회의 강령이 웅변으로 대언代言하는 시대적 경향이었다.[55]

위의 글에서 열거된 문예사조는 대체로 명치시대에 일본이 유럽이나 구미에서 수입한 것들과 종류가 비슷하다. 다른 것이 있다면, 인상주의가 빠져 있고, 문예이상주의가 첨가되어 있는 점이다. 후자는 '백화파'의 이상주의를 가리킨 것인 듯하다. 그렇다면 그것은 일본의 자연주의 이후의 사조가 된다. 거기에 또 하나가 첨가된다. 프로문학이다.

① 사이토 미노루齊藤實이 조선총독의 임무를 띠고 남대문 정거장에서 강우규 노인의 폭발탄 세례를 받으며 부임하여, 소위 문화정책 실시를 선언한 직후에 이 땅에 속출한 신문화운동은 일견 적색 색채를 다분히 띤 것이었다.[56]

② 우리에게 있어서 독특한 형편은 다른 나라에 뒤늦은 감은 있으나 급속도로 자연주의가 성장했던 것이며, 때마침 일어난 프로문학적 풍조와의

---

55) 김기진, 같은 글, "조선일보", 1926.1.1.~30.

56) '문단30년사' "전집" 6, p.63.

영합이었던 것이다. … 서구에서는 자연주의 이후의 사회사상적 풍미였지만, 우리에게는 공교롭게도 동시적이었던 것이다. 이와 같은 사조가 일본에 있어서는 1912~31년 사이에 흥성했다고 하는 점을 고려해 본다면 더욱 필연적이었을 것이다. 그러므로 우리의 자연주의 문학은 서구나 일본적인 것보다도 사회적 비판에 강력한 반항의식과 폭로적인 것을 앞세운 것이었다. 이것은 또한 이 사상이 전변轉變할 때에 곧 자연주의도 쇠퇴할 필연적인 운명을 지니고 있었던 것이다. 그리하여 이 기간은 엄밀한 의미에서 1923~33년 사이의 약 10년간이 전성기가 아닌가 보아진다.[57)]

1923년 무렵이면 우리나라에는 이미 신경향파문학이 나타난다. 그리고 1925년에는 'KAPF'가 결성되어 프로문학의 시기로 접어들게 되는 것이다. 1920년대는 일본의 프로문학기에 해당된다. 일본의 대정기문학의 영향이 1920년대 후반의 한국문학에 동시적으로 반영된 것이다. 심미주의와 문예이상주의의 경우도 마찬가지이다. 일본처럼 호머부터 보들레르까지 한꺼번에 받아들인데다가, 신미주의aestheticism・이상주의idealism・사회주의 리얼리즘social realism 등이 첨가된 것이다. 1920년대의 한국문학의 사조의 혼류상태와 이질적인 사조의 동시성은 당시에 동인지와 문예지들의 특성을 살펴보아도 알 수 있다.

(1) "창조"(1919)········· 사실주의적 경향
(2) "폐허"(1920)········· 퇴폐주의, 낭만주의
(3) "개벽"(1920)········· 계급주의적・경향파적 경향

---

57) 김송현金松峴, '한국자연주의 문학 서설' "현대문학" 91호, p.234.

(4) "장미촌"(1921)……퇴폐주의

(5) "영대"(1924)………순문학성

(6) "조선문단"(1924)……민족주의적 경향

(7) "문예운동"(1926)……프롤레타리아 문학[58]

5, 6년간의 짧은 기간에 이렇게 다양한 성격을 가진 잡지들이 간행된 것이 한국의 자연주의 문학시대였다. 그 당시의 한국문학이야말로 문예 사조의 'melting pot'였던 것이다. 거기다가 신문학의 성장 기간이 일본 보다 7, 8년이나 단축[59]되어 혼란은 가중될 수밖에 없었다. 한국의 현대 문학이 그 초창기에서 여러 사조의 혼합현상을 노출시키는 이유가 여기 에 있다.

3) 수용태도의 무체계성

일본의 외래문화 수용태도에서 나타났던 자의성과 우연성은 한국의 경우에도 그대로 적용된다. 김동인도 예외가 아니다. 김동인은 일본에 가 서 중학 과정 밖에 다니지 않은 작가다. 가와바타 화숙川端畵塾에 적을 두 었지만 제대로 다닌 일이 없을 뿐 아니라, 그곳은 화숙이지 문과대학은 아니다. 그래서 그의 외국문학의 수용태도에는 체계성이 없다. '지하실의 비밀'의 경우처럼 탐정소설인 줄 알고 산 책이 순수소설이라는 우연적인 요소가 그를 문학가가 되게 만든 기본적인 여건을 형성하고 있다.

---

58) 조연현, "한국현대문학사", pp.202~19.

59) 浮雲'에서 자연주의까지, '혈의 루'에서 자연주의까지를 기준으로 한 비교임.

다행히도 경제적인 여유가 있었기 때문에 세계문학전집을 비롯해서 문학서적을 많이 사는 일이 가능했다. 하지만 그의 문학 수업은 중학생이 마음대로 골라 읽은 독서에서 이루어졌기 때문에 체계 있는 공부를 했을 가능성이 희박하다. 그런데다가 염상섭처럼 한 문예지를 교과서처럼 계속 읽고 거기에서 문학을 배우려는[60] 집중적이고 고지식한 자세도 그에게는 없다. 자신감이 지나치고, 속단하는 경향이 있는 '직선적인 성격'(김동리)인 만큼 김동인의 외국문학의 수용태도에는 자의성이 두드러지게 나타난다.

그는 어떤 작가를 받아들일 때 종합적인 검토의 자세를 취하기보다는 자기가 보고 싶은 면만 보고 마는 경향이 짙다. 자신이 대정문학에서 대중적인 경향을 띠고 있는 작가의 작품만 읽고서 대정문학은 답보상태에 빠져 있다고 말한 것도 같은 현상으로 볼 수 있다. 그가 백화파 작가들의 이름을 다 거론하지 않은 걸 보면 그들의 작품을 다 읽지 않았는지도 모른다. 이런 경향은 구미의 작가에게도 해당된다. 그가 좋아한 작가는 별로 알려져 있지 않은 작가인 경우가 많기 때문이다. 동인이 두 편이나 작품을 번역한 일이 잇는 F. 몰나르, '에일윈'의 작가 윗츠 던톤 등이 그 좋은 예다. 그가 영향을 받았다고 말하는 작가 중에서 문호 급에 속하는 작가는 톨스토이 한 사람 밖에 없다. 톨스토이 중에서도 기교에 관한 것에만 흥미가 치우쳐져 있다. 독자성을 확보를 향한 그의 지나친 주아주의主我主義가, 일반적으로 명성이 있는 작가의 작품보다는 남들이 모르는 작가 중에서 자신의 안목으로 걸작을 발굴하려는 경향을 만들었을 것이

---

60) 염상섭은 '문학소년시대의 회상'에서 '와세다문학早稻田文學'을 강의록처럼 읽으며 문학공부를 했다는 말을 하고 있다.　　　　　　　　"염상섭", 문학과 지성사, p.201 참조.

라는 추측이 가능하다.[61] 이런 데서 생겨나는 자의적 경향은 그의 '소설 작법'이나 '문예시평' 등에서 자주 나타난다.

그 다음은 우연성이다. 그가 문학에 대한 관심을 가지게 된 동기가 된 '지하실의 비밀'이 그 좋은 예이다. '에일윈'의 경우도 이와 유사하다. 책의 성격을 미리 알고 명확한 필요에 의해서 체계 있게 선택한 작품이 아니라 우연적으로 눈에 띈 작품이어서 문학공부가 체계화되지 못했다. 그가 창작뿐만 아니라 평론도 했다는 사실을 감안할 때 이것은 무시할 수 없는 결함에 속한다.

자의적, 우연적인 독서법의 결과로 서구문학의 핵심을 이루는 작가들이 소외되는 일이 많다. 일본의 경우도 마찬가지다. 그는 花袋나 藤村의 작품을 읽었다는 말을 한 일이 없다. "실험소설론"이나 "심미신설審美新說"도 읽지 않았을 가능성이 많다. 田山花袋가 모파상이나 공쿠르, 유이스망 등을 통하여 불란서의 자연주의를 받아들인 것과 비슷하다. 하지만 동인의 경우에는 자의성이 그 보다 훨씬 더 두드러지게 드러난다. 1920년대의 작가 중에는 외국문학의 수용태도에서 자의성과 우연성이 드러나지 않는 작가는 거의 없다. 동인의 경우는 그의 성격적인 요인 때문에 그것이 더 과장되어 나타난 것뿐이다.

---

61) 김동인이 번역한 작품은 다음과 같다.
    (1) '죽음과 그 전후' - 有島武郎 작
    (2) '客馬車', '마지막 오후' - F. Molnar 작
    (3) '마리아의 재주꾼' - A. France 작
    (4) '유랑인의 노래' - W. Danton 작

    (1)과 (3)을 빼면 지명도가 낮은 문인들이다.

4) 발신국의 다원성

한국문학의 경우는 일본보다 발신국의 수가 더 많다. 일본이 추가되기 때문이다. 추가된다는 표현은 적절하지 않다. 일본문학의 영향이 서구문학의 경우보다 더 비중이 컸기 때문이다. 따라서 일차적으로 일본문학과의 관계가 우선 검토되어야 한다. 일본과 불란서를 주로 하고, 그 밖의 나라들도 개별적으로 점검하여 김동인과 외국문학의 관계를 가능한 한 세부적인 데까지 살펴보기로 한다. 김동인의 경우에는 자료가 많지 않기 때문에 그 자신이 제공한 자료가 중심이 될 것이다.

(1) 일본문학과의 관계

김동인의 유학기간은 1차가 1914~1917년, 2차가 1918~1919년으로 되어 있다. 대정 3년부터 대정 8년까지다. 명치시대와 함께 자연주의의 전성기는 지나고 反자연주의 문학운동이 전개 되던 시기였다. 자연주의파가 주로 "와세다문학"[62]에 의거했던 것처럼 반자연주의파는 다음과 같은 잡지들에 의거해서 작품 활동을 펴 나갔다.

---

62) "와세다문학早稻田文學" : 일본의 문예지.
　　1차 : 1891년-1898년. 주간은 쯔보우치 쇼오요坪內逍遙, 시마무라 호게츠島村抱月 등. "몰이상沒理想 논쟁"이 유명함.
　　2차 : 1906년-1927년. 주간은 시마무라 호게츠島村抱月, 혼마 히사오本間久雄 등. 자연주의의 아성이어서 島村抱月, 田山花袋 등의 작품들이 실리고, 문단에서 주도적 역할을 함.
　　염상섭은 이 시기의 이 잡지를 강의록 삼아 문학공부를 했다고 한다.

사조명	잡지명	동인同人 및 창간연대
신이상주의 2. 탐미주의[64]	"백화白樺"[63] 1. "스바루スバル" 2. "신사조新思潮" 3. "명성明星"[65]	武者小路實篤, 志賀直哉, 有島武郎, 柳宗悅 등이 동인, 1910년 창간 北原白秋, 木下杢太郎, 石川啄木 등. 1909년 창간 谷崎潤一郎, 和辻哲郎 등. 1907년 창간 詩歌綜合誌, 相馬御風, 岩野泡鳴, 萩原朔太郎, 木下杢太郎, 佐藤春夫, 石川啄木 등을 배출. 1900~1908, 1921~1927

그의 유학기간이 反자연주의파가 주도하던 시기였기 때문에 동인과 일본문학과의 관계를 추적하기 위해서는 자연주의파와 反자연주의파의 두 그룹으로 나누어 고찰하는 것이 편리할 것 같다.

---

63) "백화白樺" : 일본에서 대정시대를 대표하던 문학잡지. 1910년~1923년.
　　학습원學習院 출신의 상류층 문인들이 중심이 되어 만든 동인지로, 대표적 동인은 무샤노고지 사네아츠武者小路實篤, 시가 나오야志賀直哉, 야나기 소에츠柳宗悅, 아리시마 다케오有島武郎 등의 유명한 작가들이어서 김동인과 염상섭에게 많은 영향을 줌.
　　초기에는 주아主我주의적 경향을 나타내는 반 자연주의 잡지였고, 중기에는 톨스토이적인 인도주의적 경향이 강해져 농장을 무상으로 소작인들에게 나누어 주기도 하고, '아름다운 마을'을 직접 경영하기도 하는 동인들이 있었으며, 후기에는 미술에 대한 관심이 짙어짐.

64) 탐미주의 : 서구의 유미주의의 영향을 받은 유파로 나가이 가후長井荷風, 타니자키 준이치로谷崎潤一郎 등이 대표함.

65) 묘오죠오明星 : 시가詩歌 종합지. 1900년~1908년.
　　낭만주의, 예술지상주의적 경향의 잡지로 모리 오가이森鷗外, 우에다 빈上田敏을 위시하여 하기하라 사쿠타로萩原朔太郎, 키타하라 하쿠슈北原白秋, 이시카와 타쿠보쿠石川啄木 등 당대의 대표적 문인들의 아성이었다.
　　　　　　　　　　　　　　　　　　　　　　"近代日本文學小辭典"(有斐閣) 참조

가) 자연주의파와의 관계

김동인은 일본문학을 경멸하는 마음을 지니고 있었기 때문에, 진지하게 일본문학을 연구하려는 태도가 없었을 뿐 아니라, 일본문학에 대한 언급이 거의 없다. 읽은 책의 이름과 자신의 독후감을 일기에 일일이 적어 놓은 춘원과는 달리 동인의 경우는 증거가 될 자료가 적어서 그의 문학의 영향관계는 평론이나 작품 속에서 발견되는 자료에 의존하는 수밖에 없다. 그런 여건 하에서 동인과 일본 자연주의와의 관계를 추적해 보면 대략 다음과 같다.

(1) 일원-元묘사론

1925년에 김동인은 "조선문단"에 "소설작법"을 연재한 일이 있다. 거기에 문체에 대한 항목이 나온다. 동인은 문체를 일원묘사론, 다원多元묘사론, 순純객관묘사론의 세 종류로 나누어 설명하고 있다. 묘사에 나타난 시점의 연구인 이 문체론은 여러 가지 면에서 일본 자연주의파의 한 사람인 이와노 호메이岩野泡鳴의 '일원묘사론'과 공통성을 지니고 있다.

일원묘사라는 용어는 보편적으로 통용되는 용어가 아니라 泡鳴의 전용어이다. 일본의 자연주의파들은 비평용어를 창안해서 쓴 일이 많이 있었다. '평면묘사', '노골적인 묘사', '대자연의 주관', '소주관小主觀', 'indifference of nature' 등은 다야마 카타이田山花袋가 창안해 낸 용어들이다. '환멸시대', '현실폭로의 비애' 등은 長谷川天溪가 만들어 낸 용어로, 일본의 자연주의 운동을 리드하던 캐치 프레이즈였다. 岩野泡鳴가 만들어 낸 신조어는 '신비적 반수주의半獸主義'와 '일원 묘사론'등이다.

이런 용어들은 다른 나라에는 없는 일본 자연주의만의 특수 용어인데,

김동인은 그 중에서 '일원묘사', '평면묘사', '소주관' 등을 받아들이고 있다. 염상섭이 주로 天溪의 용어들을 답습(2권의 '염상섭과 외국문학' 항 참조)하고 있는 데 반하여, 동인은 花袋와 泡鳴의 전용어들을 많이 차용하고 있다.

泡鳴의 '일원묘사론'은 소설의 시점point of view에 관한 것이다. 따라서 실질적으로는 유럽의 문학론을 원용援用한 것인데, 명칭만 자기류로 붙인 것이다. 시점을 분류하면서 泡鳴는 거기에 '일원묘사론'이라는 명칭을 붙였다. 따라서 그 용어에는 보편성이 없다. 그런데 동인은 그 말을 그대로 빌려 썼다. 용어 뿐 아니라 분류 내용까지 빌어서 쓴 것이다. 이두 사람의 일원묘사론의 내용의 유사성을 고찰하기 위하여 그들이 제시한 도표를 비교하면 다음과 같다.

1) 김동인의 것

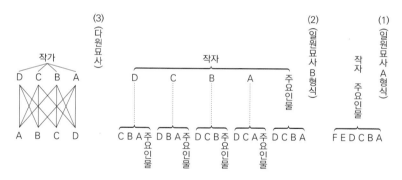

2) 泡鳴의 것

(1) 작자 ─을─ 갑/병 ─ 개념적 인생

이것은 작가가 공평하게 작중인물이나 사건을 바라보는 묘사태도로, 특별한 중개자는 없다. 소위 평면묘사는 이러한 태도라고 泡鳴는 말한다.

(2) 작자 ― 갑 〈을 / 병〉 구체적 인생

(3) 작자 〈갑〈을 / 병〉갑 / 을〈갑〈을 / 병〉을 / 병〈갑 / 을〉병〉 구체적 인생

(3)은 (1)과 (2)를 병합한 태도로 갑·을·병을 한 명으로 제한하지 않고, 그 각각을 통해서 각각 서로의 기분이나 인생을 관찰해 간다.

(4) 작자 ― 갑 〈을〈갑 / 병〉을 / 병〈갑 / 을〉병〉 순구체적 인생

　이 두 도표를 비교하여 보면 우선 泡鳴는 네 유형을 모두 '일원묘사론'에 포함시키고 있는 데 반하여, 동인은 泡鳴의 (2), (4)형만을 '일원묘사'로 보고 (1)은 '순객관묘사' (3)은 '다원多元묘사'로 분류하고 있는 차이점이 드러난다.

　그 다음에 나타나는 차이점은 (2)와 (4)에서 泡鳴는 '작자 → 갑'으로 표기하고 있는데, 동인은 갑 대신에 '주요인물'이라는 단어를 쓰고 있으며 '갑·을·병'을 영어의 알파벳으로 대치시켰고, A형에서 인물의 수를 두 배로 늘여 놓고 있는 것이 눈에 띈다.

　(4)와 (B)의 경우는 더 많은 차이가 나타난다.

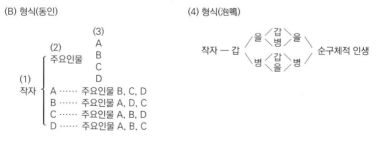

(B) 형식(동인)

　　　　　　　　　　　　(3)
　　　　　　　　　　　　 A
　　　　　　　　(2)　　　 B
　　　　　　　주요인물　　 C
　(1)　　　　　　　　　　 D
　작자 ┤ A …… 주요인물 B, C, D
　　　　　B …… 주요인물 A, D, C
　　　　　C …… 주요인물 A, B, D
　　　　　D …… 주요인물 A, B, C

(4) 형식(泡鳴)

작자 ― 갑 〈을〈갑 / 병〉을 / 병〈갑 / 을〉병〉 순구체적 인생

동인의 것이 2단계에서 인물이 더 많고,(2배) 3단계에서 각 파트마다 주요인물이 하나씩 끼어 있는데 비하여, 泡鳴의 것은 5단계까지 있고 거기에 '純구체적 인생'이라는 설명이 붙어 있는 점이 다르다. 이런 설명은 다른 세 유형에도 모두 붙어 있는데, 그 설명에 의하여 다시 분류하면 (2), (4)는 구체적 인생을 나타내는 것이고, (1), (3)은 개념적 인생을 나타내는 것으로 두 그룹으로 나뉘어져 있음을 알 수 있다. 泡鳴의 설명에 의하면 후자는 객관적·외부적 시점을 의미하는 것이다.(吉田, 앞의 책 下, pp.453~54) 泡鳴가 (1), (3)의 유형을 불완전한 것으로 보고 있음을 이 둘을 모두 개념적 인생이라고 설명한 것을 통하여 짐작할 수 있다. 그는 (1)을 花袋가 주장한 평면묘사로 보고 있다. "작자가 자기를 표현하지 않으면 창작을 안 하는 것과 같다."(같은 책, p.449)고 생각하는 泡鳴은 객관적 시점을 비난하는 평론가다. 따라서 (1)은 그가 싫어하는 유형이다. (3)은 (1)보다 복잡할 뿐 근본적으로는 같은 유형이다. 객관적 시점 objective point of view, 전지적 시점omniscient point of view에 속하는 이 두 유형의 시점에서는 작자와 인물 사이에 중개자가 없다.

泡鳴가 자신의 방법으로 채택한 것은 (2), (4)의 유형이다. 이 유형의 특징은 작자가 갑이라는 작중인물이 되어 갑의 기분에서 다른 사람을 관찰하는 태도에 있다. 이 경우에 갑은 '작자 주관의 중개자'이다. 그러나 형식적인 시점은 일단 외적 시점external point of view을 취하기 때문에 1인칭 사소설과는 다르다. 말하자면 작자의 1인칭 이야기가 아니라 주인공의 1인칭 이야기가 되는 것이다. 泡鳴의 말을 빌면 '작자와 작중의 주요인물과의 불즉불리不卽不離의 관계'(같은 책, p.452)가 중심이 된다.

전술한 바와 같이 동인의 '일원적 묘사'는 泡鳴의 (2), (4)에 해당된다. 이 둘의 성격의 유사성과 이질성을 축출해 내기 위해 두 사람의 설명을 나란히 인용하면 다음과 같다.

김동인

(1) 간단히 말하자면 일원묘사라는 것은 경치든 정서든 심리든 작중 주요 인물들의 눈에 비친 것에 한하여 작가가 쓸 권리가 있지 - 주요 인물의 눈에 벗어난 일은 아무런 것이라도 쓸 권리가 없는 - 그런 형식의 묘사이다.[66]

(2) 가장 쉽게 말하자면 일원묘사라는 것은 나라는 것을 주인공으로 삼은 1인칭 소설에 그 '나'에게 어떤 이름을 붙인 자로서, 늘봄의 '화수분'의 주인공인 '나'라는 사람을 'K'라든가 'A'라는 이름을 급여 할 것 같으면 그것이 즉 일원묘사형의 작품일 것이며, 일원 묘사형 소설의 주요인물 '마음이 옅은 자'의 'K'며, '약한 자의 슬픔'의 '엘리자벳'이며 '폭군'의 '순애' 등을 '나'라는 이름으로 고쳐서 1인칭 소설을 만들 것 같으면 조금도 거트림 없이 완전한 1인칭 소설로 될 수가 있는 것이다.

일원묘사에서는 작자는 그 작품 중의 주요 인물인 '주인공'을 통하여서만 모든 국면을 볼 수 있고(도표 참조) '주인공'이 미처 못 본 일이든가 주인공 이외의 인물의 심리등 주인공이 촌탁忖度치 못할 사물 등은 작자 역시 촌탁할 권리가 없다.[67]

---

66) '소설작법사' "전집" 6, p.219.

67) 같은 책, p.220, 점 : 필자.

岩野泡鳴

　　B작자가 먼저 작중인물의 하나인 갑이 되어, 갑의 기분에서 他他를 관찰하여, 갑이 듣지 못한 것, 보지 못한 것, 느끼지 못한 것은 알고 있어도 할애한다. 泡鳴의 소설가, 비평가로서의 태도는 이것이어서, 갑에게 3인칭을 주어도 실제로는 자전적인 1인칭으로 말을 하게 한다. 이 경우 주의할 것은 갑이 작자주관의 중개자이고 주관이입의 중심임과 동시에, 을 병도 이 중심을 통해서의 작자주관의 2차적 대상이라는 사실이다. 다만 중개자는 그 작품에서는 일정하니까 작자의 관찰점 내지는 기분의 중심은 움직여서는 안 된다.[68]

　　이들의 공통점은 (1) 작자가 갑(혹은 주요인물)의 시계와 경험의 범위를 넘어설 수 없다는 것, (2) 형식상으로는 3인칭으로 되어 있으나 실질적으로는 갑(혹은 주요인물)의 1인칭 소설이나 다름이 없다는 것이다. 일본 자연주의파의 사소설이 대부분 이런 시점을 취하고 있다. 한국의 경우도 '화수분', '마음이 옅은 자여', '약한 자의 슬픔' 등이 이에 속한다고 동인은 말하고 있다. 다음은 동인의 (B)와 泡鳴의 (4)의 비교이다.

　　(B) 일원묘사 B형식 ─ 가까운 예로 빙허의 '지새는 안개'가 있으니, 즉 '지새는 안개'의 주인공은 창섭이라는 청년이지만 전체의 문체를 볼 때 아까 설명한 바와 다른 것을 볼 수 있다. 이것은 즉 B형 일원묘사(그림 B형 참조)의 부에 들 것이니, 작품 전체를 여러 토막에 끊어서 한 토막씩 토막의 주인공(주관主觀인물)을 선택한 것으로서 박문서관 발행 "지새는 안개" 초판으로 설명을 하자면 1페이지부터 14페이지까지의 주요인물은 '정

---

(68)　'描寫論補遺' "新潮" 12, 大正 8年, 2月.

애'이며, 14페이지부터 21페이지까지는 '화라', 21페이지부터 32페이지까지는 도로 '정애', 이와 같이 절, 혹은 장을 따라서 주요인물을 바꾸어가면서 쓰는 법이니, 최근 서양의 장편소설은 대개 이 형식을 좇았다.("전집" 6, pp.220~21)

　(4)는 (2)가 발전한 것이지만 실제로는 (3)은 (1)에 속하고, (4)는 (2)에 속하고 있다. 泡鳴는 (2)를 택하고 있다.[69]

위의 비교를 통하여 동인의 '일원묘사 A형 = 泡鳴의 유형 (2)', 동인의 '일원묘사 B형 = 泡鳴의 유형 (4)'의 等式이 성립됨을 알 수 있다. 이 네 유형은 모두 제한적 시점limited point of view에 해당된다. 동인의 '다원묘사'는 泡鳴의 유형 (3)과 유사하다. 작품 예로는 염상섭의 '해바라기'와 나도향의 '계집하인'[70]에 나타난 시점이 제시되어 있다. 다원묘사체와 순객관묘사체에 대한 동인의 주장은 다음과 같다.

　(1) 다원묘사는 작중의 주요인물이고 아니고를 불문하고 아무의 심리든 작가가 자유로 쓸 수 있으므로 독자로 번잡한 감을 일으키게 하며 나아가서는 그 소설의 역점이 어디 있는지 까지 모르게 하는 일이 생기니…….[71]

　(2) 순객관적 묘사 - 이것은 자자는 절대로 중립지中立地에 서서 작중 인

---

69)　'描寫論補遺' "新潮" 12, 大正 8년, 2月.

70)　'소설작법' "전집" 6, p.220~21.

71)　같은 글, "전집" 6, p.222.

물의 행동 뿐을 묘사하는 것으로서, 작중에 나 오는 인물의 심리는 직접 묘사치 못하며, 다만 그들의 행동으로 심리를 알아내게 하는 것이니, 근대 체홉의 단편소설에 이런 예가 많으며 더욱 더 체홉의 작품 중에서 많이 볼 수 있는 방식이다.[72]

둘 다 외적 시점인 점은 공통되지만 (2)는 전적으로 외면화된 현실만 묘사할 수 있는 데 반하여 (1)은 작가가 모든 인물의 내면에까지 들어갈 수 있는 점이 다르다. 泡鳴의 유형 (1)은 동인의 순객관묘사에 해당되며 유형 (3)은 동인의 다원묘사와 유사성을 띠고 있다.

이 두 사람의 분류방법을 비교하면 전자가 네 유형을 모두 일원묘사라 부르고 있어 혼선이 생기는 데 비하여 동인은 내적 시점과 외적 시점을 구별하고 있어 시점 분류법으로 보면 동인의 것이 진일보한 느낌을 준다. 그런데도 불구하고 동인의 이론의 원천이 泡鳴의 '일원묘사론'이라는 사실은 다음과 같은 점에서 거의 의심할 여지가 없다.

1) 泡鳴의 전문용어인 '일원묘사'라는 어휘를 쓴 점
2) 유형분류에 있어 泡鳴의 (2), (4)와 동인의 '일원묘사체'(A), (B)의 유사성
3) 동인의 '다원묘사체'와 泡鳴의 (3), 동인의 순객관묘사체'와 泡鳴의 유형 (1)과의 공통성
4) 泡鳴의 '일원묘사론'의 발표시기(大正 7, 8년, 1918~1919)가 동인의 '소설작법'(1925)보다 몇 년 앞서 있기 때문에 동인의 이론을 그가 차

---

72) 주 72)와 같음.

용하는 일이 불가능하다는 점

두 사람의 묘사론에 나타난 부분적인 차이는 동인의 泡鳴의 설을 차용해다가 불합리해 보이는 부분의 명칭만을 수정하여 재정리한 데서 발생한 것이라 추측할 수 있다. 문제는 이상의 글에서 동인이 泡鳴에 대해 언급하지 않았다는 데 있다. 용어, 분류법 등에서 부합되는 부분이 너무 많은데도 동인은 자신이 차용한 원천에 대한 언급이 없다.

(2) 기타

'일원묘사론'을 제외하면 김동인이 일본의 자연주의와 유사성을 띠는 점은 거의 나타나지 않는다. 평론 용어에서 花袋가 사용한 '평면묘사'라는 말을 한두 번 사용되고 있고, 그 밖에 '소주관小主觀'이라는 말이 가끔 쓰이고 있을 뿐이다. 동인의 작품의 시점은 泡鳴의 일원묘사와 평면묘사의 두 종류가 주류를 이룬다. 시점 면에서 그는 일본의 자연주의와 밀착되어 있다.

(3) 유학체험의 유사성

세 번째로 일본 자연주의와 동인의 유사성을 찾는다면 중학교로부터의 동경에서 유학한 학창시절의 경험의 유사성을 들 수 있다. 물론 그들은 자기 나라에서의 유학이요, 동인의 경우는 식민지에서의 유학이라는 차이가 있지만, 그들이 동경에서 겪은 체험과 동인의 그것과의 사이에는 유사성이 많다.

① 동경에서 그들을 매혹한 것이 동인의 경우처럼 서양이었다는 것.(加藤.

② 관립학교에 못 들어간 그들은 일찍부터 출세할 가망이 희박한 소외된 개인이었다는 것과 동인의 위치와의 유사성

③ 동경은 그들에게 있어서 자유의 천지였던 것처럼(같은 책, p.332) 동인에게도 자유천지였다는 것 등은 비록 국적이 다를망정 유사한 체험이라 할 수 있다. 동인에게 있어서도 동경은 자유로운 곳이었음을 다음 인용문이 입증한다.

극도의 밀고, 밀정 정책을 써서 아비가 아들을 믿지 못하고 아들이 아비를 믿지 못할 이 만치 모두가 스파이(탐정이라 일컬었다) 같아서 마음 놓이는 순간이라고는 없는 조마조마한 삶을 살고 있었다. 그런데 같은 일본 세도권내라 하지만 동경은 다른 세계였다. 유학생 웅변회, 강연회, 토론회 등 집회에서는 경관이 와서 하기는 하였지만 조선 안에 서도 염도 못 낼 말을 자유로이 하고 있었다. 고 서춘徐椿, 김도연金度演, 최팔용崔八鏞, 장덕수張德秀 형제분 등이 당년의 유학생 웅변계의 맹자猛者들이었다.[73]

(4) 국가의식의 희박성

전술한 바와 같이 일본 자연주의 작가들은 그 전·후의 세대에 비기면 국가의식이 희박한 문인들이었다. 뿐 아니라 그들은 전통 의식이 강한 일본에서 전통거부의 태도를 취한 예외적인 그룹이기도 하다.(日本의 '전통 문학과의 관계' 항 참조) 그들은 코스모폴리탄이었으며, 反전통주의자들이었

---

73) '3.1에서 8.15', 같은 책, p.222.

다. 이 점에서도 花袋나 藤村은 동인과 근사치를 지닌다. 김동인의 경우도 이와 유사하다. 그의 일본유학은 교육구국의 목적과는 관계가 없는 개인적인 동기에 의해서 이루어졌다. 김윤식은 동인의 조기 유학의 동기를 주요한과의 라이벌 의식에서 찾고 있는데('김동인 연구', "한국문학" 136호 참조) 그의 설은 타당성이 있다. 反전통주의의 경우도 마찬가지다. 1920년대의 작가 중에서 동인만큼 철저한 反전통주의자는 없다.(다음 항에서 자세히 논할 것임).

  김동인에게는 일본 자연주의 문학의 대표적 작가인 花袋나 藤村에 대한 언급이 거의 없다. 藤村의 경우는 중학 선배였으니까 명치학원 생활을 회고하는 대목에서 그의 이름이 한 번 나온다. 명치학원의 교가가 藤村의 작이라는 것뿐이다.("전집" 6, p.18) 춘원은 그들의 소설을 읽었다는 것과 감상을 일기에 적어 놓았으나, 동인의 경우에는 그런 자료가 없다. '일원묘사론'에서 가장 큰 유사성이 나타날 뿐 그 밖에는 문학용어 몇 개밖에는 일본 자연주의파와 동인을 연결시킬 구체적인 자료가 없다. 김송현은 '초기소설 원천탐구'("현대문학" 통권, p.117)에서 동인의 '배따라기'와 돗보獨步의 '여난女難'과의 유사성을 주장하고 있지만, 獨步의 '여난'은 자연주의계의 작품이 아니다. 獨步가 자연주의의 선구자로 간주되는 것은 그의 후기의 소설인 '대나무 쪽문', '궁사窮死' 등에 기인한다. 따라서 자연주의파와 김동인과의 연결 관계는 국부적인 유사성 밖에는 나타나지 않는다. 새것 콤플렉스를 지녔던 김동인의 성격을 미루어 볼 때, 이미 전성기를 지난 자연주의 문학이 그의 구미를 당기지 못했을 것이라는 추측이 가능하다.

  또 하나 생각할 수 있는 가능성은 그가 진술한 바와 같이 사조의 유행을 추종하려는 의도를 가지고 있지 않았다는 사실이다. 일본의 자연주의 문학의 영향은 동인이 자연주의를 룻소주의로 받아들인('용어' 항 참조) 데서 나타난다. 그것도 단 한 번의 언급으로 끝나고 있다. 동인과 일본의 자연주의 문학은 연관성이 희박하다.

나) 반反자연주의파와의 관계

김동인의 일본유학 기간은 일본에서는 자연주의 전성기가 지난 시기였다. 백화파와 탐미파의 반자연주의 문학이 풍미하던 기간에 동인은 일본에 가서 중학교에 다니고 있었다. 따라서 동인의 문학은 자연주의파보다 反자연주의파에서 영향을 더 많이 받았을 공산이 크다.

(1) 자연주의와 탐미주의의 공존

탐미파의 예술은 그 허무적 퇴폐적 기조基調에 의해서 자연주의의 연장선 상에 있었다고 한다면 이상주의는 적극적인 인생 긍정에 의해서 자연주의 와 절연하려고 하는 것이다.[74]

요시다 세이이치吉田精一는 이 두 유파와 자연주의의 관계에 대하여 이상과 같이 말하고 있다. 탐미파가 이상주의파보다 자연주의에 근접하고 있었음을 인정하고 있는 것이다. 일본의 근대문학에 있어서 문예사조 간의 상관관계는 불란서의 경우와는 아주 다른 양상을 나타낸다. 불란서에서는 문예사조의 일면성의 극단화 현상이 지속되어 왔다. 고전주의와 낭만주의, 낭만주의와 사실주의·자연주의, 자연주의와 상징주의나

---

74) 吉田, 앞의 책 下, p.499.

악마주의는 항상 극단적인 대립관계를 가지고 있었다. 전의 사조의 일면성의 극단화에 대한 반동으로 새 사조가 발생해 온 것이 유럽에서의 문예사조의 변천 양상이며, 그 대표적인 예가 불란서라 할 수 있다.

그런데 일본의 경우에는 사조와 사조 사이의 대립관계의 극단화 현상이 존재하지 않았다. 모든 문예사조는 명치문단에 한꺼번에 수업되어 와서 혼류현상을 나타내고 있었다. 외래의 사조들은 박래품이었기 때문에 생활과 밀착되지 못하여, 관념적인 형태로 겉돌고 있었던 것이다. 따라서 사조의 변이는 전시대에 대한 전면적인 거부의 현상을 낳는 대신에 공존현상을 보여준다. 자연주의와 탐미주의의 경우가 그것이다. 이 두 사조는 (1) 반봉건주의적 측면, (2) 자아의 확충과 충족의 절대시 경향 등에서 공통성을 드러내며 허무적·퇴폐적인 기조에 의해서도(앞의 책, p.409) 자연주의와의 친족성을 드러낸다.

서구적인 사조관에서 보면 상반되는 요소인 자연주의와 탐미주의가 동인의 세계에서 공존하는 데 대한 수수께끼를 그가 유학하고 있던 시기의 일본문단의 자연주의와 탐미주의의 관계에서 조명해 보면 실마리가 풀릴 것 같다. 일본에서는 그 두 사조가 적대관계에 놓여 있지 않았기 때문이다. 그런 관점에서 보면 김동리 씨가 동인의 유미주의적 경향까지를 모두 총괄하여 자연주의로 간주하여 버린 견해('자연주의의 구경究竟 "문학과 인간", pp.5~6)도 타당성을 지닐 수 있다.

(2) 탐미파와의 관계

한·일간의 비교문학 논문 중에서 김동인의 유미주의와 일본의 탐미파와의 관계를 다룬 것 중의 대표적인 논문은 다음과 같다.

① 구창환 : '谷崎潤一郎 및 Oscar Wilde와 비교해 본 김동인의 탐미주의'
② 김춘미 : '김동인의 탐미의식의 비교문화적 조명'
③ 김윤식 : '김동인연구'
④ 김영덕 : '동인문학의 성격과 일본문학과의 관계考'
⑤ 전혜자 : '문신(刺靑)과 '광화사 비교'

그 중에서 ①과 ②, ③은 동인과 다니자키 쥰이치로谷崎潤一郎의 문학을 비교한 논문이다. 유미주의에 관한 것은 본 논문의 범위 밖에 있지만, 김동인이 谷崎의 '슌킨쇼(春琴抄)'에 대하여 '안동眼瞳의 통각痛覺'(전집 6, p.576)이라는 글을 쓴 것이 있는 만큼 谷崎의 작품을 그가 읽었을 것은 확실하다. 뿐 아니라 '광화사'와 '문신'에 대한 비교연구가 전혜자, 김춘미 씨 등에 의해서 행해지고 있는 만큼 동인의 유미주의가 谷崎에게서 영향을 받았을 가능성이 농후하다. 그러나 그것을 실증할 자료가 없기 때문에 위의 논문들은 모두 작품의 성격 대비에서 끝나고 있다. 동인의 유미주의 선언의 원천이 谷崎潤一郎인지 아니면 오스카 와일드인지 아직은 확인할 수 없기 때문에 谷崎의 영향이 절대적인지 아닌지는 단정하기 어렵다.

더구나 谷崎와 김동인의 세계 사이에는 근본적인 차이점이 가로놓여 있다. 유미주의에 대한 일본문학과 한국문학의 시각의 차이가 그것이다. 유교의 영향이 유례를 찾아보기 어려울 정도로 강세를 보이고 있는 한국의 전통문학에서, 유미주의는 거의 발붙일 자리를 지니지 못했다. 따라서 미를 선보다 우위에 놓는 동인의 유미주의 선언은 한국에서는 그것을 발설한 것 자체가 충격을 줄 만큼 이례적인 사건이었다. 일본은 그렇지 않다. '문신'의 배경이 에도시대가 되고 있는 사실은 근대 이전에 일본문학의 전통 속에 유미주의의 뿌리가 깊이 내려 있었음을 증명하고 있다.

두 번째로 지적하고 싶은 것은 여체의 미에 대한 동인의 무관심이다. 그에게는 여체에 대한 관능적인 탐닉이나 몰입의 징후가 없다고 해도 과언이 아니다. 솔거가 찾으려 한 이상적인 여성미는 어머니의 눈이 담고 있던 자애와 애무의 표정이었다는 사실이 그것을 입증한다. 동인에게 있어서 이성은 별 의미를 지니지 못하는 존재다. 그의 요란스러운 여성편력이 하나의 제스처에 불과했다는 것은, 재물이 없어지자 여성에 대한 흥미가 사라져 버렸다는 사실에서 드러난다. 연실과 마찬가지로 김동인도 이성에 대하여는 불감증을 지닌 인물이라 할 수 있다.(졸고 '유미주의의 한계', '에로티시즘의 저변' 참조). 따라서 동인에게 있어 미는 구체성을 위한 것이 아니라 하나의 추상개념에 불과하다. 그것이 여체의 감각적인 아름다움에 절대성을 부여한 谷崎와의 근본적인 차이인 것이다.

김동인과 일본의 탐미파의 또 하나의 연결점을 김윤식 교수는 동인의 사숙하던 화가 후지지마 다케지藤島武二를 통한 "묘오조오明星"파와의 관계에서 찾고 있다. 당시에 藤島는 예술지상주의를 표방한 잡지 "明星"에 표지화와 삽화를 그리는 낭만주의 미술가였다. "문학에 있어서의 예술지상주의와 그림에 있어서의 낭만주의는 실상 같은 것이었다"('김동인 연구' "한국문학" 138호, p.378)고 김윤식 교수는 말하고 있으며, 김영덕 교수도 동인이 신낭만주의의 영향을 받았음을 증언하고 있다.('동인문학의 성격과 일본문학과의 관계고' "이헌구 송수기념논문집", p.93)

藤島와 "明星"과의 관계에서 김동인이 받았으리라고 추정할 수 있는 영향을 김윤식 교수는 1) 문학과 미술과의 유착관계, 2) 예술지상의 사고의 두 가지로 간주하고 있다.('김동인 연구' "한국문학" 참조) 예술을 삶의 최고의 가치로 생각하는 김동인의 신앙은 '광염 소나타', '광화사', '운현궁의 봄', '김연실전', '배따라기' 등의 비자연주의계의 소설들에 편재해 있다. 그것은 동인의 가장 동인다운 본질의 하나이다. 예술지상藝術至上의 사고 방식은 그의 작품 도처에서 나오지만 대표적인 것을 몇 개만 들어 보면 다음과 같다.

①나는 선과 미, 이 상반된 양자의 사이에 합치점을 발견하려 하였다. 나는 온갖 것을 '미'의 아래 잡아넣으려 하였다. 나의 욕구는 모두 다 미다. 미의 반대의 것도 미다. 사랑도 미이나 미움도 미이다. 선도 미인 동시에 악도 또한 미다. 가령 이런 광범한 의미의 미의 법칙에 상반 되는 자가 있다면 그것은 무가치한 존재다.

나의 행동은 미다. 왜 그러냐 하면 나의 욕구에서 나왔으니까 … 이러하여 나의 광포한 방탕은 시작되었다. 아직껏 동경은 하였지만 체면 때문에 혹은 도덕관념 때문에 더럽다하던 무수한 광포적 행동이 시작되었다.[75]

②사실 말이지 백성수의 예술은, 그 하나하나가 모두 우리의 문화의 기념탑입니다. 방화? 살이? 변변치 않은 집개, 변변치 않은 사람개는 그의 예술의 하나가 산출되는데 희생하라면 결코 아깝지 않습니다.[76]

③"예술 있는 곳에 문명이 있고, 문명이 있는 곳에 행복이 있소, 행복은

---

75) '나의 소설' "전집" 6, p.158.

76) '광염 소나타' "전집" 5, p.158, 점 : 필자.

우리가 진심으로 구하는 바이오."[77]

미술과 문학의 유착현상은 우선 그가 가와바타 화숙川端畵塾에 진학한 것, 藤島武二에게 개인적으로 사숙한 것, 창조파에 미술 전공의 동인이 둘(김환, 김찬영)이나 있는데도 김관호를 다시 동인으로 영입하려고 노력한 것 등에서 확실하게 나타난다. 이런 현상은 불란서 자연주의와 인상파와의 관계에서도 나타나나, 동인은 대정문단의 미술과 문학의 친화관계에서 영향 받았을 가능성이 많다.

(3) "백화"파와의 관계

미술과 문학의 밀착현상은 "明星" 보다는 '백화파'에서 더 두드러지게 나타난다. "白樺"는 자연주의의 전성기에 나온 반자연주의의 잡지로 1910년부터 1923년까지 계속된 동인지이다. "백화"의 성격을 3기로 나누어 고찰하면 다음과 같은 특징이 나타난다.

> 1기 : 1910년~14년 …… 반자연주의의 거점으로 자아와 개성의 신장을
> 　　　주장
> 2기 : 1914년~18년 …… 인도주의적 경향이 강화와 톨스토이 숭배
> 3기 : 1919년~23년 …… 미술이 중심이 된 시기 ("일본근대문학 소사전", p.126)

김동인의 유학시기는 톨스토이의 숭배열이 팽배해 있던 2기와 미술에 대한 관심이 고조되었던 3기 초에 해당된다. 김윤식 교수의 상기 논

---

77)　'소설에 대한 조선사람의 사상을' "전집" 6, p.266.

문을 바탕으로 하여 백화파와 김동인의 유사성과 이질성을 점검하면 다음과 같다.

(A) 유사성

ⅰ) 귀족주의적 분위기 …… 백화파의 첫 번째 특징은 귀족주의적 분위기에 있다. "백화"의 동인 무샤노고지 사네아츠武者小路實篤, 아리시마 다케오有島武郎, 시가 나오야志賀直哉, 야나기 소에츠柳宗悅 등은 학습원 출신의 명문가의 자제들이다. 동인처럼 그들도 '집안의 귀공자'(김윤식)들이다.

ⅱ) 자아주의 …… 백화파의 또 하나의 특징은 자아의 절대화 경향이다. '자기중심적'인 삶의 실현을 위해 예술의 길을 선택한 점에서 그들은 김동인과 상통한다고 김교수는 보고 있다. ("한국문학" 138호, p.385) 그는 백화파의 자아주의와 예술의 결부에서 김동인과의 유사성을 찾고 있다.

① '백화파'는 '집안의 귀공자'였다. 문학이나 예술은 귀공자들과 관련이 있고 그들이 할 만한 것임을 김동인이 공부하던 1915년 전후의 일본문단의 분위기가 증가하고 있다.[78]

② 예술 자체의 속성이 귀족적이라는 헤겔의 통찰을 빌리지 않더라도 예술이 놓인 자리란 귀족적인 분위기라야 비로소 예술은 그 바른 말을 내는 것이다. '집안의 귀공자'가 제일 안심하고 제일 잘 할 수 있는 일은 이처럼 자명하다. 예술이야 말로 귀공자가 할 수 있고 즐길 수 있는 일이다.[79]

---

78) '김동인 연구' "한국문학" 137호, p.380.

백화파의 귀족적 예술관과 김동인의 취향의 동일성은 김동인에게 있어서 톨스토이의 그것과의 동질성이기도 하다. 동인은 톨스토이에게서 예술을 향한 기교와 자세의 특출성만을 보고 있다.

(3) 톨스토이 숭배열 …… 2기의 백화파의 또 하나의 특징은 톨스토이의 숭배열이다. 그 점에서도 김동인은 백화파와 유사성을 지닌다.

(4) 미술과 문학의 밀착성 …… 백화파가 후기에 가서 나타낸 미술과의 유착성은 김동인의 문학과 미술에 대한 태도에 영향을 주었을 가능성이 크다. 이 경향은 탐미파에도 나타나 있기 때문에 김동인은 그 두 파 모두에게서 문학과 미술의 연계성에 대한 의식을 물려받았을 가능성이 많다.[80]

(B) 이질성

i) 삶과 예술의 관련에 대한 견해

백화파들이 '자기의 삶을 산다'는 것은 인생을 비할 바 없이 엄숙하게, 그리고 성실하게 산다는 뜻이었다. 문학이나 미술(예술)이나 사상을 선택했으면 그것에 전 생애를 걸되, 어디까지나 긍정적인 태도로 임했던 것이다. 이 점에서 그들은 탐미주의자, 낭만주의자, 자연주의자들의 예술에서 드러나는 촉수적인 것, 반도덕적인 것, 놀이적인 것을 배격할 수 있었다. 그들의

---

79) 같은 책, p.383.

80) 동경미술학교를 나오고 '文展'에 특선까지 한 김관호를 "창조" 동인으로 끌어들이려고 김동인이 애를 쓴 것은 "창조"의 문학적 성과에서 미술의 역할이 얼마나 컸던가를 말해 주는 것이라고 위의 글에서 김윤식교수는 주장하고 있다.

인생이나 문학엔 강력한 자기검열이 행해졌던 것이다.

　백화파들에 있어 예술가로 되는 일은 '자기 삶을 사는' 최량의 방법이었다. 자기의 성장에 그것이 가장 적합한 길이라고 믿었기 때문에 그들은 예술가가 되었던 것이다. 그들 사이에는 자기를 최대로 아끼고 자기를 잃지 않으며 자기를 잘못 알지 않았다. 어디까지나 자기에 충실했으며 단지 예술가로서 그러했을 뿐 아니라 그것은 인간으로서의 최초의 조건이기도 했다. 그것은 인간의 궁극적인 미덕과 흡사한 것이었다.[81]

위의 인용문에 나타나 있는 백화파의 태도는,

　　1) '백화'파의 자아주의는 삶을 엄숙하고 성실하게 사는 것을 의미한다.
　　2) 예술에 임하는 태도가 긍정적이다.
　　3) 자기 삶을 사는 최량의 방법으로서 예술을 보았다.
　　4) 자기완성을 향한 노력 등으로 요약된다. 따라서 그것은 윤리적 측면과
　　　 미적 측면의 조화를 의미한다.

　그런데 김동인의 주아주의에는 ① 백화파적인 인격 완성을 향한 교양주의적인 요인이 결여되어 있다는 것, ② 삶을 향한 성실성이 없었다는 것, ③ 윤리적인 것에 대한 배려가 없었다는 것 등이 김 교수가 백화파와 동인의 차이로 지적한 것이다. 결국 동인은 "백화"의 본질을 파악하지 못하고 겉모양만 본 땄다는 것이 그의 결론이다. 有島武郎을 제외하면 작품과 작가에 대한 개별적인 언급은 없고. 경향만 비슷하기 때문이다.

---

81) '김동인 연구' "같은 잡지", p.383.

백화파의 이상주의적 경향, 삶과 예술의 조화의 추구 같은 것보다는 김동인과 가까운 거리에 있는 것이 탐미파라고 할 수 있다. 하지만 '온갖 것을 미의 아래 잡아넣으려 한'(전집 6, p.158) 동인의 예술이 현실에서의 '광포'한 향락주의로 나타났을 때, 파탄이 올 것은 예상 했던 귀결이었다. 자기통제의 능력이 결여된 미에의 동경이 광포성과 연결된 곳에 그의 유미주의의 부정적 측면이 있다. 그의 유미주의를 향한 정열을 뒷받침할 전통의 힘이 우리에게는 없었기 때문이라고 할 수 있다. 그래서 그의 유미주의는 관념적인 성격을 띠고 겉돌았다. 주아주의도 마찬가지다. "나의 욕구는 모두 다 미다"라는 외침은 그의 주아주의를 반윤리적인 에고이즘으로 치닫게 하였던 것이다.

다음은 톨스토이에 대한 수용태도의 차이를 들 수 있다. 백화파의 톨스토이 숭배는 그의 인도주의에 대한 숭배를 의미했다. 有島武郎가 농민에게 자기 토지를 내준 행위에서 나타나는 것처럼 백화파의 경우는 톨스토이의 예술 뿐 아니라 삶과 사상의 실천적 계승까지 겸한 것이었다.[82] 동인의 톨스토이 숭배에는 그것이 없다. 그는 톨스토이에게서 기교면의 탁월성만 높이 평가한 것이다. 인형 조종술은 동인이 톨스토이를 존경하는 이유의 전부를 차지한다.[83]

끝으로 부언해 둘 것이 있다. 그것은 김동인과 "백화"의 동인 有島武

---

82) 더구나 '백화파들에게 톨스토이 숭배열을 볼 수 있었다. 무샤노 고지가 마침내 '새로운 마을' 운동을 전개하고, 아리시마 다케오가 농민들에게 자기의 토지를 내주는, 이른바 실천적 영역에까지 나아간 사실은 단순한 문학예술의 영역에 멈추는 것이 아니었다.
김윤식, 같은 글, "한국문학" 138호, p.387.

83) 윤리적인 측면과 미적인 측면의 조화로운 탐구는 예술을 통해 인격완성을 하는 삶의 방식의 한가지이다. 김동인에 있어 예술(내적인 것)이란, 윤리적인 측면과 아무런 관계없이 단선적으로 된 것이었다.
같은 잡지, p.385.

郎와의 관계다. 동인은 有島의 '죽음과 그 전후'를 번역한 경력이 있다 (1920), 그의 전신자 역할을 한 것이다. 有島武郎은 동인이 가장 자주 언급한 일본 문인 중의 하나다. '마음이 옅은 자여'에도 그의 이름이 나오며 '문학과 나'에도 그의 이름이 나온다. 그는 김동인이 가장 좋아한 일본문인이라 할 수 있다. "백화"파의 다른 작가에 대한 언급은 거의 없다. 김동인은 백화파의 작품보다는 예술관과 주아주의 등의 경향, 그리고 자신과의 출신의 유사성 등에만 관심이 있었다고 할 수 있다.

이상에서 보아 온 바에 의하면 김동인이 일본문학에서 받은 영향은 자연주의파보다는 반 자연주의파의 것이 훨씬 비중이 크다는 것을 알 수 있다. 전자에게서 받은 영향은 '일원묘사론'을 제외하면 '평면묘사', '소주관' 등의 문학용어의 수용에 지나지 않는 데 비해, 反자연주의파에서 받은 것은 ① 순수예술을 향한 정열, ② 美 우위의 사고방식, ③ 주아주의, ④ 미술과 문학의 밀착성 등 그의 예술의 본질을 이루는 요소들이다. 그것은 그가 유학한 기간의 일본문학의 추세가 반 자연주의적인 데로 흐르고 있었던 데 기인하며, 반 자연주의 문학이 그 자신의 적성에 적합했던 데도 원인이 있다고 할 수 있다.

다) 서구문학 수용의 창구 역할

다음으로 고찰해야 할 것은 그가 일본을 통하여 서구문학을 받아들였다는 사실이다. 다음 장에서 상세하게 언급하겠지만 여기에서 지적해야 할 것은 일본문단의 서구문학 수용양상이 그대로 동인에게 반영될 수밖에 없었다는 사실이다. 그는 춘원처럼 영어 원서를 읽을 수 없었고, 안서처럼 불어를 읽을 수도 없었다, 따라서 일역되지 않은 작품은 읽을 수 없다는 제한이 있다. 동인의 세계에 나타난 대정문단의 톨스토이 숭배열의 반영 같은 것이 그 좋은 예가 된다.

라) 명치학원의 영향

김동인이 명치학원에 재학한 기간은 1915년부터 1917년까지의 2년간이다. 명치학원은 미션 스쿨이다. 이 학원의 창설 당시(명치 19, 1886)의 상황을 보면 교수 11명 중 9명이 영국인과 미국인이고, 강사 3명 중 2명이 미국인이었다. 수학, 지리 등의 교과서도 영어로 된 것이었고 역사는 1학년 때는 미국사, 2학년 때는 영국·불란서·독일 역사, 3·4학년에는 고대사를 가르쳤고, 서양소설은 자유롭게 읽을 수 있는 분위기였다.[81] 한국 유학생들이 명치학원에 많이 유학한 이유는 그 학원의 이러한 非일본적인 분위기가 서양을 배우려는 식민지 유학생들에게 심리적으로나 실질적으로 적합하였기 때문이라고 할 수 있다.

동경 명치학원이란 학교는 조선사람과는 매우 인연깊은 학교다. 명치학원 조선학생 동창회 명부를 보자면 박영효朴泳孝, 김옥균金玉均 등이 그 첫머리에 쓰여 있고 내가 그 학교에 재학할 동안에도 백남훈白南薰이 5학년에 재학하였고, 문일평文一平, 이광수李光洙도 명치학원 출신이요, 화백 김관호金觀鎬의 그림이 나 재학할 때도 그 학교 담벽에(그도 명치학원 출신이다) 장식되어 있었고, 현재의 조선을 짊어지고 있는 많은 일꾼이 명치학원을 거치어 사회에 나왔다. 일본서도 시마자끼 도오손島崎藤村 이하의 많은 문학자가 명치학원 출신이라 따라서 문학풍이 전통적으로 학생들에게 흐르고 있었다(그 학교의 자랑인 교가는 시마자끼가 지은 것이다). 그러는 만치 3·4학년쯤부터는 그 학

---

84) '明治學院50年史' "現代日本文學의 世界", pp.87~98에서 재인용.

년 학생끼리의 회람잡지가 간행되고 있었다. 3학년 때에 나도 3학년 회람 잡지에 소설 한편을 썼다.[85]

이 글은 김동인이 명치학원에 대하여 쓴 것이다. 앞의 부분은 명치학원과 한국 유학생과의 관계에 대한 언급이다. 당대의 한국사회의 많은 저명인사들이 명치학원 출신이었다는 것을 이 글을 통하여 알 수 있다. 뒤의 부분은 명치학원과 문학과의 관계에 대한 것이다. 藤村이 교가를 지은 학교인 명치학원은 일본인 문학가도 많이 배출하여 '문학풍이 전통적으로 학생들에게 흐르고 있었다'고 동인은 말하고 있다. 미션 스쿨이어서 서구적인 분위기를 지니고 있는 이 학교의 문학적 전통은 김동인의 문인으로서의 성격형성에 많은 영향을 끼쳤을 것을 상상할 수 있다.

다음으로 생각할 수 있는 것은 대정시대의 학교의 분위기다. 대정시대는 명치시대보다 데모크라틱한 시대였다. 대정 데모크라시의 분위기 속에서 대정문인들의 자유분방한 기질이 양성되었다고 구레노 도시로 紅野敏郎은 '대정문사의 기질'에서 말하고 있다. 그는 대정시대의 사립대 문과의 분위기 속에서는 천하를 책임질 지도자형의 인물이나 평범한 시민적 인간은 나올 수 없고 "자기에 철徹하고 문학에 집執하는 일종의 묘한 개성을 특징으로 하는 특이한 인간형이 보다 많이 배출된다"는 것이 紅野의 증언이다.[86] 김동인은 그가 지적한 대정기의 학생유형에 속하는

---

85) 김윤식, 같은 글, "한국문학" 137호, p.385.

86) これらの雰圍氣のなかからは,天下國家に責任を負う指導者ふうのタイプの人間は出ず,また,善良穩健な平均的市民的人間も出ず,あくまでも自己に徹し,文學に執した一種,妙な個性と特徵とを持つた特異な人間がより多く輩出する.

같은 책, pp.87~98에서 재인용.

문인이다. 그에게는 천하를 책임질 의사도 없고, 범속한 생활인이 될 소질도 없다. 자아의식이 투철한, 강렬한 개성이 동인의 특징이다. 동인의 그런 측면은 물론 타고난 자질과 성장환경에 기안하는 측면도 많았을 것이다. 그러나 그의 형제들의 성격을 참고로 할 때, 형인 동원東元은 지도자형이고, 아우인 동평東平은 보편적 인물에 가깝다. 동인처럼 자기중심적이고 아집이 강한 나르시스는 그 집안에는 다시없다. 그런 점에서 그의 성격형성에 대정시대 전기의 일본의 문단적인 분위기와 명치학원의 자유로운 교풍의 영향도 다분히 작용하였으리라는 추측이 가능해진다. 그 밖에 일본 문단의 영향은 다음과 같은 부분적인 구절의 유사성에서도 엿볼 수 있다.

① 빅토르 위고까지도 통속 작가라 경멸할이만치 유아독존의 시절이었다.[87]

② 위고를 코웃음치는 余다. 로맹 롤랑도 역시 우습게 여기는 余다. 셰익스피어조차 존경할 줄 모르는 余다.[88]

③ 리얼의 진수眞髓는 간결.[89]

④ 그가 발자크나 톨스토이 등을 통속작가로 본 것은 유명하지만 그는

---

87) '문학과 나' "전집" 6, p.18.

88) '머리를 숙일 뿐' "전집" 6, p.587~88.

89) '문학과 나' "전집" 6, p.18.

대체로 괴테나 톨스토이처럼 '무상無上으로 위대한 인물'은 좋아하지 않고, 로망 로랑의 "쟝 크리스토프"도 '뭘 하러 이리 길게 쓸 필요가 있냐고 생각'할 정도였다. 결국은 간결하고 그러면서 정치精緻한 밀도 있는 양식을 선호한 것이다.[90]

⑤ 구메 마사오久米正雄가 '사소설과 심경소설心境小說(대정14. 1. 2)이라는 '문예강좌'에서 "톨스토이의 '전쟁과 평화'도 도스토예프스키의 '죄와 벌'도 플로베르의 '보바리 부인'도 다 고급이지만 결국은 위대한 통속소설에 불과하다. 결국 만든 이야기이며 읽을거리다"라고 한 '폭언暴言'이 위치하게 된다.[91]

①에서 동인은 위고까지 통속작가로 여기고 있다는 말을 하고 있으며 ②에서는 로맹 롤랑, 셰익스피어조차 우습게 여긴다는 말을 하고 있다. 그런데 ④를 보면 일본의 도쿠타 슈세이德田秋聲도 로맹 롤랑을 우습게 여기고 있음을 알 수 있다. 동인과 秋聲은 이 점에서 완전히 일치한다. 다른 것이 있다면 후자가 통속작가로 불란서에서는 발자크를 들고 있는데, 동인은 위고를 들고 있는 것이며, 후자가 톨스토이를 통속작가로 치부하고 있는 데 반해, 동인은 톨스토이를 가장 경모하는 작가로 숭앙하고 있다는 점이다. 톨스토이를 통속작가로 간주하는 점에서는 구메 마사오久米正雄도 秋聲과 일치한다. 久米는 도스토예프스키와 플로베르까지 통속작가로 간주하고 있다.

---

90) 吉田, 앞의 책 하, p.723.

91) 相馬, 앞의 책, p.280.

이 세 작가가 통속작가로 치부한 서구의 문인은 부분적으로는 서로 차이가 있지만, 모두 세계적인 문호라는 점에서는 공통된다. 이 중에서 久米는 사소설만을 순수소설로 간주하는 일본의 순수소설의 통념을 만들어 낸 장본인이다. 그가 '보바리 부인'이나 '전쟁과 평화'를 통속소설로 본 이유는 작품들이 실지로 있는 이야기의 고백인 사소설이 아니라 '만들어 낸 이야기'라는 데 있다. 秋聲은 사소설 작가이며, 역시 사소설을 일본문학의 전통과 가장 밀착된 양식으로 간주한 작가이다. 따라서 그들이 세계의 문호들을 통속작가로 간주한 것은 모두 일본 자연주의의 구호였던 '배허구排虛構', '무각색'의 원리를 어겼다는 이유에서였다. 사소설만 순수소설로 보는 일본만의 특이한 시각의 소치라고 할 수 있다.

김동인은 순수소설의 장르에 대한 견해가 이들과는 다르다. 그는 플롯의 중요성을 역설한 작가여서 무각색 소설을 좋아하지 않았다.(전집 6, p.215) 그가 졸라를 좋아하지 않은 이유 중의 하나는 플롯을 무시한 작법에 있었다.(같은 책, p.216) 김동인에게 있어서 순수 소설은 사소설이 아니라 단편소설이다.('장르' 항 참조) 따라서 그가 위고를 통속작가로 보고 로맹롤랑을 '우습게' 여긴 이유는 그들이 장편작가라는 사실에 기인할 가능성이 많다. 동기를 따져 보면 서로 다르지만, 세계의 문호들을 모조리 통속작가라고 본 점에 있어서 동인은 秋聲이나 久米와 공통된다. 이것은 대정기 문인들의 터무니없는 고답적 자세에서 영향을 받은 결과라고도 할 수 있을 것이다. 어쨌든 동인이 위고까지 통속작가로 본 것, 그렇게 생각할 엄두를 낸 것은 일본만의 특수한 사정에서 허구적인 소설을 대중소설시한 일본문단의 영향의 결과라고 할 수 있다. 김동인은 그 기개만 본받아 단편소설에 적용시킨 것이다.

③에 나타난 간결의 미학 역시 秋聲의 영향일 가능성이 많은 것은 ④에서 秋聲이 로맹 롤랑을 싫어한 이유가 그의 '용장元長한 묘사'에 있어 ③에서 秋聲이 간결한 양식을 칭찬하고 있는 것과 부합되기 때문이다. 秋聲은 일본 자연주의 작가로서는 보기 드물게 단편소설을 주로 쓴 작가라는 것도 기억할 필요가 있는 점이다. 秋聲은 대정기까지 계속하여 자연주의적인 작풍을 지속해 나간 작가이며, 주동인물의 계층도 낮고, 여자 주인공을 환경의 희생자로 그리는 경우가 많았던 만큼, 동인의 '감자'같은 작품이 그에게서 영향 받았을 가능성도 많아, 앞으로 비교문학적 고찰을 시도해 볼 여지가 있다.

동인이 사랑의 대상을 직업적인 화류계 여자에게 한정하는 사고방식에서도 일본문학과의 유사성이 나타난다. 일본에는 에도시대부터 화류계소설이라 불리는 유녀들과의 정사를 다룬 소설의 전통이 있어 왔다. 그것은 명치시대를 거쳐 대정시대로 계승되었으며, 秋聲와 花袋·荷風·泡鳴 등도 창녀와의 사랑의 이야기를 다룬 사소설을 많이 썼다. 동인의 '여인들'은 일본의 화류계 소설의 영향 하에 쓰여진 글이라고 할 수 있다. 일본문단의 이런 경향이 어쩌면 동인이 유미주의를 생활에서 실현하는 방법으로 기생들과의 정사를 업으로 삼다시피 하게 된 하나의 동기가 되고 있는지도 모른다. 그 밖에 '소설작법', '문단30년사' 등의 집필동기에도 花袋의 영향이 스며 있을 가능성이 많다. 花袋도 '소설작법'을 썼으며, '동경삼십년'이라는 제목의 글을 썼기 때문이다.

소설관, 사실주의관, 여성관 등은 동인의 문학세계의 형성에 초석이 되는 중요한 요인들이다. 그런 기본적이며 본질적인 사고의 형성과정에서 드러나는 일본문학과의 유사성은 뜻밖에도 많다. 이런 사실들은 설사 본인이 부정한다 하더라도 소홀하게 취급할 수 없는 부분들이다. 그

밖에도 서사예술의 장르에 쓰이는 '모노가타리物語'라는 일본 특유의 용어가 그대로 동인의 소설론에서 사용되고 있어, 그의 문학에 끼친 유형무형의 일본문학의 영향은 예상외로 큰 것을 알 수 있으나, 실증할 구체적인 자료가 부족하기 때문에 단정을 내리기가 어렵다. 동인은 14세의 어린 나이에 일본에 유학했고, 그가 독서에 불편을 느끼지 않을 만한 외국어는 일어 밖에 없었기 때문에, 춘원이나 육당의 경우보다 일본문학에서 받은 영향의 폭이 더 컸으리라는 것을 추측할 수 있다.

(마) 문체의 영향

끝으로 지적해야 할 것은 김동인이 자신만의 독특한 문체를 형성하는 과정에서 받은 일본문체의 영향이다. 그가 "창조"를 통하여 신문학을 시작할 무렵의 한국문학계에는 근대적인 서사문체도 확립되어있지 않았다. 국초와 춘원이 새로운 서사문체의 확립을 위해 노력하고 있었고, 기여한 바도 컸지만, 그것은 아직 형성도상에 놓여 있었다.

김동인은 문체에 대한 관심이 특별히 많은 작가다. 문체의 문제는 그에게 있어 문학 그 자체를 의미할 만큼 비중이 컸다. 따라서 문체의 확립을 향한 노력은 집념어린 것이었지만 얻어지는 것은 많지 않았다. 그때 그에게 새로운 문체의 표본을 제시한 것이 일본의 근대적 산문 문체였음을 다음 인용문들을 통해서 확인 할 수 있다.

소설을 쓰는데 가장 먼저 봉착하여 — 따라서 가장 먼저 고심하는 것이 용어였다. 구상은 일본말로 하니 문제 안 되지만, 쓰기를 조선글로 쓰자니, 소설에 가장 많이 쓰이는 'ナツカシク', '~ヲ感ジタ', '~に違ヒナカッタ', '~覺エタ' 같은 말을 '정답게', '~을 느꼈다', '~틀림(혹은 다름) 없었다', '~느끼(혹

은 깨달)었다' 등으로   한귀의 말에 거기 맞는 조선말을 얻기 위하여서 많은 시간을 소비하고 하였다. … 이때에 있어서 '일본'과 '일본글' '일본말'의 존재는 꽤 큰 편리를 주었다. 그 어법이며 문장 변화며 문법 변화가 조선어와 공통되는 데가 많은 일본어는 따라서 선진의 역할을 하게 되었다.[92]

이 글은 동인의 경우에는 보기 드문 예에 속한다. 그것은 그가 일본의 문학에서 영향을 받은 데 대한 최초의 솔직한 시인이기 때문이다. 자존심이 강한 그는 일본문학의 영향을 시인하고 싶어 하지 않았다. 일본문학을 무시하면서 그 영향을 받지 않을 수 없었던 것이 김동인 세대의 문학가들의 딜레마였으니, 자신의 고유한 문체, 나아가서는 한국의 고유한 근대적 서사문체를 탐색하면서 일본문체를 모델로 하지 않을 수 없었던 것은 동인의 딜레마였을 것이다. 그것은 근대화 과정에서 일본문인들이 'Japanese naturalism'을 수립한다고 장담하면서 사실은 기법이나 주제, 문체 등의 모든 면에서 서구를 모방하지 않을 수 없었던 것과 같은 현상이라 할 수 있다. 일본 문인들이 오자키 고오요尾崎紅葉처럼 다시 에도시대의 게사쿠戱作的인 세계로 돌아가지 않는 한, 서양문학을 모방하는 길 밖에 없었던 것처럼, 이인직은 '신新'자가 붙은 소설을 시작하면서 때로는 고대소설보다 더 퇴행한 기법을 드러내는 모순을 노출시켰고, 김동인은 일본문학을 묵살하는 태도를 취하면서, 불가항력적으로 그 영향권에서 헤어나지 못한 것을 시인한 것이다. 이런 현상은 이질적인 문화를 급속히 받아들인 동양의 근대화가 가지고 있던 공통된 모순이며 딜레마라 할 수 있다.

---

92) '문단30년사' "전집" 6, p.9.

그 딜레마를 극복하여 자신의 독자적인 문체를 확립한 것, 자국의 독자적인 문학을 확립한 것은 초창기 문인들의 노력의 결과였다. 그 초인적인 노력에 요구되는 필수적인 조건이 강력한 자아였다. 김동인의 유례를 찾기 어려운 오만과 나르시시즘은 초창기 문단에 나타난 가장 강인한 자아를 의미했다는 점에서 근대적인 의의를 지닌다. 1920년대의 작가들 중에서 동인만큼 철저한 개성은 다시 찾아보기 어렵기 때문이다.

더구나 김동인을 위시한 '창조파' 동인들은 거의가 다 중학교 과정부터 일본에서 수학한 문인들이다. 뿐 아니라 그들은 지방출신이기 때문에 한국의 표준어 자체도 통달하지 못한 형편에 있었다. 그런 상태에서 그들은 일본어로 교육을 받고 일본어로 문학서적을 읽다가 귀국하여 곧바로 '선각자'의 자리에 서서 한국문학의 지표를 제시하지 않으면 안 되었다. 그 당시의 그들의 내면적인 혼란상은 다음과 같은 동인의 말에 잘 표명되어 있다.

① 전작의 임의의 일행을 읽고라도 이는 동인의 작이며 동인만의 작이라고 인식할 수 있을 만한 강렬한 동인미東仁昧가 있는 문체와 표현 방식을 발명치 않고는 만족할 수가 없었다. 그러나 어떤 방식으로? 어떤 것을 어디서? 어떻게? 이 많은 '?'를 어떻게 하나?[93]

② 개척자의 마땅히 맛보는 고통을 우리는 얼마나 받았을까? 조선 문학의 나아갈 길은? 작품은? 문체는? 수 없는 '?'가 우리의 앞에 있었다. 지금

---

93) '조선근대소설고' "전집" 6, p.159, 점 : 필자.

생각하면 우스운 일에까지 우리는 두통을 하였다.[94]

문학을 시작함에 있어서 동인이 제일 고심한 것은 문체와 표현방식이었음을 이 글을 통하여 알 수 있다. 그는 애초부터 사상가가 아니었다. 그의 각별한 노력으로 한국의 근대적인 서사문체는 기틀이 잡혀간 것이다.

(2) 불란서문학과의 관계

김동인이 불란서 작가에 대하여 언급한 것은 별로 많지 않다. 아래에 예시하는 것이 거의 전부라 할 수 있다.

> ① 졸라의 일파는 소설은 기담奇談이 아니며 그 구실構實이라는 것은 불필요하다고 하였으나 또한 소설은 감상문이나 스케치가 아닌 이상에는 어떠한(복잡한 혹은 단순한) 통일된 이야기의 구실이 있지 않을 수가 없다. 우리가 졸라의 각 작품에서 그 정확한 묘사며 지면에서 솟아나올 듯한 분명한 성격을 가진 각 인물을 보면서도 하품날 듯한 용만元漫을 느끼며 때때로는 참지 못하여 몇 페이지씩 뛰어넘으며 보는 것은 다른 것이 아니라 졸라의 작품에서는 통일된 이야기를 볼 수가 없다는 점에 있다.[95]

---

94) '나의 소설' "전집" 6, p.155.

95) '소설작법' "전집", p.215.

② 그러나 아까도 예를 든 것과 같이 성격뿐으로 플롯이라는 것을 온전히 생각지 않고 써나간 졸라의 모든 작품은 한 낱 인물 전람회로는 볼 수 있으나 지루하고 용만元漫하여 독자로서 하품을 나게 하는 것을 보면 또한 성격뿐으로 플롯을 도외시할 수가 없다.[96]

③ 그 다음에 생겨난 것이 루소며 워즈워드 더 내려와서는 위고, 고골리, 투르게네프, 톨스토이, 뒤마, 발자크, 태거리 등으로서 이 시대부터는 소설이라는 것은 일국적一國的인 것이 아니고 국제적인 것으로 인식하게 되었다. 그렇게 되면서 차차 저절로 파가 갈리며 수법 상 여러 가지의 주장이 생겨서 플로베에르 같은 사진주의를 취하는 자와 모파상의 객관을 취하는 자와 제임스의 세밀한 심리 묘사, 졸라의 하류 사회 묘사, 톨스토이의 사실주의, 스티븐슨의 괴기적인 이야기, 무엇 무엇 제각기 논의하고 주장하게 되었다.[97]

④ 불문학자인 씨라 혹은 그 경박한 붓을 희롱하다가 광사狂死한 모파상을 수준으로 삼았는지, 혹은 일기식의 건조무미를 자랑한 발작을 수준으로 삼았는지, 조선에서 불국佛國같이 춘화적 음탕문학이 없다는 뜻인지, 또는 뒤마와 같은 기담작가가 없다는 뜻인지,

무론 조선에서도 많은 열작劣作이 있는 것이만치 마치 불국에도 많은 열작이 있었음은 일반이다. 이 점으로도 손색이 없다. 그 밖에 손색이 있다하

---

96) 같은 글, "전집" 6, p.216.
97) 같은 글, "전집" 6, p.214.

면 조선 신문학에서는 장편소설의 제시가 없었다 하는 점일 것이다.[98]

동인은 구실을 소설의 기본요소로 보고 있음이 위의 글 ①, ②에서 거듭 나타난다. 구실이 없는 것은 감상문이나 스케치라고 말하고 있기 때문이다. 불란서의 자연주의 특징 중의 하나가 사건의 로마네스크를 배제하는 것이다. 보통사람의 일상사에는 기상천외한 사건이 존재할 수 없기 때문에, 그리고 거울로서의 문학에는 사건을 선택할 권리가 없기 때문에, 그들은 사건성이 희박한 소설들을 쓰고 있는데, 동인은 거기에 반기를 들고 있는 것이다.

그는 자연주의파의 대표 작가인 졸라에게 '졸라의 일파는 구실의 불필요성을 주장하나 소설에는 구실이 필요하다.'고 못을 박는다. 구실이 허술하기 때문에 작품이 '용만兀漫하다는 것이다. 위의 글은 김동인이 졸라뿐 아니라 불란서 자연주의파 전체를 비난하는 것으로 볼 수 있다. '구실'은 플롯에 대한 동인의 전용어다. 동인은 구실을 소설의 기본요소로 보고 있는 평론가다.

하지만 동인은 졸라의 소설가로서의 탁월성은 인정하고 있다. 그것은 묘사의 정확성과 인물묘사법의 탁월함이다. 그런 장점을 가졌는데도 '하품날 듯한 용만함'을 독자가 느끼는 이유를 동인은 사건성의 부재에서 찾고 있다. 이것은 소설에 대한 견해의 차이다. 동인의 졸라 문학의 기법상의 특징에 대한 파악은 비교적 정확하다.

③에서는 플로베르, 모파상, 졸라의 작품에 대한 언급이 동시에 나오고 있다. 뿐 아니라 제임스, 톨스토이도 함께 등장하는데, 그 하나하나의

---

98) 같은 글, "전집" 6, p.210.

작품의 특징을 동인은 다음과 같이 표현하고 있다.

     (1) 플로베르········ 사진주의

     (2) 모 파 상········ 객관주의

     (3) 졸　　라·········· 하류사회 묘사

     (4) 제 임 스········ 세밀한 심리 묘사

     (5) 톨스토이········ 사실주의寫實主義

     (6) 스티븐슨········ 괴기적인 이야기

  일본의 경우가 마찬가지로 김동인의 경우에도 개념이 애매한 용어가 많다. '사진주의寫眞主義', '사실주의事實主義', '구실構實' 등이 그것이다. 10년 후에 쓴(1935년) '머리를 숙일 뿐'이라는 글에서는 톨스토이의 작품을 '너무도 사실적인 풍'(전집 6. p.588)이라 평한 것을 보면, '事實主義'는 '寫實主義'와 동의어로 사용된 것 같으나, 그것이 플로베르의 '사진주의'와 어떻게 다른지는 가늠할 수 없다. 뿐만 아니라 모파상의 '객관주의'와 '사실寫實주의'의 관계도 모호하다.

  이런 애매성만 문제인 것은 아니다. 비교의 척도도 각각인 것도 역시 문제다. (1), (2), (5)가 묘사의 방법에 관한 것인 데 반하여, 졸라의 경우는 묘사의 대상이 제시되어 있기 때문이다. 분류기준의 애매성을 고려하지 않고 졸라에 관한 것만 대상으로 하여 볼 때, 그의 인물의 계층에 대한 동인의 지적은 정확하다. 거기에 대한 적부심사는 되어 있지 않기 때문에 그 문제에 대한 동인의 의견은 알 수 없지만, 위의 지적을 종합하면, 졸라는 묘사가 정확하고 인물의 성격화에 능한 작가이며, 그의 묘사의 대상은 하층사회이고, 플롯을 도외시하는 작가라는 결론이 나온다. 부분적이기는 하나 졸라의 특징에 대한 파악은 틀리지 않았다. 그가 졸라의 문학에서 제일 싫어하는 것이 사건성의 배제에서 오는 지루함이라는 것도 아울러 명시되어 있다. 더구나 이 점은 졸라 뿐 아니라 그의 유파 전체의 결함으로 지적되고 있다. 이것을 통하여 김동인과 자연주의가 상극이 되는 메인 포인트가 사건성의 배제에 있음을 알 수 있다. 그는 염상섭을 논하는 글에서도 같은 점을 결점으로 지적하고 있다. 상섭에게는 '조리적調理的 재능'이 없어, 불필요한 장면이 많기 때문에 산만하고 지루해진다는 것이다.('조선근대소설고' "전집" 6, p.152)

문제는 졸라의 과학주의와 결정론에 대한 언급이 전혀 없다는 데 있다. 동인은 기법에 대한 것에만 관심이 있고, 막상 졸라이즘의 본질에는 관심이 없는 것처럼 논평했다. 그런데 실질적으로 동인이 졸라와 연결되는 부분은 물질주의적 인간관과 결정론적 사고에 있다는 것은 하나의 아이러니다. 한국에서 김동인만큼 졸라의 본질과 밀착되어 있는 작가는 드물기 때문이다.

모파상에 관한 것은 ① '객관성'과 ② '경솔한 붓을 희롱하다가 광사狂死한 작가' 그리고 '살침자殺親者'라는 소설의 기교적 측면에 관한 칭찬 등이 나타나 있다. 물론 ②는 동인이 불문학자의 사대성을 비난하기 위해 쓴 글이어서 불란서 작가 전체가 감정적으로 평가 절하되어 있기 때문에 공정한 견해라고 보기는 어렵다. 동인은 주관이 강한 인물이라 표현은 극단적으로 했지만 실질적으로는 그렇게 나쁘게만 생각하고 있는 것이 아닐 가능성이 있다. 하지만 그가 모파상에게 인간으로서의 측면에 호의를 가지고 있지 않은 것은 짐작할 수 있다. 객관성은 동인이 작가론에서 언제나 최상의 찬사를 바치는 항목이다. 그는 '귀의 성'론(근대소설고)에서 이인직의 객관성을 다음과 같이 격찬했다.

① 이 냉정한 붓끝이여! 천 번의 아아 백 번의 '오호嗚呼' 열 번의 '참혹할 손'이 없이는 재래의 작가로서는 도저히 쓰지 못할 장면….99)

② 작자는 끝까지 냉정한 태도로 이 여주인공의 죽음에도 조그만 동정을 가하지 않았다. …… 이 냉정한 붓끝이여! 천번의 아아 백번의 오호라와 열 번의 참혹할 손이 없이는 재래의 작가로서는 도저히 쓰지 못할 장면을 이 작가는 한 마디의 감탄사조차 없이 가려 버렸다. 자기를 총애하던 국왕의 임종을 스케치북을 들고 그리던 다빈치인들 에서 더 하였을까.100)

동인이 '귀의 성'을 높이 평가한 첫째 이유는 붓끝의 냉정함 때문이다. 재래의 작가로서는 도저히 쓰지 못할 장면을 이 작가는 한 마디의 감탄사도 없이 그려 버린 그 점이 동인에게는 놀라웠던 것이다. 작가가 작품 속에 말려들지 않고 끝까지 객관적 자세를 지켜나간 것을 동인은 다빈치의 제작태도에 비하고 있다. "자기를 총애하던 국왕의 임종을 스케치북을 들고 그리던 다빈치인들 에서 더하였을까" 하고 극찬하는 그의 말 속에서 우리는 동인 자신의 지향점을 발견한다. 가능한 한 주관을 배제하여 냉철한 객관적 안목을 유지하는 것 그것이 동인문학의 중요한 특징이었던 것이다. 그는 1인칭 단편들을 썼고, 그 작품들에는 자전적 요소가 농후한데도 불구하고, 그것들이 사소설이 빠지기 쉬운 결함에서 구제되는 것은 자신의 문체까지도 객관화하는 동인의 냉철한 시선의 결과이다. 따라서 객관성은 김동인의 모파상의 문학에서 높이 평가한 요

---

99) '조선근대소설고' "전집" 6, p.147.

100) 같은 글, "전집" 6, p.145.

소라 할 수 있다.

그 면에서는 ③도 비슷하다. ③에서는 모파상의 단편소설의 기교에 대한 예찬이 나오기 때문이다. 모파상의 객관적 자세, 종결법의 적절함 등이 그를 단편작가로 완성시키고 있다고 동인은 평하고 있다.(「단편소설의 말절末節 - 모파상의 살친자」, "매일신보", 1941. 3) 이로 미루어 보아 '감자' 같은 객관적인 단편소설의 형성에 모파상의 영향이 컸을 것을 추정할 수 있다.('장르' 항 참조)

플로베르에 관한 것은 '사진주의'라는 말밖에 없어 거기 대한 그의 감정을 헤아릴 수 없다. 그 밖에 불문학에서 거론된 일이 있는 문인의 이름은 루소, 위고, 뒤마, 발자크, 도데, 바르뷰스 등이다. 그는 뒤마를 기담작가라 평하고 있으며 '위고까지 통속작가'로 평한다고 한 만큼 위고의 작가들을 읽었을 가능성이 많다. 동인이 불문학을 국내에 소개한 것으로는 '마리아의 재주꾼'(1925) 한 편이 있다. 이것은 그가 불문학의 전신자 역할을 한 유일한 케이스다. 하지만 그 작품의 작자는 자연주의와 무관한 작가라는 사실이 주목을 끈다. 루소를 자연주의 작가라고 평한(「춘원과 나」 "전집" 6, pp.262~63) 점이 특이하나 이는 앞에서도 지적한 것처럼 일본 자연주의의 영향일 가능성이 많다.('용어' 항 참조)

위에서 보아 온 바를 종합해 보면 김동인은 불란서 작가에게서 크게 영향을 받은 흔적이 없다. '위고까지'라는 표현으로 미루어 보아 위고를 가장 높이 평가한 것 같은 느낌이 있으나, 그 이상의 언급은 없기 때문에 확인할 수 없다. 그가 불란서 작가 중에서 가장 많이 언급한 작가는 역시 졸라다. 졸라에 대한 비판과 칭찬은 김동인의 작가로서의 지향점을 암시한다. 인물묘사나 상황묘사의 여실성은 그가 좋아하는 요인이며, 사건성의 배제는 싫어하는 요인이다. 그 다음이 모파상이다. 그의 객관성과 단편작가로서의 기교에 대한 동인의 평가는 긍정적이다.

여기에서 언급하고 넘어가야 할 것은 불란서 자연주의 작가에 대한 일본의 자연주의파와 김동인의 수용태도의 차이점이다. 첫째로 일본의 경우에는 졸라보다 모파상이 압도적으로 인기가 있었다. 반면에 졸라는 소외되었다. 김동인의 경우는 불란서 문학에 대하여 언급한 자료가 너무나 적어서 그것만으로는 어떤 경향을 찾아내기 어려우나, 나타난 자료에 의하면 모파상과 졸라가 비슷한 비중으로 다루어져 있다. 비록 부분적으로 밖에 언급된 것이 없지만 일단 언급된 부분에서는 졸라는 모파상에 대한 이해가 비교적 정확하다.

두 번째로 졸라의 자연주의에 대한 언급이 전혀 없는 것이 특징이다. 김동인은 불란서 자연주의 작가들을 순전히 객관주의와 플롯의 운용법의 측면에서만 다루고 있는데, 이것도 일본의 수용태도와 차이가 난다. 일본의 경우는 객관주의 자체가 비판의 대상이었다. 주객합일을 이상으로 생각했기 때문이다. 일본의 자연주의가 불란서에서 받아들인 것은 '무각색' 이론이다. 따라서 사건성의 배제의 측면에서 불·일 양국의 자연주의는 공통된다. 김동인은 이 면에서는 그 두 나라의 자연주의와 다른 노선을 걷고 있다. 객관성의 경우도 마찬가지이다. 김동인의 경우 자연주의계의 작품에 나타난 주관성의 개입은 일본 자연주의의 대표적 작품의 경우보다 훨씬 적다.

세 번째로 나타나는 차이점은 공쿠르의 인상주의에 대한 태도의 차이다. 일본의 경우 花袋는 공쿠르의 팬이었다.(제1장의 Ⅲ 주54 참조) 일본의 자연주의는 花袋에 의해서 굴절된 공쿠르의 작품의 영향을 많이 받고 있다. 김동인의 경우에는 공쿠르에 대한 언급이 없다. 그의 리얼=간결의 사고가 공쿠르의 인상적 묘사법과 관련이 있을 가능성도 배제할 수 없으나, 동인이 말한 '간결'은 단편소설의 언어의 절약성과 밀착되어 있기 때문에 장르의 차이에서 오는 격차도 무시할 수 없다. 그러나 그것보다는 인상주의와 일본예술의 전통과의 접합성에서 원인을 찾는 것이 타당할 것 같다(일본의 '전통문학과의 관계' 항 참조). 공쿠르에 대한 무시는 그의 작품이 일역판이 없었던 사실과도 관계가 있을 것 같다. 花袋는 영문판(초역판抄譯版)으로 "제르미니 라세르투"를 읽고 있기 때문이다.

유이스망의 경우도 공쿠르처럼 한국에서는 무시되고 있다. 역시 번역본의 부재가 그 원인이 될 가능성이 많다. 뿐 아니라 花袋가 유이스망에게서 종교로의 선회를 제시받고 있는 데 반해, 동인은 평생을 종교와는 무관한 삶을 살다 갔다는 점에서 유이스망의 종교적인 면에 관심을 가질 이유가 없었다고 할 수 있다.

이상의 고찰을 요약해 보면 김동인은 불란서의 자연주의에서 객관주의와 단편소설의 기교만 배웠을 가능성이 많은데, 일본의 자연주의는 사건성의 배제, 인상주의적 수법, 주객의 합일, 종교로의 선회 등을 받아들이고 있어, 김동인과 일본의 자연주의와는 졸라이즘으로서의 자연주의에서 차용한 것의 내역이 서로 다르다.

(3) 러시아문학과의 관계

일본과 마찬가지로 한국의 자연주의 문학은 불란서 보다 북구나 영미문학 등의 영향을 더 많이 받았다. 한국에서는 거기에 일본의 영향이 덧붙여져 있는 점이 다를 뿐이다. 김동인의 경우도 마찬가지다. 김동인의 '리얼'과 '사실寫實'의 모델은 일본이나 불란서의 자연주의 문학이 아니라 북구의 것이다. 그런데 일본과 다른 것은 그에게는 입센열이 없다는 점

이다. 일본에서는 북구에서 제일 많은 영향을 끼친 작가는 입센이다(제
1장의 Ⅲ 참조). 특히 島村抱月은 입센의 열성팬이어서, 그가 주재한 "와세
다문학"을 거점으로 하여 입센 선풍은 '명치 40년 전후의 일본 문단에서
…… 하나의 유행현상'(相馬, 앞의 책, p.40)을 나타냈다.

하지만 김동인이 영향을 받은 북구의 나라는 러시아 하나로 한정되어
있다. 그 중에서도 톨스토이와의 관계는 김동인이 받은 외국문학의 영
향의 정점을 차지한다. 일본 문체의 영향 이외에 김동인이 영향관계를
시인하고 있는 유일한 케이스가 톨스토이다. 톨스토이 외에도 러시아에
서는 투르게네프, 도스토예프스키, 체홉, 고리키 등의 작품을 고루 읽고
있었음을 그 자신도 여러 번 고백하고 있지만, 명치학원을 같이 다닌 주
요한의 다음과 같은 증언도 있다.

> 부잣집 아들이라 동인은 당시 갓나온 세계문학전집을 비롯, 문학 서적을
> 많이 사 나는 빌어다 탐독했다. … 톨스토이·도스토예프스키·체홉·투르게
> 니에프·고리키 등 19세기에서 20세기 초에 걸친 러셔작품들을 많이 읽었
> 고 그 중에서도 체홉의 작품을 열심히 읽었다.[101]

김동인은 일본유학 첫해에 주요한을 통해서 탐정영화를 알게 되었는
데, 그의 취향은 영화에서 탐정소설로, 탐정소설에서 순수소설로 점차
이행하게 된다. 그가 처음 만난 순수소설이 콜로뎅코의 소설이다.(전집 6,
p.476) 순수문학과의 만남 자체가 러시아 소설로 시작된 것이다. 그 후 톨
스토이, 투르게네프, 체홉 등 19세기 러시아의 대가들과의 만남을 통하

---

101) "주요한 문집" 1, p.18.

여 그는 본격적으로 문학 수업을 하게 되는 것이다.

주요한은 체홉의 작품을 열심히 읽었다고 했지만, 김동인이 가장 열심히 읽고 존경한 작가는 톨스토이다. 그의 톨스토이열은 너무나 과열되어 '히로츠 가즈오廣津和郎가 톨스토이의 사상을 공격한 글을 보고 다시는 廣津의 작품을 대하지 않게 되었다.(전집 6, p.587)는 말을 할 정도였다. "전쟁과 평화"는 수십 번을 읽었다(위와 같음) 하며, 톨스토이에 관한 글도 많이 썼다. 톨스토이와 자기와의 관계, 톨스토이에 대한 경모의 정을 토로한 글. 작가로서 톨스토이 평가 등에 관한 글을 모으면 다음과 같다.

(1) '자기가 창조한 세계'(전집 6, pp.267~70) – 톨스토이와 도스토예프스키를 비교하여
(2) "머리를 속일 뿐"("매일신보", 1935. 11. 20, "전집" 6, pp.587~88)
(3) '문학과 나'('문단30년사' "전집" 6, pp.17~19)
(4) '소설과 인생문제'("전집" 6, p.288)
(5) '소설가 지원자에게 주는 당부'("조광", 1939. 5, "전집" 6, pp.270~71)

(1)은 동인이 1920년에 "창조"에 발표한 글이다. 톨스토이를 처음으로 소개한 이 글에 동인의 소설론의 핵심을 이루는 '인형조종술'이 들어 있다. 이 글에서 작가의 위치는 신과 같이 높아진다. 그는 창조가이기 때문이다. 김동인에 의하면 작가는 '자기가 창조한 세계'를 자유롭게 조종하는 전능한 존재다. 그는 이 사상을 톨스토이에게서 배웠다. 같은 글에서 김동인은 도스토예프스키와 톨스토이를 다음과 같이 비교하고 있다.

① 먼저 도스토예프스키를 보자. 그는 마침내 '인생'이란 것을 창조하였느냐? 하였다. 그것도 훌륭한 [102]참 인생의 모양에 가까운 인생을 창조하였다. 그렇지만 그 뒤가 틀렸다. 그는 자기가 창조한 인생을 지배치 않고 그만 자기자신이 그 인생 속에 빠져서 어쩔 줄을 모르고 헤매었다. 자기가 창조한 인생을 지배할 줄을 몰랐는지 능력이 없었는지 모르되, 어떻든 그는 지배를 못 하고 오히려 자신이 거기 지배를 받았다.

③ 그러면 톨스토이는 어떠냐? 그도 한 인생을 창조하였다. 하기는 하였지만 그 인생은 틀린 인생이다. 소규모의 인생이다. 그는 범을 그리노라고 개를 그린 화공과 한 가지로 참 인생과는 다른 인생을 창조하였다. 그러고도 그는 그 인생에 만족하였다. 그리고 그 인생을 자유자재로 인형 놀리는 사람이 인형 놀리듯 자기 손바닥 위에 놓고 놀렸다. 톨스토이의 위대한 점은 여기 있다. 그의 창조한 인생은 가짜든 진짜든 그것은 상관없다.[103]

동인에 의하면 도스토예프스키는 자기가 창조한 세계를 지배하지 못하고 오히려 자기가 작품의 지배를 받는다. 그러나 톨스토이는 '인형 놀리는 사람이 인형을 놀리듯' 자기가 창조한 세계를 자유롭게 조종하고 있는데, 그 점이야말로 톨스토이의 위대함이라는 것이다. 우리는 여기에서 두 작가에 대한 김동인의 평의 정확성 여부를 탐색하기 보다는 '인형조종술'로서 나타난 동인의 예술관과 자연주의와의 관계를 먼저 규명할 필요가 있다.

---

102) '자기의 창조한 세계' "전집" 6, p.269.

103) 같은 글, "전집" 6, p.269, 점 : 필자.

'인형조종술'의 견지에서 보면 작가는 창조자지만, 자연주의에서는 작가가 '속기사stenographer'에 불과하다. 왜냐하면 자연주의에서 예술은 창조가 아니라 모방mimesis이기 때문이다. 거기에서 작가는 모방자imitator나 속기사에 지나지 않는다. 따라서 '인형조종술'을 주장하는 예술론은 반 자연주의적 예술론이다. 자기가 창조한 세계에 대한 조종능력을 중심으로 하여 동인은 도스코예프스키보다 톨스토이를 높이 평가한 것이다. 그러나 사상적인 면은 반대다. 사상적인 면에서는 두 작가의 위치가 완전히 뒤집힌다. 도스토예프스키는 '사랑의 천사이며 성자'라는 평을 받고 있는 데 반해 톨스토이는 '폭군'이라는 평을 받는 것으로 되어 있다.

> 톨스토이는 '사랑'의 가면을 쓴 '위협자威脅者'이었고 도스토예프스키는 온건한 '사랑'의 지도자이었다.[104]

인간적인 측면에서는 위치가 뒤바뀌는 것이다. 톨스토이가 도스토예프스키보다 위대한 것은 예술가의 측면이라는 것이 동인의 20대의 의견이었다.

②는 '머리를 숙일 뿐'이라는 제목 자체가 톨스토이에 대한 무조건 항복의 자세를 드러낸다. 김동인 같이 오만한 사람의 이런 고백은 그 존경의 도수를 몇 갑절 상승시키는 효과를 낳는다. 머리를 숙일 줄 모르는 인물이기 때문이다. 1935년에 쓰여진 이 글에서 동인은 자신이 톨스토이를 알게 된 경위와 그의 작품에 대한 탐닉의 정도를 자세히 밝힌다.[105]

---

104) 같은 글, "전집" 6, pp.268~9.

105) 동인이 읽은 톨스토이의 작품의 리스트는 다음과 같다. "유년幼年", "소년", "청년", "코-

① 문학의 감동력을 개발하여 준 것

② 초기 작품에서 그를 모방하였다는 것

③ 자기의 세계가 확립된 뒤에는 너무도 사실적인 풍은 자각적으로 거부했다는 것

④ 사상과 수법은 전혀 다르지만 애모愛慕의 념은 변함이 없다는 것 등이 이 글에서 표명되어 있다.

①의 중요성이 초창기 문단에 톨스토이를 소개한 전신자적 역할에 있다면 ②의 중요성은 자신의 문학에 영향을 끼친 발신자의 존재를 밝힌 데 있다. 더구나 ②와 ③은 동인의 문학을 연구하는 데 중요한 단서가 된다. 1920년에는 '가면을 쓴 위선협자'라고 폭언을 퍼붓던 사상적 측면에 대하여 1935년에는 '고소苦笑를 금치 못한다'로 표현이 완화되어 있다. 그리고 20년이 지나서 보니 초기작품에서 자기가 톨스토이를 모방한 것을 알겠다는 고백은 유아독존적이었던 동인으로서는 보기 드문 언사다.

③에서는 사실묘사 뿐 아니라 '전 톨스토이를 경모敬慕'[106]하는 것으로

카사쓰", "안나 카레니나", "전쟁과 평화", "세빠스토뽈리", "크로잇처-쏘나타", "이봔 이리뷔치의 죽음", "어두움에 반짝이는 빛".

106) ① 그런 시절부터 20여년을 경과한 지금 여의 초기의 작품에는 톨스토이의 흉내가 적지 않았지만 차차 자기의 길을 개척한 뒤에는 톨스토이의 너무도 사실적인 풍은 자각적으로 거부하기는 하였지만 이 거인에 대한 애모의 념은 아직 사소些少도 사라지지 않고 그의 사상에 대하여도 찬성치는 못하면서도 숭배는 그냥하고 상想과 행行이 불일치한 생애에는 고소를 금치 못하면서도 …… 인간으로서의 두옹杜翁을 더욱 존경하는 바이다.   '머리를 숙일 뿐', "전집" 6, pp.587~88.
② 레온 톨스토이야말로 나의 경모하여 마지않는 작가였다. …… "전쟁과 평화", "안나 카레니나" 등에 나타난 그 귀신 울릴만한 기묘한 사실 묘사뿐 아니라 '全톨스토이'를 경모하는 것이었다.   "전집" 6, p.18.

되어 있다. 경모의 대상에 그의 인격과 사상까지 포함시키고 있는 것이다. 이 글이 1948년에 쓰여진 것을 감안할 때 톨스토이에 대한 김동인의 숭배열은 갈수록 고조되었음을 알 수 있다. 처음에는 기교면에서 인형조종술이 능란한 점만 칭찬하다가 시간이 갈수록 점차로 인간 전체에 대한 숭배로 확대되어 가며, 영향관계의 부정에서 영향관계의 시인으로 바뀌어 가고 있음을 할 수 있다.

서구문학이나 일본문학의 경우에도 같은 증세가 나타난다. 연륜이 쌓임에 따라 자신에 대한 과대평가의 경향이 감소되고, 사실을 시인하는 안목이 생겼다고 볼 수 있다. 그가 고백한 톨스토이와의 영향관계는 김윤식 교수의 다음 글에 의하여 구체화 된다.

> 김동인이 톨스토이에 관심을 갖게 된 것은 선배인 이광수와는 달리 문학적인 측면이었다. 김동인이 계속해서 톨스토이를 읽고 그 여향을 입은 측면은 너무나 크다. 소설가를 신이라 생각하여 소설이란 인형조종술이라는 김동인의 고정관념이 톨스토이에서 왔으며 첫 작품 '약한 자의 슬픔'이 톨스토이의 '부활'의 어떤 장면을 모방한 것이며 그의 대표작 '광염 소나타'는 톨스토이의 '크로이체르 소나타'를 뒤집어 놓은 것이다.[107]

소설가를 신으로 보는 견해, 인형조종술, '약한 자의 슬픔'과 '부활', '광염 소나타'와 '크로이체르 소나타'의 영향관계 등이 이 글에서 지적되고 있다. 하지만 인형조종술이라는 용어는 톨스토이에게서 배운 것이 아니라 동인이 톨스토이에게서 발견한 특징인 것이다. 자기가 창조한 세계를 마

---

107) '김동인연구' "한국문학" 137호, p.373.

음대로 조종하는 예술가로 톨스토이가 높이 평가되어 있는 것뿐이다.

그 다음에 영향 받은 작가로 체홉이 나온다. 체홉은 동인에게 러시아를 알게 한 작가, 교훈성을 노출시키지 않은 작가로서 긍정적으로 받아들여지고 있다.[108] 그 중에서 재미있는 것은 톨스토이의 체홉 평을 반박하고 있는 다음 대목이다.

일찌기 톨스토이는 체홉을 가리켜 사진사라고 하였다. 체홉은 인생의 사진사지 화가가 아니라 하였다. 이것은 분명히 톨스토이의 과언過言이다. 톨스토이의 견해로는 체홉은 인생의 어떤 문제만 보여줄 뿐 앞길을 암시하지 않았으니 사진사에 지나지 못한다 하는 것이겠지만 그것은 분명히 그릇된 관찰이다. 톨스토이와 같이 적극적으로 채찍을 들고 민중의 앞에서 반항을 강교强教한 일은 없었으나 체홉 만큼 인생의 기밀한 장면을 후인에게 많이 보여 준 작가가 또 어디 있는가?[109]

소설에 대한 톨스토이의 공리적인 견해는 동인이 톨스토이에게서 제일 싫어한 부분인 만큼 체홉의 소설에 교훈성이 없음을 비난하는 톨스토이의 글에 반발함은 당연한 일이라 할 수 있다. 공리적인 문학관을 배격하는 태도는 김동인의 문학을 관통하는 본질이다. '비판은 독자의 자

---

108) 그러나 또한 그의 작품을 읽으면 자연히 체홉의 내리려는 판단을 독자 스스로가 내리게 된다. …… 필자도 러시아의 소설을 꽤 많이 읽었지만, 러시아라는 나라가 어떤 나라이며 러시아인이 어떤 인종인지를 알기는 체홉의 해당該當소설에서이다. 아무 자가自家의 의견을 붙이지 않았으나 간단한 사실의 노골적 제시는 독자로 하여금 그 '사실'의 뒤에 숨은 '문제'에 머리를 기울이게 한다. 소설은 어디까지든 이러 하여야 할 것이다. 독자를 강제하려 하는 것은 강교强教지 소설이 아니다.
　　　　　　　　　　　　　　　　　　'소설학도의 서재에서' "전집" 6, p.228.

109) 같은 책, p.228.

유재량에 맡기는' 체홉의 태도는 톨스토이의 설교문학과는 반대되는 요소로 동인의 주장과 일치하는 것이다.

　그 다음에 나오는 작가는 투르게네프다. 투르게네프는 중학교 시절에 그가 러시아문학과 처음 만났을 때 만난 작가 중의 하나다. 투르게네프에 대한 동인의 논평은 주로 플롯에 관한 것이다. 동인은 그를 성격뿐으로 플롯이라는 것을 온전히 생각하지 않고 써나간 작가 (같은 책, p.216)이면서 대가가 된 소설가로 평가하고 있다. 그렇기 때문에 소설의 완결부위가 늘 부자연스럽게 처리된다고 동인은 평하고 있다. 끝으로 지적하고 싶은 것은 작품의 종결부분에 작가가 얼굴을 내미는 투르게네프의 다음과 같은 특징이 춘원의 '무정'이나 동인의 '광화사' 등의 그것과 호응하고 있다는 사실이다.

　　투르게네프의 것이라도 좀 주의만 하여 보면 억지로 완결을 맺은 점을 볼 수가 있다. 예를 들자면, 이것으로 끝인가? 불만족한 독자는 아마 이렇게 묻겠지. 그 뒤에 라볼렉키는 어찌되었나? 리자는 어찌 되었나? 이렇게 묻겠지. 그러나 아직 살아는 있다 할망정 인제는 벌써 전장戰場을 은퇴한 사람들에게 관하여 무슨 더할 말이 있을까? 전문에 의지하면 라볼렉키는 리자가 몸을 감추고 있는 시골 수도원을 찾아가서 리자와 만나보았다 한다. 둘은 어떤 생각을 하였는지 어떤 것을 느꼈는지 누가 그를 알랴. …… 다만 인생에게 이러한 때가 있고, 이러한 감정이 있으니, 사람은 다만 그것을 지적할 수가 있을 뿐　그 이상 추구할 것이 아니다.110)

---

110) '소설작법' "전집" 6, p.216.

이런 특징은 동인이 톨스토이의 신과 같은 창조자로서의 예술가의 위치에 경의를 표하면서 '너무도 사실적인 풍은 자각적으로 거부'한 자세와 연결된다. 순객관의 세계를 견지하는 일은 김동인의 일관적인 자세는 아니다.

위의 세 작가에 비하면 도스토예프스키는 소홀하게 다루어져 있다. 그리고 보면 위의 세 작가는 모두 리얼리즘계의 작가라는 사실이 부각된다. 김동인은 러시아문학을 통해서 리얼리즘 문학을 수용했으리라는 견해가 가능해진다. 그에게 리얼리즘의 모델을 제시한 다른 발신국이 없기 때문이다. 그가 영문학에서 가장 큰 감명을 받았다는 던톤의 '에일윈'은 낭만주의 계열의 소설이며, 그가 유학하고 있던 시기의 일본문학은 反자연주의계의 문학이었다. 불란서의 자연주의자들에 대한 동인의 태도가 호감보다 반감이 많은 만큼 그에게 '리알'에 대하여 모델을 제공할 나라가 러시아 밖에는 없다고 볼 수 있다. 그런데 러시아의 19세기 문학은 자연주의가 아니라 사실주의다.

김동인은 자연주의라는 용어를 기피하며, 사실주의라는 용어도 좋아하지 않는다. 이것은 유행에 대한 동인의 혐오[111]에 기인한다고 볼 수 있다. 그런데 그 혐오증의 배경에 러시아문학의 영향을 상정想定하는 일이 가능하다. 러시아에는 불란서 같은 문예사조의 전형성이 없었고, 따라서 문예사조의 주기적인 교체도 없었다. 유행 자체가 존립할 여건이 없었던 것이다. 거기에는 불란서 같은 과학주의도 존재하지 않았고, 꽁트A. Comte도 다윈C. Darwin도 존재하지 않았다. 뿐 아니라 공업의 발달도

---

111) 더구나 소위 유행이라는 것을 따르지 않고 오히려 유행에 반감을 가지고 있는 것을 역시 문학에 대하여 일시적 유행이며 뇌동雷同적 문학을 경멸하는 나의 성격과 공명되는 점이 많습니다. '약혼자에게' "전집" 6, p.468.

부진해서 자본주의가 성숙할 여건이 만들어지지 않았다.[112) 김윤식 교수와 吉田의 지적대로 당시의 러시아 사회는 문화적으로나 경제적으로 일본의 그것과 근사했고, 그런 여건의 유사성이 일본문학과 러시문학과의 관계를 서구문학과의 관계보다 친숙하게 하는 데 기여했다고 할 수 있다. 거기에 러일전쟁 후의 러시아에 대한 관심과 후다바테이二葉亭라는 탁월한 전신자의 존재 등이 합세하여 일본의 근대문학을 러시아문학과 밀착시켰고, 그 결과가 한국에까지 파급된 것이다.

일본의 자연주의 시대에는 톨스토이와 도스토예프스키의 영향이 미미했다. 톨스토이 붐이 일어난 것은 동인의 유학기인 대정기였다. 대정문단의 영향이 김동인의 톨스토이열과 밀착되어 있는 것은 의심할 여지가 없다. 하지만 전술한 바와 같이 대정문단에 팽배해 있던 것은 톨스토이의 인도주의였다.[113) 동인처럼 예술가로서의 톨스토이, 기교면에서의

---

112) 자연주의는 19세기 후반기사실주의라 칭할 수 있는데 이는 자본주의 난환기爛煥期의 시대적 각인이라 볼 수 있다. 그런데 이 시기는 북구에선 자본주의가 채 난환기에 이르지 못하였고 차라리 그 향양기向揚期에 해당하였으니 여기에 서구적 자연주의와 양상을 달리하는 근본원인이 있다고 본다. 이는 또한 향양기이므로 급진적 징후를 동반한 점도 불소하다. 입센의 노라가 집을 뛰어 나가는 것이라든지, 하프트만의 홋젤트('외로운 사람들')가 자살刺殺하는 따위는 봉건적 일절의 구습에 대한 사회문제를 제시하는 과도기적 인간상이 된다. 이런 사정의 이면에는 사회제도의 모순이 횡재横在하고 있다. 엥겔스(1820~1895)에 의하면 당시 북구지방엔 농노제도로서의 봉건제는 존재치 않았다.... 귀족은 수세기전에 몰락했으며 황냉荒冷한 자연환경이 농노제를 성립시키지 못했다. 따라서 프랑스처럼 농노의 후계가 아니고 독립 영농민이었고 이런 상태가 19세기 중엽까지 견지되었고 또한 공업발달도 극히 후진적이었으며 1853年에야 스웨덴에 철도가 개통되었다. 이러한 시기에 입센, 스트린드베리가 활동했다는 사실이 아세아적 후진사회의 토대구명에 한 지표를 삼을 수 있을 것이라는 가설이 성립된다면 문제해결을 위한 다음 몇 가지 항목화가 가능하다.
　　　　　김윤식, '한국자연주의문학론에 대한 비판' "국어국문학" 29, p.7.

113) 러일전쟁을 앞뒤로 하여, 러시아 쪽은 물론 일본에서도 커다란 세력으로 반전론이 일어난 바 있다. 그러한 반전론의 기폭제가 톨스토이의 "반성하라"(1904)이다. 일본에 소개된 톨스토이는 종교가, 사상가, 반전주의자로서의 아버지였다. 그의 "나의 참회"같은 글은 널리 읽힌 것이다. 이광수가 영향을 받은 것은 톨스토이의 이러한 종교적 사상적

톨스토이는 그다지 많이 주목을 받고 있지 않았다. 그것이 일본문단과 김동인의 차이다.

(4) 영·미문학과의 관계

김동인이 영문학에서 제일 많은 영향을 받은 작가는 '에일윈'이라는 소설 한 편밖에 쓴 일이 없는 윗츠·떤톤(김동인의 표기법임)이라는 작가다. '셰익스피어까지 우습게 여긴다'("전집" 6, p.216)는 그가 던톤에 대해서는 다음과 같이 최상의 찬사를 보이고 있는 것은 기이한 느낌을 준다.

> 작자 윗츠 떤톤은 영국 유수한 학자로, 문예평론가로 그 일생을 통하여 소설이라고는 '에일윈' 한 편밖에는 없지만 이 한 편으로 소설가로서도 대가의 자리를 점령하고 있었다 합니다.[114]

작품에 대한 감상도 이와 유사하다.

> 순전히 '받은 감명'을 표준삼아 말할진대 윗츠 떤톤의 '에일윈'을 들고 싶습니다. 명예있는 호가豪家의 소년과 그 집의 묘지기의 딸과의 연애로서 발달을 하여 유랑하는 집시의 무리의 생활이며 후파화가들의 방종한 생활이며 그림같이 아름다운 북웨일즈와 스노우돈 산을 배경으로 거기 도는 온갖 신비와 신앙이며 '저주'와 '부적'에 대한 온갖 전설이며 또는 북웨일즈 백성

측면이다.　　　　　　　　　　　　　　김윤식, 같은 글, "한국문학" 137호, p.372.

114) '떤톤의 에일윈' "전집" 6, p.430.

들이 믿고 존경하는 여러 가지 신, 선녀 혹은 집시의 남녀들의 기괴한 미신 등을 얽고 짜넣어서 된 이 한 편은 소설이라기보다 시에 가깝고 시라기 보다도 그림에 가깝고 그리고 그림에 가깝기보다도 음악에 가깝습니다. '에일윈'은 좋은 소설이외다.[115)

김동인은 이 소설에서 받은 깊은 감명을 다음과 같이 표현하고 있다. '소설이라기보다 시에 가깝고 시라기 보다도 그림에 가깝고, 그림에 가깝기보다도 음악에 가깝다'는 대목은 김동인의 예술의 장르에 매긴 등급의 순위를 나타내고 있어 흥미를 끈다. '소설 → 시 → 그림 → 음악'의 순서는 그가 음악을 최고의 예술로 여기고 있음을 알 수 있게 한다. 그 다음은 그림, 그 다음은 시, 마지막이 소설이다.

김동인은 평생을 소설 한 장르에만 매달려 있은 작가다.('장르' 항 참조) 그는 시를 쓴 일이 없고 그림도 그린 일이 없다. 다만 음악가와 화가의 이야기를 다룬 '배따라기', '광염 소나타', '광화사', '명화 리디아' 등의 예술가 소설을 썼을 뿐이다. 말하자면 시, 그림, 음악 등은 김동인이 소설 속에서 그리고 싶던 최고의 예술이요, 동경의 대상이라 할 수 있다.

김윤식 교수는 김동인이 하려고 했던 것은 문학이라기보다 예술이었다는 말을 한 일이 있다.("한국문학", 1885.4) 이 경우에 예술은 문학과 미술의 총화적인 것을 의미한다. '에일윈'에서 김동인이 발견한 것도 그런 예술의 총화적인 것의 원형이었을 가능성을 앞의 인용문에서 찾을 수 있다. 그렇다면 '에일윈'은 동인의 예술지상주의적인 세계의 모태가 되는 하나의 출발점이 되는 작품이라고 할 수도 있다.

---

115) 같은 글, "전집" 6, pp.430-31.

정형기 씨가 '에일윈'이 김동인의 소설에 끼친 영향관계를 추적하는 글('김동인의 비교문학적 연구')에서 영향을 받은 작품으로 '배따라기', '광화사', '광염 소나타'등의 유미주의계의 소설들을 거론하고 있는 사실[116]이 그 것을 뒷받침해 준다. 진술한 바와 같이 동인은 자기가 '에일윈'에서 최고 의 감명을 받은 것은 고백하고 있지만 영향관계는 부정을 하고 있는데, 위의 소설들에서 이 소설과의 유사성이 있는 부분을 발견할 수 있는 것 은 부정하기 어렵다.

우연히 손에 든 '지하실의 비밀'(콜로렝코)작이라는 알려져 있지 않은 소 설이 그에게 러시아문학, 나아가서는 순수문학 전체로 통하는 길을 열 어 준 길잡이가 된(전집 6, pp.476~77) 것처럼, 역시 별로 알려져 있지 않은 '에일윈'이라는 소설이 그에게 유미주의적 경향을 띠게 하는 방향 지시 판의 역할을 했을 가능성이 농후하다. 동인의 '에일윈'에 대한 감명의 깊 이가 그것을 시사한다.

앞의 인용문에도 나타나 있는 것처럼 '에일윈'은 그가 읽은 문학작품 중에서 최고의 감명을 준 작품이다. '꿈과 같은 도취경', '태고적 선경', '장 성한 뒤에는 한번 …… 북웨일즈에 가서 '에일윈'에서 본 바의 모든 신 비며 꿈을 실제로 맛보고자……'(같은 책, p.431) 등이 김동인이 이 작품을 읽고 느낀 감상이다.

---

116) 정형기 씨는 "기념품의 순장殉葬", "수정비둘기", "시체 모독", "광염 소나타", "소녀의 나 이와 미美", "광화사" 등의 유사성을 지적했고 특히 "배따라기"와의 유사성을 다음과 같 이 지적하고 있다. "Alywin"와 '배따라기' 두 예문에서 ① 봄이라는 시간적인 배경과, ② 묘를 중심으로 한다는 공간적인 배경, ③ 보통 이상의 노래에 주인공이 끌려간다는 점, ④ 노래를 부르는 사람이 넓고, 밝은 하늘을 중심으로 하여 위치하고 있다는 점, ⑤ 노래가사를 소설의 본문 속에 삽입시킨 점, ⑥ 1인칭이 일인칭 소설이란 점 등 여 섯 가지 면에서 일치를 이루고 있다.
　　　　　정형기, '동인문학의 비교문학적 연구' "東岳語文論集" 14, p.285.

이때 받은 감명은 1939년에 쓴 '김연실전'에 가서 다시 소생한다. 연실에게 문학으로 전공할 결심을 하게 만든 작품이 '에일윈'으로 되어 있는 것이다.

①토요일에서 일요일로, 월, 화, 수, 목, 금, 만 일주일 간을 잠시도 정신을 이 책에서 떼지 못하고 지냈다. 화요일 그 소설 주인공인 에일윈이 사랑하는 처녀 윈니·프렛의 종적을 잃어버리고 스노우톤의 산과 골짜기를 헤메다가 윈니의 냄새만 접하는 대목에서 학교시간이 시작되어 그만 책을 덮었던 연실이는 윈니의 생각에 안절부절 공부도 어떻게 하였는지 모르고 지냈다.[117]

②에일윈에서 받은 감격은 그것을 다 읽은 뒤에도 한동안 그의 머리에 뿌리 깊게 남아 있어서 때때로 그 생각을 하다가 스스로 얼굴을 붉히고 정신을 차리곤 하였다. '아이반호'는 이삼일 간에 당초에 진척이 되지 않았다. 몇 줄을 읽노라면 그의 생각은 어느덧 다시 에일윈으로 뒷걸음 치곤 하는 것이었다.[118]

①은 '에일윈'을 읽을 때의 몰입의 경지를 나타낸 것이고, ②는 읽은 후에도 그 도취경에서 벗어나지 못하는 상태를 묘사한 것이다. 더욱 흥미로운 것은 '아이반호'와 '에일윈'의 비교다. 김연실에게는 '아이반호'가 후자에 비기면 매력이 없는 책으로 그려져 있다. '딘톤의 에일윈'을 쓴 지

---

117) '김연실전' "전집" 4, p.190.
118) 같은 글, "전집" 4, p.191.

20년이 지난 후에도 '에일윈'에 대한 동인의 감동은 여전히 지속되고 있고, 독후의 감정이나 읽는 도중의 열중하는 자세 속에 그 소설에서 받은 동인 자신의 감정을 이입시키고 있다. 뿐 아니라 김동인은 이 소설을 소개하는 '던톤의 에일윈'을 쓰기 전해인 1925년에 이 소설을 번역한 일이 있다. 아마 일역판을 통한 중역일 것이다. '경우境遇', '구조口調' 등이 일본어를 직역한 단어가 많이 나오고, 동인이 원문을 읽을 만한 어학실력이 없었던 점으로 미루어 보아 동인이 1920년대 초에 번역한 5편의 소설들은 모두 일역판의 중역일 확률이 높다.

그가 이 소설을 번역한 '유랑자의 노래'는 미완으로 끝났고, 중요 인물의 이름만 한국식으로 바꾸어 놓아 번역도 번안도 아닌 어중간한 성격의 번역물이지만, 그가 이 소설의 전신자 역할까지 하고 있는 것은 이 소설이 그의 문학에서 차지하는 비중의 크기를 말하고 있다. 김연실의 경우처럼 이 소설은 그를 문학가로 만든 책 중의 하나일 것이다. 뿐 아니라 '에일윈'은 '배따라기'가 그의 작품에서는 유례가 없는 동경과 회한悔恨의 미학을 지니게 된 배경도 되고 있어, 이 소설이 그의 '배따라기' 계통의 문학을 형성시키는 데 기여한 바가 크다고 할 수 있다.

사조적인 측면과는 별도로 전기적인 측면에도 '에일윈'에 대한 공감의 이유가 잠재해 있을 듯하다. 에일윈의 성격과 동인의 소년기의 성격의 유사성119), 탁월한 형을 가진 2남의 열등감, 가정의 부유함, 동인의 병약함과 에일윈의 불구, 선경 같은 웨일즈의 자연과 평양의 아름다운 자연

---

119) "나는 본시 대단히 음울한 아이였읍니다. 나이 십 오륙 살 적에 아는 사람은 누구든 지금과 같이 흥성스러움을 좋아하고 번잡한 곳을 따라 다니고 화려한 것을 취하는 '金東仁'이를 상상치 못하겠지요. 남은 한번 혀를 채고 말 일을 한달이나 애상적哀傷的으로 지내니 만큼 이 동인이는 음울하고 눈물 많은 소년이었습니다."
'하느님의 큰 실수' "전집" 6, p.419.

의 유사성 등이 에일윈의 비극적인 사랑 이야기에 대한 공감과 감동의 원천이 될 가능성도 배제하기 어렵다. 하지만 '에일윈'은 자연주의와는 무관한 소설이다. 김동인 안에 남아있던 청소년기의 낭만적 성향의 마지막 잔재와 관련되는 작품이기 때문이다.

던톤 다음으로 길게 논평된 작가에는 리차드슨이 있다. '근대소설의 승리'("전집" 6, pp.174~76)에서 김동인은 소설이 19세기와 20세기를 대표하는 문예라는 것을 밝히고, 소설이 근대인의 환영을 받은 이유를 최초의 근대소설인 '파멜라'를 통하여 다음과 같이 설명하고 있다.

여기 나타난 파멜라의 감정은 순전히 평민 계급의 감정이다. 재래의 문예의 그 전부가 모두 한결같이 정치를 찬송하고 제왕을 찬송하고 귀족을 찬송하고 영웅을 찬송하고 연애를 찬송하고 이런 고귀한 노릇만 찬송하고 그 위에 엄격한 작법에 있어서 그 방면에 전문적 지식을 못가진 사람으로서 감상키 힘든 것임에 반하여 이 파멜라는 평민을 주인공으로 평민의 생활과 평민의 감정을 가장 알기 쉬운 소박한 형식으로써 나타내었기 때문에 그때 바야흐로 머리를 들려던 전 평민계급은 양수를 높이 들고 이 새로운 형식의 문예를 환영한 것이다.[120]

'파멜라'가 환영을 받은 이유에 대한 위의 설명은 '근대소설고'에서 춘원과 늘봄의 차이를 설명하는 다음 인용문과 그 내용이 유사하다.

그(춘원)은 인도주의를 선전하기 위하여 주인공을 선자善者나 위인이나 강

---

120) '근대소설의 서재에서' "전집" 6, p.176.

자로 하였다..... 늘봄은 주인공을 약자로 하였다. 악인(비도덕적 의미의)으로 하였다. 그러기에 그가 보이려한 선이 명료히 보였다.[121]

일본의 자연주의 문학이 리차드슨의 과제를 함께 안고 있는 것처럼 '창조파'의 과제도 리차드슨의 그것과 겹쳐져 있었음을 이 두 인용문을 통하여 알 수 있다. 던톤의 영향이 反자연주의적인 경향의 형성에 도움이 되었다면 리차드슨의 영향은 '창조파'가 맡고 있던 'novel'의 형성에 기여하였다고 할 수 있다. 김동인이 인물의 계층에 대하여 언급한 작가는 리차드슨과 졸라 두 명이다.

미국문학에서 다루어진 작가는 O. 헨리, E.A. 포우 등의 단편작가들이다. 한국의 단편소설 한국의 단편소설은 불란서의 꽁트conte보다는 영미문학의 short story와 성격이 유사함을 필자는 전에도 지적한 일이 있다.("전집" 5, p.557 필자의 작품해설 참조)

김동인은 한국의 근대단편소설의 형식을 확립시키는 데 공로가 큰 작가다. 단편소설을 순수소설의 정수로 간주한 작가인 만큼 그에게는 외국의 단편작가에 대한 관심이 많다. 체홉, 모파상, 구니키다 돗보國木田獨步, 도쿠다 슈우세이德田秋聲 등은 그의 단편소설 형성에 직접, 간접으로 영향을 준 작가로 추정할 수 있다. 영·미 작가 중에서는 상기한 두 작가가 대표적인 단편작가인 만큼 이들에 대한 관심의 표명은 당연한 것이라 할 수 있다. 동인의 O. 헨리에 대한 평가는 다음 인용문에 나타난다.

① 그런 기경奇驚한 사실인들 소설에서 취급치 못할 바는 아니다. 그러나

---

121) 같은 글, "전집" 6, p.154.

그런 사실을 취급하려면 그럴 만한 특수한 표현방식이 필요하다. 이런 비참한 장면에 서게 된 남녀 주인공에게 대하여 독자의 마음에서 자연히 동정의 염念이 생겨날 만한 특수한 표현 방식이 절대로 필요하다. 그런 점을 잃어버린 O. 헨리 씨에게 대하여는 우리는 기담사奇譚師라는 명칭 이외에는 더 바칠 양심을 못 가졌다.[122]

② 조선에 있어서 O. 헨리 씨의 뒤를 밟는 사람 가운데 이태준李泰俊씨가 있다. 재고삼고再考三考할 일이다. 소설이라 하는 것은 결코 극화劇話가 아니다. 그렇다고 기담奇譚도 아니다. 우리에게 도덕적 관념이 생기려는 것을 금하려는 종류의 소설을 우리는 소설로서 용인할 수가 없다.[123]

①에서 그는 O. 헨리를 '기담사'라고 부르고 있다. 그의 'surprise ending'의 기법이 동인의 마음에 들지 않는 것이다. 동인에 의하면 소설에서 '기경할 사실'을 다루는 자체에 문제가 있는 것이 아니라 그것을 자연스럽게 소화시킬 수 있는 적절한 기법의 부재가 그를 기담사로 만드는 요인이다. 그런 작품의 예로 'The Gift of Magi'가 제시되고 있다. 동인은 알렉산더 뒤마도 역시 O. 헨리와 마찬가지로 기담작가로 처리하고 있고,(같은 책, p.210) 우리나라에서는 이태준을 이 범주에 소속시키고 있다. 비범한 사건을 자연스럽게 처리할 능력부재의 두 조건이 동인의 눈에 이 범주의 작가들을 기담사로 보이게 하는 요인인 것이다.

동인이 탐정소설을 통하여 문학을 시작한 작가인 만큼 E.A. 포우의 경

---

122) '근대소설의 서재에서' "전집" 6, p.226.

123) 같은 글, "전집" 6, p.227.

우는 단편소설과 탐정소설의 두 가지 면에서 그의 관심을 끌었을 가능성이 많다. 단편소설의 특징을 '단일적으로 예각적으로 감수되는 장르로 파악한 동인의 단편소설론'(같은 책, p.229)은 포우의 영향에서 생겨난 것이 아닐까 하는 추측을 가능하게 한다. 뿐만 아니라 동인은 내용과 문장의 조화된 작가로서 그를 칭찬하는 글을 쓰고 있다. '그의 세련된 정서 깊은 문장'(같은 책, p.229)이 그의 작품의 가치를 높인다는 평이 나오고 있는 만큼 기교면에서 O. 헨리처럼 결함이 있는 작가로 간주되지 않았다.

영·미문학에서 단편적으로 언급된 작가는 수가 많다. 페니모어 쿠퍼는 내용이 좋은데도 문장이 나빠서 잊혀지는 대표적 작가로 지적되어 있고, 스티븐슨, 대커리, 제임스 등의 작가의 이름이 보인다.

그 밖의 나라의 작가로는 '죽음의 승리'를 쓴 다눈치오, '돈키호테'(동인은 '퀴사다'라고 쓰고 있다)의 작가 세르반테스, F. 몰나르(동인은 그의 작품을 두 편이나 번역했음) 등의 이름이 보인다. 작가에 대한 언급에 비하면 개별적인 작가 하나하나에 대한 깊이 있는 연구는 없다. 자신과의 영향관계를 시인하는 작가의 수도 톨스토이, 던톤, 체홉 정도 밖에 없다.

김동인과 외국문학과의 관계에서 주목을 이끄는 것은 발신국의 다원성이다. 이 점에서 그는 일본의 자연주의자들과 유사하다. 그들처럼 김동인도 불란서보다는 러시아의 영향을 더 많이 받았다. 일본 자연주의가 러시아 작가와 입센에게서 사실적 수법을 받아들인 것처럼 김동인도 러시아 작가들에게서 사실적 수법을 받아들였다. 다른 것이 있다면 일본에서는 입센의 영향이 지대했으나 김동인에게는 입센열이 없는 점뿐이다.

한편 영문학의 영향이 더 크게 나타난 것도 동인의 특징 중의 하나다. 윗츠 던톤과 리차드슨의 영향은 花袋나 藤村에게서는 나타나지 않았다.

藤村은 영문학에서 소설보다 시의 영향을 많이 받았다. 그는 시인이기도 하기 때문이다. 그에게서는 앞의 두 소설가의 이름은 나오지 않는다. 동인이 영국 시인의 영향을 거의 받지 않은 것과 비슷하다.

또 하나의 차이는 단편작가의 기법상의 특징에 대한 동인의 각별한 관심에 있다. 전성기의 일본의 자연주의는 중·장편이 주도할 만큼 이런 경향은 나타나지 않는다. 그 대신 번역 사정의 편이성 때문에 단편작가가 장편작가보다 먼저 소개되어 자연주의가 불란서의 모파상, 도데, 러시아의 투르게네프, 체홉의 영향 하에서 형성되는 현상이 생겨났다. 노문학 중에서도 톨스토이, 도스토예프스키에 관한 숭배는 대정기에 가서 본격화된 사실이 그것을 입증한다.

김동인의 경우 대정기에 문학수업을 시작한 관계로 이런 현상은 그에게 영향을 끼치지 않았다. 花袋와 藤村보다 동인은 30년이나 늦게 태어났기 때문에, 일어로 번역된 "세계문학전집"을 가지고 문학을 공부하는 일이 가능했던 것이다.

발신국의 다원성에서 한국문학이 안고 있는 결정적인 부담은 일본문학의 존재가 가지고 있는 무게다. 일역판을 통해서 서양문학을 받아들이지 않을 수 없는 여건, 서구문학에 일본문학 그 자체가 추가되어 있는데서 오는 이중의 초과 부담은 근대문학 형성기의 한국이 외국문학을 받아들이는 데 있어서 일본문학보다 더 많이 짊어져야 할 과중한 무게였다.

5) 전통문학과의 관계

일본의 경우와 마찬가지로 개화기 이전의 한국사회는 계급사회였고, 따라서 사회의 계층에 따라 양반의 문학과 서민의 문학은 장르가 달랐다. 한학과 한시, 시조 등은 양반과 사류士類의 문학이고, 판소리와 소설은 서민들의 문학이었다.

일본의 명치시대의 문인들이 대부분 '사士' 계급출신이었던 것과는 반대로 1920년대의 한국 문인들은 대부분이 중인계급 출신이다. 육당과 춘원도 마찬가지다. 서북도에는 양반이 없었기 때문에 "창조"의 동인들은 모두 중인출신이었고, 빙허·도향 등도 마찬가지였다. 염상섭만이 예외적으로 선비계급 출신이라고 할 수 있지만, 경제적으로는 그도 중인층에 속한다고 볼 수 있다.

일본 근대문학의 초창기의 문인들은 '士' 출신인 만큼 한학에 조예가 깊었지만, 쵸닝町人문학과도 친숙했다. 쯔보우치 쇼오요坪內逍遙나 二葉亭의 경우가 그것이다. 고오요紅葉, 교오카鏡花도 마찬가지다. 자연주의 이후의 세대들도 그들과 유사하다. 자연주의 작가들만이 예외다. 명치문학에서 전통에 대한 조예가 깊지 않고, 반 전통주의의 자세를 취한 것은 자연주의파의 작가들 밖에 없다.(일본의 '전통문학과의 관계' 참조) 그 이유는 그들이 정인문학과 거리가 먼 지방출신이라는 데 있다. 따라서 일본문학사에서는 藤村이나 花袋의 문학을 그 전과 후의 문학과 분류하는 기준을 사조에 두기보다는, 도시와 지방의 지역적 차이에서 찾는 것이 상식화 되어 있다.(제 1장의 Ⅲ 참조) 자연주의파가 언문일치 문장을 주장한 것은 전통적인 아문체雅文體를 쓸 실력이 없었던 데도 원인이 있다고 보고 있는 것이다. 그러나 그들이 언문일치를 주장한 이유는 ① 에도취미의 거부, ② 정인문학과의 거리 등에서 찾는 것이 타당하다. 자연주의가 반전통주의를 취하는 세 번째 이유는 당대의 현실을 존중하는 데 있기 때문이다.

김동인도 花袋나 藤村과 마찬가지로 전통문화의 중심에서 소외되어 있는 지방출신 문인이다. 그 중에서도 서북사람이기 때문에 전통문화에 대한 소양 부족의 측면에서 일본의 위의 두 문인과 공통된다. 문장의 측면도 유사하다. 동인은 한국의 표준어 자체를 자유롭게 구사하는 일이 불가능했다. 그가 염상섭의 '경아리'말에 선망을 느끼고 있음은 다음 인용문에 나타난다.

① 더우기 그의 능란하고 풍부한 어휘는 문단의 경이였다.[124]

② 상섭은 누차 나더러 경기여인을 아내로 맞으라고 권고하였다. 춘원의 소설문장이 그처럼 화려한 것은 춘원 부인 허씨의 어학 코우치의 덕이라 하며, 경기여인의 호변好辯이 소설 제작에 큰 도움이 되리라는 뜻으로 나더러 경기여인을 아내로 맞으라는 것이었다. 나는 이 상섭의 호의적 충고를 좇지 않고 평안도에서도 용강이란 시골, 용강서도 농촌 처녀를 아내로 맞아서 가정을 이루고 현재에 미쳤었지만….[125]

지방출신으로서의 핸디캡에 대한 이런 자각은 아문체의 구사가 어려웠던 花袋나 藤村과 통하는 점이라 할 수 있다. 작가로서의 성향의 측면

---

124) '문단 30년사' "전집" 6, p.33.
125) '한글의 지지支持와 수정修正' "전집" 6, p.330.

에서 보면, 동인은 자연주의 작가들보다는 에도취미를 숭상한 연우사계와 오히려 가깝다. 따라서 전통문화의 유희 취미를 거부하기 위하여 의식적으로 전통문화에 대립하는 자세를 취했다고 볼 수는 없다. 그런데도 불구하고 전통문학에 대한 동인의 자세는 경직된 것이었음을 다음 인용문을 통하여 알 수 있다.

③ 또 한 번 다른 예로, 조선의 이름 있는 문사들이 '열하일기'를 문학으로 취급하는 것을 보았다. 우리의 아는 한에 있어서는 '열하일기'는 한낱 '견문기見聞記'에 지나지 못한다. 우리의 배운 문학이론으로 보자면 '열하일기'는 평민적 문학부분에도 들자가 아니요, 창조적 문학에도 들 자가 아니요, 순전한 견문기에 지나지 못한다. 문학이라 할진대, 매일 신문지상에 나는 비행기사非行記事 축구전의 견문기도 문학으로 취급할 밖에는 도리가 없을 것이다.[126]

④ '천자문'도 문학으로 보아야 될까? '사서삼경'도 문학으로 보아야 할까? '바이블' 문학으로 보아야 할까? '유합類合', '동국통감', '정원일기政院日記', '국조보감' 등 문서를 모두 문학이라 보아야 할까? …… 그렇다면 문사에 대하여 광고문을 부탁하거나 취지서를 부탁하는 것도 당연한 자로서, 문사로서 그것을 지을 줄 모르면 마땅히 얼굴을 붉혀야 할 것이다.[127]

민족의 역사는 사천 년이지만 우리는 문학의 유산을 계승받지 못하였다.

---

126) '와전瓦全과 옥쇄玉碎 "전집" 6, p.563.
127) '기개氣概 "전집" 6, p.564.

우리에게 상속된 문학은 한문학이다. 전인의 유산이 없는지라, 우리가 문학을 가지려면 순전히 새로 만들어 내는 수밖에 없었다.[128]

위의 인용문들에서 나타나는 것은 한문학을 우리 문학의 전통으로 인정하지 않으려는 태도다. 뿐 아니다. 동인은 수필문학에 대한 개념이 없다. '열하일기'를 문학이 아니라고 말 하고 있기 때문이다. 연암의 소설에 대해서는 언급조차 없다. 그러면서 '우리가 문학을 가지려면 순전히 새로 만들어 내는 수밖에는 없었다'고 큰 소리를 치고 있다.

전통문학에 대한 이런 폄하현상은 그 무렵의 모든 문인들의 공통 특징이다. 춘원도 같은 말을 하고, 염상섭은 더 가혹하다. 염상섭이 한국의 문화를 극단적으로 폄하한 '세가지 자랑'이라는 수필의 원천은 시마무라 호게츠島村抱月이다. 그는 "와세다문학"(1917년 11월호)에 쓴 "조선 통신"이라는 글에서 "조선의 과거에는 문예라고 할 만한 문예가 없다"고 단언하고 있다.(2권 '염상섭과 전통문학' 항 참조) 한국에서 우리나라 문화에 대한 교육을 받지 못한 채 중학교부터 일본에서 학교에 다닌 우리 유학생들은, 일본 문단의 이런 폄하 현상을 여과하지 않고 받아 들여서 깊은 열등감에 사로잡혀 있었다.

⑤ 김시습金時習의 저작, 허균許筠의 저작수편, 김만중金萬重의 저작수편, 박지원朴趾源의 저작수편, 그 밖의 몇 가지   이것이 이조조선 문학의 전부이었다.[129]

---

128) '동인지의 발간' "전집" 6, p.10.
129) '춘원연구' "전집" 6, p.80.

⑥ 정본正本이며 그 작자까지도 알 수 없는, 많고 많은 평민문학이 애독하고 애청된 크나큰 사실을 우리는 잊어서는 안 된다. '임진록', '춘향전', '심청전', '장화홍련전', '금송아지전', '흥부놀부전', '토끼전', '숙영낭자전' 그 밖에 헤일 수 없을 이만치 많고 많은 문학 작품이 귀로, 눈으로 이 민족의 새를 꿰어 다녔다.[130]

⑦ 그때의 우리는 소설의 기초, 소설의 근간을 '리알'에 두고 아직껏 '춘향전', '심청전' 혹은 '구운몽', '옥루몽' 등이나 읽던 이 대중에게 생경하고 건조 무미한 리얼을 맛있게 먹으라고 강요하던 것이다. 그 구시대의 마지막 잔물殘物이요 신시대의 한 풀 들여놓은 이가 국초 이인직이었다. 국초의 뒤를 이어 신문화의 봉화를 든 이가 춘원 이광수였다.[131]

⑤에서는 양적으로 빈약한 것을 지적했다. 하지만 ⑥에서는 이조소설에 대한 평민들이 애호가 긍정되고 있다. 그러나 김동인은 이조 소설을 아주 하찮게 여겼다. 저자도 없는 최루용 대중소설이라고 생각한 것이다. 그런 유치한 것을 탐독하던 대중에게 자기들이 '무미건조한 리알'을 갑자기 들이댔으니 영합이 될 리가 없다는 것이 ⑦이다. 그는 자기들이 하려는 신문학과 이조소설의 거리가 비교도 할 수 없을 만큼 멀다고 생각했다.

하지만 구시대의 '잔물'인 이인직을 그는 신문학을 시작한 문인으로 간주했다. 그 뒤를 이어 신문학을 시작한 사람이 춘원이라는 것이다. 이

---

130) '춘원연구' "전집" 6, p.87.
131) '춘원의 재활동' "전집" 6, p.44.

두 문인 중에서 동인은 이인직을 높이 평가한다. 동인문학이 지닌 反춘원적 성격을 감안하면 이인직에 대한 칭찬은 당연한 것이라고 할 수 있다. 국초에 대한 칭찬은 춘원문학을 상대적으로 평가절하 하는 것을 의미하기 때문이다.

그런데 여기서 집고 넘어가야 할 것은 동인의 이인직에 대한 관심이다.[132] 그의 이인직론은 '귀의 성론'에서 그치고 있는데, 이 글에서 동인이 높이 평가하고 있는 이인직의 장점은, ① 붓끝의 냉정함, ② 주인공의 계층(학대받은 여자), ③ 동일어 중복사용의 기법, ④ 대화묘사의 탁월성, ⑤ 배경의 활용 등이다.('조선근대소설고' "전집" 6, pp.145~47) 그런데 객관적인 입장에서 보면 이인직은 김동인이 좋아하지 못할 많은 결함을 지니고 있다. 그 중의 하나가 구성의 산만함과 묘사의 '용장冗長함'이다. 대화 도중에 대화 속에 나오는 비상의 출처에 대한 장황한 설명이 불쑥 나와서 소설의 흐름을 저해하는 식의 결함이 이인직에게 있기 때문이다. 곧 이어 나타난 춘원과 비교하면 그 거리가 한참 멀다. 이인직의 독자층을 획득하지 못한 것은 우연이 아니다.

이인직의 문학에 대한 과대평가를 제외하면 동인은 전통문학을 대체

---

132) ① 그가 "귀鬼의 성聲"외에도 신소설과 고대소설을 많이 읽었음을 다음 인용문들을 통하여 알 수 있다. 이인직의 "귀의 성"이 어느 연도에 출판되었는지 알 수 없다. 나의 아버지가 경영하던 대동서관大同書舘이라 하는 책사에 그 책이 있던 기억이 남아 있으니 적어도 지금부터 이십 여 년 전에 발행된 것이 사실이다. / 당시에 많은 소설 가운데 아직껏 그 이름이나마 나의 머리에 남아 있는 것은 "빈상운鬢上雲"과 "원앙도鴛鴦圖"다.
　　　　　　　　　　　　　　　　　　　　　'조선근대소설고' "전집" 6, p.145.
② 국초 이인직 한 개의 혜성이 나타났다. / 황량한 조선의 벌판에 문학이라는 씨를 뿌리고자 나타난 국초는 "귀의 성", "치악산", "혈의 루"등 몇 개의 씨를 뿌려 놓고는 요절하였다. 혜성과 같이 나타났다가 혜성과 같이 사라졌다.　　　　　　　위와 같음.
③ 그 밖에 고대소설도 두루 읽었음을 주 132에서도 알 수 있고 다음 글에서 확인 할 수 있다. "K는 어느덧 "구운몽九雲夢"의 '성진'이 되었다."
　　　　　　　　　　　　　　　　　　　　　'마음이 옅은 자여' "전집" 5, p.84.

로 부정적으로 보고 있는 평론가다. 전통에 대한 거부, 전통문화와의 거
리 등에서 동인은 花袋나 藤村과 유사하다.

4. 현실 재현의 방법

1) 회화의 사실성

김동인의 글 중에서 자연주의의 진실성 존중 경향과 연관 지을 수 있
는 자료들을 찾아보면 다음과 같은 것이 나온다.

  ① 우리는 다만 충실히 우리의 생각하고 고심苦心하고 번민한 기록을 여
러분끼 보이는 뿐이올시다.[133]

  ② 어떤 농촌청년이 자기 어머니가 호박잎을 담배 대신으로 쓰는 것이
보기 어려워서 짚신을 삼아다가 팔아서 '장수연長壽煙'을 사다 드렸다는 대
목이 있다. 장수연은 도회에서 먹는 담배요, 농촌에서는 '희연囍煙'이라는
좀 더 값싼 것이 있다.[134]

---

133) '나믄말' "창조" 창간호, p.83, 점 : 필자.
134) '춘원연구' "전집" 6, p.134, 점 : 필자.

③ 이런 의미로 우선 톨스토이를 예술가로 경모하고 지엽적으로는 그의 섬세하고 핍진逼眞한 사실묘사와 소설의 기술적 수완에 경모하였다.[135]

④ 첫째로 진실성을 띠지 않으면 안 된다.[136]

①에 나오는 문제점은 '기록'과 '충실'이라는 두 단어에 있다. 기록의 충실한 재현을 향한 작자의 의식적인 자세를 엿보게 한다는 점에서 이 두 단어는 의의를 가진다. 문인으로서의 시발점에서 가졌던 이 지향점은 그 후 그의 작품에서 발견되는, 자료조사를 향한 열의와 이어지는 하나의 징후이다. 불완전한 대로 그것은 '발가락이 닮았다', 'K박사의 연구' 등 문학과 무관한 다른 전문분야를 다룰 때의 작자의 자료조사에 대한 성의를 예시해 주고 있기 때문이다.[137] 성병과 유전의 함수관계, 병리학 및 성병검사에 필요한 지식, 인분의 성분에 대한 분석과정 등에 대한 고증을 전제로 하지 않고는 씌어질 수 없는 이런 소설들을 창작하기 위하

---

135) '자기가 창조한 세계', 같은 책, p.19.

136) 같은 책, p.177.

137) 김동인의 전문용어 사용의 예.
 ① 단순한 박사는 아직껏 손님들의 게운 이유를 스캇돌이나 인돌이 좀 남아서….
  'K박사의 연구' "전집" 5, p.276, 점 : 필자
 ② 건락乾酪, 전분 지방등 순전한 양소화물良消化物로 만든 최신최량원식품最新最良原食品. "전집" 5, pp.265~66, 점 : 필자
 ③ 주화조主和調로서 탄주는 끝이 났습니다. '광염 소나타' "전집" 5, p.289.
 ④-1 : "C 샤아프 단음계"의 광포스런 〈소나타〉는 다시 시작되었습니다.
  같은 책 5, p.291, 점 : 필자.
 ④-2 : 감칠도화현減七度和絃이며 증육도화현增六度和絃) 범벅으로 섞어 놓았으며 금칙禁則인 병행
  오팔도並行五八度까지 집어넣은 것으로서, 더구나 스켈초는 온전히 뽑아먹은…….
  같은 책 5, pp.189~90, 점 : 필자

여 작가가 집념했을 '기록'과 '자료조사'에 대한 과학적인 검증의 과정 및 그 정성은 확인할 만한 자료가 없지만, 적어도 졸라처럼 노트를 들고 쫓아다녔을 작자의 자세만은 추론할 수 있게 하는 것이다. 자료나 기록의 정확성 여부는 차치하더라도 기록에 기반을 두고 그것의 충실한 재현을 시도한 측면만 가지고도 동인의 창작자세가 자연주의가 지향하던 방향과 상통하고 있음을 짐작할 수 있다. 이 두 소설뿐 아니라 '감자' 같은 작품도 동인의 현실 생활권과는 거리가 있는 곳을 배경으로 삼은 만큼 자료조사가 불가결해지는 종류의 소설이라고 할 수 있으며, '광염 소나타'도 같은 범주에 속한다. 그리고 보면 동인은 자료를 수집하고 기록하는 일이 필요한, 힘든 제재에 대한 기호벽을 가진 작가라는 추측이 가능해진다.

②는 춘원의 고증에 대한 자세의 불성실함을 동인이 지적한 대목이다. '춘원연구'에서 김동인은 여러 군데에서 이런 지적을 하고 있다. 연대에 대한 착오,[138] 사실에 대한 오해 등은 김동인이 춘원을 비판하는 중요한 항목이다.

이 말들을 역으로 보면 동인의 고증에 대한 관심의 심도가 나타난다. 전문분야의 용어를 쓰기 좋아하는 동인은 '광염 소나타'를 쓰기 위해서는 음악용어를, 'K박사의 연구'를 위해서는 과학용어를 조사하고, 확인했을 가능성이 많다.

---

138) '연대의 착오' : 작가가 이야기를 씀에 얼마나 부주의 하였는지는, 175페이지에 '일본이 흉년이 들어서 명나라에서 곡식을 사다가' 운운이 있으니, 대체 이 이야기는 효종 때로서, 명나라가 망하고 청나라가 이룩된 지도 수십 년 후인데 명나라가 웬 명나라며 … 이러한 평범한 연수까지 상고하여 보지 않고 썼으니 다른 점도 얼마나 설치되었는지, 넉넉히 짐작할 수 있다.   '춘원연구' "전집" 6, p.100.

연후에 내가 '젊은 그들'이라는 신문연재소설을 발표할 때, 그 소설 중의 주인공이 배에 탄환(앞가죽을 꿰어서 뒷가죽으로 나간)을 받았는데, 그래도 그 주인공을 죽지 않게 만들었더니 '이것이 부자연스럽다'고 일부 인사측에서 야단이었다.

그러나 …… 가슴, 두부 등은 모르거니와 복부의 관통탄환쯤은 아주 경상의 부에 드는 자로서, 만약 전장에서 이런 상처쯤 받을지라면 지혈제나 쓰고 내버려두는 경우까지 있다. 탄환은 자체에 열이 있는 턱에 소독과 지혈의 효능까지 있다.[139]

위의 인용문은 동인 자신이 소설을 쓸 때 고증의 과정을 미리 거쳤을 것을 입증하는 예가 될 수 있다.

③은 김동인의 가치관을 명시해 준다. 그것은 '꾑진逼眞'이라는 단어에서 나타난다. 동인이 사실에 충실하려 한 것, 고증을 중요시한 것은 진실 자체에 대한 관심보다는 묘사의 꾑진성에 목적이 있었던 것이다. 이것은 그의 예술관이 졸라와는 판이한 것이라는 사실과 관련이 깊다. 김동인은 졸라처럼 진실을 최고의 가치로 본 인물이 아니다. 그는 '온갖 것을 미의 아래 집어넣으려'("전집" 6, p.158)했다. 따라서 근본적으로 졸라와 동인의 예술관은 상반되는 차원에 놓여 있다. 동인에게 있어서 '리알'은 자신이 만들어 낸 세계에 '묘사의 꾑진성'을 부여하는 것일 뿐이다. 따라서 진실을 최고의 권위로 생각하는 졸라의 사상과는 관계 없다. 앞에서 고찰한 바와 같이 김동인은 과학까지도 예술로 보는 사람이다.(제2장의 Ⅱ 주 6 참조) 그의 관심은 예술의 형식에만 집중되어 있다. 김동인이 예술지상

---

139) '안동眼瞳의 통각痛覺' "전집" 6, p.577.

주의자로 간주되는 이유가 거기에 있다.

> 똑똑히 관찰하고 정확히 진맥하여 '실재한 사실'을 혹은 '실재할 수 있는
> 사실'을 현실에 즉하여 묘사하는 것이 리얼이 아니다. 그것은 즉 영상으로
> 비유하자면 '사진'에 지나지 못한다. …… 소설수법상 리얼이라 하는 것은
> …… '있음직한 사실'이라야 된다.[140]

이 점에서도 동인은 졸라와 의견을 달리한다. 동인의 경우 작가는 사
진사가 아니라 화가이다.[141] 졸라도 실험소설가를 사진사라고 보는 데
는 반대한다. 하지만 진실을 재현하는 단계에서는 작가가 사진사여야
한다는 것이 졸라의 의견이다. 그에 의하면 작가는 우선 '현상의 사진사'
(Documents, p.93)여야 한다. 그 다음에 실험관이 나타나서 자료를 조정하
는 역할을 해야 하는 것이다.

일본 자연주의의 경우와 비교하면 의견의 격차는 더욱 커진다. 일본
에서는 '진실'이 곧 '사실'을 의미하기 때문이다. '경험되어진 것', '실제로
일어난 것'만이 일본에서는 진실로 간주되었기 때문에 그 경우에 일차
적인 대상은 작가 자신의 체험이 된다. 자기가 체험하지 않은 사건일 경
우에는 반드시 '실제로 일어난 일'이어야 한다. 따라서 그들은 모델이 없

---

140) '창작수첩' "전집" 6, p.233.

141) 문예화가인 여余는 그들의 사진을 찍을 수 없다. 찍을 줄도 모른다. 그러나 그들의 초
상만은 넉넉히 그릴 자신이 있다. 사진에는 얼굴에 있는 여드름의 하나이며 옷자락의
조그만 구김이라도 빠지면 그 사진으로서의 가치가 없어진다. 가장 원체元體와 같아
야만 사진의 가치가 거기 있다. 그러나 초상에 있어서는 그렇지 않다. 여가 보기 싫은
여드름이며 옷의 주름은 여의 마음대로 내어버릴 수가 있다. 그의 표정이 여의 마음에
들지 않으면 마음에 드는 표정이 생기도록 붓을 멈추고 기다릴 수가 있다.
'작가 4인' "전집" 6, p.245.

으면 소설을 쓸 수 없다. 자연주의파와 연우사계硯友社系의 근본적인 차이는 사실에 대한 해석의 차이에 있다.

오자키 코오요尾崎紅葉은 '실지로 일어난 일이라도 자연스럽지 못한 것은 쓰지 말라'고 한데 반하여 花袋는 '실지로 일어난 일은 아무리 부자연스럽더라도 써라. 그건 사실이니까'라고 말하고 있다. 자연주의의 '허구부정론'의 근거가 거기에 있다. 그것은 소설의 장르와도 유기적인 관련성을 지닌다. 花袋나 藤村이 자기 자신의 이야기를 써서 사소설 형식을 형성시킨 이유도 진실과 사실의 동일시현상과 밀착되어 있다.

① 사실을 사실대로 쓰면 소설이 안 된다. 존재할 수 없는 사실이라도 거기다가 실재미實在味를 가하면 소설로서 인 할 수 있는 반면에 실재한 사실일지라도 소설적 가미가 없으면 이것은 소설로 인정할 수가 없는 것이다.[142]

② 소설수법상 리얼이라 하는 것은 위에도 말한 것 같이 '있음직한 사실'이라야 된다. 이성으로 정확히 타진하면 그런 일이 어디 있을까'하게 생각될 일일지라도 독자가 읽는 중에 부자연미를 느끼지 않게 만드는 것, 이것이 소설 수법상의 리얼이다.

소위 인간사회라든지 혹은 인간사회의 실재 현실이라는 것은 그 진전이며 단원의 법칙이 자연스러운 것이라 측단測斷할 수 없다. 아니 도리어 태만은 부자연스럽게 진전되고 부자연스럽게 결말結末짓는다.[143]

---

142) '근대소설고' "전집" 6, p.230.

143) '창작수법' "전집" 6, p.233.

①과 ②에 나타난 동인의 소설관은 가타이花袋와는 정반대의 성격을 지니고 있다. 그것은 花袋보다 紅葉에 가깝다. 일본 자연주의의 사실제 일주의적 경향은 동인과는 전혀 공통성을 지니지 않는다.

일본의 자연주의는 사실존중의 측면에서는 졸라와 유사하다. 그들이 불란서에서 방법만 배웠다는 말이 나오는 이유가 거기에 있다. 동인은 그렇지 않다. 현실을 재현하는 방법에서 나타난 진실지상의 예술관에 있어 동인은 졸라와 무관하며, 사실과 진실을 동일시하는 花袋의 자연주의와도 역시 관계가 없다. 동인이 생각하는 사실은 앞에서도 말한 것처럼 묘사의 핍진성逼眞性에 불과하다.

2) 반모사反模寫의 예술론

리얼리즘 계열의 문학에서 작가는 모방자이다. 그의 눈은 거울이나 스크린이기 때문에 현실의 양상을 변형시키는 일이 불가능하다. 있는 그대로의 현상을 가능한 한 정확하게 모사해야 한다. 이것은 호머 때부터 시작된 리얼리즘계의 문학의 하나의 철칙이다. 따라서 모사론에서 이탈하는 문학가는 리얼리스트가 될 수 없다.

그런 의미에서 보면 김동인은 리얼리스트가 될 수 없다. 그는 모방자가 아니기 때문이다.

소설가 즉 예술가요. 예술은 인생의 정신이요, 사상이요, 자기를 대상으로 한 참사랑이요. 사회개량, 정신합일을 수행할 자이오. 쉽게 말하자면 예술은 개인전체요, 참예술가는 인령人靈이오. 참문학적 작품은 신의 섭攝이

요, 성서이요.[144)

위의 글에 나타나 있는 것처럼 동인에게 있어서 예술작품은 '성서'이고 예술가는 '인령'이다. 섭리의 주체인 것이다. 이런 예술관은 다음 글에서도 나타난다.

　　대체 사람이란 동물은 하나님의 만든 세계에 만족치 않는다. 자연계에 아름답고 훌륭한 '꽃'이라는 게 있는데도 불구하고 제 손 끝으로 제 재간으로 그림으로든 조각으로든 꽃을 모방하여 만들고(그러니까 따라서 자연계의 과 달라서 빛깔의 아름다움도 부족하거니와 냄새도 없고)이 초라한 복제품을 좋아한다. 우수한 '자연품'보다도….[145)

동인에게 있어서 예술은 인간이 만든 문명의 정상에 자리하고 있다.
　따라서 예술가의 위치도 인류의 정상에 있다. 그는 '人靈'이요, 창조자다. 자연주의에서는 예술가의 위치는 모방자imitator에 불과하다. 그는 자연의 소리를 그대로 기록하는 속기사(졸라)이거나 서기(발자크)가 아니면, 종군기자(花袋)다.
　김동인은 아니다. 그에게 있어 예술가는 조물주에 버금가는 창조자다. 그는 신처럼 자유롭다. 예술가는 자기가 만든 세계를 자유자재로 조종하는 인형조종사('자기가 창조한 세계' "전집" 6, p.267)이기 때문이다. 자기가 창조한 세계에 대한 조종능력의 등급에 따라 작가의 등급도 정해진다.

---

144) '소설에 대한 조선 사람의 사상은' "전집" 6, p.265.
145) '문학과 나' "전집" 6, p.16.

그가 톨스토이를 도스토예프스키보다 위대한 작가로 평가하는 이유가
거기에 있다.

> 톨스토이의 주의가 암만 포악하고 도스토예프스키의 주의가 암만 존경
> 할 만하더라도 그들은 예술가로서 평할 때는 도스토예프스키보다 톨스토
> 이가 아무래도 진짜이다.
> 톨스토이는 자기가 창조한 자기의 세계를 자기 손바닥 위에 올려놓고 자
> 기가 조종하며 그것이 가짜든 진짜든 거기 만족하였다. 이것이 톨스토이의
> 예술가적 위대한 가치일 수밖에 없다.146)

동인은 작가의 사상 보다 기교를 중시하고 있음을 러시아의 두 문호
에 대한 평가를 통해서도 확인 할 수 있다. 점을 찍은 부분을 보면 그는
자기가 만든 세계의 진위眞僞에 대하여는 관심이 없다. 이 사실은 김동인
의 지향점이 졸라나 花袋의 것과는 현격하게 다른 것임을 입증한다. 앞
장에서 고찰한 것처럼 김동인의 문학은 '진眞' 지향의 문학이 아니다. 그
의 예술론이 반모사론이 되는 이유가 거기에 있다.

인형조종술 이외에 김동인의 예술론의 또 하나의 골자는 '소설회화
론'이다. 회화론은 그의 소설론의 일관된 주장이다. 회화와 반대되는 것
이 사진이다. 동인은 문학에 있어서 기교의 중요성을 과대하게 평가하
는 평론가인데도 '기교의 천재'(동인의 말)인 현진건을 평가할 때에는 언
제나 칭찬보다 비난에 가까운 어조를 띤다. 동인은 그에게서 '사진사'

---

146) '자기가 창조한 세계' "전집" 6, p.269.

를 발견하기 때문이다.[147] 사진은 '역사'와 동질이다. 소설은 '인생의 회화'[148]이지 사진이어서는 안 된다는 것이 동인의 의견이다. 그에게 있어 회화는 최고의 예술이다. 따라서 소설가 = 화가의 공식은 소설의 예술로서의 높은 위치를 확인시켜 준다.

예술이 모방론을 부정하면 예술가의 창조에의 기여도는 자동적으로 증대된다. 상상력이 위력을 발휘하게 되기 때문이다. 김동인의 독자성을 향한 집념,[149] '천재예찬론'등을 종합하여 생각하면 그의 예술론의 反자연주의적인 성격이 부각된다. 창조능력에 대한 예찬, 상상력의 중시, 독자성의 집념, 천재예찬론 등은 낭만주의의 예술론과 상통하는 특징이다.[150]

그의 문학론의 제 3의 특성은 '문예오악설'("전집" 6, pp.299~301)에 있다. 이 경우의 '오락'은 대중적 흥미를 의미하는 것이 아님은 그가 예술을 꽃에 비유하고 있으며, 비속성을 경계하고 있는 데서도 확인할 수 있

---

147) 그에 반하여 우리는 비상한 기교의 천재로 빙허를 들 수 있다. …… 조화의 극치, 묘사의 절미絶美 - 과연 기교의 절정이다. 그러나 그의 작품을 읽은 뒤에 남는 일물一物도 없는 것은 어떤 이유인가? 그는 인생의 사진사다. 가령 사진사라 하는 것이 어폐가 있다면 그는 정물화가다.   "전집" 6, p.153.

148) 역사가 '인생의 사진'이요, 소설이 '인생의 회화'라는 것을 시인하려면, 소설에는 분위기라는 것이 없지 못할 것임은 또한 부인할 수 없다.   같은 책, p.217.

149) 통속소설에서는 우리의 비卑고 열劣고 오汚고 추한 것밖에는 아무것도 발견치를 못하오. 거기는 독창의 섬閃이 없오. 사상의 봉烽이 없오. 사랑의 엄芽이 없오.
                                   '소설에 대한 조선사람의 사상을', 같은 책, p.266. 점 : 필자.

150) 우리는 동인의 예술 및 예술관을 살펴 볼 필요가 있을 것이다. 그는 한마디로 낭만주의적 예술관을 가지고 있다고 할 수 있다. '광화사'나 '광염 소나타'에 나타나 있는 생각을 간추려 보면 예술가는 어떤 영감에 의해서 고양되는 예술창작상의 행복한 순간을 갖게 되고 이 경우 예술창작에 수반되는 반사회적 행위는 장려할 것은 못되지만 적어도 용인되어야 한다는 것이다. 예술이 영감에 의해서 고양된 순간에 태어난다는 것은 낭만주의의 예술관에 기초를 이루고 있고 낭만주의의 천재관과 밀접히 연관되어 있다.   유종호, '작품해설' "전집" 6, p.680.

다.[151] '오락'이라는 말을 즐거움pleasure으로 바꿔 놓으면 이것은 '유희설'이 된다. 실용적 목적에서의 해방을 의미하는 것이다. 따라서 '오락설'은 그가 평생을 예술의 지향점으로 설정한 그의 순수문학에 대한 주장과 맥락이 닿는다.

예술가를 섭리자와 같은 위치에 세운 것, 인형조종술사로 본 것, 작가와 화가의 동일시, 순수예술론 등은 김동인의 세계를 구축하고 지탱해 준 예술관의 근간이다. 이런 예술관의 지속성은 김동인의 가장 두드러진 특징이다. 그의 반 모사론의 출처도 거기에 있다. 예술관의 측면에서도 김동인은 자연주의와는 상반되는 성격을 드러낸다.

3) 간결의 미학과 언문일치

소설이 회화가 되는 데 필요한 요건을 동인은 '순화純化'라고 말하고 있다.

① 소설수법에 '순화純化'라 하는 것이 있다. 성적 묘사이든, 진전에든 극히 필요한 수법이다. …… '순화'라 하는 것은 알기 쉽게 설명하자면 회화로 비유할 수 있다.[152]

② 회화는 그렇지 않다. 만약 제작자가 노대를 중시하고 만든 것이면 노

---

151) 다만 문학이 우리에게 줄 즐거움이란 것은 비속치 않고 건전하여야 할 것이며 우아한 정서를 길러 줄 고상한 것이어야 한다. 이것이 보통 저속한 다른 오락물과 다른 문학의 자랑이요, 문학이 존귀한 소이다.　　　'여의 문학도30년' "전집" 6, p.301.
152) "전집" 6, p.2.

대 이외의 것은, 즉 불견한 것은 몽롱히 나타내든가 혹은 전혀 무시해서 제거해 버릴 권리가 있고 필요한 노대는 더욱 명료히 더욱 두드러지게 나타낼 권리가 있다. 뿐만 아니라, 그 노대에도 자기의 주관에 따라서 加하고 減하고 添하고 削하고 혹은 색깔의 형태   위치 등을 변경할 수까지 있을뿐더러 비목적물(노대가 아닌 자)은 전혀 다른 것을 그릴 수도 있고 정물이며 인물을 장식적으로 가입할 수도 있고 천사, 절기 등은 화제畵題에 능하여 자유선택할 수 있다.[153]

③ 흔히 어떤 작품에 대하여 '그 작품은 작품인물의 성격이든 사건의 진전이든 극히 부자연한 작품이다' 하면 그 작자는 '이 작품은 실제로 있는 사실을 소설화했다' 혹은 '내가 실제로 겪은 일이다' 하여 부자연할 까닭이 없다고 변명하는 일을 보는데 그것은 이치를 모르기 때문에 생긴 일일 것이다. …… 있은 일을 그대로 일순화하지 않고 기록했기 때문에 자연미를 잃은 것이다.[154]

①에는 '純化'의 수법이 회화의 기법과 같은 것을 의미하는 점이 나타나 있다. ②에서 보면 회화와 사진의 차이는 선택권의 유무에서 생겨난다. 따라서 '순화'는 예술가의 선택권을 의미함이 드러난다.

'순화'와 유사한 성격을 지니는 용어로 '조리調理'가 있다. 동인에게서 염상섭의 결점으로 지적되는 것이 조리기능의 부실함이다. 조리하지 않으면 '소설은 만연한 기록' 같이 된다. 사진으로 타락하고 마는 것이다.

---

153) '창작수첩' "전집" 6, p.234, 점 : 필자.
154) '창작수첩' "전집" 6, pp.234~35.

'純化'는 사건과 성격의 단순화를 의미한다. '조리'도 이와 유사하다. 후자는 묘사의 측면을 의미하는 것뿐이다. 따라서 이 두 용어는 모두 현실을 있는 그대로telle qu'elle est 모사하라는 졸라의 스크린론과 배치된다. 스크린론에 의하면 선택권을 배제하는 일이 선행되어야 하기 때문이다. 동인의 反모사론적 예술관은 선택권의 배제에 역행하는 점에서도 反자연주의적인 성격을 드러낸다.

작가의 선택권에 대한 동인의 주장은 개연성의 획득을 위해 필요한 것임을 다음 인용문을 통해 알 수 있다.

> ④ 실재치 못할 일이라도 실재성을 띠게 묘사하고 실재한 사실이라도 거기서 모순된 군더더기를 모두 뜯어 버리고 단순화하고 구체화하여 실재성을 띠게 하여 가지고 나타나야 한다.[155]

여기에서 말하는 실재성은 현실과의 유사성vrai-semblance을 의미한다. 실재한 일이나 아니냐 하는 것은 중요하지 않다는 동인의 주장은 일본 자연주의의 사실지상의 사고와 배치된다. 개연성이 확보되지 않을 때, 실제로 일어난 일이라는 사실은 의미를 지니지 못한다는 그의 의견은 전술한 바와 같이 紅葉의 주장과 상통한다. 花袋나 藤村이 지향한 '진실=사실'의 공식은 김동인과는 거리가 멀다. ④의 '실재성'이 ③의 '자연미自然味'와 그 의미가 유사한 사실이 그것을 입증한다.

'순화'는 현실에 대한 작가의 조정이다. 그 조정과정을 통하여 재구성된 것이 소설이기 때문에 순화작용을 제거할 때 소설은 용만冗漫해져서

---

155) "전집" 6, p.177.

사진의 경지로 타락하고 만다는 것이 동인의 주장이다. 그가 서술의 산만성과 용만성元長性 때문에 비난한 작가는 졸라('불란서 문학과의 영향 관계' 항참조), 염상섭 등이다. 선택권의 배제를 채택한 자연주의계의 작가들인 것이다. 동인에게 있어서 '리얼'은 간결의 미학을 의미한다. 그는 '리얼의 진수는 간결'(같은 책, p.187)이라고 말하고 있다.

① 리얼리즘이라 하면 흔히 '있는 대로'를 묘사하는 것이라고 오해를 하는 이가 있지만 결코 그렇지 않다. 리얼리즘의 사명은 이 복잡하고 불통일不統一되고 모순 많은 인생생활을 단순화하고 통일화하는 데 있다. 찌꺼기를 모두 뽑아버리고 골자만을 남겨 가지고 그것을 정당화시켜서 표현하는 데 있다.156)

② 이 작자가 '묘사'라고 독자에게 보여 준 것은 이발의자에 걸터앉아서부터 세면 후까지의 이발과정을 차근차근히 독자에게 설명한 이발강의 한 군데뿐이다.157)

③ 즉 '자연적'이라는 말과 소설수법상의 자연적이라는 것과는 현저히 다를 뿐더러 대개의 경우에는 정반대의 뜻을 나타낸다.158)

④ 그러므로 유성적類性的인 산만한 부분은 가급적 소설상에서 제법하여

---

156) "전집" 6, p.177.
157) '문단30년사' "전집" 6, p.18.
158) '창작수첩' "전집" 6, p.234.

버려 특성 면만을(더욱 과장하여) 남겨두어야 할 것이다.[159]

①은 그가 의미하는 리얼리즘의 실상을 제시해 주는 중요한 자료이다. '있는 대로' 그리는 것을 리얼리즘이라고 생각하는 것은 '오해'라고 동인은 주장한다. 동인에 의하면 리얼리즘은 '찌꺼기를 모두 뽑아 버리고 골자만을 남겨 가지고 그것을 정당화시켜서 표현하는' 것이다. 그의 이론 안에서 간결의 미학이 '리얼'이 되는 이유가 거기에 있다.

앞에서 본 사실과 개연성의 관계의 경우를 상기해 볼 때 이런 사고의 원천은 간결성을 중요시하고, 사실성을 묘사의 측면에만 국한시켰던 紅葉일 가능성을 상정할 수 있다. 동인은 간결=리얼의 공식에 입각해서, 선택권을 배제했다는 이유로 박화성朴花城 씨의 소설을 반 사실反사실로 몰고 있음을 ②를 통해서 파악할 수 있다.

③도 동인의 反리얼리즘적 경향을 나타낸다. '유성類性을 제거하고 특성 면만을 더욱 과장하여 남겨 두어야 할 것이다'라는 말은 그의 인물이나 사건에 나타나는 극단화의 성향과 일면성의 과장의 거점을 제시한다. 개별의식le sens propre은 낭만주의의 특징이고, 보편의식le sens commun은 미메시스계의 문학의 특징이다.(I. Babitt) 일면성의 과장도 마찬가지다. 의식적으로 개별적 특성의 과장을 주장하고 보편적 특성의 제거를 내세우는 점에서도 그의 예술의 반 미메시스의 특징이 드러난다.

다음은 사건의 로마네스크를 거부한 졸라와 사건성을 중요시한 동인과의 플롯에 대한 의견의 차이다. 앞에서도 보아 온 것처럼 김동인은 소설의 기교면에 대한 관심이 많은 작가이며 비평가이다. 그의 소설평은

---

159) '문단30년사' "전집" 6, p.18.

거의 전부가 작품의 형식면에 대한 관심으로 일관되어 있다. 그 점에서는 외국작가도 예외가 아니다. 톨스토이, 졸라 등의 사상적 측면에 비중이 무거운 작가도 동인에게는 기교면에서만 관심의 대상이 된다. 그는 형식주의적인 접근방법으로 작가론을 쓴 한국 최초의 평론이다. '춘원연구'가 그런 경향을 입증한다.

소설의 기교 중에서 동인이 가장 많은 관심을 쏟는 부분이 '구안構案 plot'의 합리성과 종결법이다. 동인의 견해로는 '무정'은 플롯 때문에 읽히는 소설("전집" 6, p.215)이며, 최학송은 '기교면에 수련을 쌓은 희귀한 작가'(같은 책, p.194)인데 반해 이인직, 염상섭, 나도향 등은 끝막이가 서투른 작가들이다. 그들은 모두 '미완성의 구안으로 작품을 완결'한다. 플롯에 대한 많은 글 중에서 가장 주목을 끄는 것은 상섭의 종결법에 대한 다음의 지적이다.

> 염상섭은 그 풍부한 어휘와 아기자기한 필치는 당대 독보지만 끝막이가 서툴러 '미완' 혹은 '계속'이라고 달아야 할 작품의 꼬리에 '끝'자를 놓는 사람이요.[160]

상섭의 위의 특징은 일본 자연주의 '무각색', '무해결'의 플롯과 통하는 측면이다. 현실을 있는 그대로 묘사하는 것이 무각색 소설의 창작의도이며, 무해결의 종결법은 거기에 수반되는 당연한 기법이라 할 수 있다. 상섭의 '조그만 일'이나 花袋의 '생生'은 그 면에서 공통성을 지닌다. 따라서 상섭에 대한 동인의 비난은 그대로 일본의 자연주의에 대한 비난으

---

160) '문단30년사' "전집" 6, p.34.

로 연결될 수 있다. 일본 자연주의의 배기교의 주장은 동인과는 대척된다. 그것을 물려받은 그룹은 한국에서는 프로 작가들이다.

① 금년에 들어서면서는 소설화라는 명칭을 획득하기가 이전보다 퍽 어려웠다. 왜? 거기는 그 작가의 작가로서의 수완이 있어야 된다는 전제가 있었으므로 …… 거기 반하여 좌경작가가 되기는 아주 쉬웠다. 되었건 안 되었건 살인방화소설을 수편 써내면 벌써 작가로 지목을 받았으므로 …… 그렇던 것이 작년에 이르러서는 좌경문학에도 기교가 필요하다는 이론이 전개되면서 차차 거기서도 조제粗製 남조濫造의 작가가 적게 되고 어떤 정도까지의 문예적 소질이 없으면 거기도 입문을 하기가 좀 힘들게 되었다. 이것도 금년도 소설계에 생긴 특수한 사정의 하나이다.161)

② 당년의 회월懷月은 가장 적극적으로 좌익문학을 주장하여 한 때 무기교문학 전성의 시대를 현출한 일이 있었다. 이 무기교문학은 그 발상지가 소련이요, 일본을 거쳐 조선에 수입된 것으로서, '무산자는 어느 한가에 기교를 희롱한다는 한가로운 재간을 할 겨를이 없으니까 문학에 있어서도 소재를 독자 앞에 제공하면 그뿐이지 기교를 희롱하는 것은 부르조아 문학이라' 하는 이론 아래서 살인 방화소설과 주먹마치 시가 한때 문단을 횡행하였다.
그러나 팔봉八峰은 懷月과 달리 약간 온건파로서 문학은 건축과 같은 것이라는 이론으로 한동안 懷月과을 싸움을 하였으나 懷月의 정열에 압박되어 마지막에는 懷月에게 굴복하였다.162)

---

161) '소설의 동향' "전집" 6, p.171.
162) '문단30년사' "전집" 6, p.34.

프로 문학가들이 무기교의 문학을 주장한 것, 선배 비평가가 그들을 보고 기교중시사상이 없어져서 문인이 되기가 쉬워졌다고 지적하는 상황은, 자연주의 문학의 대두기에 자연주의파의 주장, 그리고 선배들의 자연주의파를 보는 태도와 매우 유사하다. 언문일치 덕택에 아무나 쉽게 작가가 될 수 있는 시대가 왔다고 鏡花, 紅葉 등이 개탄했던 것이다.

'창조파'와 일본 자연주의자들은 언문일치문장의 확립을 지향했다는 점에서는 공통된다. 구어체의 순화는 김동인이 '창조파'의 가장 큰 공적으로 간주하는 것이다. '창조파'가 구어체 확립을 향해 나아갔다는 사실만은 공인되고 있는 사항이다.

언문일치운동이나 구어체의 활용이 문제되는 것은 역시 언어의 측면에 나타난 미메시스 이론의 반영이다. 그렇다면 김동인의 구어체 확립의 의지는 형식면에서 그와 일본 자연주의를 연결하는 유일한 고리라고 할 수 있다.

끝으로 덧붙일 것은 어휘 면에 나타난 비속성이다. 졸라는 파리의 빈민굴이나 사창굴의 언어를 그대로 소설 속에 수용하였다. 그 결과로 어휘의 비속성에 관한 비난의 집중폭격을 당했다. 花袋나 藤村의 경우에는 언어의 비속성은 별로 심각하지 않다. 일본에서 비속성 때문에 비난받을 작가는 泡鳴 하나뿐이다.

김동인은 어휘의 비속성 때문에 비난을 받은 작가다. '배따라기', '감자', '김연실전' 같이 자전적이 아닌 작품의 경우에는 더 말할 필요도 없지만, 작가의 체험이 직접 투영된 '태형' 같은 소설에서도 상스러운 말들이 많이 쓰이고 있다. 하지만 언어의 비속성은 '김연실전'에서 절정에 달한다.

그의 본의本意는 그 시대나 풍조 자체를 그리려는 데 있는 것이 아니라 다

만 그 시대와 풍조를 통하여 음란과 쌍말을 그리고 싶었던 것이다. …… 그
시대의 풍조에서만 맛볼 수 있던 그 음난과 그 쌍말이 그의 성미에 철徹해
있었기 때문이다.[163]

김동리金東里 씨의 이런 혹평은 '김연실전'의 비속성에 대한 논자의 분
노를 말해 주고 있다. 비속성의 측면에서 동인은 일본 자연주의 작가 중
에서 泡鳴과 상통한다. 일원묘사로 외에도 泡鳴과 동인을 잇는 또 하나
의 고리가 나타난 것이다.

4) 액자 속의 객체

김동인과 객관주의와의 관계를 구별하기 위해서는 객관주의에 대한
그의 견해를 먼저 고찰해 볼 필요가 있다.

① 예술에 있어서 그 표현이며 필치는 아무런 방식을 취하든 혹은 새로
발명하든 그것은 자유이다. 그러나 범하지 못할 몇 가지의 철칙이 있으니
그것을 범하면 그것은 예술이 아니다. 작자의 주관이 없으면 안 된다. 감정
이 없으면 안 된다. 성격이 없으면 안 된다. 描寫가 없으면 안 된다.[164]

② 소설이 제일요소인 주관과 묘사가 이 작품에 결여되었다. 낙동강의 대

---

163) '문학과 인간' "전집" 6, pp.9~10.
164) '속 문단회고' "전집" 6, pp.286~86.

홍수의 전주곡인 큰 비가 내릴 때에도 작자는 연거푸 '비가 내린다', '바께스로 붓는 듯이 내린다'로 설명하였지만 거기는 주관을 통하여서 본 바의 묘사가 없기 때문에 조금도 실감을 주지를 못한다.[165]

③ 출생과 생장과 환경과 교양이 모두 어울리어 그 사람의 성격을 만들어 내는 것이요, 그 성격의 주관을 낳는 것이요, 주관이 판단이 낳는 것이며, 우리는 고대의 보고서들을 읽을 때에 먼저 그 기록자의 주관이 얼마나 섞여 있나를 음미하여 볼 필요가 있는 줄 안다.[166]

①과 ②를 통하여 동인의 주관중시사상이 노출된다. 주관은 예술의 범하지 못할 철칙의 하나이며, 주관이 없으면 실감을 주지 못한다고 동인은 생각한다. ③에서는 사실史實의 기록자의 주관성의 문제를 다루고 있다. 소설이 아닌 역사적 사실의 기록에도 주관은 투영될 수밖에 없음을 동인은 확신하고 있는 것이다. 위의 글들은 두 가지 면에서 주관의 문제를 다루고 있다. ③은 어떤 글에서든지 주관성의 배제는 불가능하다는 인식을 나타내며, ①과 ②는 모든 예술에서의 주관성은 불가결한 요소라는 주장을 나타낸다. 따라서 주관성은 배제 불가능한 기본요소라는 견해가 된다. 이런 주장은 그의 '소설회화론'과 관련된다. 소설이 회화이어야 하는 이유 중의 하나로 사진에서는 제작자의 주관이 나타날 수 없다는 점이 지적되고 있는 것이다.('창작수첩' "전집" 6, p.234) 회화는 선택의 원리에 입각하며, 선택의 주체는 작가의 주관이기 때문이다. 주관성의 필

---

165) '2월 창작평' "전집" 6, pp.191~92.
166) '역사의 사실과 판단' "전집" 6, p.181.

요에 대한 인식이 이렇게 확고한데도 불구하고 '귀의 성'론에서는 이인직
의 객관적인 자세와 냉철한 묘사에 대한 다음과 같은 예찬이 나온다.

> 여주인공의 참살당하는 광경을 읽었다. 이 냉정한 붓끝이요! 천번의 '아
> 아' 백번의 '오호嗚乎라'와 열 번의 '참혹할 손'이 없이는 재래의 작가로서는
> 도저히 쓰지 못할 장면을 이 작가는 한 마디의 감탄사조차 없이 가려버렸
> 다. 자기를 총애하던 국왕의 임종을 스케치북을 들고 그리던 다빈치인들
> 예서 더하였을까?[167)

뿐만 아니라 객관적 시점의 냉철성에 대한 동인의 지향성은 작품 속
에도 용해되어 있다. '감자'의 마지막 장면 같은 것이 그것을 입증한다.
"'감자'의 드라이 터치는 너무 고압적 완결이어서 한국 소설사는 아직도
그 높이에 이르지 못하고 있는 것"(反역사주의의 과오, "문학사상" 통권 2, p.292)이
라는 김윤식 씨의 지적은 "작자는 끝까지 냉정한 태도로 이 주인공의 죽
음에도 조그만 동정을 가하지 않았다"(같은 책, p.145)는 '귀의 성'에 대한 동
인 자신의 논평과 서로 호응하고 있다. 동인의 작품 중에서 가장 객관적
으로 쓰여진 '감자'의 냉철한 객관주의가 우연의 산물이 아님을 알 수 있
다. 그것은 의식적인 노력과 결과로 생겨난 것이다.

동인의 냉정한 객관적 안목은 1인칭으로 쓰여진 '태형'에서도 유감없
이 드러난다. 감방의 물질적 여건의 분석과 그것이 인간의 육체에 미치
는 영향의 상관관계에 대한 정밀한 관찰은 육체의 취약성과 그 한계를
명시하는 정확한 데이터를 형성시킨다. 객관주의에 대한 동인의 자세가

---

167) '조선근대소설고' "전집" 6, p.145.

지속성을 띠고 있는 특성이라는 사실은 그가 '춘원연구'에서 작품 속에 작자가 노출되는 것을 비난하고 있는 데서도 나타난다.

주관과 객관에 대한 동인의 복합적인 자세의 수수께끼는 '소설작법'에 나오는 묘사론을 통하여 풀 수 있다.('일본문학과의 영향관계' 항 참조) 거기에서 나오는 일원묘사 A 형식은

$$\text{작자} \text{———} \text{주요인물} \left\{ \begin{matrix} A \\ B \\ C \\ D \\ E \\ F \end{matrix} \right\} \text{의 도형으로 나타난다.}$$

작자의 주관이 직접적으로 노출되지 않고 주요인물의 내면을 통하여 간접적으로 나타나는 양식이다. 표면적인 시점은 객관적 시점이지만, 주요인물의 주관을 통하여 사물을 보기 때문에 객관성과 주관성이 공존한다. 객관적 시점이 가시적可視的인 현상 밖에 그릴 수 없는 데 반하여 일원묘사체의 시점은 주요인물의 내면에 개입할 수 있다. 동인은 '마음이 옅은 자여', '약한 자의 슬픔'을 이 유형의 예로 제시하고 있다.

3인칭 시점으로 주요인물의 내면을 그리는 이 유형은 일본의 자연주의 작가들이 이용하던 묘사체다. 하지만 일본의 경우에는 주요인물과 작자가 동일인물로 간주되는 자전적 소설이라는 점이 다르다. 동인의 경우에는 그런 현상이 나타나지 않는다. 사소설을 쓸 경우 동인은 1인칭으로 쓴다. 3인칭으로 위장하지 않는 것이다. 그 점에서 동인의 사소설은 백화파와 시점이 같다. '태형'은 작가의 자전적 소설이지만 묘사의 대상이 인물의 내면이 아니라는 점에서도 일본 자연주의파의 사소설과는

구별된다. 감정을 그린 것이 아니라 생리를 그린 것이기 때문이다. 이 유형에서 주요인물의 3인칭이 1인칭으로 바뀌고, 이야기의 주체가 타인으로 되는 소설이 '액자소설frame novel'이다. 동인은 액자소설을 많이 썼다.[168]

동인의 액자소설은 화자narrator의 주관과 액자부위의 객관성이 분리되는 양식으로 나타나는 예가 많다. 외화外話는 주관적 시점을 채택하고 내화內話는 객관적으로 묘사되는 유형이다. '붉은 산', '광염 소나타' 등이 그 예가 된다. 이 경우는 주관과 객관에 대한 동인의 이원성이 각각 독립된 이야기로서 갈등이 없이 공존하는 일이 가능하다. 동인이 역사소설을 애용하는 이유가 거기에 있다.

'감자'는 이런 유형과는 달리 '순객관적 묘사체'(김동인)에 속하는 점에 특성이 있다. 동인이 애용한 것은 일원묘사체와 액자소설이다. 그런 점에서 '감자'는 특수한 자리를 차지한다. 동인의 객관묘사가 정점에 달한 작품으로 간주되기 때문이다.(김윤식, '반反역사주의의 과오' 참조)

---

168) ① 셋째, 그의 소설이 서술유형으로는 객관적 서술상황으로 된 시점의 통일이 이루어진 단일소설은 물론 서술자의 변화가 있는 이른바 액자소설형이 상당히 많은 것이다. 액자소설(Rahmenerzählung)이란 쉽게 말해서 이야기 속에 또 다른 내부적인 이야기가 포함되는 것으로서 원래는 이야기의 근원상황을 그대로 재현시키고 있는 것이지만, 시점의 이중 이동에 의해서 객관적 거리화에 기여하는 유형이다. 그런데 동인은 이런 틀의 형성과정에 있어서 자신의 경험적인 자아를 지나치게 노출시키고 있는 것이다.　　　　　　　　　　　　　　　이재선, "한국현대소설사", p.273.
② 대략 이상과 같은 여러 개념적 특성에서 일단 추출해 볼 경우, 문학적 액자소설이란 서술유인敍述誘因이나 서술관점의 허구적인 합리화의 한 형식으로서 서술방법에 있어서 그만큼 주관적 시점에서 벗어나서 제한된 인간의 시점에서 현실을 인식하려는 방법인 것이다. 따라서 그 단순하고 기본적인 형태는 도입적인 설명액자 속에 작가 또는 1인칭 서술자가 스스로 사건 행동에의 참여자로서가 아니라 관찰의 거리를 유지한 참여자로 등장하고, 그 다음 서술자가 바꾸어지면서 바꾸어진 서술자의 내력이라든가 또는 최초의 서술자가 경험하고 들은 바가 서술되고 다시 본래의 서술자로 환원하는 '인칭 형태Ich form'와 '3인칭 형태 Erform'의 교차적 이중서술시점 방법이다.
　　　　　　　　　　　　　　　이재선, "김동인연구"(새문사), p. Ⅱ-16.

그런데도 불구하고 '감자'에 작가개입 현상이 빈번히 노출된다는 것을 솔버그S.E.Solberg는 지적하고 있다.[169] 하지만 '시골교사'나 '파계'와 비교할 때 '감자'의 객관성은 높이 평가될 수 있다. 전자의 영탄과 감상은 '감자'에서는 찾아 볼 수 없기 때문이다. 전자의 두 소설과 비교할 때, '감자'는 불란서 자연주의파의 시점과 훨씬 근사하다.

'감자'의 객관주의를 주체의 객관화로 바꿔 놓은 것이 '태형'이다. 일본 자연주의의 사소설과는 달리 '태형'은 1인칭으로 되어 있는데도 불구하고 주체의 객관화가 보다 투철하게 나타나고 있는 것이 특성이다. 주관과 객관의 비중으로 볼 때 '감자' 계열의 작품은 후자의 비율이 더 크게 나타난다.

5) 화가의 과학주의

처음 동경으로 유학 갈 때, 동인의 아버지가 아들에게 바란 직업은 변호사나 의사였다 한다. 그것은 그의 적성에 근거를 둔 생각이다. 그가 ① 화학, 물리를 잘하고, ② 이론 따지기를 좋아했기 때문에[170] ①은 의사

---

169) 몇 군데에서 표면에 나서서 작자의 자격으로 말하고 있는데 이것은 앞뒤가 어울리지 않는다. 평양부의 기자묘 주변의 나무에서 송충을 잡는데 빈민굴의 여인네들을 썼다는 이야기가 나온다. 그러나 갑자기 괄호 속에 든 '은혜를 베푸는 뜻으로'라는 작자 자신의 목소리가 일종의 혼잣말[傍白]처럼 난데없이 들려온다. 이 말의 씨니씨즘이 정당한 것이라 할지라도 여기서는 작품 전체의 토온과 상충한다. 예를 하나 더 든다면, 복녀가 타락한 직후에도 같은 어조가 다시 한 번 나타난다. 나타나서는 이야기의 흐름을 잡치는데 그럴 수밖에 없는 것이 이것은 관찰자의 어조가 아니라 비꼬는 자의 어조이기 때문이다.　　　　　　S.E. Solberg, '초창기의 세 소설' "현대문학"(1963.3.), p.260.

170) 나의 아버지가 나를 일본 동경으로 공부하러 보낼 때는 당년의 세상 보통 어버이가 자식에게 촉망하는 바와 마찬가지로 장차 변호사나 의사가 되기를 희망하였다. 이론

에 ②는 변호사에 적합한 적성으로 판단한 것이다.

　이 사실은 동인의 성격이 주정적이라기보다 주지적이었음을 말해 준다. 동인의 작품이 낭만주의와 연결되어 논의되는 일은 있지만, 그를 주정적 인물이라고 평한 사람은 없다. 이인모李仁模가 "문체론"에서 지적한 것처럼 그는 지적인 인물이다. 그의 문학과 춘원의 문학과의 차이는 감성과 이성, 비합리주의와 합리주의의 대립에서 생겨난다. 그가 종교를 믿을 수 없는 것, 이성에게 몰입하지 못하는 것도 '따지기'를 좋아하는 기질과 관계가 있다.[171] 작가로서보다는 평론가로서 높이 평가되고 있는 사실[172]도 그가 논리적 두뇌의 소유자임을 입증한다. 그의 평론의 특징은 핵심에 대한 정확한 진맥과 분석하고 해부하는 능력에 있다.

　평론 뿐 아니다. 소설에 있어서도 그는 개연성과 필연성의 원리를 중시했으며, 전술한 바의 '성격의 단순화'도 결국은 작가의 '성격의 해부분류'를 의미하는 것이라는 말[173]을 하고 있다. '조리調理'라는 용어 역시 같은 계열에 속한다. 분석하고 해부하고 조리하는 능력에 있어 그는 과학

　　잘 캐고, 경우 잘 따지는 지라, 용한 변호사가 되리라, 어려서부터 화학물리 실험에 능하였으니 의학자로도 웅한 수완을 보이리라, 하여서 의사나 변호사 되기를 기대하였다.　　　　　　　　　　　　　　　　　　　　　　'문학과 나' "전집" 6, p.16.

171) 그가 종교 대신 의존한 것이 과학이다. 냉철한 이성으로 해부하고 분석해 보아서 수긍이 안 되는 일체의 것을 그는 거부한다. 종교도 기적도 있을 수 없다. 어디까지나 육체와 지상의 한계 안에서 살아 움직이는 실체 있는 인간만이 그의 흥미를 집중시킨다.
　　　　　　　　　　　　　　　　　　　　　　졸저, "한국현대작가론" 1, p.136.

172) 김동인은 평론가로서 높이 평가 받고 있다. 유종호씨도 '평론가로서의 김동인'("전집" 6, pp.682~86 해설)에서 그 점을 지적하고 있지만, 필자도 그렇게 생각한다. 그의 '조선근대 소설고'나 '춘원연구'는 형식주의적 비평방법으로 작가들에게 접근한 탁월한 평론이다.

173) 성격의 단순화 - 이것은 요컨대 작자 자신의 성격의 해부분류다.
　　　　　　　　　　　　　　　　　　　　　　'창작수첩' "전집" 6, p.238.

주의와 통한다. 花袋와 抱月은 관조자였지만 동인은 아니다. 그는 관찰자이다. 자기를 총애하던 국왕의 임종을 냉철한 자세로 스케치하던("전집" 6, p.145) 다빈치처럼 동인도 삶의 치부까지 외면하지 않고 관찰하는 철저한 관찰자이다.

① 이 노인의 얼굴에 나타난 표정(그것은 소설가인 나에게 있어서는 무엇에 비길 수 없는 커다란 수확이었다.) 그의 얼굴에 나타난 표정은 경악도 아니었다. 비애도 아니었다. 겁먹은 얼굴도 아니었다. 그것은 단지 무표정한 얼굴이었다. …… 거기는 너덧 살쯤 난 중국 어린애가 하나 있었다. 노인이 다리를 두 팔로 잔뜩 부둥켜안고 있는 그 어린애의 한편 귀와 그 근처의 가죽은 찢어져 늘어지고, 그편 쪽 눈도 없어졌으며 입도 찢어진 정시正視치 못할 참혹한 형상이었다.[174]

② 잔혹한 일도 비교적 냉정히 관찰하는 습성이 있는 나도, 이 끔찍한 수술자리를 보고는 몸을 떨지 않을 수가 없었다.[175]

①은 만보산사건 때 평양 거리에서 중국인 테러사건의 현장을 그린 것이다. 귀가 찢어져 늘어지고 눈이 없어진 아이를 안고 있는 노인을 만난 동인은, 그런 참담한 현실을 보게 된 것을 작가로서의 수확으로 간주하고 있다. ②에서도 작가는 자기가 담대한 관찰자임을 우리에게 제보한다. 관찰과 해부의 능력은 동인의 천부의 재능이다. 그것은 그를 자

---

174) '대동강의 악몽' "전집" 6, pp.540~41.

175) '몽상록蒙喪錄' "전집" 6. p.524.

연주의자로 만드는 중요한 자질이다. 그의 소설이 일본 자연주의보다 더 확고한 리얼리즘에 도달하고 있는 이유도 같은 곳에서 유래한다. 관찰과 분석의 능력은 그를 자연주의자로 간주하게 만드는 증거 중의 하나가 되고 있다. 동인에 의하면 소설가는 사진사가 아니라 화가다. 그의 과학주의는 화가의 과학주의이다. 창조하고, 선택하는 판단력 자체에 그것은 작용한다. 비과학적인 것을 과학적으로 분석하고 해부하는 것이다. 거기에 그의 세계의 근원적인 이원성이 있다.

5. 스타일 혼합의 차이

1) 인물의 계층의 이중성

김동인의 인물들은 두 개의 서로 다른 계층으로 나뉘어져 있다. '감자' 와 '태형'은 그 두 유형의 전형을 나타내는 작품이다.

(1) 자전적 소설의 경우

작가 자신의 체험을 토대로 하여 1인칭으로 쓰여진 소설의 경우를 의 미한다. 이 경우의 인물의 계층은 작가의 계층과 동일하기 때문에 작가 의 계층에 대한 고찰이 필요하다. 김동인의 소설에는 계층이 유동적인 인물이 많다. 그의 인물들은 대부분 무직자이다. 따라서 계층변동의 방 향은 하향성을 띤다. 작자인 동인의 경우도 그 점에서는 예외가 아니다. 그는 평양의 고급 주택가에 있는 4백여 평의 대지를 가진 집에서 태어 났다.[176] 상층에 속하는 부르조아 계급 출신이다.[177] 그러나 숨을 거둘 무렵에는 생계도 막연할 정도로 가난해졌다. 부르조아에서 프롤레타리아로 전락한 것이다. 경제적인 측면에서만 하락한 것이 아니다. 파산의 고통 때문에 먹기 시작한 수면제의 남용[178]이 그를 마약중독자로 전락시켰다. 만년의 동인은 거의 폐인이나 다름없었다.

그의 경제상태의 하락상은 '태형'(1922), '무능자無能者의 아내'(1930), '가신 어머님'(1938) 등의 자전적 소설과 수필 '망국인기亡國人記'(1947)에 반영되어 있다. 상층 부르조아에서 중층으로, 거기에서 다시 중하층과 하층으로 전락의 과정을 밟고 있음을 위의 글들이 입증하고 있다. 그러나 비록 가난해졌다 해도 그는 예술가로서의 명성을 가지고 있었고, 인텔리층에 속했기 때문에 졸라의 분류법에 의하면 서민이 아니라 클로드 랑티에처럼 기타 계층에 속한다. 花袋와 藤村과 유사한 계층에 속하는 것이다.

자연주의 시대의 그의 계층은 상층에 속했다. 그 당시의 문인들의 계층에 대하여 동인은 '유산유식有産有識계급이나 무산유식無産有識계급'이

---

176) 평양 성내 주택지로는 한 군데밖에 없는 곳에 사四백여 평을 점령하고 있던 그 커다란 저택, 아버지가 짓고, 내가 자라고, 결혼하고 내게는 가장 보배인 한 아들과 한 딸을 얻은 그 집도 '공연히 커다란 집을 쓰고 있을 필요가 없다'.라는 체제 좋은 핑계 아래 영구히 내 손에서 떠났다.　　　　　　　　　　　　　　'어즈러움' "전집" 6, p.413.

177) 8대를 평양에서 살았다면 성실한 중인계층에서 크게 벗어나지 않았으리라 추측된다. (김윤식, '김동인연구' "한국문학" 통권 135, p.386) 김윤식은 그의 집안이 양반이 아니라 중인계층이라고 보고 있다. 동인 자신도 이 점은 인정하고 있는 만큼 그의 계층은 부르조아일 뿐 양반은 아니다.

178) 그의 수면제 사용법의 난폭함은 다음 글에서 잘 나타난다.
'어떤 催眠劑를 얼마씩 쓰오?'
'에달린을 처음에 한 그램强쯤 쓰고 한시간 가량 기다려서 잠들면 그 뒤에는 짐작으로 손으로 집어서 먹고 또 먹고 잠이 들 수 있게 되도록 먹소.' 교수는 이 난폭한 나의 약 사용법에 경이의 눈을 던졌다. …… '그렇게 규칙없이 약을 쓰므로 지금 같이 약 없이 못 자게 되었소. 대체 최면약이란 다 극약인데 그런 약을 자유로 구입할 수 있는 당신의 환경이 오늘날 당신의 증세를 낳았소.'　　　　'의사 원망기' "전집" 6, pp.501~502.

었다고 말하고 있다.[179] 그 자신은 전자에 속한다. 1920년대 초의 문인 중에서 '암흑의 계급'[180]에 속하는 진짜 프롤레타리아는 서해曙海밖에 없었다.

출신계급으로 볼 때 동인은 졸라보다 높다. 그는 花袋와 藤村의 계층과 유사성을 지니며 경제적으로는 그들보다 높은 편에 속한다. 그러나 생애의 끝부분에 가면 동인과 그들의 경제적 측면은 전도된다. 졸라는 훈장까지 받은 부유한 문인이 되어 있었으며, 일본의 두 문인도 계층의 상승면에서는 졸라와 유사하다. 동인만이 하락의 과정을 밟고 있는 것이다. '태형'은 그가 경제적으로 절정에 있던 시기의 작품이다. 따라서 주동인물의 계층도 상층 부르조아에 속한다.

(2) 비자전적 소설의 경우

작가와 무관한 인물을 주인공으로 한 소설에서는 계층이 최하층으로 나타나는 것이 동인의 특징이다. 외적 갈등을 다룬 소설의 경우는 거의 예외가 없다.(졸저, "한국현대작가론", pp. 165~72) '감자', '송동이' 등이 그 전형적인 예가 된다. 김동인의 이 계층의 인물의 채택은 의식적 선택이라는 것을 다음 말들에서 파악할 수 있다.

---

179) "조선근대소설고" "전집" 6, p.154.

180) 당시의 우리 문단의 중견 소설가로서는 춘원, 상섭, 빙허, 죽은 도향 및 여余의 5인으로서 그 환경과 빈부의 차는 각이各異하다 하나 다 고이고이 자라난 서생 출신에 지나지 못하였다. 따라서 그 작품에 나타난 배경은 대개가 유식계급이었다. 그러나 서해는 그렇지 않았다. …… 노령露領과 만주를 빈貧과 한寒에 떨면서 방랑하고 승僧이 된 때도 있었으며 일시 아편중독자까지 되어 본 일이 있는 서해는 인생의 갖은 암흑면을 다 본 사람이었다. 따라서 그의 작품에 취급된 사회는 인생의 암흑한 계급이었다.   '작가 4인' "전집" 6, p.249.

① 한국 근대소설의 원조의 영관榮冠은 '이인직李人稙'의 '귀鬼의 성聲'에 돌아갈 밖에는 없다. 당시의 많은 작가들이 모두 작중 주인공을 재자가인才子佳人으로 하고 사건을 선인피해善人被害에 두고 결말도 악인필망惡人必亡을 도모할 때에 이 작가만은 '귀의 성'으로써 학대받는 한 가련한 여성의 일대를 우리에게 보여주었다.181)

② 인도주의와 소설을 연결하여 보기에는 춘원春園이 먼저 착수하였다. 그러나 춘원은 너무나 위선적 다기多氣가 많고 미에 대한 욕구적 감각이 너무 많았다. 그는 인도주의를 선전키 위하여 작중 주인공을 선자善者나 위인이나 강자로 하였다. 그러므로 거기 나타난 것은 과장된 영웅 숭배적 문헌이나, 아무 열이 없는 선전문이 되어버렸다. 늘봄은 주인공을 약자로 하였다. 악인(비도덕적 의미의)으로 하였다. 그러기에 그가 보이려고 한 선이 명료히 보였다.182)

동인의 첫 소설의 제목이 '약한 자의 슬픔'인 것을 상기할 때, 가난하고 약한 자들을 주인공으로 택한 것은 의식적인 선택이었음을 알 수 있다. 그는 노동자를 주인공으로 한 소설을 쓴 일도 있다. 그러나 그것은 약한 자의 계층에 대한 계급의식과 연결되지는 않는다. '감자'에서 자기가 그리려 한 것은 '무지의 비극이었다'고 작가가 말하고 있기 때문이다. 계층만 가지고 '배회俳徊'를 좌경의 징조로 간주하는 비평가들을 동인은 '군맹

181) '조선근대소설고' "전집" 6, p.145.
182) '조선근대소설고' "전집" 6, p.154.

무상群盲撫象'에 비유하고 있는 사실도 그것을 입증한다.[183]

  최하층의 생활을 그리되 계급의식과는 관계없다는 점은 자연주의 문학의 공통의 특징이다. 졸라는 만년에 사회주의로 경도되나, 그때는 이미 자연주의의 전성기는 지난 시기였다. 계층 면에서는 프로문학과 자연주의가 유사하지만, 계급의식과 인물의 계층이 결부되지 않은 점에서 그들은 구별된다. '감자' 계열의 소설은 계층 면에서만 프로문학과 공통된다. 액자소설의 경우에는 ①과 ②가 복합적으로 나타나는 것이 특징이다. 대체로 외화外話의 인물은 ①에 속하며 내화內話의 인물은 ②에 속한다.

  '복녀'는 계층적으로 볼 때 '제르베즈'나 '제르미니'와 같다. 도덕적으로나 경제적으로 다 같이 최하층에 속하는 인물이다. 따라서 불란서의 자연주의와 그 계층이 같다. '김연실'은 계층이 복합적이다. 하급 관리의 서녀니까 출신계급으로는 최하층이지만 교육 정도나 경제적 측면은 상층에 속한다. 동인과 유사한 계층인 것이다. 전주사(명문)도 역시 복합적이다. 그는 상층 부르조아 출신이지만 직업은 소상인이다.

  동인의 경우에는 자전적 소설과 비자전적 소설의 인물들의 계층에 격차가 크다. 일본의 경우는 그렇지 않다. '파계'나 '시골 교사'는 모두 시골 초등학교의 교사가 주인공이 되고 있으며, 도덕적인 측면에서도 타락한 양상은 나타나지 않는다. 자전적 소설의 인물들과 거의 유사한 계층에 속하고 있어, 동인의 경우처럼 격차가 나타나지 않는다. '감자' 계열의 인

---

183) "배회徘徊라는 소설을 썼다. / 인텔리 청년이 생활난으로 고무 공장 직공이 되었다.
…… 그의 타락의 경로를 그린 소설이다. / 그때 평자들은 무엇이라 했는가? / '이 브르조아 청년이 직공을 주인공으로 삼은 소설을 쓴 것은 대전향이다. "전집" 6, p.623.
'감자'를 썼을 때도 비슷한 반항이 일었다고 작가는 말하고 있다. "전집" 6, p.622.

물들은 도덕적으로나 경제적으로 이들과는 같지 않다.

끝으로 지적해야 할 것은 일본 자연주의의 주인공의 성별이다. 일본 자연주의는 거의 남자를 주인공으로 하고 있는 것이 특징이다. 하지만 결정론에 역점이 주어진 소설에서는 여자 쪽이 우세해지는 것이 상례다. 동인의 경우도 이와 유사하다. 일본만이 예외적이다.

2) 배경의 협소성

김동인의 경우에도 배경의 당대성의 문제는 불란서나 일본과 공통된다. 역사소설을 제외한 중·단편의 경우, 대부분의 소설이 당대를 시간적 배경으로 채택하고 있다. 공간적 배경도 동일하다. 대부분의 소설이 작가의 고향인 평양과, 작가가 30년대부터 살아온 서울을 무대로 하고 있다. 그러나 서울은 자연주의 시대가 끝난 후에 정주하였기 때문에 이 계열의 소설에는 등장하지 않는다. '감자'와 '태형'은 둘 다 평양을 배경으로 한 소설이다. 김동인에게는 이 밖에도 평양을 배경으로 한 소설이 많다. '배따라기'와 '눈을 겨우 뜰 때'같은 작품이 그것이다. 이 두 계열의 소설은 같은 도시를 배경으로 했지만 그 배경의 성격은 아주 판이하다. 후자의 경우 평양은 심미적 감정의 대상인 데 반하여, 전자의 평양은 생존권을 위한 투쟁의 장소로 나타나는 것이다. 김윤식 교수는 김동인과 평양의 관계를 후자의 계열과 연결시켜 파악하고 있다.

①'주요한'에 있어 대동강은 고향이되 고향이 아니지만, '김동인'에 있어 대동강은 바로 고향이었다. 대동강 속에 어머니가 있고 맞서야 될 맏형이

아버지모양 버티고 있고, 동생과 누이가 있고, 심지어 주요한조차 대동강에만 있었다. 김동인의 순문학은 그가 평양에 있을 동안에 씌어졌다. 그가 평양을 떠나 서울로 이사 간 1932년 이후엔 엄밀히 따지면 역사물(소설) 이외엔 순문학을 쓰지 않았다. 대동강을 떠나면 순문학은 불가능했기 때문이다. 서울로 이사 간 후 김동인 문학은 좋게 말해 역사소설, 나쁘게 말해 '야담'으로 일관했다.[184)

② 대동강의 흐름을 묵묵히 지켜보는 일은 하릴없는 사람들만이 할 수 있는 삶의 방식이다. 그것은 일상적인 삶에서 벗어난 세계이다. '주요한'이 일상적 삶을 문제삼은 것과 정반대인 것이다. 일상적 삶을 떠난 곳에 놓여 있는 멋이 기생이고 예술이다. 평양의 명승이라는 청류벽의 웅雄 부벽루의 미美, 모란봉의 절絶, 을밀대의 기奇, 능라도의 묘妙 등등은 기생과 더불어 있을 때 한층 분명해지고 일층 돋보이는 것이다. 그것은 예술이다. 그것은 허무이다. 적어도 '김동인'이 말하는 대동강이란 그런 뜻에 해당되고 있다. 그러니까 '김동인'이 혼신의 힘을 기울여 그토록 자부해 마지않는 '순문학'이란 일상적 삶의 세계와 전혀 관계없는 것이다.[185)

이 글에서 김 교수는 '평양 = 대동강 = 축제 = 순문학'의 공식을 도출해냈다. 후자의 소설들이 그 예를 제공하고 있는 만큼 김 교수의 의견에는 타당성이 있다. 그러나 그것은 '배따라기' 계열의 소설에만 해당된다. 전자의 계열에서는 그런 면이 전혀 드러나지 않기 때문이다.

---

184) 김윤식, '김동인연구' "한국문학" 137호, p.388.

185) 같은 책, p.390.

'태형'의 경우에는 평양은 놀이의 장소일 수 없다. 그곳은 놀이와는 너무나 인연이 먼 장소이기 때문이다. '배따라기'와 '태형'의 성격적인 격차는 두 소설의 서두에서부터 노출된다.

① 좋은 일기이다.

이날은 삼월삼질, 대동강에 첫 뱃놀이하는 날이다.

나는 이러한 아름다운 봄경치에 이렇게 마음껏 봄의 속삭임을 들을 때는, 언제든 유토피아를 아니 생각할 수 없다.[186]

② "기쇼오起床!"

잠은 깊이 들었지만 조급하게 설렁거리는 마음에 이 소리가 조그맣게 들린다. 나는 한 순간 화다닥 놀래어 깨었다가 또다시 잠이 들었다.[187]

①의 서두는 자연묘사에서 시작된다. 봄과 뱃놀이와 유토피아에의 동경이 하나로 융합되어 있는 축제의 장소로서 평양이 묘사되고 있는 것이다. 따라서 그 배경은 무한과 닿아 있다. 강물과 하늘의 끝없는 넓음과 무형성無形性이 제시되어 있다.

②는 구령에서 시작된다. 구령과 매질과 공포가 지배하는 형벌의 장소로서 감방이 묘사된다. '태형'에 그려져 있는 공간은 감옥 전체가 아니라 감방이다. 그것은 주거공간으로서는 최저의 단위가 되는 곳이다. 다섯 평도 못 되는 방에 마흔 한 사람이 수용되어 있다. ①의 하늘의 무한

---

186) "전집" 5, p.120.

187) "전집" 5, p.129.

성은 ②의 유한성의 최저단위와 극단적인 대조를 이룬다.

따라서 ②에서는 배경의 협소성이 눈에 띈다. 藤村의 '옥내'보다 더 협착한 최저한도의 공간이 배경으로 채택되어 있는 것이다. 藤村의 '옥내'가 여기에서는 '방'으로 다시 축소되었다. 감방 밖의 일은 일체 제거해 버리고 방안에서 일어나는 일만 다루고 있기 때문에 디테일의 정밀한 묘사가 여기에서만은 가능하다. 시야가 한정되어 있기 때문이다.

'배따라기' 계열에서는 나타나지 않는 배경의 협착성이 '감자' 계열에서 나타나고 있다. 디테일의 정밀묘사를 필수조건으로 하는 리얼리즘계의 문학이 단편소설이라는 장르를 택하였기 때문에 대상공간의 협소성이 요구되는 데 그 이유가 있다고 할 수 있다. '옥내'와 '방'의 관계는 '집'과 '태형'의 스케일의 비율과 병행되고 있기 때문이다.

배경의 협착성은 '감자'의 경우에도 해당된다. 칠성문 밖의 빈민굴로 무대가 한정되어 있기 때문이다. 배경의 협소성과 고정성은 단일한 배경을 필수조건으로 하는 단편소설의 숙명이라고 할 수 있다. 그러나 동인의 경우 '배따라기'계열에서는 그런 현상이 나타나지 않기 때문에, 이 점은 디테일 묘사의 문제와 연결시켜 고찰하는 것이 타당하다고 생각한다.

'감자'와 '태형'의 배경의 또 하나의 공통점은 그곳이 놀이와는 동떨어진 장소로 설정되어 있다는 점이다. 최저한도의 생존권의 확보를 위한 싸움이 인간을 짐승으로 퇴화시키는 장소라는 점에서 빈민굴과 감방은 공통성을 지닌다. 놀이와의 절연성은 '배따라기' 계열의 배경과는 달리 이 두 소설에는 자연이 그려져 있지 않다는 데서도 나타난다. 자연이 그려질 여건이 아닌 감방의 경우는 제외한다 하더라도 칠성문 밖의 빈민굴은 채마밭과 인접해 있다. 그런데도 자연의 아름다움에 대한 묘사는 찾을 수 없다. 기자묘의 장면도 마찬가지이다. 기자묘는 송충이를 잡는 장소로서만 등장한다.

이런 공통성들이 자전적 소설인 '태형'과 비자전적 소설인 '감자'를 한 줄로 묶는 일을 가능하게 하는 요인이 된다. 주인공의 계층의 격차에도 불구하고 이 두 소설은 배경 면에서 공통성을 나타낸다.

그 다음에 지적해야 할 것은 이 두 소설이 모두 도시의 부정적 측면을 나타내는 배경을 채택하고 있다는 점이다. 프라이N. Frye의 지적대로 감옥과 빈민굴은 도시의 악마적 이미지를 상징하는 곳이다.[188]

배경의 다양성과 광역성을 통해서 나타나는 졸라의 사회의 벽화를 그리려는 시도는 김동인의 경우에는 해당될 수 없다. 장르의 협소성 때문이다. 그런 시도는 '잡초'에서 엿보이고 있으나 이 소설은 서두만 쓰고 중단되었기 때문에 사회의 전모를 그리려는 시도는 그것으로 좌절되어 버렸다. 단편소설이 순수소설을 대표하는 풍토에서 사회의 전체성totality을 재현한다는 것은 불가능한 작업에 속한다.

끝으로 부언할 것은 동인의 사회성 결여다. '감자'나 '태형'의 비극도 타인과의 연관성으로 확산되지 않고 어디까지나 개인적인 것으로 파악되어 있다. 인간의 횡적인 관계에 대한 인식이 희박한 것은 동인 문학의 일관되는 특징이다.

배경의 당대성과 근접성, 도시적 배경의 채택 면에서 동인은 졸라와 공통된다. 그러나 배경의 스케일은 현격한 차이를 나타낸다. 그것은 장르의 차이에 기인한다고 할 수 있다. 일본과 비교할 때도 유사한 현상이

---

188) Nature, is unnatural as well as inhuman. Corresponding to the temple or one building of the apocalipse, we have the prison or dungeon, the sealed furnace of heat without light, like the 'City of dis' in Dante.　*Anatomy of Criticism*, p.150.

나타난다. 작품의 스케일의 차이는 이 경우에도 해당되기 때문이다. 졸라는 20권의 장편소설을 한데 묶어 한 시대의 벽화를 그려 냈고, 藤村과 花袋는 장편이나 중편을 통하여 '옥내'의 풍경을 그렸다. 동인은 단편소설을 썼기 때문에 감방 안과 빈민굴로 배경을 더 축소시켰다. 그러나 사회성의 결여는 전적으로 장르의 협소성에만 기안하는 것이 아니다. 1920년대의 작가 중에서 동인은 가장 자기중심적인 인물이다. 그에게는 사회의 대한 관심이 없다. 이 점에서 그는 花袋, 藤村의 문학과 유사성을 지닌다.

3) 성의 추상성

김동인의 문학이 자연주의와 연결되어 논의되는 중요한 항목 중의 하나는 인간의 생리에 대한 인식이다. 인간의 생리에 대한 긍정이 인간의 수성獸性에 대한 긍정을 의미하는 것이 자연주의의 특성이다. A. 라누의 말대로 그것은 폭력과 성으로서 대표된다. 그 중에서도 성에 대한 관심의 노출은 모든 나라의 자연주의가 가지고 있는 공통특성을 형성한다.

일본의 경우도 마찬가지였음은 앞에서 보아 온 바와 같다. 그러나 일본의 경우 인간은 수성에 관한 금기 파기의 양상은 소극적이며 미온적인 것이었다. '성性', '육肉', '성욕' 등의 어휘가 구호로서 빈번하게 사용된데 비하여 실지로 작품 속에 나오는 성의 실상은 '이불'의 가버린 여자의 이불을 안고 우는 정도에서 끝나고 있다. '집'의 경우도 이와 유사하다. 남자들의 성적인 방종이 다루어지고 있지만 남녀의 육체적 교섭의 장면은 모두 생략되어 있다.

김동인의 '감자'는 '집'과 유사하다. 유부녀의 매음을 다루고 있지만 성에 관한 묘사는 간접적으로 처리되어 있다. 그러나 '김연실전'의 경우는 이와 반대이다. 남녀의 가장 추잡한 성희의 장면이 노골화되어 있다. 연실의 아버지와 소실과의 관계가 그것이다. 뿐만 아니라 김연실 자신이 처녀성을 상실하는 장면도 사실적으로 묘사되어 있다.

김연실에게 있어 정조의 상실은 머리 모양이 흐트러지는 것보다도 대수룹지 않은 일로 나타난다. 김동인은 인물들의 정조관을 '대소변보다 비밀히 해야 하는 일'[189] '3박자 같은 좋은 일'("전집" 5, p.216) 등으로 표현한다. 이런 견해가 연실이나 복녀만의 것이 아님을 '춘원연구'에 나오는 다음 구절에서 엿볼 수 있다.

독자가 일찍이 안 바의 유순이는 비록 허숭이가 일시적 양심 마비로서 '유순과 肉交를 하였다 할지라도 유순은 그것을 일종의 신식체조쯤으로 여길 만한 순진한 소녀였었다.[190]

이것은 동인 자신의 견해이다. 유순은 순진하기 때문에 肉交를 '신식체조'로 여겨야 옳다는 것의 그의 정조관이다. 연실이나 복녀의 정조관이 작자의 그것의 투영임을 이로 미뤄 알 수 있다. 김동리 씨가 그를 '음란과 쌍말에 철徹해 있는' 작가로 평가한 이유가 거기에 있다.

---

189) 그날 당한 일이 연실에게 정신상으로는 아무런 충동도 주지 못하였다. …… 연실에게 말하라면, 사람이 대소변을 보는 것은 저마다 하는 일이지만, 남에게 보이기는 부끄러워하는 것과 마찬가지로, 이 일은 좀더 대소변보다 비밀이 해야 하는 일이지만, 저마다 하는 일쯤으로 여겨졌다.   '김연실전' "전집" 4, p.186.

190) '춘원연구' "전집" 6, p.140.

김동인에게 있어 남녀관계는 성관계만을 축으로 하여 처리되어 있는 것이 상례이다.[191] 그의 소설에는 플라토닉 러브는 없다고 해도 과언이 아니다. 그런데도 불구하고 이상하게도 그의 소설에는 점액질의 끈적끈적한 분위기가 없다. 이유는 그가 성을 추상적으로 받아들이고 있는 데 있다. 그에게는 여체미에 대한 불감증 증세가 있다.

① 여성미라는 것은 모두 성적 쾌감이 나은 불구적 관념으로서, 참사람으로서의 미는 다만 완전한 체격을 가진 사내에서만 볼 수 있는 것이외다. 미켈란젤로의 모든 조각과 비너스의 대리석상을 볼 때에 우리는 이것을 가장 똑똑히 느낍니다.[192]

② 여성의 나체를 우리가 변능성욕이라는 그물을 온전히 벗어버리고 공평히 볼진대, 어디가 미美입니까.[193]

위의 글에서 보면 김동인은 여성의 육체의 아름다움보다는 남성미를 예찬한 인물임을 알 수 있다. 뿐만 아니라 그는 여성미에 탐닉하는 것을 변태성욕으로 처리하고 있다. 그에게는 가치에 대한 감각이 전도되어 있는 경우가 많다. 일반이 충신이라고 생각하는 사람을 그는 逆臣으로 생각하고, 법에서 범죄자로 보는 인물을 동인은 언제나 무죄로 보고 있

---

191) 동인은 양성관계를 언제나 성욕으로 처리하고 있다. 그는 자기에게 보낸 어느 여류문인의 연애편지를 '성욕에 미칠 듯한 글'이라 평하고 있다. 「문단30년사」 "전집" 4, p.49. 그에게는 감정적인 사랑도 가지고 있는 양성관계가 거의 없다.

192) '변태성욕' "전집" 6, p.436.

193) 같은 글, "전집" 6, p.435.

다. 이런 가치의 전도양상이 여체미의 항목에 나타나면 여체를 찬양하는 남자는 모두 변태성욕자이고 동인처럼 남성의 나체를 사랑하는 일이 정상적으로 간주된다. 여체미에 대한 불감증과 함께 지적해야 할 또 하나의 특징은 그의 여성에 대한 무지이다. 사랑에 대한 동인의 경험이 불모의 상태임을 나타내는 대목은 얼마든지 있지만 몇 개만 예시하면 다음과 같다.

① 개짐승까지 연애를 중지하려는 첫여름에 사람에게 연애관을 묻는 것은 잘못이외다. / 더구나 짝사랑과 실연의 역사밖에는 가지지 못한 나에게 연애관을 묻는 것은 온당치 못할 것이외다. / 왜 그러냐 하면은 나의 경우로서 짜낸 나의 연애관은 확실히 꾀어졌을 것이니까요.[194)

② 그 시대도 여성들에게 들리워서 기쁘게 살아가는 사람에게는 어찌 생각될지 모르나, 여성의 연이 적은 나 같은 사람에게는, '여성미'와 '나체미'라 하는 말은 황송하도록 고맙게 드립니다.[195)

③ 나의 마음은 외로왔다. 연애라는 것을 한 센티멘탈한 희롱으로 보고, 연애는 젊은이를 늙은이로 만드는 귀찮은 기관이라고만 보던 나는 이때 뿐은 애인이 그리웠다.[196)

---

194) '범의 꼬리와 연애' "전집" 6, p.425.
195) '변태성욕' "전집" 6, p.433.
196) '행복' "전집" 6, p.428.

④ 그 결혼을 맺는 날까지의 십 년에 가까운 날짜를 많은 불만과 불평 가운데서 자기의 외롭고 편찮은 마음을 한낱 술로써 모호히 하던 나 같은 사람은 과연, 두 번째의 결혼이라는 무서운 문제 앞에 설 때는 생각하기 전에 먼저 몸을 떨지 않을 수가 없습니다. 저의 아내가 달아나 버린 뒤에 삼년에 가까운 날짜를 결혼이라는 것을 생각도 안하고, 나의 두 어린 자식의 양육에만 힘을 쓰고 있던 그 사이의 나의 태도는 여기서 출발한 것이었습니다.[197]

①에서 동인은 자기가 연애를 한 일이 없음을 고백하고 그로 인해 자기의 연애관이 비뚤어졌을 가능성을 시인하고 있다. ②는 여성과의 인연의 희박함을, ③은 그의 말대로 비뚤어진 연애관 때문에 생기는 고독감을 고백하고 있으며, ④에서는 결혼의 실패에서 오는 여성 공포증을 노출시키고 있다.

위의 글에서 보면 그는 여성과의 인연이 없는 인물로 나타난다. 그렇다면 '한 끝으로 만나서 한 끝으로 사라져 버린 여인의 수효는, 萬으로써 헤지 못할 것이다.'(전집 4, p.223)라는 말과 '여인'에 나타난 그의 다채로운 여성편력의 기록들은 어떻게 해석될 수 있을까 하는 문제가 생긴다.

나의 눈에 비친 연애는 재미있는 장난감이외다. 그러나 또한 괴로운 장난감이외다.[198]

이 글에서 연애가 그에게 있어 장난감이었음을 파악할 수 있다. 그 중

---

197) '약혼자에게' "전집" 6, p.467.
198) '범의 꼬리와 연애' "전집" 6, p.425.

에서도 '괴로운 장난감'인데 동인은 그것을 가지고 너무 오래 놀다가 파탄에 이른다. 그것은 그가 미美의 사도가 되기 위해 필요한 과정이었다.

그의 방탕이 육체적 욕구보다는 이념의 실천과 밀착되어 있다는 사실은 김연실의 경우를 분석해 보면 알 수 있다. 정형기 씨가 지적하고 있는 것처럼 '동인'과 '연실'은 많은 유사성을 가진 인물이다. 그들은 고향이 같고 유학시기도 비슷하다. 연실의 어머니는 소실이었고, 동인의 어머니는 후처였다. 학교를 그만 둔 동기도 비슷하고, 동경을 탈출구로 본 것도 비슷하다.(앞의 글 "東岳어문논총", p.267 참조)

이성과의 관계에서도 그들의 유사성은 노출된다.(졸고 '에로티시즘의 저변底邊 "한국현대작가론", pp.78~84 참조) 이성에 대한 불감증[199]과 신념에 입각한 방탕[200], 대담성 등은 김연실의 특징인 동시에 김동인의 특징이기도 하다. 그는 김연실처럼 이성의 육체에 매력을 못 느끼면서 신념을 위해 방종을 했다. 외견상 방탕의 극점까지 간 것처럼 보이지만 그 행위들은 동인의 본질과 닿아 있지 않았다. 그는 여자를 사랑할 줄 모르는 남자다.(여인 "전집"4 p. 227, 참조)그가 사랑한 유일한 여인은 솔거처럼 어머니다. 그의 성의 노출이 추상적이 되지 않을 수 없는 이유가 거기에 있다.

연애에 대한 그의 생각의 왜곡의 저변에는 춘원의 존재가 도사리고

---

199) "언니, 내 진정으로 말한다면 나는 어디가 좋은지 몰라 '소설에 보면 말도 마음 먹은 대로 못하고 애인의 얼굴도 바로 못 본다는 등 별별 신비스러운 이야기도 다 있는데 나는 아무리 그렇게 마음먹으려 해두 진정으로는 안 그래. 웬일일까?"
연실이 남자와의 성적 교섭에 대해 이렇게 고백하자 상대 여인은 '그럼 너 불구자로구나' 라고 말한다.(김연실전) 그녀는 불감증인데 오로지 문학가가 되기 위한 사명감으로 남성편력을 하는 점에서 김동인의 방탕과 유사성을 지닌다.

200) 김연실은 '문학자가 되기 위해서는 그렇게도 용감스럽게 그렇게도 비위 좋게 능동적으로 정복적으로 남자에게 접근하였지만, 근전과 의식을 위해서는 그럴 용기가 당초에 나지 않았다.   '김연실전' "전집" 4, p.218.

있음도 간과할 수 없다. 그것은 춘원의 플라토닉 러브의 예찬과, 이성에 대한 예찬이 연애소설의 양산으로 나타난 현상에 대한 그의 反춘원적 자세의 결과이기도 하다. 김동인의 하층구조의 노출도는 졸라와 공통분모를 지닌다. 그것은 花袋나 藤村보다 훨씬 적극적이다. 그러나 그 적극성은 추상화된 것이다. 관념적인 것에 불과하기 때문이다.

4) 비극적 종결법

花袋나 藤村의 자연주의기의 소설이 비극성의 약화현상을 나타내고 있는 데 비하면 김동인의 소설에서는 종결법이 비극적으로 나타난다는 점에서 졸라와의 유사성을 드러난다. '감자', '명문', '태형笞刑', '김연실전'의 네 소설에서 비극적 종결법이 나오는 것이다.

① 사흘이 지났다.

밤중 복녀의 시체는 왕서방의 집에서 남편의 집으로 옮겼다. 그리고 시체에는 세 사람이 둘러앉았다. 한 사람은 복녀의 남편, 한 사람은 왕서방, 또 한 사람은 어떤 한방 의사…….

왕서방은 말없이 돈주머니를 꺼내어, 십 원짜리 지폐 석 장을 복녀의 남편에게 주었다. 한방 의사의 손에도 십원짜리 두 장이 갔다.

이튿날, 복녀는 뇌일혈로 죽었다는 한방의의 진단으로 공동묘지로 가져갔다.[201]

---

201) '감자' "전집" 5, p.218.

② '아니다. 아니야. 이말 저말 할 것 없이, 네 생애 가운데 그 중 양심에 유쾌하던 일이 제5, 제6, 제7의 계명을 범한 것이니깐, 딴 것은 미루어 알 수가 있다. 애, 이 혼을 지옥에 데려가라'

'그러나 세상에서나 그렇지, 여기는 명문과 규율밖에 더욱 긴한 것이 있지 않습니까?'

하나님은 눈을 내려뜨고 잠시 동안 전주사의 혼을 내려다보다가 웃었습니다.

'하하하! 여기도 법정이다.[202]

③ 히도오쓰(하나), 후다아쓰(둘)

간수의 헤어나가는 소리와 함께,

'아이구 죽겠다. 아이구 아이구!

부르짖는 소리가 우리의 더위에 마비된 귀를 찔렀다. 그것은 데 맞는 사람의 부르짖음이었다.

그는 이 말을 채 맺지 못하고 초연히 간수에게 끌려 나갔다. 그리고 그를 내어 쫓은 장본인은 이 나였었다.

나의 머리는 더욱 숙여졌다. 멀거니 뜬 눈에서는 눈물이 나오려 하였다. 나는 그것을 막으려고 눈을 힘껏 감았다. 힘차게 닫힌 눈은 떨렸다.[203]

④ 처녀라? 삼십 처녀가 …… 가엾어라!

그 날도 그만치 해 두고 집은 얻는다 안 얻는다 말없이 또 갈리었다. 또

---

202) '명문' "전집" 5, p.226.
203) '태형' "전집" 5, p.138.

이튿날 '연실'이는 또 갔다. 그 날 이런 말이 있었다.

　'과부 홀아비 한 쌍이로구면…'

　'그렇구려!'

　'아주 한 쌍이 되면 어떨까?'

　'것도 무방하지요.'

　이리하여 여기서는 한 쌍의 원앙이가 생겨났다.[204]

　①은 감자다. 낫에 찔려 죽은 주인공이 시신이 매매되고 있다. ②는 '명문'이다. 선행을 했다고 확신하고 있는 전주사의 영혼이 하늘의 법정에서 참패를 당하는 장면이다. 그는 지상에서 사형을 당했을 뿐 아니라 하늘나라에서도 지옥행을 명령 받는다. ③은 '태형'이다. 자신이 내쫓은 70노인이 태맞는 소리가 들려온다. 짐승같이 되어 버린 자신의 행위에 대한 후회가 주인공의 눈에서 눈물을 자아내게 하고 있다. ④는 '김연실전'의 끝부분이다. 기고만장하던 신여성이 여왕의 지위에서 집주름의 아내로 전락하고 있다.

　비극적 종결법은 이 소설들에서만 국한되어 있지 않다. 동인의 다른작품도 비극적으로 끝나는 경우가 많다. 만주 벌판에서 중국인에게 몰매를 맞아 허리가 꺾여 죽는 익호('붉은 산'), 눈먼 처녀의 초상화를 안고온 장안을 헤매 다니다가 미쳐서 죽은 솔거('광화사'), 마흔 다섯 살에 사형대의 이슬로 사라진 최서방('포플라'), 뉘우침을 안고 끝없이 유랑하는 뱃사공('배따라기') 등 그의 대표적인 소설들은 거의가 다 비극적인 종막을내리고 있다. 김동인의 소설이 죽음의식tanatos과 더불어 연구되는 일이

---

204) '김연실전' "전집" 5, p.221.

많은 이유가 거기에 있다.

이런 경향은 동인만의 것이 아니다. 전영택의 초기소설도 주인공의 죽음으로 끝나는 것이 많다. 서해의 초기작품도 마찬가지다. 자연주의 시기는 방화살인소설이 우후죽순같이 생겨나던 시기였다. 프로문학에 가면 그런 현상은 '살인이나 방화로 끝이 나지 않으면 프로의 작품이 아니라는 괴상한 관념'으로 발전한다.

> 첫째, 20년대를 중심으로 하여 우리의 소설사는 죽음에 대한 편만된 강박의식을 갖게 되었다는 점이다. 이 점은 전대의 소설과 상당한 단층을 드러내는 문제다. 이런 현저한 죽음의 투영현상은 과거의 소설로부터의 두드러진 변화의 모습, 즉 이른바 문학의 근대성의 한 징표가 될 뿐 아니라 삶에 대한 비극적인 감각이 그만큼 확산되고 있음을 의미한다.[205]

이재선李在銑 교수는 1920년대의 죽음에 대한 강박의식을 문학의 근대성의 징표로 보고 있다. 김동인의 경우는 그것이 계급의식과 결부되지 않고 결정론적 사고와 결부된 점이 프로문학과 다를 뿐이다.

5) 단편소설과 순수소설의 동일시 경향

김동인의 소설이라는 장르에 대한 확고한 의식을 가진 작가이다. "창조"를 시작하기 전부터 동인은 자신의 방향을 소설가로 확정했으며 '소

---

205) 이재선, 앞의 책, p.263.

설이 아닌 外入을 한 일이 없다'[206]고 '계란을 세우는 방법'에서 30년의 문필생활을 회고하면서 말하고 있다. 그는 소설이 문학의 '화형花形("전집" 6, p.23)이며, 20세기를 대표하는 장르임을 인식하고 있는 작가였다.[207]

이 점에서도 그는 졸라의 반시성反詩性과 상통한다. 시는 가장 비일상적인 언어를 상용하는 장르이기 때문에 현실모사의 문학과 시는 상극되는 것이 원칙이다. 일본 자연주의의 친시성親詩性은 일본 자연주의의 반자연주의적 성격을 의미한다. 그것은 花袋나 藤村이 자전적인 사소설을 쓴 사실과 유기적 관계를 가지고 있다. 졸자가 외부적 현실의 전모를 모사하기 위하여 20권의 장편소설을 한데 묶은 연작소설을 쓴 데 반하여 일본의 두 작가는 인물의 내면성에 대한 집착을 버리지 못하고 있었던 것이다. 이 사실은 그들이 서정시인 출신인 것을 상기시킨다. 동인은 反시적이었을 뿐 아니라 反서정적인 작가다.

김동인의 소설 장르에 대한 인식은 장편소설에 대한 기피증을 함유하고 있다. 그는 장편소설 = 신문소설 = 통속소설의 고정관념을 지니고 있다.[208] 그것은 1920년대의 한국에서는 진리였다. 장편소설의 발표기관

---

206) 여余는 과거 30년 간 오직 문학도文學道 위에서 살았다. 때로는 사담史談이며 대중소설에도 손을 붙였지만 그것도 문학도와 문학도 중에서도 오직 소설도小說道요, 같은 문학도 가운데서도 시며 극이며 다른 외입을 한 일이 없다.
　　　　　　　　　　　　　　　　　　　　　'문단30년사' "전집"6, p.660.

207) 극시가 차차 낡아가고 또 다른 문예를 인류가 기다리고 바라라 때에 이 요구에 응코자 인류생활사면에 나타난 것이 문예의 총아 소설이다. 19세기로부터 20세기에 걸쳐 우리 인류가 가진 대표적 문예는 '소설'이다.　　　　　"전집" 6, p.174.

208) 어떤 특유한 목적(예술적 감흥 이외의)을 가지고 그 목적을 달성키 위하여 제작된 것이 신문소설인지라 신문소설은 엄격한 의미로 말하자면 문예 부문에 속한 자가 아니라 할 수도 있다. 그것을 마치 어떤 정치적 목적을 위하여 쓰여지는 종류의 소설과 같이 문예부문에서는 완전히 제외하여 버려도 괜찮은 종류의 소설이다.
　　　　　　　　　　　　　　　　　　　　'소설계의 동향' "전집" 6, p.170.

이 신문밖에 없었고, 신문사는 판매부수를 늘리기 위하여 신문소설에 통속성을 요구하고 있었기 때문이다. 그래서 가난 때문에 할 수 없이 신문소설을 쓴 일을 동인은 여러 곳에서 훼절이라고 말하고 있다.[209]

그 다음에 남는 것은 중편이다. 동인의 '약한 자의 슬픔', '마음이 옅은 자여'는 모두 중편이다. 그러나 동인지에 중편을 싣는 것은 그가 "창조"의 출자자였기 때문에 가능했던 특별한 여건이었다. 문인의 수가 늘고 발표지면은 줄어들자 작가들은 모두 단편을 쓰는 수밖에 없었다.

　　김동인은 一九二 년대의 한국에서 인가의 힘으로 생겨난 유일한 언론기관이 동아일보였는데 그 동아일보가 솔선하여 통속소설과 강담講談으로 대중에게 아첨하여 '신문소설이란 것은 흥미 중심의 통속소설이 아니면 안 된다'는 통념通念을 만들어 내어 한국 장편소설의 앞길을 막아 놓았다고 비난(문단30년의 자취)하는 말을 한 일이 있다. 따라서 이런 여건 밑에서 신문학의 갈 길은 정기간행의 확률이 불확실한 동인지밖에 없었고, 이런 상황이 부득이 단편소설로 문학의 주류가 전이된 계기가 되었다.[210]

　　그 결과로 한국의 단편소설은 길이가 길어졌다.

　　차편此篇은 사실을 부연敷衍한 것이니 마땅히 장편이 될 재료로되, 학보

---

209)　춘원은 또는 요한은 나더라도 '동아일보'에 소설을 쓰라고 몇 번 말하였다. / 그러나 문학의 길에 대하여 청교도 같은 주장을 가지고 있던 당년의 나는 '동아일보'가 고답적 소설을 용인하지 않는 한, 나는 거기 붓을 잡을 수 없노라고 내내 사절하였다. …… 아래 다시 쓸 기회가 있겠거니와, 당년에 그렇듯 프라운하던 내가 돌변하여 역사소설로, 史譚으로 막 붓을 놀리어서 적지 않은 사람을 뒤따르게 하여 발전 노정에 있던 신문학을 타락케 한 것은 나로서는 나로서의 이론이 따로 있다할지라도, 또한 스스로 후회하여 마지않는 바이다. 　　　　　　'문단30년사' "전집" 6, p.116.
210)　"전집" 5, p.556, 해설.

에 게재키 위하여 경개梗槪만 서書한 것이니 독자 제씨諸氏는 요해了解하시압.("大韓興學報", 1910년 4월)

이것은 춘원이 단편소설 '무정'을 발표할 때 뒤에 쓴 변명의 말이다. 이 말은 그대로 1920년대의 다른 작가에게도 통용 된다고 볼 수 있다. 발표지면의 제한이 소설의 주류를 장편에서 단편으로 전이시키면서 양을 증대시킨 것이다. 김동인의 경우만 보더라도 한 인물의 전기적인 것을 집약한 단편소설이 전체의 3분의 1에 가까운 분량을 차지한다. '김연실전', '송둥이', '감자', '눈보라', '붉은 산' 등은 얼마든지 장편으로 만들 수 있는 소설들이다. 분량 역시 마찬가지다. 서술의 범위와 장르의 협소성이 상충하고 있다. 그래서 추상적이 되기 쉽다. '복녀'의 도덕관의 변화가 몇 줄로 처리될 수밖에 없는 이유가 거기에 있다. 단편소설은 장르 자체가 리얼리즘과 상극되는 양식이다. 단편소설에서는 현실의 모사가 불가능하기 때문이다.

한국에서는 단편의 양식을 취하지 않고는 순수소설을 쓰는 일이 불가능했기 때문에 순수소설=단편소설의 공식이 생겨난다. 이런 현상은 신문학 50년간을 지속되어 오다가 70년대에 와서 비로소 중·장편의 시대로 접어들게 된다.

그가 한국의 특수한 상황 때문에 부득이하게 단편소설만 썼음은 지면이 생겼을 때 '잡초' 같은 스케일의 서사시적 작품을 쓰려고 했던 점에서도 나타난다. 순문학을 주장한 김동인은 순문학을 지키기 위해서는 단편작가로 시종始終해야 할 운명을 지니고 있었다. 후기後期에 생활 때문에 장편소설을 쓰지 않을 수 없었던 일을 그는 늘 부끄럽게 생각하고 있다. 부득이하게 두 장르를 병행시키면서도 단편소설만이 순수소설이라는 고정관념은 변하지 않고 있은 것이다. 그가 단편소설에 유달리 집착하고 있음은 다음 인용문에서 나타난다.

> 대체 나만큼 단편소설에 엄한 규율을 두고 그 규율로 자기를 결박하고 있는 사람도 쉽지 않을 것이다. 나는 아직껏 단편소설을 씀에 일구일자一句一字라도 덧붙이기를 한 일이 없었으며 그 소설에 영향을 입을 자는 한 자라도 그냥 남겨둔 일이 없었으리만큼 자기의 작품에 대하여 엄격한 사람이었다.[211]

그러나 또 다른 면에서 고찰할 때 단편소설은 김동인의 적성에 아주 잘 맞는 장르였다고 할 수 있다. 김동인은 성급한 성격의 사나이다. 쾌도 난마식의 결판을 요구하는 단편소설의 대담한 성각과 압축은 그의 이런 면과 잘 조화된다. 그가 시간적으로 순행적인 진행법을 채택하여, 한 인물의 전 생애를 단편소설 속에다 담는 데도 처지거나 늘어지는 느낌이 없이 삽상하게 처리될 수 있는 것은, 사건의 요체要諦를 파악하는 비범한 안목과 대담한 생략의 재능 덕분이라고 할 수 있다.

선禪문답과도 같은 암시와 생략 속에서 한 인물의 60생애가 단적으로 포착되어 짧은 지면 속에 요령 있게 수렴되는 그 다이내믹한 템포는 동인만이 가지는 강렬한 동인 미다. 이런 템포와 짧은 문장은 동인의 독보적인 특기이며, 그것이 우연히도 단편소설과 잘 매치되어 부득이하게 씌어졌을지도 모르는 그의 단편소설을 한국 단편문학의 최고봉으로 올려놓는 데 기여하고 있다. 이 템포와 박진력은 동인의 단편 소설이 성공

---

211) '나의 변명' "전집" 6, p.305.

하는 비결이다. 거기 문장의 심플 센텐스가 가세한다. 때로는 한 문장이 단어 하나로 끝나 버리기도 하는 그의 박력 있는 문체는 동인의 특징 중에서도 가장 두드러진 특징이다. 압축과 생략은 그의 문장의 특징인 동시에 구성의 비결이기도 하다.

① 형식상 엄연한 구별이 있다. 간단히 말하자면 장편소설은 비교적 산만한 인성의 기록이다. 그러나 단편소설이란 '단일한 효과를 나타내는 압축된 인생기록'으로서 한 개의 의미를 나타내기 위하여 가장 간단한 필치로 기록된 가장 간명한 형식의 소설이다. 어떤 소설은 독료讀了한 뒤에 독자의 마음에 단일적으로 예각적銳角的으로 보다 더 순수하게 감수感受되는 것은 단편소설이요, 독료후에 침중沈重하게 광의적廣義的으로 산만하게 감수되는 것은 장편소설이다.[212]

② 특별히 잊어서는 안 될 사실이 있으니, 19세기 초부터 에드가 알랜포오를 원조로 하여 시작된 한 소설의 형식 단편소설에 대하여서다. 포오에 연하여 도오데, 모파상, 체홉 등을 지나서 지금의 국제적 소설계는 단편소설 전성임은 그저 넘기지 못할 사실이다.[213]

①은 가장 간명한 양식인 단편소설에 대한 이해가 바르게 되어 있다. 그러나 ②에는 문제가 있다. 한국은 몰라도 국제적 소설계가 단편소설의 전성기에 처해 있다고 생각한 것은 오해이기 때문이다. 김송현 씨가

---

212) '소설 학도의 서제에서' "전집" 6, p.229.

213) '소설작법' "전집" 6, p.214.

지적한 대로 '배따라기'에는 '죠낭女難과의 유사성이 있는 만큼 國本田獨步의 영향을 생각할 수 있다. 그는 일본의 명치문단에서 단편작가로 始終한 거의 유일한 작가이기 때문에 동인의 단편소설 전성기론이 포우와 獨步의 영향 하에서 형성되었을 가능성이 많다.

끝으로 지적해 둘 것은 춘원과의 라이벌 의식이 그의 단편소설에 끼쳤을 영향이다. 평생 춘원 콤플렉스에서 벗어나지 못한 동인은 어쩌면 춘원의 취약지구인 단편소설을 통하여 춘원을 극복하려 했을 가능성도 있다.

藤村이나 花袋처럼 김동인도 사소설을 썼다. 그러나 그의 사소설은 1인칭으로 되어 있는 게 상례이며, '이불'에 나타난 것 같은 주정적인 고백 같은 것은 찾아보기 어렵다. 서정성의 결핍은 동인의 문학을 이성적으로 만드는 요인이다.

6. 물질주의와 결정론

1) 反형이상학

　김동인의 경우 그를 자연주의와 연결시키는 요인은 형식에 있지 않고 내용에 있다. 이 점이 카다이花袋나 토오손藤村과 다르다. 인간의 생리면의 중시, 물질주의적 인간관 등에서 동인은 졸라와 공통되는 점을 많이 가지고 있다. 그는 합리주의자이다. 형이상학적 인간이 아니라 생리적 인간을 긍정하는 현세적 인물인 것이다. 자기 자신의 존엄성만을 소중히 여기는 자기중심주의, 예술을 최고의 가치로 간주하는 예술관만 제외하면, 그는 물리주의자이다. 유교의 정신주의나 윤리지상의 인간관은 그와는 무관하다. 충효사상이나 인·의·예·지를 인간의 최고의 가치로 보는 사고방식을 동인은 전적으로 무시한다.

　그는 일찍 개화한 서북지방 출신이다. 서북지방은 이조 5백 년 동안 소외된 지역이기 때문에 유교의 영향이 중부지방이나 남부지방처럼 압도적인 위력을 발휘하지 않는다. 전통의 취약함이 서북지방을 빨리 개화시킨 요인이라 할 수 있다. 더구나 그는 기독교인 집안에서 태어났다.

개인존중사상이 부모의 대부터 있어 온 것이다. 그는 부모로부터 간섭을 받지 않고 자유롭게 자랐다. 그는 자기가 결정하여 일본유학을 갔고, 자기가 결정하여 학교를 정했다. 이런 자유로운 분위기는 그가 10대에 "창조" 발행 비용을 부모에게서 공급받은 것, 그의 방탕 생활에 제재를 가한 가족이 없었던 점 등에서 확인된다.

그에게는 가족윤리의 속박을 받은 기억이 없다. 유아독존의 사고방식을 허용하는 가정환경의 자유로움은 그와 花袋, 藤村과의 차이를 낳았다. 花袋나 藤村에게는 대가족제도에서 오는 피해가 평생 지속되기 때문이다. 그 무렵의 우리나라의 다른 작가들도 마찬가지였다. 동인에게만 그것이 없다. 그에게는 해방 후에 국회 부의장까지 지낸 부유한 형이 있었지만, 그는 아우의 방탕에 간섭하지 않았고, 파산 후의 김동인은 형에게 의존하지 않았다. 그는 가족을 데리고 서울에 와서 자신이 그렇게 무시하던 신문소설을 쓰면서 생계를 유지했다. 붓 한 자루에 생존을 거는 싸움을 과감하게 지속한 것이다. 그의 경우, 가족들에게 폐를 끼치는 존재는 그 자신이었지 다른 식구들이 아니었다. 대가족제도의 희생자가 아닌 것이다. 따라서 봉건적인 가족제도와의 갈등이 그에게는 없다. 그는 자기가 살고 싶은 대로 자유롭게 사는 것이 허락된 예외적인 인물이다.

花袋나 藤村과 동인의 이런 차이는 출신계급과도 관련이 있다고 할 수 있다. 동인의 자유로운 생활은 그의 중인이라는 출신계급과 관련이 있으며, 기독교와도 관련되는 사항이다. 그에게는 춘원처럼 조혼제도에서 생긴 고민 같은 것도 존재하지 않았다. 대가족제도의 굴레에 갇혀 수직적인 인간관계에 구속당한 花袋나 藤村의 경우와도 판이한 환경에서 자랐기 때문에 동인에게 있어서 '자아의식'은 쟁취의 대상이 아니라 무상으로 부여된 것이었다.

거기에 성격적 요인이 첨가된다. 극단적인 것을 좋아하고, 충동적이면서 담대한 동인은 윤리의 구속에서 지나치게 자유로웠다. 그는 '오만한 성주城主'였고, '집안의 귀공자'였기 때문에 타인을 인간으로 보지 않는 비민주적인 태도를 지니고 있었다. 그래서 우시마츠丑松처럼 마루에 머리를 조아리면서 자신의 출신을 밝히는 인물은 작품 속에도 거의 없다. 백성수는 살인을 하고서도 큰 소리를 치며, 복녀는 매음을 하면서도 머리를 꼿꼿하게 치켜들고 산다.

따라서 그의 反형이상학의 첫 항목은 반도덕적인 양상이다. 춘원과 동인은 상반되는 이원적 성격의 소유자라는 점에서는 공통되나, 최종적 선택은 반대로 나타난다. 춘원이 선을 택한 데 반해 동인은 미를 선택했기 때문이다. 그의 문학이 반윤리적 성격 때문에 지탄을 받는 것은 당연한 일이다. 종교의 경우도 이와 유사하다. 그의 선택 항목에는 신이 존재하지 않았다. 그는 장로의 아들이지만 反기독교적인 자세가 철두철미하다.

①"천당? 사시에 꽃이 피어? 참 식물원에는 겨울에도 꽃이 피더라, 천당까지 안 가도… 혼백이 죽지 않고 천당엘? 흥, 이야긴 좋다. 네, 내 말을 잘 들어라, 사람이 죽는다는 것은 혼백이 죽느니라 몸집은 그냥 남아 있고 …… 몸집이 죽는게 아니라 혼백이 죽어. 혼백이 천당에 가? 바보의 소리다. 바보의 소리야. 하하하."[214]

---

214) '명문' "전집" 5, p.219.

② "하하하하, 너의 하나님도 질투는 꽤 세다. 얘, 내 말을 명심해서 들어라. 이 전판서는 다른 죄악보다도 질투라는 것을 가장 미워한다. 너도 알다시피 아직껏 첩을 안 두는 것만 보아도 여편네들의 질투를 얼마나 싫어하는지 알겠지, 나는 질투 심한 너의 하나님을 섬길 수가 없다. 하하하하, 너의 하나님도 여편넨가 보구나."215)

③ "내 이름으로 예배당에 돈 천원을 기부한 일이 신문에 났기에, 알아보니까 네가 가지고 왔다더라. 이 뒤에는 결코 내 이름을 팔아먹지 말아. 예수당에 기부? 예수당에 기부할 돈이 있으면 전장을 사겠다. 그 돈 천원을 도로 찾아 보내니, 다시는 결코 그런 짓을 말아!"216)

④ "기도해라, 아무 쓸데없지만, 네가 하고 싶으면 해라. 그러나 내게는 하나님보다 네가 귀엽다."217)

예수당에 기부할 돈이 있으면 전장을 살 인물, 하나님보다는 자식을 사랑하는 인물, 천당을 식물원과 동질시하는 인물, 하나님을 질투하는 여편네에 비유하는 독신적瀆神的인 발언을 하는 인물인 전성철田聖徹 속에 동인의 사상과 성격이 함께 투영되어 있다.(졸고, '도그마에 대한 비판' "한국현대작가론", pp.95~106)

'명문'은 동인의 반기독교적인 자세가 가장 극단적으로 노출된 소설이

---

215) 같은 글, "전집" 5, p.220.

216) 같은 글, "전집" 5, p.221.

217) 같은 글, "전집" 5, p.222.

다. '신앙으로'도 이와 유사하다. 거기 나오는 하나님은 결코 선신善神이 아니며, 거기 나오는 기독교인들도 진정한 신앙과는 인연이 멀다. 여자는 예수를 남성으로 사랑하고, 남자는 아이를 신이 준 것이 아니라 자신이 만들었다고 장담한다. 그렇다고 동인에게 다른 종교가 있는 것도 아니다. 그는 철저한 무신론자다. 그의 무신론이 허용되었다는 점으로 미루어 보아 그의 부모와 기독교와의 관계도 그다지 돈독하지 않았을지도 모른다는 생각이 든다. 어쩌면 그의 아버지에게 있어 기독교는 연암燕巖이나 藤村의 경우처럼 서양문명의 창구로서의 의미 밖에는 없었는지도 모른다.

> 그에게 있어서의 '자연주의 세례'는 곧 '신과의 절연絕緣'을 의미하는 것이었다. 자연으로서의 인간은 곧 신과 절연된 인간을 의미하는 것이며, 신과 절연된 인간이란 곧 동물로서의 인간이라고 그는 믿었던 것이다. 이에 그의 철두철미 '기계적, 물질적, 동물적' 인간관에 볼 때 신은 야유와 한갓 조롱의 대상에 불과했던 것이다.[218]

김동리씨의 이 말에 필자도 동의한다. 이런 그의 反종교적 자세는 불란서 자연주의자들과 공통된다. 일본의 두 작가도 기독교인이 아니라는 점에서는 전자와 유사하다. 그러나 그들은 동양의 범신론적 종교관과 맥이 닿아 있었다. 그래서 그들은 물질주의자가 아니었다. 동인의 反윤리적, 反종교성 자세는 졸라와 가장 근사한 측면이다.

---

218) '자연주의의 구경究竟 "문학과 인간', p.13.

2) 제르미니형 인물들

김동인의 소설의 인물들은 일반적으로 보바리형보다는 제르미니형이 많다. 백성수('광염 소나타'), 최서방('포플라') 등이 그 극단적 예이다.[219] 이들은 졸라가 선택한 인물들처럼 '육체의 숙명적 욕구에 쫓기어 모든 행동을 저질러 가는'(R-M, I, p.3) 유형이다. 그들은 예외적일 뿐 아니라 병적이기도 하다.

솔거('광화사'), 삵('붉은 산'), 다부꼬('대탕지大湯地 아주머니') 등도 역시 같은 유형에 속한다. 대변으로 영양식을 만드는 연구를 하는 K박사 ('K박사의 연구'), 자신이 유산한 핏덩이를 이불 속에서 주무르고 있는 엘리자벳트('약한 자의 슬픔') 등은 모두 정상성에서 일탈한 병적인 인물들이다. 그들은 제르미니나 쥬우에몽과 유사한 형이다.

그런데 '감자', '명문', '태형', '김연실전'의 주인공들은 그들과는 좀 다르다. 복녀나 전주사, 김연실 등은 모두 육체적으로는 건강한 사람들이다. '태형'의 주인공도 마찬가지다. 그들에게는 정신상의 이상성은 없다. 따라서 병적인 인물들은 아니다. 신경의 균형 감각이 훼손된 유형은 아닌 것이다.

그렇다고 보바리형이라고 할 수도 없다. 그들에게는 상식이 없기 때문이다. 상식의 테두리 안에 드는 인물을 정상인이라고 부른다면, 이들은 모두 정상인이라 할 수 없다. 그들에게는 윤리적 측면에서 균형 감각이 깨어져 있기 때문이다. 그들의 행동은 모두 보통사람의 상식에서 벗

---

219) 둘째는 도덕적으로 영도零度의 인간이나 괴벽한 인간 즉 일상적인 인간보다는 야성적이거나 정신병리적으로 보다 특별하고 강력한 인물을 제시하는 의식이 투영되고 있다는 점이다.　　　　　　　　　　　　　　　　　　　　　이재선, 앞의 책, p.270.

어나 있다. 고객의 신방에 들어가 신부의 머리를 발길로 차는 복녀, 효도를 한다고 어머니를 독살하는 전주사, 남자들에게 능동적으로 접근하는 일을 선구녀의 의무로 생각하는 연실 등은 모두 예외적인 유형에 속한다는 점에서 솔거나 성수性洙와 유사성을 지닌다. 다만 병적인 면이 없는 것뿐이다.

'태형'의 주인공도 연실이나 복녀처럼 상식의 권외에 사는 인물이다. 그의 극단적인 자기중심주의, 생리면의 중시와 윤리적 감각의 결여 등은 앞의 세 인물들과 공통된다. 그도 역시 예외적인 인물이라고 할 수 있다. 이 소설이 자전적 소설임을 감안할 때 동인의 인물들의 예외적인 성격은 모두 작자의 극단주의적 가치관과 유기적인 관련을 지닌다는 것을 알 수 있다. 김동인 자신이 예외형의 인물이기 때문에 인물들도 예외적 성격을 지니게 되는 것이다. '감자'나 '태형'이 쓰여진 것은 동인이 파산하기 전이다. 파산과 아내를 잃은 충격이 그의 신경을 망가뜨려 그를 알콜중독으로 몰고 간 후기에 갈수록 인물형들은 병적인 성격으로 변모해 간다.

3) '감자' 계열의 소설에 나타난 결정론

양성관계에서 드러나는 서정성의 결여, 도덕과 종교에 대한 부정 뒤에 도사리고 있는 형이상학적 가치에 대한 불신은 결정론적인 사고방식과 밀착될 숙명을 지닌다. 그것은 인간의 자유의지에 대한 부정을 의미하는 것이기 때문이다. 환경의 영향과 유전인자의 위력이 인간을 절대적으로 결정한다는 것을 입증하고 싶어 한 졸라의 공식이 김동인의 세계에서도 그대로 적용되는 이유가 거기에 있다. '감자'와 '태형'은 환경이 인간의 윤리의식을 박탈해 가는 과정에 대한 관찰의 기록이며, '광염 소나타'와 '김연실전'은 유전과 환경의 2중의 악조건이 상승작용을 일으켜 인간을 몰락의 길로 몰고 가는 양상을 추적한 작품으로 '유전과 환경'의 결정성에 대한 동인의 신앙을 노출시키고 있다.

졸라의 그것과 다른 점이 있다면 유전적인 요인이 거세되어 버린 '감자'나 '태형' 같은 작품이 있어 양자의 분리현상이 일어나고 있다는 사실과, 그럼에도 불구하고 '감자'가 그의 자연주의를 대표하는 소설로 간주되고 있다는 모순된 현상일 것이다. 유전적 요인이 거세되어 버린 위의 두 소설은 환경의 영향이 유전의 몫까지 차지하면서 위세를 부리는, 철저한 환경결정론의 양상을 띠고 있다.

복녀의 이야기에서 환경은 그녀를 싸고도는 남성들에 의해 구현 되고 있다. 그 점에서 복녀는 제르베즈('목로 주점')와 유사하다. 엄한 가율家律이 있는 정상적인 집안에서 성장한 복녀는 애초에는 '도덕에 대한 저품'을 가지고 있던 순진한 처녀였다. 그녀의 비극은 열다섯 살 밖에 안 된 어린 나이에 이십 년이나 연상인 동네 홀아비에게 팔려가는 데서 시작된다. 따라서 그 일차적인 책임은 아버지의 가난에 있다. 아버지의 가난이 뿌린 비극적 씨앗을 기르는 것은 남편이다. 구제할 길이 없이 게으르고 또 몰염치한 남편 때문에 그녀는 몰락의 과정을 밟다가 끝내는 칠성문 밖 빈민굴의 주민으로 전락한다.

제 3단계는 송충이 잡이 감독관의 음탕한 손길에 의해 이루어진다. 그와의 관계를 통해 '도덕에 대한 저품'을 상실한 그녀는 감자 도둑질을 하게 되고, 그것이 계기가 되어 제 4의 사나이인 왕서방과 관계되는 결정적인 파국의 요인이 형성된다. '복녀의 죽음은 환경에 의한 패배 및 도덕적 전략에 의해서 자초된 죽음'[220]이며, 그 패배와 전락의 요인은 네 명의 남자들의 손에서 심어진 것일 뿐 복녀에게는 책임이 없다는 것이 작자의 견해다.

환경에 전적인 책임을 지우는 점에서는 '태형'도 '감자'와 같다. 이 경우에는 환경이 감옥이라는 극한 지역이어서 그 시간적·공간적 배경이 보다 압축되어 있는 것만 '감자'와 다르다. 따라서 여기서는 환경결정론도 보다 압축된 양상으로 나타난다. 그 농도가 '감자'보다 더 짙어지고 있다. 주인공이 인간적인 상태에서 非인간적인 지점으로 전락하게 된 모든 책임은 감방의 비인간적인 물질적 여건이 져야 하기 때문에, 환경의 위력에 대한 신앙은 전작보다 더 비중이 커질 수밖에 없다.

매로써 인간을 다스리는 공포 분위기, 번호로 불리어지는 비정한 공간에 '백 십 도 혹은 그 이상인지도 모를'("전집" 5, p.130) 더위가 밀어닥친다. '다섯 평이 좀 못 되는 방에' 마흔 한 사람이 갇혀서 그 더위를 견디고 있어야 한다. 살과 살이 맞닿아 짓무르고 상하여 가는 - 그곳은 지옥이다. 그런 여건 속에서 물과 피로 된 유약한 육체를 가진 인간이 인간다움을 지키는 일은 불가능하다. 주인공인 '나'는 그래서 70줄에 든 노인을 죽음의 태형장으로 내몰면서도 양심의 가책을 느끼지 않는다. 환경이

---

220) 복녀의 죽음의 직접적인 요인은 질투와 치정의 감정적인 폭력에 의해서 자초되고 있다는 점이다. 도덕적 규범을 철저하게 배재해 버리고 애욕과 본능에만 회귀함으로써 파멸적인 죽음은 불가피했던 것이다. 이처럼 법과 도덕의 이성적 통제가 없는 환경의 영향력에 의해서 인간은 도덕적인 파멸뿐만 아니라 종국에 가서는 자기 파멸의 죽음까지도 불러들일 수 있다는 것을 이 죽음을 통해서 보여주고 있는 것이다. 이에 비해서 질투의 적 때문에 죽은 복녀의 주검의 처리를 두고 벌어지는 왕서방, 한의사 및 복녀 남편 등의 은폐에 대한 모의 및 돈의 거래 관계는 현실의 사악성과 추루성을 의미한다. 어쨌거나, 복녀의 죽음은 환경에 의한 패배 및 도덕적 전락에 의해서 자초된 죽음 그것인 것이다.   같은 책, p.251.

그의 양심을 마비시켜 버린 것이다.

그 점은 복녀의 경우와 상통된다. 영원 영감을 내쫓을 때까지의 과정에서 '태형'과 '감자'는 동질성을 띠고 있다. 환경의 조건이 감옥이라는 극한적인 상황이기 때문에 오히려 '태형'과 '감자'에서 환경결정론적인 사고가 더 두드러지게 나타나고 있는 것이다. 하지만 마지막 장면에 가면 문제가 달라진다. 동물적인 행동을 저지르면서도 자신 있게 꼿꼿이 서 있던 주인공의 고개가 숙여지기 때문이다.

고개를 숙이는 간단한 동작은 이 소설에서 아주 중요한 의미를 지닌다. 인간이 자신의 행위에 대해 부끄러움을 느낀다는 사실은 인간의 자유의지를 긍정하는 것을 의미하기 때문이다. 그것은 어떤 최악의 조건 속에서도 인간은 역시 인간답게 행동해야 한다는 하나의 신념을 입증한다. 따라서 그때까지 끌고 온 환경결정론에 대한 믿음이 훼손된다. 환경에 지배를 받는 자기를 부끄럽게 여기는 또 하나의 자기가 나타난 것이다. '감자'에는 이것이 없다. 거기에는 부끄러움을 느끼는 인간은 하나도 없다. 이것이 '태형'과 '감자'의 근본적인 차이이다. 그 차이는 '태형'의 화자가 1인칭으로 되어 있는 사실과 관련이 깊다. 그 사실은 '태형'의 주인공이 작자와 동일시될 소지를 제공하기 때문이다. 태형은 자전적 소설이다. 김동인은 강렬한 자아의식을 가진 인물이다.

그는 자신이 환경에 의해 결정되는 피동성을 용납할 수 없는 유형에 속한다. 그 자신의 다음과 같은 말이 이것을 뒷받침해 준다. "나는 나의 의사밖에 다른 의사에게는 절대로 지배 안 받을 만한 준비도 있고 意志도 있다"("전집" 6, p.158, 점 : 필자)고 김동인 자신이 분명하게 단언하고 있기 때문이다. 이 말은 그 자신은 절대로 결정론자가 될 수 없는 인물임을 증명한다. 그렇다면 이 세상에는 결정론의 지배를 받는 인물과 지배를 받지 않는 인물이 있고, 동인 자신은 후자에 속한다는 뜻이 된다.

이런 일은 "루콩 마카르"의 작가에게도 해당된다. 드레퓌스 사건에 뛰어든 졸라는 나나나 제르베즈와 동질의 인간이 아니기 때문이다. 김동인이 졸라처럼 3인칭으로 소설을 쓰지 않고 1인칭 소설을 썼다는 점이 다를 뿐이다. 1인칭의 사용은 '태형'을 자연주의 작품으로 간주하는 일을 훼방하는 요인이다. 전반부에서는 결정론자인 김동인이 결말 부분에서는 反결정론자인 김동인이 주도권을 쥐고 있는 이 소설은 그런 상반되는 경향의 공존으로 인해 자연주의의 주도권을 '감자'에게 빼앗기고 있다.

그렇다고 '태형'이 결정론에 대한 회의를 표명한 작품이라고 간단히 처리하여 버릴 수는 없다. 자기는 절대로 환경의 지배를 받지 않는 인간이라는 자부심과 의지를 가지고 있는데도 불구하고 결국 환경의 지배를 받지 않을 수 없었다는 사실은, 역설적으로 환경의 위력을 강조해 준다고 볼 수 있기 때문이다. 환경의 지배를 전혀 받지 않는 춘원의 '원효대사'나 '이차돈'의 경우와는 차원이 다르다. 환경의 위력에 대한 인정은 현실과의 거리의 접근을 의미한다. 그런 점에서 "춘원에 의하여 각성된 근대적 자아가 동인에 이르러 '육체'를 구비하게 되었다."("世代", 1965.2)는 정한모鄭漢模의 의견은 타당성이 있다.

유전과 환경의 영향이 함께 다루어진 것은 '김연실전'과 '광염 소나타' 두 작품이다. 이 중에서 '광염 소나타' 후자는 유전적 요인이 보다 큰 비중을 차지하고 있는 소설이다. 주인공인 백성수白性洙는 그 아버지에게서 음악에 대한 천재적인 재능과 함께 광포성을 물려받은 타고난 음악가다. 그는 외모도 아버지와 흡사하다.221) 하지만 그는 모계의 피도 물

---

221) '백○○의 아들인가? 같이 두 생겼다.'   "전집" 5, p.290.

려받았다. 양가집에서 자란 성수의 어머니는 '몹시 어진 사람'이었던 것이다. 유복자로 태어난 그는 어머니의 '어진 교육 때문에 그가 하늘에서 타고난 광포성과 야성이 표면상에 나타나지를 못하였던 것이다.'[222]그러다가 부계의 광포성이 나타날 기회가 오고 그 기회와 더불어 그의 천재성까지 함께 깨어난다. 극단적인 범죄와 창작능력이 함께 작동하게 되는 것이다. 어머니의 어진 교육은 부계에서 받은 그의 천재성과 광포성을 잠재울 힘 밖에 없었던 것이다. 어머니가 사라지자 사회는 그에게 죄를 지을 '기회'를 제공한다. 휴화산처럼 쉬고 있던 병적인 창작능력은 시간屍姦, 시체 모독, 방화 등의 범법행위와 더불어 폭발하여, '광염 소나타', '성난 파도', '피의 선율' 등의 해일 같은 야성미를 지닌 명곡들을 쏟아 내게 만드는 것이다.

백성수는 정상적인 음악교육을 받은 일이 없기 때문에 그의 천재성은 전적으로 부계의 피에서 유래된다. "그의 음악으로써 만약 정통적인 훈련만 뽑고 거기에다 야성을 더 집어넣으면 지금 내 눈 앞에 있는 음악가의 것과 같은 것이 될 것"[223]이라는 음악비평가의 말이 그 부자의 유사성과 이질성을 명시한다. 작곡과를 전공한 아버지와 다른 점은 전통적인 음악교육이 없었다는 점 밖에 없다.

그러나 범죄와 창조성이 등이 맞붙은 쌍둥이처럼 밀착되어 있는 백성수의 이야기는, 병리적 측면에서 관찰되고 분석되어지면서 유전과 환경의 영향을 추적한 보고서가 아니다. 영감과 천재성에 대한 예찬, 미를 최

---

222) 성수의 어머니는 몹시 어진 사람으로서, 어렸을 때부터 성수의 교육을 몹시 힘을 들여서 착한 사람이 되도록, 이렇게 길렀읍니다그려. 그 어진 교육 때문에 그가 하늘에서 타고나 광포성과 야성이 표면상에 나타나지를 못하였읍니다.　　　　　　같은 책, p.294.

223) 같은 책, p.290.

고의 가치로 숭상하는 심미주의적인 가치관이 이 소설의 핵심이 되고 있다.

유전과 환경의 절대적인 영향을 역설하고 있는데도 불구하고 이 소설이 졸라식의 결정론적인 사고방식과의 관련성보다는 예술지상주의와 연결되어 논의되는 일이 많은 이유가 거기에 있다. 창조적인 측면에만 가치를 둔 평가법에 의하면 이 소설은 유전에 대한 찬미가 되며, 해피엔딩이 되기 때문에 비관론과 결부된 졸라의 결정론과는 상당히 먼 거리에 서게 되는 것이다.

'김연실전'의 경우에도 이와 유사한 문제가 있다. 물질주의적 인간관의 측면에서 보면 이 소설은 자연주의와 연결될 소지가 많다. 이 소설은 김동인의 물질주의적 애정관을 대표하는 것이기 때문이다. 김연실의 난잡한 이성관계의 저변에는 그 부모의 피가 면면히 흐르고 있다는 사실도 중요하다. 김영찰의 소실이었던 연실의 어머니는 퇴기였다. '김영찰의 딸이 웬셈인지 최이방을 닮았다'[224]는 소문이 그 어머니의 행실을 암시한다. 부정하기는 아버지도 마찬가지다. 어린 딸이 같이 자는 방에서 소실과 추잡한 성희를 감행하는 인물이 그녀의 아버지다.

이런 피를 물려받은 연실은 '제 어미를 닮아서 …… 상것의 자식은 할수 없어'[225]라는 서모의 욕설을 들으면서 자란다. 그런 욕을 들을 때마다

---

224) 연실이는 부계로 보면 맏딸이나, 그보다도 석 달 뒤에 난 그의 오라비 동생이 그 집안의 맏상제였다. 이만한 설명이면 벌써 짐작할 수 있을 것이지만, 연실이는 김영찰의 소실(퇴기)의 소생이다. 김영찰의 딸이 웬 셈인지 최이방을 닮았다는 말썽도 어려서는 적지 않게 들었지만 연실이의 생모와 김영찰의 사이의 정이 유난히 두터웠던 까닭인지, 소문은 소문대로 제쳐놓고 연실이는 김영찰의 딸로 김영찰에게는 인정이 되었다.
'김연실전' "전집" 4, p.77.

225) 같은 책, p.179.

'왜 그것이 화냥질을 해서 나까지 이 수모를 받게 하는가?'(위와 같음)하는 원망이 앞서서 그녀는 어려서 여읜 그 어머니를 사랑할 수 없었다. 사랑의 결핍은 그녀의 행실을 결정짓는 환경적 요인이 된다. 거기에 일어 선생과의 성관계, 섣불리 받아들인 자유연애사상 등이 가세해서 연실을 성개방의 선구녀로 만들어 간 것이다. 유전과 환경의 절대적인 영향을 믿는 결정론적 사고를 가능하게 하는 여건들이다.

하지만 이상의 결핍이라는 문제와 결부시켜 보면 '김연실전'은 자연주의와는 다른 차원에 선다. 연실은 매음녀가 아니기 때문이다. 그녀의 난잡한 이성관계는 돈과는 무관하다. 뿐 아니라 그것은 감각적인 쾌락과도 무관하다. 김연실은 불감증의 여인이다. 그녀의 남성편력은 엉뚱하게도 하나의 이상과 결부되어 있다. 선각자가 되기 위한 일종의 고행과도 같은 것이 김연실의 난잡한 이성교제 밑바닥에 서려있다.

인간의 하층구조의 노출·반도덕성·유전과 환경의 결정적 영향 등의 측면에서 보면 '김연실전'은 자연주의와 연결되는 소설이지만, 그녀의 돈키호테적인 이상주의의 면에서 보면 자연주의와의 관련성은 희박해진다. 따라서 유전과 환경의 영향은 이 소설에서 부차적인 역할 밖에 담당하고 있지 않다.

그리고 보면 '감자'와 '태형'에서 결정론적인 성격이 보다 전형적으로 나타난다는 결론이 나오는데, 전술한 바와 같이 이 두 소설에는 유전적 요인이 결여되어 있다는 하나의 치명적인 결함이 있다. 거기에 '태형'의 결말 부분에 나오는 자유의지에 대한 긍정이 첨가된다. 유전적 요소의 부재를 안은 채로 '감자'가 자연주의와 가장 가까운 작품이라는 평가가 나오게 되는 것이다. 그렇다면 김동인의 세계에는 결정론이 양면적으로 다루어진 본격적인 작품이 하나도 없다는 결론이 나온다. '광기狂氣와 발정발精'(Documents, p.231)의 경우도 마찬가지다. '광염 소나타'에서는 광기만이, '김연실전'에서는 발정의 측면만이 다루어져 있어 역시 분리현상을 빚어내고 있는데, 이 문제는 전술한 장르와 사조의 불화 관계와 관련성이 깊다고 할 수 있다.

졸라처럼 한 집안의 5대에 걸친 가족성원 하나하나에 대한 피의 결정요인을 추적하려면 20권의 장편소설을 한데 묶는 방대한 스케일이 요구된다. 환경의 경우도 마찬가지다. 주요인물 한 명에 한 권 정도의 장편소설이 할당될 때 비로소 결정론의 종축과 횡축에 갇힌 인간의 전모가 드러날 수 있다.

일본의 경우에도 자연주의파의 소설 중에서 가장 스케일이 큰 '집家'에 유전과 환경의 양상이 폭넓게 명시되었다. 한국의 자연주의에서 '삼대'가 큰 비중을 차지하는 이유도 그 그릇의 크기와 관련된다. '이불'의 경우도 중편소설인 만큼 현실묘사의 측면에서나 결정론의 측면에서 그 표현가능성의 진폭이 한국보다는 넓다.

현실적으로 단편소설에서 결정론의 양면을 동시에 수용하는 것은 불가능한 작업에 속한다. 택일하는 경우도 마찬가지다. 단편소설에서 결정론을 다루려면 대상과 범위를 최소한도로 축소하는 일이 바람직하다. 범위가 넓어지면 추상적이 되기 쉽기 때문이다. 무대를 칠성문 밖으로 제한했는데도 불구하고 '감자'가 추상적이 될 수밖에 없었던 것은 복녀의 일생을 다루려 한 데 원인이 있다. 장르와 서술의 범위의 크기가 다른 데서 파탄이 생긴 것이다.

그런 점에서 보면 '태형'은 단편소설에서 결정론을 다루기에는 이상적인 세팅이라 할 수 있다. 인간이 짐승으로 퇴화할 수밖에 없는 감방의 여건들이 수학적인 데이터를 통하여 구체적으로 묘사되어 있고, 그런 여건들과 인체의 생리적 측면과의 함수관계가 냉철한 눈으로 분석되어 있기 때문이다. 환경의 물질적 여건의 구체적인 제시에 있어서 '태형'은 '감자'보다 더 환경결정론과 밀착되어 있다. 인체에 미치는 환경의 영향이 집중적으로 추적되어 있기 때문이다.

'감자'와 '태형'은 환경결정론이 나타나 있는, 비자전적인 소설과 자전적인 소설의 양면을 대표하는 작품들이다. 이 두 계열의 소설에 결정론의 영향이 나타나는 것은 김동인의 결정론이 열성유전의 자질을 지닌 하층민에게만 해당되는 것이 아님을 나타내 준다. 일본의 두 작가에 비하면 동인의 결정론에 대한 자세는 보다 철저하며 확실하다. 이것은 그를 자연주의자로 간주하게 만드는 중요한 요인 중의 하나이다.

결론

Ⅰ. 자연주의의 불란서적 양상

1. 시대적 배경

자연주의 형성의 시대적 배경을 고찰해 보면 다음과 같은 성격이 추출된다.

(1) 이성존중 경향

자연주의는 낭만주의의 감성존중 경향과는 대립되는 이성존중의 사조를 그 형성의 한 요인으로 하고 있다. 개연성 존중, 합리적인 사고, 실증주의 등은 자연주의가 형성된 19세기 후반의 시대적 특성이다.

(2) 부르조아의 전성기

자연주의는 부르조아의 전성기에 발흥한 문학사조이다. 부르조아의 전성기면서 프롤레타리아의 발흥기이기도 한 19세기 후반에 나온 자연주의는 부르조아의 추악상과 더불어 프롤레타리아의 저속성도 함께 고발하는 양면적 성격을 지니고 있다.

(3) 산업화

자연주의의 형성기는 산업문명의 시대이기도 하다. 산업화로 인한 사회의 조직화는 결과적으로 인간의 왜소화 현상을 가져왔다. 산업사회는 자연주의에서 ① 인물의 왜소화, ② 군중취미, ③ 도시화 등의 특징으로 나타난다.

(4) 과학주의

19세기 후반은 과학주의의 전성기였다. 1850년에 뤼카스의 "자연유전론"이 나왔고 1859년에 다윈의 "종種의 기원"이 나왔으며, 1865년에는 베르나르의 "실험의학서설"이, 1868년에는 르투르노Letourneau의 "정념情念의 생리학"이 나와 졸라의 '실험소설론'(1880)의 기반을 제공했다. 자연주의는 과학에 대한 믿음의 전성기에 출현하여 과학불신사조가 심화되던 시기에 막을 내린다. 1885년경부터 과학에 대한 불신이 심화되는데 反자연주의 운동도 1883년경부터 시작되어 1887년에는 '5인 선언'이 나온다. 反자연주의 운동과 反과학주의는 보조를 함께하고 있다. 자연주의와 과학의 밀착도도 이로 미루어 알 수 있다.

(5) 민주주의

19세기 후반은 민주주의의 정착기였다. 18세기말에 일어난 불란서혁명은 인간평등을 구호로 하는 민주화혁명이다. 나폴레옹 3세의 제 2제정은 민주화에 역행하는 것이었고, 그래서 졸라는 그 정권에 저항했다. 졸라에 의하면 민주주의는 자연주의에 가장 적합한 정치적 이념이다. 졸라는 제 2제정기를 우매와 수치의 시대로 간주했고, 그 우매성과 수치를 가차 없이 폭로했다. "루공-마카르"는 제 2제정기의 사후에 나온 제 2

제정기의 폭로기이다.

(6) 안정된 시기의 산물

자연주의 뿐 아니라 리얼리즘도 비교적 안정된 시기의 산물이다. 리얼리즘은 리얼리티라고 부를 수 있는 통일된 현실의 상像을 필요로 하는 모사模寫의 문학이기 때문이다. 불란서의 자연주의는 1세기 가까운 혁명의 소용돌이가 끝난 후의 안정기를 배경으로 하고 있다. 경제의 침체로 그 안경이 깨지자 자연주의도 끝이 났다. 혼란이 와서 현실의 모사가 불가능해지게 되자 문학은 다시 내향성으로 되돌아가고 만다. 대상이 지나치게 요동을 쳐서 모사 하는 일이 불가능해지는 것이다.

안정을 잃은 시기는 내향적인 문학에 적합하다. 보편적인 가치가 붕괴되어 의존할 것은 자아 밖에 없어지기 때문이다. 혁명이 되풀이되던 19세기 전반의 불안정한 사회가 내향적 문학인 낭만주의를 산출했던 것은 그 때문이다. '목로주점'의 작가는 리얼리즘의 최후의 소리였다. 그런데 그 말들은 다시는 되풀이되지 않았다.(A.하우저, 앞의 책 4, p.63)는 도레빌리Barbey d'Aurevilly의 말은 "'목로주점'의 작가의 시대는 마지막 안정기였다. 사회가 조직화되고 확산되자 다시는 그런 안정을 얻을 수 없었다."고 바꿔 말해도 무방하다.

20세기는 주조主潮가 없는 시대이다. 졸라의 자연주의는 한 사조가 한 시기를 대표하던 전통의 마지막 보루였다. 많은 사조가 우후죽순처럼 쏟아져 나와서 갈피를 잡을 수 없던 시대가 20세기이다. 그러나 그 많은 것들을 묶는 하나의 끈이 있다. 내면성이다.

2. 현실재현의 방법

(1) 모방론

현실을 재현하는 방법 면에서 보면 자연주의는 모방론mimesis의 채택을 첫 번째 특징으로 한다. 졸라의 '스크린론'이 그것이다. 가능한 한 현실을 '정확하고 완벽하게' 재현하는 것을 문학의 목적으로 삼은 점에서 자연주의는 호머까지 소급하여 모든 리얼리즘 문학과 공통된다.

스크린이나 거울은 사물의 외형 밖에 비출 수 없다. 따라서 모방론을 택한 모든 문학은 인간의 내면까지도 외면을 통해 포착해야 하는 한계를 지닌다. 따라서 자연주의는 외면화externalization의 원칙을 지켜야 하며 가시적可視的 표현visible expression에 모든 것을 걸어야 한다. 자연주의에서는 작가가 창조자가 아니라 '속기사'나 '서기'이며, 그의 작업은 상상이 아니고 관찰이 된다. 자연주의에서 작가의 첫째 임부가 '관찰자'가 되는 이유가 거기에 있다.

(2) 사실존중

두 번째 특징은 사실존중 경향이다. '옳으냐 그르냐' 하는 문제나 '미우냐 고우냐' 하는 문제는 자연주의에서는 존재가치를 상실한다. 중요한 것은 '사실이냐 아니냐'를 따지는 것이다. 졸라의 말대로 자연주의에서 유일한 권위는 '실험에 의해 증명된 사실'이다. 자연주의가 윤리나 미학에 대해 무관심한 이유가 거기에 있다. 이 점에서 자연주의는 예술이기 이전에 과학이 된다. 과학이 예술보다 우위에 서게 되는 것이다.

(3) 고증자료의 중시

'사실의 사실성事實性은 증거를 통해 증명되어야 한다.'실험을 통해 증명된 사실'만이 유효성을 지닌다는 졸라의 말이 그것을 뒷받침한다. 사실이 사실임을 증명하기 위해서 자료가 필요해진다. 졸라 뿐 아니라 다른 자연주의계의 작가들도 같은 경향을 가지고 있는 만큼 고증자료의 중시경향은 자연주의의 두드러진 특징 중의 하나임을 확인할 수 있다.

자료수집 태도에 있어 플로베르나 공쿠르는 졸라 보다 더 철저하다. 그러나 발자크나 졸라처럼 사회의 전모를 그리려는 계획을 가진 작가의 경우에는 자료의 철저성보다 광범성이 특징이 된다. 발자크보다 더 광범한 세계를 무대로 택한 졸라의 경우는 자료의 범위가 더 넓다. 그는 세느 강변의 익사자 시체안치소('테레즈 라캥')에서 시작해서 플라쌍의 묘지('루공가의 운명'), 파리 뒷골목의 세탁소('목로주점'), 경마장과 호텔('나나'), 백화점('부인백화점'), 탄광('제르미날'), 아틀리에('작품'), 철도('짐승인간'), 농장('대지'), 증권거래소('돈'), 병영('패주敗走'), 병원('파스칼 박사') 등 사회의 구석구석을 고루 작품의 배경으로 택하였고, 그 장소 하나하나에 대한 답사와 연구를 거쳐 작품을 쓴 만큼 자료조사의 범위에 있어서는 타의 추종을 불허한다. 그의 자료 조사의 철저성이 플로베르나 공쿠르 보다 뒤지는 이유는 범위의 광범성과 다양성에 있다고 할 수 있다. 한 시대의 전모를 그리려는 야심이 조사의 철저성을 방해한 것이다. 하지만 범위의 광범함과 그것을 감당할 자료조사에의 열정은 졸라의 자연주의를 고증 중시의 문학으로 성격 짓는 데 기여하고 있다.

(4) 선택권의 배제

자연주의는 현상을 있는 그대로 받아들여, 정확하게 재현하는 문학이기 때문에 원칙적으로 대상을 선택할 권리는 유보 된다. 작가는 선택권을 행사할 권리가 없는 것이다. 선택권 배제의 결과로 나타나는 첫 번째 특징은 제제의 확대다. 종래의 문학에서 금기시 되던 낮은 제재, 어두운 제재, 추한 제재도 새로운 제재로 문학 속에 수용될 수 있게 되는 것이다. 그런데 실질적으로는 마지못해 그것들을 받아들인 것이 아니었다. '낮고 추한 제재의 애호' 경향이 자연주의에서 나타났기 때문이다. 자연주의가 인간의 본능과 수성獸性의 노출을 특징으로 하는 것으로 간주되는 이유가 거기에 있다. 본능면의 노출 = 자연주의의 등식을 모든 나라에서 자연주의적인 특징으로 받아들이고 있다.

두 번째 특징은 사회의 전모를 그리려 배경의 확대다. 발자크의 "인간희극"이 그 첫 표본을 제시했고 "루공-마카르"가 그것을 계승하여 극단화시켰다. 졸라의 문학에 나타나는 '집단성'과 '군중취미'는 그의 문학에 서사시적 특성을 부여하는 요인이 된다. 세 번째는 인물의 비중의 평준화 경향이다. 졸라의 소설에서는 누가 주인공인지 분간하기 어려울 정도로 많은 인물의 이야기들이 비슷한 지면을 차지하고 있다. 그의 소설이 '군중취미'를 지녔다는 비난을 받는 이유가 거기에 있다. 네 번째는 디테일의 무선택한 묘사다. '인간에 관한 모든 것'을 다 그려야 한다는 의무감이 디테일을 무선택하게 다루게 만들어 대체로 자연주의계의 소설은 지루하다.

(5) 객관주의

자연주의의 초석을 이루는 특징 중의 하나가 주관성의 배제다. 이성주의, 공리주의를 택한 자연주의가 反서정주의를 표방하는 것은 불가피한 일이라고 할 수 있다. 객관성, 몰개성성, 불편부당성 등은 플로베르에게서 이미 확립된 자연주의의 공식 중의 하나이다.

따라서 자연주의는 객관적, 외적 시점를 선택하는 것을 원칙으로 한다. 3인칭과 전지적 시점은 자연주의의 기본적 특성에 속한다.

(6) 분석적·해부적 방법

자연주의는 자연과학에서 명칭을 빌어 온 문예사조다. 따라서 자연주의에서는 예술가는 곧 과학자이며 분석가이고 해부가이다. 의사와 소설가의 역할의 같다는 것이 졸라의 '실험소설론'의 요지이다.

3. 제재의 현실화

제재면에 나타난 자연주의의 또 하나의 특징은 제재의 현실화에 있다. 낭만주의의 제재의 이상화가 숭고성sublime 지향에 있다면 자연주의의 제재의 현실화는 제재의 저속화humble를 의미한다. 자연주의는 리얼리즘이 이루어 놓은 제재의 범속화, 일상화 현상을 더 극단화하여 보다 저속한 곳으로 하강하였다. 이런 경향은 인물과 배경과 주제의 측면에서 다음과 같은 특징을 나타낸다.

(1) 인물의 계층 하락

자연주의는 인물의 계층을 부르조아에서 프롤레타리아로 하강시켜, 노동자 계급을 주동인물에 포함시켰으며, 창녀, 부랑배, 막일꾼 등 최하층의 인물을 주인공으로 삼는 것을 특징의 하나로 삼고 있다.

(2) 배경의 당대성과 근접성 – here and now의 공식

배경의 당대성은 발자크의 시대부터 지속된, 자연주의의 중요한 특징 중의 하나다. 그것은 낭만주의의 이국취미와 회고주의에 대척된다. 이 두 사조는 또 하나의 측면에서 대척성을 드러낸다. 낭만주의는 원시적 자연에 대한 동경을 주축으로 하는 데 반해 자연주의는 사회적 측면에 역점을 둔다. 산업화 시대의 사회는 도시적 특징을 띠는 것이 상례이다. 그래서 자연주의의 배경은 대체로 도시다.

졸라의 경우 자연주의의 대표작들은 도시가 아니면 광산촌처럼 인구 밀집 지역을 대상으로 하고 있다. 지방의 소도시가 무대인 소설들보다 파리나 광산촌이 무대인 소설들이 자연주의의 대표작이 되고 있는 현상 은 자연주의의 배경으로 '당대의 인구밀집 지역'이 적합함을 의미한다. 이것은 자연주의 뿐 아니라 사회소설적인 성격을 지니는 근대소설 전체 의 특징이기도 하다. 자연주의는 '환경결정론'을 신봉하는 사조인 만큼 같은 경향이 극단화되어 있는 것뿐이다.

(3) 주제의 범속화

주제면에서도 인물의 경우와 마찬가지로 범속화 현상이 일어난다. 돈 과 성 등 금기에 속하던 주제는 자연주의의 현실화에 수반되는 당연한 결과라 할 수 있다. 자연주의의 현실화의 극단화는 인간 내면의 어둠의 폭로로 나타나 인간의 수성獸性에 초점이 맞추어지게 되는 것이다. 루공 계의 주제는 황금만능의 사상과 재물을 위한 마키아벨리즘을 대표하고, 마카르계는 성적인 타락과 범죄의 측면을 대표한다. 물욕과 성욕의 무 자비한 노출은 병적인 유전의 영향을 입어 병리적 측면까지 드러내는 것이다.

4. 스타일의 혼합

스타일의 혼합mixing of style은 낭만주의 시대부터 시작된다. V. 위고가 '에르나니 Hernani'의 서문에서 장르의 구별에 반기를 들고 그로테스크와 숭고성의 혼합을 주장한 것이 그것이다. 그러나 리얼리즘과 자연주의의 스타일의 혼합은 '괴기성'과 '숭고성'의 혼합이 아니다. '저속한 것과 진지성의 혼합'인 것이다. 보통 사람의 일상사를 진지하게 다루는 것이 자연주의의 스타일 혼합의 특징이다.

'진지성'은 비극의 전유물이었다. 자연주의는 비극에서 플롯의 하향성과 비극적인 종결법을 차용하여 평범한 사람들의 일상사에 적용시켰다. 저속한 제재와 비극적 종말은 근대의 리얼리즘 소설novel의 공통 특징이기도 하다. 그것은 인물들을 이상화하고 '해피엔딩'으로 끝나는 것이 특징인 로맨스와 노벨을 구별 짓는 특성의 하나이다. 자연주의는 노벨적 특징의 극단화라고 할 수 있다. 인물의 왜소화와 비극적 종결법의 결합을 자연주의는 극까지 몰고 간 것이다.

5. 물질주의적 인간관과 결정론

자연주의의 가장 중요한 특성은 물질주의적 인간관과 결정론에 있다. 졸라는 인간과 사물의 동질성을 주장한 작가다. 그에게 있어 길가의 돌멩이와 인간의 두뇌는 똑같이 결정론에 의해 결정론에 의해 결정된 존재다. 물질주의적 인간관과 결정론적인 사고는 자연주의에 다음과 같은 특징을 부여한다.

(1) 反형이상학

자연주의의 反형이상학적 경향은 첫 번째 도덕에 대한 부정으로 나타난다. '미덕이니 악덕이니 하는 것들을 황산이나 설탕과 같은 것'이며, '산소나 질소와 동질의 것'(제 1장의 VII 주4와 8 참조)이다. 두 번째는 종교이다. 플로베르와 졸라는 모두 무신론자다. 세 번째는 反서정주의다. 서정성은 졸라를 '짜증나게 하는' 요인이다. 서정성과 종교·도덕 등을 부정한 졸라는 형이상학적 인간metaphysical man이 있던 자리에 졸라가 대치시킨 것이 생리인간physiological man이다. 따라서 그의 '실험'은 인간의 기질 연구가 되며 본능면의 연구가 되는 것이다.

(2) 피의 결정론 – 유전

인간의 생리적 연구의 과제는 유전 중시현상으로 나타난다. "루공-마카르" 20권은 모두 한 여자의 후손들의 이야기다. 원조인 아델라이드 푸크의 신경적 장애요인과 그녀가 동거한 두 남자의 유전요인이 5대에 걸친 후손들에게 미치는 영향의 추적은, 20권의 소설을 종적인 면에서 묶는 하나의 축을 형성한다. 제르베즈의 알콜중독, 나나의 타락, 에티엔느와 쟈크의 살인, 클로드의 자살 등은 모두 유전의 병리와 관련되어 설명된다. 뿐 아니다. 으제느의 의지력과 앙젤리크의 신앙심처럼 긍정적으로 볼 수 있는 부분까지 모두 유전의 병폐로 설명되는 것이 "루공-마카르"의 세계다.

(3) 환경결정론

유전의 영향이 내적·생리적 결정요인으로 간주된 반면에 환경의 영향은 외적·사회적 결정요인을 형성한다. 환경결정론은 "루공-마카르"에서 유전보다 더 큰 위력을 행사하는 요소로 강조되고 있으며, 루공계보다 마카르계가, 남자보다는 여자가 환경의 영향을 더 많이 받는 환경의 피해자로 설정되어 있다. 환경결정론은 "루공-마카르"를 하나로 묶는 횡적인 끈이다.

6. 장르

자연주의는 시를 싫어한다. 연극도 자연주의와는 맞지 않는다. 현실의 전모를 제한 없이 묘사하기에는 연극은 너무 많은 제한을 가지고 있다.(1장 장르 항 참조) 그러니 졸라의 말대로 자연주의에 가장 적합한 장르는 소설(1장 장르 항 참조)이다. '모든 장르를 포용할 수 있는 소설의 무제한성'은 자연주의가 그리려고 하는 한 시대의 전모를 담기에 적합한 그릇이다. 졸라는 소설의 형식상의 무제한성을 최대한도로 활용한 작가이다. 그는 한 제목으로 20권의 장편소설을 썼다. "인간희극"처럼 개별적으로 발표된 소설을 마지막에 가서 하나의 이름으로 묶은 것이 아니라, 사전에 한 이름으로 계획하여 20권의 장편을 썼던 것이다. 자연주의가 좋아한 소설의 장르는 장편소설이며, 그 중에서도 "인간희극"이나 "루공-마카르"처럼 수십 권을 한데 묶은 장편소설군이다.

7. 진실을 우위優位에 두는 예술관

앞에서 이미 설명한 것처럼 자연주의는 예술을 과학에 종속시킨 문예사조다. 따라서 자연주의의 목적은 '미'가 아니라 '진'이다. 자연주의가 수사학을 거부하고 반형식적 태도를 취한 것은 자연주의의 목적이 아름다움에 있지 않고 진실성, 정확성에 있는데 기인한다. 문체의 조잡함, 비속어의 남용, 디테일의 과다묘사에서 오는 지루함 등의 측면에서 자연주의가 비난을 받은 이유가 거기에 있다. 자연주의의 유파 형성이 어려웠던 이유도 플로베르, 공쿠르 등이 그의 '진' 존중의 예술관에 반기를 든데 기인하다

8. 작가의 계층

자연주의는 인물의 계층의 하강과 함께 작가의 계층도 하강한 것을 특징으로 하고 있다. 졸라가 그런 파리의 하층 사회는 한때는 졸라 자신이 속했던 환경인 것이다. 상류층 출신인 플로베르나 공쿠르 형제가 결국 귀족적인 심미주의를 택한 사실이 그것을 입증한다. 졸라는 선대부터 서민이었으며, 가난하였을 뿐 아니라 고등학교 밖에 다니지 못하였다. 지식의 측면에서도 그는 중·하층에 속한다. 자연주의 그룹 중에서 그가 가장 많이 대중의 호응을 받은 이유 중의 하나가 그 자신의 출신계급이 서민들과 같았던데 있다고 할 수 있다.

9. 인물형의 고정성

인물형의 성격의 고정성은 호머 때부터 시작된 미메시스계 문학의 공통 특징이다. 졸라도 예외는 아니다. "루공-마카르" 중에는 예외적인 인물이 많지만, 입체적 인물developing character은 많지 않다.

그의 인물의 변화는 성격의 변화가 아니라 잠복된 유전인자의 노출인 경우가 많다. 그래서 성서의 인물들처럼 완전히 거듭나 딴 사람이 되는 정신적인 변화의 격차가 없다. 그들은 태어날 때 이미 절반은 결정된 인물들이기 때문이다.

10. 통속성

끝으로 언급해야 할 것은 인간의 하층구조의 노출에 수반되는 통속성이다. 알렉시스P. Alexis가 독자의 수가 많은 졸라를 옹호하는 말을 한 데 대하여 '5인 선언'은 "루공-마카르"의 독자층을 '상놈들imbe ciles'로 규정한 것은 지나친 면이 없지 않다. 하지만, 졸라의 대중적 인기도를 지탱해 주는 요인 중의 하나가 춘화적 면인 것은 부인하기 어렵다. 이 점은 공쿠르 같은 귀족적인 취향의 작가가 "제르미니 라세르투"같이 하녀의 성적 병리를 다룬 소설을 쓴 데서도 나타난다. 졸라는 플로베르처럼 예술을 종교의 자리에까지 상승시킨 완벽주의적 예술가가 아니다. 이 사실은 그가 "루공-마카르" 이전에 통속소설을 쓴 경력과도 결부된다.

이성주의가 자본주의·과학주의·민주주의·산업화 등과 제휴했던 시대의 산물인 자연주의는 (1) 현실재현의 방법에 나타난 ① 모방이론의 채택, ② 사실존중 ③ 자료존중, ④ 가치의 중립화, ⑤ 선택권의 배제, ⑥ 객관주의, ⑦ 분석적·해부적인 방법을 특징으로 하며, (2) 제재의 현실화 과정에서는 ① 인물의 계층하락, ② 배경의 당대성, ③ 주제의 범속화 등으로 나타난다.

(3) 사상적인 측면에서는 물질주의적 인간관과 결정론에 수반되는 ① 反형이상학, ② 피의 결정론, ③ 환경 결정론 등이 그 특색을 이루며, (4) 저속성과 진지성을 연결시킨 스타일 혼합, (5) 장편소설이라는 장르의 채택, (6) 眞 우위의 예술관, (7) 인물의 성격의 고정성 (8) 통속성 등을 특징으로 하고 있다. 작가의 계층 하락도 불란서 자연주의의 특징의 하나다.

Ⅱ. 자연주의의 일본적 양상

　자연주의의 일본적 양상을 논의하기 위해서는 자연주의와 낭만주의
의 관계, 사실주의와 자연주의 관계에 대한 점검이 선행되어야 한다. 불
란서의 경우에 이 세 사조의 특징은 대략 다음과 같이 정리되고 있다.

비교표-Ⅰ

	낭만주의	사실주의	자연주의
1	주관주의 : 내면존중	객관주의 : 외면존중	〃
2	주정主情주의	이성존중	〃
3	비범성 존중 : 천재예찬(귀족주의적)	평범성존중 : 보통사람 존중(인간평등사상)	〃(극단화) 저급화(인간평등사상)
4	배경 : 현실기피 → 과거, 이국취미	현실존중 : here and now	〃
5	反 문명적 배경 : 시골, 원시림 등 어린이, 동물예찬	親문명성 : 도시, 인구밀집지역	〃
6	무한성 동경 (1) 종교적 (2) 정신주의적 (3) 형이상학지향	유한성에 정착 (1) 反종교적 (2) 감각적 (3) 물질주의적 인간관	〃

| 7 | 스타일의 혼합 :
숭고성+기괴성 | 비속성+진지성 | 〃 |

1. 낭만주의와 자연주의

이 중에서 낭만주의를 일본의 그것과 비교하여 보면, 많은 유사성이 나타난다. 첫 번째는 개인존중 사상이다. 일본의 경우 개인존중사상은 낭만주의만의 전유물이 아니라 명치시대 전체를 관류하는 하나의 기본 축이었다. 자연주의도 예외가 아니다. 명치시대에 교토후京都府가 발표한 '고유대의告諭大意'에서부터 개인의 존엄성에 대한 의식은 시작된다. 그런 인식의 최초의 집단적인 개화기가 낭만주의 시대이다.

개인주의는 개인의 개별성le sens propre(Babitt) 존중 경향이기 때문에 인간의 내면과 밀착된다. 따라서 주관주의를 존중하며, 감성존중의 주정主情주의의 성격을 띠게 된다. 주정주의에는 연애지상의 경향이 수반된다. 透谷의 연애찬미, 藤村의 연애시 등이 낭만주의의 주정성을 대표한다. 개별성 존중의 경향에 수반되는 세 번째 특징은 비범성 존중이다. 천재 찬양은 비범성 존중의 한 극이다. 그것을 뒤집으면 바보예찬이 된다. 죠오규우樗牛 등의 귀족주의적인 자아주의가 전자를 대표하고, 獨步의 '봄 새'가 후자를 대표한다. 자연주의에는 비범성 존중 경향이 없다. 플라토닉 러브나 연애지상의 경향도 역시 없다. 자연주의는 보통사람을 중요시했으며, 정신적인 사랑 대신에 육체적인 측면에 역점을 두었다. 이것은 불·일 양국의 자연주의가 가지는 공통성이다.

일본의 경우, 透谷의 낭만주의와 藤村의 자연주의의 이성관의 차이는 에로티시즘의 유무에서 생겨난다. 자연주의의 성에 대한 관심은 낭만주의와 자연주의를 가르는 분수령이다. 일본의 자연주의는 낭만주의에서 연애지상주의나 비범성에 대한 애착은 물려받지 않았다. 그러나 '主我主義와 개성의 절대시 경향'은 계승한다. 내면성 존중도 낭만주의에서 물려받은 품목 중의 하나이다. 명치사회의 이중구조가 자아의 각성을 촉진시키면서 동시에 개인의 자유를 억압하였기 때문에 낭만주의가 '반산半産'되고 말아서, '자아확립의 임任'이 자연주의 문학에 지워지게 된 것이다.("現代日本文學의 世界", pp.81~82) 주아주의와 내면 존중의 경향을 자연주의가 계승한 것은 일본 자연주의의 특이한 성격이다. 자연주의 작가들의 자기폭로 소설들은 "내가 자신의 내부를 철저하게 폭로했기 때문에, 당신은 마치 자신의 내면처럼 그것을 볼 수 있다"는 루소의 대사와 흡사한 말을 우리에게 들려준다.

배경의 경우에도 양국의 낭만주의는 공통성을 나타낸다. 현실에서의 도피escape from reality를 시도한 낭만주의자들은 도회를 싫어하고 자연을 애호했다. 현실에서 도피하여 자연으로 돌아가기를 원한 점에서 일본의 낭만주의는 서구의 그것과 상통한다. 그런데 일본에서는 이런 경향을 자연주의로 간주하는 문인들이 많았다. 片岡良一은 자연을 도피처로 생각하는 낭만파의 문학을 '자연문학'이라 부르고 있으며, 獨步는 자연주의를 '워즈워드적 내추럴리즘Wordsworthian naturalism'으로 생각하고 있다. 가타오카片岡나 獨步가 말하는 '자연문학'은 자연주의가 아니라 낭만주의이다. 일본의 자연주의는 졸라이즘이 아니라 루소이즘의 자연사랑의 의미로서 자연주의를 생각한 면이 있다. '자연'이라는 용어 때문이다. 이경우의 '자연'은 '자연과학'을 의미하는 것이 아니다. 풍경으로서의 '자연', 反인공적 장소로서의 '자연'이다. 中村光夫는 자연주의가 루소이즘을 의미하면 고백소설을 자연주의에 포함시키는 일이 쉬워진다고 말하고 있다. 명치시대에 자연주의가 루소이즘을 의미하는 '자연주의'로 받아들여졌다는 것도 中村의 의견(같은 글)을 통하여 확인할 수 있다.

일본에서는 자연주의를 자연애를 표명한 루소이즘, 쉬플리 사전에서 'naturism'이라 부르는 것이 적절하다 라고 말한 성격의 정서적 자연주의로 생각했기 때문에 로칼 칼라의 부각을 자연주의의 필수조건으로 생각했다. 일본의 자연주의는 그런 연유로 해서 향토문학, 지방문학의 성격을 지닌다. 실지로 花袋의 소설에는 자연묘사가 중요한 비중을 차지하고 있다. '경景이 무겁고 인人이 가볍다'는 것은 花袋의 초기작품에 대한 吉田의 평이다. 이 말은 그의 객관소설을 대표하는 '시골 교사'에도 해당된다.(吉田, 앞의 책 下, p.77) '景이 勝'한 것은 花袋의 자연주의의 특징이다. 그의 폐허 취미 역시 낭만적 배경에 대한 애호를 의미한다.

藤村의 경우에도 '景'의 비중은 무겁게 나타난다. 다른 것이 있다면, 그는 자연을 언제나 인간생활과의 관련 하에서 보고 있는 점(같은 책, p.351)뿐이다. 향토문학적인 성격에 있어 자연주의는 낭만주의와 유사성을 지닌다. 일본의 자연주의에서 사회적 배경이 무시되고, 시대성이 결여된 이유 중의 하나가 낭만주의와의 배경의 유사성에 있다.

배경의 향토성은 낭만주의의 반문명성과도 이어진다. 루소의 자연은 문명화되지 않은 것 전부를 의미하기 때문에 그것이 장소와 결부되면 시골이나 원시림, 인적이 없는 고원지대 등이 된다. 서구에서는 사람의 경우 반문명성이 어린이 예찬, 동물 예찬 등으로 나타나는데 일본 자연주의에는 그것이 없다. 일본의 낭만주의는 '봄새' 등에 나타난 백치예찬 외에도 소년물에 대한 관심을 나타내고 있는데, 자연주의는 어린이 예찬을 물려받지 않았다. 그 밖에도 신비주의, 비합리주의, 숭고성과 기괴성의 혼합(片岡, 앞의 책, p.345) 등에서 일본의 낭만주의는 서구의 낭만주의와 유사하나 일본의 자연주의는 그것들과는 관련이 없다.

일본의 낭만주의는 본격화된 낭만정신의 개화를 보지는 못했으나 표면적인 경향에 있어서는 서구의 낭만주의와 많은 유사성을 가지고 있음을 앞의 비교를 통하여 알 수 있다. 낭만주의 문학의 미숙성은 일부의 낭만적 과제를 자연주의에 물려주어서 자연주의마저 정상적인 발전을 하지 못하고 왜곡되게 만든 것이다.

일본의 자연주의가 낭만주의에서 계승한 것은 (1) 자아중심주의, (2) 자연에 대한 사랑, (3) 향토적 배경, (4) 친형이상학, (5) 주객합일 등이다. 그 밖에 주관주의도 계승하고 있고, 품목은 다르나 스타일 혼합 자체는 계승하고 있기 때문에 비범성 존중과 어린이 예찬, 연애지상주의 등의 항목만 빼면 많은 동질성이 추출된다.

여기에서 추출된 동질성의 축은 사상적인 측면이다. 일본의 자연주의가 낭만적인 내용을 사실적으로 표현했다고 말해지는 이유가 거기에 있다.

2. 불란서의 자연주의와의 이질성

앞의 말의 진위眞僞를 밝히기 위해 불란서와 일본의 전·후기 자연주의의 친소親疎 관계를 점검해 보면 다음과 같다. 전기 자연주의는 불란서의 자연주의와 많은 공통성을 지니고 있는 데 반해 후기 자연주의는 공통성이 적다. 후기 자연주의와 불란서의 그것과의 공통성은 (1) 사실존중, (2) 反수사학, (3) 배경의 당대성의 세 가지밖에 없다.

비교표-II

	불란서 자연주의	일본 자연주의		일본의 사실주의 (전기 자연주의)	
1	방법 : (1) 사실존중, 현실의 모사	〃	+		+
	(2) 자료존중	※ 진실 = 사실 : 체험주의 자료 존중	−	※ 체험주의가 아님	+
		※ 모델이 필수적		자료존중 : 모델이 필수적이 아님	+
	(3) 선택권의 배제				
	i 반수사학反修辭學	언문일치(反雅文體)	+	〃	+
	ii 어휘의 비속성	비속하지 않음	−	비속함	+
	iii 사건의 로마네스크 배제	무각색, 무해결	+	사건성이 많음	±
	iv 묘사대상의 선택 배제	선택인정 : 인상주의적 수법을 긍정	−	선택배제	+
2	모사의 대상 : 객체·객관적 소설	주체가 주 : 사소설	−	객관적 小說 : 객체	+
3	물질주의 : 생리학적 형이하학적	정신주의+미약한 물질주의	−	물질주의 : 생리적 형이하학적	+
4	유전(피의 결정론 신봉)	유전이 나오나 신봉도가 미약	+	유전강조	+
5	환경결정론 : 아주 강하게 나타남	자유의지를 인정하기 때문에 결정론적이 아님	−	환경결정론 강조	+
6	스타일의 혼합 : 저속성+진지성	저속하지 않으며 진지성도 약함.		저속성+진지성	+
	(1) 인물의 계층 : 하층민 (지적, 경제적, 도덕적으로 최저층)	중 혹은 중하가 주 (지적으로는 상층, 경제적인 면은 중하, 도덕적인 면 : 중, 중상)	−, ±	하층민(지적·도덕으로도)	+
	(2) 배경 : here and now	〃	+	〃	
	(3) Plot의 하향성 : 비극의 극치	Plot의 하향성 : 비극성은 완화됨	±	비극성의 극치	+

유사성의 첫 번째 항목은 진실존중의 경향이다. 일본에서도 자연파의 특징은 우선 '진실을 은폐하려는 풍조와의 싸움'이며, '허위의 소탕'이다. 진실성 존중의 측면에서 일본의 자연주의는 불란서의 자연주의와 의견이 일치된다. 그러나 그것은 지향점의 일치일 뿐이다. 실질적인 면에서 일본의 진실성 존중에서는 사실과 진실의 혼동현상이 일어난다. 일본에서의 '진실'은 '실제로 일어난 일'로 국한된다. 그래서 체험주의적인 성격으로 변모해 간다. 그래서 사소설 중심의 자연주의가 형성되는 것이다.

이 경우의 작가는 모사하는 사람이 아니라 보고하는 사람이 된다. 抱月은 졸라의 자연주의를 보고적 자연주의라 부르고 있으며(相馬, 앞의 책, p.48), 花袋는 작가를 종군기자로 보고 있다.("田山花袋集", p.149) 말하자면 작가는 자신이 직접 '몸을 가지고 검증한 사실'을 정확하게 보고하는 역할을 하는 존재인 것이다. 따라서 비자전적인 소설의 경우에는 반드시 모델이 있어야 한다. 일본 자연주의의 대표적인 작품들은 모두 모델소설들이다. 비자전적 소설의 경우에는 반드시 현지답사가 행해지며, 자료가 수집된다. '조사한 예술'이 되는 것이다.

그것은 허구성의 부정이다. 일본의 경우 자전적인 소설과 비자전적인 경우를 막론하고 소설은 실지로 일어난 사건을 되도록 그대로 재현하려는 노력 속에서 집필된다. 이런 태도는 허구와 허위를 혼동한 데서 생겨난다. 예외적 인물의 채택에 대한 花袋의 이론은 그런 인물이 실존했다는 사실에 의해서 합리화되고 있다.(1장의 V 참조) 졸라가 결정론을 실증하는 데 편리해서 병적인 인물을 설정한 것과는 설정이유에 격차가 있다. 실제로 일어난 일이면 어떤 부자연스러운 사건이라도 무방하다는 생각은 소설의 개연성을 무시하는 것이다. 개연성과 허구성의 제거는 소설이라는 장르의 본질적 여건에 대한 부정을 의미한다. 일본의 근대소설이 사소설이나 심경소설로 화하여 에세이적 성격을 지니게 된 책임은 자연주의의 허구부정과 체험주의 그리고 내면성 존중에 기인한다. 따라서 일본의 자연주의는 리얼리즘의 첫째 요건인 '외면화 경향에도 저촉된다. 일본의 자연주의는 거울은 기울이지만 외부적 환경을 비추는 거울이 아니라 내시경이다. 일본 자연주의가 사회성을 결여하게 되는 원인이 모사방향의 내향성에 있다. 일본의 자연주의는 일단 객관적인 시점을 택하고 있는 점에서는 불란서와 공통된다. 같은 사소설이라도 '백화파'는 1인칭 시점을 택하고 있는 데 반해 '자연파'는 3인칭 시점을 고수하고 있는 것이다. 하지만 그것은 위장에 불과하다. 실질적으로는 '주인공의 1인칭 관찰, 사색을 기술하는'(吉田, 앞의 책 下, p.455) 내면묘사의 예술이다. '작가가 자신을 가탁假託없이 솔직하게 노출시킨 소설'(1장의 Ⅵ 참조)이 사소설이며, 자연파의 사소설도 역시 같은 범주에 속한다.

그러나 일본의 자연주의는 사소설인데도 불구하고 객관성을 지향한다. 자신의 내면을 객관화하려 하는 것이다. 이것을 花袋는 '주체객관主體客觀'이라 부르고 있다. 있는 그대로를 되도록 노골적으로 모사하는 것이 일본 자연주의의 模寫문학으로서의 특징이다. 모사의 대상을 실제로 일어난 일로 한정짓는 것, 그 대상이 주로 작자의 내면이 되는 것 등이 일본 자연주의의 특성인 것이다. 자연주의의 사소설화·주관화 경향은 '진' 지향의 문학으로서의 자연주의 소설의 비자연주의적인 측면이다.

두 번째 항목은 선택권의 배제이다. 있는 그대로의 현실을 거울처럼 반영해야 하는 자연주의 문학은 추악한 부위나 병적인 측면을 외면할 수 없다. 따라서 사회의 금기를 과감하게 깨뜨리는 '파괴운동'적인 면을 지니게 된다. 금기 파기가 형식에 나타나면 反수사학적 성격을 지닌다. 미문체美文體를 거부하고 비속어를 채택하게 되는 것이다. 그 다음은 사건성이 배제가 된다. 일본의 경우도 이와 유사하다. 자연주의의 공적이 언문일치의 확립에 있는 만큼 일본의 자연주의는 아문체雅文體의 거부와 이어진다. 자연주의의 공적이 언문일치의 확립에 있는 만큼 일본의 자연주의는 아문체의 거부에 앞장섰으며, '무각색', '무해결'을 목표로 하였다. 주제의 성격이나 인물의 자, 타에 구별을 두지 않고 있는 그대로를 냉정하게 묘사하는 점에서 일본의 자연주의는 불란서의 그것과 유사하다. 일본의 경우 '무각색'이 허구부정을 의미하는 데 반하여 불란서의 그것은 사건의 로마네스크를 거부하는 점만 다를 뿐이다.

선택권의 거부가 묘사에 적용되면 '디테일의 정밀묘사의 중첩' 현상이 생겨난다. 하지만 일본의 자연주의는 '인상파적 수법'을 택했기 때문에 묘사의 측면에서의 생략이 허용된다. 평면묘사와 인상파적 수법의 병행은 花袋의 문학의 모순 중의 하나이다. 森鷗外는 인상파적 수법이 일본인의 적성에 맞는다는 견해를 가지고 있다. 평면묘사를 주장한 花袋가 인상파적 수법으로 옮겨가고 있고, 藤村도 인상파적 수법을 적용하고 있는 점에서 鷗外의 견해는 타당성을 지닌다. 문제는 인상파적 수법이 비자연주의적인 것이라는 데 있다. 비속어의 사용은 일본 자연주의에는 적용되지 않는다. 사소설이기 때문이다. 泡鳴만 제외하면 어휘의 저속성에 저촉될 작가는 일본에는 없다. 泡鳴의 저속성이 인기를 얻지 못하였다는 것은 독자들의 윤리적 저항감에 기인한다고 볼 수 있다. 작자와 독자층이 모두 지식인이라는 점, 체면에 대한 유교적 존중 경향 등이 사소설에서 어휘의 비속성을 기피하는 현상으로 나타났다고 볼 수 있다.

아문체의 거부, 사건의 로마네스크의 거부 등의 면에서 佛·日 자연주의는 부분적인 유사성을 나타내고 있지만, 묘사와 어휘의 비속성 등에서는 유사성이 나타나지 않는다.

세 번째 항목은 배경의 당대성과 근접성이다. 여기에서 양국의 자연주의는 가장 선명하게 공통성을 나타낸다. 지엽적인 차이는 있으나 (1) 사실존중, (2) 반수사학, (3) 배경의 당대성과 근접성 등의 방법적인 측면에서 양국의 자연주의는 유사성을 지닌다.

이에 반하여 (1) 체험주의, (2) 모사의 대상이 자아라는 점, (3) 친형이상학, (4) 반결정론 등은 이질적인 측면이다. 사상적인 면에서는 거의 유사성을 찾아보기 어려운 것이다. 일본의 자연주의는 낭만주의적인 내용을 사실주의적인 방법으로 표현한 문학이기 때문이다. 일본의 자연주의가 '어디까지나 로맨티시즘의 대조류의 연속'으로 간주되고, 차라리 낭만주의라고 개명을 하라는 평을 듣게 되는 이유는 사상적인 측면에서 낭만주의와 유착된 데 있다. 사상적인 면에서 일본의 자연주의는 졸라이즘과 거의 무관하다.

그런데 기이한 것은 자연주의 시대만 졸라이즘을 소외시키고 있는 특이한 현상이다. 자연주의 시대에 선행한 전기 자연주의는 졸라이즘을 답습하고 있으며, 대정시대에도 秋聲·花袋· 白鳥 등의 작품에서 졸라의 영향이 검출되고 있는데, 유독 자연주의 시기만 졸라이즘과 거리가 먼 문학이 나타나고 있는 것은 일본의 근대문학사의 가장 큰 아이러니이다. 이것은 명치시대의 일본문인들이 '정서적 자연주의 emotional naturalism'을 naturism이라고 오해한 데서 생긴 것이라고 볼 수밖에 없다. 獨步가 'Wordsworthian naturalism'을 자연주의라고 생각한 것, 片岡이 낭만파를 자연파라 부른 것 등이 그것을 입증한다. 거의 대부분의 항목에서 일본의 자연주의는 불란서의 자연주의와 배치된다. 그것도 전후의 어느 시대의 문학보다도 자연주의와 가장 거리가 먼 문학이다. 정서적 자연주의는 낭만주의이기 때문이다. 藤村이 가장 깊이 영향을 받은 작가는 루소이며, 獨步는 워즈 워드라는 사실이 그것을 증면한다.

3. 기법면의 사실주의

사실은 내용면 뿐 아니라 방법면 역시 자연주의적이라고 할 수가 없다. 불란서의 사조적 개념으로 보면 일본의 사실주의와 자연주의는 완전히 그 명칭이 뒤바뀌어 있다. 일본에서는 天外 등의 전기자연주의를 사실주의라고 불렀다. 天溪는 졸라까지 사실주의자로 보고 있어 명칭이 전도된 사실을 입증한다. 따라서 방법면에서 자연주의를 채택하고 있다는 말은 '사실주의'로 정정해야 한다. 사실주의를 일본에서는 자연주의라고 하기 때문이다. 이 사실은 다케다 가츠히코武田勝彦가 쓴 '외국인이 본 藤村觀'을 통하여서도 확인할 수 있다. 武田에 의하면 영어권에서 '파계'를 강의할 때 '리얼리즘' 작품이라고 설명하면 저항이 없는데 '내추럴리즘'의 범주에 넣으면 학생들이 이의를 제가한다는 것이다. 스트롱Kenneth Strong도 '파계'를 평하는 글에서 자연주의라는 용어 대신에 '사실주의'라는 말을 쓰고 있다.[226] 이것은 스트롱 뿐 아니라 서구의 Japanologist들의 공통된 의견이다.[227]

서구의 Japanologist들이 자연주의라는 말 대신에 사실주의라는 용어를 쓴 이유를 점검하기 위하여 불란서에서의 사실주의와 자연주의의

---

226) 武田勝彦, '外國人の藤村觀' "藤村, 花袋', pp.40~42.

227) Kenneth Strong, '*The broken Commendment*' The University of Tokyo Press xi p.45, 같은 책, p.44에서 재인용.

관계를 다시 살펴보면(1장 Ⅰ 참조) 동질성은 방법과 제재의 측면에서만 나타난다. 쉬플리Shipley의 "문예사전 Dictionary of World Literature"에서 인용하자면, 자연주의는 특정한 철학적 자연주의를 구현하기 위하여 '리얼리스틱한 방법과 제재를 사용한 것'이다. 제재와 방법의 측면에서 자연주의와 사실주의는 공통되는 성질을 가지고 있다. 자연주의는 같은 제재와 방법을 과장하거나 극단화시키고 있는 점만이 다를 뿐이다. 그런데 이런 극단화 현상은 일본의 자연주의에서는 찾아 볼 수 없다. 따라서 방법과 제재의 면에서도 일본의 자연주의는 자연주의라고 불릴 이유가 없다.

불란서의 사실주의와 자연주의의 관계를 요약하면 (1) 동질성 – 리얼리즘의 계승, 과장 혹은 극단화 (2) 이질성 – 과학주의와 결정론으로 나타난다. 제재와 방법의 측면은 (1)이다. 그런데 일본의 경우는 과장, 극단화의 현상은 나타나지 않으니까 그것은 자연주의가 아니라 사실주의이다. 武田도 이 점을 긍정하고 있다.(같은 책, p.46)

이질성의 측면은 전술한 바와 같이 일본에서는 찾아보기 어렵다. (2) 야말로 자연주의의 본령인데 일본의 자연주의에서는 자연주의의 기본적인 여건이 되는 과학주의가 거세되어 있다. 결정론이 있어야 할 자리를 자아중심주의와 자연애 등이 점거하고 있는 것이다.

따라서 일본의 자연주의는 내용, 제재, 방법의 모든 측면에서 자연주의가 아니다. 그렇다고 낭만주의로만 처리해 버릴 수도 없다. 제재와 방법의 측면에 나타난 사실적 특징 때문이다. 결론적으로 말하자면 일본의 자연주의는 낭만주의적 사실주의다. 개인의 내면적인 세계를 사실적·객관적으로 묘사한 것이 일본의 자연주의이며, 개인의 내면을 이상화하지 않고 현실적으로 처리한 것이 일본의 자연주의다. 그래서 요시다吉

田는 이것을 유심론적 현실주의라 부르고 있다.(吉田, 앞의 책 上, p.227) 비록 3인칭 시점으로 씌어졌다 하더라도 자연파의 사소설은 자연주의라 불릴 조건을 가지고 있지 않다. 시점은 사실적이지만 장르는 낭만적이다. 따라서 일본의 자연주의는 낭만주의적 사실주의로 개명되어야 한다. 문학사의 수정이 이루어져야 하는 것이다.

'자아대립의 任'과 더불어 'formal realism'을 확립한 것이 일본 자연주의의 공적이다. '포말 리얼리즘'의 확립을 통하여 일본의 자연주의는 근대소설이라 불리는 노벨의 형식을 완성시켰다. '파계'가 근대소설의 'curtain raiser'가 되는 이유가 거기에 있다. 일본의 자연주의는 근대소설의 기본여건을 충족시킨 최초의 소설인 동시에 근대적인 자아의 확립에 기여한 최초의 소설이다. 명치문학사에서 자연주의의 비중이 엄청나게 큰 이유는 내용면에서 근대문학의 기본여건이 되는 '자아대립의 임任'을 완수했고, 형식면에서, 근대적인 '노벨'의 형태를 정착시킨 이중의 과제를 성취한 공로에 있다. 말하자면 일본의 자연주의는 루소의 과제와 리차드슨의 과제를 함께 짊어지고 있는 것이다. 그러나 졸라의 과제는 아니다.

끝으로 지적해야 할 것은 불란서와 일본의 문예사조의 변화형태의 차이점이다. 불란서의 경우에는 일면성이 강조된다. 하나하나의 사조는 선행한 사조의 안티 테제로서 등장한다. 따라서 융합의 가능성이 배제된다. 고전주의와 낭만주의는 상극이며 낭만주의와 사실주의도 상극이다. 그래서 공존할 수가 없는 것이다. 사실주의의 그런 상극성을 이어받아 극단화시킨 것이 자연주의이기 때문에 낭만주의와 자연주의의 거리는 아주 멀다.

일본에서는 그런 선명한 대립은 존재하지 않는다. 여러 사조가 일시

에 몰려든 사조의 혼류현상에 대부분의 원인이 있겠지만, 또 하나의 이유는 분석적이 아니라 종합적인 것을 지향하는 동양적인 사고방식이 일면성의 극단화를 받아들이지 않는 데 있다고 할 수 있다. 일본에서는 낭만주의를 자연주의가 계승한다. 자연주의와 그 후의 사조와의 관계도 이와 유사하다. 反자연주의파인 '스바루スバル'파와 '백화파', 자연주의파와의 사이에 명확한 사상적 대립은 없었다고 보는 게 옳다는 것이 中村光夫의 의견이다. 그들의 대립은 '도회인과 시골 사람, 부자와 가난뱅이'의 대립이었을 뿐이라고 中村은 부언한다. 사상의 측면에서는 유사성을 지니기 때문에 지엽적인 차이 밖에 없는 것이다. "명치문학사"에서 "본질적으로 反자연주의적인 작가는 이즈미 교카泉鏡花 하나 밖에 없다고 할 수 있다"는 소오마요오로相馬庸郎의 말이 그것을 증명한다. 일본의 근대문명 자체가 '각종의 사물이 축도적縮圖的으로 공존'하는 것인 만큼, 문학사에서도 그런 공존성은 불가피하다. 졸라이즘(전기 자연주의)과 루소이즘(후기 자연주의)의 순서가 뒤바뀐 것도 일본의 명치문학의 사조상의 한 특징이다.

4. 용어의 굴절의 원인

일본의 자연주의가 용어 자체의 수정을 필요로 할 정도로 왜곡된 이유는 자연주의가 산출된 시대적 상황의 이중적 성격에 기인한다. 명치시대는 자아의 각성을 촉구하면서 동시에 그것을 압살하려 한 이중의 구조를 가지고 있었다. 명치시대의 이중성은 거기에서 끝나는 것이 아니다. 명치시대는 실증주의가 없는 풍토에서 중공업이 개화한 시대이며, 공민권이 인정되지 않는 시민사회였고, 국가지상주의가 개인존중사상과 공존했던 시대이며, 봉건적인 정신주의가 상업주의와 병립되어 있던 복합적인 시대였다. 그런 시대적 여건 위에 낭만주의와 자연주의가 함께 수입되었다. 사조변이의 시간적인 근접성, 변화속도의 빠른 템포, 낭만주의에서 자연주의에로의 성급한 도약, 신사조=자연주의의 등식等式, 동서양의 사상적 배경의 격차, 수용과정에서의 자의성恣意性과 우연성, 문인들의 외국어 실력의 부실 등의 이루 헤아릴 수 없이 많은 조건들이 자연주의를 낭만주의적 사실주의와 혼동하게 만드는 여건을 형성한다.

그 결과로 일본의 자연주의는 (1) 사상적인 측면에서는 주아주의, 주정주의, 자연애, 반문명주의 등의 낭만적인 경향을 강력하게 나타낸다. (2) 방법 면에서는 사실존중, 선택권의 배제, 反수사학 등의 사실적 경향이 나타난다. (3) 제재의 경우에도 사실적 특성이 노출된다. 보통사람의 일상사에 대한 관심, 인간의 본능면의 긍정, 특히 성에 대한 관심 등에서 사실적인 경향이 나타나는 것이다. 장르 면에서는 사소설이 주도권을 쥔다. 그러나 자전적 소설인데도 시점은 개관적인 것이 채택되고 있는 점이 특징이다. 이것은 일본의 특이한 현상이다. 사소설이 주축이 되는 사실은 체험주의적 사고와 밀착되어 있다. 그 결과로 허구부정의 현상이 일어난다. 끝으로 부가해 둘 것은 사소설이 소설문학의 본령으로 간주되었다는 사실이다. 일본에서는 순수소설=사소설의 특이한 관습이 소설문학에 첨가되어 있다. 끝으로 지적해 둘 것은 자연주의의 개화기가 평론의 개화기와 병행하고 있다는 점이다. 명치 말기는 소설과 함께 평론계가 활기를 띠던 시기였다. 일본문단에 사상 최초로 'parnasse ambulant'가 구성된 시기가 자연주의 시대이다.

Ⅲ. 한국 자연주의와 김동인

1. 용어

자연주의라는 용어 속에 함유된 '자연'은 졸라에게서는 '자연과학 science naturelle'과 '인성人性nature humaine'을 의미한다. 일본의 경우는 이와 다르다. 일본에서 '자연'은 우선 자연 그 자체를 의미한다. 따라서 그것은 졸라보다는 루소와 밀착되어 있다. 일본의 자연주의는 자아중심주의, 자연에 대한 사랑, 주관성 존중 등의 측면에서 낭만주의와 유착되어 있다.

김동인의 경우도 자연주의라는 용어는 루소이즘을 의미한다. 동인과 일본의 자연주의 작가들은 루소이즘을 자연주의로 보는 점에서는 의견을 같이한다. 그러나 후자가 그런 전제하에서 자연주의자가 된 데 비하면 동인은 루소이즘을 거부하는 입장을 명확하게 취하고 있다. 그렇기 때문에 자기의 문학을 자연주의와 무관한 것으로 생각하고 있는 점이 그들과 다르다. 동인은 루소이즘으로서의 자연주의는 거부하지만 문명과 과학은 예찬한다.(2장의 Ⅱ 참조) 그는 인공적인 것 전부를 자연보다 높이 평가하는 점에서 反루소주의자다. 동인에게 있어서 사람이 만든 것은 자연보다 위대하며 그 위대성의 정점은 예술이다. 예술을 인공미의 극치로 보는 것, 예술을 최고의 가치로 보는 점에서 김동인은 유미주의적인 성격을 드러낸다.

김동인에게 있어 과학은 인공성의 표징이라는 점에서 예술과 동질성을 지닌다. 예술과 과학은 인간의 위대함을 입증하는 두 개의 상징적 가치이다. 예술과 과학의 악수를 동인은 인류가 파라다이스에 이르는 첩경으로 간주했다. 그 점에서 보면 김동인은 졸라와 유사하다. 자연주의는 예술과 과학의 제휴에서 생겨난 사조이기 때문이다. 김동인이 자연주의자로 간주되는 근거가 거기에 있다. 그러면서 미를 최고의 가치로 보고 있어 그의 예술관을 졸라와 상반된다. 김동인이 와일드, 졸라의 상극되는 두 문인과 병행하여 논의되는 이유가 거기에 있다.

동인에게 있어서 상반되는 두 사조의 병치가 가능한 것은 그가 예술과 과학을 동질성을 띤 것으로 받아들이는 자세에 있다. 인공에 대한 예찬 속에서 그것들은 등가等價의 두 정점으로 받아들여지고 있기 때문이다. 동인은 졸라처럼 '자연'의 의미를 '자연과학'과 인간의 육체성으로 받아들인 물질주의자이다. 그 점에서 동인은 일본의 두 작가와는 상이하다. 그들보다는 졸라이즘과 더 많은 근사치를 지니는 것이다. 그러나 과학과 예술을 같은 것으로 받아들인 점에서는 反졸라적이다. 졸라이즘은 反형식성을 성격을 가지고 있기 때문이다. 花袋와 藤村도 反형식성을 지향한 점에서는 졸라와 공통된다.

2. 한국과 일본의 외래문화 수용의 여건의 차이

花袋, 藤村의 자연주의와 김동인은 자연주의의 차이는 낭만주의와의 관계에서도 나타난다. 개성존중의 측면에서 보면 이들의 자세는 공통되지만, 동인의 경우 그것은 개성에 대한 보편적인 긍정의 의미를 지니는 것이 아니다. 자기만이 특출하다고 생각하는 유아독존적인 자아중심주의이다. 그 점에서 동인은 일본의 자연주의자들과 구별된다. 뿐만 아니라 동인에게는 전자의 특징이 되는 주정주의主情主義가 결여되어 있다. 일본의 자연주의는 정서적 자연주의(I. Babitt)이기 때문이다.

서정성의 부재는 동인의 문학이 전자의 그것보다 객관성을 띠는 요인이 되고 있다. 동시에 그것은 그의 문학이 낭만주의가 될 수 없는 결정적 요인도 된다. 자연미에 대한 관심의 경우에도 그와 유사한 현상이 나타난다. 花袋의 문학에서는 '경景이 승勝하고 인人이 가볍게' 취급된 데 반하여, 동인은 '景'이 사람보다 가볍게 취급된다.

서정성, 자연미의 예찬 등이 나타나 있는 동인의 소설은 '배따라기' 밖에 없다. 그런 의미에서 '배따라기'는 동인의 작품 중에서 예외적인 것이라 할 수 있다. 이 소설이 낭만주의와 결부되어 논의되는 이유가 거기에 있다. 배경, 인물의 자연성 등에서 이 소설은 낭만주의와 결부될 소지를 많이 가지고 있다. 뱃사공의 노래의 자연발생적인 성격도 같은 여건에 속한다. '배따라기'의 경우 뿐 아니라 그의 소설에 나오는 예술가들은 이 점에서는 모두 공통된다. 그들의 예술은 수련을 거쳐 미를 완벽한 형식으로 완성시키는 고전주의적인 완벽성 지향의 예술이 아니라 자연발생적이며 야성적인 예술이다. 백성수의 경우가 그것을 대표한다.

그 점에서 동인의 예술관은 낭만주의와 상통한다. 기교의 완벽한 정련과정의 부정은 동인의 유미주의가 유미주의로서 완성되는 것을 저해하는 요인이다. 미를 최고의 가치로 설정하고, 그 본질을 인공성에 두고 있는 김동인과 백성수와 뱃사공('배따라기')을 예찬하는 김동인 사이에 분열이 일어나고 있기 때문이다. 학자들이 그의 문학을 문예사조와 관련시켜 논의할 때 혼란이 생기는 이유는 그의 문학이 지니고 있는 이런 복합적 성격 때문이다.

김동인은 비범성 존중의 측면에서도 낭만주의와 관련되어 있다. 그의 천재예찬은 극에 닿아 있다. 이 점에서도 그는 佛·日 양국의 자연주의와 대척된다. 졸라의 제르미니형의 인물들은 창조적인 비범성 대신에 병적이며 파괴적인 비범성을 지니고 있다. 그의 유전론은 열성 유전에 초점이 맞추어져 있기 때문이다.

뿐 아니라 졸라의 클로드가 자연주의의 대표작에 나오는 주인공이 아니듯이 동인의 백성수도 자연주의 계열의 소설의 주동인물이 아니다. 그의 천재들은 '배따라기' 계열의 소설에만 나온다. 배경의 향토성과 원시성, 자연미에 대한 예찬도 마찬가지이다. 이 점에서 김동인의 자연주의는 일본의 두 문인의 경우와 상반된다. 일본의 자연주의는 정서적 자연주의이기 때문이다.

두 수신국 사이에 생긴 이런 차이점은 외국문학의 수용여건의 차이와 개인적 환경의 차이에서 생겨난다. 韓·日 양국의 근대화 과정은 (1) 개항의 피동성, (2) 이질적 문명으로의 도약, (3) 사조의 혼입, (4) 개화속도의 과속성, (5) 외국어를 통한 간접 수용 등의 여건에서 공통성을 지닌다. 그러나 (1) 시간적인 후진성, (2) 유교문명의 영향도의 차이, (3) 이중수입의 간접성, (4) 국권의 상실 등의 측면에서 한국은 일본과 다른 여건에 놓여 있다.

근대화의 여건의 이런 차이는 문학에 그대로 반영된다. 일본의 경우 이질문명의 수용은 전통적 가치관과의 마찰로 나타나 근대문화 전체를 개인존중사상으로 통일시켜 버렸다. 자연주의가 개인주의와 유착되어 反봉건적 성격을 가지게 된 원인이 거기에 있다. 서양의 근대를 일시에 수입한 데서 생긴 혼란은 자연주의의 명칭을 양산시켰고, 루소이즘을 졸라이즘으로 착가하는 결과를 가져왔으며, 발신국의 다원화는 톨스토이, 입센, 졸라의 문학적 특성의 상이점을 몰각沒覺하여 그들을 동일시하는 현상을 가져 왔다.

한국의 경우에도 러시아 문학이 자연주의의 모델이 되고 있다는 점에서는 일본과 같다. 김동인도 예외가 아니다. 그러나 동인에게는 '입센열'이 없다는 점에서 일본과 구별된다. 자연주의의 명칭이 비교적 통일되어 있는 것도 한·일 양국의 차이라고 할 수 있다.

문예사조에 대한 거부의 태도, 톨스토이에게서 기교적인 측면만 수용한 것, 독자성에 대한 집념의 농도 등에서 동인의 문학은 일본 자연주의와 격차를 드러낸다. 花袋, 藤村의 문학과 동인의 문학은 똑같이 근대적 소설 형식의 확립이라는 과제를 안고 있다. 그런데도 불구하고 김동인의 문학은 일본의 자연주의와의 동질성이 희박하다. 그 이유는 그가 유학한 기간이 대정시대에 속한다는 데 있다고 할 수 있다. 동인이 유학한 시기는 反자연주의적인 문학의 발흥기에 해당되기 때문에 동인은 그들의 영향을 보다 많이 받고 있는 것이다.

거기에 김동인의 개인적인 여건과 花袋, 藤村의 그것과의 격차도 작용했다. 동인은 부자였고 그들은 가난했으며, 동인이 봉건적인 전통과 인연이 적은 기독교 집안에서 자유롭게 큰 데 비하여 그들은 봉건적인 대가족의 기반에 얽매여 있었다. 동인이 근대화의 주류를 이룬 중인계층 출신인 데 반하여 그들은 둘 다 전통의 위력이 보다 강하게 작용하는 구가舊家 출신이었으며, 전자가 도시의 중심에서 자란 데 반하여 후자는 벽지에서 성장했다는 것도 이들의 문학이 이질성을 나타내는 원인을 형성한다고 할 수 있다.

3. 외국문학과의 영향 관계

불란서의 자연주의파 중에서 일본에 영향을 가장 많이 준 작가는 모파상과 도데이다(1장의 Ⅲ-3 항 참조). 전기 자연주의의 졸라이즘의 부정된 곳에 세워진 일본의 자연주의는 졸라, 플로베르, 발자크 등의 1대, 2대의 자연주의자들 대신에 3대에 속하는 모파상과 도데를 선택했다. 花袋는 모파상에게서 '평면묘사'와 '노골적인 묘사'를, 공쿠르에게서 '인상주의적 수법'을, 유이스망에게서 '종교에의 선회'를 받아들였다. 藤村은 텐느의 "영문학사"에서 환경결정론을 알았고, 플로베르의 영향이 나타나는 작품을 쓰고 있으며, 모파상에게서도 영향을 받았다. 그러나 그가 가장 많은 영향을 받은 작가는 루소다. 두 작가가 모두 졸라를 소외시키고 있음을 알 수 있다.

김동인의 경우, 불란서의 자연주의파에 대한 언급은 졸라, 모파상의 순서로 나타난다. 그는 졸라의 인물묘사의 탁월성과 묘사의 정확성을 칭찬하고 있는 반면에 사건성의 부실을 비난하고 있다. 플로베르와 모파상의 사실주의, 객관성 등도 지적하고 있어, 그가 불란서 자연주의자들의 작품을 읽은 흔적은 나타나 있으나, 단편적인 언급에 그치고 있고, 기교면에 대한 논평으로 한정되어 있다. 불란서 자연주의에서 김동인이 영향 받았을 가능성이 있는 것은 객관주의와 단편양식, 인물묘사, 묘사의 정확성 등으로 추정된다.

기교면에 대한 관심은 톨스토이에게도 해당된다. 톨스토이는 김동인이 가장 존경한 작가지만 그 존경의 대상에서 사상적 측면은 배제되어 있다. 그의 '인형조종설'에 의하면 톨스토이는 도스토예프스키보다 예술가로서 우위에 있다. 자기가 만든 세계를 마음대로 조종하고 있기 때문이다. 톨스토이 외에도 그는 체홉, 투르게네프의 영향을 받았다. 그의 문학수업에 가장 큰 영향을 준 나라는 러시아이다.

이 점은 일본의 두 작가의 경우도 동일하다. 다른 점이 있다면 그들은 톨스토이, 도스토예프스키보다 투르게네프, 고리키, 체홉의 순서로 영향의 순위가 나타나는 점이다. 전자의 영향은 대정기에 가서 본격화된다. 동인은 대정시대에 일본 유학을 한 관계로 톨스토이가 우선되는 것이다.

영문학의 경우 동인은 무명의 작가 윗츠 던톤의 '에일윈'에서 영향을 받지만 藤村은 주로 셸리, 워즈워드 등 저명한 시인에게서 영향을 받았다. 그가 초기에 "若菜集"을 쓴 서정시인이었다는 사실과 관계가 깊다고 할 수 있다. 외국문학에서 한·일 두 나라의 자연주의자들에게 가장 많은 영향을 준 것은 러시아의 사실파 작가들이다. 그들은 花袋, 藤村, 동인의 공동의 모델이다.

김동인의 경우에는 거기에 일본문학의 영향이 첨가된다. 일본 문학의 영향은 자연주의파와 反자연주의파의 영향이 복합된 현상으로 나타난다. 자연주의파에서 동인이 가장 많은 영향을 받은 문인은 岩野泡鳴이다. 그의 '일원묘사론─元描寫論'을 김동인은 거의 그대로 자신의 '소설 작법'에서 차용하고 있다. 동인의 액자소설이나 초기의 작품들에 泡鳴의 일원묘사체가 그대로 적용되고 있는 것이다. 獨步의 '女難'과 '배따라기' 사이에도 영향 관계가 나타나며(김송현, 앞의 글 참조), '평면묘사'라는 용어에서는 花袋의 영향이 노출되나, 일본 자연주의와 동인과의 관계는 긴밀하지 않았다.

동인이 보다 많은 영향을 받은 것은 反자연주의 문학에서이다. 동인 문학의 유미주의와 자연주의의 공존 관계에서 일본의 영향이 나타난다. 서구의 경우처럼 문예사조의 일면성이 강조되는 대신에 일본문단에서는 여러 사조의 혼합현상이 일어났다. 자연주의와 反자연주의의 관계가 대립이 아닌 공존관계로 나타난 것도 그 중의 하나다. 동인의 문학에서도 같은 현상이 나타나고 있다.

둘째로는 탐미파의 영향을 지적할 수 있다. 동인의 유미주의의 원천이 와일드인지, 谷崎인지 확연하게 밝힐 자료가 없지만, 양자의 영향이 혼합된 것일 가능성이 많다. 동인의 유학기간은 일본의 탐미주의의 시기였고, 그의 스승인 후지지마 다케지藤島武二가 "明星"와 관계를 가지고 있었던 만큼 일본의 탐미파의 문학이 동인의 유미주의적 태도에 영향을 주었을 가능성이 많다.

셋째로는 "백화"파의 영향이다. "백화"파의 미술과 문학의 밀착현상은 "창조"에 끼친 영향이 크다. 문학보다 미술, 음악을 고급한 예술로 보는 동인의 예술관, 순수예술론 등은 김동인의 '배따라기'계의 문학에서 그 자취가 나타난다. 그는 "백화"파의 동인인 아리시마 다케오有島武郎의 작품을 번역한 일도 있다. 동인의 본질을 이루는 주아주의主我主義는 "백화"파의 특징이기도 하다. 톨스토이열도 "백화"파와 김동인이 공유하는 특징이다. 순수예술론, 미 우위의 사고, 주아주의, 문학과 미술의 밀착성 등은 동인의 예술세계를 이루는 지주들이다. 그것들은 대정문단의 주도적 경향이기 때문에 유학 기간의 일본문단의 영향이 막강했다는 것을 알 수 있다. 그가 1931년에 쓴 '문단회고'에서 서양문학의 영향과 함께 일본문학의 영향을 부인하면서 역시 영향을 받지 않을 수 없었던 것을 시인하고 있는데, 그런 갈등 속에 한국 신문학도의 고민이 있는 것이다.

4. 자연주의의 발생여건

졸라의 시대는 이성주의, 자본주의, 산업화 등이 과학주의와 제휴했던 시대였다. 그것은 부르조아의 난숙이기도 했다. 그런 시대적 분위기 속에서 자연주의가 탄생했다. 일본의 경우도 표면적으로는 이와 유사하다. 공업화가 진행되고 있었고, 자본주의도 무르익어 가고 있었던 것이다. 명치시대는 일본의 역사상에서 가장 이성적인 시대였고, 중산층의 부르조아가 사회의 주축을 이루고 있었다. 그러나 그 모든 근대적인 현상들은 국가지상주의와 밀착되어 있었기 때문에 정신적으로는 '폐색閉塞의 시대'(啄木)였다. 이런 근대화의 이중성, 과학정신과 자본주의의 미숙성 등이 일본 자연주의의 성격을 왜곡시켰다. 일본의 자연주의가 낭만주의와 유착된 이유는 명치시대의 복합적인 여건들의 총화에서 찾을 수 있다.

한국의 경우는 이런 일본적인 여건이 더욱 복잡화 되어 있었다. 국권상실과 근대화의 상충이 일본의 시대 폐쇄적 성격을 배가시킨 곳에 식민지 한국 근대화의 문제점이 있다. 이런 분위기 속에서 3·1 운동과 "창조"는 같은 시기에 잉태되고, 같은 시기에 출현했으며, 같은 시기에 좌절당했다. 동인은 정치에 대한 관심의 없어 비난을 받는 문인이었지만 3·1

운동은 결과적으로 그를 감옥에 보냈고, "창조"의 발행을 중단시켰다. 그런 시대적 여건이 김동인의 자연주의의 배경을 이룬다. 하지만 "창조"가 나오던 시기는 그 전후의 시기와 비교할 하면 비교적 안정된 시기였다. 3·1 운동의 결과로 일본이 유화정책을 쓰던 시기였기 때문이다. 리얼리즘계의 문학이 출현할 수 있었던 것은 그 짧은 안정기 덕이었다.

5. 현실재현의 방법

1) 진실존중의 측면

김동인의 사실주의적 경향은 고증자료 중시와 여실한 묘사의 두 가지로 나타난다. 김동인은 자연주의기에는 사소설을 한 편 밖에 쓰지 않았다. 나머지는 '감자'처럼 작자의 현실과 동떨어진 세계를 작품화한 것이기 때문에 자료조사가 필요했다. 동인은 자료조사가 필요한 제재를 선호한 작가라고 할 수 있다. 그는 고증을 위해 노력을 하는 작가이기도 했다.

하지만 사실적 묘사의 측면에는 좀 문제가 있었다. '묘사의 박진성'에만 목적이 있었기 때문이다. 그는 미를 선택한 예술가이기 때문에 자연주의자들처럼 선택권을 포기하려 하지 않았다. 묘사의 요체를 간결로 보았기 때문에 많은 부분을 첨삭하고 있었던 것이다. 그의 예술관은 졸라의 진실지상의 예술관과는 대척되며, 허구를 중시한 점에서 일본 자연주의의 '배허구'의 구호와도 대척된다. 졸라가 현실을 있는 그대로 재현하려 한 데 반하여 동인은 반모방론을 주장했다. 그는 소설가를 사진사로 보지 않고 화가로 본다. 졸라에게 있어서 작가는 서기이며, 花袋에게는 종군기자적 의미를 지닌 존재인 데 반해 동인은 소설가를 인형조종술사나 화가로 보고 있는 것이다. 현실의 재현에 있어서 사실성보다는 개연성에 중점을 둔 점에서 동인은 花袋의 반대편에 서 있는 紅葉과 오히려 가깝다.

2) 모사론模寫論과의 관계

동인은 화가이기 때문에 리얼리스트의 스크린을 통하여 현실을 모사하려 한 졸라와는 반대로 反모사론적 입장을 택한다. 그는 모방자가 아니라 창조자이다. 그에게 있어 예술가는 신과 대등한 존재이기 때문에 자기가 창조한 세계를 인형 조종술사처럼 자유롭게 조종한다. 그의 '인형조종술', '소설회화론', '문예오락설' 등은 反자연주의적 예술론이다. 이런 反모사적 예술론은 김동인의 본질을 이룬다.

일본의 경우는 사소설이 주축이 되기 때문에 작가의 내면을 모사하는 것이 자연주의다. 자신의 심리의 객관화를 지향하는 일본 자연주의의 모사론은 내시경처럼 좁은 범위에서 대상을 재현하는 것을 의미한다. 그러나 범위가 좁더라도 모사론이라는 사실에는 변동이 없다. 동인의 反모사론은 佛·日 양국의 자연주의와 모두 대척된다. 모사론은 리얼리즘계의 모든 문학의 기반이다. 따라서 동인은 리얼리즘 전체에 반기를 들고 있는 셈이다.

3) 선택권의 인정

김동인은 있는 그대로의 현실을 재현하기 위해 선택권을 포기하라는 자연주의의 강령을 거부한다. 그는 졸라처럼 反수사학의 기치를 들지 않는다. 그에게 있어 사실寫實은 간결을 의미하기 때문에 선택이 불가피하다. 그가 졸라의 문체, 염상섭의 문체를 모두 '冗漫'하다고 비난한 것은 현실의 무선택한 묘사와 사건성의 배제 때문이다. 일본의 자연주의도 이 점에서 졸라와 같다. 그들의 구호는 '무각색', '배기교'이다. 일본 자연주의가 反허구적 자세를 취한 것은 그 때문이다.

동인은 '순화純化'와 '조리調理'라는 용어를 내세운다. 이 두 가지 기능이 작동하지 않으면 소설은 '만연한 생활기록에' 불과해진다고 동인은 주장한다. 그것은 사진이지 회화가 아니라는 것이다. 동인의 反모사적 예술관은 선택권의 배제에도 역행한다는 점에서 反자연주의적이다. 동인의 형식면에서 자연주의에 동조하는 것은 언문일치와 구어체 문장뿐이다. 비속어의 사용은 언문일치에 수반되는 특징이다. 이 두 가지에서만 동인은 자연주의와 동질성을 띤다.

6. 객관주의

객관주의의 측면에서 보면 동인은 花袋나 藤村보다 졸라에 가깝다. 일본의 경우에 나타나는 주체의 객관화는 리얼리즘의 첫째 요건인 외면화 경향에 저촉된다. 거울과 피사체의 밀착현상 때문이다. 주체의 객관화는 사회성의 결여라는 점에서 졸라이즘과는 이질성을 나타낸다. 사회성이 결여되는 면에서는 동인도 花袋나 藤村과 유사하다. 그러나 동인의 소설은 전자의 그것보다 객관적이다. 시점이 위장되어 있지 않은 1인칭 소설인 '태형'의 경우에도 그는 객관적 데이터를 사용한다. 외적 갈등을 그리고 있기 때문이다.

동인은 예술가를 신이라고 생각하지만 플로베르처럼 피조물 속에 숨어 버리는 신이라고는 생각하지 않는다. 그는 보는 자의 위치를 노출시킨다. 그것이 그의 액자소설이다. 소설을 만드는 자의 모습이 가장 심하게 노출된 소설은 '광화사'이다. 그런 점만 제외하면 동인은 일본의 두 작가보다는 졸라에 훨씬 가깝다.

객관적 시점을 택한 소설에서도 이런 경향이 나타난다. 작가의 판단이 객관성을 저해하는 것이다.(S. E. Solberg, 앞의 책 참조) 그 점에서 일본의 경우와 유사한 것 같지만, 일본작가들은 '감상感傷과 영탄咏嘆'이 노출되는 데 반해 동인의 경우에 노출되는 것은 감정이 아니라 판단이다. 서정성의 배제는 이 경우에도 해당된다. 동인은 이성적인 인물이기 때문이다.

7. 분석과 해부

동인은 과학 과목을 좋아했고 따지기를 좋아하는 소년이었다 한다. 그는 어려서부터 합리주의자였던 것이다. 그가 평론가로서 높이 평가되는 사실이 그것을 입증한다. 그는 성격의 단순화를 성격의 해부와 분석의 능력으로 간주했다. 하지만 김동인은 해부하고 '분석'하는 능력에서는 졸라와 공통된다. 관찰의 냉철성과 철저성에서도 동일한 경향이 나타나는 것이다. 일본의 경우는 관찰이 아니라 관조이며, 해부가 아니라 방관이다. 주관의 개입의 정도가 높아지면 해부능력은 감소될 수밖에 없다.

8. 스타일 혼합의 양상

1) 인물의 계층

동인은 인물의 계층에서 이원성을 지니고 있다. 자신과 같은 계층과 그보다 훨씬 낮은 계층을 아우르는 것이다. 일본의 경우는 이와 다르다. 사소설이 많은 데도 원인이 있지만, 사소설이 아닌 경우에도 작가와 유사한 계층이 채택되는 것이 花袋와 藤村의 특징이다. 동인의 경우는 그와 다르다. 사소설과 객관소설의 인물의 계층이 격차가 심하다. '태형'의 주인공은 상류층인 데 반해 복녀는 최하층이다. 그것은 작가의 계층이 높은 데 기인한다.

졸라의 경우는 인물과 작가의 출신계급이 거의 유사하다. 花袋나 藤村의 경우는 중하층의 인텔리가 많다. 그런데 복녀나 삵은 최하층이다. '태형'의 주인공은 세 나라의 자연주의 작품 중에서 계층이 가장 높다. 그는 상층의 부르조아이며 인텔리이기 때문이다. 사소설이 아닌 소설에 나타나는 인물의 계층은 최하층이다. 하층민을 의식적으로 주동인물로 채택하고 있는 것이다.

2) 배경의 당대성

이 항목만은 3국이 공통된다. 그러나 배경의 스케일에 차이가 있다. 졸라는 제 2제정기 전체를 그린 데 반하여 花袋와 藤村은 '옥내'로 배경을 좁혔고, 동인의 '태형'은 그것을 다시 방으로 축소했다. 이 문제는 장르의 크기와도 인과관계를 가지고 있다.

3) 인간의 하층구조의 부각

인간의 하층구조로서 폭력과 성이 그려지는 점에서 동인과 졸라는 공통된다. 일본의 경우는 성에 대한 폭로가 관심의 표시 정도에서 끝나고 있어 수성獸性의 노출이 약화되어 있다. 사소설이라는 장르와 관계되는 항목이다.

4) Plot의 하향성

비극적 종결법의 측면에서도 동인은 졸라와 공통된다. '무해결'을 내세운 일본의 자연주의는 비극성의 약화경향을 나타낸다.

5) 장 르

장르의 측면에서 佛·日·韓 3국의 자연주의는 소설을 선택한 점에서 공통된다. 문제는 스케일의 차이이다. "루공−마카르"는 20권의 장편으로 이루어져 있다. 花袋와 藤村의 경우는 자전적 내용을 담은 중·장편으로 부피가 준다. 한국에 오면 그것은 다시 축소되어 최소한의 부피를 지니게 된다. 단편소설이 소설문학의 주류가 되기 때문에 장르 면에서 한국의 소설은 자연주의와는 적성이 맞지 않는다.

9. 물질주의적 인간관

물질주의적 인간관이 反형이상학적 성격을 형성하는 점에서도 동인은 졸라와 공통된다. 일본은 아니다. 일본의 자연주의는 親형이상학적이다. 도덕적 관심에서 벗어나지 못하며, 종교적이고 주정주의적이기 때문이다.

10. 인물의 예외성과 비정상성

졸라는 과학주의를 실증하기 위해서 비과학적인 인물형의 선택을 감행했다. 이것은 그의 과학주의의 약점이다. 열성유전만이 과장되어 객관성이 저해되기 때문이다. 김동인의 경우 열성유전은 창조적인 천재성과 유착되어 있다.(광염 소나타'의 백성수) 연실의 경우는 음란한 부모에게서 불감증의 딸이 태어났기 때문에 모처럼 선택한 열성유전이 빛을 보지 못했다. 그러나 유전에 대한 관심은 동일하다. 일본에서는 藤村의 '집'이 유전과 환경을 그리고 있지만 비정상성을 나타내는 인물은 수가 아주 적다.

졸라와 동인은 환경의 결정성에 대한 신앙에 있어 유사성을 나타낸다. '태형'에서 그는 생리인간에게 미치는 환경의 결정력을 철저히 파헤치고 있다. 졸라의 경우처럼 동인도 유전보다는 환경을 더 중요시하고 있다. '감자'와 '태형' 같은 자연주의의 대표작에 유전이 나타나지 않은 사실이 그것을 입증한다. 동인과 졸라는 물질주의적·비관주의적 결정론 materialistic·pessimisitic determinism의 측면에서 많은 공통성을 지니고 있다.

비교표-Ⅲ

		졸 라	花袋·藤村		東 仁	
1	용어의 의미	과학주의 인성=생리	자연 인성긍정	− ±	루소이즘(명칭만) 과학예찬, 인성긍정 예술=과학	+ +
2	방법면 (1) 진실존중	문학(美)을 과학(眞)에 종속시킴. 허구론	진실=사실 : 체험주의 배허구 → 사소설	+ −	묘사의 逼進性만 채택 허구론美가 眞보다 우위	±
	(2) 모사론模寫論	투명한 유리 : 있는 대로 반영 작가는 서기, 속기사	거울과 피사체가 밀착 작가는 종군기자	± +	反모사론 작가는 창조자이며 神	−
	(3) 선택권의 배제	반형식주의 비속어 사용, 사건성 배제	배기교, 무각색 비속성無, 사건성 배제	+ ±	형식 존중, 수사학 존중 비속어 사용, 사건중시	− ±
	(4) 객관주의	현상의 사진사 작가는 노출 안 됨	주체적 객관화 작가의 내면 노출	± −	액자 속의 객관주의 작가의 판단과 창작 과정 노출	+ ±
	(5) 분석 해부	관찰과 분석, 해부	관조와 방관	±	純化와 調理, 관찰과 해부(관찰자 노출)	±

3	스타일의 혼합 (1) 인물의 계층	최저층의 무식한 사람들	중산층의 인텔리	-	최저층 + 중상층	±
	(2) 배경	당대 스케일의 크기 : 시대의 벽화	당대 옥내 : 사회성 결여	+ ±	당대 빈민굴과 감방 : 협소성	+ -
	(3) 하층구조의 노출	성과 폭력의 서사시	성에 대한 관심 표명	±	성과 본능 긍정 (추상적 표현)	+
	(4) plot의 하향성	비극적 종결법	비극성의 약화 현상	±	비극적 종결법	+
	(5) 장르	총체소설(서사시적)	중·장편(사소설)	±	단편소설(사소설과 객관적 소설 공존)	-
4	물질주의와 결정론 (1) 물질주의	反형이상학 反이상	親형이상학 反이상	- +	反 형이상학 반이상	+ +
	(2) 인물의 예외성, 비정상성	제르미니형 비정상성	보바리형 정상성	- -	제르미니형 예외적이나 병적인 면은 없음	+ -
	(3) 유전	열성유전 강조	유전 약화	±	유전강조	+
	(4) 환경결정론	결정론 강조	환경의 영향력 약화	±	환경의 영향 강조	+

이 대비표에 의하면 花袋, 藤村의(花로 약칭) 자연주의와 동인(東으로 약칭)의 자연주의의 원형과의 유사성은 다음과 같다.

1. 용 어 $\begin{cases} 花 : - \\ 東 : + + \end{cases}$

2. 방 법 $\begin{cases} 花 : +(3) -(2) \ \ (4) \\ 東 : +(1) -(4) \ \ (4) \end{cases}$

3. 스타일 혼합 $\begin{cases} 花 : +(1) -(1) \ \ (4) \\ 東 : +(3) -(2) \ \ (1) \end{cases}$

4. 물질주의와 결정론 $\begin{cases} 花 : +(1) -(3) \ \ (2) \\ 東 : +(5) -(1) \end{cases}$

위의 대비표에 나타난 비율에 의하면 花袋나 藤村의 자연주의는 방법 면에서만 졸라이즘의 영향이 긍정적으로 나타나 있음을 알 수 있다. 그런데 리얼리즘과 자연주의는 방법에 있어서는 공통된다는 것을 1장에서 밝힌 바 있다. 자연주의가 리얼리즘과 구별되는 요소는 과학주의와 결정론에 있다. 일본의 자연주의가 졸라이즘과 무관한 것임을 이 도표를 통해서 확인 할 수 있다. 일본의 자연주의는 방법 면에서만 자연주의와 공통성을 지닌다는 말은 사실주의와의 공통성으로 수정되어야 한다.

일본 자연주의와 낭만주의와의 관계를 동인과 대비하면 다음과 같다.

비교표-IV

	花袋·藤村		東仁	
1	개성존중	+	자아중심주의, 유아독존	+
2	주정주의	+	('배따라기'만 예외)	-
3	향토성(景勝人輕)	+	人勝景輕('배따라기'만 예외)	-
4	야성존중의 예술관	-		+
5	천재 예찬	-		+
6	주·객합일(내면성 존중)	+	객관성 존중(※ 액자 형태)	±

　花袋와 藤村의 경우 낭만주의적 특성의 함유비율은 +(4), -(2)로 플러스 요인이 두 배나 된다. 예술관과 천재예찬의 경향만 빼면 낭만주의적인 특성 일색이 된다. 일본의 자연주의는 낭만주의에서 개성존중, 주정주의, 자연에 대한 사랑, 내면성 존중 등을 계승하고 있는 것이다. 일본의 자연주의가 낭만주의에서 사상적 측면을 물려받았다고 말해지는 이유가 여기에 있다. 따라서 花袋가 주장한 Japanese naturalism의 정체는 낭만적 사상을 사실주의적 수법으로 표현한 낭만주의적 사실주의이다.

　김동인의 경우는 이와 반대이다. 동인은 졸라이즘과의 대비에서 방법 면의 유사성은 나타나지 않는다. (+)가 하나, (-)가 넷이어서 마이너스 요인과 플러스 요인의 비율이 4 : 1이 된다. 따라서 동인은 리얼리즘과도 관계가 적다. 방법 면에서는 이 두 사조가 공통되기 때문이다.

　동인이 졸라이즘과 유사성을 지니는 측면은 스타일의 혼합이다. (+)가 셋, (-)가 둘이다. 그러나 정작 김동인을 자연주의자로 간주하게 만드는 결정적 요인은 물질주의와 결정론이다. (+)가 다섯, (-)가 하나다. 스타일 혼합에서 나타나는 극단화 경향과 결정론은 자연주의의 본질적 요소다. 동인의 문학이 자연주의로 간주되는 이유는 사상적 측면에 있다. 결정론적 사고와 스타일 혼합의 극단화는 동인의 '감자' 계열의 소설을 자연주의 문학으로 간주하게 만드는 중요한 요인이다.

　전술한 바와 같이 김동인은 문예사조에 대한 관심이 없는 문인이다. 그는 한 번도 자신의 문학을 자연주의와 연결하여 논의한 일이 없다. 그가 생각한 자연주의는 루소이즘이었기 때문이다. 물질주의와 합리적 사고는 그가 천품으로 타고난 것 중의 하나이다.(졸저, "한국현대작가론" pp.134~35) 예술지상주의가 후천적인 환경의 영향을 많이 받은 것과는 대조적이다.

부록

1. 작품연보(직접 관계있는 자료만 수록함)

1) 소설

약한 자의 슬픔	창조 1~2	1919.2~3
마음이 옅은 자여	창조 3~6	1919.12~1920.5
전제자	개벽 9	1921.3
배따라기	창조 9	1921.5
태형(옥중기의 일절)	동명 16~34	1922.12.17~1923.4.22
이 잔을	개벽 31	1923.1
거치른 터	개벽 44	1924.2
유서	영대 1~5	1924.8~1925.1
감자	조선문단 4	1925.1
명문	개벽 55	1925.1
정희	조선문단 8,9,11,12	1925.5,6,8,9,10
광염 소나타	중외일보	1929.1.1~1.12
K박사의 연구	신소설 1	1929.12
송동이	동아일보	1923.12.15~1930.1.11.
여인(추억의 더듬길)	별건곤 24~35	1929.12~1930.12
		1930.1.1~1.12
아라삿 버들(포풀라)	신소설	1930.1
무능자의 안해	조선일보	1930.7.30.~8.8
젊은 그들	동아일보	1930.9.2~1931.11.10
약혼자에게	여성시대	1930.9
신앙으로	조선일보	1930.12.17~28
발가락이 닮았다.	동광 29	1932.1
아기네	동아일보	1932.3.1~6.28
붉은 산	삼천리 25	1932.4
운현궁의 봄	조선일보	1933.4.25~1933.5.14
몽상록蒙喪錄	중앙일보	1934.11.5~12.16
광화사	야담 1	1935.12
가신 어머니	조광 29	1938.3
大湯地아주머니	여성 31~32	1938.10~11

김연실전	문장 2	1939.3
선구녀	문장 4	1935.5
대수양	조광 64~74	1941.2~12
집주름	문장 23	1941.2
성암星巖의 길	조광 106~110	1944.8~1944.12
망국인기亡國人記	백민 7	1947.3
속 망국인기	백민 13	1948.3

2) 수필

금강산일기	서광	1919.11
남은말	창조	1920.3
나빈羅彬(문인인상상호기 중에서)	개벽	1924.2
겨울과 김동인	동아일보	1925.3.16
범의 꼬리와 연애	조선문단	1925.7
병상만록	매일신보	1931.6.7~18
장편소설과 작가심경	삼천리	1933.9
춘원의 편지	신동아	1933.10
와전瓦全과 옥쇄玉碎	매일신보	1935.5.11
안동眼瞳의 통각痛覺	매일신보	1935.8.27
번역문학	매일신보	1935.8.31
머리를 숙일 뿐	매일신보	1935.11.20
최면제	매일신보	1935.11.22
주요한 씨	매일신보	1936.1.1
이은상 씨	매일신보	1935.1.4
조선의 작가와 톨스토이	매일신보	1935.11.20
문단적 자서전	사해공론	1938.7
문학과 나	신문예	1938.12
군맹무상	박문	1939.2
춘원의 소설	박문	1939.11
춘원과 사랑	박문	1937.12
변태성욕	현대평론	1927.9
김동인의 원고생활	동광	1932.8

3) 번역

객마차(F. 몰나르)	영대	1924.12
마리아의 제주꾼(A. 프랑스)	영대	1925.1
유랑인의 노래(W. 딘톤)	동아일보	1925.5.11~6.19

4) 평론

소설에 대한 조선 사람의 사상을	학지광 18호	1919.1
제월霽月씨의 평자적 가치	창조 6	1920.5
제월씨에게 대답함	동아일보	1920.6.12~13
자기의 창조한 세계	창조 7	1920.7
소설작법	조선문단 7~10	1925.4~7
작가 4인	매일신보	1929.6
문단 15년 이면사	조선일보	1931.1.1~8
근대소설의 승리	조선중앙일보	1911.3.31~4.6
나의 문단생활 20년 회고기	신입문학 4	1934.7.15~24
춘원연구	1~2/삼천리	1938.1.4/
'무정'수준에서 재출발해야 한다.	조선중앙일보	1938.10~1939.6
예술의 사실성	매일신보	1935.5.9
조선의 작가와 톨스토이	조광	1935.10.23
조선문학의 여명 "창조" 회고	매일신보	1935.11.20
내 작품의 여주인공	조광	1938.6
소설가 지원자에게 주는 당부	조광	1939.5
처녀장편을 쓰던 시절-'젊은 그들'의 자취	조광	1939.12
춘원의 '나'	조광 50	1948.3
문단 30년의 회고	신천지	1948.3~49.8
계란을 세우는 방법	신천지	1948.4
	백민 14	

5) 작품집(단행본)

목숨	창조사	1924
감자	한성도서	1935
젊은 그들	영창서관	1936
이광수 김동인 소설집	조선서관	1936
김동인 단편집	박문서관	1939
왕부의 낙조	매일신보사	1941
배회(중편)	문장사	1941
대수양	남창서관	1943
태형	대조사	1946
김연실전	금용도서	1947
광화사	백민문화사	1947
발가락이 닮았다	수선사	1948
운현궁의 봄		
폭군	박문서관	1948
춘원연구	신구문화사	1956

2. 참고문헌

Ⅰ. 기본자료

〔김동인〕

"창조"	영인본	원문사	1976.
"학지광"	〃	태학사	1978.
"폐허"	〃	한국서지동우회	1969.
"조선문단"	〃	성진문화사	1971.
"개벽"	〃	개벽사	1920.
"조광"	〃	조광사	1935.
"삼천리"	〃	삼천리사	1929.
"한국문학"		한국문학사	1973~1990.
"문학사상"		문학사상사	1972~1990.
"현대문학"		현대문학사	1955~1990.

〔Emile Zola〕

Les Rougon-Macquart 5 vols,(20권 수록) Bibliothèque de la Pleiade, Gallimard 1961

Le Roman expérimental. Garnier Flammarion 1971.

　"Le Roman expérimental.", pp.1~97.

　"Lettre à la jeunesse.", pp.101~135.

　"Le Naturalisme au théâtre.", pp.139~73.

　"L'Argent dans la littérature.", pp.178~209.

　"Du Roman.", pp.211~75.

　"De La Critique.", pp.211~75.

　"La République Et La Littérature.", pp.339~67.

Thérèse Raquin, Livre de Poche, 1968.

Nana, folio판, 1977.

L'Assommoir, folio판, 1978.

"ゾラ", 古賀照一・川口篤 역, "新潮世界文學全集"21, 新潮社, 1970.
　(목로주점', 나나', '실험소설론', '나는 고발한다' 수록)

'나나'·'테레즈 라캥', 정명환·박이문 역, "세계문학전집", 정음사 후기13, 1963.
'나나'·'실험소설론', 송면 역, "세계문학전집", 삼성판, 1975.
'목로주점'·'나나', 김현·김치수 역, "세계의 문학대전집", 동화출판공사26, 1972.
"제르미날", 최봉림 역, 친구미디어, 1993.
"인간짐승", 이철의 역, 문학동네, 2014.
"여인들의 행복백화점", 박명숙 역, 시공사, 2012.
"작품", 권유현 역, 일빛, 2014.
"꿈", 최애영 역, 을유문화사, 1988.
"쟁탈전", 조성애 역, 고려원 미디어, 1996.
플로베르, "살람보" "세계의 문학대전집", 동화출판공사26, 1971.
스탕달, "적과 흑", 김붕구 역, "세계문학전집", 정음사 전기5, 1964.

　　　　* 인용한 작품 이외에는 다른 자연주의계 작가의 작품 자료는 생략함.

〔田山花袋〕

"田山花袋"	"新潮日本文學"7, 新潮社,	昭和 49.
"田山花袋集"	"日本文學全集"7, 集英社,	昭和 55.
"田山花袋集",	"日本近代文學大系"19, 角川書店,	昭和 47.
"田山花袋·岩野泡鳴·近松秋江"	"日本の文學"8, 中央公論社,	昭和 49.
"田山花袋 – '蒲團'·'重右衛門の最後'"	"新潮文庫"79A,	昭和 49.
"小説作法",	博文館,	大正 15.

〔島崎藤村〕

"島崎藤村" "新潮日本文學"2, 新潮社, 昭和49.
"島崎藤村 Ⅱ" "日本文學全集"10, 集英社, 昭和53.
"夜明け前" 4권, 岩波文庫, 岩波書店, 1982.
"嵐·ある女の生涯", 新潮文庫, 新潮社, 昭和50.
'島崎藤村讀本 "文藝", 臨時增刊號, 昭和30.6.
'島崎藤村 "シンポジウム日本文學"15, 學生社, 昭和52.

*"新潮日本文學"1권~9권, 新潮社 (명치, 대정시대의 대표 작가집만) 昭和49~50.

　　　　*다른 자연주의계 작가의 작품 자료는 생략함.

〔김동인〕

"동인전집" 10권, 홍자출판사, 1964.
*"김동인전집" 7권, 삼중당, 1967.

"김동인전집" 17권, 조선일보사, 1987.
"김동인평론전집", 김치홍 편저, 삼영사, 1984.
"염상섭 전집" 12권, 민음사, 1987.
"이광수전집" 20권 삼중당, 1964.

II. 단행본, 논문 자료 (문예사조 중심)

강인숙, '자연주의의 한국적 양상' "현대문학", 1964.9.
_____, '춘원과 동인의 거리 II - 역사소설의 인물형을 중심으로' "현대문학", 1965.2.
_____, '에로티시즘의 저변 - 김동인의 여성관', "현대문학", 1965.12.
_____, '춘원과 동인의 거리 I - 감옥을 배경으로 한 작품의 경우' "新像"(동인지),
        1968.9.
_____, '김동인연구 2 - 유미주의의 한계' "신상", 1968.12.
_____, '김동인연구 3 - 단편소설을 중심으로 한 주인공연구' "신상", 1969.6.
_____, "한국현대작가론", 동화출판사, 1971.
_____, '동인문학 구조의 탐색' "문학사상", 1972.11.
_____, '김동인의 '배따라기' - 동경과 회한의 미학' "한국현대소설작품론", 문장사,
        1981.
_____, '김동인의 자연주의' "김동인연구", 새문사, 1982.
_____, '에밀 졸라의 이론으로 조명해 본 김동인의 자연주의' 건국대, "학술지"26, 1982.
_____, '한·일 자연주의의 비교연구 (I)' 건국대, "인문과학논총"15, 1983.
_____, '불·일 자연주의의 비교연구 (I)' 건국대, "인문과학논총"17, 1984.
_____, '불·일·한 삼국의 자연주의 대비연구 - 자연주의문학론1', 고려원, 1987.
_____, "염상섭과 자연주의 - 자연주의 문학론"2, 고려원, 1991.
_____, "김동인 - 작가의 생애와 문학", 건대출판부, 1999.
구인환, '김동인의 세계와 문학' "김동인연구", 새문사, 1982.
_____, '생명과 탐미' "한국근대소설연구", 삼연사, 1977.
구창환, '谷崎潤一郎 및 Oscar Wilde와 비교해 본 김동인의 탐미주의' 조선대, "어문학
        논총", 1968.2.
권영민, '김연실전의 몇 가지 문제' "김동인연구", 새문사, 1982.
_____, "한국현대문학사", 민음사, 2002.
권도현, '자연주의소설의 모랄의식 - 비교문학적 이론에서 본 동인의 단편' "현대문학",
        1973.2.
김경희, "광화사'의 심리학적 연구' "김동인연구", 새문사, 1982.
김교선, '동인문학의 근대성의 저변' "현대문학", 1971.9.
김동리, '자연주의의 구경 - 김동인론' "신천지", 1948 6.

_____, "문학과 인간", 백민문화사, 1981.

김병익, "한국문단사", 일지사, 1973.

김병걸, '20년대의 리얼리즘문학 비평-서구의 리얼리즘과 김동인·염상섭의 초기작들' "창작과 비평", 1974.6.

김상규, 'Oscar Wilde와 김동인과의 비교연구 – 특히 작품을 중심으로' "어문학"7, 1961.3.

김상태, '동인단편소설고 – 작품경향과 관점을 중심으로' "국어국문학"46, 1969.12.

김송현, '초기소설의 원천탐색' "현대문학", 1964.9.

_____, '삼대'에 끼친 외국문학의 영향' "현대문학", 1969.1.

_____, "천치냐 천재냐'의 원천탐색" "현대문학", 1964.4.

김안서, '근대문예·자연주의·신낭만주의·표상파 시가와 시언' "개벽", 1921.12.

김영덕, '동인문학의 성격과 일본문학과의 관계고" "소천 이헌구선생 송수기념논총" 1970.

김영화, '동인과 그의 저항 – 동인소설에 나타난 그 저항적 요소' "제주도", 1968.7.

_____, "한국현대소설의 구조", 태광문화사, 1977.

_____, "한국현대작가론", 문장사, 1983.

김용성, "한국현대문학사탐방", 국민서관, 1973.

김우종, '김동인론 – 자연주의에서 탐미주의까지' "고황"14, 경희대, 1967.1.

_____, '감자는 자연주의 작품인가' "국문학논문선"10, 민중서관, 1977.

_____, "한국 현대소설사", 선명문화사, 1968.

김윤식, '반역사주의의 과오' "문학사상", 1972.11.

_____, '김동인연구' "한국문학", 1985.1~1986.4.

_____, '김동인 문학의 세가지 형식' "한국학보" 제39집, 1985 여름.

_____, "한국근대비평사연구", 한얼문고, 1973.

_____, "한국현대문학사"(김현과 공저), 민음사, 1973.

_____, "김동인연구", 민음사, 1987.

_____, "염상섭연구", 서울대출판부, 1987.

김은전, '한·일 양국의 서구문학수용에 관한 비교문학적 연구' "어문학"3집, 1972.

_____, '동인문학과 유미주의' "김형규교수 정년퇴임 기념논문집", 1976.

김춘미, '김동인의 탐미의식의 비교학적 조명' "김동인연구", 새문사, 1982.

_____, "김동인연구", 고대민족문화연구소, 1985.

김치수, '동인의 유미주의와 리얼리즘' "문학사상", 1972.11.

김학동, '자연주의소설론' "한국근대문학연구", 서강대, 1969.

_____, "한국문학의 비교문학적 연구", 일조각, 1982.

_____, '한국에 있어서의 프랑스의 자연주의' "한국문학의 비교문학적 연구", 일조각, 1982.

_____, '러시아 근대문학의 영향' "한국문학의 비교문학적 연구", 일조각, 1982.

_____, '일본에 있어 서구 자연주의의 운명' "한국문학의 비교문학적 연구", 일조각, 1982.

김 현, '염상섭과 발자크' "염상섭", 김윤식 편, 문학과 지성사, 1984.

_____, '작가와 의미 만들기 - 김동인의 시간성과 염상섭의 공간성' "문학과 비평", 1989 여름.

김흥규, '황폐한 삶과 영웅주의' "문학과 지성", 1977 봄.

명형대, '김동인의 배따라기 - 유랑 그 비극적 삶의 구조' "국어국문학"16, 부산대, 1979.2.

문덕수, '관념론과 유물체' "문학사상", 1972.11.

박영희, '현대 한국문학사'4 "사상계", 1958.10.

백 철, '고 김동인선생의 인간과 예술 - 인간에선 향락주의자, 문학에 선 예술지상파' "신천지", 1953.6.

_____, "조선신문학사조사" 상·하, 신구문화사, 1969.

성현자, '한국문학에 나타난 리얼리즘의 속성', 이대, "한국어문학연구'9, 1969.2.

손소희, '한국문단인간사 - 김동인과 마돈나 시대' "문학사상", 1979.9.

송하춘, "1920년대 한국소설연구", 고대민족 문화연구소, 1985.

시라가와 유다가(白川豊), '일본에서 박굴된 초창기 한국문인들의 유학시절자료' "월간 문학", 1981.5.

신동욱, '숭고미와 골계미의 양상' "창작과 비평", 1971.9.

_____, '김동인의 형식주의 비평' "김동인 연구", 새문사, 1982.

심진경, '액자소설의 시점' "근대소설 시점의 시학"(한국소설학회), 새문사, 1996.

Solberg. S.E., '초창기의 세 소설' "현대문학", 1963.3.

김춘수, 'S.E.Solberg 교수의 소론에 대한 의문점 - 소설 '감자'를 대상으로' "경북어문 논총2", 1964.7.

안한상, '김동인의 창작관과 작품과의 상관양상고', 서울대, "현대문학연구"5, 1983.

염무웅, '식민지시대 문학의 인식' "신동아", 1974.9.

우남득, '한국근대소설의 인물유형연구', 이대 박사학위 논문, 1984.2.

윤명구, "김동인 소설연구", 서울대 박사학위논문, 1984.

윤홍로, '동인속의 죽음의미' "동양학" 5, 단국대, 1975.

_____, "한국근대소설연구", 일조각, 1980.

이강언, '김동인과 리얼리즘문학의 한계 - 작품 '감자'의 분석' "영남어문학", 1975.11.

_____, '광염 소나타의 발상형식', 연대, "연세국문학"46, 1969.12.

이 순, '작품에 나타난 한국작가의 사회의식 연구 - 이광수, 김동인, 현진건, 채만식을 중심,으로', 연대 학위논문, 1973.

윤홍로, "한국근대소설연구", 일조각, 1980.

_____, "한국문학의 해석학적 연구", 일지사, 1976

이어령 편, "한국작가전기연구" 상, 동화출판사, 1975.

이인모, "문체론", 동화문화사, 1960.

이인복, "한국문학에 나타난 죽음의식의 사적 연구", 소화당, 1979.

이재선, '액자소설로서의 '배따라기' 구조' "김동인연구", 새문사, 1982.

_____, "한국현대소설사", 홍성사, 1981.

_____, '정립상태의 작가와 작품 – 김동인의 문학세계' 홍성사, 1981.

_____, '죽음의 인력과 견제력 – 전락과 광기의 죽음' 홍성사, 1981.

이재호, "한국현대소설사", 홍성사, 1979.

이형기, '춘원연구의 재검토' "감성의 논리", 문학과 지성사, 1976.8.

임종국, "친일문학론", 평화출판사, 1966.

임헌영, "한국근대소설의 탐구", 범우사, 1974.

임 화, "조선신문학사론 서설", 조선중앙일보, 1935.10.

장백일, '한국적 사실주의의 비교문학적 검토' "비교문학", 1977.10.

전광용, '김동인의 창조관' "김동인연구", 새문사, 1982.

전혜자, "김동인과 오스커리즘", 국학자료원, 2003.

정명환, "졸라와 자연주의", 민음사, 1982.

_____, '염상섭과 졸라', 민음사, 1982.

_____, '永井荷風와 졸라' "졸라와 자연주의" 민음사, 1982.

_____, '졸라의 자연주의와 일본의 자연주의' 민음사, 1982.

정한모, '리얼리즘문학의 한국적 양상' "사조", 1958.10.

_____, '문학적 모랄리티의 출발 – 동인작품의 성윤리' "세대", 1965.2.

_____, " 현대작가연구", 범조사, 1960.3.

정한숙, '소년과 무지개 – 김동인론' "현대문학", 1975.5.

_____, "현대한국소설론", 고대출판부, 1976.

정형기, '김동인문학의 비교문학적 연구' "동악어문논집"14, 1981.

조연현, '김동인편 – 한국현대작가론 ③' "새벽", 1957.5.

_____, "한국현대문학사", 인간사, 1968.

주요한, '동인의 추억 – '춘원연구'를 통해 본 그의 사상' "동아일보", 1956.6.1.

주종연, '감자'와 자연주의' "김동인연구", 새문사, 1982.

채 훈, '1920년대 상반기에 있어서의 김동인의 일인칭소설에 대하여', 충남대, "논문집"
    3집, 1963.12

_____, '한·일 자연주의 소설의 발전과정에 관한 대비연구', 숙대, "논문집"33, 1982.

최금산, '김동인의 춘원연구 시비' "현대문학", 1975.5.

최성민, '한국현대문학에 미친 프랑스 자연주의 문학의 영향', 이대, "한국문화연구원논
    총"5, 1965

최원규, '동인의 미의식에 대하여 – 그의 Dandyism을 중심으로', 충남대, "어문연구"5,
    1967.

한승옥, '김동인론 – 성윤리를 중심으로', 고려대, "어문논집"7, 1976.2.

한 효, '진보적 리얼리즘에의 길 – 새로운 창작노선' "신문학", 1946.1.
현창하, '김동인의 심미주의 – 그 특성과 외적영향에 관하여' "자유문학", 1961.2.
홍일식, '한국개화기의 문학사상연구', 열화당, 1971.
_____, '염상섭' "한국문학총서" 6, 도서출판 연희, 1980.
_____, "김동인연구", 새문사, 1982.
_____, "문예사조", 김용직 외(편), 문학과 지성사, 1977.
_____, "영미소설론", 신구문화사, 1983.
_____, "프랑스 근대소설의 이해" 이항 외 2인 편, 민음사, 1984.
_____, "문화·예술사" "한국현대문화사계", 고대민족문화 출판부, 1981.

Ⅲ. 외국논저

Andre Lagarde. Laurent Michard. "*Les Grands Auteurs Français*" 5권.
Paris Bordas 1956.
Arnold Hauser. "*The History of Art*" London : Routledge & Kegan Paul Ltd, 1962.
Bornecqque & Cogny. "*Réalisme et Naruralisme*" Hachette, 1958.
Charles, C.Walcutt. "*Seven Novelists In The American Naturalist Tradition*"
Minneapolis Univ. of Minnesota Press 1974.
Damian, Grant "*Realism*" London : Methuen, 1970.
E.Auerbach "*Mimesis*" Princeton Univ. Press, 1974.
P.Cogny "*Naturalisme*" Press Universitaire de France, 1976.
E.M.Forster "*Aspects of the Novel*" Penguin Books, 1977.
Frank O'Connor "*The Mirror in the Roadway*" London : Hamish Hamilton, 1957.
George Lukacs "*The Theory of The Novel*" Cambridge The M.I.T. Press, Mass
1971.
George J.Becker "*Documents of Modern Literary Realism*" Princeton Univ.Press
1963.
Irving Babitt. "*Rousseau and Romanticism*" Meredian Bookes, 1959.
Monroe C, Beadsley "*Aesthetics*" Univ.of Alabama Press, 1977.
Monroe Spears "*Dionysus and the City*" Oxford Univ. Press, 1970.
M. H. Abrams "*The Mirror and the Lamp*" Oxford Univ. Press, 1971.
Oscar Wilde "*The Decay of Lying*" 일본 研究社 대역본, 昭和43.
Rene Lalou "*Contemporary French Literature*" Alfred A.nopf. K M,G,M 1924.
Robert I.Caserio " *Plot, Story, and the Novel* " Princeton Univ. Press 1979.
N.Y. Dover Publications,Inc. 1951.
Lilian Feder "*Madness in Literature*" Princeton Univ. Press, 1980.

Van Tighem "*Les Grandes Doctrines Litteraire en France*"

번역본 "불문학사조 12장", 민희식 역, 문학사상사, 1981.

Wayne. C. Booth "*The Rhetiric of Fiction*" The Univ. of Chicago Press, 1961.

S.S Prawer "*Comparative Literary Studies*" Harper & Row Publisher's Inc. 1973.

Uirich Weisstein "*Comparative Literature and Literary Theory, Survey and Introduction*" Indiana Univ. Press, 1973.

芳賀徹外 編, "比較文學の理論", 東京大出版部, 1976.

矢野峰人, "比較文學", 南雲堂, 1978.

比較文學3, "近代日本の思想と藝術", 東京大出版會, 1973.

山川篤, "フランス-レアリスム研究", 駿河臺出版社, 1977.

河內淸, "ゾラとフランス-レアリスム", 東京大出版社, 1975.

松岡達也, "自然主義リアリズム", 三一書房, 1959.

_____, 'シンポジウム英美文學 6 "ノヴェルとロマンス", 學生社, 昭和49.

坪內逍遙, "小說神髓", 岩波書店, 昭和13.

吉田精一, "自然主義の研究"上·下, 東京堂出版, 1976.

和田謹吾, 增補 "自然主義文學", 文泉堂, 昭和58.

相馬庸郎, "日本自然主義再考", 八木書店, 昭和56.

_____, "現代日本文學論爭史"上, 未來社, 1956.

加藤周一, "日本文學史序說"下, 筑摩書房, 昭和54.

伴 悅, "岩野泡鳴 '5部作の世界", 明治書院, 昭和57.

川富國基 注釋, '近代評論集 "日本近代文學大系"57, 角川書店, 昭和47.

懶沼茂樹, '私小說と心境小說 "國文學", 學燈社, 昭和41.11.

勝山功, "大正私小說研究", 明治書院, 昭和55.

磯貝英夫, "文學論と文體論", 明治書院, 昭和55.

Irmela H.Kirschnereit "SelbstentbloBungsrituale - 私小說", 三島憲一 外3人 譯, 平凡社, 1992.

大久保典夫, '自然主義と私小說 "國文學"11권 3호, 昭和54.

_____, "耽美·異端の作家たち", 櫻楓社, 昭和53.

片岡良一, "日本浪漫主義文學研究", 法政大出版局, 1958.

伊東一夫, "島崎藤村", 明治書院, 昭和54.

中村真一郎, 福永武彥, "文學的考察", 講談社, 2006.

瘋生磯次, "日本文學史", 至文堂, 1960.

中村光夫, "明治文學史" 筑摩書房, 1963.

淺見淵, "昭和文壇側面史", 講談社, 1996.

伊藤整, "日本文壇史" 9, 講談社, 1996.

加藤周一, "日本文學史序說"下, 筑摩書房, 昭和54.

平岡敏夫, "日本近代文學史研究", 有精堂, 昭和44.

三好行雄, "近代文學における私", "國文學", 昭和44.

三好行雄, 淺井淸 편, "近代日本文學小辭典", 有斐閣, 昭和56.

村松剛, "死の日本文學史", 角川文庫 212, 角川書店, 昭和56.

紅野敏郎, "大正の文學", 有斐閣, 昭和60.

_____, "大正の文學" "日本文學硏究資料叢書", 有精堂, 昭和56.

_____, "日本近代文學史", 日本近代文學會編, 有精堂, 昭和41.

中川久定, "自傳の文學", 岩波新書 71, 1979.

淺見淵, "私小說, 解釋の變遷" "國文學" 2권, 學燈社, 昭和41.

"私小說" "日本文學硏究資料叢書", 有精堂, 昭和58.

"自然主義文學" "日本文學硏究資料叢書", 有精堂, 昭和56.

"日本浪漫主義文學" "日本文學硏究資料叢書", 有精堂, 昭和58.

"白樺派文學" "日本文學硏究資料叢書", 有精堂, 昭和49.

"有島武郎全集" 3, 筑摩書房, 昭和55.

"小林秀雄全集" 3, 新潮社, 昭和43.

"石川啄木全集" 4, 筑摩書房, 昭和60.

"日本プロレタリア文學選" 2, 新日本出版社, 1969.

津田孝, "プロレタリア文學の遺産", 汐文社, 1974.

_____, "朝鮮近代の知日派作家 - 苦鬪の軌跡", 勉誠出版, 2008.

伴悅, "岩野泡鳴5部作の世界", 明治書院, 昭和57.

"島崎藤村硏究" 2호, 雙文社, 昭和52.

"長谷川天溪文藝論集", 岩波文庫, 岩波書店, 昭和30.

"シンポジウム日本文學", 學生社, 昭和50.

"夏目漱石" 12, 佐藤泰正司會, 學生社, 昭和50.

"近代文學の成立期" 13, 越智治雄司會, 學生社, 昭和52.

"森鷗外" 14, 竹盛天雄司會, 學生社, 昭和52.

"島崎藤村" 15, 三好行雄司會, 學生社, 昭和52.

"谷崎潤一郎" 16, 野口武彦司會, 學生社, 昭和51.

"大正文學" 17, 紅野敏郎司會, 學生社, 昭和51.

"透谷と藤村" "國文學" 9권 7호, 學燈社, 昭和39.6.

"島崎藤村の再檢討" 특집, "國文學", 至文堂, 平成2.4.

"島崎藤村硏究圖書館" 특집, "國文學", 至文堂, 昭和41.9.

"文學に現れた明治人" "國文學", 至文堂, 昭和43.4.

"私小說, 解釋の變遷" "國文學", 學燈社, 昭和41.2.

朴春日, "近代日本における朝鮮人像", 未來社, 1969.

高崎隆治, "文學のなかの朝鮮人像", 青弓社, 1982.

柳宗悅, "朝鮮とその藝術", 春秋社, 1975.

3. 불·일·한 자연주의 작가 연대 대조표

연도	졸라	花袋	藤村	김동인	염상섭	시대적 배경 외
1840	* 파리에서 출생. 와이틀 * 엑상프로방스로 이사(3세 때)					
1852						* 제2제정 시작, 1870년까지
1864	* "니농에게 주는 꽁트"					
1868	* "테레즈 라깡"					
1871	* "루공 마카르"지 * "루공가의 운명" ("R-M'1")	* 群馬縣의 면사 藩士집에서 출생, 2남. 본명 錄弥				
1872			* 長野縣에서 本陣庄屋의 넷째아들 본명 春樹			
1877	* "목로주점"(R-M'7)	* 부친 전사				

1878	* 메당의 밤장						
1879	* "메당의 저녁나절" * "실험소설론"						
1879	* "나나"("R-M"9) 풀로베르, 어머니 사망						
1881	* "자연주의 소설"	* 상경하여 점원이 됨ㅣ * 상경					
1885	* "제르미날"("R-M"13)						
1886	* "작품" ("R-M" 14) 모델문제로 세잔느에게 절교당함	* 군인이 퇴려 함					
1887	* "대지"(15권) 반자연주의파의 5인 선언'나움.자연주의 쇠퇴				* 명치학원 입학 세례받고 다음 해 에 교회를 떠남		
1888	* 잔느 로즈로에 게서 딸을 낳음						

1890	*"짐승인간"("R-M"17)		*英學縮다님 *和歌 배움		
1891	*『돈』	*尾崎紅葉를 만나 글쓰기 시작.	*명치학원 졸업		
1892	*'괘주敗走'	*『和歌 발표, *'레미제라블' 번안.	*明治여학교 교사 *北村透谷 만나 "文學界(93년 창간)"에 참여. 시를 씀		
1893	*'코스값박사'("R-M"20-'R-M'끝남) *데지온 도뇌르 훈장받음	*'고사크'(톨스토이)외 많은 작품들을 번역(중역)	*시를 발표.		
1897	*'드뻬퓌스를 옹호하는 글을 쓰고 98년에 영국으로 망명(1년간)	*1896년 藤村을 만나고 시를 발표.	*『若菜集』(시집)	*8월 30일 종로구 필운동에서 출생. 조부는 이 판, 부친 主植은 군수를 지냄. 8남매의 넷째. *본명 '尚燮, 필명 想涉, 霽月, 橫步	*10월 12일 국호를 대한제국으로 고침

1898	* '제 도시'2 (1은 1894년)				
1899		*博文館 입사, 겸혼 * "う ち秋"	* 고향근처 小諸에서 교편		
1900	* 사회주의로 전향			* 10월 2일 평양하수구리에서 출생. 부친 金大灝은 당대 지사들과 친교하는 開化된 사업가. 모친은 후처. 전처소생 형 동원은 수양동우회 지도자. 3남 1녀 중 2남 *호:琴童 서어딤	
1902	* '4복음 2 발표 * 가스중독으로 사망	* '野の花(1901) * 重右衛門の最後	* '旧主人(소설) * 薹草履		
1904	* '1903 '4복음'3	* '露骨な描寫("大陽")로 자연주의를 선언. 종군기자	* '水彩畫家" * '藤村詩集"	조부에게서 한문 배움.	* 경부철도 완공
1906		박문관 입사	*"破戒"		* '血의 淚'(이인직)
1907		* '이불(蒲團)'	* '祿葉集 (단편집)	* 평양숭덕소학교 입학	* 官立사범보통학교 입학

1908	* 유헤가 빵[麵]옹에 들어감	* "生, '아내[妻]'" * '生に於ける試み'에서 배허구, 배주관의 괭면묘사루 장("와세다문학"9 월호)	* "春"		* "少年" 창간
1909		* 지국 교사(田舎敎師) * "インキ'ポ	* "藤村集"(단편집)		
1910		* "緣"			* 한일합방
1911		* "髮" * "집(家)" * 博文館 사직		* 보성중학 입학	
1912		* "千曲川のスケッチ"	* 습업중학교에 입학	* 2하넌 9월 일본 유학. 형 들이 일본 유학 중이있음	* 大正시대 시작
1913		조가와의 스켇틀로 불합견시로 도괴 습임포에 빠짐	* 습셩중학 2하넌 때, 시험 시간에 성경체을 내놓고 보다가 구두자 자퇴. 도일	* 麻布中學 2하넌에 편임	* 안챵호 흥사단 조직
1914			* 동긔하원 중하부 입학. 하교가 없어 여자 명치하원 2하넌에 편임 * 주요한과 같이 다님	* 聖學院 3하넌에 편임. * 침례교 세례를 받음. 혼 형아 미스 브리운을 쩍 사랑	

1915				* 9월 京都府立第二中學으로 전학. 만형이 교도에 있음 * 유일한 외국학생. '우리 집 정월로 정한받음	
1917	* 명치학원 중학부 졸업	* 東京の三十年	* '故國に歸りて' (1916)	* 나해석과 만남	* 춘원 '무정' 연재 * 러시아 혁명
1918	* 川端畫塾 입학 부친 상으로 귀국 김혜인과 중매결혼. 주요한과 '창조'발행을 논의, 경비 전담	* '暖雲'		* 慶應대 문과에 입학. 1학기만 다님. 敦賀에서 기자생활 (약3개월)	
1919	* 川端畫塾 중퇴 * '創造' 창간 * 귀국 후 3개월간 우산이 * '약한자의 슬픔' * '마음이 옅은 자여'		* 櫻の質の熟する時 * '新生'	1월 '三光' 동인 * 3·1운동후, 在大阪 조선노동자대표로 거사 선노동자대표로 피검. 10개월 언도, 6월 2심에서 무죄판결 * '암야' 초고 작성 * 11월 동경제대 교수 吉野作造의 도움을 뿌리치고 橫濱福音인쇄소 직공.	* 2·8독립선언 * 3·1운동 * 상해임시정부 수립

1920		'자기의 창조한 세계'	* 1월 "동아일보" 창간 시 정경부 기자로 입사. 일본 정치인들과 柳宗悅 志賀直哉 등 만남 * "폐허" 동인 결성. 남궁벽, 황석우, 김찬영, 김억, 오상순, 민태원 등 * 柳宗悅의 '朝鮮을 想ふ'를 번역	* 3월 5일 "조선일보" 창간 * 4월 1일 "동아일보" 창간 * 6월 25일 "개벽" 창간
1921	* 嵐・ある女の生涯	* '무슴' '專制者' '베따라기'. 주식에 빠져 기생과 유랑 다님. * 1월, 광익서관 고경상의 출자로 "창조" 8호 받고, 5월에 9호 내고 폐간	* 1월 "폐허" 2호 간행. * "표본실의 청개고리" "개벽" 8~10월 * 7월 五山學校를 사직 * 9월 "東明" 하에 만 기자	
1922	* 전집 12권 간행	* '배향'	* '개성과 예술' "개벽" 4월호 * "王上善을 위하여" "신생활" 7월호. "묘지"(만세전) "신생활" 7월-9월	* 1월 9일 "백조" 창간

연도		가벼운 뇌일혈			
1923	*전집 12권 간행	*가벼운 뇌일혈	*'눈을 가우 뜰 때', '이 잔을' 장녀 옥환 탄생	*'해바라기' *'조선문인회' 결성 *기관지"되내성스" 발행	*행명사 창립
1924	*"源義朝"(역사소설)		*장작집 "묵습" *8월 '영대' 창간, *'거즌 티', '유서', "마지막 오후" 번역희곡(이흥번역) "제마차" 번역희곡 F 몰나르 작	*2월 "페허이후" 간행 *3월 시대일보의 사회부장. 9월 사직 *4월 '묘지'를 시대일보에 게연재 *8월 첫 장작집 "幸牛花" 출간 *"만세전"(고려공사)을 출간	*5월2일 경성제 대 예과개교
1925	*'소설作법'		*'明文', '정회', '감자', '시골황서방' 눈보다, '기敍作法' 두 번째 방탕 시작 *"영대" 폐간하고 한달간 동정행 *'마리아의 재주군(A. 쿄랑스) *"유당인의 노래"(W. 던토) 번역	*진주느주엇으나(동아일보) *'운전기'("조선문단") *'계급문학시비론' 토론 문학과의 논쟁 시작	*5월 8일 치안 유지법공포 *8월 KAPF 결성 *11월 제1차 공산당 사건

1926	*1월 19일 再渡日. 東京 日暮里 友愛學舍에서 도항, 노산 등과 하숙 *5월 '지는 꽃잎을 밟으며'(하지광) *'6년후의 동경에 와서'('신민'5월호)	*개정 과탄. 판개사업 시작. 실패 '임부처'			*5월 주요한 '동광' 창간 *6월 6·10 만세 운동 발생
1927	*1~2월 '남중서('嵐光') *6월 '배을 것을 기교'('동아일보') *8월 '사랑과 죄'('동아일보') *'8월 26일 나도향 25세에 요절	*영화 리디아 '빛이 엄을 이으려 *4삼난 딸 데리고 아내 가출. 보름 뒤 동경으로 찾아가 딸만 데리고 옴	*"嵐"(단편집)	*"百夜"	*2월 15일 신간회창립 *KAPF 제1차 방향전환
1928	*1월 '느·ㄴ'('매일신보') *2월 귀국.	*영화 사업에 관여하다 또 실패			*1월 제3차 공산당 사건

1929	*'K박사의 연구, '송동이', '젊은 그들' '近代)試考' *'大平行(연재중단)' *재혼 결성하고 신문연재 수락			*5월 23일 김영욱과 결혼. 1922년 씨 세보에는 이미 전주 이씨 와 결혼한 것으 로 되어 있음) *9월 조선일보사 하여 부장 *10월 '광분' ("조선일 보")연재	*1월 원산 대파 업 *11월 3일 광주 학생 운동
1930	*'俳陶', '볏기운 대금염자' *'젊은 그들'을 연재, 당시 '동아일 보' 편집국장은 이광수 *'아라사 버들' '구두', '광염소나타' '신앙으로' 발표	*후두암으로 사망, 60세		*장곡단평 '조선일보' 연재	*3월 '시문하' 창간 *5월 30일 긴도 사건
1931	*평양 서문밖 교회에서 승이여중 출신 김경애와 재혼(11세 연하) 생활비를 위해 많은 글을 쓰느라 고 불면증이 심해짐 *'여인'해'는 지평선에 '대수양' 서울로 이사 *차녀 유환 출생			*1월 三代 "조선일보" 연재. *6월 조선일보 사직. *11월 '매일신보'에 '무 화과' 연재 장남 재웅 출생.	*5월 신간회 해 제. *6월 제1차 카 프 검거 *7월 만보산 사 건

1932	*'仿明(かがみ)'시작	*'발가락이 닮았다'(염상섭과 사이에 '모델시비'가 생김) *'붉은 산' 최서해의 주선으로 문인들이 까리는 '매일신보'에 장편 연재	*2월 김동인의 '발가락이 닮았다'이 닮았다에 대해 '소위 모델문제'를 발표.	*최서해 사망 *4월 윤봉길 의거
1933		*'운현궁의 봄'	*'배구'(중앙조선일보)	*11월 4일 조선 어학회 한글맞춤법 통일안 발표
1934		*10월 월간 "야담" 발행(앞페남 발행)에 '원두표' *12월, '순연연구'"삼천리" 연재 시작. *9월에 모친 사망 *'哀喪録'	*2월 '모란꽃 필 때'('매일신보') *11월 '무현금'"개벽"	*11월 1일 부산 - 장춘간 직통열차
1935	*"仿明(かがみ)" 완간 *일본 PEN 총대 회장	*"야담" 직접 내며 첫호에 '광화사' '왕자의 최후'싣고 야담작가로 나섬. 37년까지 매일신보에도 많은 史讀을 씀 *3년 연속 출생	*매일신보에 입사. 정치부장	*5월 KAPF 해체

1935	3월 "만선일보" 편집국장으로 가면서 해방 될 때까지 창작생활 중단	* 12월 12일 사 상범 보호관찰 령 공포
1938	* '가신 어머니' * 3월, 정신착란 상태(5일간). 정 부관리가 있는 집 모르고 일본 을 욕하여 반 년 간 헌병대에 수 감 * 형의 부탁으로 홍지산장에서 '사 랑'을 집필하다 순임을 찾아가서 수양동우회 건 부탁. 다음 해부 터 준일로 전환 * 10월 4녀 鏡煥 출생	* 만주 시대(1945년까 지)에는 글을 안 썼으 므로 생략함
1939	* 예술원 회 원 (1940년) * '김연실전' * 징용을 피하려 황군위문 문인단 을 만들어 北支로 갔는데 5월 진 강 아화로 6개월간 금자상심증, 11월 보고문을 못 쓴 것을 작정, 11월 에 다시 가겠다고 했으나 거절 당함. 42년 2차 사망	

1943	* '東方の門' 접필 중 뇌일혈로 사망(71세)	* 6월 朝鮮文人報國會 소설—희곡 분과 상담역을 맡음. 조직개편에서 제외 된 것을 정용 때문에 鄭人澤에게 간청, 겨우 간사 자리를 얻음 * 2남 光明 출생. 1948년 3남 천명 출생	
1951		* 서울인간1.4 후퇴 때 혼자 남아 1월 5일 사망. 향년 52세. 화장	
1963		* 3월 11일 만딸 결혼. * 3월 14일 직장암으로 성북 동 자택에서 별세. 명동천주교회에서 문단장. 방학동 천주교 묘지 안장(67세)	* 제3공화국 발족

佛·日·韓 자연주의 비교 연구 I
- 김동인과 자연주의

초판 1쇄 인쇄일 2015년 4월 28일
초판 1쇄 발행일 2015년 4월 30일

저자   강인숙
펴낸이   김재광
펴낸곳   도서출판 솔과학

출판등록   1997년 2월 22일(제 10-140호)
주소   서울시 마포구 염리동 164-4 삼부골든타워 302호
전화   (02) 714-8655
팩스   (02) 711-4656

© 강인숙, 2015

ISBN   978-89-92988-96

* 이 책은 저작권법에 따라 보호를 받는 저작물이므로 무단 전재와 무단 복제, 광전자매체 수록을 금합니다. 이 책 내용의 전부 또는 일부를 이용하려면 도서출판 솔과학 및 저자의 서명동의를 받아야 합니다.